最新譯注版

珍‧奧斯登 著
慈恩 譯注

# 傲慢與偏見

*Pride and Prejudice*

# 目　次

## 卷三

# 說　明

## 譯文

1.原文主要依據Chapman的標準本（詳附錄）。
2.原書引文的出處：如A1，表示卷一第一章；C12，表示卷三第十二章。
3.章題是譯者所加。

## 雙注

1.譯文裡有兩種注，一是附於頁尾的注腳，給一般讀者看的；一是附在正文後的〈商榷〉，給對翻譯有興趣的人看的。
2.頁尾注腳分章按a、b、c編號；引用時，如B5.f，即第二卷第五章注腳f。
3.〈商榷〉不分章以1、2、3編流水號；引用時則加上章號，如A2.12，即卷一第二章、編號12的商榷。
4.王譯是王科一譯本、孫譯是孫致禮譯本、張譯是張玲、張揚譯本，詳見參考文獻。
5.注腳有的是補充背景知識，更多的是談及中國的相關情形，也有的自以為有趣。我看的書雜七雜八，有時候扯遠了，不知道算哪門子的注。其實只為了讀懂原文，大部分注腳是不必看的。說到底，誰看小說有興頭讀那些注呢？

6. 〈商榷〉是譯本比較。拙譯比起其他譯本，小異極多，大異也不少；只能擇要寫一些。不管論斷是否公允，起碼把材料攤出來，對喜歡奧斯登或有志翻譯的人，多少用得着。如果拙譯走了味、犯了錯，大家也知道根由。有些問題，尤其一天的時間、吃的哪一餐、舞怎樣跳，書裡一再重提；通常前頭斟酌過，後面就不囉嗦，請讀者注意。也有幾處，添了注腳，就不必另寫商榷了。

卷一

# 第一章　偏見的真理[a]

一個單身漢既擁有萬貫家財，必定少了一個妻子[1]；這是舉世公認的真理。

這道理太深入人心，只要這麼個人一踏進地方上來，左鄰右舍不管他本人的意願，各自把他當作哪個女兒的合法財產[b][2]。

「親愛的班耐特先生，」有一天他的太太說，「內瑟菲爾德莊園終於租出去了，你聽說沒有？」

班耐特先生回說沒聽說。

「真個租出去了，」班耐特太太說，「朗太太剛剛來過，一五一十都告訴了我呢。」

班耐特先生沒有理會。

「你都不想知道誰租的嗎？」他太太不耐煩地喊說。

「是你要說，我聽也無妨。」

算是起了話頭了。

「我說呀，親愛的，你得知道，朗太太說，租內瑟菲爾德的是

---

a　章題是譯者所加。

b　根據「已婚婦女財產條例」（Married Women's Property Act of 1753），女人的財產，婚後歸丈夫所有。於是女人結了婚，一無所有，惟一的「合法財產」，自然只有丈夫了。換言之，丈夫成了女人拐個彎求財的惟一辦法。在中國古代，《禮記・內則》說「子婦無私貨，無私蓄，無私器」。秦漢女性離婚時可取回嫁妝（李貞德（2009）），為人婦時卻無獨立財產權；劉欣寧（2006）論漢初繼承法，說女性出嫁有如死亡，道理在此。

個濶少爺，是北英格蘭來的；說他禮拜一坐一台駟馬轎車來的[c]，瞧了地方，歡喜得不得了，當下就跟莫里斯先生設定了；說米迦勒日前要入伙[d]，最晚到下個周末，有些僕人就要住進去了。」

「姓什麼的？」

「彬禮。」

「結婚了嗎？還是單身？」

「哦，單身的，親愛的，一點兒沒錯[3]！單身的濶少爺，一年賺四五千鎊。我們的女兒多有福氣呀！」

「怎麼說？怎麼扯得到她們身上？」

「我親愛的班耐特先生，」他太太回答說，「你怎麼那麼膩煩人！你明明知道我想着他會娶一個做太太[e]。」

「這就是他住下來的陰謀[4]？」

「陰謀！胡說，這是什麼話呀！可是他八成會愛上其中一個，所以他一搬過來你就得趁早兒去拜訪他[f]。」

「我看用不着。你帶女兒去就行啦，要不乾脆叫她們自己去，這樣或許更好點兒；你長得跟她們一樣漂亮，興許彬禮先生最喜歡你都說不定。」

「親愛的，你逗我開心。我當然是有幾分姿色的，不過到現在就不好誇口什麼了。一個女人有五個長大的女兒，就不應該再想到自己的美貌去。」

「這樣的女人，通常已沒多少美貌好想[5]。」

「可是，親愛的，等彬禮先生搬來，你真的得去拜訪他。」

「我不能打包票，不騙你。」

---

c　駟馬轎車（Chaise and four）是不錯的車子。作者常常交代未婚男子的財力，除了直接說出年收入，還會藉房子、車子等來烘托。班太太交代彬禮的坐車，就是一例。類似的例子恕不一一注明。

d　米迦勒日（Michaelmas）是9月29日，英國四大結帳日之一。

e　班太太認為班先生一定知道，呼應了小說的開場白，即「舉世公認的真理」。

f　按當時習俗，男主人要先拜訪新遷來的鄰居，雙方才訂交。

「可是你要為女兒着想呀。她們誰要是嫁給他，那是多好的一門親事！想想看吧。威廉爵士和盧卡斯夫人打定了主意要去[g]，還不是為了這個？你也曉得他們平常才不拜訪新鄰居的。你真個非去不可，要不然，我們婦道人家哪裡上得他的門呢？」

「你真個多慮了。我想彬禮先生瞧見你們會很高興；我會寫封信給你們帶去，就說請他放心挑選，不管要娶哪一個姑娘，我都衷心同意的。不過，我也得為小麗兒附上幾句好話[h]。」

「我拜託你不要做這種事。麗兒沒有一點點兒比別人強；說實在的，又沒有吉英一半得樣兒，又沒有莉迪亞一半脾氣好。可你偏偏老是寵着她。」

「她們誰都沒什麼可取，」他回答說；「一個個又愚蠢又無知，像人家的女孩一樣；倒是麗兒還有機靈之處，勝過姐妹。」

「班耐特先生，你怎麼可以拿這種話來糟蹋自己的骨肉呢！你是要惹我發躁才高興，一點也不憐憫我衰弱的神經。」

「冤枉呀，親愛的。我挺敬重你的神經。它們是我的老朋友。我聽你煞有介事地提起它們[6]，最少聽了二十年了。」

「唉，你哪知道我受的苦？」

「但願你康復過來，有生之年就親眼瞧見許多年賺四千鎊的少爺搬來做鄰居。」

「來二十個也是白搭呀，你都不肯拜訪人家。」

「請放心，親愛的，果真來了二十個，我挨家挨戶去拜訪。」

班耐特先生是個怪人，把機靈而愛取笑諷刺、內斂而反覆無常集於一身；以致相處二十三年，他的太太還沒有摸清他的性格。這

---

g　威廉‧盧卡斯受勳後，稱為威廉‧盧卡斯爵士，或簡稱威廉爵士；他的妻子稱為盧卡斯夫人。第三章提到盧卡斯夫人的「二手消息」，可見是威廉爵士去拜訪彬禮，夫人沒有去；符合當時習俗（參考A1.f）。

h　女主角伊麗莎白（Elizabeth）是全書待字閨中的姑娘裡，最早提起名字的人。麗兒（Lizzy）、伊兒（Eliza）是她的暱稱。

位班耐特太太的心思卻不難了解。她是個笨頭笨腦、孤陋寡聞、喜怒無常的婦人。一不稱心，就自以為神經鬧病。她以嫁女兒為一輩子的營生[7]，以串門子，探消息自遣。

# 第二章　語不驚人死不休

　　班耐特先生是最早拜訪彬禮先生的人之一。本來他早就打算去
的，儘管臨行還再三地說不想去；而拜訪過了，班耐特太太還蒙在
鼓裡，直到當天晚上才知道。當時是這樣揭曉的。班耐特先生看見
二女兒正埋頭裝飾一頂帽子，忽然對她說：

　　「希望彬禮先生喜歡，麗兒。」

　　「我們憑什麼要知道彬禮先生喜歡的是什麼，」做母親的悻悻
然地說，「我們又不去拜訪人家。」

　　「你忘了，媽媽，」伊麗莎白說，「我們會在公舞會上遇到
他ª，朗太太還答應幫我們介紹。」

　　「我不相信朗太太會做這種事。她自己有兩個侄女呢ᵇ。她這個
女人自私自利、假仁假義，我對她沒什麼好說的。」

　　「我也沒有，」班耐特先生說；「聽到你不挨靠她行好，我很
高興。」

　　班耐特太太不屑答理；卻又按捺不住，罵起女兒來。

　　「咳完了沒有，吉蒂ᶜ，沖着老天爺份上，就憐憫憐憫我的神經
吧！我的神經就要給你咳碎了。」

---

a　公舞會是湊分子或買票參加的；就算班先生沒有拜訪彬禮，女眷由班耐特太太帶
　　着去舞會，也可以認識彬禮。伊麗莎白是全書未婚女子裡最先開口的人。

b　班太太對女兒的潛在對手十分敏感，因為「世上富有的單身漢實在少，而配得起
　　他們的美女卻多」（Chapman, III, p. 3）。

c　吉蒂（Kitty）是四女兒凱瑟琳（Catherine）的暱稱。

「吉蒂真不知趣，」她父親說，「早不咳晚不咳。」

「我又不是咳着玩的，」吉蒂煩躁地答說。

「舞會是哪一天₉，麗兒？」

「從明天算起，還有兩個禮拜。」

「嘻，就是嘛₁₀，」她母親嚷說；「朗太太要舞會前一天才回來，怎麼幫我們介紹？她自己也還不認識彬禮先生呢。」

「那麼，親愛的，你可以佔朋友的上風，反過來給她介紹彬禮先生。」

「想得美呀！班耐特先生，哪有辦法呀？連我自己都不認識他呢。你怎麼這麼戲弄人？」

「虧你想得周到。結交兩周真個太短了。兩周是看不透一個人的。不過，我們呀，要是不冒險，別人也會；說到底，朗太太和姪女準會去碰碰運氣；而既然幫朗太太介紹，她當是人情，要是你不幹，我就自己來。」

姑娘都瞪着眼看父親。班耐特太太只有一句話：「胡說八道！」

「幹麼大驚小怪呢？」他高聲地說。「難道你們認為：給人介紹的禮節、講究這些禮節，都是胡說八道嗎？這一點，我無法苟同。你說呢，瑪麗？我知道你是個思想深刻的小姐，讀的都是鴻篇巨製，還隨手札記。」

瑪麗希望說些睿智的話，卻又不知從何說起。

「趁瑪麗還在斟酌推敲，」他接着說，「我們言歸正傳，談談彬禮先生吧。」

「我受夠了彬禮先生，」他太太嚷說。

「這句話呀，聽了叫人遺憾；可幹麼不早點說呢？我白天要是早知道，決不會去拜訪他的₁₁。真倒霉；但是，既然真的拜會過，我們可不能不認朋友了。」

如他所願，女士們驚訝不已；也許班耐特太太更意外些；不過，

等到第一陣歡呼過後，她就聲明起來，說這件事她早就料到了。

「你這個人真好，親愛的班耐特先生！其實我早就知道，你到頭會聽我勸的。我料定你疼女兒還疼不過來，哪裡會怠慢這樣的朋友呢？啊，我太高興啦！你竟然白天去過了，一聲不吭，到現在才說出來，真是逗呀。」

「好啦，吉蒂，你現在愛怎麼咳就怎麼咳，」班耐特先生說着走出了屋子；他妻子樂極忘形，叫他吃不消。

「你們父親多好啊，女兒，」她等門關上了說。「真不知道你們多會兒報答得了他的恩情，或者我的，說實在的。說真的，我們到了這把年紀還每天去結交朋友，可不是味道₁₂；但是為了你們，我們做什麼都甘願的。莉迪亞，我的寶貝，你年紀小是最小，但是開起舞會來，我看彬禮先生準邀你跳的。」

「噢！」莉迪亞決然地說，「我才不擔心；雖然我是最小，我卻最高。」於是她們就猜測彬禮先生會有多快來回拜，商量着該請他什麼時候來晚餐；直談到就寢才罷₁₃。

# 第三章　偏見一對　傲慢成雙

　　班耐特太太儘管有五個女兒幫腔，跟丈夫打聽彬禮先生是什麼樣的人，可是東問西問，都問不出一個譜來。她們使出了十八般武藝：露骨地盤問，用巧妙的話中話來套，旁敲側擊地猜；但是種種伎倆都被班耐特先生一一化解。到頭來，她們也只好將就聽聽鄰居盧卡斯夫人的二手消息了[14]。盧卡斯夫人讚不絕口。彬禮先生甚得威廉爵士的歡心。十分年輕，英俊非凡，討喜不已；而他打算帶一群人來參加公舞會，更是錦上添花，再值得高興不過了！喜歡跳舞是墮入愛河的可靠的一步[a][15]，多少人癡癡地夢想着彬禮先生的青睞。

　　「只要看得到一個女兒進了內瑟菲爾德的門，美美滿滿，」班耐特太太對丈夫說，「而其他幾個都一樣有好的歸宿，我就別無所求了。」

　　不出幾天，彬禮先生就來回拜，跟班耐特先生在書房裡大約坐了十分鐘。他多聞班家小姐的美貌，本來抱着希望，有機會一睹芳容；偏偏只見到小姐的父親。倒是小姐有眼福些：彬禮先生身穿藍衣，騎一匹黑馬；小姐們從樓上的窗戶看得一清二楚[b]。

---

a　奧斯登《諾桑覺寺》裡有一大段精彩的對話，討論跳舞與婚姻的異同（Chapman, V, p.76-77）。其實不論中外，舞會都是男女物色對象的重要場合。例如苗族未婚男女的「跳月」，等於中秋相親大會；湘西就乾脆叫做「會姑娘」。「其實就普通的社交舞來說，實在是離不開性的成分的，否則為什麼兩個女人一同跳舞就覺得無聊呢？」（張愛玲（1968: 182））

b　中外都有這種男在明、女在暗的有趣場面。唐宰相李林甫在廳壁開個小窗，蒙

　　不久，班府下晚宴的請帖；這時候，班耐特太太早已想好一桌炫耀持家有道的菜式，誰知彬禮先生回的話，把一切延期。他說翌日適有要事入城ᶜ，不克趨陪末座，敬謝云云。班耐特太太因而十分心煩意亂。彬禮先生才剛到赫特福德郡，該當在內瑟菲爾德安頓下來才是，哪裡想到一下子城裡有事，她不禁擔心起來，怕彬禮先生終日南北奔波，枕蓆不安。幸虧盧卡斯夫人心血來潮，說彬禮先生去倫敦可能是要帶一大群人來舞會而已，稍稍安撫了班耐特太太忐忑的心情。不久，消息傳來，說彬禮先生要帶十二位小姐、七位先生來參加舞會。女孩子為來那麼多小姐而憂傷；到舞會前一天，聽說倫敦帶來的小姐不是十二位，而只有六位，包括五個姊妹、一個表親；才又鬆一口氣。而等到那一行人走進會堂，總共才五個人：彬禮先生、他兩個姊妹、姊夫、另一個年輕人。

　　彬禮先生一表人才，有紳士風度₁₆，和顏悅色，待人隨和，舉止自然。兩姊妹雍容華貴、顯然是時髦的打扮₁₇。姊夫赫斯特先生則只有個紳士模樣。但是他的朋友達西先生，身形優雅英偉，面目俊俏、氣質高貴，一下子滿堂矚目；而且進場不到五分鐘，大家已口耳相傳：他年賺萬鎊。男士宣稱他雄姿英發，女士稱道他俊美遠勝彬禮先生，大家眼巴巴仰慕了半夜，直到他的態度叫人倒胃口，才由愛轉嫌；原來他很傲慢，一副高不可攀的模樣，叫人抹一鼻子灰；德比郡的莊園再大，面目也免不了稜睜可厭，不配跟他朋友相提並論。

　　彬禮先生不久就認識了所有在場的要人；又活潑、又率直，有舞就跳，只氣舞會散得太早，說要在內瑟菲爾德自己開一個。他多

---

上紗；有貴家子弟來拜謁，六個女兒就在窗後窺探。這就是有名的「選婿窗」（《開元天寶遺事》上）。唐末，宰相鄭畋的女兒愛讀醜才子羅隱的詩，「畋疑其女有慕才之意。一日，隱至第，鄭女垂簾而窺之，自是絕不詠其詩。」（《舊五代史・梁書・列傳第十四》）
ᶜ　指倫敦。

麼體貼可親就可想而知了。兩個朋友真是天差地遠！達西先生整晚只跟赫斯特太太[18]、彬禮小姐各跳一輪舞[d]，然後在場中踱來踱去、偶爾跟同行的人說說話，卻謝絕別人向他介紹女士，直到舞會散場。大家對他的性格已有定見[19]。他是世上最傲慢，最可厭的人，人人都希望他以後別再來了。班耐特太太尤其嫌惡達西先生；因為本來就討厭他的為人，加上他輕慢自己的一個女兒，更是火上加油，越發牙癢癢。

　　原來男賓少，有兩曲舞伊麗莎白・班耐特只好坐下來[e]。這其間，達西先生曾經站在不遠處，彬禮先生從舞列下來一陣子，力邀他的朋友一塊去跳舞；兩人說的話剛好傳得到伊麗莎白的耳中。

　　「跳舞呀，達西，」他說，「我非要你跳舞不可。瞧你那副無聊相，一個人站過來、站過去，我真受不了[20]。你還是跳舞吧。」

　　「我才不要。你也知道我多討厭跳舞，除非跟舞伴很熟。像這樣的舞會，叫人受不了。你姐姐、妹妹都有伴，而場上別的女士，沒有一個我跟她跳舞不受罪的。」

　　「我才不要像你那樣挑肥揀瘦，給我做皇帝也不要；」彬禮喊說，「憑良心說，這輩子多會兒也沒像今晚這樣，瞧見那麼多可愛的女孩子；你瞧，有幾位可不是尋常的好看。」

　　「你呀，現在就跟全場惟一的美人兒跳舞，」達西先生看着班耐特大小姐說。

　　「喔，我多會兒也沒見過這樣的絕色佳人！可是她有一個妹妹就坐在你後面，好生漂亮，我看也好生可人。就讓我請舞伴給你介紹一下吧。」

---

d　一般來說，姓氏冠上Miss是指居長的未出嫁女兒。例如：彬禮家有兩姊妹，宋淇（1967）推測，魯意莎（Louisa Bingley）是彬禮先生的姊姊，卡羅琳（Caroline Bingley）是妹妹。魯意莎嫁給赫斯特先生，稱赫斯特太太，卡羅琳就稱為彬禮小姐。

e　這種舞，男方邀得女伴後，通常連跳兩曲。伊麗莎白有兩曲舞枯坐，等於有一輪沒有舞伴相邀。注意用全名Elizabeth Bennet。

「你說誰？」轉過身來，打量了伊麗莎白一會，到目光相接才轉看別處，然後淡淡地說：「過得去，可也沒有漂亮到就是我也心動；再說，我現在也沒心情去抬舉別的男人看不上眼的小姐。別跟我在這裡虛度春光了，趁早兒回去舞伴身邊，享受她的笑容吧。」[f]

彬禮先生依言回去。達西先生走開了；留下伊麗莎白，對達西先生着實沒有什麼好感。然而，她興致勃勃把事情告訴朋友，原來她生性活潑、俏皮[21]，為一切可笑的事而開懷。

大體上，班耐特家度過了愉快的一晚。班耐特太太看着內瑟菲爾德一行人仰慕她的大女兒。彬禮先生邀她跳了兩輪舞[g]，他的姊妹也待她與別不同。吉英雖然含蓄些，其實跟母親一樣高興；這是伊麗莎白體會得到的。瑪麗聽見人家跟彬禮小姐誇獎自己，說她是地方上最多才多藝的姑娘；而凱瑟琳、莉迪亞很幸運，從頭到尾都不缺舞伴，這是她們參加舞會惟一學會在意的事情。所以，母女心滿意足地回到朗本；她們就住在這個村上，也是村裡的大戶。原來班耐特先生還沒有睡。他一向看起書來無日無夜；何況這一回，他着實好奇：這個叫人寄予厚望的晚上，結果會怎樣[22]？本來還希望，太太對生客滿腦子的期待會落空；卻很快就發覺，聽到的是另一回事。

「喔，親愛的班耐特先生，」她說着進了屋子，「今晚太高興了，舞會太棒了。你在就好了。吉英真是人見人愛，再也沒有更好的事了[23]。大伙兒都說她太好看了，彬禮先生覺得她漂亮極了[24]，還同她跳了兩輪舞。想想看吧，兩輪呢，親愛的；他真個同她跳了兩輪舞呢；全場只有吉英是他再次邀舞的。一開始，他邀盧卡斯小姐。瞧見他們一起跳舞[25]，我就發躁；不過，可是他壓根兒沒瞧上

---

f 奧斯登筆下幾乎沒有男人私下的對話，這一段算是半個例外。因為不但伊麗莎白旁聽到，達西說話時大概也料到她聽得到，等於半公開談話。第五章提到夏洛特聽到彬禮稱讚吉英的話，可見在舞會上「偷聽」別人談話是很尋常的。

g 跳過一輪舞，通常會再邀別的小姐；尤其這一晚男賓少。彬禮兩度邀舞，可見對吉英的十分傾倒。

她[26]：真的，誰會瞧上她？你也知道嘛；到吉英起舞移位時，他看來真個是眼前一亮啊。於是他打聽她是誰，請人介紹了，就邀她跳下一輪舞。然後，第三輪同金小姐跳，第四輪同瑪麗亞·盧卡斯，第五輪又同吉英，第六輪同麗兒[27]，然後跳布朗熱舞——」

「他要是多少體諒一下我本人，」她丈夫忍不住喊說，「就不會跳那麼多，一半也不會！看在老天爺分上，別再數他的舞伴了。啊，他跳頭一輪就扭壞腳踝才好！」

「喔！親愛的，」班耐特太太接着說，「我中意極了，他帥得不得了呢！他姐妹都是迷人的女士。她們的裙子那麼高雅，我這輩子還是頭一回瞧見。我猜赫斯特太太那件禮服上的花邊——」

說到這裡又給打斷了。班耐特先生不要聽服飾有多華麗。於是她只好另找話題，提起達西先生的粗暴無禮來，加鹽添醋，說得咬牙切齒。

「不過你放心，」她又說，「麗兒不討他這個家伙的歡心，也沒什麼損失；因為他太討厭了，死鬼家伙，壓根兒不值得巴結。高高在上、好自負哦，誰受得了他？走過來，又走過去，耍他的臭威風！還嫌人家不夠漂亮，不配同他跳舞！你在就好了，親愛的，可以殺殺他的勢氣。我討厭極這家伙。」

# 第四章　見仁見智

　　吉英在人前讚美彬禮先生，只說三分話[28]；等到和伊麗莎白獨處，才和盤托出自己多麼仰慕他。

　　「他真是個像樣的青年，」她說，「又懂事，又活潑，脾氣又好；我多會兒沒看過那麼樂天的人。──那麼隨和，教養好極了[29]。」

　　「他還很帥，」伊麗莎白說，「像樣的青年也要帥，要是帥得起來的話。這樣，他這號人物的描寫才完整[30]。」

　　「他請我再跳一輪舞，我好高興。想不到這麼榮幸。」

　　「想不到？我呀，早就替你想到了。不過，這正是我跟你大不相同的地方。你啊，總是受寵若驚；我呢，從來不會。他再請你，不是再自然不過嘛？他又不是瞎子，準看得出你比場上哪個女的都好看好幾倍。所以，不必多謝他殷勤。好吧，他真個討喜得很，我准你喜歡他。你喜歡過很多笨蛋。」

　　「好麗兒！」

　　「唉！你真個太容易籠籠統統就喜歡別人了[31]。多會兒也瞧不見人家的缺點。在你眼中，世上的人個個善良可愛。我這輩子多會兒也沒聽過你說人家的壞話。」

　　「我希望不要草率地責備任何人，可是我總是說實話。」

　　「我知道你說的是實話，而妙就妙在這裡啊。你呀，眼睛是亮的，居然真個看不出人家的愚笨、荒謬！裝模作樣的善意常見得很──到處都有。但是善良得不存心、不賣弄──每個人的性格，好的地方都看得到，還看得比實際好，壞的地方卻絕口不提──只有

你是這樣的[32]。這麼說來，你也喜歡這個人的姐妹吧，嗄？她們待人接物可比不上他。」

「敢情比不上──開頭是這樣。不過，等你跟她們聊上了，她們就可愛得很。彬禮小姐會跟哥哥同住，幫他理家；我們會有一個可愛的芳鄰，我不會看走眼的。」

伊麗莎白默默地聽，心裡卻不服；她們在舞會上的應對，大體上是沒有算計要討人喜歡的。伊麗莎白的眼睛比姊姊機靈、也不像吉英耳軟心柔；而且不受青睞，少了干擾，反而心裡有數[33]；一點也不想稱讚她們。她們的確儀態萬方，高興起來也不乏好脾氣，有心討喜也討喜得來，然而卻又傲慢又自負。她們長得相當漂亮，念的是城裡數一數二的私立書院，有的是兩萬鎊的財產，花起錢來總是大手大腳，來往的都是上流人士；所以，不管在哪一方面，她們拿青眼看自己，白眼看人，都是應分的。她們身為北英格蘭名門之後；念念不忘也就是這個出身，而不是兄弟姊妹的財產都來自經商。

彬禮先生從父親繼承的財產，總計大約十萬鎊。父親原打算買下一個莊園[a]，生前卻來不及買。彬禮先生也這樣打算，有時候也選好在哪一個郡；不過，現在既然有一棟好房子，又有莊園上的狩獵權[b]；熟知他的人倒疑惑，以他隨和的性情，說不定就在內瑟菲爾德度過餘生，把莊園留給下一代來買。

他的姊妹巴不得他有自己的莊園；而現在雖然只是個租戶，彬禮小姐幫他持家可沒有半點勉強；而赫斯特太太，因為嫁的人有的

---

a 那時候商人的社會地位比不上地主，發跡後為了提高地位，往往要購買土地，或者與有地位的家族聯姻；情形有點像中國古代。《醒世恆言‧徐老僕義憤成家》裡：大哥、二哥在三弟死後，欺負孤兒寡婦，老僕人不甘心，拿著主母的一點本錢到處經商，但致富後仍與主母「顏氏商議，要置買田產」。這就是傳統「以末致財，用本守之」（語出《史記‧貨殖列傳》）的價值觀。

b 外人未經莊園主或看守人許可，不可在莊園上狩獵。彬禮先生簽的租約應包括這個權利。後來班耐特太太邀請彬禮到朗本打鳥，「愛打多少就打多少」（C11）。

是家世而不是家產^c，只要弟弟的房子有她的好處，當成自己的家也沒有不願意的。彬禮先生成年還不到兩年^d，偶然有人推薦，才心動來看內瑟菲爾德的房子。他在屋裡屋外只看了半個小時，地點和主要的屋子都喜歡，屋主的自吹自擂也聽得很滿意，於是當場就租下來了。

他跟達西雖然性格迥異，卻是金石之交。彬禮的性情隨和、坦率、隨方就圓，是達西覺得可親的地方。儘管這樣的心地跟自己大相逕庭，而他也從沒有不滿意自己的性情。達西的看重，叫彬禮推心置腹；達西的眼光，叫彬禮佩服之至。論悟性，達西高出一籌。彬禮不笨，但不及達西聰明。達西既高傲、又內向、又愛挑剔；而態度雖然有禮，並不可親。而論親切，他的朋友就遠勝他了。彬禮不論到哪裡，一定受人喜愛；達西老是惹人反感。

兩人談起梅里頓舞會的態度，十足的見仁見智。彬禮一生從沒有遇過那麼親切的人、那麼漂亮的女孩子；人人對他又體貼又殷勤；不講客套、不拘謹，他很快就跟全場的人一見如故了。說到班耐特小姐，他驚為天人。相反，在達西眼中的，是一群沒幾個漂亮、並不高雅的人；他對誰也不感絲毫興趣，也得不到誰的一點殷勤與樂趣。而班耐特小姐，他認為漂亮是漂亮，可太愛笑了。

赫斯特太太和妹妹也這樣認為——雖然是這樣，她們依然欣賞她、喜歡她；喚她做甜姐兒，不妨多認識一下。於是班耐特小姐成了姊妹公認的甜姐兒，而她們的兄弟聽了這番嘉許，就覺得可以名正言順地隨意想念她了。

---

c　通常有地位的人不願與商人聯姻，但是家道中落的例外。一方要錢、一方要地位，各取所需，互蒙其利。魯意莎·彬禮與赫斯特先生就是這樣結合的。
d　21歲成年。

# 第五章　傲慢有理

　　從朗本走一小段路，住了一家人，與班耐特家過從甚密。威廉‧盧卡斯爵士從前在梅里頓經商，賺了一筆過得去的財產；又在擔任鎮長時上書國王，而受封爵士的榮銜。也許這份殊榮叫他感動逾恆。因而厭惡經商、厭惡所住的小集鎮；把生意結束，離開梅里頓，舉家搬到約一哩外的一幢房子，把房子命名為盧卡斯山莊；於是躊躇滿志，擺脫掉生意的牽絆，滿腦子只有待人以禮這件事。原來他雖然以爵位為豪，不但沒有驕慢起來，反而逢人就一味殷勤。生性不惹人厭、友善而樂於助人；進聖詹姆斯宮觀見後更是彬彬有禮。

　　盧卡斯夫人是個非常賢慧的婦人，卻不會聰明到做不了班耐特太太的芳鄰。——他們有幾個孩子。最大的是個懂事、乖覺的少女，將近二十七歲，是伊麗莎白的閨友。

　　盧家、班家的女眷來檢討一下舞會是決計少不了的；舞會後第二天白天，盧卡斯一家女眷就到朗本聽新聞、交流一下。

　　「你呀，夏洛特，昨天晚上占了頭籌，」班耐特太太客套地白謙，對盧卡斯小姐說。「彬禮先生的首選是你呢！」

　　「哪裡；——人家喜歡的可是次選。」

　　「喔！——你說吉英吧——因為他跟吉英跳了兩輪舞。一點兒沒錯！真的，看樣子他好像喜歡吉英——不瞞你說，我可相信他是真個喜歡吉英——我聽到有人講這件事——可是我不大知道是講些什麼的——提到羅賓森先生的。」

　　「也許您說的是我聽到他跟羅賓森先生說的話，我沒告訴過您

嗎？羅賓森先生問他覺得梅里頓的舞會怎樣，覺不覺得場上美女多的是，又覺得最漂亮的到底是誰呢？他一開口就回答最後那個問題——噢！班耐特大小姐，毫無疑問，這件事哪裡有第二個答案呢？」

「確確實實$_{34}$！——這麼說，可是定當得很呀——，看樣子真有幾分——可是也難說，到頭來也可以一場空，不是嗎？」

「我啊聽到的比你啊聽到的要中肯，伊兒，」夏洛特說。「達西先生說的不像他朋友說的中聽？是吧？可憐的伊兒！——才不過過得去而已呀。」

「拜託你別說了，省得麗兒把壞話放在心上而發躁；他這個家伙真是討人厭，給他看上了才倒霉極呢。朗太太昨天晚上告訴我，他挨着她坐了半點鐘，都沒有開過口呢。」

「您說得準嗎，老太太[a]$_{35}$？——有點兒誤會吧？」吉英說。「我親眼瞧見達西先生跟她說話的。」

「哎——那是因為她末了問他喜不喜歡內瑟菲爾德，他不得不搭腔；可是她說，看他樣子對別人搭訕很生氣呢。」

「彬禮小姐跟我說，」吉英說，「他要是和不親近的朋友在一起，多會兒話就不多。和親近的人呢，他可是討喜得很。」

「我才不聽她的，寶貝。他要是那麼討喜，早就跟朗太太說話了。不過我猜得出是怎麼回事；人人都說他傲慢入了骨，我想他不知從哪裡聽來，說朗太太家裡沒有車子，只好雇車來參加舞會。」

「我不在乎他有沒有跟朗太太說話，」盧卡斯小姐說，「卻希望他跟伊兒跳舞。」

「下一次，麗兒，」她母親說，「換了是我，我偏不跟他跳舞。」

「我想，老太太，我可以放心地答應您不跟他跳舞，今生今世都不會。」

---

a 當時家人的稱呼不像今日隨便。吉英在外人面前稱母親為「老太太」，可見吉英懂事、有規矩。參看宋淇（1967）。

「我呢，覺得他的傲慢，」盧卡斯小姐說，「不像別人的傲慢那樣，時常叫人氣不過；因為他情有可原。一個一表人才的年輕人，家世好，財產多，萬事如意；也難怪他自命不凡。姑且這麼說，他傲慢有的是道理。」

「話是這麼說，」伊麗莎白答說，「我也可以說饒就饒了『他』的傲慢，要是他沒有羞辱『我』的[36]。」

「傲慢，」瑪麗以無懈可擊的想法自豪，評論起來，「我想是個通病。根據所有我讀過的書，我認為傲慢的確十分常見，人性動不動就傲慢起來；而為了些許真真假假的本事或什麼的，就沾沾自喜，我們有幾個免得了呢？虛榮與傲慢不是一件事，儘管兩個字時常混着用。一個人可以傲慢而不虛榮。傲慢多指我們怎樣看自己，虛榮則是我們希望別人怎樣看自己。」

「我要是像達西先生那麼有錢，」跟盧卡斯姐妹同來的弟弟嚷說，「才不管自己多傲慢。我要養一群獵狐狗，每天喝一瓶酒。」

「那你就喝過了頭，」班耐特太太說；「要是給我瞧見，當場就把你的酒瓶拿走。」

小男孩不服，說她不應該拿；她再三揚言要拿；兩個人磨牙逗嘴，直到客人告擾才罷休。

# 第六章　眼睛是愛情的窗戶

　　不久，朗本的女眷拜訪內瑟菲爾德的女眷。人家也依禮回拜。班耐特小姐態度可人，漸漸得到赫斯特太太和彬禮小姐的好感；儘管母親叫人吃不消，幾個妹妹不值得攀談；她們還是跟吉英、伊麗莎白表示，想跟她們兩個多來往。得到人家垂青，吉英高興極了；然而，伊麗莎白看人家待人接物，還是一派驕慢，連對姊姊也不例外，而無法喜歡她們；雖然她們大概隨哥哥的愛慕而對吉英友好，儘管也好不到哪裡去，也是優點[37]。每逢碰面，大家都看得很清楚，彬禮先生真的愛慕吉英；卻只有伊麗莎白看得清楚，吉英容讓初識時的好感滋長，就要越愛越深了。她心裡盤算，卻慶幸大家多半看不出來；因為吉英兼有敏銳的感受、嫻靜的性情、逢人都和顏悅色的態度，可以防範閒人的猜疑[38]。她跟朋友盧卡斯小姐談起這件事。

　　「這種情形，」夏洛特答說，「瞞得過大伙兒，別是值得高興；可是那麼矜持，有時候反而不妙。要是一個女人用瞞過旁人的技巧，來隱瞞自己對意中人的愛意，就可能錯失讓他紮下愛根的機會；到頭來，就算自以為旁人也一樣蒙在鼓裡，也沒有什麼好欣慰的。差不多每段感情都充滿了感激或虛榮，只憑着愛情，順其自然，並不穩當。第一步嘛，誰都可以隨便走出來──有一點好感自然不過；但是敢用情，得不到鼓勵卻還一往情深，這種人少之又少。十之八九，女人表達的愛意，最好比心裡的加倍呢。彬禮先生喜歡你姐姐，毫無疑問；可是，要是吉英不推他一把，他也許永遠只限於喜歡而已。」

「可是已經鼓勵了，她那種人做得出的都做了。要是連我都感受得到她對彬禮的情意，彬禮還看不出來，豈不是大笨蛋。」

「記得，伊兒，他不像你那麼了解吉英的心眼兒。」

「可是，要是一個女人心裡向着一個男人，又沒有刻意隱瞞，他準看得出來。」

「也許看得出，要是見面多了。可是，雖然彬禮和吉英算是見得頻，多會兒也沒有聚過幾個鐘頭；何況碰頭時總是當着雜七雜八的人的面，哪有辦法分分秒秒都卿卿我我呢？所以，吉英應該儘量吸引他，不要辜負每一刻。等他死心塌地了，吉英就可以慢慢戀愛，要愛多深就多深。」

「你盤算得不錯，」伊麗莎白答說，「如果別無所求，只求嫁得好的話；我要是打定主意嫁個有錢人，或者任何人，我想應該會照着辦。可是吉英不是這樣的心腸，她一舉一動是沒有機心的。她到現在，連自己愛人家幾分、愛得對不對也還斷不定呢。她認識他才兩個禮拜。在梅里頓跟他跳了四曲舞；到他家拜訪了半天，此後一起吃了四頓晚餐。哪裡夠她了解他的性格呢？」

「話不是這麼說。她要是只跟他吃吃飯而已，大約只發現他胃口好不好；但是你千萬記得，有四個晚上也一起過——而四個晚上可以大有收穫。」

「對啦，四個晚上可以發現，原來他們都愛玩二十一點，不愛玩科默斯[a]；可是說到任何別的重要特質，我想是看不出多少的。」

「總之，」夏洛特，「我衷心祝吉英成功；而要是她明天就嫁給他，比起先揣摩他的性格一年，我想美滿的機會是一樣的。婚姻的美滿根本是碰運氣。就算雙方摸透了彼此的性格，或者婚前就很相似，一點也不會幸福點兒。他們婚後總會繼續變化，漸漸你東我西的，各有各的煩惱；而終身伴侶的缺點，你知道得越少越好。」

---

a　一種法國牌戲。

「太好笑了，夏洛特；可是說不通。你知道說不通嘛，而且你自已怎麼樣也不會這麼做。」

伊麗莎白只顧着觀察彬禮先生對姊姊獻殷勤，萬萬疑心不到，人家那位朋友對自己有了些意思。當初，達西先生不認為她有多漂亮，在舞會上看着她並不心動；第二次碰面，打量她只為了吹毛求疵。不過，他才跟自己和朋友說清楚，伊麗莎白的五宮幾乎一無可取；就漸漸發現，她那雙烏溜溜的眼睛，神采煥發，映襯得容貌也穎慧不凡。發現這一點後；又挑剔起別的地方，一樣尖酸刻薄[39]。雖然他尖着眼挑出她身材有不止一處瑕疵，不夠勻稱，可不得不承認她的體態輕盈動人；而儘管斷言她的舉止與上流社會不同，他卻被那份自在的俏皮吸引。這些變化起伏，伊麗莎白渾然不知；——她只知道，達西做人做得到處討厭，又認為她不夠漂亮，不配和他跳舞。

達西漸漸希望多了解她一些，而要自己跟她對話前，第一步先聽聽她跟別人的對話。這樣做引起她的注意。那是在威廉盧卡斯爵士家裡，賓客滿堂。

「達西先生是什麼意思？」她跟夏洛特說，「我跟福斯特上校聊天要他來聽？」

「這個達西先生才曉得。」

「不過，要是他再來，我準要讓他知道，我看穿他了。他拿一副刺針眼看人，我要不自己撒起野來，回頭就要怕他了。」

不久，達西走上前來，卻不像要說話的樣子；盧卡斯小姐拿話激她朋友，說她不敢跟達西提這件事，登時把伊麗莎白惹起來，轉身對着達西說：

「達西先生，我剛剛纏着福斯特上校，要他在梅里頓給我們開一個舞會；你不覺得我伶牙俐齒嗎？」

「還鉚足了勁呢；——不過這個話題總是叫女士上勁的。」

「你對我們女人真苛刻。」

「快輪到『她』給人纏了，」盧卡斯小姐說。「我要去打開鋼

琴，伊兒，你知道下一步怎麼做。」

「你這個朋友做得也夠奇怪！——老是要我當着任何人、所有人面前，彈琴、唱歌！——要是我虛榮起來，想用音樂來炫耀，你就是我的寶；可是，其實人家天天聽的是第一流的琴藝唱功，我才不願意上場獻醜呢。」但是盧卡斯小姐死纏爛打，她只好說，「好吧；非獻醜不可，就獻吧。」又板起臉瞄達西先生一眼，說：「有句老話說得好，這裡大伙兒準曉得——『省口氣來涼粥』，——而我就要省口氣來唱歌。」

她彈唱得很動聽，雖然說不上一流。彈唱了一兩支歌，有些賓客請她再唱，誰知還沒來得及答話，妹妹瑪麗就急巴巴來接替她，坐到彈琴前。原來瑪麗是姊妹裡惟一長相平庸的，只好勤於讀書、習藝，老是迫不及待想要炫耀。

瑪麗既沒有天份，也沒有品味；雖然為了虛榮而肯用功，卻也帶着匠氣和自負的味道，即使琴藝再上層樓，演奏也會減色。而伊麗莎白雖然彈得沒有妹妹一半好，卻自在、不造作，聽來反而悅耳些。瑪麗彈了一段長長的協奏曲，也樂於應兩個妹妹的要求，彈些蘇格蘭、愛爾蘭曲調，博得大家的讚美和感謝；於是兩個妹妹、幾個盧卡斯家的孩子、兩三個軍官，興沖沖到大堂一邊跳起舞來。

達西先生站在舞群旁邊，看着他們這樣打發一個晚上，臉色凝重，一言不發，不想與人交談；正沉思得出神，忽然聽見威廉·盧卡斯爵士開口說話，才察覺人家就在身旁。

「真是年輕人的迷人玩兒，達西先生！——說來說去，有什麼比得上跳舞呢？——我認為跳舞是文明社會的頭等雅事。」

「雅是雅，先生；——跳舞還有個好處，就是在世上不那麼文明的社會一樣時髦。——野人個個會跳舞。」

威廉爵士只好笑一笑。頓了一下，看見彬禮加入舞群，又說：「你朋友跳舞跳得很好；達西先生自己對這門技藝想必是高手。」

「我想，您看過我在梅里頓跳舞，先生。」

「的確看過，眼福還不淺呢。你常到聖詹姆斯宮跳舞吧？」

「從沒有去過，先生。」

「你不覺得這是對那個地方應分的敬意嗎？」

「我從來不對任何地方表示這種敬意，可免則免。」

「我想，你在城裡應該有房子吧？」

達西先生鞠躬。

「我自己從前也想過，搬到城裡定居——因為我喜歡高尚的社會；只是倫敦的空氣對盧卡斯夫人是否相宜，拿不太準。」

他停頓一下，以為人家會回答；誰知談伴卻無意開口。而不遲不早，伊麗莎白正巧走上前來，他靈機一觸，想趁機大獻一下殷勤，就向她喊說：

「親愛的伊兒小姐，怎麼不跳舞呢？——達西先生，請容我跟你介紹這位小姐，做你匹配的舞伴。——說真的，大美人當前，你總不會不肯跳吧？」說着拉起她的手，就要交給十分驚訝、卻並非不願的達西先生來接；不料伊麗莎白連忙把手一抽，有點慌張地對威廉爵士說：

「真的，爵士，我一點也沒有要跳舞的意思。——拜託您，別以為我走過來是要討舞伴。」

達西先生畢恭畢敬，請伊麗莎白賞臉，卻是徒然。伊麗莎白打定了主意，任憑威廉爵士說破嘴，也絲毫動搖不了。

「你跳舞那麼拿手，伊兒小姐，不給我飽飽眼福，太不近人情了。再說，這位紳士雖然一般說來不喜歡這玩兒，賞半點鐘的臉，諒必不會推辭的。」

「達西生生好客氣喇！」伊麗莎白笑着說。

「客氣、客氣——但是想想那個甜頭，親愛的伊兒小姐，也難怪他殷勤的；誰會嫌棄這麼好的舞伴呢？」伊麗莎白一臉淘氣，掉頭走了。她不肯奉陪，紳士沒有怪她，反而有些陶醉地想着她，直到彬禮小姐來搭訕：

「我知道你入了神在想什麼。」

「恐怕未必。」

「你在想着，多少個晚上就這麼——跟這些人在一起度過，真個受不了；其實跟我想的一模一樣。我再厭煩不過了！這些人個個沒意思，卻嘰哩呱啦；個個沒頭沒臉，卻自以為有頭有臉！——我好想聽聽你來數落他們呀！」

「你猜的大錯特錯，不騙你。我心裡想的愉快得多。我在玩味佳人臉上那一雙明眸所能賦予的莫大樂趣。」

彬禮小姐立刻定睛盯住他的臉，巴不得他說出是哪一位小姐的魅力，叫人這樣眷戀。達西先生大無畏地回答說：

「伊麗莎白・班耐特小姐。」

「伊麗莎白・班耐特小姐！」彬禮小姐覆說了一遍。「真沒想到呀！你多會兒看上她的？——請問多會兒恭喜你？」

「你問的正不出我所料。女人的想像是三步併作兩步；一下子就從仰慕跳到戀愛，從戀愛跳到婚姻。我早知道你會恭喜我的。」

「喲，你這麼一本正經，我看這個婚就結定了。你會有個可愛的岳母大人，真的；而不用說，她也會常在彭伯里跟你一塊。」

彬禮小姐故意打趣，達西聽着卻是無動於衷；她眼看達西泰然自若，一張機智的利嘴越發肆無忌憚，滔滔不絕了。

# 第七章　好雨知時節

　　班耐特先生的財產幾乎全在一個年收入兩千鎊的莊園，偏偏莊園的繼承限定男性，於是女兒不幸無分，而落在一個遠房親戚身上。至於她們母親的財產，儘管以她的身分地位來說，算是豐厚，卻無法彌補丈夫的缺額。班耐特太太的父親從前是梅里頓一位事務律師[a]，留給了她四千鎊。

　　她有個妹妹嫁給了菲利普斯先生；他從前是她們父親的辦事員，承接了律師的事務。還有個弟弟在倫敦[40]，做的是體面的生意。

　　朗本村只離梅里頓一哩，是小姐最適中的腳程；她們平常每星期動輒去三四趟，既問候姨母，也順道去一家女裝店。尤其家裡兩個小妹，就是凱瑟琳和莉迪亞，去得特別勤。她們的心靈比姊姊空洞；如果沒有更好玩的事，走一趟梅里頓，白天才可以散心，晚上也才有閒聊的話題。儘管鄉下通常鮮有新鮮事，她們總是設法從姨母那裡探聽一些。最近附近來了一團民兵，小姐們現在可有源源不絕的消息和樂子了。民兵團要駐紮下來過冬，總部就在梅里頓。

　　現在她們去探望菲利普斯太太，就有聽不完的趣聞；每天多知道一些軍官的姓名、親友。民兵駐紮的地方不久就傳了開來，後來小姐們也陸續認識那些軍官本人。因為菲利普斯先生一一拜訪他

---

a　班太太的社會地位比不上班先生。原文attonrey可譯作「初級律師」、「事務律師」，只可以辦理一些日常的法律手續，如產權轉移之類，與訟務律師有別。當時的社會地位不高，夠不上紳士，一般形象也欠佳；所以，後來彬禮姊妹才會藉此揶揄吉英的親人上不得臺盤（A08）。

們，為外甥女打開前所未有的樂趣源頭。她們開口閉口都是軍官；而彬禮先生的大筆財產，母親一提起就眉飛色舞，在她們眼裡卻是一文不值，根本不能跟掌旗官的軍裝相比。

班耐特先生聽女兒滔滔不絕地讚美軍官、軍服，聽了半天，冷冷地說：

「你們說的那副口吻，我聽來聽去，覺得你們倆準是這兒拔尖兒的蠢丫頭。我早已懷疑，但是現在服了。」

凱瑟琳聽了垂頭喪氣，說不出話來；莉迪亞卻若無其事，繼續讚美卡特上尉，希望今天看得到他，因為他明天白天就去倫敦。

「我的天啊，親愛的，」班耐特太太說，「你竟然這麼隨隨便便就說自己的骨肉蠢。就算我想瞧不起誰的孩子，也輪不到自家的。」

「萬一我的孩子愚蠢，我得希望隨時發覺。」

「話是這麼說——但是實情是，她們個個都聰明得很啊。」

「我很慶幸，這是我們惟一意見不同的事。我本來希望，我們大小事都情投意合；但是說到兩個小妹，實在不敢苟同；我認為她們愚蠢得出奇。」

「親愛的班耐特先生，你可別指望這些小丫頭像父母一樣懂事。——等她們到了我們這把年紀，我看就跟我們一樣，不會多想什麼軍官了。我還記得，從前自己好喜歡一位紅衣軍官——不瞞你說，今天還在我心上。要是有個年輕帥氣的上校，一年有五六千鎊，看上我哪個女兒，我才不推他呢。那天晚上在威廉爵士家，福斯特上校那一身軍裝，我看真可身。」

「媽媽[b]，」莉迪亞嘆說，「阿姨說，福斯特上校和卡特上尉不像剛來那陣子三天兩頭兒就上沃森小姐家去，現在沃森小姐常常看見他們站在克拉克租書店裡[c]。」

---

b 莉迪亞不管人前人後，總稱母親為mama，是要反映她沒規矩。參看A5.a。

c 按年或按季繳費，即可借閱書籍的店。書多是小說之類流行讀物。也兼賣飾物等。

　　班耐特太太還沒來得及回答，門房進來，給大小姐一封短箋；說是內瑟菲爾德送來的，人家僕人等回話[41]。班耐特太太眉開眼笑；女兒一邊看，她一邊急得直喊：

　　「喔，吉英，誰給你的？說些什麼？他怎麼說？噯喲，吉英，快點兒看，告訴咱們；看完了沒，寶貝！」

　　「彬禮小姐的，」吉英說，就把短箋誦讀出來。

　　「我親愛的朋友：

　　　　如果你今天不大發慈悲，來跟魯意莎和我一道晚餐；我倆有互恨終身之虞，因為兩個女人晤言終日，到頭來沒有不吵架的。接信後儘快過來。哥哥、紳士們跟軍官吃晚飯去了。

　　　　　　　　　　　　　　　　　　　你永遠的朋友

　　　　　　　　　　　　　　　　　　　卡羅琳・彬禮」

　　「跟軍官吃飯！」莉迪亞喊說。「真奇怪，姨媽偏偏沒說這件事。」

　　「出去吃飯，」班耐特太太說，「真是倒霉。」

　　「我可以坐馬車嗎？」吉英說。

　　「不行，寶貝，你還是騎馬去吧，橫是要下雨了；這一來就準在那邊過夜。」

　　「這倒是如意算盤，」伊麗莎白說，「要是你管保人家不會送她回來。」

　　「哎！可是紳士們要坐彬禮先生的駟馬轎車去梅里頓，而赫斯特兩口子又沒有馬。」

　　「我倒寧願坐馬車去。」

　　「可是，寶貝，你父親挪騰不出馬來，真的。馬要幹農活，班耐特先生，是不是？」

　　「農場裡常常要用馬，我也沒挪騰到幾次。」

　　「但是您今天挪騰到的話，」伊麗莎白說，「母親就如願了。」

　　她再三追問，父親終於承認幾匹拉車的馬要幹活兒。於是吉英

只好騎馬去；母親喜洋洋地預測着壞天氣，送到門口。天從人願，吉英上路不久就下起大雨來。幾個妹妹替她難過，母親卻歡天喜地。雨直下了一夜，吉英肯定回不來了。

「我敢情是福至心靈呢！」班耐特太太三番五次地說，彷彿天下雨也全是她的功勞。不過，直到第二天早上，她才領略到自己的伎倆帶來的所有喜樂。剛吃完早餐，就有內瑟菲爾德的僕人給伊麗莎白送來這封短箋：

「最親愛的麗兒：

　　我今天早上很不舒服，想來是因為昨天淋了個渾身濕透。好心的朋友要我好一點兒才准回家。他們也非要我見瓊斯先生不可──所以，要是你們聽說他來看了我，不要驚訝──除了喉嚨痛、頭痛，我沒什麼大不了的。

　　　　　　　　　　　　　　　　　　　你的……」

「好啊，親愛的，」班耐特先生聽伊麗莎白把短箋大聲念完，說，「萬一你女兒有什麼險症發作，萬一她一命嗚呼；想想全都是為了追求彬禮先生、為了聽母親的話，也算是一點安慰了。」

「啊呀！我一點也不擔心她有什麼三長兩短。閃了一點兒風死不了人。人家會好好照顧她的。只要她待在那邊，就穩穩當當。要是有馬車，我會去看她。」

伊麗莎白卻實在坐立不安，即使沒有馬車，也決定非去看她不可；而既然不會騎馬，惟有走路過去。她把決定說了出來。

「你怎麼這麼蠢，」母親喊說，「虧你想到得出來！滿處髒了呱嘰的！等你走到那邊，那樣子怎麼見人？」

「我準好好的見吉英──這就夠了。」

「你暗示我，麗兒？」她父親說，「要我派馬車嗎？」

「不用，真個不用。我不怕走路。有心，路就不遠；三哩算什麼？我晚飯前會回來。」

「我欣賞你仁慈的舉動，」瑪麗評論說，「但是七情六欲當以

理智為依歸；而且，依我看，努力總應拿捏分寸。」

「我們跟你就伴兒到梅里頓，」凱瑟琳和莉迪亞說。伊麗莎白依了，三位小姐就一同出發。

「我們要是趕一趕，」路上莉迪亞說，「興許還可以在卡特上尉臨走前見見他。」

她們在梅里頓分手；兩個妹妹前往某軍官太太的下處；剩下伊麗莎白獨自趕路，三步兩步地越過一片又一片的田野，鉚着勁兒催着腳，跳過一道道的柵欄、躍過一汪汪的水窪兒[42]；走到腳踝酸軟、襪子骯髒、一臉通紅，彬禮家的宅子終於在望了。

僕人領她到早餐室[d]，大家都在座，只有吉英不在；她的現身叫眾人詫異不已。照赫斯特太太和彬禮小姐看來，她竟然大清早走了三哩路，冒着這種陰晦天[43]，還是一個人，簡直難以置信。伊麗莎白相信，她們因此看不起她。不過，大家倒是禮數周到；尤其她們的兄弟不只有禮，還有好脾氣、好心腸。達西先生很少開口，赫斯特先生一言不發。達西先生一邊欣賞伊麗莎白奔波後神采煥發的臉色[e]，一邊卻疑惑為看姊姊而孤身走遠路合不合分寸？赫斯特先生滿腦子是早餐。

她問到姊姊的病情，答案可不如意。原來班耐特小姐睡得不好，雖然起床了，燒得很厲害，沒精神走出房門。伊麗莎白慶幸他們立刻領她到姊姊那裡去。至於吉英，本來巴不得有親人來探望，只為了怕大家恐慌不便，才把話藏在心裡，沒有在短箋裡提起；現在一看見妹妹來了，喜不能禁。不過，吉英沒有力氣多交談；等彬禮小姐離開，屋裡只剩下姊妹倆，除了感謝人家無微不至的照顧，

---

d　那時候時髦的有錢人，早餐、晚餐都比一般人晚；彬禮家是一例。班家「通常十點吃早餐」（C9），而伊麗莎白餐後走了三哩路，彬禮等人還在吃早餐。

e　達西喜歡的女性美。抗戰時期，有人這樣形容當時的擇偶觀：「男子們選擇的對象，已不是捧心蹙額的病西施，更不是多愁善病的林黛玉，而是馳騁疆場的運動選手，或是活躍水底的美人魚。」（轉引自呂芳上（1995））口味倒像達西。

也說不了幾句話了。伊麗莎白只默默地服侍她。

　　彬禮姊妹吃過早餐，就來看吉英和伊麗莎白；對吉英親熱萬分、關懷備至，伊麗莎白看在眼裡，也漸漸喜歡她們了。藥師來了[44]，看了病人；一如所料，說吉英得了重感冒，大家得盡力對付云云；囑咐吉英上床休息，也答應開一些湯藥。吉英燒得越發厲害，頭痛欲裂，就乖乖聽話。伊麗莎白沒有片刻離開，其他女士也不常失陪；紳士們外出，她們到別處也實在沒事可做。

　　時鐘敲三點的時候，伊麗莎白覺得應該走了，心不甘情不願地告了辭。彬禮小姐要派馬車送她，而只要多敦請幾聲，她就要上車了；不料這時候吉英捨不得妹妹、憂形於色，彬禮小姐只好把駟馬轎車收回，改口邀請她在內瑟菲爾德暫住。伊麗莎白如逢大赦地依了。這邊也打發僕人到朗本通知家裡，並捎回一些衣物。

# 第八章　不是冤家不聚頭

　　五點鐘，兩位女士出去換衣服；六點半，僕人請伊麗莎白去用晚餐。一見面，大家紛紛禮貌地問起吉英來，尤其彬禮先生格外關懷，叫人歡喜；可是她說不出一個叫人滿意的答案。吉英絲毫沒有起色。彬禮姊妹一聽，口口聲聲地說多麼憂傷，得重感冒多麼悲慘，她們討厭生病討厭得不得了云云，連說了三四遍；然後拋諸腦後：她們這樣子一背着吉英就漠不關心，叫伊麗莎白把舊厭重新玩味。

　　誠然，在那夥人裡面，惟有她們的兄弟叫伊麗莎白有些滿意的。伊麗莎白自覺其他人當她是不速之客；要不是彬禮先生對吉英的憂心溢於言表，對她自己的關照叫人十分愜意，她還要不自在些。除了彬禮先生，少有人理睬她的。彬禮小姐滿腦子是達西先生，她姊姊簡直不相上下；至於赫斯特先生，坐在伊麗莎白旁邊，是個懶人，他的人生不外吃喝玩牌，看見伊麗莎白寧願吃清淡的菜，也不吃法式五香菜燉肉，就無言以對了。

　　晚飯畢，她逕自回到吉英身邊；人一出屋子，彬禮小姐就數落起她來。斷言她太沒有規矩，又傲慢又莽撞；談吐不雅、風度不佳、品味不高、其貌不揚。赫斯特太太也有同感，補充說：

　　「一句話，她沒什麼好誇的，就是兩條腿真硬。我一輩子不會忘記她早上那副德行。活像個瘋子。」

　　「她就是瘋子，魯意莎。我差點兒笑了出來。她來這裡壓根兒是荒謬！姐姐着了點涼，她嘛，何必滿田滿野跑呢？披頭散髮，邋裡邋遢！」

「邋裡邋遢，還有襯裙呢；希望你們看到她的襯裙，足足六吋深的汙泥，一分也不少啊；還把裙子放下來遮醜，哪裡遮得住？」

「你也許形容得確確實實，魯意莎，」彬禮說；「可是我通通看不見。我覺得伊麗莎白・班耐特小姐早上走進屋子來的時候，模樣好得很。我壓根兒沒注意她的襯裙髒了。」

「你呢，達西先生，你準看到了，」彬禮小姐說；「我總覺得，你決不希望看見『你妹妹』這樣丟人現眼。」

「那當然。」

「蹚著腳脖子高的汙泥，走三哩、走四哩、走五哩，走幾哩就幾哩，還是一個人，孤零零一個人！她這是什麼意思？依我看，這是可惡的自負、要不得的為所欲為，不在乎體統的三家村見識。」

「可見她們姐妹情深，好生惹人喜歡。」彬禮說。

「達西生生，恐怕，」彬禮小姐半低聲地說，「她這回冒險多少干擾了你欣賞那雙明眸吧。」

「一點兒也沒有，」他答說；「那雙眼睛奔波得亮閃閃呢。」——話畢，大家頓了一下，赫斯特太太又開口了。

「我可挺瞧得起吉英・班耐特，她真是個甜姐兒，我衷心祝她有個好歸宿。可惜有那樣的父母、還有那些低三下四的親人，恐怕沒什麼指望了。」

「我好像聽你說過，她們姨丈在梅里頓當事務律師[a]。」

「對啊，還有個舅舅住在市井坊附近呢[b]。」

「真絕啊，」妹妹補了一句，姐妹倆哈哈大笑。

「她們舅舅就是多到把市井坊填滿了，鋪天蓋地，」彬禮嚷

---

a　參A7.a。

b　吉英舅舅住的恩典堂街（Gracechurch-street）一帶是倫敦重要的商業區。當時商人的地位不高，不屬紳士階級。彬禮姊妹不但點明這一點，還故意拿不算很近的市井坊（Cheapside）來做地標，是要藉cheap來罵人低賤。其實Cheapside的cheap出自中古英文，是買賣、市場的意思。

說，「也不會叫她們少一丁點兒討人喜歡呀。」

「可她們要嫁給世上有點地位的人，機會準要大大減少，」達西答說。

彬禮聽了沉默以對；他的姊妹卻是由衷地贊同，繼續揶揄她們親愛的朋友的鄙親陋戚，肆意取樂了一陣子。

然後，她們卻又憐香惜玉起來，從晚餐廳走回吉英的屋子，坐着陪她，到僕人請下樓去喝咖啡。吉英依舊病懨懨，伊麗莎白根本捨不得走開，直到夜深[45]，見她睡着了才鬆一口氣；這才想到自己縱然不樂意，論理也應該走下樓去。一進客廳就發覺大夥兒在打盧牌，大家立即邀她來玩；她疑心人家賭得大，謝絕了；推說要照顧姊姊，只在樓下待一會兒，找本書解解悶就行了。赫斯特先生驚奇地望着她。

「你寧願看書也不玩牌嗎？」他說；「可真奇怪呀。」

「伊兒・班耐特小姐[c]，」彬禮小姐說，「瞧不起打牌呢。人家博覽群書，別的事一概不高興做。」

「這樣的讚美和這樣的責備，我都不敢當，」伊麗莎白喊說；「我可沒有博覽群書，也高興做很多事情。」

「我相信你照顧姐姐準高興的，」彬禮說；「希望她不久大好了，你加倍高興。」

伊麗莎白衷心地謝謝他，然後往一張放了幾本書的桌子走過去。他立刻請緹要去拿別的書，把書房的書全拿過來。

「我的藏書多一些就好了，你有好處，我有面子；不過我很懶散，就那麼點兒的書，也有大半翻都沒翻過呢。」

伊麗莎白請他放心，屋子裡那些已經十分合意了。

「我很驚訝，」彬禮小姐說，「父親留下來的書竟然就那麼幾本。你在彭伯里的藏書真是琳瑯滿目啊，達西先生！」

---

c　暱稱是親近的人用的，以彬禮小姐和伊麗莎白的關係，叫「伊兒」不大禮貌。

「那當然豐富，」他答說，「那是一代代相傳下來的[d]。」

「你自己又買個不停，添了一大堆。」

「這年頭疏忽家裡的書房才莫名其妙。」

「疏忽！我管保凡是可以點綴那寶地的東西，你一件也沒疏忽。查爾斯，等你蓋自己的房子時，希望有彭伯里一半的迷人。」

「希望可以。」

「不過我可要奉勸你買在那一帶的地方，然後照彭伯里的樣板來蓋。英格蘭沒有哪個郡比德比郡更優美的了。」

「誠心領教；其實只要達西肯賣，我會索性把彭伯里買下來。」

「我在說正經的，查爾斯。」

「說正經的，卡羅琳，我覺得要擁有彭伯里，用買的比用模倣的，機會還大一些。」

伊麗莎白被他們的交談吸引，看書看得心不在焉；一會兒乾脆把書放下，走近牌桌，站在彬禮先生和他姊姊之間[46]，看他們打牌。

「從春天到現在，達西小姐長高了不少吧？」彬禮小姐說；「會不會跟我一樣高？」

「我想以後會的。現在跟伊麗莎白・班耐特小姐差不多，或許高一些。」

「我巴不得再見她呢！我從沒有遇過誰那麼討人喜歡的了。長相又漂亮、舉止又優雅！而且小小年紀就才藝絕倫！鋼琴彈得出神入化呢。」

「那些青春的小姐，」彬禮說，「怎麼耐得住性子，個個都學到多才多藝；我覺得不可思議。」

「每個小姐都多才多藝！我的好查爾斯，這是什麼意思？」

「對啊，一個個都是這樣，我覺得。她們全都彩繪桌面，繡屏風套[47]，編織錢包。我簡直不知道有誰不是樣樣都會的；我也肯定，

d 從前藏書不但反映學問、品味，也反映財力：彬禮是新發戶，達西是世家。

每逢有人介紹某某小姐，沒有不說她才藝出眾的。」

「你列舉的這些，」達西說，「的的確確是平常所謂的才藝。好些個女子不過編編錢包、繡繡屏風套，就號稱多才多藝了。不過總的來說，我決不同意你對小姐們的評價。在我所有認識的小姐裡面，真多才多藝的，只有半打，再多就不敢說了。」

「我也是，我拍胸脯，」彬禮小姐說。

「那麼，」伊麗莎白說，「你心目中多才多藝的女子準包括好些個條件。」

「是的，的確包括好些個條件。」

「喔，那還用說，」他忠貞的幫手喊了起來，「要不是出類拔萃，沒有人真算得上多才多藝。一個女人準要精通音樂、歌唱、繪畫、舞蹈、現代語言，才配稱多才多藝；除了這些，走路的風度儀態、聲音的腔調、舉止談吐也準要有個樣兒，要不只算是半瓶醋。」

「這些她準要有，」達西說，「可是，此外她還要加上更根本的條件48，就是博覽群書來增長智慧。」

「怪不得你『只』認識六位多才多藝的女子。我這會兒倒疑感有『誰』給你認識。」

「身為女人也懷疑女人不能樣樣做到，您那麼苛刻嗎？」

「我啊，可從沒見過這樣的女人。我啊，可從沒見過誰，像你說的那樣把才能、品味、勤奮、高雅集於一身。」

赫斯特太太和彬禮小姐齊聲喊冤，抗議她含沙射影，都說認識許多條件符合的女子；話猶未了，赫斯特先生憤慨地怪她們不專心打牌，請她們閉嘴。於是大家都沒有話說，伊麗莎白隨後就離開。

「有些小姐，」彬禮小姐等她把門帶上後說，「靠着貶損同性，來跟異性賣好；伊兒‧班耐特就是一個。我看呀，好些男人吃這一套。不過，依我看，這是卑劣的手段、下三爛的伎倆。」

「毫無疑問，」達西聽出這話是衝着他說的，就答說，「小姐

們有時候不擇手段來勾引男人的伎倆，通通都是下三爛。凡事跟狡
詐沾上邊兒都是卑鄙的。」

　　彬禮小姐對這個回答不盡滿意，就不再接話了。

　　伊麗莎白又回到他們那裡，只是說一聲：姊姊轉壞了，她不能
離開她。彬禮先生忙催說要馬上請瓊斯先生來；他的姊妹卻相信鄉
下意見不濟事，建議使人兼程到城裡把最有名的醫生請來。這個辦
法，伊麗莎白怎麼也不同意；但是她們兄弟的建議，要她順從就沒
那麼勉強了；最後決定，如果班耐特小姐明天沒有大起色，一大早
就請瓊斯先生來。彬禮簡直坐立不安，他的姊妹滿口稱悲道慘。誰
知吃過消夜49，她們用二重唱來排遣悲苦；至於彬禮，除了叮囑管家
要竭盡所能照顧病人和她妹妹，也別無他法來寬心了。

# 第九章　原來你研究性格

　　伊麗莎白大半夜都待在姊姊屋子裡，第二天一大早，彬禮先生就請女僕來問候，稍後彬禮姊妹那兩位高雅的貼身女僕也來了；伊麗莎白很欣慰，告訴她們姊姊略有起色了。不過，儘管如此，她請主人家送個便條到朗本，希望母親來看一下吉英，親自斟酌一下病情。便條馬上送了過去，家裡也很快照辦了。彬禮家剛吃過早餐不久50，班耐特太太帶着兩個小女兒來到內瑟菲爾德。

　　如果班耐特太太發覺吉英病情不妙，一定悲慘萬分；然而見吉英沒有大礙，放心之餘，可不想女兒立即痊癒，免得復元了就可能要離開內瑟菲爾德了。所以伊麗莎白提議送回家去，她不同意；而差不多同時來到的藥師，也認為最好不要。母親和三個女兒陪吉英坐了一會兒，彬禮小姐來見面延客51，大家隨她到早餐室裡去。彬禮相見時，希望班耐特太太不覺得大女兒病得比預料的重。

　　「病得真重啊，先生，」她答說。「她病得太厲害了，倒騰不得的。瓊斯先生也說，千萬別想倒騰她。我們只好再打擾打擾你幾天了。」

　　「倒騰她！」彬禮嚷說。「想都別想。我妹妹準不依的。」

　　「您可以放心，老太太，」彬禮小姐客氣而冷漠地說，「班耐特小姐待在這裡一天，我們會竭盡所能照顧她的。」

　　班耐特太太連聲道謝。

　　「說實在，」她說，「要沒有你們這麼好的朋友，她真個不堪設想，因為她病得太厲害了，受了好多苦；雖然她是世上最耐得住

性子的人，她向來是這樣的，因為她的性情最婉順了，不管什麼事都一樣，我沒遇過像她這樣的。我常跟別的女兒說，比起她啊，她們可差了十萬八千里呢。這屋子很漂亮，彬禮先生，對着石子路，景色很迷人。真不知道鄉下有哪個地方比得上內瑟菲爾德。希望你不會急急忙忙想離開，雖然你的租約是短期的。」

「我做什麼都是急急忙忙的，」他答說；「所以呢，我要是決定要離開內瑟菲爾德，說不定五分鐘就走了。不過，現在呢，我當自己是落地生根的。」

「果然不出我所料，」伊麗莎白說。

「你有點懂我了吧？」他轉向她喊說。

「哦，懂——我把你摸透了。」

「希望可以把這句話當成恭維；但是這麼容易給人看穿，恐怕挺可憐的。」

「那要看情況了。深刻、曲折的性格比起你這樣的人，不見得可敬多少。」

「麗兒，」她母親嚷說，「你別沒裡沒外，到處撒野，家裡才受得了你鬧。」

「我倒不知道，」彬禮連忙說，「原來你研究性格。一定很有趣吧。」

「嗯；不過『頂』有趣的是曲折的性格。這種性格起碼有這個好處。」

「鄉下，」達西說，「可以給您研究的對象通常很少。在鄉下地方來來去去就是那些人，而且人也寥寥可數。」

「可是人本身變化多端，永遠有新鮮事等你發現的。」

「對，那敢情對，」班耐特太太被達西口口聲聲的鄉下地方觸怒，高聲地說。「那個嘛，城裡有多少，鄉下一樣有多少。」

　　大家吃了一驚；達西町着她一會，又默默轉過臉去[a] [52]。班耐特太太自以為大獲全勝，逗着威風說：

　　「我自己覺得，倫敦除了那些商店和公眾地方，看不出有什麼了不起勝過鄉下的。鄉下可舒服多了，可不是呢，彬禮先生？」

　　「我在鄉下，」他答說，「根本不想走；到我在城裡，也一樣不想走。兩邊各有好處，我隨便在哪裡都很開心。」

　　「唉——那是因為你性情好。可是那位紳士，」看着達西，「好像覺得鄉下一文不值呢。」

　　「真的，媽媽，您誤會了，」伊麗莎白說，為母親臉紅。「您完全誤會了達西先生了。他不過是說，鄉下不像城裡有那麼多各式各樣的人來往；這您也不得不承認呀。」

　　「那當然，寶貝，誰說有來着？可是說到附近沒有很多人來往，我認為比這裡大的地方也沒幾個。我就知道，常跟我們吃晚餐的有二十四戶人家。」

　　要不是顧及伊麗莎白的感受，彬禮也忍不住笑出來。他妹妹就沒那麼得體，眼睛向達西先生瞄，曖昧地笑。伊麗莎白為了轉移母親的心思，只好找話說，就問起自從「自己」來了內瑟菲爾德，夏洛特·盧卡斯有沒有到朗本去。

　　「有呀，昨天才跟她父親來過。威廉爵士好討人喜歡哦，彬禮先生——可不是呢？真是上流社會的人！又斯文、又隨和！——他不管跟誰都總有話說的。——這樣嘛，才叫做有教養；而那些自以為了不起、又死不開口的人，根本就大錯特錯。」

　　「夏洛特和您吃晚餐沒有？」

　　「沒有，她要回家去。我想家裡等着她做肉醬餡餅。至於我啊，彬禮先生，家裡從來有備人料理分內的事；我幾個女兒啊，從小就跟別的人家不一樣的。不過大伙兒要自己看的；盧卡斯幾姐妹

---

a 達西的反應既顯得有涵養，也顯得傲慢；因為他自視高，才不屑跟班太太計較。可參看周作人（1945）有趣的分析。

都是正經的女孩，我不騙你。只可惜都不受看！不是說『我』覺得
夏洛特長得真個『太』平凡──不過她跟我們很熟。」

「她像是個挺討喜的姑娘，」彬禮說。

「哦！親愛的，挺討喜；──可是你不得不承認她長得平凡得
很。盧卡斯夫人自己也常常這樣說，羨慕我吉英得樣兒呢。不是我
愛誇口自己的孩子，可是一點兒沒錯！吉英嘛──比她好看的人可
不常見呢。這是大伙兒說的，我也怕自己偏心的。從前她才十五
歲，城裡我弟弟嘉德納家裡有一位紳士，愛她愛得不得了，我弟妹
斷定我們臨走前他準會跟吉英求婚。不過，可是沒有。興許他覺得
吉英太小了。不過，他為吉英寫了些詩，好美的詩呢。」

「於是把愛意也斷了，」伊麗莎白連忙說。「我想，有很多戀
情是這樣子了結的。我想知道，誰最早發現寫詩可以輕易地趕走愛
情[b]！」

「我一向以為詩是愛情的麵包呢，」達西說。

「那要美好、堅貞、健康的愛情才會。已經強壯的，什麼都是
營養。但是，假如只是雲淡風清的好感，我相信，寫一首優美的十
四行詩就宣洩殆盡了[c]。」

達西只是一笑；接着，大家片刻無話，叫伊麗莎白心驚肉跳，
惟恐母親又要出醜。她渴望說點什麼，卻想不出話來；安靜了一會
兒，班耐特太太又開口了，對彬禮先生給吉英的關照謝了又謝，也
為麗兒的打擾致歉。彬禮先生回答得誠懇有禮，也勉強妹妹要有
禮，說些場面話。她這個東道主殊不得體，但是班耐特太太已經滿
意，隨後吩咐備車。最小的女兒聽見要走了，走上前來。原來到訪

---

b　洪蘭〈2011〉提到兩個有趣的心理學實驗，原來「直覺的判斷是不能訴諸語言
　　……給理由反而改變了喜好」。可見伊兒的說法多少有點科學根據。

c　吳經熊（1940）談到物質文明與愛的關係：“If the fire is weak, it may be smothered
　　by the fuel. But if the fire is strong, the more fuel it has to feed on, the brighter will be
　　its flame.”想法和伊兒類似。然而在心理學上（見前注），卻是直覺與理智的衝
　　突，不管你大火小火了。

期間，兩個女孩一直交頭接耳，最後說定由老么發難，要彬禮先生
實踐剛到鄉下時的諾言，在內瑟菲爾德開一個舞會。

莉迪亞是個結實、健康的十五歲女孩，細皮嫩肉、和顏悅色；
是母親的寵兒，因為疼愛有加，小小年紀就讓她參加社交活動。她
活力充沛、生性妄自尊大，加上那些軍官喜歡她姨丈豐盛的晚餐、
她隨和的態度，而大獻殷勤，叫她越發膽大妄為。所以她才格外斗
膽，跟彬禮先生提起舞會的事，唐突地提醒他的諾言；還加上一
句：不守信用是世上最丟臉的事。乍猛一問，彬禮卻回答到母親的
心坎兒上了。

「你放心，我萬分樂意守信用；等你姐姐好了，你說舞會那天
開就那天開。你總不希望在她病的時候跳舞吧？」

莉迪亞表示滿意。「哦！當然——等吉英病好了再跳，那好多
了，而且到那時候卡特上尉八成也回梅里頓了。等你開了『你的』
舞會，」她說，「說什麼都輪到他們了。我準告訴福斯特上校，他
不開舞會就丟臉死了。」

班耐特太太就帶着兩個小女兒離開；而伊麗莎白立刻回吉英身
邊去，留下彬禮姊妹和達西先生，把伊麗莎白和親人的一舉一動批
評一番；不過，儘管彬禮小姐不斷打趣那雙「明眸」，達西先生說
什麼也不肯附和兩姊妹去譏彈「她」。

# 第十章　謙遜的傲慢

今天過的跟昨天差不多。白天，赫斯特太太和彬禮小姐陪伴了病人幾個小時；吉英繼續康復，儘管慢；晚上，伊麗莎白到客廳跟大家相聚。不過，盧牌桌沒有開。達西先生在寫信，彬禮小姐坐在旁邊，一面看他寫到那裡，一面打擾他，要他附筆問候他妹妹。赫斯特先生和彬禮先生打皮克牌，赫斯特太太觀戰。

伊麗莎白拿起些活計來做，津津有味地聽着達西與夥伴交談。那位小姐誇他字好看、行整齊、信又長，稱讚個沒完沒了，對方卻根本無動於衷；一問一答，耐人尋味，也恰恰符合伊麗莎白對兩人的看法。

「達西小姐收到這樣的信準高興極了！」

他沒有理睬。

「你寫得出奇地快。」

「不對。我寫得很慢。」

「你一年到頭要寫多少信啊！還有生意上的信！真個討人厭啊！」

「那麼，幸好由我負責，不是由你。」

「請告訴令妹我好想見她。」

「已經說過一遍了，照你意思。」

「我想你的筆不大順手。我來幫你削一削吧。削筆我可是很拿手的。」

「謝謝——不過我向來自己削。」

「你怎麼有本事寫得那麼整齊？」

他不做聲。

「告訴令妹，聽說她豎琴進步了，我很高興；還要讓她知道，她給桌子做的那小塊活計好漂亮，迷得我歡天喜地，我覺得比格蘭特利小姐做的好太多了。」

「可否包涵一下，等我下回寫信，你再來歡天喜地？這封信已經沒地方好好寫了。」

「喔，那要什麼緊？一月就看到她了。話說回來，你時時寫這麼長、這麼迷人的信給她嗎，達西先生？」

「長通常是長；時時都迷人嘛？不是我說了算。」

「依我看，誰寫得出一封長信，隨手寫好，一律寫得不壞。」

「你這頂高帽達西不會戴的，卡羅琳，」她哥哥喊說——「因為他寫信才不隨手呢！他下了死勁摳四音節字眼兒。——不是嗎，達西？」

「我跟你的寫法截然不同。」

「哈！」彬禮小姐喊說，「查爾斯寫起信來，要多馬虎就有多馬虎。該寫的一半沒寫，寫的又墨迹斑斑。」

「我的念頭轉得太快了，快得來不及表達——這一來，我有時候是給收信人說廢話。」

「你這麼謙遜，彬禮先生，」伊麗莎白說，「準叫人捨不得怪你。」

「世上最虛偽的，」達西說，「莫過謙遜的外表。那往往只是信口胡謅，有時候是拐彎的自誇。」

「那麼，剛剛小弟我的自謙又算哪一種呢？」

「拐彎的自誇；——其實你為寫信的缺點而傲慢，因為你認為那些缺點是由於思想敏捷而表達馬虎，就算不可敬，最少也很值得重視53。辦事快的人總以這個能耐為豪，卻常常對辦事的瑕疵一點也不以為意。你白天跟班耐特太太說，要是決定要離開內瑟菲爾德，

五分鐘就走了什麼的。你這話有點在讚美，給自己臉上貼金——可是急急忙忙，準把該做的事丟下不管，對人對己卻不見得有什麼大好處，這樣有什麼好嘉許的呢？」

「哼，」彬禮嘆說，「真夠瞧的，晚上還記着白天說過什麼蠢話。可是，天地良心，我相信自己說的是實情，到此時此刻也相信。所以呢，起碼我不是只為了在女士面前出風頭，而裝出一副無事急的性格。」

「我想你是相信的；我卻是說什麼也不相信你會這樣一溜煙走掉。你跟誰都一樣，一舉一動都是隨機的。如果你上馬的時候，有個朋友說，『彬禮，你最好留下來，下個禮拜再走，』你八成會照辦，不走了——朋友再說一句，興許就留一個月。」

「你這樣說恰好證明，」伊麗莎白喊說，「彬禮先生委屈了自己的性格。這一來，比起他自誇，你幫他出的風頭更大呢。」

「我高興極了，」彬禮說，「我朋友說的話到了你的口，反而是恭維我性情隨和了。可是你這樣解釋，恐怕不是這位紳士的原意。因為人家勸留的時候，要是我一口拒絕，快馬加鞭地跑掉；他準看得起我些。」

「那麼，達西先生是否認為，你固執當初的輕率決定是將功補過呢？」

「說實在的，我沒辦法說清楚，非達西自己來說不可。」

「你指望我來解釋，可這些意見是你硬栽到我頭上的，我可從沒有承認過。不過，姑且照你描述的來談，您準記得，班耐特小姐，那位設想中勸留的朋友希望他延後行程、回到屋子裡，只是希望而已，沒有提出半個理由，說留下來有道理的。」

「順從朋友的『勸說』，樂意順從，容易順從；你認為不是優點。」

「盲目順從的頭腦，任誰都不值得讚美。」

「達西先生，你好像容不得友誼、情意的影響。其實，只為尊

重勸說的人，就常常叫人樂意順從，犯不着等理由才服。我不是針對你剛才設想彬禮先生那個例子。興許我們也可以等到事情發生了，再來就事論事，談談他怎樣隨機應變。但是以朋友間一般的情形說來，甲希望乙改變一個無關痛癢的決定，乙不等朋友講道理就依了；你會瞧不起乙嗎？」

「我們最好先弄清楚一些這件事的關係有多大，當事人的交情有多深；再來討論。嘎？」

「當然當然，」彬禮喊說，「所有鷄毛蒜皮都要知道，別忘了誰高誰矮、誰胖誰瘦；因為你不準知道，班耐特小姐，這些東西比講道理更有分量。我不騙你，要不是達西比我大塊頭，我不會那麼尊敬他的。我敢說，有些時候、有些場合，達西比誰都叫人望而生畏；尤其在他家裡，禮拜天晚上沒事做的時候。」

達西先生一笑。然而伊麗莎白覺得，看得出他很不悅；就忍住了笑。彬禮小姐見達西受的戲弄，恨得牙癢癢，抗議哥哥胡說八道。

「我知道你的用意，彬禮，」他的朋友說。──「你不喜歡講道理，就想叫大伙兒閉嘴。」

「也許吧。講道理太像吵架了。要是你跟班耐特小姐肯寬限一會兒，等我走出屋子再談，我感激不盡；到時候，你們愛說我什麼，儘可說個夠。」

「你的要求，」伊麗莎白說，「我自己覺得無妨；達西先生還是去把信寫完吧。」

達西先生依言，把信寫完。

事情辦了，達西先生想聽音樂，請求彬禮小姐和伊麗莎白賞光。彬禮小姐連忙走到鋼琴那裡去，客氣地請伊麗莎白先指教；伊麗莎白一樣客氣、加倍誠懇地推辭了，彬禮小姐才坐下來。

赫斯特太太跟妹妹合唱；而她們表演時，伊麗莎白就翻看琴上放着的樂譜，卻不由得觀察到：達西先生頻頻目不轉睛地盯着自己。她簡直覺得，自己會成為這個大人物的意中人是不可思議的

事；然而，要說人家看着她是因為討厭她，就更奇怪了。無論如何，她到頭來只好猜想：自己引起達西注意，因為她有什麼地方，照人家心目中的規矩，比其他在場的人更不對、更可責難。這個假定並不叫她傷心。她不大喜歡他，就不介意他讚賞與否。

彬禮小姐彈了些意大利歌曲，就改換風味，彈起輕快的蘇格蘭曲調；隨後，達西先生走到伊麗莎白跟前，說：

「班耐特小姐，您不覺得躍躍欲試，想乘機跳里爾舞嗎？」

她一笑，卻不回答。達西有些意外，再問一次。

「哦！」她說，「我早就聽見了，只是一下子拿不準回些什麼話。我知道，你希望我說『想』，那你就可以小看我的品味來取樂了；可是我總高興破解這種詭計，叫人家的藐視胎死腹中。所以我打定了主意告訴你，我壓根兒不想跳里爾舞——這下子你敢小看就小看吧。」

「實在不敢。」

伊麗莎白滿以為會冒犯他，見他有風度，很詫異；其實她待人接物，既嬌媚又淘氣，不容易冒犯人；而達西也從來沒有為女人着迷，像為她那樣。他真的相信，要不是她家世寒微，他就有點不能自拔了。

彬禮小姐所見所疑，足以叫她妒忌；而本來就切切渴望親愛的朋友吉英早日康復，現在為了擺脫伊麗莎白，更要馨香禱祝了。

她常常跟達西談起兩人擬料的婚事、兩家聯姻怎樣打點才幸福，設法挑撥達西去嫌棄她那位客人。

「我希望，」第二天兩人在灌木園裡散步，她說，「大喜之日，你會委婉地提醒一下岳母大人，最好閉一下嘴；而要是你想得出法子，可要治一治那兩個小丫頭，別老是跟着軍官跑。——再來呢，恕我冒昧，大嫂有點兒那個，差不多到了自負、莽撞的地步，請設法管一管。」

「有沒有別的建議，讓我們兩口子更美滿？」

「噢！有。——千萬要把姨丈、姨母菲利普斯夫婦的肖像擺進彭伯里的畫廊去。就掛在你當法官的伯祖旁邊吧。他們是同行，你知道；專長不同而已。至於你的伊麗莎白，你就死心吧，不必畫了；她那雙明眸，叫誰畫得傳神呢？」

「要抓住那神采，敢情不容易；但是顏色、輪廓，還有纖巧優美的眼睫毛，也許描得出來。」

偏偏這時候，另一條小徑上走過來赫斯特太太和伊麗莎白本人。

「我不知道你們也想來散步，」彬禮小姐說，有點兒心虛，惟恐剛才的話給她們聽見了。

「你們太可惡了，這樣對我們，」赫斯特太太答說，「跑出來也不招呼一聲。」

然後挽起達西先生那條空着的手臂，丟下伊麗莎白一個人走。小徑只容得下三人。達西先生發覺她們失禮，連忙說：

「這裡不夠寬給我們四個人。還是到大道上去吧。」

然而，伊麗莎白根本不想跟他們待在一塊，笑着回答：

「不用，不用；你們留在那裡。你們的布局很迷人，看起來美妙非凡。多了第四個，就要壞了構圖54。再見吧。」

說罷，蹦蹦跳跳跑開了；她一邊漫步，一邊樂滋滋地盼望着：過一兩天就可以回家了。吉英已經康復不少，這晚就想要走出屋子待幾個小時。

# 第十一章　可笑不可笑

　　晚飯畢，女士先離席；伊麗莎白跑上樓去看姊姊，見她穿得暖烘烘，就扶她下樓；一進客廳，她兩位朋友就滿口堆歡；紳士還沒有過來的那一個小時，伊麗莎白覺得她們再討喜不過了。她們談起話來，伶牙俐齒。可以把節目形容得分毫不差，把軼事講得詼諧有趣，打趣起朋友來興高采烈。

　　然而，紳士一來，吉英不再是寵兒。彬禮小姐的眼睛登時轉向達西，而達西才走進來幾步，她已經有話對他說了。達西逕自向班耐特小姐問好，有禮地道賀康復；赫斯特先生也略為躬一躬身，說一聲「高興得很」；但是論絮叨、論親切，就要數彬禮的致意了。他歡天喜地，也無微不至。前半個小時花在堆起爐火，惟恐她換了屋子受涼；吉英也依他的心意，挪到火爐的另一邊，離門口遠一點。然後坐在她身旁，幾乎不跟別人說話了。伊麗莎白在對面一角做着活計，這些都看在眼裡，樂不可支。

　　茶罷，赫斯特先生提醒小姨子準備牌桌──卻是白搭。原來彬禮小姐私底下得知達西先生不想打牌；不久，赫斯特先生連向大家求情也碰了釘子。彬禮小姐再三地說，沒有人想打牌；而大家都沒有意見，好像默認她的話。於是赫斯特先生無事可做，只好攤在一張沙發上睡覺。達西拿起一本書；彬禮小姐也一樣；而赫斯特太太多半在埋頭把玩她的手鐲、指環，偶爾跟弟弟、班耐特小姐一起談天。

　　彬禮小姐一心二用，一邊看自己的書，一邊看「達西」看書；

三番五次不是問東問西，就是看他看到哪裡。但是，她跟達西攀不到什麼話；達西只是回答她的問題，繼續看書。她自己挑來看的書，只因為那是達西的書的第二卷，左看右看看不出趣味來，到頭來累垮了，打了一個大呵欠說：「晚上這樣度過真愉快啊！我敢說，什麼玩意兒到底都比不上看書！做別的事，一下子就厭倦了，看書卻不會！——等我有自己的房子，要是少了個頂呱呱的書房，那才叫可憐呢。」

沒有人理睬。於是她又打了個呵欠，把書丟下，環顧室內找樂子；剛好聽到哥哥跟班耐特小姐提起舞會，突然轉身對他說：

「順便問問，查爾斯，你說打算在內瑟菲爾德開舞會，是說正經的嗎？——我奉勸你，先跟在座的人商量一下再來決定；我不會看錯的，大夥裡頭有人覺得參加舞會是受罪，而不是享樂。」

「要是說達西，」她哥哥喊說，「不等舞會開始，他可以上床睡覺，隨便他——可是舞會呢，那是沒的說的了；尼科爾斯一做好足夠的白酪，我就發帖子。」

「要是舞會換些花樣，」她答說，「我準會喜歡得多；可是平常那種場合，就有點沉悶得慌。要是時下舞會的慣例不是跳舞，而是聊天，舞會就理性得多。」

「是理性得多，我的好卡羅琳，可是，我看壓根兒不像個舞會了。」

彬禮小姐沒有回答，隨後站起來在屋子裡走來走去。她身形婀娜，步態多姿；——衝着達西做張做致，達西卻依然心無旁鶩地看書。她萬不得已，只好使出末計；轉向伊麗莎白說：

「伊兒・班耐特小姐，你聽我說，跟着我這樣子，在屋子裡走一圈吧。——坐了老半天不動，動一下，包管你精神一振。」

伊麗莎白很意外，但立刻依從。而彬禮小姐別有對象的體貼也奏效了，達西先生抬起頭來了。他跟伊麗莎白一樣，沒有識破人家在那裡獻殷勤是要出奇制勝[55]，不知不覺把書合上了。人家朝脆邀他

一塊來活動，卻被他拒絕了；他說只想得出兩個原因，讓她們倆一起在屋子裡走來走去，而不管哪一個原因，他加入都會礙事。「什麼意思？她巴不得知道他的意思」——就問伊麗莎白到底她懂不懂？

「一點兒摸不着頭腦，」她答說；「不過的確的，他就是對我們女人苛刻；我們要掃他興，頂好就是什麼都不要去問他。」

不過，彬禮小姐什麼事都無法掃達西先生的興，於是纏着要他解釋是哪兩個原因。

「我沒有一點兒不肯解釋，」他一得空就說。「你們選擇這樣消磨一個晚上，要麼你們是貼心的朋友、有體己話要說，要麼你們自覺走起路來、身形顯得最好看；——要是第一個原因，我準會礙手礙腳；——而要是第二個原因，我坐在火爐邊欣賞好得多了。」

「噢！不像話！」彬禮小姐喊說。「我從沒有聽過這麼可惡的話。我們怎樣懲罰他胡說八道？」

「只要有心，再容易不過，」伊麗莎白說。「我們誰都可以互相折磨、互相懲罰。戲弄他——取笑他。——你們那麼熟，你準知道怎麼下手。」

「可是憑良心說，我可不知道。說實話，我們熟歸熟，可沒有教我『這一套』。戲弄泰然自若、處變不驚的人！不，不——我覺得他興許當場就藐視我們了。說到取笑，對不起，我們才不要無緣無故地取笑人來出醜。達西先生興許沾沾自喜呢。」

「達西先生是不能取笑的！」伊麗莎白喊說。「真是稀有的好處呀；希望這個好處會稀有下去，我啊，要是多幾個這樣的朋友，損失可大了。我愛笑愛得很呢。」

「彬禮小姐過獎了，」他說，「要是人的一生一味開玩笑，那麼，連頂聰明、頂傑出的人，不，連頂聰明、頂傑出的作為，興許也變得荒唐可笑。」

「當然有那種人，」伊麗莎白答說——「不過我希望自己不是『其中』一個。也希望自己永遠不要取笑聰明傑出的事。而愚蠢、

荒謬、任性、矛盾，老實說，我覺得真逗樂，我一有機會就笑。
——可是，我想，這些弱點正好是你沒有的。」

「誰也難免有弱點吧。不過，有些弱點常常叫識見高明的人也
惹人笑話，卻是我生平力戒的。」

「譬如虛榮和傲慢。」

「不錯，虛榮敢情是個弱點。可是傲慢嘛——真正識見高明的
人，傲慢也總有分寸的。」

伊麗莎白別過臉去偷笑。

「你該盤問完達西先生了吧，」彬禮小姐說；——「請問可問
出什麼來着？」

「我深信達西先生完美無瑕。他自己老實不客氣承認的。」

「沒有，」——達西說，「我沒有這麼自命不凡。我缺點多的
是，但是希望不在識見上。脾氣就不敢說了。——恐怕是太不通融
——無論怎樣，太不近人情了。別人做的傻事、壞事，都應該趁早
兒忘記，我卻不能；別人得罪我也一樣。我耿耿於懷，千方百計還
是排解不了[56]。興許我這種是記恨的脾氣。——我對人的好感一壞，
再也好不起來。」

「這個嘛，可是個缺點！」——伊麗莎白喊說。「撫不平的
恨意敢情是性格上的陰影。不過，你這個缺點也真夠絕的。我可
『笑』不得你。我拿你沒辦法。」

「我認為，每個人的性格各有各的壞苗頭，是天生的瑕疵，任
你再好的教育也克制不了的。」

「而您呢，瑕疵就是好怨恨人。」

「而你呢，」他笑一笑答說，「就是存心去歪曲人家。」

「我們來聽聽音樂吧，」彬禮小姐喊說，插不上話的對談叫她
厭倦。——「魯意莎，你不介意我吵醒赫斯特先生吧？」

姊姊沒有半句意見，於是鋼琴打開了；而達西回想了一下，並
不惋惜不談下去。他漸漸感到對伊麗莎白太殷勤會泥足深陷。

# 第十二章　各懷離別思

　　姊妹倆商量好，第二天早上由伊麗莎白寫信給母親，請她當天派馬車來接。偏偏班耐特太太早打好如意算盤，讓女兒倆留在內瑟菲爾德，禮拜二才回家，這樣吉英就剛好在那裡住上一個禮拜；所以很不樂意提前接女兒回來。所以她的答覆並不中聽，最少不符伊麗莎白的期望，因為她迫不及待要回家。班耐特太太回話說，禮拜二以前別指望騰得出馬車來；信末還附言，如果彬禮先生、彬禮小姐盛情款留，她決不會催姊妹倆回家的。──誰知伊麗莎白十分堅決，萬不肯久留──她也不太期望人家會款留，反而擔心人家嫌她們是賴着不走的不速之客；姊妹倆本擬當天白天就離開內瑟菲爾德，於是伊麗莎白力勸吉英，立刻借用彬禮先生的馬車，商量了半天，決定應該向主人家請辭，也開了口請求借用馬車。

　　主人家聽了，三番五次說不捨；費盡唇舌，希望挽留她們，最少讓吉英多養一天病；於是歸期延後，明天才走。事後彬禮小姐才懊悔，不該提出延期的主意；因為她對妹妹的醋意和厭惡，遠過於對姊姊的眷愛。

　　屋主聽見人家即將離去，由衷地悲傷；一再設法說服班耐特小姐，車馬勞頓並不穩當──她還沒有康復到可以上路；然而，只要吉英自覺有理，就不為所動。

　　達西先生覺得這是個值得慶幸的消息──伊麗莎白在內瑟菲爾德夠久了。也太吸引他了──而彬禮小姐既不以禮待「人家」，又越發愛揶揄他。他明智地決定，在這個節骨眼上要千萬小心，別流

露出一絲愛意，無論如何別叫人有非分之想，以為左右得了他的終身幸福；他明白，如果之前叫人這樣想過，告別那天的一舉一動就是關鍵，要麼叫人的希望破滅，要麼抱得更穩。星期六，他從早到晚堅定不移，簡直跟她說不上十句話；儘管兩個人一度共處了半個鐘頭，他還是聚精會神地埋頭看書，連看也不看她一眼。

　　星期日，早上做完禮拜，幾乎人人歡迎的告別時刻到了。到了最後關頭，彬禮小姐突然對伊麗莎白越發有禮，對吉英越發親熱；分手時，再三地跟吉英說，不管在朗本還是內瑟菲爾德，都很高興再見到她，又依依不捨地擁抱她，甚至跟伊麗莎白握手[a]。——伊麗莎白神采飛揚地跟大家告別。

　　回到家裡，可得不到母親熱烈歡迎。班耐特太太一看見她們，很錯愕；覺得她們生那麼多事十分不對，又斷定吉英要再感冒了。——倒是父親看見女兒倆，雖然高興的話只有一句半句，心裡着實歡喜。他已經體會到兩個女兒在家裡的地位。吉英和伊麗莎白不在，晚上一家人相聚談天，幾乎只剩下有一搭沒一搭的胡說。

　　兩個姊姊見瑪麗仍舊埋頭研究和聲學和人性；也有近來的書摘可以欣賞，有炒冷飯的老生常談可以聽。凱瑟琳和莉迪亞告訴姊姊的又不一樣。自從上星期三以來，軍中事情不少，嘴舌也多；最近有幾位軍官跟姨丈一起吃晚餐，有個士兵挨了鞭子；竟然還有人露口風，說福斯特上校快要結婚了。

---

a 據Chapman說，當時握手還不是禮節上的慣例，反而是親暱的動作（IV, p. 508）。張愛玲（1968: 115-6）提到一齣中國電影裡，夫妻離婚，臨行時女的伸出手來想握別；認為不合情。「中國人在應酬場中也學會了握手，但在生離死別的一剎那，動了真感情的時候，絕想不到用握手作永訣的表示。」

# 第十三章 天上掉下來的橄欖葉子

「我希望，親愛的，」第二天吃早餐時，班耐特先生跟太太說，「今天晚餐你吩咐好一桌好菜[57]，因為我推想家裡會有客人。」

「你說誰，親愛的？我真的不知道有誰要來，除非是夏洛特·盧卡斯趕巧來了，我想『我的』家常晚餐對付得了她。我不相信她在家裡常吃得到那些菜。」

「我說的那位，是位紳士、又是生客。」

班耐特太太眼睛一亮。——「是位紳士、又是生客！準是彬禮先生。哦，吉英——你連一點口風都不漏，真是鬼靈精！好啊，要見彬禮先生，我準歡喜得不得了的。——可是——好家伙！真倒霉！今天一丁點兒的魚都沒有。莉迪亞，寶貝，拉一下鈴。我這就得吩咐希爾。」

「他可不是彬禮先生，」她丈夫說；「這個人，我這輩子從來沒有見過。」

女士們無不驚訝；他被妻子和五個女兒七嘴八舌地追問，很得意。

他賣了一會兒關子來取樂，才解釋說：「大約一個月前，我接到這封信，因為我覺得事情有些棘手，要趁早兒應付，約略半個月前就覆了他。信是我族侄[58]，柯林斯先生寄來的[a]；他就是那位在我

---

a 為什麼班耐特與柯林斯不同姓呢？最少有兩種原因：一、他們自己或父祖被人收

死後可以隨時把你趕出這屋子的人。」

「噢！親愛的，」他妻子喊說，「我可聽不得這個。請不要再提起那個臭家伙。你自己的家產竟然不傳給自己的孩子，我真覺得是世上最淒慘的事了；我要是你的話，準會老早就做點什麼來對付了。」

吉英和伊麗莎白設法跟母親解釋限定繼承是怎麼一回事。其實之前就常常解釋，但是班耐特太太對這件事就是不可理喻；她繼續痛罵，說家產不分給五女之家，卻給一個毫不相干的家伙，太狠心了。

「這真個是罪大惡極的事，」班耐特先生說，「不管怎樣，柯林斯先生繼承朗本都罪無可恕。不過，要是你肯聽聽他信裡的表白，興許會叫他的態度軟化一點。」

「不要，才不要聽他的；我覺得他居然寫信給你也太莽撞了，十足的虛偽。我痛恨這種假惺惺的人。他幹麼不像他老爸從前那樣，一天到晚跟你抬摃呢？」

「幹麼呢，真的，他在這上頭好像有些做子女的顧忌，你聽聽就知道了。」

「族伯大人鈞鑒：

尊者與家父之長年失和，一向令小侄甚是不安；自從家父不幸逝世，小侄屢屢以彌補裂痕為念；然而一度疑惑，惟恐與任何家父樂於牴牾之人和睦共處，未免乃對先人之大不敬，是故又裹足不前。——『注意聽，班耐特太太。』——然而，小侄如今對此事之主意已決，蓋因小侄於復活節受按牧禮後[59]，有大幸蒙劉易斯・德・伯格爵士遺孀、凱瑟琳・

---

養而改姓。二、娶了父系以外的表親，改從女姓以繼承女方家產。這在當時十分普遍。類似費孝通（1943）提到的「上門姑爺」。例如：張家為女兒招婿，姓王的女婿入贅，成為張家的人。「若要得到女家的農田，同時要改姓女家的姓（有很多並不把自己的姓取消，好像一個王姓的到張姓上門，他的名字可以改作張X王）」。中國農村這一着，變相為女兒不能承繼家產解套。

德・伯格夫人閣下以聖職授予權揀選，以隆恩厚澤，拔擢為本教區教區長之聖職重任[b]，於此鄙人將鞠躬盡瘁，以申感戴夫人之意，並隨時樂意按國教之所訂來奉行諸儀式及典禮[60]。再者，身為牧師，有感於所牧區內家家戶戶祥和之福之謀求與促進為己責；而據此種種理由，小侄如今此一善意之首獻，竊以為甚是可取，而小侄之為朗本莊園繼承人之處境，亦必為族伯大人所包涵；而不至於推卻小侄致上之橄欖葉子[c]。小侄別無所慮，惟慮及族伯大人和藹可親之諸位千金因小侄而受害，請容小侄致歉，亦請族伯大人放心，小侄樂於竭盡所能以彌補，——但此事容後再談。倘若族伯大人以府上容接為無妨，小侄將於十一月十八日星期一下午四時，欣然拜訪族伯及闔府，並只怕將叨擾府上到下周之星期六為止；此則於小侄毫無不便之處，因為凱瑟琳夫人決不反對小侄於星期日偶然缺席，只消安排好另一牧師代行主日禮拜即可。敬頌闔第萬福。

小侄威廉・柯林斯謹稟。

　　　　十月十五日，於肯特郡韋斯特勒姆附近的洪斯福德」

「所以，四點鐘，我們就會看到這位修和紳士，」班耐特先生說着收好信件。「看來真箇是頂認真、頂有禮的小伙子；尤其凱瑟琳夫人要是肯開恩讓他再來，相信準會是個值得交的朋友。」

「他提到女兒的那幾句話倒有點兒意思，要是他打算補償她們，我才不會潑他冷水的。」

「他說的要給我們應分的補償，」吉英說，「雖然猜不透是什麼意思，心意着實可嘉。」

---

b　捐地興建教堂或資助教會的人可擁有聖職授予權，可提名屬意的人出任聖職。柯林斯先生擔任的教區長為終身職，除了領聖體，還有住所。

c　象徵和平，有修好的意思。典出《聖經》：「到了晚上，鴿子回到他那裏，嘴裏叼着一個新擰下來的橄欖葉子，挪亞就知道地上的水退了。」（創8: 11）

伊麗莎白最稱奇的是他把凱瑟琳夫人奉若神明，還有隨時為需要的教民施洗、嫁娶、埋葬的善心。

「他準是個怪胎，我想，」她說。「我摸不透他。——文筆有些個大剌剌的調調兒。——他說要為身為繼承人致歉，什麼意思呢？——就算有辦法不繼承，我們也不會以為他會做的。——他頭腦靈光嗎，老爺[d]？」

「不，親愛的；我想不靈光。我看八成是恰恰相反。他的信既卑躬屈膝，又妄自尊大，到時候準有好戲看。我等不及要見他了。」

「論文章，」瑪麗說，「他的信似乎無懈可擊。橄欖葉子的意思興許不算新鮮，我想卻也說得漂亮。」

凱瑟琳和莉迪亞覺得，不論是信還是寫信的人都沒有一點意思。族兄竟然會穿着紅衣而來，幾乎是做夢；而幾個星期以來，她們高興來往的人，偏偏就沒有別的顏色。至於她們的母親，原來的惡感被柯林斯先生的信打消了大半，準備好心平氣和地見他，心平氣和得叫丈夫、女兒驚訝。

柯林斯先生準時到達，班耐特一家接待，禮貌十分周到。班耐特先生的確少話，倒是女士夠健談；而柯林斯先生自己，似乎既不需要鼓勵開口，也不愛好沉默。他高大粗壯，是個二十五歲的青年。神情陰沉凝重，舉止十分拘謹。坐下不久，就恭維班耐特太太有五位如此漂亮的千金，又說他早已風聞族妹的美貌，誰知其實聞名不如見面；又說相信她們到時候都有個百年好合。這樣獻殷勤，有人覺得不大中聽；但是班耐特太太不找恭維的碴，十分樂意地答說：

「你人真好，賢侄，真的；我滿心希望如你所說的，要不她們就要為柴米發愁了。事情定得太奇怪了。」

「您指的莫非是這個莊園的繼承。」

---

d 當時家人的稱呼不像今日隨便。班先生雖然偏疼伊兒，伊兒卻稱呼他老爺（sir），而不是父親、爸爸（father）。參看A5.a。後來只叫了一次爸爸（Papa）（C7），是因為情急。

　　「唉！賢侄，敢情是啊。這是我可憐的丫頭的傷心事，你問心也要說是。我不是要拿『你的』缺缺兒，因為我知道世上這些事都是碰運氣的。家產一給限定了，天知道會給了誰呢。」

　　「族姑大人，小侄對賢族妹的苦處心知肚明，——此事本來可以侃侃而談，只是不敢孟浪急躁。然而請諸位千金放心，小侄是有備而來欣賞她們的。眼下且不多說，然而，也許等我們熟悉些——」

　　僕人傳晚飯，打斷了他的話；姊妹相視一笑。柯林斯先生欣賞的不僅僅是諸位小姐。廳堂、晚餐室、家具陳設，一一得到細品、誇獎；班耐特太太聽他處處讚不絕口，要不是心裡委屈，覺得他把一切看成自己未來的財產，一定心花怒放。接下來的晚餐也大受欣賞，還請教是哪一位賢族妹燒得這一手珍饈美味[e]。讚美到這裡，卻被班耐特太太有點粗聲地糾正，說他們還雇得起像樣的廚子，她的女兒根本不用管廚下的事[f]。他為惹惱族姑大人請罪。班耐特太太放軟些口氣，聲明她根本不以為意；但是柯林斯先生卻大約連陪了十五分鐘的不是。

---

e　柯先生已經在物色主中饋的人選了。

f　對照夏洛特「家裡等着她做肉醬餡餅」（A9），班太太的得意是有道理的。中國雖然有婦女主中饋的傳統，但是林語堂（Lin, Yu-tang）（1935: 147）已經提到，當時江蘇、浙江一帶的中產階級，家裡的女兒既不會做飯，也不會女紅。

# 第十四章　馬屁精

　　席間，班耐特先生幾乎一言不發；但是等僕人退下去，他覺得是時候跟客人交談一下；於是提起一個他預料客人會出風頭的話題，說他得遇恩主似乎非常幸運。又說凱瑟琳‧德‧伯格夫人既體貼人意，又關懷飽暖，可見是殊遇云云。班耐特先生選的話題再好不過。柯林斯先生一讚美起恩主來就滔滔不絕。他肅然起敬，莊重更勝平常，神情萬分凝重地斷言：他一生從沒有見識過別的貴人如此待人接物——如此之禮賢下士、屈尊就人，就像他從凱瑟琳夫人身受一樣。他很榮幸在夫人尊前布道，兩篇講詞均蒙夫人欣然恩賞。並兩度賜晚宴於羅辛斯府中，上周六夜才蒙召，承乏奉陪夸德里爾牌戲之局[a]。有許多他認識的人認為凱瑟琳夫人傲慢，然而他自己從來只看見夫人的禮賢下士。夫人跟他講話，總是把他當成紳士看待；他與地方人士來往，或者要去探親，偶爾離開牧區一兩周，夫人都沒有半點異議。夫人甚至屈尊訓誨，只要他慎於擇偶，要儘早成家；亦一度光臨他的牧師寒舍，對他所作的整修頷首稱善，甚且不吝賜教——樓上幾個小屋子置些架子。

　　「真個是又得體又有禮，」班耐特太太說，「我想她是個很討喜的女士，只可惜像她那樣的貴婦通常不多。你們住得近嗎，賢姪？」

　　「寒舍所在的花園，與夫人府上的羅辛斯莊園，只有一條小路之隔。」

---

a　四個人玩的牌戲，流行於18世紀初，即凱瑟琳夫人年輕時。夫人有多「屈尊就人」，可見一斑。

「你好像說她是個寡婦，賢侄？她還有親人嗎？」

「夫人只有一位千金，是羅辛斯萬貫家財的繼承人。」

「唉！」班耐特太太搖搖頭地喊說，「那就比許多女孩子有落兒了。她是什麼樣的小姐？長得標致不標致？」

「她確實是個迷人之極的小姐。凱瑟琳夫人親口說，以真美而論，德・伯格小姐遠勝於女性中之絕色佳人，因為小姐的容貌不凡，一看就知道出身顯貴。只是她不幸體弱多病，才叫種種才藝難以進步，否則她是不落人後的；這些都是從小姐的教引保姆得知的，教引保姆至今仍與她們同住。然而，小姐是和藹可親之極，時常坐着馬駒子四輪便車枉駕經過小侄的寒舍。」

「她入觀過嗎？我記不起進宮的女士有她的名字。」

「可惜她身體欠安，難以進城；因此，正如小侄有一天親口對凱瑟琳夫人說，英國宮廷損失了最燦爛的點綴。夫人似乎很歡喜這個意思；而你們也可以想見，小侄樂於在各種場合，為女士致上她們總愛聽的得體的小小恭維。小侄不止一次對凱瑟琳夫人說，她迷人的千金似乎是天生的公爵；而且，並非最尊貴的爵位抬舉了她，而是爵位因她而生色。——就是這種小小的恭維討夫人歡心，也是小侄自許責無旁貸應該獻的殷勤。」

「有見地，」班耐特先生說，「所幸你有得體地恭維的才華。請問這些討喜的殷勤，是出自即席的靈機，抑或積學的成果？」

「大都是即興的，雖然偶爾自娛，會因應日常的場合，把那些錦心繡口的小小恭維斟酌推敲一番，但是運用起來總希望儘量不着痕迹。」

班耐特先生果然有好戲看。他的族侄不出所料，荒唐可笑；他一邊聽話聽得興味十足，一邊又一本正經，面不改色；除了偶爾遞個眼色與伊麗莎白，用不着誰來搭檔，就樂在其中了。

不過，到喝茶的時候，班耐特先生也受夠了，樂得把客人請回客廳；茶罷，也樂得邀他為女士朗讀。柯林斯先生一口答應，有人

拿了一本書給他；他一看見，（因為不管怎麼看顯然是租書店的書），猛然一退，請諸位見諒，聲明他從來不讀小說[b]。——吉蒂瞪着他，莉迪亞驚嘆。別的書拿了來，柯林斯先生斟酌了一會，選擇了福代斯的《閨範訓話》[c]。他把書一翻開，莉迪亞就打呵欠；然後，柯林斯先生喃喃念經似的念不到三頁，莉迪亞就插嘴：

「你知不知道，媽媽，菲利普斯姨丈說要打發理查德走，這樣的話，福斯特上校會請他。禮拜六我聽姨媽親口說的。我明天要走過去梅里頓多打聽一些，也問問丹尼先生多會兒從城裡回來。」

兩位姊姊吩咐莉迪亞閉嘴；但是柯林斯先生十分不悅，把書放下說：

「鄙人常常發覺，年輕的小姐對正經的書不感興趣，儘管那些書是專為她們的好處而寫的。鄙人覺得很奇怪，老實說；——因為無疑的，沒有什麼比得上教導對她們有益的。然而，鄙人不會勉強小族妹的。」

於是轉向班耐特先生，邀他在雙陸棋上分個高下。班耐特先生答應奉陪，說他讓幾個女孩自己去兒戲是明智之舉。班耐特太太和女兒必恭必敬地為莉迪亞打岔陪不是，保證決不再犯，請他把書讀下去；但是柯林斯先生請她們放心，說不會對小族妹心存芥蒂，也不會見怪而懷恨在心；然後與班耐特先生坐到另一張桌子去，準備下棋。

---

b 租書店要迎合讀者需要，藏書多是小說之類流行讀物。但是英國那個時候，小說常被人認為是教壞人的，情形同中國舊時所謂「誨淫誨盜」差不多。薛寶釵就跟林黛玉說過：『……他們是偷背着我們看，我們卻也偷背着他們看。……所以咱們女孩兒家不認得字的倒好。……既認得了字，不過揀那正經的看也罷了，最怕見了些雜書，移了性情，就不可救了。」一席話，說的黛玉垂頭吃茶，心下暗伏，只有答應「是」的一字。』（《紅樓夢》第四十二回）奧斯登大方多了。有人慫恿她訂閱某租書店，說那裡不只有小說，還有各種各樣的文學。奧斯登寫道：「她犯不着搬出這種藉口，我們嘛，一家都酷愛小說，也不覺得害羞」（To Cassandra, 18-19 December 1798）。

c 《閨範訓話》（Sermons to Young Women）。第四篇談婦德，認為大部分小說是要不得的，如果女孩子「看得下去，那麼骨子裡一定是個妓女。」（Fordyce（1766: 75））。

# 第十五章　一個白　一個紅

　　柯林斯先生不是頭腦清楚的人；魯鈍的天資，不論受教育或與朋友切磋[61]，幫助也甚微；大半生由吝嗇又胸無點墨的父親教導；儘管上過大學，也不過循例住校若干日子，結交不到什麼良朋益友。他從小在父親面前惟命是聽，本已養成謙遜的態度；現在卻因離群索居而獃頭獃腦地自負，因意外地少年得志而自命不凡[62]，性情就大半反了過來。因緣際會，在洪斯福德的聖職開缺時，得到凱瑟琳夫人的賞識；而夫人尊貴的地位令他景仰，恩主的身分令他崇敬；加上他自視甚高，又以牧師的威信、教區長的權利而躊躇滿志；混在一起，成了既傲慢又卑躬屈膝，既謙遜又妄自尊大，集於一身。

　　現在既然有一棟舒適的房子、一筆豐足的收入，就打算成家；而為了與朗本家復歸於好，心目中已有妻子的人選[63]；原來他打算，如果傳言屬實，朗本家的女兒的確又漂亮又可人，就娶一個[a]。這是償還的計劃——贖罪的計劃——因為他繼承了她們父親的家產；他認為是妙法，十分的得體合宜，又自問無比大方，沒有私心。

　　見了班家五個女兒，計劃不變。——班耐特小姐的漂亮臉蛋符合他的期望，人也符合他心目中最嚴格的居長該有的種種風範[64]；於是頭一天晚上，「她」已經是不二人選。第二天早上卻換了人選；原來早餐前他跟班耐特太太閒扯了一刻鐘，他先提起自己的牧師寓所，順勢表白心迹，說寓所的女主人會出自朗本，出自她的骨肉；

---

a　柯林斯如果娶了班先生的女兒，日後生下兒子，即可繼承朗本莊園。換言之，班先生的女兒不能繼承，外孫卻可以；有點像隔代繼承。

班耐特太太滿臉堆笑，鼓勵之餘，卻提醒他別錯愛的，不是別人，就是他看中的吉英。「說到吉英『下面的』女兒，不是她說了就算——不能許他什麼——但是她『知道』還沒有心上人；『大』女兒嘛，她就非說不可——她覺得有責任提醒他，八成就要許給人家了。」

柯林斯先生只好把吉英換了伊麗莎白——換得很快——班耐特太太撥着火，就換了。論長幼，論相貌，伊麗莎白都僅次吉英，順理成章由她頂替。

班耐特太太對他的示意珍而重之，胸有成竹，不久就有兩個女兒出嫁了；而昨天不堪提起的人，今天卻深得歡心。

莉迪亞沒有忘記去梅里頓的打算；姊妹裡，除了瑪麗，都說好要結伴去。而班耐特先生恨不得擺脫柯林斯先生，一個人好好在書房看書，就邀請他陪女兒一塊去；原來早餐後柯林斯先生就跟着他到書房，拿起藏書中部頭最大的對開本，說是埋頭讀書，其實卻跟班耐特先生東拉西扯，房子啦、洪斯福德的花園啦，幾乎沒完沒了。這些舉動叫班耐特先生不勝困擾。正如他跟伊麗莎白說，雖然在家裡哪個屋子，誰愚笨，誰自負，他都不以為怪；在書房裡，卻總是悠閑寧靜，放心不受打擾的。所以，他慌忙盛意拳拳地邀柯林斯先生陪女兒走一趟；而柯林斯先生，走路也實在遠比讀書勝任，十二萬分高興地合上書，上路去。

一路上，柯林斯先生高談闊論些廢話，族妹唯唯諾諾，這樣打發時間，終於到了梅里頓。這時候，年幼的族妹不再答理「他」了。她們立刻東張西望，看看街上有沒有軍官，只有看見櫥窗裡十分醒目的繫帶帽子、簇新的蟬紗，才可以回過神來。

但是所有女士的目光一下子被一個年輕人吸引住了，一個素未謀面、十足紳士模樣的年輕人，在對街上與一位軍官同行。那軍官正是丹尼先生，就是莉迪亞要打聽什麼時候從倫敦回來的那位；雙方隔街交會時，丹尼先生鞠了一躬。這位陌生人的風度叫人眼前一

亮，大家都想知道他是誰；而吉蒂和莉迪亞立意要設法打聽，就假裝要到對面的商店買什麼，帶頭橫過大街，剛巧在那兩位紳士走回頭時，踏上人行道，大家湊在一塊。丹尼先生立即跟大家打招呼，又說容他來介紹一位朋友，就是昨天從城裡回來的魏克安先生，也很高興告訴大家，魏克安先生已應聘到軍團來。這真是得其所哉；因為這位年輕人，只差一套軍裝，就魅力十足了。他的外表深得大家歡心；把美的精華集於一身：相貌英俊，身形合度，談吐十分討喜。介紹完，他自己談笑風生，十分伶俐——伶俐得恰到好處，絲毫不裝腔作勢；而大夥兒還站着談得興味十足；忽聽得大街上蹄聲得得，大家一看，卻是達西、彬禮乘馬而來。兩人認出人叢裏的幾位小姐，逕自上前來，見禮寒暄。開口的多是彬禮，對象多是班耐特大小姐。他說正要專程去朗本探望吉英。達西先生這時候也鞠躬致意；心裡剛打定主意，別老是盯着伊麗莎白看，突然跟那陌生人打了個照面；兩人面面相覷的神情恰好給伊麗莎白看到了，對會面的後果，驚訝不已。兩人臉色一變：一個白，一個紅。魏克安先生頓了一會，才碰一下帽子——達西先生不屑地勉強回禮。什麼回事呢？——真叫人猜不透，叫人心癢地好奇。

過了一會，彬禮先生似乎沒有注意剛才發生的事，告了辭，與達西先生繼續上路。

丹尼先生與魏克安先生送小姐們到菲利普斯先生的家，儘管莉迪亞小姐力邀他們進門，連菲利普斯太太也一把拉起客廳的框格窗扯着脖子續邀，他們還是打躬告辭。

菲利普斯太太總喜歡看見外甥女，尤其兩位姊姊最近沒來，格外歡迎；她連珠砲似的說：誰想得到兩姊妹突然回家呢，原來不是家裡的車去接的；要不是在街上碰見鍾斯先生的小夥計，告訴班耐特姊妹走了，不用再往內瑟菲爾德送藥去了，她還不知道呢；她一邊說着，吉英一邊介紹柯林斯先生，她才招呼起客人來。她必恭必敬地接待柯林斯先生，柯林斯先生就禮上加禮地回敬，說素未

謀面，冒昧造訪，主人見諒；可是憑他與介紹的小姐的關係，又不禁自詡不無道理。這一番嚕囌的禮數，令菲利普斯太太肅然起敬；心下正琢磨這位生客，不久卻因外甥女讚嘆另一位生客，問東問西，才回過神來；只是談到那位生客，她說得出來的是外甥女已經知道的：什麼丹尼先生從倫敦帶他來，要在某某郡民兵當個中尉云云。她還說，剛才他在街上走來走去的時候，她就盯了一個鐘頭。現在要是魏克安先生出現了，吉蒂和莉迪亞也會盯下去；偏偏除了幾個軍官，窗外沒什麼人走過，而比起那位生客，這幾個軍官就成了「無聊的臭傢伙」。有幾位軍官明天會來菲利普斯家晚餐；姨母說，如果朗本的姊妹晚餐後也來[65]，一定請丈夫拜訪魏克安先生，邀請他一塊來。大家說好了；菲利普斯太太保證有一場興高采烈、熱鬧過癮的抓彩牌，然後吃一點熱消夜。期待的樂事叫人高興，於是賓主盡歡而別。柯林斯先生一邊走出屋子，一邊道擾個不了；主人不厭其煩地回禮，再三地說實在不必多禮。

　　回家途中，伊麗莎白把兩位紳士那一幕告訴吉英；而假設一方或雙方有錯，吉英儘管可以辯解一番，可是也跟妹妹一樣，對兩人的舉動說不出個道理來。

　　回到家裡，柯林斯先生大誇菲利普斯太太的風度、禮貌，叫班耐特太太十分得意。他還斷言，除了凱瑟琳夫人和她千金，沒看過這麼高雅的女士；因為儘管素未謀面，菲利普斯太太不但無比恭敬地招待他，甚至指名邀請他明晚再來。他以為這多少出於自己與班耐特家的關係，但是儘管如此，這樣的殷勤是他生平從沒有領教過的。

# 第十六章 中聽的偏見

　　家裡對姑娘與姨母的約會並不反對；倒是柯林斯先生有種種顧忌，不想在到訪期間把班耐特夫婦撇下一晚，但是家裡斬釘截鐵地說無妨。於是算好時間，他和五個族妹坐着馬車到梅里頓；姑娘一進客廳，聽到魏克安先生已經應邀、人就在屋子裡了，都很高興。

　　說着大家都就了座，柯林斯先生閒着就東張西望，鑑賞起來；屋子的大小、裡面的家具陳設都叫他嘖嘖稱奇，說幾乎以為身在羅辛斯府上那消夏小早餐廳；這樣相比，起初不大中聽；然而，經過他的解釋，菲利普斯太太明白羅辛斯是什麼地方、主人是誰，聽見凱瑟琳夫人其中一間客廳的模樣，光是壁爐台就花了八百鎊，她才充分領略那讚美的力量，就是跟管家房相提並論也毫不介意了。

　　紳士還沒過來時，柯林斯先生把凱瑟琳夫人和她的大宅一一細說，怎樣富麗堂皇，偶爾打個岔讚美自己的寒舍、做過的整修，形容得眉飛色舞；而菲利普斯太太是豎起耳朵來聽，越聽越覺得有來頭，決計要盡快跟鄰居複述一番。至於姑娘，既不聽族兄說話，就無所事事，又沒有鋼琴可彈，只好端詳壁爐台上的擺設，上面有自己描得中規中矩的瓷器花樣66，等得好不耐煩。可終於等到了。紳士們終於來了；魏克安先生一走進屋子，伊麗莎白就覺得：她從前看見他，從此想念他，那一絲一毫的愛慕都是不枉的。大體上，某某郡的軍官是一群正派、有紳士風度的人，而在場的正是裡頭的佼佼者；但是，不論儀表、面貌、風度、舉止，魏克安先生無不遠勝他們；猶如「他們」勝過隨後進來、一張大寬臉、滿嘴波爾圖葡萄酒

氣味、乏味無趣的菲利普斯姨丈。

魏克安先生是幾乎博得所有女士顧盼的驕子，伊麗莎白是魏克安先生最後落坐在身旁的寵兒；一坐下就殷勤地交談起來，說的也不過是今夜是個下雨天[67]，興許就要雨季了，但是這些平淡無奇、枯燥乏味、老掉牙不過的話題，經他伶俐的一說，伊麗莎白聽來就都變得妙趣橫生。

女士的青睞都被魏克安先生和軍官吸引過去，相形之下，柯林斯先生就彷彿落得可有可無了；幾位小姐當然不當他是一回事；幸好菲利普斯太太不時體貼地聽他說話，又殷勤地送上源源不絕的咖啡、鬆餅。

牌桌放了，他坐下來打惠斯特，就有機會報答她了。

「眼下，我對此遊戲所知不多，」他說，「然而，我樂於力求上進，因為以我的家境——」菲利普斯太太十分感激他的遷就，卻不耐聽他的理由。

魏克安先生不玩惠斯特，走到伊麗莎白和莉迪亞那桌去，姊妹倆已經等着歡迎他了。起初，因為莉迪亞是個停不下來的話匣子，魏克安先生似乎有被她霸佔之虞；但是她又極愛玩抓彩牌，不久就埋頭玩牌，搶着下注，為中彩歡呼，再沒有心思理會任何人了。於是魏克安先生一邊敷衍着玩一下，一邊從容地跟伊麗莎白說話；而伊麗莎白最想知道他跟達西先生打過什麼交道，雖然不能指望人家說出來，還是非常樂意聽聽他的話。她根本不敢提起那位紳士。誰知她的好奇意外地解答了。魏克安先生自己提起那個話題。他問及內瑟菲爾德離梅里頓多遠；聽了伊麗莎白的回答，又吞吞吐吐地問起達西先生到這裡多久了。

「大概一個月吧，」伊麗莎白說；不想話題斷了，接着又說：「他這個人在德比郡的產業大得很，我知道。」

「大得很，」魏克安說；——「他莊園很氣派。一年整整有一萬鎊。這件事，你再也遇不到一個人，比我更能告訴你可靠的內情

了——因為我從小就跟他一家有些特別的淵源。」

伊麗莎白不由得一臉詫異。

「昨天我跟他相遇時，班耐特小姐，你八成也看得出來，冷冰冰的；聽我這樣說，自然會驚訝。——你跟達西先生熟嗎？」

「希望就熟到這樣好了，」伊麗莎白激動地喊說，——「我跟他在同一個屋簷下過了四天，我覺得他好生討人厭。」

「他討厭不討厭，」魏克安說，「『我』憑什麼有意見呢？我不配說他。我認識他太久了，太深了，叫我怎樣公道呢？我嘛，根本就沒辦法大公無私。不過你說他討厭，我認為這句話通常會叫人驚訝的——興許在別的地方，你可不會說得那麼沖。——這裡可是你自家人。」

「天地良心，我在『這裡』說的也會在附近任何一家裡說，除了內瑟菲爾德。赫特福德郡壓根兒沒人喜歡他。誰不厭惡他那副傲慢德性。你找不到人說他好話的。」

「他也好，別人也好，竟然沒有被人吹捧，」魏克安稍頓了一下說，「我不能裝作過意不去₆₈；不過，他嘛，我想這種事是少有的。世人要麼被他的財產、地位蒙住了眼睛，要麼被他高高在上、大模大樣的款兒嚇唬了；於是他愛以什麼面目示人，世人就只好看什麼面目了。」

「我倒認為他這個人脾氣倔，雖然我呢，也跟他不熟。」魏克安只是搖頭。

「我想知道，」他得空又說，「他看樣子會在這個郡待下去嗎？」

「天知道；可是我在內瑟菲爾德的時候也沒『聽見』他要走什麼的。希望你打算去某某郡應聘的事，不會受他在附近影響。」

「哦！不會——我呢，才不會被達西先生趕走。他呢，要是不想看見『我』，自己得走開。我們的感情不好，遇見他總叫我心痛；可是我沒有理由要回避『他』，惟有的就是我可以公諸天下

的：那就是受了辣手苦待的滋味，還有對他我行我素的無比痛惜。他父親，班耐特小姐，就是過世的老達西先生，是世上數一數二的好人，也是我一輩子最忠實的朋友；而我每逢跟現在這位達西先生在一起，沒有一回不喚起千絲萬縷的動人回憶，叫我哀慟入骨。他對我的所作所為叫人憤慨；可是，我真的相信，不管什麼事、多少事，我都可以原諒他，就是不能原諒他辜負了父親的期望，辱沒了父親的名聲。」

伊麗莎白越聽越感興味，全神貫注；只是怕失禮，不好追問。

魏克安先生卻說起些不相干的事，梅里頓啦、地方上啦、朋友啦，似乎他見過的全都十分滿意，尤其說到朋友，帶着既含蓄又十分明白的殷勤。

「我應聘來某某郡，」他又說，「貪的是有機會結交忠誠的朋友、高尚的朋友。」我知道這是個頂可敬、頂融洽的軍團，加上朋友丹尼也很鼓勵，把營房形容了一番，又提到因梅里頓而得到的百般關照、良朋益友。老實說，我需要朋友。我曾經失意，一顆心受不了孤獨。我非得有事可做、有朋友作伴不可。從軍不是我的本願，但事到如今，也是對路子了。教會才該是我的志業——從小家裡就期望我投身教會，而本來這時候已經身居最有意義的聖職，要是我們剛剛在談的那位紳士高興的話。」

「哦！」

「真的——老達西先生有遺囑，送給我最好的聖職位子的備任資格。他是我教父，愛我愛得不得了。他的恩德，我不能訴說萬一。他打算供我過優裕的生活，也以為供了；誰知聖職一出缺，位子卻給了別人。」

「天啊！」伊麗莎白喊說；「豈有『此』理？——他的遺囑怎麼可以當耳邊風呢？——你幹麼不打官司討個公道呢？」

「那遺囑的用語偏偏就有點含糊，打官司是毫無指望的。大丈夫不會質疑那遺囑的本意，達西先生偏偏要質疑——或者說成有條

件的推薦而已；還一口咬定我生活奢侈、不檢點，總之有的沒的一堆理由，自己斷送了所有權利。實情是，兩年前聖職出缺，我恰好滿齡可以就任，位子就給了別人；一樣確確實實的是，我不能怪自己真的做錯了什麼，不配上任。我這個人又熱誠又坦蕩，興許有時候會把『關於』他的話、就『對著』他，隨口說了出來。我想不起還有什麼更糟的事。不過，我們是天南地北的人，他恨我，這是事實。」

「太可惡了！──應該當眾揭他瘡疤，讓他出醜。」

「會的，有朝一日──可是準不會由『我』。我一天忘不了他父親，就永遠不能違拗『他』、揭穿『他』。」

伊麗莎白敬重他有這樣的胸懷，覺得他說這話時格外英俊。

「可是他，」她頓了一下問說，「為的是什麼呢？──他幹麼下這樣的毒手呢？」

「他鐵了心、徹頭徹尾地厭惡我──而這厭惡，我不能不說多少是忌妒惹來的。老達西先生要是少喜歡我一些，他兒子就會多擔待我一些；可是他父親出奇地喜愛我，我想他從小就十分耿耿於懷了。他的性情受不了我們那種競爭──因為他父親老是偏疼我。」

「我沒想到達西先生壞到這個田地──雖然我從來不喜歡他，也沒想到他這麼要不得──我本來只以為他平日瞧不起人，哪裡想到他自失身分，做出這等惡意報復、不仁不義的事！」

不過，沉思了一會，她又說：「我倒記得，有一天在內瑟菲爾德，他自誇撫不平的恨意，耿耿於懷的性情。這種性格一定很可怕。」

「這件事我信不過自己，」魏克安說，「我難免對他不公。」

伊麗莎白又深思起來，一會兒喊說：「拿這樣的手段，來對待父親的教子、朋友、寵兒！」──她本來還有一句：「又是一位年輕人，像『你』，光看樣子就可以保證是個和善的人」──不過還是這樣說好了：「何況是，大概從小就結的伴兒，像你說的，形影不離！」

「我們生在同一個堂區、同一個莊園內；一起度過大半的少年時代，住在同一個屋簷下，玩一樣的玩兒，被同一個父親疼愛。『先父』是事務律師出身，就是因令姨丈菲利普斯先生大大增光的那一行——但是先父為了協助老達西先生而放棄一切，為了管理彭伯里的產業而奉獻終身。老達西先生對先父敬重萬分，也是先父最親暱、最體己的朋友。老達西先生自己常常承認，先父當主管事必躬親，他欠家父一份大大的人情；等到先父臨終那一刻，老達西先生自願地許諾要照顧我，我深信這一方面是要還『先父的』人情，一方面也是出於對我的眷愛。」

「太奇怪了！」伊麗莎白喊說。「太可惡了！——我覺得好奇，幹麼現在這位傲慢的達西先生，沒有傲慢得公平地對待你？——就算沒有更好的理由，他起碼也應該傲慢得不屑使詐，——這不是詐欺是什麼？」

「真個很妙，」魏克安答說，——「他的一舉一動差不多都出於傲慢；——而傲慢常常就是他最好的朋友。傲慢讓他稍為修心養性，勝過任何感受。可是沒有人是一貫的；看他對我的作為，就有比傲慢更強的衝動。」

「像他那樣可惡的傲慢，也曾經對他有好處嗎？」

「有。他因為傲慢而濶綽慷慨，——不論款待客人、幫助佃戶、接濟貧民，出手都很大方。這是出於他對家族的傲慢、『做兒子的』傲慢，因為他挺以父親為傲。所以他念念不忘的，無非別讓人覺得他敗了家風，失了人心，壞了彭伯里家的勢頭。他還有『做哥哥的』傲慢，也兼有『幾分』兄妹感情的，於是對妹妹就百般體貼，呵護備至；而你準會聽到，人人誇他細心無比，是再好不過的哥哥。」

「達西小姐是什麼樣的姑娘？」

他搖搖頭。——「但願她真的和藹可親。我不忍心說達西家的人的壞話。可是，她太像哥哥了，——非常、非常傲慢。她小時

候，又溫柔、又可愛，跟我要好得不得了；我一天到晚逗她開心。可是到現在，她在我心裡就不算什麼了。她長得挺受看的，約莫十五六歲；據我所知，多才多藝。自從她父親過世，就搬到倫敦，有一位教引保姆同住，督導她的教育。」

說說停停，東拉西扯些別的事，伊麗莎白忍不住又回到起初談的，說：

「他跟彬禮先生可要好呢，真奇怪呀！彬禮先生自己看起來脾氣很好，我也相信真個是和藹可親，怎麼會跟那種人交朋友呢？他們怎麼處得來？──你認識彬禮先生嗎？」

「毫不認識。」

「他這個人性情隨和、和藹可親、很迷人。他不知道達西先生的真面目。」

「八成不知道；──其實達西先生有心的話，也討喜得來。他不缺那些本事。他要是覺得值得，就很談得來。他跟地位相當的人在一起是一個人，跟不怎麼亨通的人在一起是另一個人。他的傲慢永遠放不開；可是跟有錢人在一起，他心胸廣大、公正、真誠、理智、高尚，興許也討喜，──多少因為他有錢有地位。」

一會惠斯特牌局散了，打牌的人聚坐到另一桌上；而柯林斯先生就坐在族妹伊麗莎白和菲利普斯太太中間。──菲利普斯太太如常問起他牌運可好。不大好，他每局皆輸；然而，當菲利普斯關心起他輸錢來；柯林斯先生請她放心，又懇切又鄭重地表示毫不相干，他視錢財如草芥，請她毋庸不安。

「我可是心知肚明的，族姑大人，」他說，「人一坐上牌桌，錢財的事只有聽天由命，──幸而以鄙人的境況，尚不至於把五先令視若天大。毫無疑問，此話有許多人難以啟齒；然而，感荷凱瑟琳・德・伯格夫人之提拔，鄙人遠不至於看重此區區小事。」

魏克安先生聽見這話就留了神；打量了柯林斯先生一會，低聲地問伊麗莎白，她這位親戚跟德・伯格家是否過從甚密。

「凱瑟琳・德・伯格夫人，」她答說，「最近舉薦他出任聖職。柯林斯先生當初怎麼引見給她的，我不大清楚，可是決沒有認識多久。」

「你準知道，凱瑟琳・德・伯格夫人和安妮・達西夫人是姐妹，就是說，她是現在這位達西先生的姨媽。」

「嘎，真的，我不知道。——我壓根兒不知道凱瑟琳夫人有什麼親戚。連有她這號人物也是昨天才聽說的。」

「她的女兒，德・伯格小姐，會繼承一筆巨額的財產；有人相信，她和表哥會把兩家產業合併起來[a]。」

伊麗莎白想起可憐的彬禮小姐，不由得好笑。要是人家早已自訂終身、另有所屬；彬禮小姐可勢必白獻殷勤，對人家妹妹的眷愛、對人家的讚美也一定徒勞無功了。

「柯林斯先生，」她說，「把凱瑟琳夫人和她女兒都捧到天上去；可是聽他提到夫人的一些細節，我疑心他感激得昏了頭腦；恩主真個是恩主，卻也是個驕傲、自負的女人。」

「我認為她霸氣、自負極了，」魏克安答說；「我已經好多年沒看見她，可是記得很清楚，我從來不喜歡她；就是一副頤指氣使、無禮的德性。大伙兒都說她通情達理、聰明過人：其實我倒以

---

a 這裡有兩點值得注意：一、當時的女性也有繼承家產的。中國一般是男子佔便宜，雖然Bernhardt（1999）指出，宋代沒有男子時婦女可繼承財產，但是總的說來，婦女還是吃虧的時候多。二、古今中外，近親婚姻有許多禁忌，也常有例外。達西與德・伯格小姐是單表，四等親。《紅樓夢》裡，賈寶玉與薛寶釵也是兩姨表親。世家大族尤其歡迎類似的結合，藉此強化固有的社會地位、財力。此外還有人際上的理由。費孝通（1947b：第5章）認為：一般外婚的人出自不同的撫育團體，相處不易，而『表親……在生活習慣上是相近的，但在社會結構上卻處於外圍。……「親上加親」……給內婚和外婚間矛盾的一個調和辦法……可以稱它作隔代內婚。』而江村偏好嫁給父親姊妹的兒子的「上山丫頭」，減少婆媳衝突，道理是一樣的（參費孝通（1938：59-63））。陳弱水（2007：192-3）論隋唐的近親婚姻，說：「這使得夫家與妻家的區別變得模糊，婦女很容易在婚後繼續扮演娘家女兒的角色，在夫家也不像是移植來的外人。……造就有舊可恃、有寵可依的新婦。」這是一般而論，像陸游和表妹唐琬被母親拆散，就是有名的例外。

為，那是因為她有錢又有地位、態度專斷，才造就了她某些本事；此外就是因外甥而來的傲慢，因為達西先生肯來往的，都是一等一的頭腦。」

　　伊麗莎白認為他解釋得很合理，兩人交談下去，十分投契，直到吃消夜散了牌局才罷；而其餘的女士也分享到魏克安先生的殷勤。菲利普斯太太的消夜聚餐，熱熱鬧鬧，無法交談；但是他待人接物都博得大家好感。一言一語，口角生風；一舉一動，瀟灑自若。伊麗莎白離去時，滿腦子都是他。歸途上，縈繞心中的無非魏克安先生和他所說的話。不過，一路上她連提起他的名字的機會都沒有，原來莉迪亞和柯林斯先生都沒有一刻靜下來過。莉迪亞喋喋不休的抓彩牌、輸的魚籌、贏的魚籌；柯林斯先生則在形容菲利普斯夫婦的禮數，聲稱對惠斯特牌局輸的錢毫不在意，一一細數消夜的菜式，又三番五次地擔心自己擠到族妹；他的話多得馬車抵達朗本家門時也還沒有說得完。

# 第十七章　聽證會

　　第二天，伊麗莎白把她跟魏克安先生所談的告訴了吉英。吉英聽得既驚奇又憂慮；——達西先生竟然那麼不值得彬禮先生敬重，實在難以置信；然而，以她的性情，也不會懷疑魏克安那樣和藹可親的年輕人的誠信。光想到他可能確實受了苦待，就叫她百般不忍；於是別無他法，只好把雙方都往好裡想，為兩造的作為辯護，而解釋不了的地方，就說是因為意外，不然就是因為誤會。

　　「他們兩個人，」她說，「依我看，都這樣那樣的被人騙了，我們哪裡知道究竟呢。興許有利害關係的人從中挑撥過。總之，我們哪裡猜得出一個來龍去脈來解釋他們的不和，而不怪罪某一方呢？」

　　「這很對，敢情是的；——那麼，我的好吉英，那些許是牽扯在內、有利害關係的人，你又替他們說些什麼好話呢？——一樣幫他們辯白吧，要不然我們就不得不怪到某個人頭上了。」

　　「你愛怎麼笑就怎麼笑吧，我不會因為你笑就改變想法。好麗兒，你真的想想，如果達西先生這樣對待父親的寵兒，——一個他父親答應照顧的人。——多缺德呀！決不會是真的。只要有尋常的人情，只要多少還顧惜自己的名譽[69]，誰也做不出來。難道他推心置腹的朋友個個都蒙在鼓裡嗎？哎，不會的。」

　　「要說昨晚魏克安先生竟然捏造這樣一段自己的故事，人名、事件，樣樣都說得自自然然；我還寧願相信是彬禮先生給騙了。——要不是這樣，請達西先生來反駁吧。再說，魏克安先生的表情很誠懇。」

「真個說不定——真折磨人。——不知道怎麼一回事。」

「這什麼話？——明明就知道是怎麼一回事。」

不過，吉英惟一可以斷定的是，——彬禮先生萬一給騙了，等到事情張揚開來，一定十分難受。

兩位小姐在灌木園裡交談，正好說着的人有幾位來了，於是家裡把姊妹叫了回去；原來期待已久的內瑟菲爾德舞會定在下星期二，彬禮先生和兩位姊妹親自上門邀請。兩位女士與親愛的朋友重逢，很高興；聲稱一別恍如隔世，三番五次地問吉英別後一個人做過什麼。而對班耐特家其他人就很少答理；對班耐特太太是可避則避，對伊麗莎白沒幾句話，對其他人根本一句也沒有。她們不久又要告辭，冷不防從坐位上起身，利落得讓兄弟出其不意，彷彿急欲躲過班耐特太太的客套，匆匆離去。

家裡每一位女士都滿懷美夢，期待着內瑟菲爾德的舞會。班耐特太太一相情願，認為這個舞會是特地為大女兒開的；而彬禮先生親自來邀請，而不是循例發帖子，更是格外的榮幸。吉英的心目中是快樂的一晚，自己有兩位朋友作伴，有她們的兄弟獻殷勤；而伊麗莎白則欣然憧憬着與魏克安先生盡情跳舞，從達西先生的神情舉動看出種種印證。凱瑟琳和莉迪亞預期的樂趣，少在乎某件事、某個人；因為雖然像伊麗莎白一樣，各自想着要跟魏克安先生跳大半夜舞，他無論如何不是惟一的滿意人選，而舞會畢竟是舞會。連瑪麗也請家人放心，她沒有不願意去舞會。

「我有白天可用，」她說，「就夠了。——偶爾去一下晚會，我認為無妨。社交活動是人人應分的；我自認跟某些人一樣認為，間或娛樂、遊戲對人人都是可取的。」

伊麗莎白很少跟柯林斯先生饒舌，此時興高采烈，不由得問他是否打算應彬禮先生的邀，而應邀的話，晚上來玩樂一下，又是否覺得妥當；誰知他對這件事並無顧忌，絲毫不怕因為膽敢跳舞，而

受大主教或凱瑟琳・德・伯格夫人申斥；倒叫伊麗莎白很意外[a]。

「請放心，」他說，「這樣的舞會，東道是位年輕的大丈夫，請的是紳士淑女，我斷不認為有何邪惡之勢；我不但決不反對自己跳舞，且願當晚有幸，執諸位賢族妹之手。我亦乘此機會，特別請求與伊麗莎白小姐，共舞第一輪的兩曲，——此偏愛之舉，相信大族妹吉英自會心明其義，而非對她不敬。」

伊麗莎白覺得自己自投羅網。她早打好如意算盤，第一輪的兩曲舞要跟魏克安跳：——卻要換成柯林斯先生！她活潑得太不着時了。事到如今，無可奈何。只得把魏克安先生和自己的快樂耽擱一會，儘量大方地答應柯林斯先生的邀舞。因為柯林斯先生的殷勤別有含意，她絲毫沒有為之高興。——她現在才驚覺，人家在姊妹中挑選出來，勝任洪斯福德牧師寓所女主人的，在羅辛斯沒有合意的客人時，奉陪夸德里爾牌局的，不是別人，正是自己。柯林斯先生對她越發殷勤，又不時恭維她的機智、活潑；她看着聽着，不久就心中有數了；自己的風韻有此魅力，與其說高興，不如說驚訝；不久母親也暗示，如果這門親事成了，「母親」可歡喜極了。誰知伊麗莎白故意裝傻，心知肚明，一答話就要鬧得不可開交。柯林斯先生也許永遠不求婚，而他求婚以前，犯不着為他吵架。

這時候，如果沒有內瑟菲爾德的舞會來準備、談論，幾位年幼的班耐特小姐就可憐了，原來由受邀那天到舞會那天，連日下雨，她們連去一趟梅里頓也無法。沒有姨母、沒有軍官、沒處打聽消息；——特地為內瑟菲爾德舞會用的鞋花要托人買回來。連伊麗莎白也幾乎耐不住性子，因為下雨，根本無法跟魏克安先生好好交往；惟有星期二的一場舞，讓吉蒂和莉迪亞熬得過這樣的星期五、星期六、星期日、星期一。

---

a　當時的教會多認為神職人員跳舞是不妥的。佛教僧侶不是神職人員，但是比丘也有「不自歌舞也不觀聽歌舞」的戒律（參趙樸初（1983））。

# 第十八章　群醜會

　　伊麗莎白走進內瑟菲爾德的客廳，在紅衣聚集的人叢裡看不見魏克安先生之前，從沒有懷疑過他會不來。她胸有成竹地去會他，儘管有些往事可以不無道理地警告她。她穿着得比平日用心，興高采烈，滿擬要叫已含情的他死心塌地，也自信一個晚上遊刃有餘。誰知可怕的疑竇驟生：彬禮一家為了討好達西先生，邀請軍官時故意漏掉了他嗎？儘管事實並非完全如此，他的朋友丹尼先生表示，魏克安先生的確缺席；經莉迪亞熱切地追問，告訴她們說，昨天魏克安有事，不得不到城裡去，還沒有回來；又曖昧地笑着說：

　　「要不是想避開這裡某位紳士，我不覺得他要在這個節骨眼上去辦事。」

　　這個消息，雖然莉迪亞沒有聽見，卻被伊麗莎白知道了；她因而斷定，魏克安的缺席就算不是因為她當初的揣測，達西的責任也沒有輕些，她對達西的種種不快，因為希望突然落空而火上加油；隨後，人家彬彬有禮地過來問候，回答得幾乎要失禮。──對達西殷勤、寬容、忍耐，就是傷害魏克安。她決意什麼話都不跟達西先生談，有點發煩地走開；就連對彬禮先生說話也不能完全釋懷，因為他的盲目偏袒惹惱了她。

　　然而伊麗莎白生來不是發煩的人；儘管自己對今晚的期望一一落空，卻不會老是委靡不振；她把苦水一一跟一周沒見的夏洛特·盧卡斯訴說，不久就打起精神，轉而談起族兄這個怪人來，特別指出他來請她注意。誰知跳第一輪舞時，苦惱又來了；那是兩曲受辱

的舞。柯林斯先生是一本正經地笨手笨腳，連連陪罪而不是步步為營，步子錯了也不知道；真是個蹩腳舞伴，共舞兩曲，就叫伊麗莎白丟盡了臉，吃足了苦頭。舞完的一刻叫她歡天喜地。

　　她接着跟一位軍官跳舞，談起魏克安來，聽說他是萬人迷，精神一振。舞畢又回到夏洛特‧盧卡斯那裡，正跟她說着話，猛然發覺達西先生已走上前來邀舞，她大吃一驚，迷迷糊糊地答應了。達西先生隨即又走開了，留下她懊惱自己的心不在焉；夏洛特設法安慰她。

　　「我看呀，你準發覺他討喜得很。」

　　「才不要！——真的那樣，可是倒霉透了！——發覺自己鐵了心去恨的人討喜！——少觸我霉頭。」

　　不過，下一輪舞開始，達西上前牽她的手，夏洛特忍不住低聲提醒她：別當傻瓜，別為了喜歡魏克安而讓地位高十倍的達西看不順眼。伊麗莎白沒有回答，走上舞列，看見自己跟達西先生面對面地站着，分庭抗禮，大為驚異；看看其他跳舞的人，臉上也是一樣的驚異。兩人站着，有一會一言不發；她漸漸地猜想兩曲舞要沉默到底，初時也決意不開口；忽然靈機一觸：覺得勉強達西先生說話一定叫他更受罪，才輕描淡寫說了些跳舞的話。達西先生回了話，又沉默了。安靜了幾分鐘，她又跟達西先生攀談：

　　「現在輪到『你』說些什麼了，達西先生。——我呢，講過跳舞了；而你呢，準要講一下廳堂大小，舞搭子多少。」

　　達西先生一笑，管保她希望他說什麼就說什麼。

　　「好得很。——這會兒這樣答就行了。——興許我回頭就評說，私人舞會比公開的舞會好玩。——可是，這會兒嘛，我們可以不說話。」

　　「那麼您跳舞時，說話要照着規則來說嗎[70]？」

　　「有時候。人總得說說話，你知道。人在一塊半點鐘，卻沒完半句話，看起來準怪怪的；可是為了『某些人』着想，說話應該要

安排一下，讓他們省點事，可不說就不說。」

「您是考慮自己當下的感受，還是以為在討好我呢？」

「都是，」伊麗莎白淘氣地說；「我老覺得我們性格的路子像得很。——我們都是落落寡合、沉默寡言的人；不願意說話，除非想說些什麼語驚四座，可以照耀千古的金石良言。」

「您這樣形容自己的性格，真個一點也不活靈活現，」他說。「像不像我的呢，可輪不到我說。——您嘛，不用說認為是神似的肖像。」

「我可不能評斷自己的本事。」

達西先生不答話，兩人又靜下來；直到起舞移位時，才問她和姊妹是否常常走到梅里頓。她說常去，又按捺不住地說，「你那天在那裡遇見我們，我們正好交了個新朋友。」

這下子立竿見影。他臉色一沉，神情高傲，卻一言不發；伊麗莎白儘管怪自己軟弱，卻說不出第二句話來。終於還是達西開口，不自在地說：

「魏克安先生天生笑臉迎人，朋友是可以『結交』到的——友誼是不是一樣可以『永固』，就沒準兒了。」

「他失掉了『你的』友誼就很不幸，」伊麗莎白加重語氣地答說，「而且看樣子八成要受罪一輩子呢。」

達西沒有回答，好像想要換話題。這時候威廉・盧卡斯爵士走上前來，打算穿過舞列到大堂的另一邊；但是看見達西先生，就停下來隆而重之地鞠躬，讚美他的舞姿和舞伴。

「我的眼福真不淺啊，親愛的先生。這麼出色的舞藝真是少見。明擺着是顯貴的人[71]。可是，容我說一句，你的漂亮舞伴沒有丟你的臉；而我好生希望常常享到這份眼福，尤其某件喜事，親愛的伊兒小姐，（瞥了她姐姐和彬禮一眼，）要辦的時候。到時候有多少人祝賀啊！我請教達西先生。——不過我還是別搭碴兒，先生。——我打斷了這位小姐的迷人甜話兒，你準不會感謝我的，小姐那

雙明眸也在嗔怪我了。」

後半段話，達西幾乎聽不見；然而威廉爵士提起他的朋友，心裡似乎為之一震，眼看着共舞的彬禮和吉英，神情萬分凝重。不久卻回過神來，轉向舞伴說：

「威廉爵士打岔打得我忘了我們在說什麼來着。」

「我們哪裡在談話？威廉爵士打岔的，已經是這屋子裡兩個最少話說的人了。——我們已經試過兩三個話題，談不下去；我不知道下面還有什麼好談。」

「書怎麼樣？」他笑着說。

「書——哦！不。我相信我們從沒有看一樣的書，也不會有一樣的感受。」

「可惜您這樣想；不過，要是真的那樣，我們最少就不缺話題了。——我們可以比較一下不同的看法。」

「不行——我不能在舞廳談書，滿腦子淨是別的事。」

「眼前的事總叫你心裡只有此情此景嗎——嗄？」他說，一臉疑惑。

「是的，老是這樣，」她有口無心地答說，早已心不在焉，隨後又突然喊說，「我記得你說過，達西先生，你幾乎從不寬容人，你一記恨就平息不了。我想，你對『記恨』會萬分小心吧。」

「我會，」他堅定地說。

「從不受偏見蒙蔽嗎？」

「希望不會。」

「固執己見的人，當初慎於明辨的責任特別大。」

「請問您問這些是什麼用意？」

「只不過要描述『你的』性格，」她說，設法避重就輕。「我在想法子把它弄清楚。」

「有什麼心得？」

她搖頭。「還沒有一點兒頭緒呢。我聽到天差地遠的說法，叫

人好生納悶兒。」

「我不難相信，」他凝重地說，「別人談起我來，說法會截然不同；我也希望，班耐特小姐，您這會兒不要勾勒我的性格，因為按理說，恐怕勾勒出來誰也不光彩。」

「可是，要不趁這會兒描一個像，興許再也沒有機會了。」

「無論如何，我不會延遲你的樂趣，」他冷淡地說。伊麗莎白不再說話，兩人跳完第二曲舞，默默地分開；各自心有未甘，儘管大小不同；原來在達西心裡，對她是千包容、萬忍讓，一下子就原諒了她，把一肚子怒氣轉向另一人。

兩人分開後不久，彬禮小姐走了過來，臉上是客氣中帶着鄙夷，劈頭就說：

「對了，伊兒小姐，聽說你好生喜歡喬治‧魏克安呢！——你姐姐在我面前一個勁兒說他，問長問短；我發現那個小伙子講了別的事，偏偏忘了告訴你，他父親老魏克安，是過世的達西先生的帳房72。不管怎樣，身為朋友，我看你最好不要把他說三道四都通通當真；好比說達西先生虧待他什麼的，那是瞎扯；因為剛好相反，達西先生對他老是厚道得不得了，可是喬治‧魏克安對達西先生是無恥極了。細節是不知道，可事情根本怪不到達西先生頭上，他也聽不得喬治‧魏克安這個名字，我是肚裡有數兒的。雖然我哥哥覺得請軍官，難免也要請他，結果他自己躲開，哥哥可是謝天謝地呢。其實他跑來這個地方，壓根兒就無禮極了；他怎麼膽敢來這兒？我想不通。我同情你，伊兒小姐，揭了你寶貝的罪狀；可是真的想想他的出身，還能指望好到哪裡去嗎？」

「依你說的，他的罪狀跟他的出身是一回事，」伊麗莎白生氣地說；「因為我聽你怪來怪去，最罪大惡極的不過是身為達西先生帳房的兒子，而這件事嘛，不騙你，他已經親口跟我說了。」

「得罪了，」彬禮小姐答說，冷笑一聲，轉身走開。「打擾了。——我是好意的。」

　　「無禮的丫頭！」伊麗莎白自言自語。——「你以為耍這麼一記花招就動搖得了我，真是大錯特錯。我看來看去只看見你自己任性的無知，只看見達西先生的壞心。」她接着就去找姊姊，吉英答應她跟彬禮打聽這件事。而吉英笑臉相迎，笑得甜蜜蜜，滿面春風，顯然對今晚的舞會十分滿意。——伊麗莎白登時心領神會，眼前只見吉英幸福在望；一剎間，把對魏克安的關懷、對他的敵人的恨意等等都拋諸腦後。

　　「我要請問，」她說，臉上的笑意媲美姐姐，「你打聽到魏克安先生些什麼。只不過，興許你樂得想不起第三個人；這樣的話，我準會饒你的。」

　　「沒有，」吉英答說，「我沒有忘了他；可也問不出一個原原本本來告訴你。彬禮先生搞不清楚魏克安先生的來龍去脈，而對得罪達西先生的主要是什麼事情，毫不知情；可是他願意擔保他朋友是個為人端正、篤實的大丈夫，也深信魏克安先生遠遠不配受達西先生的寬待；很對不起，聽他和他妹妹的講法，魏克安先生壓根兒不是正派青年。恐怕不檢點得很，活該給達西先生瞧不起。」

　　「彬禮先生不認識魏克安先生吧？」

　　「不認識；那天白天在梅里頓才第一次見面。」

　　「那麼，他跟你說的是從達西先生那裡聽來的。我十二分滿意。可聖職他又怎麼說？」

　　「他聽達西先生說過不止一遍，卻記不清楚詳情，可他相信那是『有條件』才留給魏克安先生的。」

　　「彬禮先生的真誠，我是沒有一點懷疑，」伊麗莎白激動地說；「可是只靠他擔保，你可別怪我不服。我想彬禮先生給朋友的辯護挺有力；可是事情有些枝節是他不知道的，而他知道的卻是聽那個朋友自己說的；那恕我自作主張，那兩位紳士跟我之前想的一樣。」

　　於是她換到一個沒有異議、叫大家都高興的話題。吉英說起彬禮的情意，懷着快樂而矜持的希望；伊麗莎白聽得很歡喜，說盡鼓

勵的話，為她增添信心。後來彬禮先生自己過來了，伊麗莎白就回到盧卡斯小姐那裡；盧卡斯小姐問她剛才的舞伴是否討喜，她還沒來得及回答，柯林斯先生卻走上前來，眉飛色舞地告訴她，適才有幸有天大的發現。

「機緣巧合，」他說，「我得知眼下在廳上有一位鄙人恩主的近親。我偶然從旁聽得，那位紳士跟女東道提及表妹德・伯格小姐、小姐母親凱瑟琳夫人之名。真是無巧不成話！誰想得到我會在這個舞會上遇見——莫非是——凱瑟琳・德・伯格夫人的外甥呢！——謝天謝地，此時發現，向他致意為時未晚，就此上前，諒必不以鄙人未及早致意為怪。不知者定當不罪。」

「你不是要去跟達西先生介紹自己吧？」

「的確要去。我會請他原諒我沒有儘早上前。我認為他不是別人，正是凱瑟琳夫人的外甥。我可以請他放心，八天前夫人她貴體金安[73]。」

伊麗莎白苦口婆心地勸他打消主意；包管達西先生會覺得他的自薦是唐突冒昧，而不是對他姨母的敬意；根本誰也不必知會誰，而就算要，也一定由地位高的達西先生主動來結交。——柯林斯先生聽着，臉上一副堅持己見的神情，等她說完，這樣答說：

「親愛的伊麗莎白小姐，在您的才識所及，事事明辨，我認為舉世無匹，然而恕我直言，世俗傳統之禮儀與牧者所遵從者，必定大異其趣，請容我說，我以為論尊榮，牧者之職等同一國之至尊——只要言行兼具恰當之謙遜。因此，此事您必須容我依循良知之指引，去履行我以為義不容辭之事。恕我未能領教，然而在任何別的事上，您的訓誨都將是我不變的準繩；雖然眼前此事，我以為本人憑着教育和素常的研習來判斷，比像您這樣的後生女子更為勝任。」於是柯林斯先生深深一鞠躬，離開她，就去招惹達西先生了；她目不轉眼地盯着達西先生怎樣應付上前的柯林斯先生，顯然對這樣的自薦很驚奇。只見族兄先隆而重之地鞠躬，然後講話，雖

然隻字不聞，卻彷彿句句聽見，從口吻開合也看得出「道歉」、「洪斯福德」、「凱瑟琳‧德‧伯格夫人」這些字眼。——看見族兄在那種人面前出醜，很煩惱。達西先生盯着柯林斯先生，禁不住驚奇；等人家說完，他終於得空說話，才冷冷淡淡、客客氣氣地回了話。誰知柯林斯先生並不氣餒，又說起話來；第二段話越說越長，達西先生顯得越發藐視；話畢，他只略為躬身，轉身走開。柯林斯先生這才回到伊麗莎白那裡。

「請放心，我並無理由，」他說，「不滿意本人的待遇。達西先生似乎對我的致意十分高興。他必恭必敬地回答；甚至恭維鄙人說，他深信凱瑟琳夫人之法眼，斷無錯愛什麼人的。這樣想法確實甚為得體。大體而言，我相當喜歡他。」

因為伊麗莎白再沒有自己關心的事，一心一意全放在姊姊和彬禮先生身上，腦海裡浮現她的所見所聞，一幕幕的動人情景，叫她也許快樂得幾乎跟吉英一樣。想像姊姊就安身在那棟房子裡，兩情相悅，成就一段美滿姻緣；這樣的話，就是自己要設法喜歡彬禮兩姊妹，她覺得也做得到。她也看得分明，母親轉的是一樣的心思；她決意不要貿然靠近她，免得聽她嘮叨。誰知坐下來吃消夜時，兩人偏偏落座得近，伊麗莎白覺得倒霉透了。母親還不斷跟居中的人（盧卡斯夫人）說話，說的無非是期望吉英馬上就嫁給彬禮先生，口沒遮攔，侃侃而談；叫她聽得心煩不已。這是個鼓舞人心的話題；班耐特太太一五一十數着這門親事的好處，彷彿有耗不完的精力。人家那麼年輕俊俏、那麼有錢，家裡又只在三哩外，是沾沾自喜的第一點；然後呢，人家兩姊妹那麼喜歡吉英，一定像她那樣盼望着這門親事，想來就覺得很欣慰。再說，幾個妹妹也就有指望了，因為吉英嫁了那麼一主好人家，一定讓她們多認識些潤少爺；最後，她到了這把年紀，可以把幾個閨女交在姊姊手上，不必勉強去跟人家應酬，十分寫意。按這種場合的禮節，需要把不必跟人應酬當成樂事；然而，不管什麼年紀待在家裡，沒有人比班耐特太太

更不像是會寫意的了[74]。臨了又說了許多好話，祝盧卡斯夫人不久就一樣走運，儘管明顯又得意地相信沒門兒了。

伊麗莎白說好說歹，緩不了母親一口連珠跑，勸不了她用低而可聞的耳語來形容她的幸福；原來她看得出母親的話大都被坐在對面的達西先生聽見了，說不出的苦惱。母親卻一味罵她胡說。

「達西先生算什麼呢，拜託，我還怕他不成？說實在，我們欠他什麼，要對他特別恭敬，連『他』興許不愛聽的話都說不得？」

「看在老天爺份上，太太，小聲一點。——你得罪達西先生有什麼好處呢？——你這樣，哪裡討好得了他朋友呢？」

費盡唇舌，還是徒勞無功。母親還是用一樣清楚的聲音來說她的期望[75]。伊麗莎白又羞又煩，臉上紅了又紅。她不由得不時瞥達西先生一眼，儘管每一眼都如她所擔憂的；因為達西先生雖然不常看着她母親，她相信達西先生始終留心聽母親的話。他臉上的表情也由憤慨的藐視，漸漸變成鎮定、沉穩的凝重。

不過，班耐特太太終於沒有話說了；而盧卡斯夫人，先前聽着人家翻來覆去地說些自己沒有指望分享的樂事，早就大打呵欠，現在樂得安心享用冷火腿和鷄肉。伊麗莎白現在也重新振作起來。然而安寧不了多久；原來消夜後，有人提到唱歌，而瑪麗經不起一兩聲的邀請，準備為大家高歌一曲。伊麗莎白使盡了眼色、暗號，設法阻止這顯然的獻殷勤，——卻是白費功夫；瑪麗裝作不懂；她就喜歡這種炫耀的機會，於是唱起歌來。伊麗莎白的眼睛緊盯着妹妹，萬分難受；焦急地看着她唱了幾節，唱完了，卻又節外生枝；原來瑪麗聽到客人的謝意，也聽到隱約的希望，以為自己可以再「指教一下」，頓了半分鐘，又唱起另一首歌來。以瑪麗的本事要這樣子賣弄，根本無法勝任；她聲音小，唱法做作。——伊麗莎白很痛苦。看看吉英如何消受，誰知吉英卻是神色自若跟彬禮說話。看看彬禮兩姊妹，卻在互遞嘲弄的眼色；看看達西，卻依舊是一臉看不透的凝重。她看着父親，請他出面，否則瑪麗會唱一夜。父親

會意；等瑪麗唱完第二首歌時，大聲地說：

「這就好極了，孩子。你給大伙兒添樂趣也添得夠久了。留點時間給別的小姐來表演吧。」

瑪麗雖然裝作沒聽見，多少有些窘迫；而伊麗莎白既為妹妹歉咎，也為父親的話歉咎，恐怕自己的擔憂弄巧成拙。——現在大家請別人表演了。

「倘若鄙人，」柯林斯先生說，「有幸擅於歌唱，定必倍感榮幸，為在座獻唱一曲；因為鄙人以為音樂乃是天真之消遣，與牧者之職毫無二致。——然而鄙人之意，並非謂終日縱情於音樂為有理，因為當然有其餘要辦之事。身為一教區之長事務繁多。——首先，他必須斟酌什一稅，好叫自己得益、恩主無妨。他必須撰寫自己講道的稿子；餘下用於教牧之事奉、為求儘量舒適而免不了的寓所修繕之時間，勢必不多。再者，牧者待人應該殷勤和睦、尤其對提拔他的恩人，鄙人以為不容忽視。鄙人以為此乃牧者責無旁貸之事；倘若有人竟然錯過向任何恩主家族有親之人致敬之機會，鄙人也不以為然。」說罷向達西先生鞠躬；這一番話說得響亮，半個廳堂都聽得見。——許多人瞪眼的瞪眼。——笑的笑；但是看來最感興味的莫過班耐特先生了；而他太太還鄭重地表揚柯林斯先生言之有理，然後用半小不大的聲音跟盧卡斯夫人說：他是個絕頂聰明的大好青年。

伊麗莎白覺得，即使她一家約定了要在今晚儘量出醜，也不能像現在各演一角演得更起勁、更到家了；她想到彬禮看漏了一些醜事，而就算必定見識過一些，以他的心腸也不至於太難過；就為他和姊姊慶幸。但是彬禮兩姊妹和達西先生就有大好機會嘲笑她一家，卻是糟透了；而她也說不出：到底是紳士的沉默藐視、還是女士的無禮笑容，更叫人吃不消。

下半夜，伊麗莎白沒什麼樂趣。她被柯林斯先生纏着逗，一直如影隨形；儘管說不動她再共舞，卻叫她無法與別人跳舞。她懇請柯林斯先生邀別人跳舞、願意給他介紹在場的任何一位小姐，都白

費唇舌。柯林斯先生再三地說，絲毫不把跳舞放在心上；要旨在於細心殷勤，討她的歡心，因此他堅持要整晚長伴左右。這種事實在不可理喻。多虧了朋友盧卡斯小姐，常常湊過來，又好心地自己跟柯林斯先生攀談，她才輕鬆不少。

至少達西先生不會再來惹她生氣；原來達西先生無所事事，每每站得離她很近，卻總沒有近到說得上話。她覺得這大概是自己提起魏克安先生的緣故，很得意。

朗本一家是所有賓客裡最後告辭的；而且班耐特太太使了點技倆，讓賓客散盡後，他們還要等馬車再等十五分鐘；有暇見識主人家有人巴不得他們走。赫斯特太太和妹妹除了抱怨疲累，幾乎不開口；顯然在下逐客令。班耐特太太一回又一回來攀談，她們都不答理；弄得大家無精打采，儘管柯林斯先生滔滔不絕，讚美彬禮先生和姊妹在娛樂上的高雅、待客的殷勤有禮，還是打不起一點精神來。達西一言不發。班耐特先生同樣沉默，卻在看好戲。彬禮先生和吉英跟大家離開一點，站在一塊，兩個人自己說話兒。伊麗莎白保持沉默，像赫斯特太太和彬禮小姐一樣攀不上話；莉迪亞只是偶爾大打呵欠、喊一聲「天啊，累死我啦！」，連她也筋疲力竭，說不出話來了。

終於起身告辭，班耐特太太盛意拳拳，希望不久彬禮闔府即光臨朗本；又特意地對彬禮先生再三地說，隨便他哪天晚上來吃一頓便飯，不必拘禮要帖子，家裡都很高興的。彬禮既感激又高興；說明天不得不回倫敦一陣子，卻一口答應回來儘早拜望她。

班耐特太太心滿意足；打着一副如意算盤，走出大門，雖然婚約、新車、禮服還要準備，她胸有成竹，不出三四個月女兒就要定居內瑟菲爾德了。至於另一個女兒要嫁給柯林斯先生，她也一樣篤定，儘管不是一樣高興，也相當歡喜。伊麗莎白是最不受寵的女兒；雖然「她」覺得這個男人、這門親事算是差強人意，比起彬禮先生、內瑟菲爾德就黯然失色了[76]。

# 第十九章　想吃天鵝肉

　　第二天，朗本別開生面。柯林斯先生正式表白。因為請的假只到星期六，加上就是到了臨表白的一刻，也不覺得有什麼難為情；他決定事不宜遲，就按部就班地着手，依循他以為辦這件事的一切尋常步驟。早餐後不久，看見班耐特太太、伊麗莎白、一個妹妹在一塊，他這樣對那位母親說：

　　「小姪懇求令千金伊麗莎白賞臉，今朝屏人晤談；望族姑大人成全，未知可否？」

　　伊麗莎白出其不意，只是紅了臉，還來不及做什麼，班耐特太太連忙答說：

　　「哦親愛的！──可以──當然可以。──你放心，麗兒準樂意得很──包管她沒有意見。──來，吉蒂，跟我上樓去。」把針黹收起來，就要匆匆離開；伊麗莎白喊說：

　　「好老太太，不要走。──求求您不要走。──柯林斯先生準不會怪我的。──他會有什麼話跟我說是別人聽不得的呢？我也要走了。」

　　「不行，不行，胡鬧，麗兒。──我要你待在這兒。」──看見伊麗莎白一臉的煩惱、尷尬，似乎當真要逃跑，又說，「麗兒，我『一定要』你留下來聽柯林斯先生說話。」

　　伊麗莎白不能違抗母命──再琢磨一下，也覺得把事情儘早儘快了結，最為明智；於是又坐下來，心裡哭笑不得，只好手不停針來掩飾。班耐特太太和吉蒂走開了，而她們一不在，柯林斯先生就

開口了。

　　「不騙您，我親愛的伊麗莎白小姐，您的羞怯不但絲毫沒有叫您減色，反而增添您的優點。在我眼前，您若是『沒有』這絲毫的扭捏，就將減一分和藹可親；然而容我向您保證，我如今之表白已然蒙令堂大人之首肯。您對我此番言辭之要旨毫無疑問，不過您天賦之矜持會叫您惺惺作態；我之殷勤彰明較著，不容誤會。我幾乎一進府上，即揀選了您為我下半生之伴侶。然而，在我尚未為情神魂顛倒之時，先陳述娶妻之理由，或許甚好——再者，為何存心來赫特福德郡揀選妻子，一如我確實揀選了。」

　　柯林斯先生一副嚴肅鎮靜的模樣，竟然有為情神魂顛倒的念頭，叫伊麗莎白幾乎笑了出來，來不及趁他頓了一下設法制止他，於是他又說了：

　　「我要娶妻的理由乃是，首先，我以為每一位小康的牧者（像鄙人）都應該為牧民建立婚姻的榜樣。其次，我深信娶妻會大大增添我的幸福；其三——或許我該當提早陳述，給我這個特意的叮囑與教益的，不是別人，正是我有幸稱為恩主的那位高貴的夫人。她兩度為此事屈尊訓誨（而且是主動的）；我離開洪斯福德前那個星期六晚上才指教過——在夸德里爾牌局時，詹金森太太正在安排德·伯格小姐的腳凳，夫人說，『柯林斯先生，你必須結婚。你這樣的牧師必須結婚。——好好地選，看在我份上，選一位淑女；也為你自己，選一個勤奮、能幹的人，不要出身富貴的，卻要能量入為出，細水長流過日子的。這是我的建議。趕快找個這樣的女人，帶她來洪斯福德，我一定去看她。』請容我順便說一下，我的賢族妹，在我能予人的好處裡，凱瑟琳·德·伯格夫人的關照與恩惠，算來是不小的一個。您會發覺夫人之風範遠非我所能形容盡致；您的機智與活潑，想必她以為無傷大雅，尤其以沉默與敬意相濟，而以夫人之尊會叫您肅靜起敬。說了不少贊成婚姻的一般理由，餘下要說我為何瞄準了朗本而不是我本鄉，說實在那裡有的是和藹可親

的小姐。然而實情乃是，令尊大人過世後，（然而，令尊大人會長命百歲，）鄙人將會繼承這個莊園；倘若鄙人不立意從他的千金裡揀選一位為妻，以致他百年歸老之日——然而，一如前述，會事隔多年——諸位的損失可儘量減少；鄙人將無法釋懷。這乃是我的苦衷，我的賢族妹；因此鄙人以為，您對我的景仰不會減低。眼下只有一事未了，就是讓我用生龍活虎的言辭，向您保證我對您轟轟烈烈的情意。錢財於我如糞土，也不會在這方面需索令尊大人，因為我深知不能如願；而您名下所有、令堂大人身後才可繼承的，只有面值一千鎊年息四釐之公債[77]。因此，在這上頭，我將絕口不提；您也大可放心，我們婚後決不會有刻薄之責備出於我口。」

這時候非打斷他不可。

「太快了，先生，」她喊說。「你忘了我還沒有回答你呢。我別再耽擱吧。你讚美我，請接受我的道謝。你的厚愛我心裡透亮，可求婚一事，說什麼也沒有個答應的理。」

「我早已知道，」柯林斯先生答說，莊重地揮一揮手，「年輕女子遇着心中暗許的男子求婚，第一回不肯垂青，乃是常事[a]；有時候第二回、甚至第三回也依然不肯。因此您剛才所言沒有絲毫叫我洩氣，我希望不久就領您上教堂行禮。」

「說實在的，先生，」伊麗莎白喊說，「我拒絕了，你還這麼希望真是奇怪呀。我跟你拍胸脯，我不是那種年輕女子（要是有這種年輕女子），我不會把自己的幸福也豁出去，指望人家求第二次婚。我拒絕你是十二萬分認真的。——你不能讓『我』幸福；我也相信，世上那麼多女人，怎麼樣也輪不到我來讓『你』幸福。——再說，要是你朋友凱瑟琳夫人認識我，想來也會覺得我左看右看都配不上你。」

---

a 中國也有類似的習俗。費孝通（1938:53）：「當一個對象被選中之後，媒人就去說服女方的父母接受訂婚。按照風俗習慣，女方應當首先拒絕提親。但只要不出現其他競爭者，一個會辦事的媒人，不難使對方答應。」

「倘若凱瑟琳夫人確實這樣想，」柯林斯先生萬分凝重地說——「然而我想不通，夫人她哪裡會嫌您呢？您可以放心，下回有幸會晤，我將極力美言您的矜持、節儉，還有別的和藹可親的條件。」

「真的，柯林斯先生，什麼讚美我的話都用不着。你得讓我自己判斷，你相信我的話才是尊重我。我祝你好幸福、好有錢；我怕你不幸福、不發財，惟一能出的力就是拒絕你。你既然向我求過婚，在體貼我們一家人上，總算盡了心；多會兒輪到你繼承朗本莊園，就可以繼承，壓根兒不用自責。所以，這件事就算結了。」說着就起身，正要走出屋子，柯林斯先生對她說：

「當我有幸再跟您談這件事時，希望聽到比剛才更滿人意的答案；雖然我沒有絲毫責怪您如今的狠心，因為我知道拒絕初次求婚的男子乃是你們女人的傳統習俗；或許，您如今一面既不失女人真正矜持的性情，一面已盡量多說鼓勵我追求的話了。」

「真是的，柯林斯先生，」伊麗莎白有點生氣地喊說，「你太莫名其妙了。要是我到這會兒說的話，你都可以聽成鼓勵，我不知道要怎樣拒絕你才相信那是拒絕。」

「請容我說句大話，我親愛的族妹，您拒絕我求婚只是循例說說罷了。我這樣相信，主要的理由如下：——我覺得我的手並非不值得您牽，或者說我能給的家業難道不值得您切切渴慕嗎？我的身分地位，與德·伯格家結交，與您本身又是親戚，在在都於我十分有利；您也應該深思遠慮，儘管自己有種種迷人之處，卻絲毫不能保證他日再有人求婚。您分到的家產不幸地少，十之八九會把您可愛與和藹可親的條件給抵消了。因此我不得不斷定，您拒絕我不是認真的，我寧願認為您依循高雅女士的習俗，欲擒故縱，希望增添我的愛意。」

「說真的，先生，我怎麼說也不會自命那樣子的高雅，去折磨一個堂堂男子漢。我寧願你相信我真誠來尊重我。得到你的厚愛，

向我求婚，我感激不盡，可就是日頭打西出來也不可以答應。我的心坎肺腑都不許。說得夠白嗎？這會兒不要把我當成有心折磨你的高雅女子，而是說真心話的理性的人。」

「您是永遠地迷人！」他喊說，一副笨拙的殷勤模樣；「我相信得到尊親公然首肯之後，我的求婚決不會不蒙答允。」

他這樣固執地自欺，百折不撓，伊麗莎白無言以對，登時默默走開；心裡打定主意，如果他硬是把她三番五次地拒絕當成畫美夢的鼓勵，就請父親出面，父親的拒絕一定可以說得斬釘截鐵，而一舉一動也最少不會誤會成高雅女士的矯揉造作、賣弄風情。

# 第二十章　彩鳳不隨鴉

　　柯林斯先生一個人靜靜地回味他得意的愛情；不久，在門廳閑混、等着會晤結束的班耐特太太，一看見伊麗莎白打開門，從身旁經過，匆匆走向樓梯，她就走進早餐室，為親上加親的美事在望，熱情地向他和自己祝賀。柯林斯先生聽着一樣高興，也回過頭祝賀班耐特太太；然後原原本本地把他和伊麗莎白的談話覆述了一遍，說他有充分理由來相信，結果令人滿意，因為族妹矢志不移的拒絕，是忸怩羞怯與真正矜持的性情的自然流露。

　　誰知班耐特太太一聽，嚇了一跳；——如果女兒以拒絕求婚來鼓勵柯林斯先生，她一樣樂得滿意，卻是難以置信，忍不住照直說：

　　「不過你放心，柯林斯先生，」她說，「我會把道理說到麗兒明白的。馬上就跟她說。她這個丫頭就是又倔又蠢，才不知道好歹；不過我準『教』她知道的。」

　　「恕小侄插嘴，族姑人人，」柯林斯先生喊說；「以小侄的身分地位，結婚當然是為了幸福；可萬一她確實又倔又蠢，不知道到底會不會是小侄的賢妻。因此，倘若她真的堅拒我提的親，或許不要相逼最好；因為萬一性情上可能有如此之缺陷，是增添不了多少我的幸福的。」

　　「賢侄，你壓根兒誤會了，」班耐特太太驚覺地說。「麗兒只是倔在這種事上而已。別的地方，可是再賢慧不過了。我這就去找班耐特先生，一下子麗兒就沒話說了，真的。」

　　她不等柯林斯先生回答，連忙去找她丈夫，一進書房就喊了

出來：

「哎喲！班耐特先生，你快來幫幫我吧；我們鬧翻天啦。你可要叫麗兒嫁給柯林斯先生，因為她發誓不要他；你要不趕緊，他準要變卦不要『她』了。」

班耐特太太一進來，看着書的班耐特先生就抬起頭來，盯着她的臉，氣定神閒，絲毫不為她的話所動。

「抱歉，我不懂你意思，」他等太太說完說。「你在說些什麼？」

「我在說柯林斯先生跟麗兒。麗兒口口聲聲說不要柯林斯先生，柯林斯先生又開始改口說他不要麗兒。」

「到這種地步我還能做什麼？——看來沒治了。」

「親口跟麗兒說，告訴她一定要嫁給他。」

「叫她下來吧。她應該聽聽我的意見。」

班耐特拉了鈴，叫僕人把伊麗莎白小姐請來書房。

「過來，孩子，」父親見她來了就高聲說。「叫你來是有一件要緊的事。我知道柯林斯先生跟你求過婚。有這回事嗎？」伊麗莎白答說有。「那麼——這頭親事你拒絕了？」

「我拒絕了，老爺。」

「好。重點來了。你母親一定要你答應。是不是這樣，班耐特太太？」

「是的，要不我永遠不再見她。」

「你會左右為難，伊麗莎白。從今天起你得跟父母的一方變成陌路人。——要是你『不』嫁柯林斯先生，你母親永遠不再見你；要是你『嫁』，我永遠不再見你。」

伊麗莎白聽見這樣的起承、這樣的轉合，不禁好笑；而滿以為丈夫順她意的班耐特太太，卻是失望透頂[a]。

---

a 可見子女婚配，最後是由父親決定的。中國的父母之命也類似。劉邦未發迹時，呂公要把女兒嫁給他，妻子生氣反對，呂公回了一句：「此非兒女所知也。」妻子就沒轍了。

「嘿！班耐特先生，這是什麼話？你答應我『一定』要她嫁給他的。」

「親愛的，」她丈夫答說，「我有兩件事拜托。請容我自由運用：一、自己的腦袋來判斷這頭親事；二、我的書房。請你們出去，越快越好。」

然而，儘管丈夫不如她意，班耐特太太還不死心。跟伊麗莎白說了又說，威逼利誘，軟硬兼施。伊麗莎白設法要吉英站在她那一邊，但是吉英不肯插手，極其委婉地推辭了。——伊麗莎白為了接招，時而情真意切、時而俏皮活潑。方法不定，決心卻始終如一。

期間，柯林斯先生獨自凝思事情的經過。他自視過高，參不透族妹為何拒絕他；儘管傷了傲慢的自尊，卻別無苦楚。他對伊麗莎白的感情純屬假想；而伊麗莎白大概要挨母親的罵，那是活該，想到這裡他也懊悔不起來了[78]。

家裡正鬧得不可開交，夏洛特‧盧卡斯串門子來了。一進門廳，莉迪亞飛奔過來，壓着聲音喊說，「你來得正好，這裡有好玩兒！——你猜猜早上發生什麼事？——柯林斯先生跟麗兒求婚，她又不要他呢。」

夏洛特還來不及答話，吉蒂又過來說一樣的消息；三個人一走進早餐室，獨自在那裡的班耐特太太就說起同一件事，跟盧卡斯小姐訴起苦來，懇求她勸勸她的朋友麗兒，順從一家人的心願。「行行好吧，我親愛的盧卡斯小姐，」她悽悽慘慘地說，「沒有人站我這邊，沒有人來搭搭手，他們忍心這樣對我，沒有一個同情我可憐的神經。」

夏洛特還沒有答話，吉英和伊麗莎白進來。

「唉，來了，」班耐特太太接着說，「還若無其事呢，她當我們都去了大老遠，壓根兒不放在心上了，只要她可以為所欲為就行了。——可是我跟你說，麗兒大小姐，你要是打算把求婚的人一個個都推掉，永遠都嫁不出去——等你父親走了，真不知道誰來養你

呢。——我呀，可養不起你——所以我警告你。——從今天開始，我跟你一刀兩斷。——我在書房就說了，你記得，我永遠不會再跟你說話了，我說話算話，你等着瞧。跟不肖子女講話可沒意思。——不是說我跟誰講話就真有意思。像我這樣神經鬧病的人才沒多少講話的興頭。誰知道我受的苦啊！——可永遠都這樣。不哭不鬧哪有人可憐你呀。」

女兒都知道，設法跟母親講道理或安撫她，只會火上加油；就默默聽着這大堆頭牢騷。於是班耐特太太沒完沒了地說下去，誰也不打岔，直到看見莊重得不尋常的柯林斯先生走進來，才跟姑娘們說：

「這會兒，你們給我閉嘴，通通不准說話，讓柯林斯先生和我說幾句話。」

伊麗莎白默默地走出屋子，然後是吉英和吉蒂；莉迪亞卻釘在那裡，決意能聽多少就聽多少；至於夏洛特，起初是柯林斯先生見禮，鉅細靡遺地問候她和府上各人，留了下來；然後也有點好奇，姑且走到窗邊，裝作不要聽。於是這個預訂的會談由班耐特太太的聲聲哀嘆開始。——「唉！柯林斯先生！」

「親愛的族姑大人，」他答說，「此事今後就絕口不提吧。小侄決不至於，」不久又以顯然不悅的口氣說，「為令千金的所作所為而懷恨在心。面對難免的禍患，人人皆有逆來順受之責任；對小侄此等出道亨通之得志青年，更是特別之責任；而小侄相信自己安之若素。縱然鄙人倘蒙賢族妹不棄之幸福存疑，或許亦不減逆來順受之責；緣因小侄素來以為，得不到之福分多少在我們眼裡漸漸失色，逆來順受才得以盡善盡美[79]。不才妄圖令千金之垂青，如今自行引退，亦不仰求尊者與班耐特先生作主玉成，望族姑大人不以此舉為對府上之不敬。小侄由令千金而非尊口拒絕，行止恐怕可議。然而人誰無過。小侄自始至終自然是一番好意。小侄之目的在為己求一和藹可親之伴侶，為府上之好處有恰當之照顧；而倘若『做法』着實惹人非議，請容小侄致歉。」

# 第二十一章　調虎離山

　　柯林斯先生求婚的話題討論得差不多了，伊麗莎白得忍受的只是隨之而來的不快，還有母親偶爾悻悻然的指桑罵槐。至於紳士本人，「他」的感受流露出來的，既不尷尬、沮喪，也不設法回避伊麗莎白，而主要在生硬的態度、含恨的沉默。他極少跟伊麗莎白說話，而之前十分自覺的殷勤，後半天都轉到盧卡斯小姐身上了；因為盧卡斯小姐禮貌地聽他說話，及時地叫大家鬆一口氣，尤其她的閨友。

　　第二天，班耐特太太的壞脾氣、壞身體都依舊。柯林斯先生依舊是一股含怒的傲氣。伊麗莎白原希望，他也許因慍恨而縮短行程，誰知他的計劃似乎絲毫未變。他原擬星期六離開，現在仍然打算待到星期六。

　　早餐畢，姑娘們走到梅里頓去打聽魏克安先生回來了沒有，抱怨他沒有參加內瑟菲爾德的舞會。姑娘們一到鎮上就遇上魏克安先生，於是他陪姑娘們到姨母家去；大家暢所欲言，他沒有去舞會，人人關心，他自己也說又可惜又懊惱。——不過，他主動地跟伊麗莎白透露，他「是」故意不去的。

　　「舞會近了，」他說，「我覺得，還是別跟達西先生碰面最好；——同一個屋頂下，同一夥人，跟他在一塊那麼久，我興許受不了，而那個場面興許也會掃別人的興。」

　　伊麗莎白十分讚許他的忍讓；魏克安和另一位軍官送她們走回朗本時，兩人就一面從從容容地詳談舞會的事，一面客氣地互相讚

美；一路上，**魏克安**對伊麗莎白格外殷勤。他送姑娘們是一舉兩得；伊麗莎白十足領略他對自己的恭維，也覺得趁機把他介紹給父母認識也最自然不過。

回家不久，僕人給班耐特小姐一封信；信是內瑟菲爾德送來，吉英立即打開來看。信封裡有一小張高雅的熱壓紙，上面行雲流水般寫滿了女子娟秀的字；伊麗莎白看見姊姊讀信時臉上變色，讀到某些地方還目不轉睛。吉英隨即回過神來，把信放在一邊，設法像平常一樣跟大家有說有笑；但是伊麗莎白為此擔憂得連跟魏克安一塊也會分心；魏克安和同袍一走，吉英就給伊麗莎白一個眼色，示意跟她上樓去。一回到自己的屋子，吉英就把信拿出來，說：

「信是卡羅琳・彬禮寫的；裡面寫的，嚇了我一大跳。他們一家人這會兒都離開內瑟菲爾德了，在到城裡的路上；也沒有一點兒要再回來的意思。你可以聽聽她怎麼說的。」

她接着就大聲讀了第一句，內容包括說她們剛剛決定馬上跟着兄弟進城去，打算當天在格羅汶納街吃晚餐，那裡赫斯特先生有一棟房子。下一句這樣說。「除了我最親愛的朋友、你的相伴，我要離開赫特福德郡，不能違心地說有何遺憾；但是我們可以寄望有朝一日，再三重溫領略過的其樂融融的廝守，如今姑且勤動筆、訴衷腸，來撫慰那別離的黯然銷魂。不勝企盼。」伊麗莎白聽見這一番花巧的高調，既不相信，也無動於衷；儘管一家人匆匆離去，叫她意外，卻真看不出有什麼好大驚小怪的；姊妹不在內瑟菲爾德，沒有道理彬禮先生就不能在那裡；她也相信，吉英只要享受了兄弟的相伴，失去姊妹的相伴一定很快就不放在心上了。

「是倒霉，」她頓了一下說，「你不能在她們臨走前見見面。可是我們不也可以寄望彬禮小姐期待的那有朝一日，會比她覺得的要早一些，而你們做朋友時領略過的其樂融融的廝守，做姑嫂時準會加倍歡喜地重溫[80]？——彬禮先生準不會在倫敦給她們絆住的。」

「卡羅琳斬釘截鐵地說，這個冬天家裡沒有人會回來赫特福德

郡。我會念給你聽——

「昨天哥哥離開了，他以為去倫敦辦的事，也許三四天就解決了，我們卻斷定不行，同時也相信查爾斯進了城，決不會急着又要離開，我們就決定跟着他到那裡，免得他閒暇要在旅館裡受罪。我們有許多朋友已經上那裡過冬；我希望聽見你，我最親愛的朋友，也打算來湊熱鬧，可惜我失望了。我衷心希望，你在赫特福德郡的聖誕節過得如常地興高采烈；你也一定有如雲的護花使者，不叫你因我們奪愛，而感到少了三位[a]₈₁。」

「由此可見，」吉英說，「他這個冬天不再回來。」

「由此只可見，彬禮小姐不認為他『該』回來。」

「你幹麼這樣想呢？這可是他自己的意思。——他自己會作主嘛。不過你還沒有知道『究竟』。我『要』把特別傷我心的那段念給你聽。我準不瞞『你』的。」「達西先生迫不及待看他妹妹；實不相瞞，『我們』也一樣渴望再見到她。論花容月貌、論風華高雅、論多才多藝，我認為喬治亞娜・達西實在無人可及；她惹人憐愛，叫魯意莎和我心儀之餘，不無非分之想，指望她日後成為我們的嫂子。我記不得曾否與你談過這件事的看法，然而我不能不和盤托出就離開此地；而你想必也認為我的看法不無道理。哥哥對她早已十分傾倒，現在近水樓台，得以耳鬢廝磨，女方的家人像男方一樣，全都期待這門親事；而查爾斯又最能贏得女子的芳心，我想，這不是做妹妹的偏心瞎想。天時地利人和，只有為這段感情推一把的，沒有攔阻的；我最親愛的吉英，我一味期望着這件皆大歡喜的事，有什麼不對呢？」

「『這』句話你又怎麼說，我的好麗兒？」吉英讀完說。「還不夠清楚嗎？——卡羅琳既不料想也不希望我做她的嫂子，她斷定哥哥對我沒有意思，卻好像疑心我自作多情，打算（頂好心的！）

---

a　彬禮先生、達西先生、赫斯特先生。

提醒我？話不是說得很白了嗎？事情還可以有別的看法嗎？」

「可以，有；我就有截然不同的看法。——要不要聽？」

「一百個要。」

「長話短說。彬禮小姐眼見哥哥跟你相愛，卻希望他娶達西小姐。跟着哥哥到城裡，希望絆住他，又設法說得你以為他哥哥心裡沒有你。」

吉英搖搖頭。

「真的，吉英，你應當相信我。——沒有人看過你倆在一塊，會懷疑他不愛你。彬禮小姐也準不會。她可不是呆瓜呢。她要看得見達西先生對她有一半的愛意，早就去訂結婚禮服了。可是問題在這裡。我們錢不夠多，派頭不夠大，配不上他們；而她又巴不得撮合達西小姐和哥哥，打的算盤是兩家有『一』門親事，要好事成雙也許就省點事了；這裡頭還真有兩下子，要是德・伯格小姐閃一邊的話，我看也會得逞的。可是，我最親愛的吉英，你不要因為彬禮小姐說她哥哥對達西小姐傾倒不已，就當真以為彬禮先生禮拜二跟你辭行後，有一絲一毫看不清『你的』優點；也不要當真以為，她可以說得哥哥以為自己深愛的不是你，而是她的朋友。」

「要是我們都這樣看彬禮小姐，」吉英答說，「你的種種說法，會讓我放下心頭大石。可是我知道大前提不公道。卡羅琳做不出這種存心騙人的事；這件事，我惟有希望她是自己騙自己。」

「說得對。——既然你不要用我的想法來安心，你提的這個想法再開心不過了。儘管相信她給自己騙了吧。這一來，你已經很對得起她了，可別再煩惱了。」

「可是，我親愛的妹妹，就算往好裡想，這個男人的姐妹朋友個個都希望他娶別人，我嫁給他會幸福嗎？」

「你得自己決定呀，」伊麗莎白說，「要是你仔細斟酌過，覺得得罪他妹妹的苦惱過於嫁給他的幸福，我看你就儘管拒絕他吧。」

「你說的什麼話？」——吉英淡淡地笑着說，——「你明明知

道，就算我因為她們不以為然而難過得不得了，也不會猶豫的。」

「我也不覺得你會猶豫；——正因為這樣，我覺得你的情形沒什麼好同情的。」

「可萬一他這個冬天都不回來，就根本輪不到我選擇了。六個月世事難料呀！」

至於彬禮先生不再回來的想法，伊麗莎白根本不當一回事。她覺得那只是卡羅琳一相情願的說法；不管說得多露骨、多巧妙，她也從來不認為會影響一個事事作得了主的年輕人。

她鉚着勁兒向姊姊陳述自己的想法，不久就高興地看見好的結果。吉英不是生性沮喪的人，雖然對彬禮的愛意有時候疑惑過於希望，漸漸也抱起希望，彬禮會回到內瑟菲爾德來，一切如願以償。

姊妹倆商定，最好只讓班耐特太太知道彬禮一家離開了，不要為那位紳士的行止擔驚受怕；但是連這半個消息也叫她大為緊張，說大家才剛親熱起來，不巧女士們竟然要離開，大嘆倒霉透頂。不過悲嘆了好一陣子，想着彬禮先生不久就會回來，不久就在朗本晚餐，就放心一些。想來想去的結論是振奮人心的宣告：雖然只是邀請他來吃頓家常便飯，她會認真準備上兩席的菜[82]。

# 第二十二章　一個蘿蔔一個坑

　　班耐特一家應邀到盧卡斯家吃晚餐，而有大半天，又是盧卡斯小姐體貼地聽柯林斯先生說話。伊麗莎白趁機感謝她。「有你聽話，他笑口常開呢，」她說，「不知道怎樣謝謝你才好。」夏洛特說樂意效勞，多花一點時間而獲益良多，請她別放在心上。着實非常和藹可親，但是夏洛特體貼得遠遠出乎伊麗莎白的意料；夏洛特的目的，與其說防範柯林斯先生再追求她的朋友，不如說挪過來追求自己。這就是盧卡斯小姐的計劃；而看來是一帆風順，要不是柯林斯先生那麼快要離開赫特福德郡，晚上分手時她幾乎已經胸有成竹了。不過她這樣想，卻低估了柯林斯先生的如火熱情與特立獨行，原來第二天白天他神不知鬼不覺，潛逃出朗本的宅門，趕緊來到盧卡斯山莊向她屈身求愛。他提心吊膽地防範族妹們發覺，深信她們看見他出門，不會猜不到他的企圖，而在圖謀也有好消息可以公諸於世前，他是不願意圖謀洩露的。儘管夏洛特已算是給他壯了膽，他覺得十拿九穩也是有道理的，但是自從星期三歷險後，他就比較怯陣了。不過，這一回卻得到十分振奮人心的接待。盧卡斯小姐在樓上的窗戶看見他走近房子，連忙起身到小路去跟他偶遇。不過她萬萬沒有想到，那裡有澎湃的愛情與辭令等着她。

　　雖然柯林斯先生長篇大論，大家儘快把事情談妥，雙方都滿意；回到房子裡，柯林斯先生懇切地請盧卡斯小姐挑選吉日，叫他成為至樂之人；雖然這樣的要求，目前一定要拒絕，小姐可沒有把他的幸福當兒戲的意思。他憑着天賦的笨拙來追求，毫無女士期待

追求下去的魅力；而盧卡斯小姐一心一意、不計利害，只為了有個歸宿才答應他，倒不在乎這個歸宿是否找得太快。

　　他們連忙去拜見威廉爵士和盧卡斯夫人，兩老歡天喜地，一口答應。他們能給女兒的財產很少，以柯林斯先生現在的家境，跟女兒匹配不過；何況柯林斯先生未來的財產實在不少。盧卡斯夫人馬上以空前的興頭重新盤算起來，班耐特先生看來還可以活多久呢？而威廉爵士也斷然地說，有朝一日柯林斯先生入主朗本莊園，他兩夫婦進聖詹姆斯宮覲見就大有希望了。總之，一家人當下自然是雀躍不已。小姑娘都指望提前一兩年「出幼」[a]，小伙子本來都擔心夏洛特以老處女終身，現在鬆一口氣。夏洛特自己還算鎮定。她如願以償，可以慢慢細想。而反省起來，大體上叫人滿意。誠然，柯林斯先生既不通情達理也不討喜；與他相處叫人厭煩，他對夏洛特的情意必定純屬假想。然而，他畢竟會是夏洛特的丈夫。——她不看重男人，也不看重夫妻關係，她要的始終是婚姻；婚姻是教育好而財產少的年輕女子惟一體面的生計；不管幸福多渺茫，卻總是免於飢寒最愜意的保障。這個保障，她現在得到了；二十七歲、從來沒有漂亮過，她覺得這個保障是撿來的。這件事一定讓伊麗莎白・班耐特大吃一驚，這是最不討喜的地方，因為盧卡斯小姐看重和她的友誼勝過任何人。伊麗莎白會感到詫異，大概也會責備她；儘管這

---

a　「出幼」原文是coming out，和前文（Mrs. Bennet）had brought her（Lydia）into public at an early age（A9）說的是同一件事。女孩子大概十五歲coming out，即正式參加成年人的社交活動，從此就可以物色對象，有「權」談情說愛了。中國古代有成年禮，男子加冠，女子上笄；演變到後來，各地有「出幼」、「出童子」、「做十六」等等（參看彭美玲（1999））。這些生命禮儀（ritual of life cycle），也叫通過儀式（rites of passage），跟婚姻有密切關係。李亦園（1996: 224）談到泰雅族的成年禮：「刺青在當時是很危險的事，……甚至有生命危險，……但是沒有人不刺青，因為不刺青就不能結婚，……女孩子們也是一樣，……否則是嫁不出去的。」文化不同，班家、盧家的姑娘都不用受這種罪，但是coming out才可以談婚論嫁，道理是一樣的。譯者大膽借用「出幼」來譯coming out，希望不會太離譜。其次，盧卡斯的小姑娘高興，因為一般要等姊姊嫁人才出幼，免得小妹搶了姊姊的機會。日後凱瑟琳夫人跟伊兒也聊到這個問題（B6）。

樣的非難動搖不了她的意志，卻一定傷到她的心坎。她決定要親口告訴伊麗莎白；於是叮囑柯林斯先生，回去朗本吃晚餐時，不可跟任何家人漏一點口風。柯林斯先生當然服服帖帖，答應守口如瓶，不過做起來可不容易；原來他失蹤了大半天，叫人好奇，一回去大家一開口就紛紛追問，要有點本事才化解得了；同時也要自我克制，因為他巴不得宣布自己開花結果的愛情。

因為第二天一大早就要起程，不便跟家裡人見面，所以提前在女士準備就寢時正式告辭；班耐特太太恭恭敬敬、盛意拳拳，說只要他忙得過來，隨時歡迎他光臨朗本。

「我親愛的族姑大人，」他答說，「承蒙佳約，小侄格外銘感於心，因為此正是小侄所企盼的；您大可放心，小侄定必及早拜訪的。」

他們都很驚訝；班耐特先生一點也不希望族侄那麼快回來，連忙說：

「可是凱瑟琳夫人恐怕不以為然，賢侄？——你寧願怠慢一下親人，而不要冒險得罪恩主。」

「我親愛的族伯大人，」柯林斯先生答說，「您的好意之忠言，小侄萬分感激；也請您安心，小侄不得夫人閣下之首肯是萬不會輕舉妄動的。」

「多加小心準沒有錯的。夫人的臉色千萬冒險不得；要是你覺得再來看我們，夫人橫是不高興，我看九成九會的，你就靜靜地待在家裡，也請放心，我們嘛，準不會怪你的。」

「小侄並無虛言，我親愛的族伯大人，此等情深義重之關照，叫小侄感激腸熱；請您放心，小侄為此，亦為在赫特福德郡打擾期間承蒙諸位每一番之心意，定必火速拜發一書以致謝。至於諸位賢族妹，儘管別離之日子也許不長而不必多禮，但恕我冒昧，還是要祝福她們健康快樂，我的族妹伊麗莎白也不例外。」

女士客套了一番，然後回房，大家都沒有料到他計劃這麼快回

來。班耐特太太一相情願地認為，柯林斯先生打算追求另一個小女兒，而她也許說得動瑪麗答應他。瑪麗格外器重他的才情，常常覺得他的想法四平八穩，叫她印象深刻[83]；雖然斷不及自己聰明，覺得只要鼓勵他多閱讀，以她為榜樣來充實自己，也許是個十分愜意的伴侶。然而第二天白天，人人美夢成空。早餐後不久，盧卡斯小姐到訪，私下跟伊麗莎白交代了昨天的事。

之前一兩天，伊麗莎白一度想過，柯林斯先生可能以為自己與她朋友相愛；然而夏洛特竟然會鼓勵他，這跟她自己去鼓勵他幾乎一樣是做夢也夢不到的事；先是驚訝得失儀，不禁喊了出來：

「跟柯林斯先生訂婚！我的好夏洛特，──假的！」

盧卡斯小姐本來神色自若地說這件事，聽到劈頭的責備，一時慌亂起來；不過，因為也不出她的所料，不久又鎮定下來，平靜地答說：

「這有什麼好驚訝的，我親愛的伊兒？──因為柯林斯先生不幸無法讓你瞧得起，你就不相信他會讓別的女人瞧得起嗎？」

不過這時候伊麗莎白已經收斂起來，好不容易才以算是堅定的口吻請朋友放心，他們婚姻的未來非常可喜，也祝福她一切幸福美滿。

「我知道你在想什麼，」夏洛特答說，──「你準嚇一跳，大大地嚇一跳，──柯林斯先生沒多久前才想要娶你。可你得空再重新掂量掂量，我希望你會體諒我所做的。你知道我不是浪漫的人，壓根兒不是。我只要一個舒服的家；而考慮柯林斯先生的性情、背景、身分地位，我相信自己有幸福的機會，大多數人剛結婚時誇口有幾成的機會，我就有幾成。」

伊麗莎白平靜地答了一聲「當然」；──接著，經過一陣尷尬的沉默，她們又回到大夥那裡。夏洛特沒有多留，於是剩下伊麗莎白去咀嚼所聽見的話。過了良久，想起那麼不登對的一雙，她才認了。比起現在求婚成功，柯林斯先生三天求了兩次婚根本就不希奇

了。她向來覺得夏洛特對婚姻的看法跟自己不盡相同，卻萬萬想不到夏洛特實踐出來時，為了現實的好處而捨得犧牲高尚的情感。夏洛特是柯林斯先生的太太，真是一朵鮮花插在牛糞上！——朋友自取其辱，失去她的敬意，已叫她椎心刺骨；何況她深信這位朋友選擇的命運，斷沒有過得勉強幸福的理，更叫她倍感難過[b]。

---

b　夏洛特不美，但精明，嫁給柯林斯的確是悲劇。不幸的事往往變成懲罰。《水滸傳》第二十三回，潘金蓮是某大戶的使女，大戶染指不得，「記恨在心」，才配給「面目醜陋，頭腦可笑」的武大，存心糟蹋她。清代的李漁也許受此啟發，編得更狠。《無聲戲》第一回說，地獄裡的一般壞人被閻王罰做豬狗牛馬，惟獨有個惡貫滿盈的人，罰做「乖巧聰明，心高志大」的美女，嫁給個「愚醜丈夫，自然心志不遂，……不消人去磨他，他自己會磨自己了。」而且夫妻長命百歲，「禁錮終身……一世受別人幾世的磨難，這才是懲奸治惡的極刑」。世間女子怕嫁錯郎的不幸，可見一斑。

# 第二十三章　風水輪流轉

　　伊麗莎白跟母親、妹妹坐在一塊，回想着所聽到的，正疑惑許不許說出來的時候；威廉盧卡斯爵士本人到訪，是他女兒請他來報喜的。他宣布了喜事，一面連番地恭維班耐特家，一面為兩家聯姻的未來而洋洋自得，——聽的人不只詫異，簡直難以置信；班耐特太太固執己見，顧不得失儀，斷言他大錯特錯了；而一向放肆、常常無禮的莉迪亞就囂張地大喊：

　　「好家伙！威廉爵士，你怎麼可以瞎扯呢？——你不知道柯林斯先生想娶麗兒嗎？」

　　只有廷臣那樣恭順的人才聽得下這些話而不生氣，好在威廉爵士很有涵養，始終以禮相待；儘管他請求大家相信他所說的千真萬確，聽着句句莽撞的話，一直逆來順受。

　　伊麗莎白見他受窘，覺得義不容辭要替他解圍，於是挺身而出，證明威廉爵士所言不虛，說夏洛特早已親口告訴了她；又懇切地向威廉爵士道賀（吉英也連忙幫腔），藉此盡力遏止母親、妹妹的大呼小叫；又稱讚柯林斯先生人品好、洪斯福德到倫敦又方便，——細數這門親事會有的可喜可賀的地方。

　　班耐特太太實在太激動，當着威廉爵士的面說不出多少話；等到客人一走，才決堤似的宣洩出來。第一，她堅持這件事全都是假的；第二，她斷定柯林斯給騙了；第三，她相信他們在一起決不會

幸福；第四，他們的婚姻會鬧翻[a]。不過，由這四點來演繹，顯然有兩個推論；首先、伊麗莎白是種種風波的罪魁禍首；其次、她自己被所有人野蠻地對待；而下半天她念念不忘的主要就是這兩點。什麼也安慰不了她，什麼也無法叫她息怒。——一天過去，慍恨未消。一個星期過去，看見伊麗莎白才不罵；一個月過去，跟威廉爵士、盧卡斯夫人說話才不莽撞；而幾個月過去，才完全原諒他們的女兒。

班耐特先生當時的心情就平靜得多，他表示十分愜意，也的確如此；因為他很高興，說原以為夏洛特・盧卡斯算得上明智，原來跟他太太一樣愚蠢，比他女兒愚蠢！

吉英自己承認，對這門親事有點意外；但是她少表詫異，多衷心盼望他們幸福；伊麗莎白認為幸福很渺茫，卻說服不了吉英。吉蒂與莉迪亞一點也不羨慕盧卡斯小姐，因為柯林斯先生只是個教士；這件事給她們多添一個消息去梅里頓散播，別無影響。

盧卡斯夫人不由得想耀武揚威，覺得可以回敬班耐特太太，祝她女兒有個好歸宿，有個安慰；她來朗本來得更勤了，說有多高興；雖然班耐特太太一張臭臉、一口惡語也許會夠掃她的興。

伊麗莎白與夏洛特都有些拘忌，隻字不提那件事；伊麗莎白相信，她們再也不能推心置腹了。她因對夏洛特失望，轉而加倍地敬愛姊姊，相信對姊姊為人端正、得體審慎的看法決不會動搖[84]；卻也為姊姊的幸福日漸擔憂，因為彬禮已經走了一個星期，毫無回來的音信。

吉英早已覆了卡羅琳的信，數着日子，看看應該多久才可望再有回音。星期二，柯林斯先生許諾的道謝函送到，上呈她們父親，字字句句都感恩戴德，彷彿在班耐特家寄身了一年。憑良心道

a　這好比小孩子跟媽媽撒謊：第一、他不知道媽媽買了點心回來。第二、櫃子那麼高，他根本夠不到。第三、巧克力蛋糕不是他最愛的。第四、哥哥也在，輪不到他多吃。

了謝[85]，他又以欣喜若狂的言辭告訴他們，有幸贏得和藹可親的鄰居盧卡斯小姐的芳心；然後解釋說，只為了與她出雙入對之樂，才樂意接受他們的美意，答應重回朗本之邀，而他希望兩星期後的星期一可以回去；又說，原來凱瑟琳夫人極其贊成這門親事，希望及早成婚，他相信這讓和藹可親的夏洛特責無旁貸，要訂出一個儘早的吉日，叫他成為至樂之人。

柯林斯先生回赫特福德郡不再是班耐特太太的樂事。相反，她跟丈夫一樣動輒抱怨。──他竟然來朗本而不是去盧卡斯山莊，實在奇怪；而且十分不便，麻煩極了。──她身體不大好的時候，厭惡家裡有客人；而情人是所有人裡最討厭的。班耐特太太嘀嘀咕咕的就是這些，只有想起彬禮先生至今不歸而更加難過時，嘀咕的才不一樣[86]。

吉英和伊麗莎白都為此不安。日復一日，他杳無音信，只梅里頓不久有傳聞，說他這個冬天都不會回內瑟菲爾德來；聽得班耐特太太火冒三丈，總斥為造謠中傷。

連伊麗莎白也害怕起來──怕的不是彬禮不在乎──而是他的姊妹絆得住他。這樣摧殘吉英的幸福、有辱吉英情人的穩重性情的想法，她雖然不願意相信，卻總是縈繞不去。她害怕，兩個忍心的妹妹與一個強勢的朋友聯手，加上達西小姐的魅力、倫敦的樂子，也許不是憑愛意就招架得了的[87]。

吉英呢，禍福靡定當然叫她比伊麗莎白更痛苦，卻總把心裡的種種感受都刻意地隱瞞起來；所以她跟伊麗莎白在一起，那件事總是避而不談。然而她母親卻不那樣體諒人而約束一下，幾乎每個小時都要談起彬禮，說巴不得他回來；甚至要吉英承認，萬一人家不回來，她該覺得自己被人狠心玩弄了。吉英得極力地沉着溫和，才勉強平靜地忍受這些折磨。

兩星期後的星期一，柯林斯先生準期重訪朗本，但是受到的接待卻沒有初訪時的和善。不過，他太高興了，別人用不着多禮；又

虧得他忙於談情說愛，大大省了主人家應酬的麻煩。他每天有大半天都在盧卡斯山莊度過，有時候回到朗本，只來得及在家人就寢前為失陪致歉。

　　班耐特太太實在苦況堪憐。只要有人提起那對新人，她就大發脾氣，偏偏走到哪裡都一定聽得到。她覺得盧卡斯小姐面目可憎。盧卡斯小姐是繼她之後的女屋主，她酸溜溜地憎惡人家。每逢夏洛特來看他們，她就推斷人家是提前來度女主人的時光；而每逢夏洛特低聲跟柯林斯先生說話，她斷定他們在談朗本的家產，決意等班耐特先生一死，就把她們母女攆出去。她把一肚子苦水跟丈夫大吐。

　　「哦，班耐特先生，」她說，「真夠受的，想到夏洛特‧盧卡斯竟然有朝一日是這房子的女主人；我呀，竟然硬是要閃開讓『她』，睜着眼看她佔了我的位子啊！」

　　「親愛的，不要胡思亂想些壞事。想想些好事吧。我們不妨安慰自己：我呀，可以長命百歲。」

　　這話不大安慰得了班耐特太太，所以她沒有答話，依舊吐她的苦水：

　　「我想到他們竟然會佔了整個莊園，我受不了啊。要不是那個繼承權，我才不在乎呢。」

　　「你哪裡不在乎？」

　　「我壓根兒什麼都不該在乎。」

　　「讓我們慶幸你還沒有麻木不仁吧。」

　　「我怎麼樣也沒辦法，班耐特先生，為繼承權的任何事慶幸。我想不通怎麼會有人有良心不把家產傳給自己的女兒，卻通通為了柯林斯先生的好處！——憑什麼偏偏要給他呢？」

　　「隨便你怎麼看，」班耐特先生說。

卷二

# 第一章　剪不斷　理還亂

　　彬禮小姐的信到了，疑團也破了。劈頭第一句就證實他們要在倫敦過冬；末後又替哥哥致歉，臨行前來不及向赫特福德郡的朋友致意，深表遺憾。

　　希望落空，通通落空了；等吉英可以細看下半封信時，除了寫信的人聲稱的感情外，就沒多少可以自慰的地方。大半封信都在讚美達西小姐。翻來覆去地說她的千嬌百媚，卡羅琳還歡天喜地地誇口，哥哥與達西小姐越發親密，她大膽地預期上一封信透露的願望要實現了。又興高采烈地寫到哥哥住在達西先生家裡，心花怒放地說起達西先生打算添置新家具。

　　吉英隨即把這些話的大要告訴伊麗莎白，她一言不發，憤恨地聽着。既擔心姊姊，又憎恨那夥人。卡羅琳所謂哥哥喜歡上達西小姐，她根本信不過。彬禮真心愛着吉英，她始終不曾懷疑。而雖然她一向願意喜歡彬禮，想起他隨和的性情，欠缺應有的主見，現在才給懷着鬼胎的親友牽着鼻子走，犧牲自己的幸福，來聽任他們隨意擺布；伊麗莎白不由得生氣，也難免有點看不起。如果犧牲的僅僅是他自己的幸福，那他愛怎麼胡鬧就怎麼胡鬧；然而連姊姊的幸福也犧牲了，這一點伊麗莎白認為他一定心知肚明的。總之，這件事叫人朝夕尋思，卻必然無濟於事。她心裡只有這件事；然而，到底彬禮的心是冷了，還是受制於親友的阻撓呢？到底他是知道吉英的愛意，還是忽略了呢？無論如何，雖然不同的答案一定大大影響她對彬禮的看法，姊姊的境況依舊，她心裡也不得安寧。

　　過了一兩天，吉英才有勇氣跟伊麗莎白說心事；不過，也要在班耐特太太為內瑟菲爾德及其主人大發了一場更甚平日的牢騷後，走開了，留下姊妹倆，吉英才終於忍不住說：

　　「唉！我的好母親自制一下就好了；她一天到晚責怪他，壓根兒不知道我的苦。不過我不會埋怨。日子不會長此以往。我準會忘了他，我們都會像往常一樣。」

　　伊麗莎白既疑惑又關心地盯着姊姊，卻一言不發。

　　「你不信，」吉英喊說，有點臉紅；「真的，你沒有理由不信。他會留在我的腦海裡，是我認識的最討喜的男人，可也不過如此。我沒什麼好希望，沒什麼好害怕，也沒什麼好怪他的。謝天謝地！我沒有『那種』痛。所以一下下而已。——我準會好起來的。」

　　不久，她以強一點的語氣說，「我一下子就安心下來，因為這只不過是我自作多情，傷害到的也沒有別人，只有我自己。」

　　「我的好吉英！」伊麗莎白喊了出來，「你人太好了。你真的仁慈、無私得像天使一樣；我不知道跟你說什麼才好。我覺得，好像多會兒也沒有公道地對你，沒有公道地愛你。」

　　班耐特小姐連忙說過獎了，反而回頭讚美妹妹深情厚意。

　　「才不，」伊麗莎白說，「這不公道。你呢，想要把世上的人都當成君子淑女，我要說誰的壞話，你就心痛。我呢，只不過想要把『你』一個看成十全十美，你就跟我作起對來。你別擔心我走過了頭，侵犯了你無所不愛的好心腸的特權[88]；不用。我真心愛的人不多，瞧得起的更少。我見的世面越多，越不滿意這個世界；我相信人性都是反覆無常，也相信表面的優點或感受不大靠得住，而所見所聞也一天天叫我信服。我最近就碰到兩個例子；一個我不想提；另一個是夏洛特結婚。莫名其妙！怎麼看都莫名其妙！」

　　「我的好麗兒，不要胡思亂想。這樣準壞了你的心情。你沒有好好衡量不同的處境和性情。想想柯林斯先生的體面，夏洛特穩重

又顧慮周到的性格。你記得她家是個大家庭；以財產來說，這是頂匹配的一對；你就為了大伙兒好，樂意相信她對我們的族兄還有幾分尊重和敬意吧。」

「看在你面上，差不多什麼事我都會設法相信，可是相信這樣的事，誰也得不到好處；因為我現在已經瞧不起夏洛特的用心，要是再說服自己她尊敬柯林斯先生，我只會更瞧不起她的腦袋。我的好吉英，柯林斯先生這個人，又自負、又愚蠢、老氣橫秋、思想褊狹；你知道的，你跟我一樣清楚；而你也準感覺得到，就像我感覺到的，嫁給他的女人想得可不是正理。你不應該為這個女人申辯，雖然她是夏洛特・盧卡斯。你也不應該為了某個人改變操守和氣節的意思，也不應該設法說服自己或我，說自私是顧慮周到，不知道危險是幸福的保障。」

「我可覺得，你說他們兩個的話說得太重了，」吉英答說，「希望你以後看見他們處得快樂，會相信我的話。可是就說到這裡。你剛剛提起別的事。你說『兩個』例子。我不會誤會你的意思；可是我請求你，好麗兒，不要想『那個人』要擔不是，也不要說瞧不起他了，這樣會叫我難過。我們千萬不要動不動就以為人家有心害你。我們可不要期待，一個活潑的小伙子總是那麼謹慎，那麼考慮周到。常常只不過是我們自己虛榮，騙了自己而已。女人總以為仰慕不只是仰慕。」

「而男人總費心讓女人自欺。」

「如果是蓄意的，就說不過去了；可是我壓根兒不認為世上像有些人想像的有那麼多陰謀。」

「我還遠不至於把彬禮先生的什麼舉動看成陰謀，」伊麗莎白說；「可是無心作惡，無心叫人不樂；照樣可能有錯誤，照樣可能有不幸。粗心大意、疏忽別人的感受、沒有主見，一樣會壞事。」

「你把這件事歸咎到其中一項嗎？」

「是的；歸咎到最後一項。可是再說下去，就說到我對你敬重

的那個人的看法，我就要惹惱你了。你可以趁早兒打斷我。」

「那麼，你還是咬定他姐妹左右他。」

「是的，還跟他朋友聯手。」

「我沒辦法相信。她們幹麼要設法左右他？她們只會希望他幸福；而要是他愛的是我，別的女人可給不了他幸福呀。」

「你第一個前提錯了。除了幸福，她們還希望他得到許多別的東西；她們可能希望他賺大錢、飛黃騰達；她們可能希望他娶個女孩子，是財雄勢大、家世顯赫、威風傲人種種優勢兼而有之的。」

「毫無疑問，她們的的確確希望他娶達西小姐，」吉英答說；「不過用心可能比你想的好。她們認識達西小姐比我早得多，要是喜歡她多一些也難怪。可是，不管她們自己有什麼希望，也不大可能會反對兄弟的。要不是真的討厭，做姐妹的憑什麼貿然反對呢？要是她們相信兄弟愛我，就不會設法拆散我們；要是他愛我，她們想拆也拆不散。你假設他愛我的話，每個人的舉動就變得既不對、又不合人情，還叫我頂不樂。不要這樣想來叫我難過了。我表錯情並不覺得丟臉——或者說，比起把他和姐妹當壞人，起碼我會覺得是小事，無關緊要。讓我儘量往好裡想，往常理想吧。」

伊麗莎白不能反對這樣的願望；從此，兩人就極少提起彬禮先生的名字。

班耐特太太對彬禮先生一去不回，依舊想不通，天天發牢騷；雖然幾乎每一天伊麗莎白都解釋清楚，但要減少她一點困惑就似乎很渺茫了。女兒費盡唇舌，拿自己也不相信的話來說服母親，說彬禮先生對吉英的殷勤，僅僅是一時而尋常的好感，看不見人就不在心了；然而，雖然女兒說的時候母親也覺得有幾分道理，每天還是要覆述一遍。班耐特太太最大的安慰，就是期待彬禮先生夏天一定下鄉來。

班耐特先生看待這件事就不一樣了。「這麼着，麗兒，」他有一天說，「我知道你姐姐失戀了。我恭喜她。女孩子快要嫁人，也

喜歡偶爾失戀一下的[89]。這樣就有事情可以琢磨，在朋友裡也可以出點風頭。多會兒輪到你呢？老是給吉英比下去，你很難甘心的。機會來了。梅里頓的軍官多的是，夠讓附近所有的小姐失戀。讓魏克安做『你的』人選吧。他是個討人喜歡的家伙，會漂漂亮亮地把你甩了。」

「謝謝您，老爺，不過沒魏克安討喜的也行。我們可不要期望個個有吉英的好運氣。」

「是的，」班耐特先生說，「可是想來也叫人安慰的是，有個疼愛你們的母親，不管你交上什麼運，她有風總會駛盡的。」

許多朗本家人近來受逆境打擊，因為魏克安先生的陪伴，驅散了不少愁雲慘霧。他們經常見面，發覺他對人人坦率，現在又多添了一個可取之處。伊麗莎白已經知道的前因後果，達西先生欠他的公道，叫他吃盡苦頭，現在都當面承認、公然談論；而人人想到，早在得知事情的來龍去脈以前就一直討厭達西先生，都很得意。

惟有班耐特小姐一個人能料想其中也許有苦衷，是赫特福德郡的朋友不知道的；她有溫和的性情、不變的善意，總是懇求大家多體諒別人，強調可能是誤會──然而，別人無不宣稱達西先生罪大惡極。

# 第二章　商而好禮

　　柯林斯先生談情說愛、計劃婚後的美滿生活，過了一個星期，終於到了星期六，要離開和藹可親的夏洛特了。不過，準備迎親也許可以減輕他離別的痛苦；因為他有理由希望，下次重回赫特福德郡，叫他成為至樂之人的日子很快會定出來。他一如以往，莊重的跟朗本的家人告辭；祝福他的賢族妹健康快樂，並向她們父親許諾會另函致謝。

　　到了星期一，班耐特太太高興地迎接如常來朗本過聖誕節的弟弟和弟媳。嘉德納先生是個通情達理、有紳士風度的人，不論天資、教養都遠勝姊姊。一個經商的人，住在店鋪附近₉₀，可以那麼有教養、那麼討喜，會叫內瑟菲爾德的女士難以置信ª。嘉德納太太比班耐特太太、菲利普斯太太要小好幾歲，和藹和親，既聰明，又高雅；朗本的外甥女無不十分喜愛。尤其跟兩個大外甥女，是另眼看待。姊妹倆常常進城住在她家裡。

　　嘉德納太太抵步後，首先分送禮物和形容最新的時尚。然後，就不那麼活躍了。輪到她來聽話了。班耐特太太有一肚苦水要訴，有一腔牢騷要發。自從她上回見弟媳，她一家人都被人苦待了。兩

---

a　彬禮姊妹最少有兩種心理。首先，她們自己出身商家，卻也承襲了傳統賤商的看法。希望兄弟置產，早日晉身紳士階級。其次，嘉德納窩在商業區，大概住不起高尚住宅區，也叫她們看不起。中國自古抑商業、輕商人，姦利、市儈成了傳統偏見。明清時代卻有顯著變化，王陽明就說：「雖終日做買賣，不害其為聖為賢。」（《傳習錄拾遺》第十四條）

個女兒眼看着就要嫁人了，到頭來卻是一場空。

「我不怪吉英，」她又說，「要是她抓得住彬禮先生就會抓的。可是，麗兒啊！唉，弟妹啊！要不是她自己任性，這會兒已經是柯林斯太太了；我想起來就難過。他就在這個屋子裡求婚，她卻不要。結果就是，盧卡斯夫人有個女兒比我女兒先嫁人，而朗本莊園還是照舊限定了繼承。那盧卡斯一家果然鬼得很呀，弟妹。個個都不擇手段。我也不過意這樣說他們，可實情是這樣。自己家裡的人忤逆，那些鄰居又只想自己不理別人，害我神經發躁，身子也不好。好在你來得剛剛好，真叫人安慰呢；聽你說長袖的事，真好極了。」

嘉德納太太先前跟吉英、伊麗莎白通信時已經得知事情的大要，淡淡地回了大姑，為體諒外甥女把話題岔開了。

後來與伊麗莎白獨處，提起那件事才多說幾句。「看樣子跟吉英橫是登對的，」她說。「可惜吹了。不過常常有這種事的！一個小伙子，像你形容的彬禮先生，一見個漂美姑娘就熱火幾個禮拜；然後陰差陽錯要分開，一不見就忘了她；這種變心的事常見得很。」

「這番安慰的話本身好極了，」伊麗莎白說，「可是安慰不了『我們』。我們不是『陰差陽錯』給害的。一個錢在自己手上的小伙子，因為親友干涉，說得他把幾天前才愛得死心塌地的姑娘忘得一乾二淨；這種事不是常常有的。」

「可是『愛得死心塌地』這種濫調兒，太含糊，太籠統了；我聽不出多少意思來。這種話常常用來形容半點鐘的交情，也用來形容死去活來的真情。拜托，彬禮先生到底愛得有多『死心塌地』呢？」

「我從沒有看過一往情深得更有指望的了。他變得壓根兒旁若無人，從裡到外都為她着了迷。每見一次面，着迷得越發成了勢、越發明顯。他在自己開的舞會上，得罪了兩三位小姐，因為他不請人家跳舞；我自己跟他說了兩次話，都不答理我。還有更好的迹象

嗎？逢人失禮不是愛情的精粹嗎？」

「哦，是的！──假定他心裡愛成這樣。可憐的吉英！真替她難過，她那樣的性格，興許不是一下子走得過來。要是發生在『你』身上就好了，麗兒；你打趣一下自己，轉眼就沒事了。不過，要是叫她跟我們回去一趟，你覺得她會依嗎？換個環境興許有好處──或者離開家裡一陣子，興許比什麼都好。」

伊麗莎白聽到這個建議，高興極了；也相信姊姊會一口答應。

「我希望，」嘉德納太太又說，「她不會顧慮到那個小伙子。我們在城裡住的區域天南地北，來往的人通通不一樣，再說，你也很清楚，我們很少外出，除非彬禮先生真個上門來看她，不然他們壓根兒不大可能會遇到。」

「這個嘛，門都沒有；因為他現在都給親友守著，而達西先生也不會折騰他去倫敦那種地方去看吉英！我的好舅媽，虧您想得出來！達西先生興許『聽』過恩典堂街那個地方，可要是他一腳踏了進去，就算受一個月的洗禮，也覺得根本除不掉那些汙穢[b]；放心啦，他不動，彬禮先生就不動。」

「那就更好了。我希望他們壓根兒不要見面。可是吉英不是跟他妹妹通信嗎？『她』可不得不光臨了。」

「她會乾脆絕交的。」

然而，儘管伊麗莎白喜歡把這一點，還有更重要的一點，即彬禮被人絆住不能看吉英，說得斬釘截鐵[91]；卻因為關心這件事，檢討起來，也相信不是毫無希望。也許彬禮的愛火可以重燃，而親友的插手也可以被吉英的魅力自然而然地擊退；她覺得這是可能的，有

---

b　恩典堂街在倫敦的商業區，有錢人不會住在那裡，參看A8.b。根據中國傳統的四民觀念，商也是「髒」的。南宋大詩人陸游一面叮囑子孫「不可不使讀書。……不仕則農，無可憾也。」一面告誡後人「足跡不至城市，彌是佳事。……但切不可迫於衣食，為市井小人事耳，戒之戒之。」（葉盛《水東日記》卷十五陸放翁家訓）

時候還覺得是可望的。

　　班耐特小姐高興地答應舅母的邀請；當時沒有多想彬禮一家人，只是希望，既然卡羅琳不跟哥哥住在一處，白天也許可以偶爾聚一聚，不怕遇見他哥哥。

　　嘉德納夫婦在朗本待了一個星期；因為要應酬菲利普斯家、盧卡斯家、軍官們，天天都有約會。班耐特太太仔細地為弟弟、弟媳安排節目，以致他們不曾跟家人坐下來吃頓便飯。就算在家裡聚會，席上也總有些軍官，尤其魏克安先生；每逢這些場合，嘉德納太太因為伊麗莎白對他熱情讚美，不禁起疑，細細地觀察兩人。憑她所看的，料想他們沒有真的相愛，可是兩人互有好感是明白不過，就叫她有點提留着心；決意在離開赫特福德郡前跟伊麗莎白說一下，別輕率地鼓勵這段感情。

　　嘉德納太太覺得，魏克安除了吸引一般人的本事，還另有一個投其所好的地方。大約十多年前，她還未婚，偏偏就在魏克安出身的德比郡待了相當久。所以他們共同認識的人很多；雖然五年前達西的父親去世後，魏克安就很少在那裡；不過比起她用自己的辦法打聽，魏克安還是可以告訴她一些老朋友的新消息。

　　嘉德納太太早見識過彭伯里，久聞老達西先生的大名。於是一談起這個話題，就沒完沒了。她一邊聽着魏克安鉅細靡遺地形容彭伯里，與腦海裡的記憶相印證，一邊也不吝恭維老主人的好名聲；雙方盡歡。她知道了現在的達西先生怎樣對待魏克安，就勉力回想，傳聞裡那位紳士少年時代的性格，有沒有跟魏克安說的吻合的，終於篤定地說，她記得從前聽說過：菲茨威廉‧達西先生是個非常傲慢、壞性子的孩子。

# 第三章　衣食足而知愛情

　　嘉德納太太一與伊麗莎白獨處，把握大好機會，謹慎而善意地提醒她₉₂；誠懇地說了她的想法，又說：

　　「你是個很懂事的女孩子，麗兒，不會只因為有人警告就偏要跟人相愛；所以我不怕挑明地說。說正經的，我要你小心提防。你自己不要蹚進去，也不要想法子拉他蹚進來，沒有錢卻談情說愛總是挺輕率的。他嘛，我沒什麼壞話好說的；頂有意思的小伙子；要是他有該有的錢，我就覺得你做的再好不過了。可他沒有──你可不要想入非非。你有頭腦，我們大伙兒都期望你好好運用它。你父親信任『你』會意志堅定、規矩做人，真的。你可不要辜負你父親。」

　　「親愛的舅媽，您真個說正經的呢。」

　　「是呀，我希望叫你也正經起來。」

　　「喔，那麼您不用緊張。我準提防自己，也提防魏克安先生。他不可以愛我，我阻止得了的話。」

　　「伊麗莎白，你這會兒哪裡正經呢？」

　　「對不起。再說一遍。這會兒我沒有愛上魏克安先生；沒有，我拍胸脯沒有。不過，不管跟誰比，他都是我見過頂討喜的男人──而萬一他真個愛上了我──我認為，他不要最好。我知道那裡輕率的。──哎！『那位』可惡的達西先生！──父親這樣看待我，我光榮得很；我要是枉費了就真要不得了。不過，父親倒也喜歡魏克安先生。總之，我親愛的舅媽，我叫你們哪一個不開心，都會好生難過；不過，我們天天都看見，年輕人一旦相愛，很少會顧

慮眼前有沒有錢，而不互訂終身的；萬一我心動了，哪裡答應得了比那麼多人都明智，又哪裡知道拒絕才有智慧呢？所以呢，我只能答應你，不要衝動。我不會衝動的以為自己是他的頭號情人。跟他在一起，也不要那樣希望。一句話，我盡力。」

「要是你阻止他不要那麼常來，興許也很好。至少，你不該『提醒』你母親邀請他。」

「就像前幾天那樣，」伊麗莎白說，難為情地一笑；「很有道理，這種事嘛，我別做才明智。可是別以為他一向都來得那麼勤。因為你們來了，這個禮拜才常常請他。您也知道我母親的想法，覺得親友要常常有伴。不過說真的，天地良心，我盡量看着辦；這會兒您該滿意了吧。」

舅母說滿意了；伊麗莎白感謝她的忠告，兩人分手；這種事情規勸人家而不招怨恨，這是個絕佳例子。

嘉德納夫婦與吉英離開赫特福德郡不久，柯林斯先生就回來了；但是因為住在盧卡斯家，耐特太太沒有太不方便。現在婚期迫在眉睫，她終於也算是認了，覺得大勢已去；甚至三番五次酸溜溜地說「祝不到他們幸福」。星期四是吉日；星期三，盧卡斯小姐出閣前最後一次來拜訪；起身告辭的時候，班耐特太太不得體、不情願的祝福，叫伊麗莎白難為情；她有感而發，送夏洛特出門。一起下樓梯時，夏洛特說：

「我希望常常收到你的信，伊兒。」

「這個嘛，你準收到的。」

「我還想求一個人情。你願意來看我嗎？」

「我希望在赫特福德郡可以常常見面。」

「我看樣子有好一陣子離不開肯特郡。所以，答應我來洪斯福德吧。」

伊麗莎白無法拒絕，雖然她預見到那裡不會有多少樂趣。

「我父親和瑪麗亞三月會來看我，」夏洛特又說，「我希望你答

應跟他們一起來。老實說，伊兒，你來，我是當親人一樣歡迎的。」

　　婚禮舉行了；新郎和新婚出了教堂大門，出發往肯特郡去；而大家對這個話題，也如常的有一堆話可說、可聽。伊麗莎白不久收到朋友的信；兩人的通信是依舊規律頻繁，要依舊坦誠卻是做不到的了。伊麗莎白每次跟她寫信，都不再覺得推心置腹；儘管決心別懶於回信，顧念的也不過是舊情，而不是現在的友誼。收到夏洛特頭幾封信，倒叫人十分期待；伊麗莎白不由得好奇：她會怎樣形容新家呢？喜不喜歡凱瑟琳夫人呢？又敢誇口自己多幸福呢？讀了信，夏洛特的自述卻是一如她的所料。信寫得高高興興，好像事事如意，沒有提起什麼是不值得讚美的。房子、陳設、鄰里、道路，全都合意；凱瑟琳夫人為人十分友善、樂於助人。這幅洪斯福德和羅辛斯的景象，是被理性打了折扣的柯林斯先生版；伊麗莎白明白，得親身去一趟，才摸得清底細。

　　吉英到倫敦後，早已寫了短簡給妹妹報平安；伊麗莎白希望，吉英下回可以說說彬禮家。

　　通常人越焦急，事情越不如願，伊麗莎白收到第二封信時也一樣。吉英到了倫敦一個星期，既見不到卡羅琳，也聽不到消息。不過，吉英為此解釋，假設自己上一封從朗本寄出的信，意外寄失了。

　　「舅母，」她又說，「明天要去城的那邊，我會趁機到格羅汶納街去拜訪。」

　　拜訪過了，彬禮小姐也見了，吉英又寫信，「我覺得卡羅琳沒有精神，」她說，「但是看見我很高興，還怪我來倫敦不通知她。可見我說的沒錯，她根本收不到上一封信。當然，我也問候了她們的兄弟。他很好，不過一天到晚跟達西先生一起，她們也難得看見他。我知道她們會跟達西小姐吃晚餐。我希望可以見見她。我沒有久留，因為卡羅琳和赫斯特太太要外出。我想，她們不久會回拜[a]。」

---

a　按當時禮節，吉英拜訪後，彬禮小姐應該儘早回拜。

　　伊麗莎白看着信搖頭。她相信，除非有什麼陰差陽錯，否則彬禮先生無法知道姊姊在倫敦。

　　四個星期過去，吉英連彬禮的影子也沒看見。她極力寬慰自己不要為彬禮先生而悔恨，卻再也無法對彬禮小姐的怠慢視而不見。每天白天在家裡等待，晚上幫她編一個新的藉口，等了兩個星期，貴客終於來了；然而彬禮小姐行色匆匆，而且換了一副嘴臉，叫吉英再也無法欺騙自己了。吉英為此寫給妹妹的信，就可見她的感受。

　　「親愛的麗兒，我承認自己完全給彬禮小姐的虛情假意騙了，你想必不會拿眼光銳利來逞威風，取笑我吧。不過，我的好妹妹，雖然結果證明你是對的；可別以為我嘴強，因為想想她的作為，我仍然認為自己的信任和你的懷疑都是順理成章的。我根本不懂她為什麼想要親近我，然而，就算事情重來一遍，我一定再上一次當。卡羅琳直到昨天才來回拜；期間沒有短簡、沒有一言半語。真的來了，卻顯然並不樂意；循例為沒有早來回拜略表歉意，沒有隻字提到希望跟我再見面，總之變了一個人，所以當她走了，我就打定主意，不再交這個朋友了。我可憐她，卻不得不責備她。她對我的確另眼相看，着實不該；我可以放心地說，每親近一步都是她先走的。但是我可憐她，因為她一定問心有愧，也因為我斷定她為的是擔憂哥哥。我不必多作解釋；雖然，『我們』知道根本不用擔憂，可是如果她擔憂，她對我的所作所為就很好解釋了；他那麼值得妹妹親愛，妹妹為了他不管擔憂什麼，總是自然又好心的。可是我不得不疑惑，她現在還有什麼好怕呢？因為他還有一點在乎我的話，我們一定早早就見面了。他知道我在城裡，我憑彬禮小姐親口說的某些話斷定；然而，她說話的口吻竟然好像要說服自己，哥哥真心愛上了達西小姐。我想不通。如果不怕被人說刻薄，我就幾乎忍不住要說，她講來講去分明像要騙人。不過我一定會儘量把痛苦的想法拋諸腦後，只想着叫我快樂的事，像你的情意，親愛的舅舅、舅母一貫的慈愛。希望很快收到你的信。彬禮小姐提到哥哥再也不回內

瑟菲爾德啦，房子不要啦，但還不是準話。我們不要提最好。你收到洪斯福德的朋友那麼愉快的描述，真是高興極了。請你跟威廉爵士、瑪麗亞一起去看看他們吧。我相信你到那裡一定會很安心的。

你的……」

這封信叫伊麗莎白有些難過；但是想到吉英不再上當，起碼不受彬禮小姐的騙，又振作起來。到這個地步，種種對彬禮先生的期待都斷然落空了。她甚至不希望彬禮先生舊情復燃。越回想，越看不起他的品格；而為了懲罰他，也可能對吉英有好處，她當真希望彬禮先生不久會真的娶了達西先生的妹妹，因為照魏克安的說法，達西小姐會叫他痛悔所拋棄的。

大概這個時候，嘉德納太太提醒伊麗莎白，她答應過那個紳士的事，詢問詳情；而伊麗莎白所回覆的，也許滿意的是舅母，而不是自己。他明顯的偏愛已經冷了，他的殷勤不再，他愛上了別人。伊麗莎白的眼睛乖覺得雪亮，卻可以看待這一切，寫下來，而沒有太難過。她心裡只是略有感觸；也相信如果財產豐厚，「她」就是人家的惟一人選，這樣一想虛榮心就滿足了。天上掉下來的一萬鎊叫那位小姐無比迷人，成了他現在討好的對象；但是伊麗莎白看他，就不比看夏洛特眼睛雪亮，並不質難他自給自主的願望。相反，她覺得再自然不過的了；她一面料想得到，人家要掙扎一下才放棄她，一面樂得認為這對雙方都是明智可取的辦法，也衷心祝他幸福。

她把一切向嘉德納太太表白；交代完事情，接着說：──「親愛的舅母，我現在相信自己從來沒有深愛過；如果真的體會過那純真又崇高的熱情，現在該連提起名子都作嘔，恨不得他多災多難。但是我心裡不只對『他』友好，連對金小姐也沒有成見。我自問對她沒有一絲恨意，也沒有一點不甘願把她看成個好女孩。可見我始終沒有愛過。我警惕有了效；雖然我跟他愛得意亂情迷的話，在朋友堆裡一定會更出風頭，但相較現在的沒出息，卻說不上懊悔。

出風頭的代價有時候太大了。吉蒂和莉迪亞對他變心就比我在乎得多。她們少不更事，還聽不進這不光彩的實情：英俊的青年跟長相平庸的一樣，都得有飯吃、有衣穿。」

# 第四章　現實抑或功利

　　朗本一家除此就沒有別的大事，也除了時而踏着泥濘、時而冒着寒風走一趟梅里頓，就沒有什麼消遣了；這樣過了一月、二月。三月，伊麗莎白要去洪斯福德。當初她沒有很認真地考慮到那裡去；然而她很快就發覺，夏洛特對計劃胸有成竹；她自己也漸漸想通了，把行程看得更定當、更愉快。離別叫她增添再見夏洛特的渴望，減少對柯林斯先生的厭惡。計劃也很新鮮；加上有那樣的母親、那樣難以相處的妹妹，家難免有缺憾，改變一下未嘗不可。況且順路還可以看一下吉英；總之，啟程在即，她還惟恐有什麼耽擱。幸好事事順利，最後依夏洛特當初的計劃安排妥當。她會跟威廉爵士、他二女兒一同上路。行程也及時改善，多安排在倫敦過一晚；這樣就十全十美了。

　　惟一難過的是告別父親；父親一定會掛念她，臨行前太捨不得她走，囑咐她寫信回來，還幾乎答應會回信。

　　她跟魏克安先生告辭，大家十分友善，尤其魏克安先生。他現在追求新歡，卻沒有因而忘了，伊麗莎白曾經是第一個叫他動心、值得他獻殷勤的人，第一個聽他說往事、同情他的人，也是第一個博得他愛慕的人；魏克安關心地跟她告別，祝她旅途一切愉快，提醒她凱瑟琳夫人是什麼樣的人，相信他們對凱瑟琳夫人、對任何人的意見總會不謀而合；而這份關心也一定叫她一直把魏克安放在心上，由衷地欣賞；分手時，她相信不論魏克安已婚還是獨身，一定總是她心目中可親可愛的榜樣。

　　比起第二天的旅伴，她覺得魏克安依舊討喜。威廉·盧卡斯爵士，還有他開朗而一樣沒頭腦的女兒瑪麗亞，都說不出什麼值得聽的話，聽了就像咕咚咕咚的馬車聲音，並不悅耳。伊麗莎白喜歡可笑的事，卻認識威廉爵士太久了。入宮觀見和受勳的事，他再說不出什麼新奇之處；而他的禮數也跟舊話一樣老掉牙。

　　這一程只有二十四哩，而他們又出發得早，中午前已抵達恩典堂街[93]。馬車駛近嘉德納家的大門時，吉英從客廳的窗戶看着他們到來；一進門廳，吉英已經在那裡歡迎他們了；伊麗莎白仔細端詳她的臉，見她依舊健康可愛，就很高興。樓梯上有一群小男孩、小女孩，既渴望表姊到來，耐不住在客廳等待；又因為一年沒見面，害羞得走不下來。盛情厚意，賓主盡歡。這一天過得十分愉快；白天忙忙碌碌、購物，晚上去看戲劇。

　　看戲時，伊麗莎白設法跟舅母坐在一起。第一個話題是姊姊；她仔細地問，聽了答話，並不驚訝，卻擔憂起來；因為雖然吉英掙扎着打起精神，卻也沮喪過好幾回。不過，她們也有理由希望沮喪的日子不久。嘉德納太太還交代了彬禮小姐來恩典堂街回拜的細節；覆述了她與吉英幾回談的話，聽得出來，吉英已經打從心裡不想交這個朋友了。

　　嘉德納太太接着打趣外甥女被魏克安拋棄，也稱讚她應付得好。

　　「可是，親愛的伊麗莎白，」她又說，「金小姐是什麼樣的姑娘？想到我們的朋友勢利，有些惋惜。」

　　「我親愛的舅媽啊，請問婚姻這回事，勢利跟顧慮周到有什麼分別呢？明智到什麼地步變成貪心呢？去年聖誕節您才怕他跟我結婚，說是輕率；現在呢，因為他想法子追求一個只有一萬鎊的姑娘，您就想說他勢利。」

　　「只要你告訴我金小姐是什麼樣的女孩子，我就心裡有數了。」

　　「我認為她是個好得很的姑娘。我不知道她有什麼不好。」

　　「可是金小姐因為祖父去世、得到遺產之前，他壓根兒沒正眼

看過金小姐一眼。」

「是沒看一眼呀──幹麼要看？要是因為我沒有錢，他博取『我的』歡心就不可取，憑什麼要他追求一個既不關心又一樣窮的姑娘呢？」

「可是金小姐一得了遺產，他就獻起殷勤來，好像並不得體。」

「手頭拮据的男人才顧不了別人遵守的那套繁文縟節。要是『人家』沒有意見，『我們』憑什麼多嘴呢？」

「『人家』沒有意見，『他』不見得有道理。只見得金小姐自己少了點什麼──頭腦或者感覺。」

「得，」伊麗莎白喊說，「您愛這樣就這樣吧。『男的』準勢利，『女的』準愚蠢。」

「不，麗兒，我才『不』愛這樣呢。你知道，一個在德比郡住了那麼久的小伙子，我才不願意瞧不起他呢。」

「噢！要是沒有別的理由，我就瞧不起德比郡的小伙子了；他們在赫特福德郡的摯友也好不了多少。我真受夠了他們了。謝天謝地！我明天去找的是個一點也不討喜的男人，風度、頭腦都不可取。說到底，惟有愚蠢的男人值得結交。」

「當心點，麗兒；你這話十足地喪氣。」

她們看完戲才分手，而戲劇收場前，她受邀夏天時與舅父母一同遊山玩水，喜出望外。

「我們壓根兒還沒有決定該去多遠，」嘉德納太太說，「不過，興許去湖區吧。」

再沒有別的計劃更叫伊麗莎白歡喜的了，她滿懷感激，一口答應。「我親愛的好舅媽，」她欣喜若狂地喊了出來，「太開心啦！太幸福啦！您叫我鉚起勁、活了過來呢。我不再喪氣，不再憂鬱了。男人哪裡比得上高山丘壑呢？哦！我們會過得歡天喜地呢！等我們『回來』了，決不會像別的遊人那樣，什麼都說不清楚。我們『準』知道去過哪裡──『準』記得看過什麼。在我們的腦海裡，

湖泊、高山、河流不會弄成一團；當我們形容某片景色，也準不會從那裡的相對位置爭論起。讓『我們』一開口暢談的，不要像芸芸遊人那麼叫人受不了。」

# 第五章　訪友

　　第二天，伊麗莎白覺得一路上事事新鮮有趣，也有賞玩的興致；原來她擔心姊姊的身體，見姊姊神采奕奕，就放下心頭大石；加上北遊的期望，叫她終日歡暢。

　　一離了大路，轉入前往洪斯福德的小路，人人東張西望，找尋那牧師寓所；每轉一個彎，都期待就在眼前。路的一邊就是羅辛斯莊園的柵欄。伊麗莎白想起住在裡面的人的種種，不覺莞爾。

　　那牧師寓所終於隱約在望了。沿路的坡上是花園，房子就在花園裡，綠椿桂籬，在在可見他們到了。柯林斯先生和夏洛特出了宅門；大家點頭微笑時，馬車已停在小柵門外，那裡有一條短短的石子路到房子去。隨即下了車，賓主相見盡歡。柯林斯太太興高采烈地歡迎她的朋友，伊麗莎白感受到熱情的接待，越發覺得這一趟來得對。她也一眼看出，族兄的待人接物並沒有因結婚而改變；拘謹的禮數一如以往，在柵門外拖了好一陣子，逐一問候她的家人才滿意。然後除了指出門口的整潔外，也連忙請客人到屋裡；一進客廳，他又再來一遍繁文縟節，歡迎大家光臨他的寒舍；他太太請客人用點心，他又不厭其煩地一一再請一遍。

　　伊麗莎白料到柯林斯先生會躊躇滿志；柯林斯先生誇耀屋子良好的格局、還有方位、陳設的時候，她不禁覺得人家是特意地說給她聽，彷彿要叫她體會一下拒絕他有多少損失。然而，儘管一切看來整齊、舒適，伊麗莎白卻嘆不出一聲後悔來讓他滿意；反而詫異地看着她朋友，與這樣的人廝守還可以笑逐顏開。每逢柯林斯

先生說了些妻子想來會羞愧的話，其實也不少，她不由得轉眼看夏洛特。有一兩回看得見隱約的紅暈；但是夏洛特通常是明智地聽而不聞。坐了好一會，把屋子裡的家具，從櫥櫃到火爐圍欄，一一欣賞過，又把路上和倫敦的種種情形交代完，柯林斯先生請他們到花園散散步；花園很大，布局得宜，花木都是他自己耕耘的。打理花園是他一個高雅的樂趣；夏洛特談到這個活動有益健康，也承認自己盡量鼓勵丈夫去做；伊麗莎白聽她說得不動聲色，很佩服。花園裡，柯林斯先生領着大家走過一條條縱橫交錯的小徑；指引觀賞，處處都點出細微末節，美景卻視而不見；眾人根本插不進一句和應的讚美。他數得出東南西北各有多少田地，說得出極目的樹叢有幾棵樹。然而，不管是他的花園、全郡、全國可誇的風光，都比不上宅子將近正前方的庭園邊上，由樹叢缺口映入眼簾的：羅辛斯的景色。一幢堂皇的現代建築，雄踞坡上。

　　柯林斯本來想從花園帶他們走一走兩片草坪，只是小姐穿的鞋子不耐殘餘的白霜，走了回頭；於是威廉爵士隨他走，夏洛特帶妹妹和朋友回到宅裡，大概因為不必丈夫協助，有機會自己來介紹，而得意非凡。屋子很小，但蓋得穩固、便利；一切都經過布置，打理得整齊協調，伊麗莎白把功勞全歸夏洛特。如果忘得掉柯林斯先生，的確到處都十分寫意；而夏洛特顯然樂也融融，伊麗莎白料想他一定常給拋諸腦後。

　　她早已聽說凱瑟琳夫人還在鄉下。席間有人又提起這件事，柯林斯先生搭話說：

　　「是的，伊麗莎白小姐，星期日做禮拜時，您會有幸一瞻凱瑟琳・德・伯格夫人的風采；也不用說，您會喜歡夫人的。她是如此之禮賢下士、屈尊就人；毋庸置疑，等禮拜結束，您會有幸得霑夫人的垂青。我可以大膽地說，你們留在此地的期間，每逢蒙夫人寵召，定必包括您和我小姨子瑪麗亞。夫人對待我親愛的夏洛特的禮數十分迷人。我們每個星期得到羅辛斯賜宴兩回，並且從不肯讓我

們步行回家。循例由夫人閣下的馬車相送。我『應該』說，由夫人
閣下其中一輛馬車，因為她有多輛。」

「凱瑟琳夫人真是位挺體面又聰明的女士，」夏洛特說，「也
是頂細心的鄰居。」

「實實在在，親愛的，就是這個話了。夫人如此的女士，再怎
麼禮敬都不嫌過分。」

晚上主要談談赫特福德郡的消息，重提之前通信寫過的事；各
自散訖，伊麗莎白獨自在屋子裡，不由得尋思夏洛特究竟有幾分的
滿足，體會她引導丈夫的手腕、包容丈夫的鎮靜，不得不承認她做
得面面俱到。她也必然預見來訪的生活：慣常平靜安穩的起居，柯
林斯先生令人煩惱的打擾，與羅辛斯往來的種種樂趣。天馬行空地
想，一下子就有譜了。

第二天大約中午時，她在房裡正打算去散步，忽聽得樓下一陣
喧鬧，滿屋子騷動；聽了一會，卻聽見有人十萬火急地跑上樓來，
扯着嗓子喊她。她打開門，在樓梯頂台遇着瑪麗亞，瑪麗亞着急得
氣喘吁吁，喊說：

「噢，親愛的伊兒！晚餐室有看頭呢，趕緊過來吧！我不告訴
你是啥。快點啦，這會兒就下去。」

伊麗莎白問不出什麼；瑪麗亞不肯多說，於是兩人下樓，跑到
面對小路的晚餐室，看看究竟是什麼奇景：原來來了兩位女士，坐
在一輛低座四輪便車上，停在花園柵門前。

「就這樣而已嗎？」伊麗莎白喊說。「還以為最少看得到幾隻
豬跑到花園裡，原來只不過是凱瑟琳夫人跟她女兒！」

「啊呀！親愛的，」瑪麗亞對她失察十分詫異，說，「不是凱
瑟琳夫人啦。年紀大那位女士是詹金森太太，跟她們住一塊那個。
另一位是德・伯格小姐。你看她嘛。這麼小不點兒。誰想到得她是
這麼小個兒的骨頭架子呢！」

「她要夏洛特在外面頂着那麼大的風，可無禮透頂了。幹麼不

進來？」

「哦！夏洛特說她極少進來。要是她進來，真是天大的面子呢。」

「我喜歡她那個樣子，」伊麗莎白靈機一觸，說：「一副病歪歪、氣包子的模樣。——就是了，配給他真是太好了。德·伯格小姐會是他登對的太太。」

柯林斯先生和夏洛特都站在柵門前跟兩位女士談話；威廉爵士站在門口，認真地靜觀着眼前這偉大的一幕，而每逢德伯格小姐看過來，總要鞠一個躬；伊麗莎白看了，覺得十分可笑。

終於再沒什麼話說了；兩位女士乘車而去，其餘的人回到房子裡。柯林斯先生一見兩位姑娘，就恭喜她們運氣好；夏洛特才解釋給她們聽，原來大家都受邀明天到羅辛斯晚宴。

# 第六章　豪門宴

　　這個邀請叫柯林斯先生志滿意得。在驚嘆的客人面前，有本事炫耀恩主的氣派，讓他們見識恩主對他夫妻的禮遇，正是他夢寐以求的事；而實現的機會給得那麼早，正可見凱瑟琳夫人屈尊就人，叫他感佩莫名。

　　「實不相瞞，」他說，「倘若夫人閣下請我們星期日到羅辛斯喝茶、消磨一個晚上，我絲毫不感意外。據我所知，以夫人之禮賢下士，毋寧乃意料中事。然而誰料得到夫人如此之盛情呢？誰想得到你們新來乍到就蒙寵召到那裡晚宴，而且闔府親眷統請！」

　　「我可不那麼意外，」威廉爵士答說，「因為以我身分地位，有機會見識過真正的大人物的風範。不管在官廷那裡，這麼高雅的風度並不少見。」

　　這一整天到第二天的白天，大家談的幾乎都是去拜訪羅辛斯這件事。柯林斯先生先仔細地告訴他們那裡的情形，免得那樣堂皇的屋子、那麼多的僕人、那麼氣派的晚宴把大家嚇呆了。

　　女士要分別打扮時，他告訴伊麗莎白說：

　　「我親愛的族妹，不要擔心衣着。凱瑟琳夫人決不會要求我們穿着高雅，那是夫人和她千金才合襯的。我奉勸您只要把特別出色的衣服穿上即可，不必過於講究。凱瑟琳夫人不會嫌棄您衣着樸素。夫人喜歡尊卑有別[a]。」

a　中國從前不同社會階級也有服裝上的限制。《儒林外史》第二十二回，開妓院的
　　王義安違例戴上方巾，被兩個秀才撞見，「一把扯掉……劈臉就是一個大嘴巴，

小姐們打扮時，他逐一到門外催促了兩三回，因為凱瑟琳夫人最討厭等候不按時入席的客人。——瑪麗亞·盧卡斯還不慣去社交場合，聽見夫人閣下那麼可怕、生活那麼氣派，嚇得半死；看待這一回到羅辛斯的引見，就跟父親到聖詹姆宮覲見一樣，戰戰兢兢。

天氣晴和，他們穿過庭園，寫意地走了半哩路。——庭園總有庭園的秀色、景致；很多地方都叫伊麗莎白看得心曠神怡，卻無法像柯林斯先生所預期的，被美景感動得如痴如醉；柯林斯先生一一細數大宅前面開了幾個窗戶，當初鑲嵌玻璃又一共花了劉易斯·德·伯格爵士多少錢，她幾乎無動於衷[b]。

他們拾級而上時，瑪麗亞越發誠惶誠恐，連威廉爵士看來也不是泰然自若。——伊麗莎白依舊抬頭挺胸。據她所聽所聞，凱瑟琳夫人並沒有叫人害怕的三頭六臂、賢明若神；有的只是財富與地位的氣派，她覺得自己可以面對而無畏。

上到門廳，柯林斯先生欣喜若狂地指出那裡的比例勻稱，裝飾巧奪天工；由僕人領着，穿過前廳，來到一個屋子，凱瑟琳夫人、她的女兒、詹金森太太都坐在裡頭。——夫人閣下十分的屈尊就人，站起來迎接他們；原來柯林斯太太早已跟丈夫說好，把引見的事交給她，於是依禮一一介紹，沒有一句丈夫認為需要的那些道歉與感謝的話。

儘管去過聖詹姆斯宮，威廉爵士處身在一派富麗堂皇之中，惶惶失措，勉強鼓起勇氣深深一鞠躬，噤若寒蟬地坐了下來；而他的女兒幾乎嚇得失魂落魄，坐在椅緣上，眼睛不知道往哪裡看才好。伊麗莎白發覺自己處之泰然，還可以自在地觀察眼前三位女士。——凱瑟琳夫人高大魁梧，五官輪廓分明，從前大概漂亮過。她並不善氣迎人，而接待他們的態度，也沒有叫人忘記誰尊誰卑。她

打的烏龜跪在地下磕頭如搗蒜」。

b 柯林斯先生往往三句不離瑪門。當時有所謂「窗戶稅」、「玻璃稅」，房子的窗戶多、玻璃重，可見主人家有錢。

可畏的地方不在沉默，卻在所說的話，什麼都說得斬釘截鐵，專斷得妄自尊大，登時叫伊麗莎白想起魏克安先生來；她綜合一天的觀察，相信凱瑟琳夫人跟魏克安先生說的一模一樣。

她隨即也看出，夫人的面貌、舉止有點像達西先生；而打量完母親，轉眼看女兒，見她那麼瘦削、那麼細小，幾乎跟當初瑪麗亞一樣驚訝。母女的身形、面貌，毫不相同。德·伯格小姐臉色蒼白、弱不禁風；五官雖不平庸，卻小。她除了低聲跟詹金森太太說話，很少開口；詹金森太太的外表並不出眾，只顧着聽德·伯格小姐說話，擺好她眼前的屏風<sub>94</sub>。

坐了一會，大家給領到一個窗前觀賞風光，柯林斯先生伴隨在旁，導覽美景；凱瑟琳夫人和善地告訴大家，夏天的景色更可觀。

晚餐極為豐盛，還有柯林斯先生預告過的如雲僕從、各式金銀器皿；而且一如預告，他遵從夫人閣下的心意，與她對席而坐<sub>95</sub>，一副人生得意莫過於此的神氣。——他高興而利落地切肉、品嘗、讚嘆；每一道菜，他先讚美，威廉爵士再稱揚，原來威廉爵士已鎮定下來，女婿說什麼都能和應了；伊麗莎白看他們這副德性，不知道凱瑟琳夫人是否受得了。誰知凱瑟琳夫人聽他們的阿諛奉承，似乎很得意，笑得十分親切，尤其某道菜是客人未嘗過的新味的時候。大家交談不多。只要有人攀談，伊麗莎白樂得說話，卻不巧坐在夏洛特和德·伯格小姐中間——夏洛特只顧得聽凱瑟琳夫人說話，而德·伯格小姐席間沒跟她開過口。詹金森太太主要忙於盯着德·伯格小姐用餐，見她吃得太少，勸她嘗嘗別的菜，怕她不舒服。瑪麗亞覺得哪裡可以說話，兩位紳士一味品嘗、讚美。

女士回到客廳後，沒有什麼好做，只有聽凱瑟琳夫人說話；事事鐵口直斷，可見她的見解向來無人置疑過；她滔滔不絕，直到喝咖啡才罷。她問起夏洛特的日常家事，十分熱熱、鉅細靡遺，對打

---

c　遮擋壁爐的火光或熱力。屏面通常不大，下面是支架。裝飾講究；彬禮曾誇讚女子多才多藝，就數到cover skreens（繡屏風套）（A8）。

點一切，又提了許多意見；像她那樣的小家庭，每件事應該怎樣調度，連怎樣照顧牛隻家禽也有叮囑。伊麗莎白發覺，沒有什麼是不值得這位尊貴的夫人一顧的，什麼都可以讓她對人發號施令。夫人跟柯林斯太太交談時，也穿插地跟瑪麗亞和伊麗莎白問東問西，尤其伊麗莎白；因為夫人對她的背景所知最少，又對柯林斯太太說，她是個有教養、容貌尚可的姑娘。她一時問這，一時問那：有幾個姊妹？是姊姊還是妹妹？誰像要出閣？漂不漂亮？那裡上學？父親用什麼馬車？母親娘家姓什麼？伊麗莎白覺得她問得太唐突，卻從容自若，一一回答。——接着凱瑟琳夫人說：

「我想，令尊的莊園會由柯林斯先生繼承。我為你，」轉向夏洛特，「高興；可另一方面，我看犯不着不給女孩子繼承產業。——劉易斯·德·伯格爵士家裡就覺得不必。——你會彈琴、唱歌嗎，班耐特小姐？」

「一點點。」

「哦！那麼——早晚我們要一飽耳福。我們的鋼琴是一流的，許是勝過——你改天可以彈彈看。——姐妹都會彈琴、唱歌嗎？」

「有一個會。」

「幹麼不是每個人都學呢？——你們通通應該學呀。韋布家的女孩個個都會，她們父親的收入也沒有令尊多。——你們會畫畫嗎？」

「不會，都不會。」

「嘎，通通不會？」

「一個也不會。」

「太奇怪了。不過我猜你們是沒有機會學。令堂應該每年春天帶你們到城裡，好受才藝老師的指點。」

「家母興許沒有意見，可是家父討厭倫敦。」

「你們的教引保姆走了嗎？」

「我們多會兒也沒有教引保姆。」

「沒有教引保姆！那怎麼行？五個女兒在家裡教卻沒有教引保姆！──哪裡有這種事！原來令堂為了教養你們，要做牛做馬呀。」

伊麗莎白差點笑了出來，請夫人放心，母親並非如此。

「那麼，誰教你們？誰照顧你們？沒有教引保姆，你們準沒人管教了。」

「比起某些家庭，我認為是的；可是姊妹裡誰有心要學，決不會沒有法子。家裡總鼓勵我們看書，需要的老師全都有。誰要是喜歡偷懶，也準能偷懶。」

「啊，還用說；可這就是教引保姆可以防範的，我要是認識令堂，早就說好說歹要她請一個了。我常說，沒有穩定規律的指導，教育就沒什麼成效；而這沒有別人，惟有教引保姆才做得到。說起來真有意思，好多家庭都是經我介紹才請教引保姆的。我一向樂於為年輕人找一份好事。詹金森太太有四個表親都經我介紹，找到頂好的差事；就前幾天而已嘛，我推薦了另一個年輕人，我是碰巧聽人提起她的；那戶人家可喜歡她了。柯林斯太太，我有沒有告訴你，梅特卡夫夫人昨天來謝我？她請了波普小姐，如獲至寶。『凱瑟琳夫人，』她說，『你給了我一個寶貝呀。』你哪個妹妹出幼了，班耐特小姐？」

「出了，夫人，通通出幼了。」

「通通！──什麼，五個同時出幼？太奇怪了！──你才老二。──姐姐還沒嫁，妹妹就出幼了！──令妹一定很小吧？」

「嗯，么妹還不到十六。她嘛，興許太小，不該多出來交際。可是老實說，夫人，因為做姐姐的不準有法子或者有心要趁早兒出嫁，做妹妹的就享受不到該有的社交和娛樂，我覺得太苛刻了。──最晚生的也有十足的資格享受青春的樂趣，跟頭生的一樣。卻為了『那樣子的』居心而管束她！──要說這樣做會增進姐妹的感情，或者互相體諒的心境，我看不大可能吧[96]。」

「說實在的，」夫人閣下說，「看你沒多大，話倒說得有準

兒。——請問，你多大了？」

「有三個出幼的妹妹，」伊麗莎白笑着答說，「夫人很難指望我會招認幾歲吧。」

凱瑟琳夫人聽不到直截了當的答案，似乎十分驚訝；伊麗莎白猜想，膽敢戲弄這位威嚴而無禮的貴人，自己是第一人。

「你不會超過二十，我斷定，——所以你用不着隱瞞。」

「我還不到二十一呢。」

紳士過來了，茶喝了，牌桌也擺好了。凱瑟琳夫人、威廉爵士、柯林斯夫婦坐下來玩夸德里爾；而德・伯格小姐選了卡西諾來玩，跟詹金森太太、兩位有幸奉陪的姑娘另湊一局。她們這一桌沉悶無比。除了詹金森太太開的口，怕德・伯格小姐太冷、太熱，燈光太亮、太暗，幾乎沒有人說過一句跟牌局無關的話。鄰桌的話就多得多。凱瑟琳夫人通常都在說話——不是指點另外三人犯的錯，就是講些自己的趣事。柯林斯先生忙着和應夫人閣下說的每一句話，為贏的每個魚籌道謝，覺得贏太多時就道歉。威廉爵士說的不多，忙着記下那些趣事和貴族的名字。

凱瑟琳夫人和她女兒的牌打到不想打，牌局就散了；主人家要派車送客，柯林斯太太感激地領情，立刻就吩咐備車。這時大家聚在火爐旁，聆聽凱瑟琳夫人決定明天會是什麼樣的天氣。正聽着指示，車夫來召喚大家；於是柯林斯先生感謝不絕口，威廉爵士躬鞠個不住，眾人離去。馬車一出門，伊麗莎白就應族兄的請教，說出了對羅辛斯的所見所聞的意見；而看在夏洛特的面上，說得比真心話更好一些。她這樣讚美，儘管有些違心而費力，柯林斯先生聽了卻一點也不滿意，一下子就不得不把話接過來，親口歌頌夫人閣下。

# 第七章　女鄉紳

　　威廉爵士只在洪斯福德待了一個星期；不過也足以弄清楚女兒安頓得十分舒適，而這樣的丈夫、這樣的鄰居都是少見的[97]。威廉爵士在的時候，柯林斯先生白天會駕着兩輪便車，載他在鄉間遊覽；但是他走了，全家的生活作息回復平常，而伊麗莎白慶幸，她們沒有因為這個變化而多見着族兄，原來現在早餐後、晚餐前，柯林斯先生大半不是在花園耕耘，就是在自己臨路的書房裡看書、寫稿，看着窗外。女士閒坐的屋子在後方。伊麗莎白起初十分納悶：晚餐廳地方大些、景觀也怡人些，夏洛特卻不拿它作日常起居用。不過，她不久就發覺朋友的安排有絕妙的道理，值得稱讚：因為如果她們在臨路那邊一樣有說有笑，柯林斯先生在自己的屋子裡就一定待不住[98]。

　　她們在起居室裡，看不見路那邊的東西，多虧柯林斯先生，每逢什麼馬車經過，都過去告訴她們；尤其德·伯格小姐的四輪便車常常經過，儘管幾乎天天如此，他一樣走告，從不失誤[a]。德·伯格小姐路過牧師寓所，也經常停下來，跟夏洛特交談一會，卻幾乎請不到她下車。

　　柯林斯先生不用走過去羅辛斯的日子非常少，他太太覺得不必跟着過去的日子也不多；伊麗莎白不由得覺得太浪費時間了，後來

---

a　所以上文說柯林斯常在朝路的房間看着窗外。他有點像某位古人。《世說新語·德行》：『又嘗同席讀書，有乘軒冕過門者，寧讀如故，歆廢書出看。寧割席分坐，曰：「子非吾友也。」』

想到夫人可能還有別的聖職可以舉薦才明白過來[b]。有時候，夫人大駕光臨，期間屋子裡的大小事情都逃不過她的眼睛。她仔細觀察他們的起居，檢視針黹，提議用別的做法；挑剔家具的布置，逮到女僕偷懶；她如果肯吃點心，似乎只為了發現柯林斯太太的烤肉太大塊，不適合小家庭。

伊麗莎白不久就發覺，儘管這位貴婦不是授命的治安法官[c]，卻是自己教區內最起勁的仲裁者，雞毛蒜皮的事都由柯林斯先生稟報給她；每逢地方上的雇農動不動就有爭執、怨言，或者太窮，她就長驅入村去排難解紛，安撫他們的不滿，把他們責罵一番，大家又和好知足了[d]。

羅辛斯的晚宴款待每個星期有兩回；除了因為威廉爵士走了，晚上的牌局只剩一桌，每回的款待都是第一回的重演。其他的邀約甚少；因為別的鄰居的生活方式，一般不是柯林斯家負擔得起的。伊麗莎白倒不覺得這是壞事，大體上，她的日子過得算寫意；可以跟夏洛特談談笑笑半個小時，加上這個季節的天氣又好，她常常到外面走走，十分愜意。她最愛走的一條小徑，就沿着庭園這邊的疏林；別人拜訪凱瑟琳夫人去了，她就時常到那裡；綠蔭清幽，卻似乎只有她一個人青睞，也覺得那是凱瑟琳夫人好奇的眼睛看不到的地方。

就這樣平平靜靜，訪友的頭十四天一下子就過去了。復活節近了，節前一個星期，羅辛斯家多來了一位親人，在這麼一個小圈裡，自然是一件大事。伊麗莎白抵步不久就聽到風聲，說達西先生幾個星期內會來；雖然在這裡她不喜歡的朋友不多，來了達西先生就添一個，但到羅辛斯聚會時也多一個新鮮些的臉孔可以打量；而

---

b 一個教士可以兼領多個牧區，無法分身時，花點小錢請個助理牧師代理就行了。
c 限男性。
d 中國歷代都有類似的非官方仲裁方法，仲裁人通常是地方上的有名望的人、有錢人、鄉紳等等。詳見蕭公權（1979）。現代的情形，蔣夢麟（1947）第二章提到「開祠堂門」、第三十三章提到「莫打官司」石碑，費孝通（1947a）的〈無訟〉尤其生動。

且看看達西先生怎樣對待表妹，就知道彬禮小姐有多枉費心機，也可以消遣一下；凱瑟琳夫人對外甥的婚事顯然打定了主意，一提起外甥要來，滿心歡喜，把他誇讚得天上有、地下無，而聽說盧卡斯小姐和伊麗莎白早已常常見過他，幾乎就要惱怒起來。

　　牧師寓所的人很快就知道達西先生到了；原來有幾個入口開進洪斯福德路，各有門房，柯林斯先生整個白天就在那些門房附近徘徊，以盡早探到可靠消息。等到馬車轉入庭園，他鞠了躬，趕快回家報告這個重要的消息。翌日白天，連忙到羅辛斯致意。他拜會到凱瑟琳夫人的兩位後輩ᵉ，原來達西先生把舅父某某伯爵的幼子菲茨威廉上校也帶來了₉₉；而且出乎大家的意料，柯林斯先生回家時，兩位紳士都跟着一起來了。夏洛特從丈夫房裡看見他們越過道路，立刻跑到另一個屋子去，告訴姑娘們會有貴客光臨，又說：

　　「人家賞臉，我興許要謝謝你，伊兒。要不達西先生決不會這麼快大駕光臨。」

　　伊麗莎白還來不及否認應該居功，人已到了，門鈴一響，三位紳士一下子就走進來了。菲茨威廉上校走在前頭，約莫三十上下，並不英俊，不過論儀表、談吐舉止，卻是地地道道的紳士。達西先生看來一如在赫特福德郡的時候，也依舊拘謹地問候了柯林斯太太；而不管心裡對她的朋友有何感受，應對時總是一副泰然自若的模樣。伊麗莎白只跟他打千，不發一語。

　　菲茨威廉上校是個知書識禮的人，立即樂意又隨和地與人攀話，談笑風生；然而他的表弟，跟柯林斯太太輕描淡寫地說幾句房子和花園的話，就坐那裡，一陣子沒有跟人開過口。不過，他的禮貌終於蘇醒過來，問候伊麗莎白一家人的安好。伊麗莎白客套地回答了他，頓了一下，又說：

　　「我姐姐這三個月都在城裡。你都沒有碰見過她嗎？」

---

e　夫人（姨母）：達西（外甥）。夫人（姑母）：菲茨威廉上校（侄子）。

　　她心知肚明從來沒有，卻希望探探虛實，看看他知不知道彬禮家和吉英的事；達西先生答說緣慳一面時，伊麗莎白覺得他的神情有點迷惘。這件事沒有談下去，兩位紳士不久也走了。

 第八章　禮貌練習

菲茨威廉上校的風度深得牧師寓所眾人的欣賞，女士都覺得，羅辛斯的聚會添了他，一定格外開心。不過，過了好幾天，羅辛斯都沒有邀請他們過去；原來家裡有客，就不必請他們了；直到復活節日，也就是兩位紳士抵步後將近一個星期，他們才得到青睞，而且也只是受邀在教會禮拜完了、晚餐後再過去。過去一周，他們鮮少看見凱瑟琳夫人母女。期間，菲茨威廉上校不止一次來牧師寓所探望，達西先生卻只在教會見過。

他們當然答應赴約，適時來到凱瑟琳夫人的客廳，跟大家相聚。夫人閣下以禮相待；然而，比起請不到別人時，現在他們的陪伴顯然並沒有那麼受歡迎；其實夫人眼裡幾乎只有外甥和侄兒，多跟他們說話，尤其達西，很少理會屋子裡的別人。

菲茨威廉上校看見他們，似乎由衷地高興，覺得羅辛斯新添些什麼都是可喜的調劑；而柯林斯太太漂亮的朋友更叫他仰慕不已。他現在坐在伊麗莎白旁邊，談肯特郡、赫特福德郡，談旅行和家居，談新書和音樂，談得娓娓動聽，伊麗莎白在羅辛斯這裡從沒有像現在一半開心過；兩人談笑風生，不但吸引了凱瑟琳夫人，也吸引了達西先生。「他」的眼睛很快就頻頻轉向他們，一臉好奇；接着夫人閣下也好奇起來，而且溢於言表，毫不遲疑地喊了出來：

「你們在說什麼，菲茨威廉？你們在談什麼？你跟班耐特小姐說什麼？說給我聽聽。」

「我們在談音樂，夫人，」他不得不回答。

「談音樂呀！那麼請大聲一點。我最喜歡音樂了。你們要是談音樂，我得加一張嘴。我想，說到真會欣賞音樂，或者天生的品味，英國沒幾個人比得上我。我要是學過，早就是大家了。安妮也一樣，要是她身子好些下得了功夫。我拍胸脯她準演奏得挺動聽。喬治亞娜練得怎樣，達西？」

達西先生疼愛地讚美妹妹的鋼琴造詣。

「聽你這樣誇她，我真高興呢，」凱瑟琳夫人說；「請幫我轉告她說：要不勤加練習，就別指望精益求精。」

「您放心，夫人，」他答說，「她用不着叮囑，已經手不離琴了。」

「那就更好了。練習不嫌多；等我下回寫信給她，得吩咐她說什麼也不要偷懶。我常跟小姐們說，不勤加練習，音樂是學不到家的。我也跟班耐特小姐說過好幾遍，除非她多練習，要不永遠彈不出火候的；雖然柯林斯太太沒有鋼琴，我時常跟班耐特小姐說，歡迎她每天來，到詹金森太太屋子裡彈琴。你知道，她在屋子那裡妨礙不到誰的。」

達西先生聽姨母說得不得體，看來有點不好意思，沒有答話。

喝了咖啡，菲茨威廉上校提醒伊麗莎白，她答應過彈琴給他聽；伊麗莎白逕自走到鋼琴前坐下來彈。他就拉一把椅子坐在旁邊。凱瑟琳夫人聽了半首歌，然後依舊跟外甥說話；直到外甥走開才住口，而達西一如平日的沉着，向鋼琴走去，走到一處，彈琴人的花容月貌一覽無餘，就站住。伊麗莎白看見他的舉動，曲子一有方便的停頓，就轉向他，淘氣地笑着說：

「你這副架勢過來聽曲，達西先生，想嚇我是不是？我偏偏不怕，雖然令妹『真個』彈得好。我這個人就是牛脾氣，最受不了人家要你怕就怕。人家越是嚇唬我，我膽子越壯。」

「我不會說您想左了，」他答說，「因為您其實不會以為我存心要嚇您；我有幸跟您相處久了，知道您有時候會說一些言不由衷

的話，當成一大樂事。」

　　伊麗莎白聽他這樣形容自己，開懷大笑，跟菲茨威廉上校說，「令表弟在你面前形容我，說的真是好話呀[100]，又教你一句話也別聽我的。我本來還想世上有這個地方，可以混一個小小的名聲[101]，卻遇見一個很有本事揭穿我真面目的人，真是倒霉透了。說真的，達西先生，你把在赫特福德郡知道的我的毛病都抖了出來，挺不厚道的——也恕我直言，挺失策的——因為這會激起我來報復，而有些事興許會公諸於世，把聽見的親人嚇一大跳。」

　　「我才不怕您呢，」他笑着說。

　　「拜託嘛，說來聽聽看，你要告他什麼狀，」菲茨威廉上校喊說。「我想知道他在外人面前是什麼款兒。」

　　「那你可得聽了——可你得有數，那是糟透了的事。我這輩子頭一次看見他是在赫特福德郡，你得知道，是個舞會——而在舞會上，你想他幹麼？他只跳了四曲舞！不好意思，叫你難過——可實情是這樣。雖然紳士寥寥無幾，他只跳了四曲舞；我說的有憑有據，不止一位小姐坐在那裡少了舞伴。達西先生，你賴不掉吧。」

　　「除了同伴，我那時候還沒有福分認識舞會上的小姐。」

　　「是呀；從來沒有人在舞廳裡經介紹認識的。嘿，菲茨威廉上校，還要彈什麼？我的手指等着你使喚呢。」

　　「興許，」達西說，「我那時候找人介紹，會斟酌得好一點；可是我沒那個本事，可以給陌生人好感。」

　　「我們要不要問一下令表弟原因？」伊麗莎白依舊跟菲茨威廉上校說。「一個有頭腦、受過教育、見過世面的人，幹麼沒本事給陌生人好感呢[102]？要不要問他？」

　　「不用問他，」菲茨威廉說，「我答得出來。因為他嫌麻煩。」

　　「說實在，我沒有某些人那種本領，」達西說，「可以跟素未謀面的人自在地交談。他們抓得到人家談吐的調子，談起人家的事

顯得很有興趣；我卻不行。」

「我看過許多女士，」伊麗莎白說，「手指在琴鍵上舞得出神入化，我卻不行。我的手指不夠力、不夠快，也彈不出那種韻味。可是呢，我總以為這該怪自己——因為自己嫌練習麻煩。倒不是說，我不相信『自己的』手指彈不到其他女士那種不凡的境界。」

達西一笑，說，「您說得再有道理不過。您的時間也花得好得多。凡是有幸聽您彈琴的人，都不覺得您少了什麼。我們都不是為陌生人表現自己的。」

說到這裡，凱瑟琳夫人大聲地打岔，想知道他們在談什麼。伊麗莎白連忙又彈起琴來。凱瑟琳夫人走上前來，聽了一會，跟達西說：

「班耐特小姐只要多練習，再經倫敦的老師指點，彈起來就該沒什麼毛病了。她挺懂指法的，就是品味比不上安妮。安妮要是身子允許去學，準彈得優美動人。」

伊麗莎白盯着達西，看看他聽見姨母對表妹的讚美是否衷心地贊同；然而，不論在那一刹那、在別的時刻，都看不出有愛的珠絲馬迹；加上達西先生對德・伯格小姐的種種言行舉止，叫她替彬禮小姐寬慰一下：她要是達西的親戚，達西娶「她」是一樣有希望的。

凱瑟琳夫人仍然對伊麗莎白的演奏說長道短，夾雜了許多技術上、品味上的教導。伊麗莎白涵養十足地聽着；又應兩位紳士的請求，彈了下去，直到夫人閣下的馬車備好，要送大家回家才罷。

# 第九章　遠近由心

　　翌日白天，柯林斯太太和瑪麗亞到村裡辦點事，剩下伊麗莎白一個人，坐下來寫信給吉英，忽然門鈴一響，把她嚇了一跳，顯然來了客人。因為聽不見馬車聲，推想不無可能是凱瑟琳夫人，顧慮起來，收起寫了一半的信，免得要回答種種唐突的問題；結果門一開，萬萬料不到，走進來的是達西先生，而且是達西先生一個人。

　　他發覺只有伊麗莎白在家[a]，似乎也很驚訝，道了擾，說他本來以為女士們都在。

　　兩人於是坐下來，伊麗莎白問候完羅辛斯眾人，大家似乎就無話可說了。所以一定要找些話來說，就在這個節骨眼上，想起上一回在赫特福德郡看見他的「那個時候」，很好奇他對一行人匆匆離去有何話說，就說：

　　「去年十一月你們怎麼一下子通通走了，達西先生！彬禮先生看見你們緊跟着他，準會又驚又喜吧；因為，要是我沒有記錯，他前一天才走的。想來你離開倫敦時，他跟姊妹都好吧。」

　　「好極了——謝謝關心。」

　　她發覺問不出別的話來——稍頓，又說：

　　「我想我知道彬禮先生以後不大有回內瑟菲爾德的意思？」

　　「我多會兒也沒聽他這麼說；不過他以後大概很少會待在那裡。他有很多朋友，而且他這個年紀，交際應酬都漸漸多了起來。」

---

a　僕人不算。

「要是照他的意思難得待在內瑟菲爾德，為鄰居設想，不如乾脆就不要那個地方，這樣一來我們就可以有定居的鄰家搬過來。不過，彬禮先生租下那個房子，興許大半是看自己而不是鄰居活便，我們也得期望他要留要走，也是看自己活便。」

「他要是買到合意的地方，只怕就不要內瑟菲爾德了。」

伊麗莎白沒有答話。她怕再談彬禮的事；又沒什麼別的好說，就打定主意讓達西去煩惱找話題。

他會意，隨即開口，「這房子好像挺舒服的。我想，柯林斯先生剛來洪斯福德時，凱瑟琳夫人大修過一番。」

「我想真的大修過——她真個也找不到更感恩的人來眷顧了。」

「柯林斯先生娶到他太太，看來挺好運的。」

「好運，真好運呀；沒幾個明智的女人肯嫁他、嫁了他又給他幸福，他就遇到這樣一個，朋友真應該為他慶幸。我朋友的腦筋好得很呀——雖然她嫁給柯林斯先生，我說不準是不是她做過最明智的事。不過，她看樣子幸福極了，而看遠的話，當然是挺登對的。」

「嫁得就近，家裡、朋友都在來去自如的道兒，想必愜意得很。」

「你說來去自如的道兒嗎？差點兒五十哩啦。」

「路好，五十哩算什麼？才半天多一點的路。沒錯，我說這是十分來去自如的道兒。」

「我說什麼也不會把距離當作這門親事的『好處』，」伊麗莎白喊說。「說什麼也不會說柯林斯太太嫁得離娘家『近』。」

「可見您捨不得赫特福德郡。我想，什麼東西出了朗本當地的鄰里，您就覺得遠了。」

他說話時那隱約的笑容，伊麗莎白以為她懂：人家一定料想她想起吉英和內瑟菲爾德，她紅着臉答說：

「我不是說女人不可以嫁得離娘家太近。遠近一定是相對的，而且視乎錯綜變化的情形。要是有錢，旅費不相干，遠一點也無

妨。他們呢，可不一樣了。柯林斯兩口子的收入不錯，卻也沒有到可以經常旅行的地步——我也相信，就算只有現在一半的道兒，我朋友也不會覺得離娘家『近』的。」

達西先生把椅子挪近她一些，說，「您呀，不應該那麼鐵了心地捨不得家鄉。您呀，不是老守在朗本的人。」

伊麗莎白很驚訝。紳士心念一轉；把椅子挪後，拿起桌上的報紙，瀏覽了一下，又淡淡地說：

「您喜歡肯特郡嗎？」

接着交談了幾句肯特郡，兩人的話都平靜、簡潔——不久，夏洛特和妹妹剛剛散步回來，走進屋裡，打斷了對話。看見這兩個人聊天，很驚訝。達西先生交代了因為自己的誤會而打擾了班耐特小姐，多坐了一會，也沒跟誰多說話，就走了。

「這是什麼意思呀！」達西先生一走，夏洛特說。「好伊兒，他準愛上你啦，要不他決不會這麼熱熱地來看我們。」

然而伊麗莎白說了他的沉默後，儘管依夏洛特的意思，看起來也不大像；大家瞎猜了一番，到頭來只能假定：這個時節，他很可能找不到什麼事好做，無可奈何才來探望他們。野外活動的季節都過了。留在室內的只有凱瑟琳夫人、書籍、撞球枱，紳士老在室內是坐不住的；而兩位表兄弟，不知是為了牧師寓所鄰近，小徑怡人，抑或鄰居討喜，從此幾乎天天忍不住要走過來。他們白天來得或早或晚，時而一先一後，時而聯袂而至，偶爾凱瑟琳夫人也同來。菲茨威廉上校來，是因為喜歡跟大家相處，這是有目共睹的；而這個想法自然也叫他更受歡迎；伊麗莎白跟他一起很愜意，人家又顯然心儀她，叫她想起從前偏愛的喬治·魏克安來；兩人相比，雖然菲茨威廉上校的風度沒那麼溫柔迷人，伊麗莎白相信他也許更有識見。

但是達西先生為什麼頻頻到牧師寓所，就令人費解了。他不會是找人作伴，因為他時常一坐十分鐘都不開口；就是開了口，似乎

也是不得已，並非自願——是為了禮貌而將就，並不樂意。他很少真的起勁。柯林斯太太實在摸不透他。菲茨威廉上校偶爾取笑他木訥無聊，可見他變了一個人，而這是憑柯林斯太太對他的認識所看不出來的；她寧願相信這個變化是出於愛，而所愛的人是她的朋友伊兒，於是她一本正經，念念不忘要找出答案。——每逢到羅辛斯作客，每逢達西先生來洪斯福德，夏洛特都盯着他；但是收穫不多。他的確頻頻看着伊兒，臉上的表情卻很可疑。他的眼神認真而專注，卻常叫夏洛特疑惑，裡頭有多少愛意，而且有時候看來只不過心不在焉而已。

她跟伊麗莎白提過一兩回，說人家可能愛上了她；但是伊麗莎白總是一笑置之；柯林斯太太也覺得事情不宜纏着不放，怕撩得人家動了心，到頭來也許是一場空；原來她覺得，如果伊兒料想人家死心塌地，種種厭惡都會消釋，是毫無疑問的事。

她為伊麗莎白着想，有時候會盤算朋友嫁給菲茨威廉上校。菲茨威廉是討喜無比的男人，無疑也愛慕她，身分地位也十分登對；然而，達西先生有相當的聖職授予權[b]，表哥卻根本沒有，於是種種優點也都抵消掉了。

---

b　夏洛特始而為好友着想，終而為自己打算。參看A13.b。

# 第十章　冤家路窄

　　伊麗莎白不止一次在莊園漫步時，跟達西先生乍然相逢。——她覺得真是天意弄人，誰也不來，偏偏就是達西先生來；而她以防萬一，從一開始就鄭重告訴達西先生，這裡是她最愛留連的地方。——居然還有第二次就出奇了！——可真的有第二次，還有第三次呢。達西先生看來不是存心使壞，就是自甘受罪；原來每逢相遇，不是寒暄幾句、尷尬地語塞一下、就分道揚鑣而已；他卻真的覺得應該掉過頭來，陪她一起走。達西從來木訥，她也懶得多說或多聽；然而第三次邂逅時，達西問了些風馬牛不相及的奇怪問題，叫她莫名其妙——問到她喜不喜歡在洪斯福德，為什麼總愛獨自散步，又覺得柯林斯夫婦是否幸福；提起羅辛斯，還有她對姨母一家不盡了解，又似乎期望她下次重回肯特郡，也會住在「那裡」。言下之意彷彿如此。達西會不會想到菲茨威廉上校呢？她自忖，達西如果話中有話，一定是暗示菲茨威廉會怎樣。她有點窘，幸好已經走到牧師寓所對面椿欄的柵門前了。

　　有一天，她一邊散步，一邊重讀吉英最近的一封信，反覆琢磨那些顯然是吉英心灰意冷時寫的話；這時候，她抬頭一看，迎面而來的不再是不期而遇的達西先生，而是菲茨威廉上校。連忙把信收起，乾笑一下說：

　　「倒不知道你也會走這裡。」

　　「我在繞莊園一圈呢，」他答說，「通常每年都繞一回的；還打算繞了再到牧師家去。你要往前走嗎？」

「不，本來就要回頭了。」

說着果然轉過來，兩人並肩往牧師寓所走去。

「你禮拜六真要離開肯特嗎？」她說。

「是呀——要是達西不再延期。我可是聽他擺布。他愛怎麼辦就怎麼辦。」

「而就算打點一切討不了自己的歡心，最少作得了主是挺過癮的。我想沒有人比達西先生更愛為所欲為了。」

「他當然愛隨心所欲，」菲茨威廉上校答說。「可誰不愛呢？只不過他比許多人有本事而已，因為他有錢，許多人沒錢。我說的是真心話。當老二，你也知道，總得習慣逆來順受、看人臉色。」

「照我說，伯爵的老二哪曾逆來順受、看人臉色？好吧，說正經的，你懂什麼逆來順受、看人臉色呢？你多會兒缺了錢，沒法子愛去哪裡就去哪裡？或者買不到喜歡的東西呢？」

「你問到要害啦——興許我不能說吃過多少那樣子的苦。可是說到要緊些的事，我就可能吃沒錢的虧了。當老二沒法子愛娶誰就娶誰。」

「除非他愛的是有錢的女人，這我想也常見得很。」

「我們大手大腳慣了，就一味顧着錢；像我這個階級，娶太太不怕她沒錢的人，很少呢。」

「這話，」伊麗莎白心想，「是說給我聽的嗎？」不由得紅了臉；然而恢復過來，又活潑潑地說，「請問一下，伯爵的老二是什麼行情呢？除非老大病歪歪，我想你不會要超過五萬鎊吧[a]？」

他也照樣活潑潑地回答了她，然後話題就擱下來。伊麗莎白怕悶不吭聲，人家也許會以為她把剛才的話放在心上，隨即又說：

「我猜想，你表弟把你帶來主要是為了有個人可以擺布。我搞不懂他幹麼不結婚，這一來就有人一輩子給他擺布了。不過呢，興

---

[a]　嫁妝。

許他妹妹這會兒也一樣，因為他妹妹由他一個人照顧，可以由得他擺布。」

「不行，」菲茨威廉上校說，「這個好處他得跟我分享。我跟他共同承擔達西小姐的監護權。」

「你，真的？請問你們的監護人當得怎樣？達西小姐給你找了很多麻煩嗎？她那個年紀的小姐，有時候有點兒不好管教；而要是她有達西的本色，可喜歡自己作主呢。」

她說的時候，發覺人家一本正經地盯著自己；威廉上校立刻問她，為什麼料想達西小姐可能會叫他們煩惱；而問的口氣叫伊麗莎白相信：她不知怎樣，猜了個十之八九。她連忙回答說：

「你不用慌。我從沒有聽過她什麼壞話；我看她是世上頂聽話的家伙。我有些女士朋友，就是赫斯特太太和彬禮小姐，好喜歡她哦。我好像聽你說過，你認識她們。」

「是泛泛之交。她們的兄弟很親切，又有紳士風度——跟達西是哥們兒。」

「哦！是呀，」伊麗莎白淡淡地說——「達西先生對彬禮先生是出奇的好，照顧得無微不至。」

「照顧他！——是呀，我真相信達西『真個』照顧了他，還是在他頂需要照顧的地方。達西在路上說了些話，我的確相信彬禮欠了他一個大人情。不過我得向他告饒，我憑什麼假定說的人是彬禮呢？瞎猜而已嘛。」

「這話怎麼講？」

「這種事情，達西當然不想張揚開來，萬一傳到女家就糟了。」

「你可以放心，我不會說出去的。」

「記得，我不大拿得準是彬禮。達西只不過告訴我：說他很慶幸，最近幫朋友免掉了一門輕率的婚事的麻煩，卻沒有指名道姓，也沒說細節；我疑心到彬禮，只因為覺得他像惹這種事的年輕人，又知道他們去年一個夏天都在一塊。」

「他幹麼要管，有沒有跟你說呢？」

「我知道那位小姐有些很大的問題。」

「那他使了什麼招數拆散他們？」

「他沒有跟我講招數，」菲茨威廉笑着說。「他只跟我說，我剛剛告訴你的。」

伊麗莎白沒有答話，走着，義憤填膺。菲茨威廉望着她一會，問她為什麼滿懷心事。

「我在琢磨你告訴我的話，」她說。「令表弟的行徑，我不敢苟同。憑什麼要人家聽他的呢？」

「你倒覺得他多管閒事嗎？」

「我不知道達西先生憑什麼論斷朋友的意向合宜不合宜，又幹麼單憑一己之見，來決定朋友的幸福，加以引導？」「可是，」她鎮定下來，又說，「我們什麼底細都不知道，要怪他也不公道。按說當事人應該沒什麼感情吧。」

「這樣揣測並非不合情理，」菲茨威廉說，「不過這樣一來，可惜表弟的功勞就沒那麼輝煌了。」

這個打趣的說法，聽在伊麗莎白的耳裡卻是達西先生的傳神寫照，以致她怕談下去會露了底，突兀地換了話題，談些不相干的事，直到返回牧師寓所才罷。客人一走，她回到房裡，關起門來，無休止地思索所聽到的話。照她推想，達西指的不是別人，正是跟她有關係的人。任由達西先生擺布的，世上不會有「第二個」。達西有分拆散彬禮先生和吉英，她從沒有懷疑過；然而她一直認為彬禮小姐是主謀和軍師。然而，如果達西先生不是本身的虛榮心作怪，那罪魁禍首就是「他」自己，吉英受過的和仍然要受的種種的苦，罪魁禍首就是他的傲慢與任性。他一下子摧毀了世上心胸最多情、最寬大的人的幸福；誰也不知道，他下的毒手會遺害多久。

「那位小姐有些很大的問題，」是菲茨威廉上校的話；而這些很大的問題，大概是有個在鎮上當事務律師的姨父、又有個在倫敦

經商的舅父。

　　「吉英自己呢，」她高聲說，「哪裡有什麼問題？根本就是美善的化身嘛！腦筋好得很，內心有修養，風度又迷人。父親呢，也沒什麼好說的，怪是有點怪，可是論才能，達西先生不必瞧不起；論為人可敬，那許是一輩子趕不上的了。」當然一想到母親，信心就有點動搖了，但是她不願承認「這個問題」足以左右達西先生，卻深信傷他的傲慢傷得更深的，是他朋友的親家沒有地位，而不是沒有頭腦；最後，她斷定達西先生一半是最壞的傲慢作祟，一半是希望留下彬禮先生給妹妹。

　　這件事想得她激動、落淚，害她頭痛；到了晚上，頭越來越痛，加上不願看見達西先生；決定不隨族兄等到羅辛斯赴約喝茶。柯林斯太太看見她實在不適，就不勉強，也盡量不讓丈夫勉強；然而柯林斯先生掩不住憂心的臉色，怕伊麗莎白待在家裡會叫凱瑟琳夫人十分不悅。

# 第十一章　不夠紳士
不夠淑女

　　他們走了，伊麗莎白似乎想儘量挑起對達西先生的怒氣似的，故意把來肯特郡後吉英的來信一一細讀。裡面沒有明言的抱怨，沒有舊事的重提，也沒有新苦的交代。然而每一封信、幾乎每一個字裡行間，卻少掉了她一貫的本色，原來那份發自內心的寧靜自在、並善良地加惠人人的喜樂，罕見地被愁雲慘霧蒙蔽了。伊麗莎白第一遍看信時還不仔細，現在打起精神來重讀，才看出每一句話都透露出不安；而達西先生提起橫施得出什麼毒手，大言不慚；叫她對姊姊受的苦倍感刺骨。想到達西拜訪羅辛斯，後天就要結束，才寬慰些；加上不到兩周就跟吉英重逢，可以儘量憑姊妹之情，設法幫她振作起來，想到這裡就更寬慰了。

　　而想到達西離開肯特郡，難免想到他表哥也一道離開；不過，既然菲茨威廉開門見山，根本無意追求；人儘管討喜，伊麗莎白也不想為他不快。

　　正想着這件事，忽然門鈴響起，她才回過神來；心情不禁有點雀躍，因為菲茨威廉上校曾經深晚來訪，也許現在特地來問候她。然而她一看，萬萬料不到，走進屋子來的是達西先生；剛才的雀躍一下子煙消雲散，心情也截然不同了。達西先生急急忙忙，立刻問候她的身體，說專程探望，希望聽見她好轉了。她冷冷地客套了幾句。達西坐了一會，然後站起來，在屋子裡踱來踱去。伊麗莎白

很驚訝，卻不吭聲。達西沉默了幾分鐘，走上前來，神情激動，開口說：

「掙扎也是枉然。沒有用的。我的感情再也壓抑不了。您得聽我說，我是多麼癡心地仰慕您、深愛着您。」

伊麗莎白驚訝莫名。先是瞪大眼睛、而紅了臉，而疑惑，而不語。這在達西看來，算是鼓勵；於是立刻把滿腔情愫、長久的情愫盡情傾訴出來。他說得很好，但是除了訴衷腸，也細數了別的感受；為家世的傲慢而暢所欲言，更勝過為款款柔情。他覺得伊麗莎白的出身配不上──他自覺紆尊降貴──感到家庭的阻力，叫他的理智與情意相爭；彷彿為了有損家勢而慷慨陳詞，卻似乎對求婚毫無幫助。

縱然伊麗莎白根深柢固地厭惡他，對這樣的人的這番情意，卻不由得感到榮幸；而儘管心意不曾片刻動搖，對他受的苦，起初不由得過意不去；直到聽見下面的話，才憤恨起來，氣得把同情都拋諸腦後。不過，她勉力鎮定下來，好等達西說完，耐心地回答他。最後，達西強調對她愛慕之深，縱然千方百計，依然絲毫壓抑不了；希望如今得償所願，她會答應求婚。他說這句話時，伊麗莎白一眼就看出他一副十拿九穩的神情。「嘴巴」上是有疑慮、不安，臉上卻是胸有成竹。這樣的態度只有火上加油，於是等他說完，伊麗莎白面紅耳赤地說：

「這種事情，我想，照向來的規矩，您示愛了，我要表示心領了，雖然不足以回報萬一。覺得領情是自然的事，要是『覺得』感激，我這會兒就會謝謝您。可是我不覺得感激──我從沒有指望過您的好感，而您對我的好感也真個來得不情不願。我叫誰難過都過意不去。可這全是無心之過，也希望很快就過去。您告訴我因為種種的顧慮，一直不願對我表明愛意，聽完我的說明，就可以輕易把愛意克服了。」

達西先生靠着壁爐台，眼睛盯住她的臉，聽着她的一字一句，

彷彿既憤恨又驚訝。氣得臉色慘白，內心的激動都顯在神情上。他掙扎着，要擺出一副鎮定的模樣，直到他相信做到了，才開口說話。這一下的停頓，叫伊麗莎白驚心動魄。終於，達西以勉強淡定的語氣說：

「而這就是我有幸得到的回答了！興許我可以請教，為什麼您這樣拒絕我，這樣『懶得』有禮。不過這也無關緊要。」

「我倒也可以請教一下，」她答說，「你幹麼故意告訴我，你違背自己的心願、違背自己的理智、甚至違背自己的人格來喜歡我，擺明了要得罪我、羞辱我呢？我要是真的無禮，不也無禮得情有可原嗎？可是還有別的事惹惱我。你知道我有。就算我心裡沒有反感，就算心裡不在乎，甚至喜歡；難道你認為我還會貪圖些什麼，嫁給一個摧毀了最親愛的姐姐的幸福、興許是一輩子的幸福的男人嗎？」

她話一出口，達西先生臉色一變；不過激動一下子，依舊聽着她說話，沒有打算打斷她。

「天底下所有道理都叫我瞧不起你。不管為了什麼，『那件事』你做得不仁不義，不可原諒。拆散他們，叫一個任性、花心，人人唾罵，叫另一個希望落空，人人嘲笑，叫兩個人都痛不欲生；這件事，就算不是你一手幹出來的，你也是主犯；你敢賴嗎？你賴得掉嗎？」

她住了口，看見達西一派不慚不愧、無動於衷的神氣，憤慨不已。達西甚至望着她，故作不信地笑。

「你抵賴得了嗎？」她再反問一遍。

達西於是故作鎮靜的答說，「我無意否認竭力把朋友跟你姐姐分開，也不否認我慶幸成功。我對他嘛，比對我自己更好呢。」

伊麗莎白一副不屑留心的樣子聽着這番有禮的感想，意思倒沒有忽略，卻不見得叫她消氣。

「叫我反感的，」她又說，「還不止這件事呢。在此之前，我

早就斷定你的為人了。好幾個月前，魏克安先生一五一十說了出來，你的為人就原形畢露了。這件事，你還有什麼好說的？你又可以推說是什麼子虛烏有的助友之舉嗎？還是用什麼花言巧語，蒙騙別人呢？」

「您對這位紳士的事情可關懷備至呀，」達西說，口氣沒有先前鎮靜，臉色發白[103]。

「誰知道他受過的不幸，忍心不關懷他呢？」

「他的不幸呀！」達西不屑地再說一遍；「是的，他的不幸可真要命呀。」

「而且是你下的毒手，」伊麗莎白氣壯地喊說。「害他落到今日窮困的地步，比上不足的窮困。你明知道那聖職是留給他的，卻拒不授給他。你剝奪了他的青春，剝奪了他既該得也配得的收入。這些都是你害的！可是提起他的不幸，你還可以鄙夷他，譏笑他。」

「我在您眼中，」達西喊說，急步從屋子的一邊走到另一邊，「原來就是這樣子呀！這就是您心目中的我！多虧您解釋得那麼不留餘地。真是，照這樣算起來，我罪大惡極呢！可是，」達西停下腳步，轉向她說，「只怪我嘴直，把一直以來克制自己別往終身大事想的顧忌招了出來，傷了您的傲慢，說不定這些罪狀都可以寬容。要是我乖巧些，隱瞞內心的掙扎，再甜言蜜語，叫您相信是無條件、無雜念的愛意叫我不能自已；是理智、是反省、一切一切都叫我不能自已；這些憤慨的指責都會隱忍下來。可是我憎恨一切作偽。我對所說的顧慮也不羞愧。我說的既自然又公道。您怎麼能指望我為您低微的背景高興呢？怎麼能為有望聯姻、親家卻明明門不當戶不對而慶幸呢？」

伊麗莎白心裡越聽越氣，卻竭力鎮靜地說：

「達西生先，要是你做人有紳士風度一點，我頂多拒絕時可能有些過意不去，而你剛才那樣子求婚，我就不用了；要是你以為還

有別的影響，那就錯了。」

她說這話時看見達西吃了一驚，卻沒有開口，於是她說下去：

「你不管怎麼樣求婚，都不可能打動我，叫我答應。」

達西再一次驚訝形於色，看着她，臉上既是疑惑、又是羞愧。她接着說：

「當初認識你，差不多可以說從第一刻起，你的待人處事就叫我銘記在心，我斷定你驕傲、自負、自私地輕忽別人的感受，以至留下不滿的第一印象，再加上日後的事情，就對你深惡痛絕；認識你不到一個月，就覺得哪怕一輩子找不到男人，也休想讓我嫁給你。」

「我已經明白了，小姐。我完全了解您的心情，這會兒只有自慚形穢的份兒。恕我打擾，祝您健康快樂。」

說着匆匆出了屋子，伊麗莎白接着就聽見大門開了，人走了。

她現在思潮起伏，痛苦不堪。不知道怎樣才支撐得住，加上實在虛弱，就坐下來，哭了半小時。回想剛才的事，越想越驚訝。她竟然得到達西先生的求婚！達西竟然愛上了她好幾個月！儘管達西阻止朋友娶她姊姊的種種問題，對他自己一定是至少同等的顧忌，竟然還愛她愛得甘願娶她，簡直不可思議！無心插柳卻激起轟轟烈烈的愛慕，叫她得意。然而達西的傲慢、可惡的傲慢，還有談起對吉英的所作所為，大言不慚，雖然無法自圓其說，承認時卻不可原諒地自以為是；加上提起魏克安先生時的冷酷口吻，下了辣手也不諱言；伊麗莎白想到這些，一下子就丟開了一度為他的情意所喚起的憐憫了。

她依舊思潮起伏，直到聽見凱瑟琳夫人的馬車聲，才生怕瞞不過夏洛特的亮眼，連忙回到屋子去了。

# 第十二章　傳書

　　伊麗莎白思前想後，難以入眠，到頭來睡着了，第二天早上醒來，依舊是那一番思前想後。事情出乎意料，她至今仍無法平復過來；心心念念哪裡有別的事？沒有半點心情做活計，早餐後不久就決定到外面散散心、活動一下。逕直往最愛的小徑走去，卻想起達西先生不時也到那裡，才打消念頭；不進庭園，轉沿小路而上，與收稅路漸行漸遠。路的一邊依然是庭園的柵欄，不久經過一道柵門，進了莊園。

　　沿着這段小路走了兩三回，忍不住趁白天天氣怡人，駐足在柵門前，觀看庭園的景色。她至今在肯特郡度過了五個星期，鄉間的景色已大不相同，早綠的樹木也一天比一天青翠。正要繼續走，卻瞥見庭園邊上的樹叢裡有一位紳士，正走過來；她生怕是達西先生，掉頭就走。但是那人已經走近了，看得見她，一邊加緊腳步，一邊喊她的名字。她本已轉過身去，聽見人家喊自己，儘管的確是達西先生的聲音，只得回頭往柵門走去。這時候，達西也已走到那裡，遞過一封信來，她不經意地接了下來，達西一臉高傲而鎮靜地說，「我已經在林園裡徘徊了好一陣子，希望碰見您。請您費神讀一讀這封信好嗎？」[a]——說罷，略為躬一躬身，轉頭走到林園去，不久就看不見了。

---

a 當時沒有婚約的男女不能直接通信。之前彬禮回倫敦，吉英也不能直接寫信給他，只能回彬禮小姐的信（A23）。現在達西不得已，惟有私下親自送信。

伊麗莎白不期望這封信讀得高興，卻是好奇得心癢，信一打開，信封裡頭有兩張信紙，密密麻麻都寫滿了，叫她越發好奇。——連信封也寫滿了[b]。——然後她沿着小路一邊走，一邊看了起來。上面注了日期，早上八點在羅辛斯寫的，內容如下：——

「別慌，小姐，收到這封信，不必擔心裡面會再談那些昨晚叫您不堪入耳的感情和婚事。我寫這封信無意拿那些願望來糾纏，叫您難過，叫自己低聲下氣，而為了各自的幸福，是越快忘記越好；若非事關本人名譽，此信我非寫不可，您非讀不可，則本人構思、閣下台鑒必費之心力，本可省下。因此，請恕我放肆地要求您費神；我知道您心裡並不情願，然而我要求您公道。

昨晚您把兩個性質相異、輕重懸殊的過錯怪罪本人。先提的一個，說我無視彬禮先生與令姊的感情，拆散他們，——另一個，說我不顧各項應分的權利，不顧名譽、人情，葬送了魏克安先生眼前的富貴，摧毀了他的前程。——說我執了意、狠着心，背棄少年時的同伴、先父口中的寵兒、一個除了我們的資助而簡直別無生計、而且從小期待得到資助的年輕人；可謂傷天害理，而與拆散一對只有數周感情的年輕人，無法相提並論。——不過，下文交代了我的作為和動機，希望您讀了以後，酌情減輕昨晚不留情地歸咎於我的重罪。——倘若在我覺得應該分辯之處，必須提及某些可能得罪您的感受，我只能說遺憾。——情非得已——另行致歉就是荒謬。——我到內瑟菲爾德不久，即一如他人，看見彬禮喜歡令姊，勝過當地任何年輕女子。——但是直到內瑟菲爾德的舞會，我才擔心他動了真情。——我以前動輒看見他談戀愛。——舞會上，我有幸與您共舞時，聽見威廉・盧卡斯爵士隨口所說，才知道彬禮對令姊的青睞已經叫大家料想到成婚去了。他說得篤定，只差擇日子而已。從那一刻始，我就仔細地打量我朋友的舉止；看得出來，他對班耐

---

b 當時還沒有現代的信封。達西一共用了三張紙。第三張內裡寫滿了，折起來包起另外兩張，就是信封了。

特小姐的偏愛，前所未見。我也觀察了令姊。——她的神情、態度
都一貫地大方、和樂、迷人，卻沒有半點情有獨鍾的迹象，那天覷
着眼看了一夜，叫我到如今依然相信，令姊得到彬禮獻殷勤，雖然
高興，卻沒有動過情來吸引他。——這個地方，如果『您』沒有弄
錯，就一定是『我』失眼了。而憑您對令姊的了解，這是可能的。
——萬一確實如此，萬一我因為看走眼，害苦了她，您的慍恨就不
無道理。不過恕我直言，令姊的神情、態度那麼淡然自若，就是最
眼尖的人看了也會以為，不管她的性情多麼和藹可親，她的心是不
容易打動的。——當然我的確希望相信她沒有動情，——但是我敢
說，我的觀察、判斷，向來是不受個人的願望、顧慮所左右的。
——不是因為我希望她沒有動情，所以相信她沒有；——我的信念
不偏不倚，恰如我的願望合情合理。——昨晚告知反對婚事的理
由，要憑強烈無比的感情來撇開，可是以我的情形，反對的理由還
不僅於此；家世寒微這個缺點對我朋友的關係就不像對我的來得
大。——然而還有別的令人厭惡的理由；——那些理由，雖然一直
都在，也叫我跟朋友一樣厭惡，因為不在眼前，我自己就設法忘
記。——這些理由，儘管簡略，一定要說明。——令堂本人與三位
令妹毫無分寸、幾乎凡事不得體，連令尊也偶爾犯了；相較起來，
令堂的家世縱然可議，也就無足輕重了。——恕罪。——冒犯了您
叫我難過。然而您在意至親的毛病、又為我揭短氣惱之餘，試想您
跟令姊不但見識與性情可敬，待人接物亦同樣可嘉，絲毫沒有類似
可責之處，也可以聊以自慰了。——我只多說一點：我從當晚發生
的事，對各人已有定見，而避免朋友締結一門我認為極不美滿的親
事，而且早該如此，種種的動機越發強烈。——您想必記得，翌日
他離開內瑟菲爾德，前往倫敦，並打算及早回去的。——現在就要
交代我所做的。——他的姊妹跟我一樣早已不安；不久，大家發覺
憂慮相同，也同感調開她們哥哥刻不容緩，隨即決定逕直到倫敦與
他會合。——於是我們起程——到了倫敦，我毫不猶豫地負責規勸

朋友，指出那樣的抉擇有若干壞處。──細陳利害，苦苦相勸。
──不過，這一番苦諫縱然動搖過、拖延過他的抉擇；如果接下
來，不是我一口斷定令姊沒有動情，我不認為最終會阻止得了這門
婚事。他當初相信令姊是真心回報他的情意，就算不是一樣深情。
──但是彬禮的生性非常謙遜，聽從我的判斷甚於聽從自己的。
──因此，要叫他相信自己騙了自己，並非十分困難。既相信了，
再說服他別回內瑟菲爾德，就輕而易舉了。──我不怪自己的種種
所作所為。而回想自己的行止，由始至終，只有一處並不心安理
得；就是用了自己不屑的伎倆，來隱瞞他令姊在倫敦的事。令姊在
倫敦，我是知道的，彬禮小姐也一樣知道，但是她哥哥到如今仍然
蒙在鼓裡。──他們見了面，也未必有什麼惡果；不過我覺得彬禮
仍然不算死心，見面仍然有些顧忌。──也許隱瞞彬禮，裝模作
樣，是有失我身分的。──不過已經做了，而且也是出於好意。
──這件事不再多說，也不再致歉。如果我傷了令姊的心，是無心
的；當然，您會覺得我的動機站不住腳，儘管如此，我至今還不認
為哪裡有錯。──至於另一個過錯，罪名更重，指我害了魏克安先
生；我要反駁，惟有先和盤托出他與舍下的瓜葛。他到底『針對』
什麼來編派我，我不知道；然而以下所說都是真話，請得出不止一
個信譽卓著的證人。魏克安先生的父親是個非常可敬的人，多年來
管理所有彭伯里的莊園；盡忠職守，先父自然善待於他，也因而對
教子喬治·魏克安恩寵有加。先父供他讀書，後來到劍橋念大學；
──這是一大助力，不然他母親一向揮霍無度，清苦的父親將無力
給他紳士的教育。先父不但喜歡與這個向來態度迷人的年輕人相
處，而且極為器重，希望他以事奉教會為職志，打算為此栽培他。
至於我自己，早在許多年前，對他的看法就漸漸截然不同了。他生
性姦邪──放蕩不羈，卻小心瞞過他的至友；卻瞞不過另一個年紀
相若的年輕人的眼睛，瞞不過有機會見識先父無由見識他的放肆時
刻的年輕人。說到這裡，又要叫您難過了──有多難過，只有您知

道。然而，不管魏克安先生與您培養出何種感情，我縱有疑竇，也不能不揭穿他的真面目。甚至多添一個理由[c]。大約五年前，慈父見背；他對魏克安先生的疼愛至死不渝，在遺囑裡特別向我建議，按他投身的事業盡力提攜，如果他有意聖職，希望家裡一有俸祿豐厚的空缺就授給他。另外有一筆一千鎊的遺產。他的父親不久也去世；這些事後不到半年，魏克安先生來信，告訴我他最後決定放棄事奉，期望得到一些現成的資金，代替不能受惠的聖職推薦，希望我不會覺得不近情理。又說有意研習法律，我想必明白一千鎊的利息遠遠不足以支應。我與其說相信，不如說希望他真誠；不過無論如何，欣然同意了他的提議。我早知道魏克安先生不該當牧師。於是事情隨即談妥。他同意放棄所有在教會事奉的權利，即使日後有機會得到聖職，以換取三千鎊現金。從此我們似乎不相往來了。我討厭他，討厭得不會請他到彭伯里，也受不了在倫敦來往。我想他大半住在倫敦，研習法律不過是藉口，既然已經無人管束，過的就是游手好閒、浪蕩揮霍的生活。大約有三年，少有音信；然而，原擬由他繼承的聖職的在任牧師去世後，他再度來信，請求薦任。他再三申明，生計異常艱難，我也不難置信。他發覺研習法律毫無收穫，現在下定決心，只要我肯舉薦他繼任該聖職，他就接受按立為牧師——此事他相信問題不大，因為他十分清楚，我別無要授職的人選，也不能忘記先嚴的本意。我拒絕依從他這一次的請求，也拒絕了他三番四次的重提；您想必不會怪我。他的生計越艱難，懷恨越深——他在背後辱罵我，無疑跟當面斥責我一樣惡毒。過了這陣子，大家算是一刀兩斷了。我不知道他怎麼過活。然而，去年夏天，他又來惹事，叫我苦不堪言。我現在必須提起一件自己寧願忘記的事，如果不是眼前的責任重大，是決不會向任何人透露。已經說了那麼多，我信得過您會保密。舍妹比我小十多歲，由先母的姪

---

c　提醒伊兒別錯愛魏克安。

兒菲茨威廉上校與我本人監護。大約一年前，她由人帶離開學校，搬到倫敦為她安排的住所；去夏又隨負責照顧的那位女士到了拉姆斯蓋特，而魏克安先生也跟到該處，無疑別有居心；原來他與楊太太是舊識，我們又萬分不幸地看錯了楊太太的為人；魏克安得到她的串通、幫助，得以討好喬治亞娜，而舍妹感情豐富，幼時魏克安對她的疼愛還歷歷在目，被人家說動了，誤以為與他相愛，答應與他私奔。當時她才十五歲，情有可原；而說了她的輕率，我也慶幸地說，這件事也是她親口跟我透露的。就在他們準備私奔前一兩天，我出其不意來到他們那裡；喬治亞娜幾乎把我這個兄長視同父親，不忍心叫我傷心、生氣，就把事情一五一十告訴了我。您可以想像我的感受和做法。為了舍妹的名節和感受，我秘而不宣，只寫了封信給魏克安先生，他也立刻逃掉，楊太太當然也撤職了。魏克安先生的主要目的，無疑是舍妹三萬鎊的財產；但我不得不想，希望報復我也是一大誘因。他的確差一點就得逞了。小姐，上述每一件與我們有關的事，並無半句虛言；如果您覺得還有一星半點可信之處，希望今後您不會再怪我苦待了魏克安先生。我不知道他用了什麼伎倆、編了什麼謊話來騙您；但是您之前對來龍去脈，一無所知，也許難怪他騙得過您。您既無從打探，生性也決非多疑。您可能會奇怪，為什麼我昨晚不把這一切說出來。然而，那時候我不能自已，不知道什麼可說、該說。上述一切屬實，尤其我可以請菲茨威廉上校來作證；他是近親，過從甚密，加上是先父遺囑的一位執行人，勢必知道這一切交涉的詳情。萬一您憎惡『本人』，而認為『我』的說法不值一聽，那麼不妨採信不惹您憎惡的家表兄；為了讓您來得及詢問他，我今早會設法找機會把這封信交到您手上。最後只說一句：願上帝祝福您。

菲茨威廉·達西」

# 第十三章　我才了解自己

　　即使達西先生送信時，伊麗莎白料想裡面不會重提求婚的事，卻根本預計不到會說什麼。而既然是這些話，看得多麼急不及待，心裡又怎樣五味雜陳，就可以想見了。看信時的心情，實在難以言喻。她一明白達西自以為能夠辯白，為之愕然；因為她堅信，如果達西還有羞恥之心，就開不了口分辯了。不管達西會說什麼，她都固執偏見，首先看他解釋內瑟菲爾德的事。急切地看，急切得簡直沒有餘力來理解，因為迫不及待地想知道下一句，就看不清眼前這一句說什麼。達西認為吉英沒有動情，她立刻斷為失實；而達西所解釋反對婚事的真正、最糟糕的理由，叫她氣得不想再看下去。達西對所作所為，毫無悔意，叫她不能諒解；達西的態度不是後悔，反而是高傲。徹頭徹尾的傲慢無禮。

　　然而，看到下面魏克安先生的事情時，頭腦已多少清楚些，看着達西所陳述的種種事端，與魏克安自述的生平相近得可驚，萬一屬實，那她根本欣慕錯了人，更叫她心裡椎心刺骨、難以言喻。驚訝、擔心、以至恐懼，苦苦相逼。她想全盤推翻那些話，再三地喊說，「敢情是假的！哪會！敢情是鬼話連篇！」──等她看完整封信，儘管後一兩頁簡直不知所云，就連忙收起來，斷言不把它當一回事，再也不看第二眼了。

　　腳下走着，心亂如麻，左思右想，別無他念；還是放不下；不到一下子又把信打開，勉力定下心來，羞愧地重讀魏克安的事，打起精神一句一句地細讀。信上所說魏克安與彭伯里家的淵源，與他

從前的自述若合符節；至於過世的老達西先生的恩情，雖然之前不知道詳情，也跟他的自述吻合。遺囑以前的事，雙方的說法互相印證；但是一說到遺囑，分歧就大了。魏克安對聖職的說法言猶在耳；她想起他的一字一句，覺得勢必有一方說的是彌天大謊；而有一陣子，慶幸自己所願不失。但是全神貫注地一讀再讀，緊接着是魏克安放棄一切聖職的權利，換取三千鎊那麼大的一筆錢，種種細節又叫她不得不躊躇起來。她把信放下，照自己認為的公道，一一衡量每個情節——斟酌每一個說法是否可靠——卻多不如意。雙方都只是一面之詞。她又讀下去。原以為任憑花言巧語都不可能叫達西先生的品行減一分無恥，誰知到頭來，一句比一句清楚，事情可以另有解釋，必然叫他由始至終根本無可責難。

　　他又毫不留情地指責魏克安先生奢侈揮霍、終日浪蕩，叫她大為震驚；尤其她說不出這樣責怪有什麼不公道的理由。當初，魏克安在鎮上偶遇一位年輕的舊識，再續點頭之交，又被他說動，答應加入某某郡民兵，而在此之前，伊麗莎白從來沒有聽聞過這號人物。說到他過去的生活，赫特福德郡的人知道的，不外他自己的一面之詞。至於真實的為人，就算伊麗莎白探得到風聲，也從來沒想過要追根究底。魏克安的面貌、談吐、風度，一下子就叫人覺得他兼備眾德。她設法回想魏克安有什麼善行，有什麼頂天立地、仁德過人之處，可以經得起達西先生的責難，保住名聲；或者說，儘量把達西先生所形容的長年游手好閑、浪蕩不檢，看成不修的邊幅，只要德行卓著、大節無虧，就足以彌補。然而，她想不出佐證。她一眨眼就看得見風度翩翩、談吐迷人的魏克安在面前，然而，除了鄰里的交口稱讚、又善於交際而博得同袍的好感，卻想不出他有什麼大賢大德。在這一點沉吟了半天後，她又繼續讀信。但是，啊呀！下面說到魏克安對達西小姐的不軌企圖，才昨天早上她跟菲茨威廉上校交談，就聽得出端倪了；信上最後請她向菲茨威廉上校詢問詳情——她之前已從上校得知，表妹的大小事情與他有密切的關

係[104]，而她也用不着懷疑他的為人。一度幾乎決意要去請教他，但是又怕彆扭，而裹足不前；到頭來又深信，若非達西先生對表兄的佐證胸有成竹，決不會貿然提議，就打消了念頭。

那天晚上在菲利普斯先生家裡，她跟魏克安初會的對話，還記得清清楚楚。有許多話還縈繞耳邊。此時此刻她才詫異起來，一個陌生人說那種話不合分寸，也奇怪自己一直以來的失察。又覺得像他那樣標榜自己很不得體，而且言行不一。伊麗莎白記得他曾經誇口，說不怕見達西先生——達西先生可以離開當地，可「他」呢，不會讓步；然而就在下周的內瑟菲爾德舞會上，回避的卻是他。也記得，內瑟菲爾德的人還在當地，魏克安只把事情告訴她一個；然而，內瑟菲德德的人一走，人人都在談他的事情；儘管他口口聲聲說看在父親面上，永遠不會揭穿兒子；然後卻不留餘地、毫無顧忌地誹謗達西先生。

現在魏克安的一切都截然不同了！現在他向金小姐獻殷勤，是可憎的惟利是圖；而金小姐中等的財產，反映的已不見得是他知足，而是急於務得而細大不捐。而魏克安對她的行徑，現在也沒什麼過得去的居心了；要麼魏克安誤算了她的財產，要麼伊麗莎白自認極不慎地示過好，他乘機挑逗，滿足一下虛榮心。伊麗莎白一次又一次為他辯護，卻越辯越無力。反而是達西先生得到佐證，她不得不承認：彬禮先生應吉英的詢問，早就斷言那件事達西並無過錯；而達西的態度縱然傲慢、可厭，憑她最近經常相處、熟悉他的作風，也不得不承認，他們認識以來從來沒有一件事見得他為人不檢、不義——沒有一件事見得他素行不虔敬、不道德。他受親友欽佩、推重——連魏克安也承認他是個好哥哥，她自己也常聽見達西疼惜不已地提起妹妹，可見他可以「有點」和藹可親的感受。如果他的所作所為一如魏克安所言，罪大惡極，又豈能瞞天過海？而能如此作惡的人竟然交得到朋友，交得到像彬禮先生那樣和藹可親的人，實在不可思議。

　　伊麗莎白不由得羞愧無地。——不論想起達西、還是想起魏克安，都覺得自己瞎了眼、袒了心、膠執偏見、豈有此理！

　　「我做人做得太可恥了！」她喊說。——「我，還一直以有眼力為傲！——我，還一直以才智自豪！還老是瞧不起姐姐的濫善良，卻既無益又可責地多疑，虛榮地沾沾自喜。——我這有多丟臉呀！——可也丟得多活該呀！——我就是談戀愛了，也不會有眼無珠到這個田地。我錯不在愛，而是錯在虛榮呀。——一開始結識，人家討好就歡喜，人家怠慢就生氣，我對兩邊都昏了頭，先入為主，自討無知。這輩子到此時此刻，我才了解自己呀。」

　　從自己想到吉英——從吉英想到彬禮，她順着思路回想起達西先生對「這件事」的說法，顯得十分站不住腳；於是又把信重讀。這再讀一遍卻有天淵之別。——她既然不得不承認達西說的一件事屬實，又怎能否認另一件也屬實呢？——達西宣稱絲毫看不出姊姊鍾情於彬禮；——而她不由得記起，夏洛特的看法一向也如此。——她也不能否認，達西形容吉英形容得中肯。——她覺得，吉英的心裡雖然熱烈，卻很少流露出來，而風度儀態總是笑臉迎人，卻不常帶着豐富的感情。

　　讀到達西提起家人的地方，指責得那麼可羞，卻又那麼該當，叫她慚愧難當。達西責備得公道，叫她不得不服，而達西所特別提起，印證了開頭種種非難的內瑟菲爾德舞會上的情形，給她的印象跟給達西的同樣深刻。

　　至於讚美自己和姊姊的話，並不無動於衷。但是，雖然舒緩一下，家人招人藐視的心情仍然難以慰藉；——想到吉英失戀原來是至親一手造成，想到自己和姊姊的名聲一定大受家人不得體的拖累，都叫她前所未有地鬱悶無比。

　　在小路上漫步了兩個小時，胡思亂想；重新考慮每件事，斟酌事情的機會，勉力安撫自己面對那麼突然、那麼要緊的改變；她疲累之餘，想起出門已久，這才走回家去；踏進大門時，希望看來如

常地高興，決意壓抑那些想法，否則一定跟人聊不起來。

　　屋裡的人立刻說，她不在時，兩位羅辛斯的紳士分別到訪；達西先生來辭行，只待了幾分鐘，但是菲茨威廉上校最少跟大家一塊坐了一個小時，希望等她回來，幾乎決定要去找她。──伊麗莎白只好為見不到面裝出一副惋惜的樣子，其實很高興。菲茨威廉上校已經不放在心上了。她心裡只有那封信。

# 第十四章 行裝易收 心緒難平

翌日早上，兩位紳士離開羅辛斯。而早在門房附近等待、向他們臨別敬禮的柯林斯先生，得以回家報喜，說雖然不久前在羅辛斯依依不捨，兩人看來身體十分健康，精神也如大家料想，還算過得去。然後趕忙去羅辛斯安慰凱瑟琳夫人母女；回來時得意揚揚，告訴她們夫人閣下表示悶悶不樂，非常盼望大家去陪她吃晚餐。

伊麗莎白見到凱瑟琳夫人，不由得想起：她當初如果願意，現在就以沒過門的甥媳身分引見了；想到夫人不知道會多憤慨，忍不住好笑。「她會怎麼說呢？——又會怎樣對我呢？」她在心裡想這些問題取樂。

他們一開口談的就是羅辛斯的聚會冷清了。——「不騙你，我好捨不得，」凱瑟琳夫人說；「朋友走了，我想沒有人比我更捨不得的了。我可是特別喜歡這些年輕人，也知道他們一樣喜歡我！——他們走得可依依不捨呢！可他們總是這樣。那位好上校臨走前還能勉強打起精神，可是達西好像太捨不得了，我想比去年捨不得。他可真越發喜歡羅辛斯啦。」

這時候，柯林斯先生恭維一下，暗示原因，母女都和善地笑了。

飯畢，凱瑟琳夫人說班耐特小姐看來沒精打采，又立刻解釋，料想是因為不想那麼快回家，又說：

「但要是這樣的話，你可要寫信給令堂，請她容你多待幾天。

柯林斯太太有你做伴，不怕她不高興。」

「很謝謝夫人的好意邀請，」伊麗莎白答說，「可惜我沒辦法奉陪。——禮拜六就得進城了。」

「哎呀，這樣一來，才待六個禮拜而已。我預計你會待兩個月。你還沒來，我就這樣跟柯林斯太太說啦。用不着那麼急嘛。班耐特太太準許你多待兩個禮拜的。」

「可是家父不許。——他上個禮拜就寫信催我回去了。」

「噢！只要令堂許你，令尊當然不會不許。——父親哪裡少不了女兒嘛。而要是你多待整整『一個月』，我就可以帶你們一個去倫敦，因為我六月初要去那裡一個禮拜；因為道森不介意跟車夫坐[105]，四座大馬車多坐你們一個，綽綽有餘——要是天氣剛好又涼快，敢情兩個都帶也不妨，兩個塊頭都不大嘛。」

「承夫人厚愛，不過，我們恐怕得依原定的計劃。」

凱瑟琳夫人似乎也不想勉強。

「柯林斯太太，你得打發個下人送她們。你知道，我向來有話直說，想到兩個小姐自己過驛站就受不了。太不像樣了。你得想辦法打發個人去。我最看不慣這種事了。——年輕女子總得依照身分地位，有規有矩地保護好、照顧好。去年夏天，我外甥喬治亞娜去拉姆斯蓋特，我就特別叮囑要派兩個男僕去。——達西小姐是彭伯里的老達西先生、安妮夫人的千金，不這樣辦哪裡像樣？——這種地方大大小小我都不會放過。你得打發約翰去送兩位小姐，柯林斯太太。好在我想起要跟你說，要不然，讓她們自己上路，『你』呀可就丟臉啦。」

「家舅會打發人來接我們。」

「哦！——令舅！——他有男僕嗎，有沒有？——好在有人替你們想好了。你們到哪裡換馬？——噢！布羅姆利，還用說。——你要是跟貝爾旅館說認識我，人家會格外關照的。」

凱瑟琳夫人還問了許多行程的別的問題，因為沒有全都自問自

答，伊麗莎白要留心聽着，反而覺得慶幸；否則滿懷心事，就會神不守舍了。獨處時才可以沉思；而每逢獨處，盡情地沉思就成了最大的安慰；也沒有一天不曾一個人去散步，去盡情回味不快的往事，自得其樂。

達西先生的信，她不久已經差不多會背了。她一句一句地斟酌：對寫信的人的感受有時候截然不同。想起達西求婚的態度，她依舊滿腔憤慨；但想到自己冤枉地怪罪他、斥責他，她倒過來氣自己；達西的失意，叫她同情。達西的愛意，叫她感激；達西的人格，叫她敬重；然而她既無法贊許達西；也沒有片刻後悔拒絕了他，也沒有絲毫再見他的意思。想起自己以往的所作所為，卻沒有一刻不叫她煩惱，叫她懊悔；而想起家人不幸的毛病，就越發苦惱。他們無可救藥了。父親甘於取笑家人，從不出力管束幾個任性輕佻的小女兒；母親的待人接物，其身一點也不正，對女兒的毛病懵然不覺。伊麗莎白與吉英經常聯手，設法約束不檢點的凱瑟琳和莉迪亞；但是她們得到母親的嬌縱，哪裡會長進呢？凱瑟琳意志薄弱、又急躁，任由莉迪亞擺布，聽了姊姊的規勸，總是憤憤不平；而莉迪亞，任性輕率，簡直聽不進姊姊的話。她們無所事事，無知又虛榮。只要梅里頓有一個軍官，就去廝混；因為從朗本走到梅里頓不遠，就一天到晚到那裡去。

此外，吉英的事叫她憂心，一直放不下；因為依達西先生的解釋，彬禮的為人一如她從前讚許的，吉英的失意就越發可惜了。彬禮的感情其實出自真心；而品行上，如果對朋友惟命是聽不算，就洗雪了一切罪名了。接着想到吉英這門事事登對、好處多多、幸福在望的親事，卻毀在愚昧而不得體的至親手裡；又叫她多麼傷心！

然後，又加上魏克安的為人原形畢露，叫往常開朗、少有鬱悶的她，現在也感慨萬千，幾乎無法強作歡顏，也就可以想見了。

臨別前那個星期，羅辛斯的晚宴就像當初一樣頻繁。最後一晚也在羅辛斯度過；夫人又鉅細靡遺地詢問行程的細節，教她們收拾

行李最好的方法，還千叮萬囑，禮服一定要依惟一正確的方法擺放，以致瑪麗亞覺得，回去不得不把白天打包好的翻出來，重新收拾一遍。

告辭時，凱瑟琳夫人屈尊降貴，祝她們一路平安，邀她們明年再來；德・伯格小姐特地打千，還主動和她們握手。

# 第十五章　滿載而歸

　　星期六早上，吃早餐時，伊麗莎白與柯林斯先生比別人先到；柯林斯先生乘機臨別致意，這是他認為責無旁貸的。

　　「伊麗莎白小姐，」他說，「承蒙您惠然蒞臨，不知道內子是否已然致謝，但您臨行前斷無不得她致謝之理。實不相瞞，得您賞光會晤，十分感激。愚夫婦知道，寒舍是難以吸引任何人的。生活平淡、居室淺窄、僕人甚少，加上見識不廣，以您一個青春女子，必定覺得在洪斯福德枯燥無比；然而，希望您相信，您枉駕光臨，愚夫婦除了銘感於心，亦已竭盡所能，以免您在此地無聊度日。」

　　伊麗莎白連忙回謝，再三地說來得高興。說六個星期過得十分愉快，跟夏洛特相處融洽，又得到殷勤款待，該銘感於心的可是「她」。柯林斯先生很高興，神情莊重中也略帶笑意地說：

　　「聽見您日子過得並無不稱心，族兄快慰無比。愚夫婦着實已竭盡所能；而能夠把您引介到高尚之上流社會，更乃萬幸；而族兄也私心竊喜，憑愚夫婦與羅辛斯之關係，得以頻頻轉換寒舍之光景，您的洪斯福德之行並不全然叫人厭煩。愚夫婦與凱瑟琳夫人家族之關係，實在是得天獨厚、洪福齊天，少有人可以誇口的。您看見我們是何等之交情[106]，您看見愚夫婦受邀赴會是何等頻繁。的確，族兄不得不承認，只要有親近羅辛斯之福分，此牧師寒舍縱然萬般簡陋，身居其中就不會是可憐憫之人了。」

　　他興高采烈，難以言喻，激動得在屋子裡走來走去；同時，伊麗莎白設法說幾句簡潔的話，既得體又真誠地來回答。

「的確，親愛的族妹，您回去後，可以轉告赫特福德郡的人愚夫婦的佳境。族兄最少可以慶幸，您定必辦得到的。凱瑟琳夫人對內子關照有加，您已經天天目睹了；總而言之，族兄相信，您的朋友似乎並沒有選擇到不幸福的——然而，此事還是隻字不提為好。族兄只向您保證，親愛的伊麗莎白小姐，族兄以一片至誠，祝福您的婚姻同等美滿。親愛的夏洛特與族兄有一樣的心思，有一樣的意念。凡事意氣相投、心心相印。我倆似乎是天生一對。」

伊麗莎白可以放心地說：果真如此，實在十分美滿；也同樣真誠地說：她深信族兄的家居生活很愜意，也為他高興。正說着，叫族兄家居愜意的那位女士走進來，打斷了伊麗莎白的話，不過她並不介意。可憐的夏洛特呀！——丟下她一個人與這樣的人朝夕相對，可悲呀！——然而，這是她睜大眼睛自己選的；而儘管顯然為了客人即將離去而惆悵，似乎也不求同情。她的家庭、她的家事，牧養教民、牧養禽畜，還有種種相關的事，到此刻還沒有失去滋味。

輕便馬車終於來了，大行李安頓了，小包放進車廂了，一切準備就緒了。兩位朋友依依不捨地道別了，柯林斯先生送伊麗莎白上車，走下花園時，他託族妹向闔府致意，也不忘感謝去冬在朗本得到款待，並問候素未謀面的嘉德納伉儷。然後先攙扶伊麗莎白上車，接着是瑪麗亞；車門正要關上時，他突然有點驚愕地提醒說，她們一直忘了留話給羅辛斯的女士。

「不過，」他又說，「你們必定希望向她們致上小小之敬意，亦為在此地期間所受之恩惠致謝。」

伊麗莎白沒有意見；——然後才可以關上車門，馬車開走了。

「天哪！」瑪麗亞沉默了了一會後喊說，「好像才來了一兩天嘛！——可發生的事多得很呢！」

「敢情多得很呀，」她的同伴嘆一口氣說。

「喝了兩回茶不算，我們在羅辛斯吃了九頓晚餐呢！——我回去有一驟車的事要說呀！」

　　伊麗莎白心裡說，「我有一輛車的事要瞞。」

　　路上沒有多談，也沒有意外；而離開洪斯福德不到四小時，就抵達嘉德納先生的家，她們會在這裡待幾天。

　　吉英看來不錯；只是要參加一些舅母好意地預先安排的約會，伊麗莎白很少機會觀察吉英的精神。不過吉英會跟她一起回家，到朗本就可以慢慢觀察了。

　　同時，她要等回到朗本去，才把達西先生求婚的事告訴姊姊，心裡不免有些掙扎。她知道自己說得出一件事來，會叫吉英大吃一驚，也叫自己虛榮心起，一直無法憑理智驅除，而沾沾自喜；如果不是還在猶豫該說多少，又擔心一旦提起，把彬禮的事說溜了嘴，叫姊姊更感哀傷的話；她恨不得和盤托出，哪裡忍得住口呢？

# 第十六章　頂呱呱的計劃

　　五月的次周，三位小姐一同在恩典堂街啟程，往赫特福德郡的某某鎮去；而駛近約好換車的旅館時，一眼就看見吉蒂和莉迪亞從樓上的餐室探出頭來張望，可見班耐特先生的車夫已準時到了。兩位姑娘到了一個小時多，逛逛對街的女裝店，看看站崗的哨兵，弄弄沙拉、黃瓜，不樂亦乎。

　　歡迎了姊姊，她們得意地展示一桌旅館廚房尋常供應的冷火腿，高喊說，「豐不豐盛？有沒有意外驚喜呢？」

　　「而且我們想要請你們三個，」莉迪亞說；「只不過你們得先借我們錢，因為我們剛剛在那邊兒的女裝店花光了。」然後拿出買的東西：「瞧，我買的繫帶帽子。我不覺得頂好看；可是我想還是姑且買了它罷。一回去就拆了它，看看可不可以拼好看一些。」

　　幾位姊姊都說醜，她不以為意地說，「喔！店裡可還有兩三頂更醜的呢；等我買些顏色漂亮的緞子來重新鑲邊，我想準會很不錯的。再說，某某郡民兵不到兩個禮拜就要走了，等他們離開了梅里頓，這個夏天穿什麼就不打緊了。」

　　「要走，真的？」伊麗莎白心滿意足地喊說。

　　「他們要去布賴頓駐紮，我好想爸爸帶我們通通去那裡避暑喔！這是個頂呱呱的計劃吧，我看根本花不了什麼錢。媽媽也想去呢，真沒想到！想想看吧，要不然我們夏天就慘了！」

　　「是呀，」伊麗莎白心想，「『這』敢情是個不得了的計劃，我們即刻完蛋了。一個差勁的兵團、梅里頓每個月的舞會，已經把

我們搞得亂七八糟；要是加上布賴頓和全營軍官，天啊！」

「現在我有消息告訴你們，」莉迪亞等她們坐下來後說。「猜得到嗎？這是不得了的消息、好極的消息，是關於我們人人愛的某個人的。」

吉英和伊麗莎白對望了一眼，把夥計打發開去。莉迪亞笑一笑，說：

「啊，你們就是來這套規規矩矩、小心謹慎。你們覺得那夥計聽不得，好像他很想聽似的！我看他慣常聽的，比我要說的糟得多了。可他是個醜八怪！好在他走了。我長這麼大，從沒看過那麼長的下巴。好啦，現在說到我的消息：是關於親愛的魏克安的；那個夥計不配聽，是不是？不用怕魏克安娶瑪麗・金了。大伙兒的好消息！她要去利物浦的叔叔那裡，要長住呢。魏克安沒事了。」

「而瑪麗・金也沒事了！」伊麗莎白接着說；「避免了一門錢財上輕率的婚事。」

「她要是喜歡魏克安，走掉就太蠢啦。」

「我倒希望兩邊都愛得不深，」吉英說。

「魏克安嘛，肯定不深。我可以拍胸脯說，他眼裡壓根兒沒有她。一張雀斑臉的賤貨，誰『看得上』她？」

伊麗莎白聽了心頭一震，自忖雖然說不出這麼粗鄙的「話」，從前自己懷抱、以為開明的「意見」[a]，卻是差不多粗鄙！

大家一吃完，姊姊付了帳，就吩咐備車；而一番折騰，才把大夥兒、連同行李、針線包、小包，加上吉蒂、莉迪亞新買的討人厭的東西，都安頓好。

「我們擠得下，太好了！」莉迪亞喊說。「好在買了我的繫帶帽子，就算只為多一個衣帽盒來玩也好！得了，這會兒讓我們一路

---

a 「開明」的原文是liberal，OED引約翰遜的話來解釋：Pertaining to or suitable to persons of superior social station; 'becoming a gentleman' (J.)。換言之，伊兒以gentlewoman自許。

舒舒服服、溫溫暖暖、談談笑笑回家去吧。首先，你們三個去了以
後都做什麼來着，說來聽聽吧。有沒有看見長得帥的男人？有沒有
跟他眉來眼去？我還以為你們回來以前準有一個找到老公呢。吉英
很快就是個十足的老處女，不得了呀[107]。差點兒就二十三歲了！哎
呀，我要是二十三歲還嫁不出去就丟臉死了！菲利普斯姨媽也希望
你們找個人嫁，真想不到。她說麗兒最好嫁給柯林斯先生；我呢，
可不覺得這有什麼好玩的。哎呀！我好想比你們早結婚，然後就當
監護人帶你們到處去舞會。噯呀！那天在福斯特上校家才好玩呢。
吉蒂和我要整天在那裡，福斯特太太答應晚上開個小舞會；（順
便說，福斯特太太跟我可好得很呀！）所以呢她就請哈林頓兩姐妹
來，誰知哈麗雅特病了，佩恩只好自己來；然後呢，你猜我們做了
什麼？我們要張伯倫換上女裝，故意打扮成女人呢，──想想看
吧，多好玩呀！神不知鬼不覺呢；只有福斯特上校和他太太、吉蒂
和我知道，還有姨媽，因為我們得借她的裙子；而你們想不到他有
多得樣兒！丹尼、魏克安、普拉特，還有兩三個人進來的時候，一
點兒也看不出來。天啊！笑死我了！福斯特太太也是。我簡直喘不
過氣來了。笑成『這樣』，那些男人就覺得有點蹊蹺，很快就看出
我們搞的鬼了。」

　　回朗本的路上，莉迪亞就這樣一直搬演聚會的故事、有趣的笑
話，吉蒂又從旁提示、補充，設法給同伴逗樂。伊麗莎白能不聽就
不聽，偏偏魏克安的名字不絕於耳。

　　家裡十分歡迎她們回來。班耐特太太看見吉英美麗不減，十分
歡喜；連班耐特先生也在晚餐時不止一次主動向伊麗莎白說：

　　「好在你回來了，麗兒。」

　　晚餐室的聚會很熱鬧，原來盧卡斯一家幾乎都來了，既要接瑪
麗亞，又聽聽消息：大家說東說西的；盧卡斯夫人隔着桌子，跟瑪
麗亞詢問大女兒和禽畜的安好；班耐特太太兩頭忙：一邊聽坐在下手
遠處的吉英描述流行的時尚，一邊一五一十轉告幾位盧卡斯小姐；

而聲音比誰都大的莉迪亞，就細數白天的種種樂事給肯聽的人。

「喔！瑪麗，」她說，「你跟我們一起去就好了，真好玩呢！一路上，吉蒂和我拉起了所有窗簾，裝作車上沒有人；要不是吉蒂不舒服，我會一路裝下去；到了喬治旅館，我們出手可大方了，點了世上最好吃的冷火腿午點請她們三個吃，而要是你當初也去，也一併請你。然後呢我們走的時候也很好玩！我還以為我們怎麼樣也擠不上車。我快要笑死了。然後呢我們一路快快樂樂回家去！我們扯開嗓子地又說又笑，十里外都聽得見呢！」

瑪麗聽了，十分凝重地答說，「好妹妹，我決不至於輕視這類樂趣。這類樂趣與一般女性的心思無疑是氣味相投。然而老實說，『我』覺得這類樂趣興味索然。我喜歡讀書多了。」

誰知這番答話莉迪亞一句也沒聽。她難得聽別人說話聽上半分鐘，也根本從來不理會瑪麗。

傍晚時[108]，莉迪亞催促別的姑娘一起走路去梅里頓，看看大家的近況；但是伊麗莎白堅決反對這個主意。免得人家說，班耐特家的女兒回家不到半天，就去追求軍官了。此外，她還有一個反對的理由。她怕再見魏克安，決心回避他，能避多久就多久。民兵團即將離開的確叫「她」放下心頭大石，難以言喻。他們不到兩周就走，一走了，希望再也不用為魏克安而困擾了。

回家不到幾個小時，就發覺父母頻頻討論莉迪亞在旅館提過的布賴頓之行了。伊麗莎白立刻看出，父親沒有一點讓步的意思；但是答的話既沒有說死，又模稜兩可，母親儘管常常碰釘子，卻不死心，總想終究會如願以償。

# 第十七章　機智的缺口

　　第二天早上，伊麗莎白再也按捺不住，要告訴吉英之前發生的事；最後決定把牽涉姊姊的種種隱瞞下來，也預料姊姊會大吃一驚，就把達西和自己會面的情形，說了個大概。

　　班耐特小姐乍聽很驚訝，但因為姊妹情深，轉念間覺得有人愛慕伊麗莎白是自然不過的事，也就平復一些；而隨即又有別的感受，就不再感到意外了。她覺得達西先生竟然表白得那麼不討好，為他惋惜；而妹妹的拒絕一定叫他傷心，就格外為他難過。

　　「他不應該那麼篤定，」她說；「當然也不應該顯露出來；可是他這樣子只有加倍失望，就可以想見了。」

　　「真的，」伊麗莎白答說，「我打從心裡替他難過；不過他還有別的感受，大概很快就會丟開對我的愛意了。可是你不怪我拒絕他吧？」

　　「怪你！噢，不會。」

　　「可是你會怪我說起魏克安說得那麼憤慨[109]。」

　　「不會——我不覺得你哪裡說錯了。」

　　「可是等我告訴你第二天的事，你『一定』知道哪裡說錯了。」

　　然後她提起那封信，把牽涉喬治・魏克安的事源源本本地說了。可憐的吉英好像聽見晴天霹靂！她寧願質疑全世界[110]，也無法相信人間有那麼多的惡，而全由一個人兼而有之了。又覺得達西的辯白，儘管可信服，卻安撫不了她這樣驚人的發現。於是她絞盡腦汁，要證明其中有些陰差陽錯，為一方開脫，又不牽扯另一方。

「不行的，」伊麗莎白說。「你怎麼樣也沒辦法叫兩個都是好人。你要選擇，但是只得選一個。兩個人的善就只有這麼多，只夠讓一個做好人；而最近兩個人的善消長了不少。我呢，願意相信所有善都歸達西先生，不過你怎麼看，隨你的便。」

過了好一會，吉英才勉強笑得出來。

「我可多會兒也沒有這麼震驚過，」她說。「魏克安那麼壞！簡直難以置信。達西先生也真可憐！好麗兒，就想想他得受的苦。多失望呀！還知道你討厭他呢！卻還得把妹妹那種事講出來！敢情太難過了。我相信你一定也這麼覺得。」

「喔！不，看見你那麼惋惜他、同情他，我就免了。我知道你準給他十足的公道，我就越發不關心、不在乎了。你大方我就省；要是你再唉聲嘆氣下去，我心裡就越發輕如鴻毛了。」

「可憐的魏克安；好一副善良的相貌！好一副坦率、溫柔的款兒。」

「這兩個人的教育準出了什麼大錯。一個囊括了善良，另一個獨占了善良的外表。」

「我多會兒也不覺得達西先生的『外表』像你一向覺得的那麼少禮。」

「我還自以為聰明過人，才毫無道理、鐵了心地討厭他呢。這是一個人的才華受了誘惑、機智開了缺口[111]，來懷着這種厭惡。你可以老是口不擇言，信口雌黃；可是你一味取笑人、耍機智，總有時候不得不摔一跤。」

「麗兒，你當初讀到這封信，我相信準沒辦法像這會兒這樣看待。」

「敢情沒辦法。我不安得很呀。挺不安，可以說不開心。又沒有人聽我說話，沒有人感同身受，沒有吉英姐來安慰我，為我說好話，雖然明知道自己從前太軟弱、太虛榮、太荒唐！哦！我好想你在啊！」

「你說到魏克安，竟然跟達西先生說那麼過火的話，真是太不幸了；這會兒看來，那些話『敢情』句句是冤他的。」

「敢情是啊。可是我從前老是縱容自己的偏見，那麼惡言惡語的不幸，也是頂自然的下場。只有一件事，想聽聽你的意見。你說我到底該不該揭穿魏克安的為人，讓親戚朋友都知道呢？」

班耐特小姐遲疑了一下，然後答說，「當然犯不着揭穿他那麼壞。你看呢？」

「我看想都不該想。達西先生可沒有許我把他說的公開。反而寄望我把他妹妹的事，一股腦兒都儘量保密；而就算我想法子點醒大伙兒，看清楚他為人的另一面，誰相信我呢？大伙兒對達西先生有偏見，討厭得咬牙切齒；要他們試着把達西先生看得和藹可親，大概會要了梅里頓一半好人的命。我沒這個本事。魏克安很快就要走啦，這一來，他的真面目是什麼，對這裡任何人都無所謂了。有朝一日，真相大白了，我們就可以笑他們笨，怎麼先前沒看出來呢。這會兒我就隻字不提。」

「你說得再對也沒有了。我們揭穿他做的壞事，興許就毀了他這輩子。說不定，他這會兒在懊悔從前的所作所為，巴不得重新做人呢。我們得留一點餘地。」

這一席話平復了伊麗莎白煩亂的心情。兩周來壓在心頭的秘密放下了兩個，又有把握吉英願意聆聽，可以隨時再談。然而還有些事情藏在心裡，因為顧慮周到，不能洩露。她不敢向姊姊轉述達西先生的另外半封信，也不敢解釋達西先生的朋友待姊姊是如何的情深義重。這些心事誰也不能分擔；她知道，除非他們倆已經明白一切，她才有理由放下藏着的最後一塊心頭大石。「到時候，」她說，「就算那麼渺茫的事也成真，我也只能說一下由彬禮自己說會討喜得多的話。等事情壓根兒不值一聽的時候，才輪到我隨便說ᵃ！」

---

a　這一大段有些曲折。伊兒怕說出彬禮的真情、不知吉英在倫敦等事，吉英越發惋惜「損失之大」，越發難過。除非吉英、彬禮已經明白一切，才沒有這個顧慮。

　　伊麗莎白現在安居在家，可以慢慢觀察姊姊的心境到底如何。吉英不快樂。她心裡對彬禮依舊柔情似水。而且因為從來不曾自覺動情，這一份情意帶着初戀的熱情，加上以她的年紀、性情，就比尋常初戀所誇口的更堅貞；她太珍惜彬禮的回憶，喜歡他勝過任何人，以至她的聰明靈慧、體貼親友的用心，都要發揮盡致，才不會一味痛惜而傷害身體、煩擾親友。

　　「嗨，麗兒，」有一天班耐特太太說，「到了『這步田地』，你看吉英的這傷心事怎麼啦？我呢就決定以後絕口不提了。我那天才跟菲利普斯姨媽這麼說[112]。不過我知道，吉英在倫敦連他的影子都沒見着。算了，他這個壓根兒不配的家伙──我看這會兒吉英要抓得到他，可是一點想頭也沒有了。他也沒有一點兒消息，說夏天回來內瑟菲爾德；我已經問遍了興許知情的人了。」

　　「我不覺得他真的會回來內瑟菲爾德住。」

　　「哦，哼！就隨便他嘛。誰望他回來！雖然我老是說，他糟蹋了我女兒；要是換了我，我就受不了啦。唉，我安慰自己，吉英準會傷心得死掉，到時候他就要後悔自己的為所作所為了。」

　　但是伊麗莎白無法藉這樣的期待來安慰自己，沒有答理。

　　「說起來，麗兒，」母親不久又說，「那麼柯林斯他們都過得頂舒服的吧？好吧，好吧，只希望他們撐得下去。他們的飯菜怎麼樣？夏洛特當家可沒治，我想。要是有她媽媽一半精明，就夠精打細算的了。『他們』持家可沒有大手大腳的，我想。」

　　「沒有，壓根兒沒有。」

　　「準料理得頭頭是道。是的，是的。『他們』準會量入為出。『他們』永遠不會為錢發愁。嗯，對他們的好處可大了！這樣說來，我想，他們常常談起你爸不在，朗本就歸他們了。你爸多會兒不在，我想，他們就當朗本是自己的了。」

---

但既然他倆已經知情，她再說也是多餘的。

「這種事他們不會在我面前說。」

「是呀。在你面前說才怪。可是我毫無疑問，他們私底下常常說。算了，要是他們占了法律上不是他們的莊園，心裡過得去，那就更好了。我嘛，要是占了只限傳給我的莊園，才難為情呢。」

# 第十八章　徹底糊塗的死路

回家後轉眼一周。到了第二周，也是民兵團在梅里頓的最後一周，地方上每一位小姐登時垂頭喪氣。幾乎人人沮喪。惟獨班耐特家兩位姊姊依舊沒有廢寢忘餐，如常地生活作息。而吉蒂和莉迪亞自己以淚洗面，動輒責備姊姊麻木不仁，想不通家裡為何有人如此鐵石心腸。

「我的老天！我們會落到什麼田地呀！怎麼辦呀！」她們常常痛不欲生地高喊。「你怎麼還笑得出來，麗兒？」

倒是多愁善感的母親跟幾個小女兒同聲一哭；想當年，二十五年前，自己也受過類以的折磨。

「真的，」她說，「當年米勒上校的兵團走了，我足足哭了兩天呀。我覺得心都要碎了。」

「我的心呀，真的要碎了，」莉迪亞說。

「只要可以去布賴頓就好了！」班耐特太太說。

「嗨，對呀！──只要可以去布賴頓就好了！偏偏爸爸就那麼討厭。」

「我泡泡海水就永保健康了。」

「菲利普斯姨媽也說，泡一泡海水對『我』準大有幫助，」吉蒂又說。

朗本家裡就這樣一嗟三嘆，不絕於耳。伊麗莎白想拿她們來消遣，但是取樂的心情全給羞愧淹沒了。她重新體會到達西先生反對婚事的理由是公道的，也從來不像現在那麼甘願原諒他干預朋友的

結婚計劃。

但是莉迪亞的愁雲慘霧一下子一掃而空，原來兵團上校的妻子福斯特太太邀請她作伴前往布賴頓。這位千金難得的朋友青春年少，新婚不久。她跟莉迪亞一樣又和氣、又活潑，臭味相投，結交才三個月，就親暱了整整兩個月。

此刻莉迪亞的歡天喜地、對福斯特太太的歌頌讚美、班耐特太太的心花怒放，吉蒂的委屈，簡直難以形容。莉迪亞也不顧吉蒂的感受，欣喜若狂地滿屋子跑來跑去，逢人討恭喜，又笑又說，越發放肆；而不幸的吉蒂待在客廳訴苦，話語有氣，言辭無理。

「我不明白，福斯特太太幹麼請莉迪亞不請『我』呢，」她說，「雖然我跟她『沒有』特別要好。莉迪亞有分受邀，我就一樣有分，而且更有分，因為我大她兩歲。」

伊麗莎白想叫她講理，吉英想叫她認命，都徒勞無功。至於伊麗莎白自己，對這個邀請的感受跟母親和莉迪亞大不相同，她認為這是叫莉迪亞徹底糊塗的死路；只好暗地裡勸父親別讓她去，儘管萬一事發，一定討人厭，也不得不走這一步。她跟父親陳述莉迪亞平日種種行止失禮的地方，結交福斯特太太這樣的女人得益甚少，而和這樣的同伴到布賴頓去，誘惑一定遠大於本地，人就可能變本加厲地不檢點。父親用心聽完，然後說：

「莉迪亞不當眾或在哪裡出過醜，決不會安生的；她去這一回，家裡又那麼省錢省事，我們盼也盼不到呢。」

「您要是知道，」伊麗莎白說，「外面的人看見莉迪亞沒規矩、不檢點，準會壞了我們一家子的名聲；不，這會兒已經壞了，我管保您會改變看法的。」

「已經壞了！」班耐特先生複說了一聲。「嗄，她嚇跑了你好些情人了嗎？可憐的小麗兒！可是別灰心。那些縮手縮腳的小伙子，交上有點小荒唐的人就受不了，不值得惋惜。來，說來聽聽，有那些可憐蟲為了莉迪亞的蠢事不想親近你？」

「您真個誤會了。我沒受什麼害好來怨恨的。我這會兒抱怨受累的，不是針對誰的，而是大伙兒的。莉迪亞的性情，放縱輕浮、膽大妄為、肆無忌憚、準會敗壞我們家在社會上的地位、名聲。對不起——我得挑明地說。要是您，我親愛的父親，再不費心去管束她的野勁兒，教導她別把這會兒的消遣當成一輩子的事，她很快就無可救藥了。她的性情就會定了型，她才十六歲，就打定主意去放蕩，老是叫她自己、叫她家裡成為笑柄。也是賣俏賣得最糟糕、最低下的蕩婦；除了青春、過得去的外貌，沒有一點迷人的地方；加上腦袋空空、愚昧無知，卻飢渴地想得人愛慕，哪裡免得了到處叫人瞧不起呢。吉蒂也有這個危險。莉迪亞領到哪裡，她就跟到哪裡。虛榮、無知、懶散、放蕩不羈！喔！我親愛的父親，難道您以為：不管在哪裡，認識的人不會指責她們，不會瞧不起她們，而她們沒臉，姐姐不會老是受拖累嗎？」

班耐特先生看出她一顆心都繫在這件事上；疼惜地握住她的手，答說：

「別自己提留着心，寶貝。你和吉英不管在哪裡，準受到認識的人的尊敬、看重；你們有兩個——興許可以說三個蠢透的妹妹，不見得就會失色。要是不給莉迪亞去布賴頓，朗本就會吵個沒完沒了。那麼就讓她去吧。福斯特上校是個明白人，不會讓她惹什麼大亂子的；好在她又太窮，沒有人打她主意。到了布賴頓，她連當個尋常的蕩婦也不比在這裡風光。那些軍官會找更值得青睞的女人。所以呢，我們不妨期望，她到了那裡興許就知道自己微不足道。橫豎她沒有學壞到哪裡去，我們沒道理一輩子把她關起來吧。」

伊麗莎白聽了這個答案，不得不罷休；但是她的看法依舊，既失望又難過地離開了父親。然而，她生性不是沉溺煩惱來多操心的人。她相信自己已盡了責任，而以她的性情，決不會為在所不免的禍患發愁，或者自尋煩惱來增添禍患。

如果莉迪亞和母親知道伊麗莎白跟父親談話的大要，勢必憤怒

得兩人搭腔、滔滔不絕，也難以宣洩得盡。莉迪亞想像，布賴頓之旅囊括了世間的萬般幸福。她睜着白日夢的眼睛，看見快樂的海浴勝地的街上，到處是軍官。看見自己是萬人迷，一大堆現在不曉得多少人來獻殷勤。看見輝煌的軍營；看見一列列排開來整齊悅目的帳棚，處處是青春歡笑，炫目的鮮紅軍服；又看見自己坐在帳棚下，含情脈脈地同時跟最少六位軍官打情罵俏，那幅景象就十全十美了。

　　如果她知道姊姊企圖打破如此這般的美夢與事實，不知道有多少眼淚鼻涕[113]？惟有會感同身受的母親了解她。丈夫決不肯到布賴頓，叫班耐特太太悲傷地死了心，而惟一的安慰就是莉迪亞去。

　　幸好母女倆毫不知情；還幾乎沒完沒了地歡欣雀躍，直到莉迪亞離家那天為止。

　　現在伊麗莎白要最後一次見魏克安先生。自從回家以來，他們經常相處，她激動的心情幾乎平復了；尤其從前因喜愛而起的激動心情是完全平復了。甚至學會，就從當初討自己歡心的那份溫柔裡，察覺出叫人嫌惡、厭倦的矯揉造作、故技重施。而且魏克安現在對她的舉動，還增添了不悅；原來他顯然隨即又想把相識之初那套殷勤再搬演出來，卻只有惹惱經過波波折折的伊麗莎白。她發覺自己成了魏克安那種無聊、輕佻地獻殷勤的對象[114]，就對他心灰意冷；又儘管始終忍住不發作，卻覺得他該受責備；原來他自以為，不管多久、不管為了什麼而沒有獻殷勤，只要隨時再獻出來，就一定可以滿足她的虛榮心、討她的歡心。

　　兵團在梅里頓的最後一日，魏克安和其他軍官到朗本晚餐；伊麗莎白一點也不打算跟他高高興興地分手，等到他問起在洪斯福德期間過得如何，她就提起菲茨威廉上校、達西先生都在羅辛斯待了三周，還問他是否認識菲茨威廉。

　　魏克安看來很詫異、神色不悅、驚慌；不過一下子又回過神來，重展笑容，答說從前常常見他；又說他是個非常有紳士風度的

人，問伊麗莎白是否喜歡他。伊麗莎白熱情地讚美了他一番。魏克安隨即又淡淡地說，「你說他在羅辛斯多久來着？」

「差不多三個禮拜。」

「你常跟他見面嗎？」

「常，差不多天天。」

「他待人接物跟表弟差得遠了。」

「是呀，差得遠了。可是我覺得達西先生越相處就越好了。」

「真的呀！」魏克安嚷說，那副神情可逃不過伊麗莎白的眼睛。「那麼我請問，」他按捺住，用輕鬆些的口吻說，「他的談吐舉止好了嗎？他肯委屈一下，態度比平日多點什麼禮數嗎？因為我不敢指望，」他繼續用低聲而認真些的口吻說，「他的本性會好起來。」

「哦，不會！」伊麗莎白。「本性上，我想，他還是那個老樣子。」

她說着，魏克安看來簡直不知道要高興她這樣說，還是要懷疑話裡的意思。她的神情裡有文章，叫魏克安既驚疑又憂慮地仔細聽着，她接着說：

「我說他越相處就越好，不是說他的內心、風度漸漸好了，而是說認識他深了些，性子也就摸清楚了些。」

魏克安現在臉色蒼白[115]、神情不安，一副驚慌的樣子；沉默了一會，終於蓋了臉，才又轉向她，百般溫柔地說：

「你呀，最了解我對達西先生的感情，要是他明智得會裝規矩，就算是做做『樣子』；你一想就明白，我準會打從心裡高興起來。他的傲慢在這裡興許有些好處，就算不是對他自己，而是對許多其他人；因為他傲慢，就應該不屑用我領教過的骯髒手段。我只怕，你提起他的那種謹言慎行，恐怕是在姨媽家作客時才有的，因為他對姨媽的好感和眼光都敬畏三分。他怕他姨媽，我知道他們在一起的時候，一向都怕；大半是因為他想撮合自己跟德·伯格小

姐，我斷定他很在意這件事。」

伊麗莎白聽了忍不住一笑，卻只是微微點了點頭，沒有答話。她明白魏克安想逗她重談那些辛酸事，卻沒有心情去迎合他。下半夜，魏克安做做「樣子」，裝出平常那副和顏悅色，卻不再跟伊麗莎白格外獻殷勤；終於要道別時，雙方客套一番，也許也各自盼望永遠不要再見了。

散局了，莉迪亞與福斯特太太回梅里頓去，次日一大早再出發。她與家人分手，吵鬧過於感傷。惟有吉蒂掉眼淚，掉的可是惱火與嫉妒的眼淚。班耐特太太滔滔不絕地祝福女兒快樂，諄諄切切地囑咐，不要錯失機會，要盡情作樂；這種叮嚀，想來她女兒無論如何是會聽從的；莉迪亞嘻嘻哈哈地告別，兩位姊姊溫柔些的道別，根本聽而不聞。

# 第十九章　缺陷勝完美

如果伊麗莎白的看法全都根據自己的家庭，決不會認為婚姻有多幸福、家庭有多溫暖。當年她父親迷上了青春與美貌，還有通常伴隨的和藹的外表，娶了一個笨頭笨腦、孤陋寡聞的女人[116]，結婚之初就把真愛都斷了。尊重、敬意、交心，永遠消失；家庭幸福的種種期望也落空了。有些不幸的人，每每為了所犯的傻事惡行，藉着尋歡作樂來求安慰；但是班耐特先生的性情，卻決不會因為自己輕率所帶來的失望，而照樣尋那些樂子。他愛田園、好讀書，這些嗜好就是他主要的樂趣。至於妻子，除了無知與愚昧給他取樂，少有受惠。一般而言，男人不想靠妻子得到這種樂趣；但是既缺少別的娛樂的能耐，真正的哲人就會善用所得的了[a]。

不過，伊麗莎白對父親身為丈夫有失分寸，根本無法視而不見。她總是看着難過；卻因為敬重父親的才能，感激父親的疼愛，而儘量忘記那些無法忽視的事情，也儘量不想父親虧負婚姻的責任、有違夫妻相待的禮儀，叫母親出醜，被親生女兒輕蔑，是應該受嚴厲斥責的。但是，那麼不配的婚姻的缺點一定連累子女，她從沒有像現在感受得那麼強烈；那樣誤用才能的壞處，也從沒有像現

---

a　中國從前的婚姻由父母包辦，男人很少掉進「青春與美貌」的陷阱，卻依舊有班先生的苦惱。身為中國第一個官派留美女生的陳衡哲，同情做過翰林學士的大伯，把「庸俗」的妻子休了。馮進在〈譯者前言〉裡說了公道話：「她並沒有考慮到那個被拋棄的女人的所謂文化修養不足不完全是她個人的責任，而她伯父的一紙休書則會對那個女子的後半生命運造成致命的後果。」（陳衡哲（1935））

在體會得那麼深刻；善用的才能，即使無法叫妻子開竅，最少可以保住女兒的名聲。

伊麗莎白正為魏克安離開慶幸時，卻覺得兵團不在也沒有什麼別的值得高興的。不在家裡，聚會不像從前那麼多姿多采；在家裡，母親和妹妹終日發牢騷，說身邊事事無聊，叫一家的氣氛真的鬱悶起來；而吉蒂，擾亂腦筋的人走了，終究會恢復理智；但是另一個妹妹，以她的性情，恐怕會越學越壞，尤其處身在海濱勝地和軍營的雙重險境裡，大概會越發剛愎自用，做出種種愚昧荒唐、膽大妄為的事。所以，總而言之，伊麗莎白正如從前偶爾也發覺過的那樣，覺得一件夢寐以求的事真的實現了，沒有如原先企盼的心滿意足。於是她要設想另一個時期來做真正快樂的起點、另一件事來寄托種種願望和期待，重新享受有望可盼的樂趣，來安慰現在的自己，迎接下一次的失望。現在最快樂的就是想到湖區之旅；尤其母親和吉蒂吐的苦水難免叫日子難過，而湖區之旅總是她最好的安慰；如果行程有吉英，就十全十美了。

「好在，」她想，「還有些事可以盼望。要是通通都那麼圓滿，就準要失望了。可這一回，記着姐姐不在讓我惋惜個不了，大可希望種種期待的快樂都要成真了。盡善盡美的計劃，決不會成功的；惟有留下些許特別的煩惱，才擋得住全盤的失望。」

莉迪亞臨走的時候，答應會經常地、詳細地寫信給母親和吉蒂；但是她的信總是叫人久候、也總是十分短小。給母親的信，說的大概不外他們剛從租書店回來，有怎樣怎樣的軍官相送，又在那裡看見漂亮得叫她心花怒放的飾物[b]；說她又買了新裙子、新陽傘，本來想仔細形容一番，卻不得不趕快走，原來福斯特太太叫她去軍營云云；——給姊妹的信，就更沒什麼好說了——原來給吉蒂

---

b　奧斯登在未完成的作品Sandition裡寫到：「租書店當然什麼都賣；世上不可少的一無用處的東西，一應俱全。」（Chapman, III, p. 390）

的信，雖然很長，卻滿滿是畫了線、不可告人的句子。

她離開了兩三周，朗本又重新健康、和氣、高興起來。凡事看來都轉入佳境。到城裡過冬的人家又回來了，夏天的漂亮服裝、約會邀請也來了。班耐特太太回復平常，既平靜又動輒發脾氣；到了六月中，吉蒂已經回復到可以到梅里頓去而不掉眼淚；這個可喜的兆頭讓伊麗莎白希望，除非軍事處狠心惡意，安排另一兵團到梅里頓來駐紮，否則今年聖誕節，吉蒂就可以勉強明理，不再一天提起軍官超過一次了。

一轉眼，北方之旅的預定日期快到了；只差兩周就要啟程，嘉德納太太卻來信，登時把出發的日期延後，把行程縮減。嘉德納先生生意纏身，七月出發的日子要延後兩周[117]，而且一個月內要回到倫敦；這一來時間就太短，不能依原擬的去那麼遠、看那麼多，最少不能像預期那樣悠遊自在地看，他們不得不放棄湖區，縮短行程；而照新的計劃，北行最遠只能到德比郡。這個郡，可看的地方夠多，大概也夠他們消磨三周；尤其對嘉德納太太，格外吸引。他們會在她從前住過多年的鎮上盤桓幾天[118]，舊地、還有馬特洛克、查茨沃思、達夫谷、皮克山地各處風景勝地，大概都一樣叫她心馳神往。

伊麗莎白失望透頂；她一心想到湖區觀光，依舊覺得時間會夠的。但是她安分地滿意——當然也順性地快樂；不久一切又妥妥當當了。

提起德比郡，勾起一連串的想法。她看見那幾個字，不禁想起彭伯里和那裡的主人。「不過，」她說，「我當然可以安然無恙地到他的郡去，偷挖幾塊螢石走，他還看不到我呢。」

等待的時間於是倍增。要度過四周，舅父舅母才來。不過終於度過了，嘉德納夫婦帶著四個小孩，終於到朗本來了。那些孩子，包括一個六歲、一個八歲兩個女孩，兩個弟弟，會留下來由吉英表姊負責照顧；孩子個個喜歡吉英表姊，而吉英頭腦冷靜、性情隨和，

正好適合照顧他們各方面——教導他們、跟他們玩、疼愛他們。

嘉德納夫婦只在朗本待了一晚，翌日早上即與伊麗莎白啟程，找尋新奇與樂趣去。有一個樂趣是肯定的——契合的伴兒；這種契合包括了可以忍受不便的健康和脾氣——歡樂時助興的樂天性格——出遊失望時，可以自得其樂的感情和才智。

本書要旨不在描述德比郡、以及他們旅途經過的名勝；牛津、布萊尼姆、沃里克[119]、凱內爾沃思、伯明翰等等，大家耳熟能詳。現在的重點全在德比郡一小塊地方。他們看完了郡裡各大奇景，就繞道前往一個叫蘭頓的小鎮；就是嘉德納太太從前住過、最近得知有些舊識還在的地方；伊麗莎白由舅母得知，彭伯里離蘭頓不到五哩。既非順道必經，也不出一兩哩外。前一晚他們談論行程時，嘉德納太太就表明，有意重遊舊地。嘉德納先生答應，嘉德納太太就徵求伊麗莎白的同意。

「寶貝，那個地方你聽過那麼多，難道不想去看看嗎？」她舅母說。「那裡也跟你許多朋友有關係。你知道，魏克安就在那裡長大的。」

伊麗莎白很苦惱。她覺得自己不該去彭伯里[120]，只得推說不想去看。她必須承認看膩了豪宅；已經走訪過那麼多處，實在對精美的地毯、緞子窗簾不感興味。

嘉德納太太罵她傻。「要是只有陳設豪華、漂漂亮亮的房子，」她說，「我才不希罕呢；可是庭園很好看。那裡有郡裡最美的林子[121]。」

伊麗莎白不再多說——心裡卻不同意。登時想到，萬一參觀時遇上達西先生。那就糟糕了！一想到就臉紅；心想要冒這樣的險，最好跟舅母說實話。但是反過來，也有不該說的理由；最後決定，先私下打聽達西一家在不在，萬一答案不如意，末計才是跟舅母說。

於是，晚上就寢時，她問女僕彭伯里的地方是否漂亮、主人是誰，又戰戰兢兢地問主人家會不會從倫敦下來消夏。最後一問得

到個求之不得的不會──現在不用提心吊膽了，從容下來就覺得好奇不已，自己也想去看那宅子了；翌日早上舊話重提，舅母問她意思時，她一副平常滿不在乎的神氣，一口答應，說真的不討厭這個行程。

　　於是，他們就要到彭伯里去。

# 卷三

# 第一章 管家的傲慢與偏見

　　一路前行，伊麗莎白心緒不寧地等着彭伯里園林映入眼簾；終於到了門房處，轉入園林，心裡激動不已。

　　庭園極大，景觀變化多端。馬車從一極低處駛進去，在一片十分廣闊而漂亮的樹林裡走了一會。

　　伊麗莎白滿懷心事，無心說話；只是東張西望，欣賞每一處勝景。沿路緩緩而上，走了半哩，來到了一座大山丘的頂，也出了樹林，一眼就看見彭伯里大宅座落在山谷對面，前去的路迂迴曲折。那是一幢宏偉美觀的石砌建築，屹立坡上，背後峻嶺橫亙、鬱鬱蔥蔥；——前面流着一帶溪水，本自不弱的水流匯集得更豐沛，卻絲毫不見斧鑿的痕跡。溪岸既不整齊，也沒有不恰當的修飾。伊麗莎白滿心歡喜。從沒看過一個地方，讓山明水秀發揮那麼多，而天然本色受累庸俗的品味那麼少。他們個個欣賞得興奮起來；此時此刻，她覺得當彭伯里的女主人也許真算一回事！

　　由丘頂下來，過了橋，來到宅門前；就近欣賞房子時，伊麗莎白又擔心起遇上房子的主人來。怕女僕弄錯了。他們表明想要參觀，僕人請進門廳；正等候管家來的時候，伊麗莎白才漸漸詫異起來，自己竟然身在此處。

　　管家來了；是個端莊的老婦人，比起伊麗莎白想像的，打扮少了許多派頭[122]，待人卻多了禮貌。大家隨她進了晚餐廳。地方很大，勻勻稱稱，陳設美觀。伊麗莎白瀏覽了一下，就走到窗前欣賞風景。他們剛才下來的山丘，有樹林一冠，遠遠看來，山勢起伏不

定，景色優美。庭園的布置處處得當；她極目四望，一覽全景，小河、沿岸疏落的樹木、迂回曲折的山谷，都叫她歡喜。一行人走到別的屋子，景觀又自不同；但是每一扇窗都有可觀的風景。屋子都高聳美觀，陳設也與屋主的地位相稱；但是既不俗麗，也不華而不實；比起羅辛斯來，堂皇不及，真正的高雅過之；伊麗莎白看了，很欣賞他的品味[a]。

「而這個地方，」她想，「我本來可以當女主人呀！這些屋子，我這會兒說不定已經如數家珍了！我本來可以把這些屋子當成自己的，開開心心地欣賞，而不是當客人來看；也可以歡迎舅舅、舅媽來作客。——可是不行」——她省悟起來，——「哪裡可以呢？那樣我就見不到舅舅、舅媽了，我哪裡可以請他們呢[b]？」

幸好想起這一點——免得她悔不當初。

她苦想問問管家：屋主是否當真不在，卻沒有勇氣。終於，倒是舅父問了；她慌得別過臉去，只聽雷諾茲太太答說的確不在，又說，「不過明天該回來了，還帶着一群朋友呢。」伊麗莎白謝天謝地，慶幸他們的行程沒有為了什麼而耽擱一天！

這時候舅母喚她過去看畫。她走過去，看見壁爐台上掛着些小畫像，有一幅是魏克安先生的。舅母笑着問她喜不喜歡。管家上前來說，畫裡畫的是個少年紳士，是老主人帳房的兒子，是老主人出錢養育成人的。——「這會兒從軍去了，」她又說，「可是，恐怕學得很壞了。」

嘉德納太太看着外甥女一笑，但是伊麗莎白笑不出來。

「而這一位，」雷諾茲太太指着另一張小畫像說，「就是老爺——畫得頂像的。跟那一幅同時畫的——大概八年前。」

「我常聽說府上老爺一表人才，」嘉德納太太看着小畫像說；

---

a 奧斯登筆下的寫景文字甚少。這裡從室外到室內，少見地寫了一大段，其實寫的是達西的胸中丘壑。

b 嘉德納夫婦經商，伊兒擔心達西不想結交不屬紳士階級的人。

「長相很英俊。可是，麗兒，你可以告訴我們像不像。」

雷諾茲太太聽說伊麗莎白認識她老爺，似乎對她敬重三分。

「這位小姐認識達西先生嗎？」

伊麗莎白紅了臉，說──「一點點。」

「你不覺得他是個挺英俊的紳士嗎，小姐？」

「英俊，挺英俊。」

「我呀，真不知道有誰這麼英俊；不過你到樓上畫廊，可以看到另一幅，比這幅大一點、細緻一點。這是老主人最愛的屋子，這些小畫像就照着他生前那樣擺法。他挺喜歡這些小畫像。」

伊麗莎白這才明白，為什麼魏克安的像會在這裡。

接着，雷諾茲太太領他們看達西小姐的像，才八歲的時候畫的。

「達西小姐也長得跟哥哥一樣好看嗎？」嘉德納先生說。

「哦！好看──我看過最漂亮的小姐；還多才多藝呢！──一天到晚彈琴唱歌呢。隔壁屋子裡就有一台新的鋼琴給她──老爺送的禮物；她明天也跟老爺回來。」

嘉德納先生待人接物既隨和又親切，請教一下、評論幾句，就打開了管家的話匣子；而雷諾茲太太，要麼以家主為傲，要麼因為感情好，談起老爺兄妹，顯然興味十足。

「府上老爺一年到頭多待在彭伯里嗎？」

「我希望他待久一些，先生；不過，我看也有一半在這裡；達西小姐夏天總會來住幾個月的。」

「除非，」伊麗莎白想，「去了拉姆斯蓋特。」

「要是他娶了太太，你興許就常看得到他了。」

「是呀，先生；可那件事嘛，不知道要等到什麼時候。也不知道誰配得上他。」

嘉德納夫婦一笑。伊麗莎白不由得說，「你會這樣想，說實在，他也太有面子了。」

「我說的可是句句實話，誰認識他都會這樣說，」對方答說。

伊麗莎白覺得言過其實了；接着，管家的話叫她越聽越驚訝，「我這輩子沒聽過他說一句氣話，我從他四歲大就看他看到這會兒了。」

這句美言，是所有稱讚裡最出奇，跟她的想法矛盾最大的。他不是個好脾氣的人，早就是她堅定不移的看法。她於是全神貫注起來；渴望多聽一些，也慶幸舅父說話了：

「當得起這麼誇的人挺少呀。你有這樣的主兒，運氣很好。」

「是呀，先生，我也知道自己運好。就是走遍了世界，也遇不到一個更好的。可是我常說呀，小時候性情好，大了性情也就好；而他從小就是世上脾氣最隨和、心地最厚道的孩子。」

伊麗莎白幾乎要瞪着她。——「這真個是達西先生嗎！」她心想。

「他父親為人極好，」嘉德納太太說。

「好呀，太太，敢情好呀；他兒子就跟他一模一樣——對窮人一樣好說話。」

伊麗莎白一面聽，一面詫異、疑惑，迫不及待地想多聽一些。雷諾茲太太說別的，她毫無興趣。她說到畫像的人、屋子大小、陳設的價錢，都是白說。嘉德納先生認為，管家對家主的溢美之辭出於自家人的偏見，聽得趣味盎然，不久又引到這個話題上去；大家一起走上大樓梯時，管家就細數老爺的種種優點，娓娓不倦。

「他是有史以來最好的地主、最好的老爺，」她說，「不像這會兒那些亂七八糟的小伙子，只顧着自己。他的佃戶、下人，沒有一個不說他好話的。有些人說他傲慢，我真個看不出一點兒來。依我看，那只是因為他不像別的小伙子那樣嘰哩呱啦罷了。」

「說得他真和藹可親呀！」伊麗莎白想。

「說得他那麼好，」他們邊走，舅母邊低聲說，「跟他對我們可憐的朋友的所作所為，不大吻合呢。」

「別是我們給騙了。」

「不見得；我們可是聽當事人說的呢。」

　　上到寬敞的樓梯頂台，管家領他們進了一間非常漂亮的起居室，裡頭是新換的陳設，比樓下的屋子高雅清麗；說是才剛收拾好，討達西小姐歡心的；達西小姐上回來彭伯里，很喜歡這個屋子。

　　「他可真是個好哥哥呢，」伊麗莎白說着走向一扇窗。

　　雷諾茲太太想像得出，到時候達西小姐走進屋子來有多歡喜。「他向來都這樣，」她又說。──「有什麼討得了妹妹高興，準會馬上做的。為了妹妹，他沒什麼不願意做的。」

　　只剩下畫廊、兩三間主臥室可以參觀了。畫廊有許多出色的畫作，可惜伊麗莎白外行；她不想看樓下也看得到的，寧願轉過去看達西小姐的畫作，彩色粉筆畫的，畫的東西往往有趣些，也好懂些。

　　畫廊裡家族人物的肖像有許多，能叫陌生人注目的卻很少。伊麗莎白一邊走，一邊找那張面熟的臉。終於，那張臉吸引住她──她看見活靈活現的達西先生，臉上那一抹微笑，叫她想起他望着自己時偶爾看過的。[c] 她站在肖像前，入神地凝視了好一會，臨出畫廊，又回頭看他。雷諾茲太太告訴他們，這幅肖像是老家主在世時畫的。

---

c　肖像傳神不易。蓋叫天在口述自傳裡有一大段提到畫肖像的經過，精采絕倫，值得引出來給大家欣賞：『有一次，一位青年來給我畫像。……我找了個凳兒，衝着他，隨意一坐，等他安排，……誰知他二話沒說，拿筆就畫。我說：「慢着，你想怎麼畫法？」他遲疑了一下，說：「隨意好了，怎麼畫，倒沒有想到。」……於是，我改動了一下姿勢，身子略微向右偏一點，臉仍朝着他，兩眼稍斜，看着左邊，把眼皮一抬，露出精神，他一看，說「好！」忙着拿起筆來又要畫。我說：「慢着，好是好，還沒有在『四擊頭』上。」這就是說，這個姿勢，還是「呆」的，不是「動」的。……就對他說：「這樣吧，你叫我一聲，我聽到你叫我，我應聲一回頭，剛好在『四擊頭』的末了一鑼『倉』字上，……」他一看，拍手說：「好！」立刻拿起筆來又要畫，我說：「慢着！……好是好，可是沒有『靈魂』，……沒思想感情，所以這姿勢雖是『動』的，可還不是『活』的。……你想想看麼，……找件什麼事兒，觸動觸動我們的思想感情。」他想了一會兒，說：「您看，我身邊有一盆您新買來的菊花，…假如我看了覺得好，指着花兒請您看，問您好不好？您回過身來，一看，果然朵朵鮮艷，打心裡高興，脫口而出地讚了一聲，『好！』這樣，您看，『靈魂』是不是『活』了？」我一聽，就說：「嘿！青年人，真有腦筋。」…不過，我說：「你還別忙畫，先把咱們剛才想的這個身段，像拍照一樣，拍在你心裡，心裡有了畫，然後再動筆。」』（1956: 141-2）達西的肖像不但活了，還倒過來觸動伊兒的感情呢。

此時此刻，在伊麗莎白心裡，一定對畫中人別有一份比交情最好時更溫柔的感受。雷諾茲太太對他的讚美，並不等閒。有什麼讚美比聰明的僕人的讚美更可貴呢[d]？她想到：他身為兄長、地主、家主，維護着多少人的幸福呢！——又可以賦予多少痛苦與快樂呢！——又該做了多少好事壞事呢！管家提出的每一個看法，都表彰他的為人；伊麗莎白站在畫前，只見畫裡的他凝望着自己，想起他的青睞，一份由衷的感激之情，前所未有地油然而生；想起他那一份溫情，就覺得他不得體的言語也委婉起來。

宅裡可供大眾參觀的地方都看過了，回到樓下，跟管家告了辭，由廳門前的園丁接了。

他們越過草坪往河那邊走的時候，伊麗莎白轉過身來再看一眼；舅父舅母也停了下來，而伊麗莎白正推想着房子的年代時[123]，房子的主人突然從後方的馬房沿路走上前來。

他們相距不到二十碼，他突如其來地現身，實在躲無可躲。登時四目交投，各自漲紅了臉。達西着實嚇了一跳，意外得似乎呆了一下；然而，隨即回過神來，走上前去，跟伊麗莎白說話，語氣就算不十分鎮定，至少十分有禮。

伊麗莎白本來不由得轉身就走；卻見達西走上前，才停下腳步，尷尬難當地接受他的問候。如果舅父舅母乍見他，又就算跟剛才看過的肖像相似，都不敢斷定眼前的就是達西先生；那麼園丁看見老爺的那副詫異表情，就應該一看就明白了。他跟外甥說話，舅父舅母就站開來一點；外甥既驚訝又慌亂，簡直不敢抬眼看他的臉，連人家客氣地問候家人時，也不知道自己答了些什麼。達西現在的舉止跟上次分手時大不一樣，叫她大為驚異，他每說一句話，她就多一分尷尬；而處身此地不得體的種種念頭，又再湧上心頭，叫兩人在一塊的這一會兒成了她一輩子最難熬的時光。達西看來也

---

d 因為若要僕人不知，除非主子莫為；尤其壞事。《儒林外史》第六回四斗子罵嚴貢生、《紅樓夢》第七回焦大揭賈珍等的陰私，都是大家耳熟能詳的。

沒有自在多少；說起話來，口吻絲毫沒有平日的沉穩；又反覆問起她何時離開朗本、在德比郡待了多久，三番五次地問，慌慌張張地問，在在可見達西也亂了方寸。

到頭來，似乎什麼主意都沒有了；說不出話，站了一會，突然回過神來，告辭而去。

舅父舅母這才湊過來，誇讚他風度翩翩；然而伊麗莎白一個字也沒聽進去，沉溺在滿懷的心事裡，默默地跟着他們走。羞愧難當，煩惱得不能自已。她來這裡，真是世上最倒霉、最失算的事啊！他一定覺得好生奇怪啊！那麼虛榮的男人，哪裡不覺得我丟人現眼呢！彷彿她是死皮賴臉送上門來的！唉！她為什麼要來呢？他又為什麼提前一天回來呢？他分明才剛剛抵步，才剛剛從馬上或車上下來，他們只要早十分鐘離開，走遠了，他就認不出人來了124。冤家路窄，叫她臉上紅了又紅。而他的言談舉止，變了個人，——這又是怎麼回事呢？達西居然開口跟她說話，多麼叫人驚奇呀！——何況說得那麼彬彬有禮，何況還問候她的家人呢！她從沒看過達西不那麼威嚴的態度，從沒聽過達西那麼溫柔的話，像這一次不期而遇那樣的。比起上一回在羅辛斯莊園，把信交在她手上時說的那一番話，真有天淵之別！她不知道怎麼一回事，又怎麼解釋。

現在他們踏上了一條美麗的河邊小徑，沿坡而下，每走近一步，坡面更優雅，林地更秀麗；然而，伊麗莎白卻久久領略不到；舅父舅母三番五次的招呼，她隨口答應，也一副順着他們的指點看過去的樣子，卻對風景視而不見。她滿懷的心事都繫在彭伯里大宅的那個角落，不管在哪裡，只要是達西先生此時此刻的所在。她渴望知道：達西先生那時候心裡在想什麼，怎麼看待她，又是否不顧一切，依然愛她。也許他有禮，只因為他覺得自在；然而他的聲音裡有些「那個」，不像自在的樣子。她不知道達西先生看見她是痛苦些還是快樂些，但是顯然並不鎮靜。

不過，她被同行的舅父舅母說心不在焉，終於醒了過來；覺得

應該像平常的自己一樣。

　　他們走進樹林，離開了那條河一會，登上了些山坡；到了一處，朝着林間的空隙，舉目瀏覽，各處景致迷人：山谷、對面的山丘、許多山丘上一道道綿延的樹林、還有零星片段的河流。嘉德納先生表示有意繞莊園一周，只怕也許徒步走不完。園丁得意地笑說，繞園一周有十哩。大家說定了，就沿着尋常的繞園路線走[125]；走了一會，又轉而往下，穿過夾道的陡坡林，來到溪水極窄處的水邊。從便橋過了溪；便橋的風格與周遭的景物協調，這裡比他們至今到訪過的地方更樸實無華；而到了這裡，山谷縮成了峽谷，僅容一條小溪，還有沿岸粗糙的矮林間的一條羊腸小徑。伊麗莎白渴望一探曲折；但是過橋後，眼看離大宅有多遠，腳步不健的嘉德納太太再也走不動了，一心想着儘快回到馬車那裡。於是，外甥女只得順從，一行人抄最近的路，朝着河對岸的大宅走；但是走得很慢，原來嘉德納先生十分喜愛釣魚，卻難得可以盡興，現在埋頭觀看水裡偶爾出現的三兩鱒魚，跟一旁的園丁說話，腳下就走不了幾步。這樣姍姍地徜徉着，忽然看見達西就在不遠處正走過來，再次叫他們意外，也叫伊麗莎白跟第一回一樣地驚奇。這邊的樹木比那邊疏落，讓他們未相遇就看得見他。伊麗莎白儘管驚奇，最少比上一回有數，如果他真的打算來會他們，自己的神情、說話一定要泰然自若。有一陣子，她真的以為他人概會拐到別的路去。這樣想着，他走到路的轉彎處就隱沒不見了；一繞過了彎，他赫然站在他們面前了。她一眼看出達西還保持着新近的禮貌；見了面，也想禮尚往來，就稱讚起這裡的美景來；才說了「好看」、「迷人」之類話，忽然想起些叫人喪氣的念頭，生怕自己讚美彭伯里，聽的人可能會想歪。臉一紅，不再多說。

　　嘉德納太太站在她身後不遠；達西見她說不出話，就問她自己是否有幸認識她的朋友。她萬料不到達西這樣賞臉；不禁一笑，因為達西現在希望結識的，正是求婚時傲慢地表示反感的人。「要是

他知道他們是誰，不知道有多驚訝呢！他這會兒把舅舅舅媽當成高雅的人物啦。」

不過她還是立刻給他們介紹；提到他們是自己的舅父舅母時，偷眼打量達西，看他有何反應；也不無預期，他會為那麼低賤的同伴而火速退避三舍。伊麗莎白跟他們的關係，顯然叫他驚訝是驚訝；卻剛毅地招架下來，不但沒有寸步退避，反而轉過身來走過去，跟嘉德納先生攀談起來。伊麗莎白不由得歡喜，不由得得意。達西會知道她也有不必難為情的親戚，叫她欣慰。她豎起耳朵傾聽他們交談的每一句話，為舅父展露才智、品味、風度的一言一語，引以為豪。

不久，話題轉到釣魚上；她聽見達西先生盛情邀請舅父，在逗留在附近期間來釣魚，愛天天來就天天來，同時可以提供釣具，指點溪的哪裡通常魚最多。嘉德納太太跟伊麗莎白挽着手走，給她做了個驚嘆的眼色。伊麗莎白沒有說話，卻歡喜得美滋滋的；達西的殷勤一定全為了自己。不過她依舊驚訝莫名；反反覆覆，問了又問，「他幹麼變成這樣？為了什麼呢？他的態度溫柔起來，不會是為了我的，不會是冲着我的。我在洪斯福德罵他的話才不能叫他變了一個人。他哪裡還會愛我呢！」

兩位女士在前，兩位先生在後，這樣走了好一會，從小徑下到河邊觀賞完有趣的水草，回到小徑來，依舊是原來的次序；這時候卻湊巧有一點變化。原來嘉德納太太走了半天走累了，覺得伊麗莎白的手臂挽不住她，想挽丈夫的。於是，達西跟嘉德納太太換位，跟她外甥女一塊，大家又走了下去。沉默了一下子，女士先說話。她希望達西知道，她再三問明他不在才到這裡來；因而一開口就說，萬料不到他會出現──「因為管家告訴我們，」她說，「你得要明天才回來；其實呀，還在貝克韋爾的時候，我們都知道，地方上都以為你一時三刻不會回來的。」達西承認這一切都是實情；又說剛巧跟帳房要料理些事情，才比同行的夥伴早到了幾個小時。

「他們明天一早來會合，」他又說，「裡面有幾位說得上是您朋友，──彬禮先生和他姐妹。」

伊麗莎白只微微點了點頭，沒有開口。她一下子回想起上一回他們提起彬禮先生那個時候；而如果可以依神色來判斷，「他」心裡想的大概也一樣。

「大夥裡頭還有一位，」他頓了一下又說，「特別希望跟您認識，──興許有些冒昧，可否容我，趁您在蘭頓時介紹舍妹跟您認識？」

這個請求着實叫她萬萬料想不到，意外得不知道自己是怎麼答應的。登時覺得，不管達西小姐有什麼跟她認識的願望，無非是哥哥下的工夫；而不管日後如何，這已經令人滿意了；知道達西沒有因為慍恨而真的誤會了她，很高興。

這時候兩人默默走着，各自心事重重。伊麗莎白很不安；彷彿在做夢[126]，卻也得意、歡喜。他希望介紹妹妹給她認識，真給了天大的面子。他們不久就把另外兩人拋在後面[127]，到了馬車那裡時，嘉德納夫婦還遠遠落後一大段路。

達西請她到屋裡去──但是她推說不累，兩人就一塊站在草坪上。這個節骨眼上，可說的話不少，而沉默就十分彆扭。她想說話，卻好像事事有忌諱。終於想起自己在旅行，就提起馬特洛克和達夫谷；兩人說來說去，始終是馬特洛克和達夫谷[e]。然而時間與舅母都走得慢吞吞──兩人對談沒有完，她就將近耐不下去、無話可說了。等嘉德納夫婦到了，達西盛情邀請大家都到屋裡去，用些點心；不過他們婉謝了，大家道別，雙方必恭必敬。達西先生攙扶女士上了車；馬車駛離時，伊麗莎白目送他一步一步走向大宅。

這時候舅父舅母就評論起來；兩人都斷言他遠遠比料想的好得

---

e　小津安二郎在「早安」裡探討了人與人相處（特別言語溝通上）的真誠問題。片中的小男孩動不動就跟人說I love you；而那對年輕男女一塊站在月台上，卻尷尬地只說天氣。

多。「好生得體，又有禮，又沒有架子，」她舅父說。

「他是有一點兒威嚴沒有錯，」她舅母答說，「不過只是神情上的，也不是不合身分。我這會兒可以附和管家說，雖然有些人說他傲慢，我嘛，看不出一點兒來。」

「我萬萬沒有料到，他會對我們那麼好。不只客氣，還殷勤得很呀；真個用不着那麼殷勤。他跟伊麗莎白的交情不算什麼嘛。」

「沒有錯，麗兒，」她舅母說，「他沒有魏克安帥；還是說，他的五官都沒的說，卻沒有魏克安那副神情[128]。可是你怎麼會把他說得那麼討厭呢？」

伊麗莎白設法為自己辯解；說自從在肯特郡相遇，就比從前喜歡他；又說她也從沒有看過他像今天那麼討喜。

「可是，興許他的禮數有點兒是心血來潮的，」她舅父答說。「那些大人物老是這樣的；所以他請我來釣魚什麼的，我才不會當真；興許他改天又變卦，把我趕出莊園呢[f]。」

伊麗莎白覺得他們根本誤會了他的性格，卻一言不發。

「憑我們所看的，」嘉德納太太又說，「我怎麼也想不到他可以那麼狠心對人，就像對可憐的魏克安那樣。他看樣子不像壞人。相反，他說起話來，口吻還有點中聽。而神情則有些莊重，你不會覺得他心腸不好。可是沒有錯，帶我們參觀大宅那位得體的女士，把他的人品說得天花亂墜！我有幾次差點兒大聲笑了出來。不過，我想他是個慷慨的老爺，在下人眼裡，慷慨就是十全十美。」

伊麗莎白自覺有責任為達西對待魏克安的作為辯護幾句；於是

---

f　貴人善變也許是很多人的印象。卓別林想過一個橋段：兩個有錢人談起人的知覺不可靠，決定做一個實驗。到河堤把一個睡着的流浪漢叫醒，帶回富麗堂皇的家裡，饗以醇酒佳餚、美人歌舞。等流浪漢爛醉如泥，再送回河堤原處。他一覺醒來，以為是一場美夢而已。卓別林後來把這個主意修改一下，放進《城市之光》裡。那個有錢人喝醉的時候，才認得流浪漢是救命恩人、至交好友；清醒的時候，卻把他趕出家門（Chaplin（1964: 325））。薩孟武（1967: 111）解釋說：「人非盲女，不會同窮人講愛情；人非醉漢，不會與窮人做朋友。」

一面慎防走嘴，一面說出在肯特郡聽達西的親人所說的，讓舅父舅母明白達西的作為可以另有一番截然不同的解釋；而達西的性情決不像赫特福德郡的人所認為的那麼可責，魏克安也不是那麼和藹可親。為了取信，她一五一十交代了兩人牽涉的金錢瓜葛，沒有明白說出根據，卻聲明是確鑿可靠的。

嘉德納太太既驚訝又關心；但是這時候，臨近從前度過快樂時光的地方，她沉醉在回憶裡，其餘一切就拋諸腦後；忙不迭地向丈夫指點周遭一切有趣的地方，再想不到別的事了。雖然白天走累了，晚餐畢即出門訪舊，與久別的朋友重會了一晚，十分愜意。

伊麗莎白滿腦子是日間發生的事，心事重重得不大答理這些新朋友[129]；一味地思量，驚奇地思量達西先生的禮數，尤其他希望自己認識他妹妹這件事。

# 第二章　舊雨新知

　　伊麗莎白料想，達西先生會在妹妹抵達後第二天光臨，決定那天早上一直守在看得見旅館的地方。誰知她推斷錯了；原來就在他們到蘭頓後第二天日間，訪客就到了。他們跟一些新朋友在附近走來走去，剛剛回旅館整裝，準備到新朋友家吃晚餐的時候，忽然傳來馬車的聲音，大家湊到窗前，看見一位紳士、一位女士坐在雙馬便車上，沿街而來。伊麗莎白一眼認出了馬車的式樣[130]，心裡有數；兩位親人得知她預期的客人大駕光臨，大感意外。舅父舅母詫異不已；而外甥女說話的那副窘相，加上此情此景、昨天的種種情形，叫他們起了新鮮的想法。之前從沒有一點迹象，但是現在，除了猜想人家愛上了外甥女，就無法解釋這樣的人會這樣殷勤了。他們在心裡琢磨這些新鮮想法的時候，伊麗莎白卻越發心煩意亂。她對自己的慌張十分詫異；心裡有種種不安，尤其擔心那位兄長因為愛意而把她捧得太高；儘管她格外渴望去討好，自然也怕百般討好也不中人意。

　　她躲開窗戶，生性被客人看見；在屋子裡走來走去，竭力要鎮定下來，卻看見舅父舅母一臉的疑惑、驚訝，叫她事事不對勁。

　　達西小姐和她哥哥到了，也戰戰兢兢地介紹了。伊麗莎白驚訝地發現，新朋友最少跟自己一樣尷尬。自從到蘭頓以來，就聽說達西小姐極為傲慢；但是打量了一會，卻斷定她不過極為害羞而已。問一句，答一聲，再也不能多說一個字。

　　達西小姐是高個子，塊頭比伊麗莎白大；雖然才十六歲出頭，

已經體態婀娜，長相也嬌媚婉麗。她不及哥哥俊俏，神情卻是既懂事、又和顏悅色，舉止溫柔，毫無架子。伊麗莎白原以為她跟哥哥一樣，態度鎮定$_{131}$、眼光銳利，看出她別有一副心腸，倒是如釋重負。

　　會面不久，達西即告訴她彬禮就要來拜訪；而她還來不及說一聲高興，準備迎客，樓梯上忽然格登格登一陣急響，才一下子，彬禮已經走進屋子來了。伊麗莎白對他的怒氣早就煙消雲散；而就算還有，看見彬禮誠懇熱誠地跟她敘契闊，也根本氣不下去。他友善而籠統地問候她的家人，神情、談吐跟以往一樣和氣地隨和。

　　而嘉德納夫婦對他這號人物的興趣決不低於對伊麗莎白。他們早就想見識他了。其實面對這一夥人，他們可是睜大了眼睛。達西先生和外甥女的關係，讓他們剛起了疑心，於是誠懇而謹慎地逐一探口風，來察言觀色$_{132}$；不久就探出口風，斷定最少有一人知道愛的滋味。那位淑女的心事，還有點捉摸不定；然而那位紳士，愛慕之情已經溢於言表了。

　　伊麗莎白本身就有得忙了。她想弄清楚每位客人的感受，想叫自己鎮定下來，討好每一位；而後一事，她最擔心無能為力，卻十拿九穩；原來她勉力討好的人，心都在她那一邊。彬禮樂意、喬治亞娜渴望、達西存心讓她討好。

　　她看見彬禮，心裡自然馬上想到姊姊；唉！她多麼熱切地渴望知道，他心裡是不是也像她一樣呢？她有時候覺得彬禮比往常少話；又有一兩回，一相情願地想$_{133}$，彬禮看着她，是要認那張依稀彷彿的臉。然而，即使這是她胡思亂想；彬禮對待被人說成吉英情敵的達西小姐，卻是錯不了的。雙方的神情都看不出有獨鍾的情意。沒有一點迹象證明彬禮小姐的希望是有道理的。這件事她很快就放心了；而大家分手前，有兩三件小事，看在她急着找蛛絲馬迹的眼裡，代表彬禮一縷柔情地想起了吉英，也代表彬禮，如果鼓得起勇氣的話，希望多說幾句，可以說到吉英。彬禮趁別人都在聊

天時，以萬分遺憾的語氣跟她說，「自從上回有幸相會，真是久違了；」她還來不及回答，彬禮又說，「八個月有多了。自從去年十一月二十六日，我們大夥兒在內瑟菲爾德跳舞後，就沒有見過面了。」

伊麗莎白發覺他記得那麼清楚，很高興；後來，彬禮趁旁人不注意，乘機問她：「所有」姊妹是否都在朗本。不管這一問，還是之前的話，都沒有多少內容；然而神情、舉止卻另有言外之意。

她轉得開眼睛看達西先生的機會不多，但是每一瞥總看見一副殷勤的表情；聽他說起這裡的朋友的每一句話，沒有半點輕蔑、鄙夷的口氣，叫伊麗莎白相信，昨天目睹他禮貌好了，就算到頭來是三分鐘熱度，最少也多禮貌了一天。她看見達西那樣主動結交、博取好感的，正是他幾個月前羞於來往的人；看見達西不但對自己，也對他曾經聲言鄙夷的親人那麼有禮；回想起最後在洪斯福德牧師寓所那一幕，還歷歷在目，那天差地遠、那今非昔比，叫她刻骨銘心，簡直藏不住驚訝的神色。即使結伴的是內瑟菲爾德的好友、羅辛斯的貴戚，也從沒看過達西像現在一樣那麼有心討好，絲毫沒有自命不凡、沒有拘謹的冷漠；何況努力有成的結果無足輕重，何況他獻殷勤結下的交情只賺得內瑟菲爾德和羅辛斯的女士的嘲笑、責備。

客人跟他們聚了大半個小時，起身告辭時，達西先生要求妹妹與他合邀嘉德納先生太太、班耐特小姐，在離開當地之前到彭伯里吃頓晚飯。達西小姐雖然羞怯，顯然不慣邀約；卻樂於依從。嘉德納太太望着外甥女，想知道邀約主賓的她，意下如何；誰知伊麗莎白別過臉去。不過，她猜想這種循例的回避只是一時尷尬，而不是不喜歡人家的邀約；再看看好交朋友的丈夫，一副何樂而不為的模樣；就大膽地答應奉陪，日子定在後天。

彬禮還有一肚子的話要跟伊麗莎白說，還有許多赫特福德郡的朋友要一一問候，知道一定可以再見面，表示高興不已。伊麗莎白認為這番話的意思，只不過希望聽她說姊姊的事，也很歡喜；而為

了這個、還有別的緣故，她發覺客人走了，倒可以回味臨別那半個小時，儘管當時不曾領略到多少滋味。她渴望獨處，又怕舅父舅母的詢問和暗示，留下來聽完他們稱讚彬禮，就匆匆離開，更衣去了。

其實她不必擔心嘉德納夫婦的好奇心，他們不希望勉強她交談。外甥女跟達西先生比他們本來以為的要熟得多，是顯而易見的；而達西先生深愛着她，也是顯而易見的。他們看到很多耐人尋味的地方，卻沒有憑據追根究底。

現在，他們渴望把達西先生往好裡想；而來往到目前為止，是無可挑剔的。他們對達西先生的禮數不能無動於衷，而先不管別的說法，光憑自己的感受、僕人的評論來看他的為人的話，赫特福德郡的熟人都認不出這個達西先生來。不過，他們現在有相信管家的憑據了[134]；他們不久就明白，一個從他四歲就認識的僕人，本身的待人接物又得體，說話可靠是不容貿然否定的。蘭頓的朋友的傳聞也沒有什麼可以大減那好評的分量。他們批評的不外傲慢；而他大概也傲慢，如果不是，那這樣的批評一定是因為達西家不跟小市鎮的居民來往惹來的。不過，他倒是公認慷慨的人，為窮人做了不少好事。

至於魏克安，幾位旅客很快就發現，當地人不怎麼看得起他；雖然他跟恩主兒子的大部分瓜葛，大家一知半解；然而魏克安離開德比郡時，留下一屁股的債，後來由達西先生清還，卻是眾所熟知的。

至於伊麗莎白，今晚想彭伯里想得比昨晚還多；雖然這一晚彷彿天長地久，漫漫的長夜卻還熬不到弄情楚自己對大宅裡「那個人」的心事；在床上整整醒着兩個小時，竭力理出頭緒來。她當然不恨他。是的，恨意早已煙消雲散；可以那麼說，她也幾乎早已為討厭過他而羞愧。她對達西的美德，從當初不願承認到轉而信服，由此對達西所生的敬意，心裡也早已不感厭惡了[135]；又因為昨天的所見所聞十分討喜，可見他的性情是那麼和藹可親，現在敬重

還有點進步為友誼了。然而最重要的，在敬重、景仰之上，不能忽視的，她心裡還有一個由於好感的動機。那就是感激。——感激的，不只因為曾經愛她，更因為依然愛她，愛得原諒她拒絕時種種蠻橫、惡毒的德行、種種連帶的無稽指責。達西沒有如她以為的那樣，回避自己這個不共戴天的仇敵，反而在這一回的邂逅，似乎心心念念要維繫這段友誼；就他倆而言，沒有露骨的情意，沒有旁若無人地獨獻殷勤[136]，既博得親人的好感，又一心要介紹妹妹給她認識。那麼傲慢的人脫胎換骨，不只叫人驚訝，更叫人感激——因為這靠的必然是愛、熱烈的愛；這樣的愛雖然捉摸不定，卻並非不愜意，這種愛的感受是她求之不得的。她敬重、她景仰、她感激達西，她衷心關懷他的幸福；她只想知道，自己有多希望他的幸福在於自己，而雙方的幸福又有多少在於她運用設想中仍然擁有的魅力，來鼓勵達西重新追求[137]。

晚上，舅母和外甥女商定：達西小姐一到彭伯里的當天，才來得及吃頓晚早餐就大駕光臨，那樣的殊禮，他們應該要回敬才是，就算不足以抗禮，也要盡一下禮數；所以翌日白天到彭伯里回拜是合宜不過的。於是，他們就要去了。——伊麗莎白很高興，雖然自問原因也答不出什麼來。

嘉德納先生早餐畢就走了。釣魚的計劃昨天重提起來，約定了今天中午跟好些彭伯里的紳士相聚。

 # 第三章　情敵會

　　雖然伊麗莎白現在相信，彬禮小姐討厭她是出於妒意，卻不由得覺得自己現身彭伯里，人家一定是千百個不歡迎；她也好奇，如今再續交情，不知道那位女士又有多禮貌呢。

　　到了大宅，僕人領着，經過大堂，讓進客廳；客廳朝北，夏天很怡人。落地窗外[138]，看得見屋後高聳林茂的山丘，還有居中的草坪上散布着悅目的櫟樹、歐洲栗，叫人心曠神怡。

　　達西小姐在這裡歡迎他們。同座還有跟赫斯特太太、彬禮小姐、與達西小姐在倫敦同住的教引保姆。喬治亞娜招呼客人非常有禮；只是既害羞，又怕舉止失當，總是尷尷尬尬，很容易叫自覺低微的人認作傲慢、冷漠。不過，嘉德納太太和外甥女都體諒她，顧惜她。

　　赫斯特太太和彬禮小姐只打千致意；大家落坐，場面就冷了一會，也一如冷場總會的那樣彆扭。安斯利太太首先打破沉默；她是個高雅、順眼的婦人，設法起話頭攀談，可見比另外兩人更有教養；她跟嘉德納太太聊了起來，伊麗莎白偶爾也搭一下腔。達西小姐看來希望鼓足勇氣才加入；有幾次，最不怕被人聽見時，也大膽說一句短短的話。

　　伊麗莎白不久就發現，自己被彬禮小姐緊緊地盯住，一開口，尤其跟達西小姐說話，彬禮小姐一個字都不放過。雖然有此發現，要不是坐得太遠，是不會因此不勉力跟達西小姐交談的；然而不必多說話，也不覺得遺憾。自己正心事重重。時時刻刻盼望着有些紳

士進來。她盼望，也害怕屋主會一起進來；而究竟盼多一些，還是
怕多一些，簡直說不出來。這樣坐了一刻，聽不見彬禮小姐的聲
音，突然聽見她冷冷淡淡地問候起家人來。她也一樣淡淡地、簡潔
地回答了，人家也沒話了。

這時候，僕人端來冷火腿、蛋糕、各式各樣的應時佳果；原來
客人來了以後，安斯利太太跟達西小姐做笑臉、遞眼色，三番五
次提醒她盡地主之誼，場面才又有變化139。這一來大夥都有事可做
了；因為就算無法人人說話，也可以人人吃東西；而成堆的葡萄、
蜜桃、桃子很快就把她們吸引過去，圍在桌前了。

這樣說說吃吃的時候，達西先生走了進來，給了伊麗莎白好機
會，斟酌這時候心裡的感受，看看到底是怕他來多些，還是盼他來
多些；然後，等她以為盼他來多些，才一下子又後悔起來。

嘉德納先生跟宅裡兩三位紳士離不開河邊，而達西先生陪伴了
半天，聽說女眷打算白天來回拜喬治亞娜才走開。他一現身，伊麗
莎白就明智地決意要自自在在，落落大方；──這件事越需要下決
心，也許越不容易實踐，因為她發現大家看他倆的眼睛都尖了起
來，達西一踏進屋子來，簡直沒有一雙眼睛不盯着他的一舉一動。
尤其彬禮小姐，儘管跟其中一位對象說話時滿臉笑容ᵃ，卻也掩蓋
不了顯著的那一臉專注的好奇；原來妒意還沒有叫她死心，對達西
先生獻殷勤也決不罷休140。達西小姐在哥哥進來後，更是勉力多說
些話；而伊麗莎白也看出，達西渴望妹妹和自己熟絡，一方起了話
頭，他就儘量牽線搭橋，讓兩人交談。這一切，彬禮小姐也看在眼
裡；氣得不理智起來，一得空就輕蔑而客氣地說：

「請問，伊兒小姐，某某郡的民兵都從梅里頓撤走了嗎？你們
府上呀，損失可大了。」

彬禮小姐當着達西面前，不敢提魏克安的名字；但是伊麗莎白

---

a　對達西、伊兒兩個好奇，只對達西一個笑。

一聽就明白，就是針對他；而想起他的種種往事，也叫她窘了一下；然而，她提起勁來對付這惡心眼的攻擊，隨即以算是淡淡然的口吻回答了。一邊說，一邊不由得瞥了一眼，見達西臉色發白，懇切地望着她，而他妹妹則慌亂不已，抬不起頭來。如果彬禮小姐知道會叫她親愛的喬治亞娜那麼痛苦，就斷不會含沙射影[141]；其實她只是想叫伊麗莎白心亂，提起她以為的伊麗莎白的心上人，叫她洩露愛意，就可以破壞她在達西心目中的形象；或許也提醒達西，伊麗莎白某些家人跟軍團來往的種種愚蠢荒唐的事。達西小姐的私奔計劃，彬禮小姐隻字不曾聽聞。這件事可保密則保密，除了伊麗莎白，不曾洩露給任何人；而他哥哥尤其渴望瞞住彬禮全家，因為他有一個願望，一如伊麗莎白老早想的，就是他們都變成妹妹的一家人。他無疑這樣盤算過，卻不認為自己為此才設法拆散彬禮和班耐特小姐，這個願望大概叫他更熱切地關心朋友的幸福。

不過，伊麗莎白鎮定的舉止，很快就叫他安心下來；彬禮小姐着惱失望之餘，也不敢把魏克安明白些提出來，於是喬治亞娜也就慢慢恢復過來，儘管還沒有辦法再說話。達西小姐生怕和哥哥目光相接，達西先生卻簡直想不起事情跟妹妹的關係；原來這個刻意安排來轉移他對伊麗莎白的心思的局面，看來叫他更注意伊麗莎白，也注意得更高興。

上述的問答過後，拜訪不久結束；達西先生送客人上馬車時，彬禮小姐發洩起來，把伊麗莎白的外貌、舉止、衣着批評一番。但是喬治亞娜不想附和她。哥哥的稱讚足以讓她放心去喜歡：哥哥的眼光不會錯，既然哥哥把伊麗莎白說得那麼好，喬治亞娜除了覺得她又可愛、又和藹可親，哪裡還有別的看法呢？達西回到客廳後，彬禮小姐忍不住把部分才對妹妹說過的話再說一遍。

「伊兒·班耐特今天那個樣子真難看啊，達西先生，」她喊說；「跟去年冬天是兩個人，我長這麼大沒看過有人變得那麼厲害。皮膚那麼黑又那麼粗！魯意莎和我都說，再認不出她來了。」

不管達西先生多麼不愛聽這種話，也姑且冷淡地回答，說他看不出別的變化，就是曬得有點黑——夏天旅行的結果，不足為奇。

「依我看，」她答說，「我得說實話，我根本看不出她哪裡受看。臉太瘦，皮膚暗沉、五官壓根兒不勻稱。鼻子沒有格調，輪廓也不突出。牙齒過得去，也好不到哪裡；眼睛嘛，就是你有時候說的明眸，我壓根兒看不出有哪裡出色。一副辛辣的潑婦眼神，我一點兒都不喜歡；還有她那個調調，沒頭沒臉，卻自命不凡，受不了。」

雖然彬禮小姐深信達西先生愛慕伊麗莎白，這樣做也不是討好他的上策；但是生氣的人不總是明智的；而終於看見達西有點煩惱的樣子，她就十足得逞了。誰知達西決意不說話；她卻一心要他開口，又說：

「我記得，當初在赫特福德郡認識她的時候，我們人人都很詫異她是個出名的美女；我還特別記得，有一晚他們在內瑟菲爾德吃完晚餐，你說『她嘛，也算美女！——我馬上要叫她母親智者了。』但是後來呢，她就越來越討好了，我想你有一陣子覺得她挺受看的吧。」

「是的，」達西答說，再也按捺不住，「不過，『那』是一開始認識她的時候而已，因為好幾個月以來，我就覺得她是我認識的人裡拔尖兒的美女了。」

說完就走了，留下彬禮小姐，好好玩味逼他說出的只叫自己傷心的話。

嘉德納太太和伊麗莎白回旅館後，談論拜訪時的大小事情，就是不談兩人都特別感興趣的事。她們談論了所見的人的樣貌、舉止，就是不談最留意的那個人。談到他的妹妹、他的朋友、他的房子、他的水果，他的一切，就是談不到他；然而，伊麗莎白渴望知道嘉德納太太對他的看法，而嘉德納太太卻巴不得外甥女先起話頭。

# 第四章　私奔

伊麗莎白剛到蘭頓，收不到吉英的信，大感失望；如今逗留下來，每過一天就再失望一回；但是第三天就不再埋怨了，她沒有白等，同時收到兩封吉英的信，有一封上面注記說曾經誤投。伊麗莎白不覺得意外，因為吉英寫的地址出奇的潦草。

信來時，他們正準備去散步；舅父舅母於是出門去，讓她一個人安靜地看信。誤寄的那封當然要先看，是五天前寫的。開頭說的是他們那個小圈子裡的人事，不外是那些鄉間消息；然而再過一天寫的下半封信，顯然當時很激動，說了更要緊的消息。原文如下：

「寫了上面那些後，親愛的麗兒，出了一件萬萬料不到、又十分要緊的事；不過恐怕嚇到你了──放心，我們都好。我要說的是可憐的莉迪亞的事。昨天半夜十二點，我們大家剛上床，突然收到福斯特上校送的快信，說莉迪亞到蘇格蘭去了[a]，跟他的一個軍官去的；老實說，就是跟魏克安去的！──想想我們有多驚訝。不過這個消息，吉蒂似乎不感到完全意外。我真是非常、非常難過。這一對，雙方都那麼輕率！──但是我寧願往好裡想，也寧願相信我們誤會了他的為人。我可以安心地相信他既粗心又失檢，但是這一步（讓我們為此高興吧）並沒有什麼壞心腸。他的抉擇最少是沒有利益打算的，因為他一定知道父親什麼也不能給她。母親傷透了心。父親還受得住。謝天謝地，我們從沒有讓家裡知道人家怎麼指責

---

a　當時未滿二十一歲，要得父母同意才可以結婚；但是在蘇格蘭例外。

他；我們倆也應該忘掉那些指責。據推測，他們星期六晚上大概十二點出發，但是到昨天早上八點才發現失蹤了。快信馬上就發出。親愛的麗兒，他們一定經過我們十哩內的地方。福斯特上校跟我們保證，他會儘快趕來。莉迪亞留下短束給他妻子，告訴她他們的打算。我必須收筆，因為我不能離開可憐的母親太久。我怕你會看不懂，但是我自己簡直也不知所云。」

伊麗莎白讀完這封信，不待斟酌，也簡直不知所感，馬上拿起另一封，迫不及待打開來；這是第一封收筆後第二天寫的，內容如下：

「這時候，親愛的妹妹，你已經收到我急急忙忙寫的那封信；我希望這一封寫得清楚些，但是雖然時間並不緊迫，我腦袋糊塗得無法保證有條有理。摯愛的麗兒，我簡直不知道該寫什麼，但是有個壞消息要告訴你，不能耽擱。儘管魏克安先生跟我們可憐的莉迪亞結婚是輕率的，我們現在巴不得他們結婚，因為偏偏有太多理由叫人擔心，他們並非到蘇格蘭去。福斯特上校前天發了快信，不到幾個小時就離開布賴頓，昨天到了這裡。雖然莉迪亞給福太太的短信上說他們要去格雷特納格林[b]，丹尼不經意地透露，他相信魏根本不打算去那裡，也決不會娶莉迪亞；話傳到福上校耳裡，登時警覺起來，由布出發，想追蹤他們。他也的確輕易地追蹤到克拉珀姆，卻追不下去；原來他們從埃普瑟姆坐到了那裡，把遊覽馬車打發了，改坐出租馬車[c]。之後惟一知道的是，有人看見他們在去倫敦的路上。我真有點兒不懂。福上校在倫敦南部多方打聽後，來到赫特福德郡，焦急地到所有收稅卡，到巴尼特、哈特菲爾德的旅店打聽，一無所得，誰也沒看見那樣的人經過。他一副古道熱腸到了朗本來，坦言他的憂慮，態度熱心可敬。我衷心為他和福太太難過，誰也不能怪責他們。親愛的麗兒，我們真是太苦了。父母親萬念俱

b　蘇格蘭地名，緊靠英格蘭。
c　遊覽馬車是跨城鎮的，出租馬車是在城裡跑的。

灰，我還是無法把他看得那麼壞。因為種種情形，也許他們到城裡私下結婚[d]，比依原定計劃要合宜；而他大概不會打莉迪亞這種背景的年輕女子的主意，就算他會，難道莉迪亞什麼規矩都沒有了嗎？——哪裡會呢。然而叫我難過的是，福上校並不預期他們會結婚；我說出這個希望時，他搖頭，說恐怕魏不是靠得住的人。母親真是病懨懨，成天關在屋子裡。她振作得起來最好，但這是不用指望的[142]；至於父親，我從沒看過他這樣大受打擊。可憐的吉蒂隱瞞他們的關係，挨了狠狠的一頓罵；可既然是私密的事，也難怪她[143]。我真的很慶幸，親愛的麗兒，你用不着面對這些淒慘的場面；但是，現在首當其衝之後，我說句實話好嗎？我好希望你回來。不過，我不會自私到催你的，看你方便。再見。我才剛說不會催你，現在就拿起筆來催你了，但是事到如此，我不得不懇切地請求你們都回來，越快越好。我很了解舅父舅母，不怕請求他們，而且我還有事要拜託舅父。父親馬上就要隨福斯特上校到倫敦去，設法找她。他打算怎麼做，我真的不知道；但是他萬分苦楚，一定無法用最好、最安全的辦法；而福斯特上校明晚又必須回到布賴頓。這個緊要關頭，舅父的意見和幫助比什麼都重要；他一定會馬上明白我的苦衷，我也信得過他的好心腸。」

「哎呀！在哪裡，舅舅在哪裡？」伊麗莎白喊說，看完信就從椅子上跳起來，不想浪費珍貴的一分一秒，急着要去找他；但是正走到門前，僕人把門一開，卻是達西先生來了。達西見她臉色蒼白、氣急敗壞，嚇了一跳；還沒有回過神來說話時，伊麗莎白因為心心念念都是莉迪亞的處境，連忙大喊說，「對不起，可是我得失陪了。我得馬上去找嘉德納先生，有十萬火急的事呀；一刻都耽擱不得。」

---

d 這是另一個取巧的結婚辦法：先由牧師公告婚事，連續三個禮拜，無人提出異議，即可正式行禮。倫敦地方大、人口多，教會既無暇一一驗證雙方的資格，鄉下的父母也無從提出異議。

「天哪！出了什麼事？」他喊說，語氣關心，顧不得多禮；然後鎮定下來說，「我不會耽擱您一分鐘，可是讓我或者僕人去找嘉德納先生太太吧。您精神不好；——您自己不能去。」

伊麗莎白遲疑，但是膝蓋顫抖，也覺得自己設法去找他們，實在無補於事。於是喚回僕人，打發他立刻去把老爺、太太找回來，儘管上氣不接下氣，幾乎話都說不清楚。

僕人一走，她腿一軟，坐了下來，達西見她心力交瘁的樣子，哪裡會留下她，忍不住溫柔憐惜地說，「我叫您的女僕來吧？有沒有什麼您吃了，馬上舒服一點的？——一杯酒呢，——我倒一杯給您好嗎？——您很不舒服。」

「不用，謝謝；」她答說，勉力振作起來。「我什麼事都沒有。好得很。只是剛收到朗本來的信，為一個可怕的消息而焦心而已。」

說着頓時大哭起來，一陣子說不出話來。達西苦惱煎熬，只說得出些不着邊際的關心話，疼惜地默默觀察。終於，她又說了。「我剛接到吉英的信，有個可怕的消息。紙包不住火的。我么妹丟下所有朋友——去私奔了；——投到人家的手掌心——投到魏克安先生的手掌心去了[144]。他們從布賴頓跑了。你啊，太了解他了，下文就可想而知了。她沒有錢，沒有家世，沒有什麼可以吸引他去——她完了。」

達西驚訝得目瞪口呆。「當我想到，」她又說，語氣越發激動，「我呀，本來可以阻止的！我呀，知道他的真面目。我只要說出來一部分——一部分我知道的，說給家裡人聽！要是家裡知道他的為人，就不會有今天了。可是這會兒太晚、太晚了。」

「我很難過，真的，」達西喊說；「很難過——很震驚。可是這是真的嗎？千真萬確嗎？」

「哦，千真萬確！——他們禮拜六半夜離開布賴頓[145]，到倫敦前的行踪差不多都追到，可是到倫敦後就沒下落了；他們壓根兒不是去蘇格蘭。」

「那麼做過什麼，試過什麼來救她？」

「家父去了倫敦，吉英寫說請家舅趕快去幫忙，而我們要走了，希望半個鐘頭內走。可是沒治了，我心知肚明，沒治了。他那種人，你能拿他怎樣呢？別說怎麼找得到他們了。我覺得太渺茫了。怎麼看都不堪設想呀！」

達西搖頭，默然同意。

「我呀，見識過他的真面目。——唉！要是我知道該做什麼、敢做什麼！可是我不知道——我怕做過了頭。真是千不該萬不該呀！」

達西沒有答理。他似乎聽而不聞，在屋子裡走來走去，埋頭沉思；眉頭深鎖，神色黯然。伊麗莎白隨即發覺，登時明白。她的魅力在消退；這種家醜的明證、丟盡臉面的實據非淹沒一切不可。她既不驚訝，也不責怪；但是想到他自我克制對她的愛意，絲毫安慰不了她的心坎，舒緩不了她的苦楚。相反，這剛好適時叫她明白自己的心意；事到如今，當所有愛意勢必成空時，她才第一回坦然覺得：自己何嘗不愛他呢。

然而自我，雖然會打擾，卻無法獨占她。莉迪亞——她連累全家蒙受的恥辱、苦難，不久就淹沒了種種一己之私；手帕掩面，頓時茫然若失；過了好一會，聽見朋友的聲音，才回過神來，體會自己的處境；達西以同情卻克制的口吻說，「恐怕您早就希望我迴避，我留下來也沒有什麼藉口，而只有由衷卻於事無補的關心。要是我有什麼能說、能做，安慰得了你的苦惱，我一定竭盡所能。——可是我不會拿空頭希望來折磨你，好像故意要討你感謝似的。發生了這件不幸的事，恐怕舍妹今天見不到您光臨彭伯里了。」

「唉，是呀。勞煩你代我們跟令妹道個歉。就說我們有急事要立刻回家。那件不幸的事能瞞則瞞。——我想也瞞不了多久。」

他一口答應保密——再次表示為她的苦惱難過，希望結局比目前有理由預期的要好，問候她的親人，然後認真地、告別般，看了

一眼，就走了。

　　他一走出屋子，伊麗莎白就覺得，日後重逢，要像這幾回在德比郡那樣，相處得隆情厚意，是不大可能了；回想跟他交往的前因後果，充滿了矛盾與波折，想到從前巴不得跟他絕交，現在卻要培養感情，感受迥異，叫她感嘆天意弄人。

　　如果感激與敬意是愛情的沃土，那麼伊麗莎白的感情變化就既不足為奇，也無可非議。否則，如果比起尋常形容的那樣，話也沒說兩句就一見鍾情，伊麗莎白那種源頭的愛情就是不合理、不自然了；除了她當初偏愛魏克安，算是嘗試過一見鍾情法，也沒有什麼好替她辯解的；而既然行不通了，也許就可以准她用不那麼有趣的方法來培養感情了[e]。儘管如此，看見他走，她痛惜；這是莉迪亞的醜事勢必帶來惡果的先例，也叫她深思這件慘事時格外煎熬。自從看了吉英第二封信，她根本沒指望過魏克安有意娶莉迪亞。她想，除了吉英，誰也不會抱這樣的奢望。而奢望破滅的消息傳出來，她絲毫也不感意外。她只讀了第一封信的時候，十分意外——十分詫異，魏克安竟然會娶一個他為了錢無論如何不會娶的姑娘；而莉迪亞又怎麼吸引得到他，似乎不可思議。但是現在看來，再自然不過了。這樣的兩人走在一起，她也許是夠吸引的；雖然伊麗莎白不認為莉迪亞會無意結婚而存心私奔，卻不難相信，以莉迪亞的貞德與頭腦，會變成待宰的羊。

　　兵團在赫特福德郡時，她從沒發覺莉迪亞鍾情於他，卻相信只要誰跟她獻一下殷勤，她就可以愛慕誰。時而這位軍官，時而那位軍官，獻一下殷勤就討得了歡心，變成她的寵兒。她一直用情不專，卻從不缺對象。這樣沒有家教、誤縱了的姑娘惹來的禍患。
——唉！她現在才有切膚之痛！

　　她苦苦想望回家——要跟吉英一起身處家裡，一起聽，一起

---

e　奧斯登揶苦當時流行的小說寫法。曹雪芹在《紅樓夢》第一回也批評野史、佳人才子等書的濫調。

看，替吉英分擔現在必須一肩挑起的擔子，一起照顧亂七八糟的家；父親不在，母親振作不起，還隨時要人照料；儘管幾乎斷定莉迪亞已無法挽救，舅父的協助顯得無比重要；他走進屋子來前，她苦惱得猶如熱鍋上的螞蟻。嘉德納夫婦聽僕人的描述，以為外甥女得了急病，恐慌地趕了回來；——但是伊麗莎白馬上請他們對此放心，連忙說明召喚的原因，大聲讀出那兩封信，並用顫抖的聲音，一字一頓讀出第二封信的附筆。——雖然莉迪亞從來不是他們的寵兒，嘉德納夫婦不由得憂心忡忡。事情牽連的不只莉迪亞，而是一家人受累；嘉德納先生聽得驚心動魄，先是驚嘆一番，然後一口答應竭盡所能來幫忙。——伊麗莎白雖然也預期舅父會這樣，還是感激涕零；三人齊心合力，上路的事隨即一切就緒。他們要儘早起程。「可是彭伯里那邊怎麼辦？」嘉德納太太喊說。「約翰說你叫他找我們的時候，達西先生也在；——他在嗎？」

「在；我也告訴了他我們沒辦法赴約了。那邊嘛，都說清楚了。」

「那邊都說清楚了；」舅母又說了一遍，跑進屋子裡去準備。「他們倆好到可以實話實說嗎！啊，我真想知道是怎麼一回事[146]！」

然而，願望無補於事，充其量只能在接下來忙亂的一個小時裡消遣一下。伊麗莎白如果有暇，閑得下來，就會斷定那麼可憐的自己什麼都不能做了；但是她跟舅母一樣，有事要辦，其他不說，她們要給蘭頓的朋友寫些短束，為突然離開編藉口。不過，一個小時就大功告成；同時嘉德納先生也結了旅館的帳，萬事俱備，只待起程；而伊麗莎白受完早上的種種苦惱，想不到自己這麼快就上了馬車，前往朗本了。

# 第五章　失節的花痴

「我左想右想，伊麗莎白，」馬車出鎮時，她舅父說；「真的，我認真想過，我這會兒倒更願意相信你姐姐的看法。我覺得，一個姑娘決不是無親無靠，何況還住在上校家裡，居然有哪個小伙子打她主意，真個不見得；所以我覺得大可往好裡想。難道他以為女孩子的親人不會找他決鬥嗎[a]147？難道他以為這樣得罪了福斯特上校，兵團還容得下他嗎？那個甜頭不值得他這樣豁出去吧。」

「您真的這麼想？」伊麗莎白喊說，高興了一下子。

「說實在的，」嘉德納太太說，「我有點贊成你舅舅的看法。他真個要把規矩、榮辱、利益都踩在腳下，才做得出這種勾當。我看魏克安不會那麼壞。難道你自己，麗兒，也對他死了心，相信他做得出來嗎？」

「不計較自己的利益興許不行。可是不計較別的，我相信他做得出來。真的，要是他竟然計較那些！可是我不敢奢望。那樣的話，他們幹麼不去蘇格蘭呢？」

「首先，」嘉德納先生答說，「沒有鐵證說他們不去蘇格蘭。」

「唉！可是他們從遊覽馬車換到出租馬車就可想而知了！再

---

a 耶穌教人以德報怨，「不要與惡人作對。有人打你的右臉，連左臉也轉過來由他打」（太5: 39下）。話是這麼說，姊妹被人拐了，誰也不會對惡人說：「我還有一個妹妹，……」當時的恩怨，尤其關係個人或家族名聲的，往往以決鬥來了結。其實就是一種特殊形式的復仇，不是以牙還牙，而是以血還名，即名譽債血償。決鬥不一定有人喪命，萬一殺了人，法律上也有刑責，只是很少執行而已。

說，巴尼特路上也沒有他們的踪迹。」

「好吧，那麼——假設他們在倫敦。他們興許在那邊，只是為了藏起來，而沒有別的不軌企圖。他們各自的錢看來不會太多；興許靈機一觸，想到去倫敦結婚比去蘇格蘭便宜，儘管沒那麼快。」

「可幹麼偷偷摸摸呢？幹麼怕人發現呢？幹麼非私下結婚不可呢？哎喲！不會的，不會的，八成不會這樣子。你看他最要好的朋友，照吉英的描述，就相信他根本無心娶她嘛。魏克安說什麼也不會娶一個沒一些錢的女人。他養不起家。而莉迪亞又有什麼條件，除了青春、健康、脾氣好，又還有什麼魅力，可以叫魏克安為了她，放棄一切賣婚撈油水的機會呢？至於說，擔心跟她私奔這件醜事叫他在軍中丟臉，我也說不上他有多少顧忌；因為我壓根兒不知道這一步會有什麼後果。可是說到您的另一個異議，恐怕很難說得通。莉迪亞沒有哥哥來決鬥；他看我父親的舉動，看他向來對家裡發生的事懶得理會，很少費神，興許會猜想：他嘛，遇到這種事，會跟任何做父親的一樣少動手、少動腦。」

「可是，難道你認為莉迪亞就那麼毫無規矩，只為了愛他，沒有婚姻的名分，也答應跟他一起生活嗎？」

「看來敢情是；在這種時候，姐妹的規矩、貞德居然都靠不住，」伊麗莎白含着淚答說，「敢情是太不像話了。可是，說真的，我不知道怎麼說。興許我對她不公道。可是她太小了；從沒有人教她想正經的事情；最近半年，不，一年，她什麼也不管，一味追求玩樂和虛榮。她無聊懶散，跟人廝混來打發日子，不管碰到誰跟她說什麼都依，都沒人管她。自從某某郡的兵團到梅里頓駐紮下來，滿腦子只有跟軍官談情說愛、調情賣俏。她一直竭盡所能來想、來談這些事情，好讓自己越發——怎麼說？越發多情善感；其實本來就夠敏感的了。而我們都知道呀，魏克安的外表、舉止有種種魅力，可以迷倒女人。」

「可是你看嘛，」舅母說，「吉英也不認為魏克安那麼壞，不

相信他打得出這種主意來。」

「吉英認為誰壞來着？試問有誰，不管從前是什麼品行，除非證據確鑿，她會相信打得出這種主意來？可是吉英跟我一樣清楚，知道魏克安的底細。我們都知道他向來放蕩，名副其實的放蕩。既沒有操守，也沒有廉恥。他有多麼討好，就有多麼虛偽險詐。」

「這些你真的都一清二楚嗎？」嘉德納太太喊說，興致勃勃想知道她如何得知。

「一清二楚，真的，」伊麗莎白答說，紅了臉。「我那天才告訴過您，他對達西先生的無恥行徑；達西先生待他那麼寬大容忍，而您，上回在朗本就親耳聽見他怎麼說人家。還有許多事情我不便──也不值得花時間去說，可是他說起彭伯里一家卻是謊話連篇。我聽了他編派達西小姐，滿以為會看見一個傲慢、冷漠、不討喜的姑娘。可是他心知肚明，正正相反。他準知道，達西小姐就像我們覺得的一樣，和藹可親、並不裝模作樣。」

「可是莉迪亞一點也不知道嗎？難道你跟吉英似乎一清二楚的事，她都渾然不知嗎？」

「唉，渾然不知呀！──這，這真是糟透了。我自己本來也渾然不知，直到在肯特郡，經常看見達西先生和他親戚菲茨威廉上校才知道的。到我回家後，某某郡兵團不到一兩個禮拜就要從梅里頓撤走了。既然是這樣，從我得知詳情的吉英、還有我，都認為不必把事情公諸於世；那時候壞了所有地方上的人對他的好感，好像對誰也沒什麼好處嘛。就連莉迪亞跟着福斯特太太過去的事准了，我也壓根兒沒想過需要讓她見識魏克安的為人。她嘛，會因為受騙而有任何危險，我從沒有想過。到頭來，竟然是『這樣子的』結果，您可以輕易明白，我是做夢也想不到的。」

「那麼，他們全搬到布賴頓時，我想，你沒有理由相信他們相愛。」

「壓根兒沒有。我記不起兩人有什麼曖昧的迹象；您也準知

道，在我們家裡，這種事要是有什麼覺得出的蛛絲馬迹，是不會漏眼的。當初魏克安入伍，她愛慕他就愛慕得夠快的了；可是我們都一樣呀。頭兩個月，梅里頓一帶的姑娘，個個為了他神魂顛倒；可是對莉迪亞嘛，他從沒另眼看待，然後，死去活來的愛慕經過一陣子的節制，對他的愛意就冷了，而軍中誰對她格外殷勤，就又變成新寵了。」

\* \* \* \* \*

一路上，他們反覆討論這件大事，儘管所擔心的、希望的、臆測的，都談不出多少新意，卻是才擱下又重談；這是不難想見的。伊麗莎白更是念念不忘。椎心的痛苦、自責，叫事情縈繞腦際，沒有片刻自在、舒懷。

他們勉力兼程；路上只睡了一夜，翌日晚餐前抵達朗本。伊麗莎白想到吉英不用苦苦等待，心下安慰。

嘉德納家那些小孩子，看見馬車子駛進圍場，都湊過來，站在屋前的台階上；馬車到了門前，孩子又驚又喜，笑逐顏開，不由得手舞足蹈、歡蹦亂跳，這是歡迎的討喜前菜。

伊麗莎白跳下來；匆匆吻了每個孩子，連忙進了門廳來，而吉英也立刻從母親的屋子跑了下來，與她相會。

伊麗莎白親熱地抱住姊姊，兩人眼淚盈眶，也連忙問姊姊私奔的人有沒有消息。

「還沒有欸，」吉英答說。「不過這會兒舅舅來了，希望一切就好了。」

「父親在城裡嗎？」

「嗯，禮拜二我寫信給你那天去的。」

「他常有信回來嗎？」

「只有一封。他禮拜三寫了幾句給我，說平安到了，也告訴我怎樣跟他聯絡，這是我特地請求他的。再來就只說，除非有重要的

事要交代，不然就不會再寫了。」

「母親呢——好嗎？你們都好嗎？」

「母親還算過得去，我想；就是精神大受打擊了。她在樓上，看見你們都回來了，準安慰得很。她還沒有出梳妝室。瑪麗、吉蒂，謝天謝地，都好極了。」

「可是你呢——你好嗎？」伊麗莎白喊說。「你臉色白蒼蒼的。真難為你了！」

不過，姊姊請她放心，說她好極了；這時候，之前被孩子們纏着的嘉德納夫婦，也帶着孩子走了上來，兩人就不多說。吉英跑過去舅父舅母那裡，又是歡迎、又是感謝，時而笑、時而淚。

他們全都到客廳去，舅父母自然又問起伊麗莎白問過的問題，不久就發現吉英沒有新消息可說。不過，吉英心地仁慈，至今樂觀，對圓滿的結局仍不死心；依舊期望，到頭來事事如意；每天早上會收到一些信，莉迪亞的也好、父親的也好，交代事情的進展，也許宣布婚事。

他們聊了一陣子，一起到班耐特太太的屋子去，班耐特太太看見他們，一如他們可以預期的那樣，哭哭啼啼，痛心疾首，痛罵魏克安的所作所為窮凶極惡，抱怨自己受苦受屈；怪責人人，惟獨不怪責溺愛慣縱女兒犯錯、必然是罪魁禍首的那人。

「我要是有辦法，」她說，「說得他聽，全家一起去布賴頓，哪裡會弄出這個來嘛；可是可憐的寶貝莉迪亞都沒有人照顧。福斯特夫婦幹麼不看緊她來着？我說他們那邊準是粗心大意什麼的，因為她不是會做這種事的那種姑娘，只要有人照顧好。我老是覺得把她交給他們，是一百個不妥當；可就是不依我的，老是這樣。可憐的寶貝孩子！這會兒班耐特先生又走了，我知道他一見魏克安就會打起來，這一來他就死定了，我們母女怎麼辦呀？他在墓裡屍骨未寒，柯林斯夫婦就會把我們攆出去了；要是你不大發慈悲，弟弟呀，我不知道我們怎麼辦。」

　　大家一陣驚嘆，請她別胡思亂想；嘉德納先生請她大可放心，他跟姊姊和姊姊一家都有感情，又說他打算明天就去倫敦，必定竭盡所能，幫助班耐特先生挽救莉迪亞。

　　「不要洩了氣，自己嚇自己，」他又說；「以防萬一，對是對，也犯不着把事情看死嘛。他們離開布賴頓還不到一個禮拜。再過幾天，說不定就有他們的消息；除非知道他們沒有結婚，也不打算結婚，否則就不要死心放棄。我一到城裡，就會找姐夫，勸他跟我回去恩典堂街的家裡，到時候再一起商量怎麼辦。」

　　「哦！我親愛的弟弟，」班耐特太太答說，「這跟我巴巴兒地想的一模一樣呀。你到了城裡，千萬要找到他們，管他們在哪裡；萬一他們還沒結婚，非得他們結婚不可。至於結婚禮服，別讓他們等那個，就告訴莉迪亞，等他們結了婚，她要多少錢去買都會給她。還有，最最要緊的，別讓班耐特先生打架。告訴他我苦不堪言，——嚇得神經錯亂啦；從頭到腳顫抖抖、打哆嗦，腰抽筋，頭又痛，心又撲撲跳，日日夜夜都歇不下來呀。還有告訴我的寶貝莉迪亞，別自作主張買衣服，等她見了我再說，因為她不知道哪一家店最好。噢，弟弟，你人真好呀！我知道這些你準有辦法的。」

　　但是，嘉德納先生再三請她放心，自己在這件事上會盡心竭力，也免不了勸她適可而止，別奢望也別過慮；就這樣談着談着，直到晚餐上桌他們才離開，由得她跟女兒不在時照顧她的管家盡情訴苦。

　　雖然她的弟弟和弟婦認為，實在犯不着把姊姊隔離開來，卻也沒有設法阻止，因為他們知道，姊姊不是謹言的人，用餐時當着服侍的那些僕人，是無法守口如瓶的；倒不如讓單單一個僕人，而且是最信得過的一個，了解姊姊的種種擔心與牽掛。

　　不久，瑪麗、吉蒂也進晚餐室來了；兩人各自在屋子裡，一個埋頭書本，一個埋頭打扮，都忙得沒有儘早進來。不過，兩人的臉上還算平靜；都看不出什麼變化，就只有吉蒂，為了失去要好的妹妹，或者為了這件事自己惹來的怒氣[148]，口吻就比平日煩躁了些。

至於瑪麗，倒是神色自若，到桌前坐下來不久，就一副發人深省的模樣，低聲跟伊麗莎白說：

「這是不幸透頂的事，大概會議論紛紛。然而我們必須力挽惡意之狂瀾，以姊妹相濡之乳香，互慰創傷之懷抱。」

接着，看見伊麗莎白無意回答，又說，「這件事對莉迪亞雖屬不幸，我們卻可以引以為鑒；所謂女子失節，萬劫不復——所謂一失足成千古恨——所謂名節之脆弱，不下名節之嬌美[149]，——所謂女子當防狂蜂浪蝶，行止不厭其慎[b]。」。

伊麗莎白聽了，詫異地抬起眼來，為之氣結，說不出話來。誰知瑪麗繼續從臨頭的不幸中提煉諸如此類的格言來安慰自己。

傍晚時，兩位長姊可以獨處半個小時；伊麗莎白立刻乘機問東問西，吉英也一樣渴望地一一解答。伊麗莎白認為，事情的下場可怕，幾乎是定局，班耐特小姐也無法斷然否認，兩人唉聲嘆氣了一番；伊麗莎白接着這個話題說，「可是我還不知道的，通通一股腦兒告訴我吧。多說些細節給我聽。福斯特上校怎麼說？兩個人私奔前，他們都沒看出什麼苗頭嗎？總該看見兩個人一天到晚黏在一起吧。」

「福斯特上校也實話實說，他常常疑心有些曖昧，尤其莉迪亞這一邊，可也沒有大驚小怪的道理。我真替他難過。他所做的，無比的殷勤、厚道。他還不知道兩人不去蘇格蘭的時候，為了叫我們放心，他很關心這件事，就特地趕過來我們這裡，到後來所擔心的

<hr>

b 貞節是中外都教的歪理，害人不淺；『字縫裡看出字來，……都寫着……「吃人」！』——吃女人。《儒林外史》第四十八回裡的王玉輝、魯迅〈祝福〉裡的祥林嫂，都叫人印象深刻。高世瑜（1998: 125-145）談到貞節觀念的發展，引了許多「精采」的例子，叫人瞠目結舌、嘆為觀止之餘，也不禁同聲一哭。只有少數豪傑不受汙染，例如「月亮來的」鄧肯。有一回一個男人跟她親熱，突然回過神來，跪在床邊大喊，自覺罪孽深重。自此一去不返，多年後重逢，男的問說：「你原諒過我沒有？」我們的女舞神答說：「可是原諒什麼——？」（Duncan（1927: 60））可圈可點，這才是真正的冰清玉潔。

事一傳開來，更是快馬加鞭。」

「那麼丹尼是不是相信魏克安不會娶她？他知道他們打算逃跑嗎？福斯特上校見過丹尼本人嗎？」

「見過；可是問話的是他嘛，丹尼就推說不知道他們的企圖，也不肯說實話。他不再說相信他們不會結婚的話──看他這樣子嘛，我願意相信，他之前興許誤會了。」

「那麼福斯特上校親身來這裡之前，我想，你們誰也沒有懷疑他倆不會真的結婚吧？」

「我們腦子裡哪裡會這麼想呢！我有點兒不自在──有點兒擔心妹妹嫁給他的幸福，因為我知道他的品行向來不太像話。父親、母親什麼都不知道，只覺得這門親事敢情太輕率了。吉蒂這才承認，她知道的比我們多，自然是得意揚揚的，又說莉迪亞在最後一封信裡，就示意有此一着了。看來她好幾個禮拜前就知道兩個人在談情說愛了。」

「他們去布賴頓之前還沒有吧？」

「還沒有，我想還沒有。」

「福斯特上校自己瞧不起魏克安嗎？他知道魏克安的真面目嗎？」

「說實話，他說起魏克安，不像從前那麼好話。他認為魏克安很輕率，花錢又大手大腳。而自從出了這件憾事，據說啦，他離開梅里頓時欠下一大堆債；可是我希望這不是真的。」

「哦，吉英，要是我們的嘴不那麼緊，要是我們把知道他的底細說出來，就不會有今天了！」

「說出來興許好一點；」姊姊答說。「可是不知道人家這會兒的心迹，就去揭他的舊瘡疤，好像說不過去耶。我們那樣做，都是出於好意。」

「莉迪亞給他太太的短信呢，福斯特上校有沒有轉述裡面的細節？」

「他把信帶過來給我們看了。」

接着，吉英把信從筆記夾裡拿出來[150]，給了伊麗莎白。內容如下：

「親愛的哈麗雅特：

　　當你知道我去了哪裡，準會笑；想到你明天早上一發現我不見了，那個驚奇呀，連我自己都忍不住笑呢。我在去格雷特納格林的路上，要是你猜不到跟誰去，我就覺得你是笨蛋，因為世上只有一個人是我愛的，他是天使。我沒有他，就永遠不會快樂，所以呢就覺得一起走也無妨。你要是不喜歡，就不用寫信跟朗本說我走了，因為等我寫信給他們，署名莉迪亞‧魏克安，他們越發驚訝呢。那會多好玩呀！我笑得差點兒寫不下去了。請替我跟普拉特道歉，我要失約了，今晚沒辦法跟他跳舞。跟他說，我希望他知道一切會原諒我；還有跟他說，下次舞會遇到，我準跟他跳的，十分榮幸呢。我回朗本後要把衣物拿回去；可是我希望你跟薩莉說一聲，把繡花蟬紗禮服那條大縫兒補好，再來打包。再見啦。代我問候福斯特上校，我希望你們會祝我們一路順風。

　　　　　　　　　　　　　　　　　你親愛的朋友，
　　　　　　　　　　　　　　　　　莉迪亞‧班耐特」

「唉！不懂事，不懂事的莉迪亞！」伊麗莎白看了信喊說。「在這種關頭，這寫的是什麼信。可是最少表明，她自己這一趟出走，目的是正經的[151]。不管以後魏克安說服她去幹麼，那不是她自己存了心，故意去做無恥的事。我可憐的父親！真是情何以堪呀！」

「我從沒看過有人震驚成那樣的。足足十分鐘說不出一句話來。母親登時病倒了，全家就一團糟！」

「唉！吉英，」伊麗莎白喊說，「那一整天後，家裡還有哪個僕人不一清二楚嗎？」

「不曉得。——我希望有。——可是在那種時候，挺困難。母

親是瘋瘋癲癲、呼天搶地，就算我凡事盡力幫她，還是怕做得不夠周全！可事情真個不堪設想，我差點兒也亂了方寸。」

「你照顧她，太辛苦了。你臉色不好。唉！我要是跟你一起就好了，你把操心、煩神的事都一個人扛了下來了。」

「瑪麗和吉蒂都體貼得很，本來凡事都會為我分勞，真的，可是我覺得對兩個人都不適合。吉蒂又瘦小、又孱弱，瑪麗就很用功，歇下來的時候不該打擾她。禮拜二父親走了以後，菲利普斯姨媽就到朗本來；還好心地留下來，陪我到禮拜四。她幫了大忙，叫大伙兒安慰不少；盧卡斯夫人挺好心，禮拜三白天就來慰問我們，又說有什麼幫得上忙，她跟哪個女兒都可以效勞。」

「她還是待在家裡吧，」伊麗莎白喊說；「她的心意嘛，興許是好的；可是呢，出了這種倒霉的事，鄰居是可少見則少見的。哪裡幫得上忙？慰問，受不了。要得意、要幸災樂禍，也站遠一點吧。」

接着，她問起父親到了城裡，打算用什麼方法營救自己的女兒。

「我想，他打算去埃普瑟姆，」吉英答說，「就是他們最後換馬那裡，見見那些左馬車夫，看看問不問得出些什麼來。主要的目的，當然是要查出在克拉珀姆載他們走的出租馬車的號碼。車子從倫敦載了客人來；而且，他認為一位紳士和一位女士換車的情形，興許會惹人注目，就打算去克拉珀姆打聽一下。不管怎樣，要是他查得到車夫之前在什麼旅館給客人下車[152]，就決意去哪裡打聽，希望這樣來查馬車所屬的租車站和號碼，興許不是大海撈針。我不知道他還有沒有盤算別的主意：可是他走得匆匆忙忙，又方寸大亂，我連這點兒也好不容易才問出來的。」

# 第六章　欠債的賭棍

　　第二天白天，全家人都在盼班耐特先生的信，偏偏信差來了，卻沒有片言隻語。家人都知道，他對一概尋常事務的書信往還，最是漫不經心、拖拖拉拉，然而在這種時候，大家卻希望他勤勉些。大家不得不認為，他沒有什麼好消息可以寫回來，可即使是「這樣」，大家覺得得個準兒也好。嘉德納先生等不到信，才出發去。

　　他走了，大家知道，最少可以定期收到事情進展的消息了；告別時，舅父也答應，儘快勸服班耐特先生回朗本，叫他的姊姊大感安慰，因為她認為這是免得丈夫決鬥身亡、保存性命的惟一辦法。

　　嘉德納太太和孩子會在赫特福德郡多留幾天，因為嘉德納太太覺得有自己在，也許幫得了外甥女。她幫忙外甥女照料班耐特太太，也是她們閑下來時的一大慰藉。姨母也常來探望，如她所說的，總希望來打氣，振奮人心；然而每來一趟，總會報告一些魏克安奢侈、不軌的新鮮例子，走的時候，難得不叫人比之前更垂頭喪氣的。

　　三個月前，那個人幾乎是光明的天使[a] 153，誰知現在全梅里頓的人似乎都不遺餘力地抹黑他。據稱當地所有商人都有他欠下的債；而他的種種伎倆，都冠上勾引女子的罪名，商人家庭無一幸免。人人宣稱，他是世上第一等邪惡青年；而大家也漸漸發覺，他們本來就常常認為這個人不可貌相。伊麗莎白本已相信妹妹死路一條，儘

---

a　「這也不足為怪，因為連撒但也裝作光明的天使。」（林後11: 14）。奧斯登暗引《聖經》，開魏克安的玩笑。

管對傳聞半信半疑，所信的也足以印證了；就連信得更少的吉英，也幾乎死心了；尤其事到如今，如果兩人像她向來不曾絕望的那樣，去了蘇格蘭，現在也應該有消息了。

　　嘉德納先生星期天離開，到星期二，嘉德納太太收到他的信；信上說，他一到城裡，馬上就找到姊夫，勸他一起回恩典堂街。說班耐特先生之前已去過埃普瑟姆和克拉珀姆，卻查不出有用的線索；又說班耐特先生現在決定，到城裡各大旅館一一詢問，因為他認為兩人剛到倫敦，尚未找到下處，可能去過一家。嘉德納先生自己不期望這個辦法會有收穫，但是既然姊夫躍躍欲試，他打算從旁協助。他又說班耐特先生目前似乎不願意離開倫敦，又答應不久會寫信回來。信後還有附筆，內容如下：

　　「我寫了一封信給福斯特上校，希望他探問那個小伙子在軍中的密友，到底魏克安還有什麼親戚朋友，大概會知道他如今會躲在城的哪裡。如果有這麼個人，可以跟他打聽，有機會得到這樣的線索，可能是舉足輕重的。目前我們毫無頭緒。我想，在這上頭，福斯特上校會竭盡所能讓我們滿意的。但是，轉念一想，也許麗兒比誰更可以告訴我們，他現在還有什麼親人在世。」

　　舅父這樣尊重她的可靠意見，她並不覺得奇怪；但是要說出與恭維相稱、那麼叫人滿意的消息，卻是無能為力。

　　除了父母，她從沒聽過魏克安有什麼親人，而他的父母也過世多年。而某某郡的朋友，有些也許說得出一些底細，倒是可能的；雖然她並不樂觀，請教一下也是叫人期待的。

　　現在，朗本的人每天都在渴望；不過每個人最渴望的，就是期待收到信件。信件的到來，是每個白天的第一大事。不管說的是好事、壞事，都可以由信傳達；而日復一日，大家總期待會傳來重要的消息。

　　然而，嘉德納先生尚未有新的消息，另一個地方倒來了一封給她們父親的信，那是柯林斯先生寄來的；因為吉英經父親囑咐，他

不在時代為拆閱任何信件，就打開來看；伊麗莎白知道他的信向來耐人尋味，靠在吉英身後，也讀了起來。內容如下：

「族伯大人鈞鑒：

　　昨日得赫特福德郡之來函，得知尊者蒙難，刻下正是傷心慘目；小姪既為尊者之親，又復以鄙人之身分地位，自覺責無旁貸，修書馳慰。尊者與諸位可敬之寶眷，為此萬劫不復之事而身陷此難，定必肝腸寸斷；內子與鄙人之肺腑同感悲傷，並無虛言。倘若能使諸位於此水深火熱之中稍得緩解，於此尤為叫父母慘感至極之中稍得安慰，小姪將不辭辯解。令千金落得如此，毋寧不如一死之有福[b]。小姪又得親愛之夏洛特相告，令千金之不守婦道乃出於嬌慣溺愛，此說有迹可尋，此乃尤為可嘆；雖然，與此同時，小姪為安慰尊者與族姑大人，寧願以為她本人天性奸邪，若其不然，小小年紀實不足以犯下此等滔天大罪。姑不論出於何因，尊者之慘況叫人同情，鄙意不只內子附和，即凱瑟琳夫人及其千金經小姪稟告，所見亦同。彼等與小姪均有同感，惟恐一位千金之失足殃及諸位千金之幸福，誠如凱瑟琳夫人賜告，無人願與玷辱門楣之家結親。小姪因夫人此慮而深省去年十一月間之事[c]，倍感慶幸，若其不然，鄙人眼下當與尊者同蒙羞辱、同聲一哭。然則，尚祈尊者勉加寬慰，從今起與不肖女恩斷義絕，任其飽嘗大不韙之苦果。

晚……」

　　嘉德納先生要等到福斯特上校的回音才再寫信回來，等到了，卻沒有值得高興的好寫。據知魏克安沒有哪個有來往的親人，也確定沒有在世的近親。從前交遊廣濶；但是自從加入軍中，似乎沒有跟誰特別要好。所以找不出有誰是可能說得出他的消息的。除了怕

---

b　這跟柳媽對祥林嫂說的差不多。
c　向伊兒求婚不成。

被莉迪亞的親人找到，他自己一文不名，也是躲躲藏藏的非常有力的動機；原來有風聲說，他臨走欠下相當可觀的賭債。福斯特上校認為，至少要一千鎊才可以還清布賴頓的債。在鎮上欠下商人不少，但是朋友周轉的賭債更是多得嚇人。嘉德納先生並不隱諱，把這些細節都告訴朗本的家人；吉英聽得心驚膽戰。「是個賭棍！」她喊了出來。「誰想得到。壓根兒想不到呀。」

嘉德納先生補充說，第二天，即星期六，她們應該會看見父親回家了。他們想盡辦法卻一無所獲，叫他灰心喪志，才聽勸回家，把事情交給小舅子，相機行事，追查下去。女兒鑒於母親之前為父親的性命擔憂，以為母親一聽見父親回來會十分高興，誰知並非如此。

「嗄，他要回來，丟下可憐的莉迪亞嗎？」她喊說。「他一天找不到他們，當然就不要離開倫敦嘛。要是他走了，誰要跟魏克安決鬥，逼他娶她呢？」

因為嘉德納太太漸漸想家，決定在班耐特先生由倫敦回來時，要帶孩子回倫敦。所以馬車送他們走前半程，然後接自家老爺回朗本。

嘉德納太太從在德比郡到現在離開，對伊麗莎白和她那位德比郡的朋友有滿腹疑團。外甥女當着他們的面也不曾主動提起他的名字；嘉德納太太半信半疑地期待他的來信，結果什麼都沒有。伊麗莎白回來後，可以來自彭伯里的，什麼也收不到。

現在家裡愁雲慘霧，不必找別的理由，就可以解釋伊麗莎白心情低落；所以從心情上嘛，是猜不透些什麼的；另一方面，伊麗莎白這時候算是很了解自己的心事，心知肚明，莉迪亞的醜事雖然可怕，要是根本不認識達西，也會好過一些。她想，失眠兩晚可以減少一晚。

班耐特先生回來了，完全是平日那副深沉、鎮靜的模樣。話不多，跟向來的習慣一樣；他不提特地出門去辦的那件事，而他的女兒，過了好久才敢提起。

有一天傍晚，他過來跟大家一塊喝茶，伊麗莎白才斗膽提起那個話題，扼要地說到他一定受苦了，為他難過云云；他答說，「別提了。我不受折騰，誰受？自作自受，活該。」

「您不必太過自責，」伊麗莎白答說。

「你不妨警告我別犯這種錯。人性真的愛自責呢！唉，麗兒，就讓我這輩子有一回覺得該怪自己吧。我不怕自己受不了那種感受。一下子就過去了。」

「您料想他們在倫敦嗎？」

「是的；還有哪裡可以藏得那麼嚴實？」

「莉迪亞向來就想去倫敦，」吉蒂說。

「那麼，這下子開心啦，」父親冷冷地說；「而且這一住八成會有好一陣子。」

接着，沉默了一下子，又說，「麗兒，我沒有怨你五月的時候勸我，看看這會兒的結果，你真有先見之明。」

班耐特小姐過來給母親端茶，打斷了交談。

「這叫擺譜兒，」他喊說，「有好處的；不幸也高雅起來呢！改天我也來這一套；坐在書房裡，戴着睡帽，穿着上粉衣[154]，有多麻煩就鬧多麻煩，——或者，興許等吉蒂跑掉再來。」

「我沒有要去跑掉，爸爸，」吉蒂焦急地說；「我嘛，要是有去布賴頓，準比莉迪亞乖的。」

「你，你去布賴頓！——近到伊斯特本我也不放心讓你去，休想[155]！不行，吉蒂，我最少學會了小心，你會嘗到滋味的。從今起哪個軍官都不准進門，連經過村子都不行。嚴禁參加舞會，除非跟姐姐跳舞。從今起不准出門半步，除非你可以證明，每天有十分鐘過得理智。」

吉蒂把種種威脅當真，哭了起來。

「算了，算了，」他說，「不要自尋煩惱。要是你未來十年做個好女孩，期滿準帶你去看一場軍隊檢閱。」

# 第七章　怨偶天成

　　班耐特先生回家兩天後，吉英和伊麗莎白一起在屋後的灌木園裡散步，卻見管家朝她們走過來，滿以為是母親召喚她們，就迎上前去，會了管家，結果卻不是召喚，她對班耐特小姐說，「對不起，大小姐，打擾您，可是我巴望着您興許有城裡來的好消息，所以冒昧來問您的。」

　　「你說什麼，希爾？我們沒有城裡的消息。」

　　「親愛的大小姐，」希爾太太喊說，十分驚訝，「你不曉得嘉德納先生的信差來找老爺嗎？他來了半點鐘了，老爺有一封信呢。」

　　姑娘一聽，話也來不及說，就急着跑回去。她們穿過門廳，進了早餐室，再到書房；──兩處都不見父親；正要上樓到母親那裡找他，碰見男僕說：

　　「要是要找老爺的話，小姐，他朝小樹林那邊過去了。」

　　她們一聽，連忙又穿過門廳，跑過草坪，去追故意走到圍場旁小樹林的父親。

　　吉英沒有伊麗莎白輕盈，也沒有像她慣跑，很快就落後了，而妹妹上氣不接下氣，趕上了父親，急切地喊了出來：

　　「嗨，爸爸，有什麼消息？有什麼消息？舅舅有信嗎？」

　　「有，他請人送了一封快信來。」

　　「哪，裡面說了些什麼？好消息還是壞消息？」

　　「還會有什麼好消息？」他說着從口袋裡把信拿了出來；「不過，興許你想看看。」

伊麗莎白一把從父親手上抓了過來。這時候吉英也趕上來了。

「大聲讀出來，」父親說，「因為我壓根兒也不知道裡面說些什麼。」

「親愛的姊夫：

　　終於有外甥女的消息可以給你了，而大體上，希望你會滿意。你星期六離開以後，我隨即僥幸發現他們在倫敦的下落。詳情容日後見面再說。總之，我找到他們了，也見了他倆——」

「那就是了，像我一直期待的，」吉英喊說；「他們結婚了！」

伊麗莎白讀下去：「也見了他倆。他們沒有結婚，我也看不出他們有任何那個打算；不過，如果你願意履行一些我大膽代你答應的約定，想必不久就會結婚。你那方惟一要做的，是訂下協議書，保證姊夫倆百年歸老後，女兒可以得到子女所均分的五千鎊；並且保證，在你在世時，每年給她一百鎊。這些條件，我全盤斟酌後，據我認為所受的權限，大膽代你答應了。我會用快信通知你，以免耽擱了你的回覆。你一想就明白，照這些細節看來，魏克安先生並不像一般以為的那麼一窮二白。大家是誤會了；而我也高興地說，就算把債項清還後，尚會有一點剩下來，可以歸外甥女的名下，增加她個人的財產。只要你允許，也想必會允許，我以你的名義全權處理一切，我就會指示哈格斯頓草擬正規的協議書[156]。你大可不必再進城；所以安心留在朗本，事情交給小弟盡心盡力吧。請儘快回覆，而且務必寫得明確一些。我們考慮過，外甥女婚前留在舍下最好，希望你會同意。她今天過來。還有什麼定了案，會隨時奉告。——你的……

　　　　　　　　　　　　　　　　　　　愛德華・嘉德納

　　　　　　　　　　　　　　八月二日[a]，星期一，於恩典堂街」

---

a　奧斯登筆下的日期、時間、里程、步速、車速等等，非常精確，這卻是罕見的錯誤。有人認為作者用的是1811-1812的日曆，嘉德納先生這封信要延後兩周左右才

「真的嗎！」伊麗莎白看完信喊說。「難道他真的會娶她嗎？」

「那麼，魏克安並沒有像我們以為的那麼不像樣；」她姊姊說。「親愛的父親，恭喜您。」

「您回信了嗎？」伊麗莎白說。

「還沒；不過得快點回。」

她萬分懇切地請父親動筆，不要耽擱。

「噢！親愛的父親，」她喊說，「快回去寫。想想看，這種事情，分分秒秒都很重要。」

「我代你寫吧，」吉英說，「要是你自己嫌麻煩。」

「我嫌得很，」他答說；「可是也得寫。」

說着就跟她們回頭，走回屋裡去。

「那請問，」伊麗莎白說，「那些條件，我想，都得依了。」

「依呀！他要那麼少，我才不好意思。」

「他們結婚結定了！可他是那樣子的人！」

「是呀，是呀，結定了。別無他法。可是有兩件事，我巴不得弄清楚：──一件，是你舅舅為了促成婚事，花了多少錢；另一件，我究竟怎麼還他。」

「錢！舅舅！」吉英喊說，「您說什麼，老爺？」

「我說，沒有哪個腦筋清楚的人，會為那麼點兒的甜頭來娶莉迪亞，活着才一年一百鎊、死了才一年五十[b]157。」

「很有道理，」伊麗莎白說；「雖然剛才沒想到。他把債還清，還剩下一筆來呢！哦！準是舅舅出的！大方的好人呀，恐怕他苦了自己來着。小數目可不能一一辦到呢。」

「不能，」父親說；「魏克安要是不拿個一萬鎊，少一毛錢，就是老呆。一做親家就把他想得那麼糟糕，我還過意不去呢。」

「一萬鎊！萬萬使不得！一半也怎麼還得了呀？」

對，Chapman認為應該是8月17日（星期一）（II, Appendixes: Chronology）。
b　五千磅由五個女兒均分後，年息5%所得。

　　班耐特先生沒有回答，大家各自沉思，一言不發，回到屋裡去。於是父親到書房寫信，姑娘走進早餐室。

　　「那他們真的要結婚了！」兩人一獨處，伊麗莎白就喊說。「好奇怪啊！而我們還要為這件怪事慶幸。就算他們幸福的機會渺茫，就算他的為人很糟糕，他們居然要結婚，我們還不得不慶幸！唉，莉迪亞！」

　　「我安慰自己，」吉英答說，「心想他要不是真的愛莉迪亞，決不肯娶她的。雖然舅舅幫過他還債，我可不相信出過一萬鎊什麼的。他也有自己的小孩，興許還會多生幾個。連五千鎊也怎麼拿得出來呢？」

　　「魏克安自己是個窮光蛋，要是我們不管怎樣，查得出他欠多少債來着，」伊麗莎白說，「他那邊又有多少歸妹妹，那舅舅出了多少就可以算清楚了。舅舅和舅媽的恩情，今生今世也報答不了。他們把莉迪亞接回家，給她貼身的保護、恩惠，為了她好而犧牲自己，是一輩子也感激不盡的。這會兒她敢情跟他們一起了！要是她受了這樣子的恩惠，到此刻都不覺得難為情，活該一輩子不幸福！她第一眼見到舅媽，又是什麼滋味呢！」

　　「我們得把雙方的過去一一忘掉，」吉口英說：「我希望，也相信，他們不管怎樣是會幸福的。從他答應娶她就看得出來，我要相信，他終於想通了。因為相愛，他們會穩定下來；我慶幸他們會安安穩穩地安頓下來，過着理智的生活，於是久而久之，大伙兒就忘掉了他們從前的不檢點。」

　　「他們那種不檢點，」伊麗莎白答說，「不管是你，是我，還是誰，一輩子都忘不掉的。說也沒用的。」

　　兩個姑娘這才想到，母親大概還渾然不知。於是到書房去請示父親，可否讓她們告訴母親。父親正在寫信，頭也不抬，淡淡地答說：

　　「隨便你們。」

「可以拿舅舅的信去念給她聽嗎？」

「要拿什麼就拿，拿了走開。」

伊麗莎白從書桌上拿了信，姊妹一起到樓上去。瑪麗和吉蒂跟班耐特太太在一塊：於是說一遍，大家都知道。她們先預告有好消息，然後吉英就把信大聲地讀出來。班耐特太太簡直不能自已。一讀到嘉德納先生期待莉迪亞不久成婚，她心花怒放，每聽一句就倍感興奮。之前因為驚慌苦惱，煩躁得不得了；現在因為高興，也激動得不得了。知道女兒要結婚就夠了。她沒有為擔心女兒的幸福而不安，也沒有記起她行止不端而慚愧。

「我親愛的寶貝莉迪亞！」她喊說：「真個太高興了！──她要結婚了！──我又會看見她了！──十六歲就結婚！──我的好弟弟、大好人的弟弟！──我早知道會這樣的。──我早知道他會通通搞定的。我巴不得見她呀！還有見親愛的魏克安呀！可是衣服呢，結婚禮服呀！我得馬上寫信給嘉德納舅媽。麗兒，親愛的，快下去，問問你父親會給她多少。等一下，等一下，我得自己去。拉一下鈴，吉蒂，叫希爾。我要馬上穿好衣服。我親愛的寶貝莉迪亞！──我們到時候見面有多歡喜呀！」

大女兒卻提起嘉德納先生的作為，請母親想想家裡欠舅父的人情，設法叫欣喜若狂的母親別太忘形。

「因為這件事，」她說，「大半多虧了他好心，才有這樣圓滿的結果。我們相信，他保證會幫助魏克安先生還債。」

「哎喲，」母親喊說，「這理所當然呀，自己舅舅不幫誰幫？你知道，他要是沒有自己的家人，他的錢通通都得歸我跟我孩子呢；除了一些小禮物，這也是我們頭一次得他些什麼來着。哦！我太開心了！一轉眼我就有一個女兒嫁人了。魏克安太太！多好聽啊！她六月才十六歲呢。親愛的吉英，我這會兒撲騰撲騰，真個寫不了信；那麼我來念，你幫我寫。錢就等一下再跟你父親商量；東西可得馬上訂好。」

她接着就一一交代白棉布、蟬紗、麻紗的細節；如果不是吉英費了些勁相勸，先等父親有空來商量，她隨即就要吩咐下幾張大訂單了。吉英說晚一天沒關係，母親也開心得截然不像平日固執。她也想起別的大計。

「我一穿好衣服，」她說，「就去梅里頓，把頂呱呱的好消息告訴菲利普斯姨媽。回來的時候就去盧卡斯夫人家、朗太太家。吉蒂，跑下去叫人備車。出去透透氣，真的好處多多。姑娘們，我去梅里頓可以幫你們做什麼嗎？嗨！希爾來了。親愛的希爾，你聽見好消息沒有？莉迪亞小姐要結婚了；婚禮那天，你們人人都可以喝一碗潘趣酒，開心一下。」

希爾太太登時高興起來，一一向主人恭喜。伊麗莎白領了賀，受不了這種鬧劇，躲回自己的屋子裡，自在地思考一下。

可憐的莉迪亞的處境，就算往最好的去想，也夠糟糕的了；可是沒有更不堪，她就得謝天謝地了。伊麗莎白也謝天謝地；儘管展望未來，沒有道理去期望妹妹會得到理智上的快樂、物質上的富足[158]；然而，回顧兩個小時前大家所擔憂的，這樣的下場已是萬幸了。

# 第八章　最匹配的人

　　班耐特先生在這個年紀以前，一直期望不要花光收入，每年存下一筆錢，用來好好供養孩子和可能比自己長命的妻子。現在就越發期望了。如果他在這件事上盡了責，莉迪亞就不必欠舅父的人情，來替她花錢多少贖回些臉面名聲。這一來，說服全大不列顛數一數二沒出息的青年來當她丈夫，就該是他的欣慰了。

　　這件對誰都沒什麼好處的事，竟然要小舅子一個人出錢來促成，叫他十分過意不去；他決意儘可能查明小舅子的花費，儘早償還。

　　班耐特先生剛結婚的時候，覺得根本不必省儉；因為他們當然會生一個兒子。等兒子一成年，就可以聯手廢掉限定繼承[a] [159]，而贍養寡婦、幼孤就有着落了。五個女兒接連出生，兒子卻還沒有來；班耐特太太生下莉迪亞多年，仍然認定兒子會來。終於，結果叫人失望；但是這時候才省吃儉用，也為時已晚了。班耐特太太不會精打細算，好在丈夫喜歡獨立自足，才避免家裡透支而已。

　　依照婚約，有五千鎊是留給班耐特太太和孩子的。但是應該怎樣分配，由父母決定。這件事，最少對莉迪亞方面，現在就要決定，而班耐特先生也毫不猶豫地答應人家提出的方案。雖然只有三言兩語，他誠摯地感謝小舅子的人情；然後寫明自己對一切作為完全同意，也願意履行小舅子代他答應的條件。他從沒想過，如果

---

a　只要現任所有權人和成年的繼任人同意，即可修改或重訂繼承條件。班先生希望分一些財產給妻女，等於損害繼承人的權益；不過自己兒子，總會同意。柯林斯口口聲聲要補償族妹，打的卻是人財兩得的如意算盤。

說服得了魏克安來娶他女兒，會像現在的安排一樣給他那麼少的麻煩。他以後每年付給他們一百鎊，多花的簡直不到十鎊；原來莉迪亞的伙食、零用，加上經母親手給她的錢，所花費的跟這個數目相差甚少。

而且他不費吹灰之力，事情就辦妥，也是意外的愜意；因為他現在最希望的，就是那件事的麻煩盡量少。當初大發雷霆，氣得動身去找她；氣過了，自然是故態復萌，疏懶起來。信隨即寄出；原來他處事雖然拖拖拉拉，一着手卻很快。他虧欠多少人情，懇請小舅子詳示；卻氣得沒有半句話給莉迪亞。

喜訊一下子傳遍了全家上下，也相當快地傳遍左鄰右舍。鄰里聽見了，也只好認了。如果莉迪亞‧班耐特小姐淪落到花街柳巷，或者幸運一些，在農舍裡離群索居，與世隔絕，鄰里的茶餘飯後一定更有興味。不過人結婚了，依舊大有可說；全梅里頓的惡毒老婦人之前已好心地祝她幸福，現在情形變了，祝福的興致卻也只是略減，因為嫁給這樣的丈夫，想必悲慘。

班耐特太太已經兩個星期沒有下樓，不過在這個大喜的日子，她又坐回餐桌的首席，而且興致逼人。得意忘形，沒有半點因羞愧而收斂。自從吉英十六歲以來，女兒出嫁就是她心目中的第一要務，現在即將大功告成；滿腦子、滿嘴不離婚禮上的闊綽排場、上等的蟬紗、新買的馬車、新請的僕人。又忙碌地替女兒在附近找尋妥當的住處，既不知也不問他們的收入，否決了許多地方不夠大、地位不夠高的房子。

「海莊園興許可以，」她說，「要是古爾丁他們肯搬走，斯托克那裡的大宅也行，要是客廳大一點；可是阿什沃思太遠了！我捨不得她離我十哩遠；珀維斯山莊呢，那些閣樓又很糟糕。」

僕人在的時候，她丈夫由得她談個不完。但是等僕人退下去，對她說，「班耐特太太，在你為女兒、女婿買下一棟或所有房子前，我們先把話說清楚。附近『有一棟』房子，斷斷不准他們踏進

去。我決不會鼓勵兩個無恥之徒，接待他們到朗本來的。」

聲明一出口，就吵個沒完沒了；然而班耐特先生很堅定：不久又吵到另一件事；而班耐特太太這才又驚又怕地發覺，丈夫一塊錢也不會拿出來給女兒買衣服。他聲明，莉迪亞的婚禮得不到他一點親愛的表示。班耐特太太難以理解。她萬萬不能相信，丈夫會憤怒得懷着這樣不可思議的恨意，拒絕給女兒應得的厚待，而簡直叫婚禮不成體統。女兒婚前私奔、同居兩周，就是叫她有什麼羞恥心，都比不上女兒沒有新衣服行禮，叫她倍覺丟臉。

伊麗莎白現在萬分懊悔，當時自己一時難過，把家裡擔心妹妹的事告訴了達西先生。因為結了婚，私奔的事隨即結束，他們就會希望，隱瞞一概局外人那個不光彩的開端。

她一點不怕他會把事情張揚出去。很少人叫她更信得過能保密；可是同時，也沒有別的人得知妹妹的水性楊花，叫她那麼羞愧的。不過，倒不是怕對她個人不利；因為無論如何，兩人之間似乎有一道逾越不了的鴻溝。即使莉迪亞嫁得風風光光，也休想達西先生會跟這樣的家庭結親，因為除了種種不利的理由，現在再添一項，就是要跟活該被他看不起的人聯姻，變成至親。

面對這樣的姻親，他要退縮，她不覺得奇怪。在德比郡時，清楚知道達西對自己的一片心意，但是照道理也不能期待，博取芳心的願望經得起這樣的打擊。她自慚，她傷心；她懊悔，儘管簡直不知道為了什麼。再也無望得到他的敬重了，她才渴望得到。要再聽到他的音訊似乎機會渺茫了，她才希望知道他的消息。大概不會重逢了，她才深信，自己跟他一起何嘗不快樂呢？

她常常想，如果他知道，才四個月前她傲慢地拒絕的求婚，現在是求之不得、樂於答應，該會多得意呢！她並不懷疑，男人有多寬大，達西就多寬大。不過，人總是人，一定會得意的。

她此時此刻才領悟起來，達西就是最匹配的人：達西的性格、才能，與她最登對。他的頭腦、性情，雖然跟自己截然不同，卻處

處合意。這一對，一定相得益彰；她的自在、活潑，可以叫達西的心地更溫柔，態度更得體，而從達西的眼光、學問、見聞，她受的惠更是重要。

可惜，現在沒有這樣的美滿姻緣，來教導芸芸有情人什麼是真正的婚姻幸福。不久，他們家裡就有另一對，葬送了這一對的幸福，卻教導人什麼是不幸福。

魏克安和莉迪亞要怎樣維生才可以勉強自給自足，她無法想像[160]。但是，只因為情慾勝過品德而結合的這一對，難以長遠幸福，卻可以輕易想見。

＊　＊　＊　＊　＊

嘉德納先生不久又寫信給他姊夫。扼要地回答了班耐特先生的感謝，再三表明，切盼為姊夫府上任何一位的福祉盡力；最後又請求姊夫切勿重提。這封信的要旨在通知他們，魏克安先生決意退出民兵團。

「我本來就萬分希望，」他說，「他的婚事一定下來，就應該這樣做。你想必跟小弟一樣，認為離開該軍團，不管對他個人還是對外甥女，都是十分明智之舉。魏克安先生有意加入正規軍；而他從前的朋友裡，還有人願意，也有能力，幫他捐一個軍職。他有望到某某上將駐紮在北部的兵團裡擔任掌旗官。從軍的地方遠離這一帶，是件好事。他還挺有指望的；但願兩人到了那裡，人地生疏，各自又有名聲可以維護了，都會慎重些[b]。我已經寫信給福斯特上校，通知他現在的安排，也請他安撫魏克安先生在布賴頓一帶的債主，保證迅速還款，並由我擔保。也勞煩你同樣向梅里頓的債主保證，名單依他所言，隨函付上。他已經把債項和盤托出，希望最少

---

b　這是說，兩人如果回朗本去，名聲反正已壞，說不定會自暴自棄。然而，如果到北部，當地人不知道私奔等原委，兩人好像恢復了「清白之身」，就有維護名聲的餘地和動機了。這當然是嘉德納先生一相情願。

他沒有欺騙我們。哈格斯頓依我們指示，一周內一切辦好。接着，除非先應邀回朗本，他們就到兵團那裡；而聽內子說，外甥女離開南部前，非常盼望看見你們各位。她很好，也囑筆盡孝，向你和母親問好。──你的……

愛‧嘉德納」

　　班耐特先生和幾個女兒，跟嘉德納先生一樣心知肚明，看出魏克安離開某某郡兵團有種種好處。惟有班耐特太太不太高興。原來她並沒有放棄女兒住在赫特福德郡的打算，滿懷高興與傲慢，期待女兒作伴；聽見莉迪亞要定居北部，失望透頂；此外，莉迪亞跟兵團上下混得很熟，有許多喜歡的朋友，硬要她離開，真叫人難過。

　　「她好喜歡福斯特太太，」她說，「把她送走可太糟糕了！還有好些個小伙子，也是她好喜歡好喜歡的。某某上將的兵團，裡面的軍官興許不那麼討喜。」

　　至於女兒的要求（算是要求吧），就是北上前，請准回家一事，班耐特先生原先斷然拒絕。但是吉英、伊麗莎白為妹妹的感受和地位着想，都希望她的婚姻得到父母承認，於是既懇切、卻又入理、又委婉地相勸，終於說服父親同意她們的想法，如她們的願，准女兒和她丈夫一結婚就回朗本。而母親知道，女兒放逐到北部前，可以帶出嫁的女兒向四處炫耀，也就滿意了。於是班耐特先生又寫信給小舅子，允許他們回家；說好等他們　行完禮，就歸寧。不過，魏克安會同意這樣的計劃，倒叫伊麗莎白意外；如果只考慮自己的意思，無論如何是不希望再會他的。

# 第九章　歸而不寧

　　妹妹結婚的日子到了，吉英和伊麗莎白為她羞愧，大概勝過她為自己羞愧[161]。馬車派到某地會合，晚餐前接他們回來。兩位姊姊為他們回來而擔驚受怕；尤其吉英，設想莉迪亞有罪魁禍首的感受，像「自己」會的那樣[162]，又想到妹妹一定會受的苦，心中慘淒。

　　他們來了。一家人聚在早餐室迎接他們。馬車駛到大門前時，班耐特太太一臉燦爛的笑容；她的丈夫神色陰沉凝重；女兒則既驚慌、又憂慮、很不自在。

　　門廳傳來莉迪亞的聲音；門一把推門，她就跑了進來。母親走上前擁抱她，欣喜若狂地歡迎她；又一臉親熱的笑容，跟隨後進來的魏克安握手，欣然地祝福他們新婚快樂，彷彿篤定無疑。

　　然後到了班耐特先生面前，待遇就毫不熱情。他的神情反而越發嚴峻，簡直一言不發。其實，這對新人自在地厚顏無恥，就夠惹他生氣了[163]。伊麗莎白討厭，連班耐特小姐也震驚。莉迪亞還是莉迪亞；不受教、不怕羞、性子野、嘴巴吵、膽大包天。她在姊姊間轉來轉去，討她們的恭喜；等大家終於坐了下來，才急着環顧四周，發現屋子裡有些小變動，笑一笑，說好久不在這裡了。

　　魏克安絲毫不比她不好意思，因為他的舉止一向可人，如果為人和婚姻都像樣得體，認親時的笑容和自在的談吐會叫人人歡喜。伊麗莎白本來不相信他根本可以厚顏無恥；但是她坐下來，心裡決定，以後不要小看無恥之徒的厚臉皮。她啊，臉紅了，吉英也臉紅了；但是叫她們羞愧的那兩人，面不改色。

　　座上交談不缺。新娘子和母親兩張嘴都說得再快不過了；而魏克安剛巧坐近伊麗莎白，就問起附近的朋友來，愉快自在得她覺得無法照樣回答。兩個人似乎各自都有世上最美好的回憶。回想舊事，絲毫不感傷痛；而姊姊無論如何不願提到的，莉迪亞卻主動說起。

　　「想想看吧，」她喊說，「我走了三個月呢；嘿！好像才兩個禮拜耶；可是這些日子裡事情就夠多的了。好家伙！我從出去到回來前，壓根兒沒想到會結婚啊！不過呢，我想要是真的結了婚，真個好玩得很啊。」

　　父親抬眼。吉英困窘。伊麗莎白給她遞眼色；然而，她對自己會裝聾作啞的事，從來視而不見、聽而不聞，快活地說，「啊！媽媽，附近的人都曉得我今天結婚嗎？我怕興許不曉得吧；所以呢，我們趕上了威廉‧古爾丁的雙馬便車，就覺得他應該要知道的；就把靠他那邊的窗放下來，脫了手套，把手放在窗框上，好讓他看見戒指；然後我又點頭、又笑個不住的。」

　　伊麗莎白忍無可忍。站起來，跑出了屋子；直到聽見大家經過門廳，要到晚餐廳，才回來。會合時剛好看見，莉迪亞急着耀武揚威，走到母親的右邊，然後對大姊說，「呀！吉英，這會兒我占了你的位置啦，你得退後些，因為我是結了婚的女人[164]！」

　　莉迪亞一開始就毫不羞愧，以後不會羞愧是可以想見的。她越發自在，越發興致高。她渴望去看菲利普斯太太、盧卡斯一家，還有別的鄰居，聽他們一個一個稱呼自己「魏克安太太」；同時，晚餐後又跟希爾太太、兩個女僕炫耀戒指、誇口已婚的身分。

　　「哪，媽媽，」大家回到早餐室後，她說，「你覺得我老公怎麼樣？不是個迷人的家伙嗎？姐姐準要羨慕我了。只希望她們會有我一半的好運吧。她們應該通通都去布賴頓。那是找老公的地方呀。我們沒有全家一起去，太可惜了，媽媽。」

　　「就是呀；當初要是依我的，就一起去了。可是啊，寶貝莉迪亞，我不喜歡你大老遠的去那裡。不去不行嗎？」

「哎喲！不去不行啦；──也沒什麼嘛。我倒喜歡去呢。你跟爸爸，還有姐姐，都得來看我們。我們會在紐卡斯爾過冬，我想也會有幾場舞會，我準仔細找幾個好舞伴給姐姐的。」

「我求之不得呀！」母親說。

「到時候你回家，可以留一兩個姐姐給我；我看還沒有過冬，我就幫她們找到老公了。」

「你的好意我心領了，」伊麗莎白說；「可是我不太喜歡你那樣子找老公。」

客人留下來不會超過十天。魏克安先生離開倫敦前已經受了職，兩周內要到兵團報到。

除了班耐特太太，沒有人為他們逗留不久而難過；而班耐特太太也抓緊時間，帶女兒四處訪鄰，在家中頻辦聚會。而這種聚會也人人歡迎；尤其懂事的比不懂事的，更覺得回避家裡的人有好處[165]。

不出伊麗莎白所料，魏克安對莉迪亞的感情，不如莉迪亞對他的。她簡直不必觀察眼前來確認，從事理推想，就知道促成他們私奔的，是因為莉迪亞愛得火熱，而不是因為他；那既然沒有轟轟烈烈地愛莉迪亞，到底為什麼要跟她私奔，伊麗莎白覺得不足為奇，因為她斷定魏克安山窮水盡，不得不逃跑；而萬一要逃跑，他這種年輕人有機會，是不會拒絕帶一個伴的。

莉迪亞太喜歡他了。他是永遠的寶貝魏克安，沒有人可以相提並論。他凡事天下第一；她深信，他在九月一日打的鳥最多[a]，當地無敵手。

他們來了不久，有一天白天，她跟兩位姊姊坐在一起時，對伊利莎白說：

「麗兒，我想，我從沒把婚禮的情形告訴你吧。我一五一十跟

---

a　法定獵季開始。

媽媽、其他人講的時候，你不在。你不想聽聽我怎麼結婚的嗎？」

「不想，真個不想，」伊麗莎白答說；「我看，這件事可不講就不講。」

「啊！你好奇怪！可是我得跟你講是怎樣的。你知道，我們是在聖克萊門特結婚，因為魏克安住在那個教區。而照約定，我們十一點前通通得到那邊。舅舅舅媽和我會一起去，其他人就到教堂碰頭。好啦，到了禮拜一早上，我可是七上八下！你知道，我好生害怕會出什麼事，把婚禮延期，那我就要瘋掉了。還有就是舅媽，在我穿衣服的時候，在旁邊訓話說教個不完，就像講道一樣。誰知呢我十句聽不到一句，因為，你興許猜到，我在想着寶貝魏克安啊。我好想知道，他會不會穿那件藍外套來結婚。

「好吧，於是我們照常十點鐘吃早餐；我覺得好難熬喔；原來呀，順便說說，你要知道，我住那邊的時候，舅舅舅媽討厭得死鬼似的[166]。信不信由你，我在那裡兩個禮拜，一步也沒有出過門呢。沒有一個聚會，沒有一個節目，什麼也沒有。一點兒沒錯！倫敦真夠冷清的，不過，可是小劇院總有開啊。好啦，於是馬車都到了門口，就在這個節骨眼上，舅舅又給那個死鬼家伙斯頓先生叫了過去，說有事。然後呢，你知道，他們一碰頭就沒完沒了啦。啊，我嚇得要死，不曉得怎麼辦，因為要舅舅把我交給新郎；萬一過了時間[b]，一整天都不能結婚了。可是，好在他不到十分鐘就回來了，然後一起出發。其實呀，我後來想起來，萬一他真個給纏住了，婚禮也不用延期，因為達西先生也行。」

「達西先生！」伊麗莎白重覆了一遍，詫異不已。

「喔，是呀！──他會跟魏克安一起來，你知道。哎呀！我忘光光了！我一個字也不該提的。我還跟他們拍胸脯呢！魏克安會怎麼說呀？這是天大的秘密啊！」

---

b　早上八點到中午十二點。

「既然是秘密，」吉英說，「一句也不要再提。你放心，我不會追問的。」

「噢！當然，」伊麗莎白說，儘管好奇得心癢；「我們決不會問你什麼的。」

「謝謝，」莉迪亞說，「要是你們問下去，我準會通通說出來的，那麼魏克安就會生氣了。」

這樣開門請問，伊麗莎白只好自斷機會，跑開了。

然而，一天不弄個明白，一天寢食難安；最少不能不追查一下。妹妹結婚，達西先生在場。顯然，那種人物的那種場合，他是恰恰最不相干、最不想去的。到底怎麼一回事，她一下子天馬行空，胡思亂想起來；偏偏沒有一點想通。而最滿意的想法，是假設他的作為出於高風亮節，卻似乎最不近情理。她受不了這樣七上八下；慌忙抓起一張紙，寫了封短信給舅母，說如果不違背當初保密的約定，就請她解釋莉迪亞走嘴所透露的。

「您可以輕易明白，」她說，「我一定萬分好奇，為什麼一個跟我們非親非故的人，我們家的陌生人（相對而言），竟然會在那種時候跟你們一起。請馬上回覆，讓我知道──除非有足以服人的理由要保密，像莉迪亞看來覺得需要一樣；那麼我不知情，也只好設法將就了。」

「不過，我敢情不會將就，」她寫完了信自忖；「我的好舅媽，要是您不大大方方跟我講，我準會不惜使着兒套出來的。」

吉英得體自重，不肯私自把莉迪亞說溜了嘴的告訴伊麗莎白；伊麗莎白也慶幸如此；──不管她是否滿意舅母的回覆，收到回信之前，她寧願沒有體己人。

# 第十章　不念舊惡　成人之美

　　伊麗莎白如願以償，及早收到回信。信一到手，就連忙走進大概最少打擾的小樹林，挑一條板凳坐了下來，準備要高興；原來信很長，她相信舅母沒有拒絕她。

「親愛的外甥女：

　　　　我收到你的信，今天會花一整個白天來回覆，因為我預料，一定要跟你說的，『一言』難盡。我得承認，你的請求出乎我的意料；我想不到問的是『你』。不過，別以為我生氣，我只是想告訴你，我料想不到，『你』那邊需要問這些。如果你故意不懂我的意思，那就恕我莽撞了。你舅父跟我一樣意外——他只因為相信與你相干，才肯那樣做的。但是，如果你的確不相干、不知情，我就得說得更白了[167]。就在我從朗本回家那天，舅父有一位出乎意料的客人。達西先生來訪，兩人閉門談了幾個小時。他們都談完了，我才抵達；所以我沒有像你看來的那樣，被好奇心折磨。他來告訴舅父，他找到你妹妹和魏克安先生的下落，跟魏克安見過面，傾談過好幾次，也跟莉迪亞面談過一次。依我推測，他只比我們晚一天離開德比郡，來到城裡，一心要尋找他們。目的說是悔過，說都怪他沒有讓大家知道魏克安一無是處，否則就不會有任何良家婦女愛上他，把他當成知心。他有度量地把一切歸咎自己失當的傲慢，坦承他之前不屑把魏克安的私事公諸於世。他的為人自有公論。所以，他自稱有

責任挺身而出，設法挽救他自己招來的禍患。如果他『還有別的』目的，我確信決不會丟他的臉。他入城幾天，才找得到他們；不過，他掌握的比『我們』多，找起來有門路可循；他有感於此，也是決定隨我們進城的另一個原因。有一位女士，好像叫楊太太，從前是達西小姐的教引保姆，後來有虧職守，撤了職，不過他沒有交代詳情。她後來在愛德華街租下一大棟房子，從此靠分租屋子維生。他知道這位楊太太跟魏克安過從甚密，一入城就去跟她打聽消息。但是過了兩三天才拿到他想要的。原來楊太太確實知道那位朋友的下落；我想，沒有紅包、利誘，是不會出賣朋友的。魏克安一到倫敦，的確找過她；如果那裡容得下他們，就會棲身在那裡。不過，我們厚道的朋友終於如願拿到了地址。他們住在某某街。他見了魏克安，然後堅持要見莉迪亞。他坦言，首要的目的是奉勸她別再丟臉下去，只要一說服親人接納她，就回到他們身邊，他也會幫忙到底。然而，他發覺莉迪亞鐵了心留在原處。她不在乎哪位親人，她不需要達西幫忙，她說什麼也不肯離開魏克安。她深信總有一天會結婚，哪一天不打緊。達西先生認為，既然莉迪亞這樣想，惟有促成他們儘快結婚；而從第一次跟魏克安談話，一聽就知道，『他』根本無意結婚。他承認是為了朋友周轉的賭債，催得太緊，才逼得逃營的；他也不惜把莉迪亞私奔的種種惡果，全歸咎她自己愚蠢。他打算立即退伍；至於將來的生計，他沒有一點頭緒。他總得有個去處，卻不知道要去哪裡，也知道自己會無以維生。達西先生問他為何不立即娶你妹妹。雖然料想班耐特先生不會十分有錢，總有能力為他做點什麼，結婚一定有利生計。然而，達西先生聽魏克安的回答，他始終抱著希望，到別的地方靠婚姻而飛黃騰達。不過，他迫於形勢，大概也經不起即刻紓困的誘惑。他們聚過幾次，因為很多事

要談。魏克安當然漫天開價，但是到頭來也只得識相。達西先生和他『兩個人』把一切談好，下一步是讓你舅父知道；我回家前一晚，他首次造訪恩典堂街。但是見不到舅父，而達西先生打聽下，又發覺你父親仍然跟舅父一起，明天白天卻會出城。他認為你父親這個人，不像舅父那樣可以好好商量，所以樂得等你父親離開後，才來見舅父。他沒有留下姓名，到第二天，只知道有一位紳士有事來訪過。星期六，他再來。你父親走了，你舅父在家，而如我先前說的，他們談了大半天。星期天，他們再碰面，而『我』這才見到他。星期一才一切談妥：一談妥，就發快信去朗本。我們的客人可是固執得很。我想，麗兒，說到底固執才是他性格的真正缺點。他在不同時候被冠上許多罪名，但是『固執』才是真的。沒有什麼要做是他不自己做的；雖然我確信（這樣說不是要你感謝，所以一句也別提，）你舅父十分樂意辦妥一切。他們爭來爭去大半天，是無論那位紳士還是那位女士都不配的。但是到頭來你舅父只好相讓；他不可以為自己的外甥女出力，卻百般無奈，獨攬像是實至名歸的虛功，是痛苦的不得已；我真的相信，今天白天你這封信叫他喜從天降，因為你要的解釋正好洗刷他借來的光彩，讓名歸實至的人。但是，麗兒，這些事你自己知道就好了，最多告訴吉英。我想，你非常清楚達西先生為兩個年輕人做了什麼。他的債還了，我想總數超出一千鎊甚多，捐了一個軍職；另外一千鎊在『她』個人名下。一切由他獨力承擔，理由已如上述。說都怪他，怪他拘謹，怪他沒有周詳的考慮，才讓大家看錯魏克安的為人，因而又那樣接納他、看重他。『這個』理由也許有些道理；雖然我疑惑，這個結果是否歸咎得了『他』的拘謹，或者『誰』的不拘謹[168]。然而，我的好麗兒，你可以完全放心，如果我們不是認為他對這件事『別有用心』，儘

管他有種種得體的說法，你舅父是決不讓步的。一切定案，
他就回去彭伯里的親友那裡；不過大家說好，婚禮那天，他
會再跑一趟倫敦，到時候也會把所有錢的事情一併解決。我
想已經把來龍去脈都講了。這樣的敘述，依你說是會叫你大
吃一驚的；我希望，最少不會叫你有什麼不快。莉迪亞來了
我們這裡，魏克安可以隨時上門[169]。『他』跟從前我在赫特
福德郡見到的一模一樣；至於『她』，我本來不想告訴你，我
很不滿意她在我們家的言行；但是看了吉英星期三寫的信[170]，
發覺她回家後是一個模子的德性，既然如此，我現在說出來
也不會多添一個傷口。我三番五次板起臉來教訓她，說明她
種種要不得的所作所為，叫家裡傷透了心。她如果聽進去，
那是好運，因為她真的不聽。我有時候氣極了，卻又想起親
愛的伊麗莎白和吉英，為你們着想，才耐着性子對她。達西
先生依期回倫敦，就像莉迪亞說的，參加了婚禮。第二天跟
我們一起晚餐，星期三或星期四又要離開。我的好麗兒，如
果我借機說一下之前根本不敢說的話：我真的好喜歡他；你
會不會很生我的氣？他對我們的言行，一舉一動都像在德比
郡時那樣討喜。他的頭腦、見解在在合我意；惟獨少了一點
活潑，而『這個』，只要他娶太太娶得『明智』，太太可以
教他。我覺得他太鬼靈精了；——簡直不曾提起你的名字。
不過鬼靈精似乎是潮流[a]。如果我太冒昧了，請原諒我，或
者最少別罰得那麼重，不准我進彭。我要遊遍那個庭園，才
會心滿意足。有一輛低座四輪便車、一對漂亮的馬駒子就夠
了。但是我必須擱筆了。孩子已經找我找了半個小時了。

舅母M・嘉德納

九月六日於恩典堂街」

---

a　嘉德納太太取笑外甥女。

　　信裡所說的，叫伊麗莎白不禁五味雜陳，分不清到底是愉快多一些，還是痛苦多一些。她斷不定達西是否做了些什麼，來促成妹妹的婚事，心裡就隱隱約約又懸而難決地疑惑；既覺得這樣古道熱腸，太過難得，不敢當真；同時擔心虧欠恩情的痛苦，又惟恐是真；而到頭來竟然是千真萬確！他專程入城去追蹤他們，不辭種種辛勞，不顧有失身分，獨力尋找；他必須請求一個他必然痛恨、鄙視的女人；而他向來避之惟恐不及、提起名字也受罪的人，卻淪落到要見他的面，三番五次地見，先以理喻，繼而勸說，終而利誘。他為了一個不能敬重，不能景慕的姑娘而做了這一切。她心裡也明明在悄悄地說：他是為她而做的。但是一想到別的顧慮，希望一下子遲疑起來；她隨即覺得，就連虛榮也不足以叫自己相信，單憑達西對她、對一個已經拒絕求婚的女子的愛意，克服得了與魏克安結親自然會有的厭惡。連襟魏克安！每一種傲慢都必定反感的關係。他着實做了很多。她不好意思去想有多少。但是他說了一個插手的理由，不難相信的理由。他會自覺從前做錯了，合情合理；他慷慨，也有慷慨的本錢；雖然她不會認為自己是達西的主要誘因，卻也許可以相信，達西為一件叫她忐忑不安、休戚相關的事盡力時，那尚餘的愛意可能也推了他一把。她知道他們一家虧欠達西的恩情，達西卻永遠得不到報答，叫她痛苦、萬分痛苦；莉迪亞得以回家，得保名節，一切一切，全虧了他。唉！她曾經對他盡情而不客氣地厭惡，當面說過無禮的話，現在一一叫她打從心底傷心。她自己羞愧，卻以他為傲。可傲，因為他出於同情心、正義感，能夠克己。她把舅母讚美他的話讀了又讀。簡直讀不厭，卻也讀得高興。甚至舅父舅母對達西先生和她的感情和推心置腹都深信不疑，也叫她懊悔之餘，有些快慰。

　　忽然有人走近，她回過神來，站了起來；還來不及走到另一條小徑，就給魏克安趕上了。

　　「恐怕打擾了你自個兒散步了，親愛的姨姐？」他走上前來

時說。

「打擾是打擾，」她一笑答說；「倒不見得準是不受歡迎的。」

「要是不受歡迎，我敢情就不好意思了。我們嘛，本來就是好朋友，這會兒又更親了。」

「是呀。其他人出來嗎？」

「不曉得。班耐特太太和莉迪亞坐馬車去梅里頓。說起來，親愛的姨姐，聽舅舅、舅媽說，你親自去看彭伯里來着。」

她答說是。

「我差點兒要羨慕你的樂趣，可是我想我受不了的，要不然，我去紐卡斯爾也可以順道去一趟。那麼，我想你也見過那位老管家？可憐的雷諾茲，她向來挺喜歡我。不過，她當然沒有跟你提起我的名字。」

「有呀，她提過。」

「那她怎麼說？」

「什麼你當兵去了，什麼你，她恐怕──沒有學好。『這麼』大老遠的，你知道，什麼都莫名其妙地走了樣。」

「那敢情是，」他答說，咬着嘴唇。伊麗莎白希望這下子叫他噤聲了，誰知他不久又說：

「真沒想到，上個月在城裡看見達西。我們遇見過好幾次。搞不清他到那裡幹麼。」

「別是打點跟德‧伯格小姐的婚事吧，」伊麗莎白說。「準有些特別的事情，才會那個時節到那裡去。」

「那當然。你們在蘭頓也見過他嗎？我好像聽嘉德納夫婦提過。」

「見過；他把妹妹介紹給我們認識。」

「那你喜歡她嗎？」

「好喜歡。」

「其實我聽說過，她這一兩年叫人刮目相看。我上回見她時，

就不怎麼有指望了。你喜歡她就太好了。希望她會學好。」

「我想會的，她已經過了考驗最多的年紀了。」

「你有經到金普頓村嗎？」

「我記得沒有。」

「我提那裡，因為那裡的聖職本來是我的。那地方漂亮得很啊！——牧師寓所也頂好的！本來樣樣我都中意的。」

「你竟然會喜歡講道嗎？」

「喜歡極了。我本來會當成自己的責任之一，是要花點力氣，可是很快就無所謂了。人不應該發牢騷；——可是，一點兒沒錯，這本來是我夢寐以求的！那種寧靜、隱逸的生活，在在符合我理想的幸福！可惜已經無望了。你在肯特的時候，聽達西提過這件事嗎？」

「我聽是聽過知情的人說，我想也『一樣靠得住』，說那個職位是有條件才給你的，而且由得現在的恩主怎麼辦。」

「你聽過。話是這麼說，那個嘛，也有些道理；我從前就跟你提過，你興許還記得吧。

「我還真聽過，有一陣子，你可不像這會兒這樣，覺得講道津津有味；你還果真聲明，決意斷斷不受聖職，雙方也早就妥協過了。」

「你真的聽過！這也不全是無稽之談。當初我們講到這一點，我說什麼來着，你興許記得吧。」

此時兩人快要走到大門前了，原來伊麗莎白加緊腳步要擺脫他；卻為了妹妹着想，不願惹惱他，只好和顏悅色地笑一笑，答說：

「得啦，魏克安先生，大伙兒是兄弟姐妹，你知道。別為了過去的事吵架吧。以後就希望我們時時一條心。」

她把手伸了出來；魏克安殷勤又親熱地吻了一下，儘管尷尬不已；於是兩人就進了門。

# 第十一章　意不在鷦鴣

　　這一番話叫魏克安先生十分領教，從此不再提起，以免自討沒趣或者惹惱親愛的姨姐伊麗莎白；而她發覺自己說的足以叫他閉嘴，也很高興。

　　不久，到了魏克安和莉迪亞離開的日子，班耐特太太也只好無奈地認了，因為丈夫無論如何不同意舉家到紐卡斯爾去，她大概最少要跟女兒分開一年。

　　「嗐！我的寶貝莉迪亞，」她喊說，「我們多會兒才再見啊？」

　　「哎呀，天啊！不曉得。興許兩三年吧。」

　　「要常常寫信給我呀，寶貝。」

　　「儘量吧。可是你知道，女人結了婚，哪裡有那麼多工夫寫信。姐姐可以寫給我呀。她們準沒事幹的。」

　　魏克安先生的告別就比妻子的親熱得多。笑容可掬，模樣俊俏，滿嘴甜言蜜語。

　　「他是我見過，」他們一出門，班耐特先生說，「頂出色的家伙。他皮笑，傻笑，跟我們每一個灌迷湯。我萬分以他為傲。我敢說，連威廉爵士的女婿也不及這樣的奇貨。」

　　班耐特太太跟女兒分別後，悶悶不樂了好幾天。

　　「我老是覺得，」她說，「沒有什麼比跟親人分開更糟糕的了。親人不在，人好淒涼呀。」

　　「您知道，這就是嫁女兒的結果，老太太，」伊麗莎白說。「您還有四個女兒單身，準欣慰些吧。」

「沒那回事。莉迪亞不是為了嫁人才走的；只是她老公的兵團偏偏在那麼大老遠的地方。要是近一點，就不會一眨眼就走了。」

這個結果叫她沒精打采，但是不久又得到安慰；原來有個消息流傳起來，叫她重燃希望，心裡激動。原來內瑟菲爾德的管家已經受了吩咐要準備，老爺一兩天內會到，要待幾個星期來打獵。班耐特太太簡直安定不下來。看着吉英，時而笑，時而搖頭。

「好啦，好啦，所以說彬禮先生就要來了，姐姐」（原來是菲利普斯太太率先通風報信）。「就是呀，那更妙了。倒不是說我很着緊。我們可不把他當一回事，你知道，老實說，我呀，壓根兒不想再見他呢。不過，可是，要是他喜歡，回內瑟菲爾德來是歡迎得很的。誰曉得『會』怎麼樣呢？可是這算不了什麼。你知道，妹子，我們老早就說好，永遠不再提它一句。那麼，他要回來可是準成？」

「放心啦，」對方答說，「因為尼科爾斯太太昨天晚上到梅里頓去；我見她經過，特地跑出去問她；她跟我說準成的。最遲禮拜四，八九成禮拜三就到了。她說她正去找賣肉的，打算禮拜三訂些肉；還買了六隻鴨，剛好適合宰的。」

班耐特小姐聽見他要回來，不由得臉紅。她上一回跟伊麗莎白提起他的名字，已經是好幾個月前了；但是現在，兩人一獨處，她就說：

「今天姨媽告訴我們這會兒在傳的消息時，我看見你打量我，麗兒；我知道自己的樣子不自在。可是別以為我有什麼傻念頭。我只是當下亂了一下，因為我覺得大伙兒『準會』盯着我。我不騙你，聽了這個新消息，我既不高興也不難過。有一件事倒高興，就是他自個兒來；這一來我們就少見些。不是說我怕的是自己，可是我怕人家說三道四。」

伊麗莎白也琢磨不透這件事。如果沒有在德比郡見過他，她也許會料想，他回來可以只為公開承認的目的，別無用意；然而她依

舊認為，彬禮鍾情吉英；而她也斷不定，到底彬禮是「得」了朋友的允許而來，還是得不到也敢來。

「可也夠受的了，」她有時候想，「這個可憐的家伙堂堂正正租了屋子，要來卻不能不叫人猜這個猜那個！我還是別管他吧。」

儘管姊姊看待彬禮要來的事，如此這般地聲明，也自以為是真心的；伊麗莎白一眼看出她的精神受了影響，比平日所見的要波動不安。

大約一年前，父母親討論得起勁的話題，現在又重提了。

「彬禮先生一到，親愛的，」班耐特太太說，「你當然準會拜訪他的。」

「不，不會。去年你硬要我拜訪他，說要是我去看他，他就娶我一個女兒。可是到頭來白忙一場，我可不要再幹這種傻瓜差事。」

他的太太解釋說，彬禮回來內瑟菲爾德，這樣的禮數是所有地方上的紳士都決不可少的。

「我不屑這種俗套，」他說。「他要是想跟我們做朋友，讓他來吧。他知道我們住哪裡。我呀，可沒有那個閑工夫，每次跟着鄰居跑出去、跑回來。」

「算了，我只知道，要是你不去拜訪他，就會失禮得要死。不過，可是，這不妨我請他來吃晚餐，我決定了。我們得趁早兒找朗太太和古爾丁他們。這樣加上我們自己，湊起來十三個，那麼再請他，地方就剛剛好。」

她打定主意，就安慰一些，比較受得了丈夫的失禮；儘管知道，所有鄰居見完彬禮先生，才輪到「他們」，十分丟臉。彬禮來的日子近了：

「我漸漸覺得，他乾脆不要來好了，」吉英對妹妹說。「本來是沒有什麼；我可以平平常常地見他，可是我簡直受不了母親一天到晚談着他。母親是好意的；可是她不知道，也沒有人知道，她說那些話叫我聽了多難受。要等他離開內瑟菲爾德，我才會開心！」

「我希望說得出些什麼來安慰你，」伊麗莎白答說；「可一句也說不出來。你應該體會得到；我不能說些老生常談，勸難過的人忍耐就了事；因為你一向忍耐得很。」

彬禮先生到了。班耐特太太得到僕人幫忙，還是儘早聽得到風聲，好讓她渴望、煩惱的日子可以儘量長。她無望提前見面；只好數算着日子，一定要隔多少天才可以發帖子。然而，彬禮到內瑟菲爾德後第三天的白天，班耐特太太從梳妝室的窗子看出去，卻見他乘着馬，進了圍場，朝宅子騎來。

她起勁地喚女兒過去分享她的雀躍。吉英決意守在桌前；但是伊麗莎白為了應付母親，就走到窗前——她一看，——看見達西先生相隨而來，就在姊姊旁邊又坐了下來。

「有個紳士跟他一起來呢，媽媽，」吉蒂說；「那是誰？」

「我想，朋友之類吧，親愛的；我真個不曉得。」

「嘿！」吉蒂答說，「看起來像是從前老跟他一起的那個。叫什麼先生呀。那個又高又傲慢的人。」

「好家伙！達西先生！——我拍胸脯是他。好吧，只要是彬禮先生的朋友，我準會隨時歡迎他來的，一點兒沒錯！可是要不然，我得說一見他就不順眼。」

吉英看着伊麗莎白，既驚訝又關心。她對他們在德比郡的相遇所知甚少，因而覺得，妹妹收到他那封辯解的信後，幾乎是第一次見他，一定很尷尬。姊妹倆體會對方的感受，當然也體會自己的感受；兩人都沒有聽見，母親不住口的說討厭達西先生，說要不是彬禮先生的朋友，才不會決意以禮相待。然而，伊麗莎白根本不敢把嘉德納太太的信給姊姊看，也不敢告訴姊姊自己對達西的感情的變化；於是她另有不自在的原因，是吉英猜想不到的。吉英覺得，他只是妹妹拒絕過求婚、低估過優點的一個人；但是，知道詳情的妹妹覺得，他是恩人，對全家恩重如山；他也是自己關心的人，就算關心得不像吉英對彬禮那麼溫柔，最少一樣合理、公道。他來——

來到內瑟菲爾德，來到朗本，主動再來找她，都叫她驚訝，幾乎就跟在德比郡初次見識他的舉止的變化一樣。

她此刻想到，達西的情意和願望一定至今不曾動搖，於是臉上才退下的紅暈，不禁又格外煥發地回來了一下子，喜悅的笑容也叫眼睛分外有神采。但是她沒有把握。

「先看看他怎麼待人吧，」她說；「這會兒期望什麼就太早了。」

她堅決地坐着做針黹，竭力鎮定下來，也不敢抬起眼睛，直到僕人去應門，才忍不住好奇，瞄一下姊姊的臉。吉英的臉色看來比平常蒼白，卻比伊麗莎白料想的鎮靜些。兩位紳士現身，臉就紅了；不過她接待他們時還算自在，舉止也合宜，絲毫沒有懷恨的迹象，或者過分的殷勤。

伊麗莎白只要不失禮，就儘量少跟兩人說話，坐下來又做她的針黹，做得難得地起勁。只敢瞄了達西一眼。他看來像往常一樣凝重；而伊麗莎白想，他像從前在赫特福德郡的老樣子，而不是在彭伯里所見的那樣。不過，也許他無法在她母親面前像在她舅父舅母面前那樣。這樣猜測不無道理，卻叫人難過。

她也瞥了彬禮一眼，就在那一剎那，看見他一副既高興又尷尬的樣子。班耐特太太接待他，禮數之周到，尤其比起接待他朋友時那種冷淡、循例的打千、談吐，叫兩個女兒羞愧起來。

尤其伊麗莎白，她知道母親的寶貝女兒全虧了他，才得免洗刷不掉的汙名，看見這樣不該的偏袒，傷心難過得痛苦不已。

達西問候嘉德納夫婦，叫她回答得有點慌亂[a]，達西之後就難得開口了。達西沒有坐近她，也許因而沉默；但是在德比郡也沒有

---

a　達西以為伊兒不知道他前陣子才在倫敦會過嘉德納夫婦，如果不明知故問，就怕失禮。伊兒因為知道倫敦的事，被達西乍然一問，心裡也許嘀咕：「你幹麼問我？我問你才對呀！」卻又不能說出口，於是有些慌亂。奧斯登這短短一句，就刻劃出達西和伊兒的不同心思。

坐近。那時候達西無法跟她說話，就跟她的親人說話。但是，現在好一陣子過去了，他一言不發；有幾回，忍不住好奇，才抬起眼來看他的臉，發覺他時常看吉英，也時常看自己，卻往往茫然地看着地上。顯然，達西比起上回碰面更深沉，卻沒有那麼急切地討人歡喜。她很失望，也氣自己失望。

「我還能期望怎樣呢！」她說。「可是幹麼要來了？」

除了達西，她沒有心情跟誰說話；可又簡直不敢跟達西攀談。

她問候了達西的妹妹，卻說不下去了。

「好久呢，彬禮先生，自從你走了，」班耐特太太說。

彬禮當下同意。

「我有點害怕起來，怕你永遠不回來了。別人也真個這樣說，說你米迦勒日就想退租了；不過，可是，我希望不是真的。自從你走了，這裡的事情可多了。盧卡斯小姐已經嫁了人，安安定定生活了。我有一個女兒也是。我想你聽說過吧；真的，你敢情在報紙上看到了。我知道登在《時報》和《信使報》，雖然寫得很不像樣。上面只說，『近日喬治‧魏克安紳士與莉迪亞‧班耐特小姐成婚，』連她父親是誰、住哪裡之類，一個字都沒有。這還是我弟弟嘉德納擬的，擬得那麼彆扭，真不曉得他怎麼搞的。你看到嗎？」

彬禮說看到，也道了喜。伊麗莎白不敢抬起眼睛。所以也不知道達西先生的神情。

「女兒有個好歸宿，一點兒沒錯，真叫人高興呀！」母親又說，「可是同時，彬禮先生，硬是要她離我那麼遠，真是太苦啦。他們到紐卡斯爾去了，在北部盡頭，好像是；然後待在那裡，也不曉得待多久。他的兵團在那裡；因為，我想，你知道他離開了某某郡民兵，到正規軍去了。謝天謝地呀，他朋友還不少嘛，儘管興許該再多一些的。」

伊麗莎白聽出這句話是針對達西先生的，羞愧難堪，簡直坐不住了。不過，她之前怎麼樣也不想說話，此時倒鉚出了勁兒開口

了；她問彬禮，現在是否打算留在鄉下。他想，會留幾個星期。

「要是你把自己的鳥兒都打光了，彬禮先生，」她母親說，「請到班耐特先生的莊園來，愛打多少就打多少。我相信他歡迎大駕，準高興得要命，還會把一窩窩最棒的鷗鴣都留給你。」

伊麗莎白聽見這種多此一舉、過分殷勤的關心，倍感痛苦！她相信，就算現在好事在望，一如去年叫他們得意的那樣，到頭來還是會重蹈覆轍，一下子落得慘淡收場。此時此刻，她覺得一輩子的幸福也彌補不了吉英或自己這些剎那的痛苦、困惑。

「我最大的心願，」她自忖，「就是永遠別再跟這兩個人一起。大伙兒相處的樂趣，彌補不了這樣的苦惱！但願永遠別再看見任何一個！」

然而，不久看見姊姊的美貌重燃了舊情人多少愛火，那一輩子幸福也補償不了的苦痛，卻大大減輕了。彬禮剛進來的時候，跟吉英說話不多；但是每過一陣子，他對吉英就多注意一些。他發覺吉英跟去年一樣漂亮；也一樣和善、一樣率真，儘管不那麼愛說話。吉英渴望，別人該根本看不出她有任何異狀，也真的相信自己如常地健談。誰知她滿腦子想東想西，沉默下來，自己不是每回都發覺的。

紳士起身告辭，班耐特太太記起盤算好的禮數，邀請並約定他們過幾天來朗本吃晚餐。

「你敢情欠我一頓呀，彬禮先生，」她又說，「因為你去年冬天到城裡去，說好一回來就來我們家裡吃頓晚餐的。我沒有忘記，你明白；老實說，你沒有回來赴約，我可失望透頂呢。」

彬禮聽見責怪，看來有點發愣171，就說俗務纏身，十分抱歉云云。接着他們就走了。

班耐特太太本來十分希望，當天就請他們留下來吃晚餐；但是，雖然時常備有一桌好菜，覺得招呼一個她熱切打主意的人，或者滿足一個年收入萬鎊的人的胃口和傲慢，最少要上兩席的菜才像樣。

# 第十二章　嬌客

　　他們一走，伊麗莎白就走出屋外，振作一下精神；或者說，專心琢磨必定叫精神更加消沉的那些事。達西先生的行止，叫她驚訝、着惱。

　　「要是來了一味不說話、板着臉、冷冷淡淡，」她說，「到底幹麼要來呢？」

　　她想不出滿意的答案。

　　「他在城裡對着舅舅、舅媽，還可以和藹可親，還可以討人歡喜；幹麼對着我不行呢？要是他怕我，幹麼要來這裡呢？要是他不再着緊我，幹麼都不說話呢？可惱、可惱的人呀！我再也不去想他了。」

　　這個決定不自覺地守了一下子，原來姊姊走上前來，春風滿面，可見對訪客比伊麗莎白要滿意。

　　「好了，」她說，「見了第一次面，我覺得自在得很。我心中有數了，以後他再來，決不怕尷尬。好在他禮拜二來吃晚餐。到時候大伙兒都看得見，他也好，我也好，只不過像普通平常的朋友見面而已。」

　　「是呀，敢情平常得很呀，」伊麗莎白笑着說。「嗨，吉英，小心啊。」

　　「好麗兒，你別以為我那麼軟弱，今時今日還有什麼好擔心的。」

　　「我覺得你在吸引他像往常那樣愛你，值得擔心得很呢。」

＊　＊　＊　＊　＊

　　星期二，他們才再見到兩位紳士；拜訪的的半小時期間，彬禮的好脾氣、對人人的好禮貌，叫班耐特太太不由得又打起如意算盤來。

　　當天，朗本高朋滿座；而最叫人引頸企盼的兩位，多虧他們準時來打獵，早就到了。兩人給讓到晚餐室時，伊麗莎白眼巴巴盯着彬禮，看看他會不會到從前每一次晚餐留給他的位置，坐在姊姊身旁。而顧慮周到的母親，滿腦子也想着同一件事，忍住不請他坐在自己旁邊。彬禮一進來，似乎踟躕不前；但是吉英剛好轉回頭看，又剛好笑着：事情就決定了。他坐在吉英身旁。

　　伊麗莎白得意揚揚，朝他的朋友看過去。達西的反應是瀟灑地冷淡；而如果不是看見彬禮臉上半笑半慌，也朝達西先生看過去，她還以為彬禮已經獲准可以幸福了。

　　席間，彬禮對姊姊的一舉一動都流露着愛意，儘管比從前拘謹，也叫伊麗莎白相信，如果一切讓他作主，那麼吉英的幸福、他自己的幸福，都指日可待。雖然她不敢奢望結果，但是觀察他的舉止也感到欣慰。原來她心情鬱悶，打得起這一點精神來，已經難能可貴了。桌子有多大，達西先生就離她有多遠。他坐在母親旁邊。伊麗莎白知道，兩人坐在一起，誰也不會多高興，誰也不會多討喜[172]。她坐得太遠，聽不見他們說的話，但是看得見他們難得交談，而每逢交談，態度又多麼敷衍、多麼冷淡。母親不得體，叫伊麗莎白想起全家欠他的恩情時格外痛苦；有時候，真想不惜一切地告訴他，家裡還有人知道他幫的忙、感他的恩。

　　她希望晚上有機會跟他接近；也希望不會虛度整晚，除了他進來時那一番循例的客套，還可以多談一些。她既焦急又不自在，在客廳等候紳士到來的時候，厭倦無聊得幾乎叫她失禮。她盼望着兩位紳士進來，當作整晚所有樂趣的關鍵。

「到時候嘛，要是他不走過來，」她說，「我就要永遠放棄他。」

兩位紳士來了；她覺得達西看來彷彿會如她的願；誰知，哎呀！那些女士串通好湊到桌前來，把在備茶的班耐特小姐、在倒咖啡的伊麗莎白團團圍着，旁邊一張椅子的空間也不留。紳士走近的時候，一個姑娘越發湊過來，低聲跟伊麗莎白說：

「男人不要過來拆散我們，想到別想。我們一個也不要他們，你說呢？」

達西踱到屋子的另一頭。她的眼睛跟着他，他跟誰說話就妒忌誰，簡直耐不住性子給誰倒咖啡；然後又氣自己這麼傻！

「一個曾經被我拒絕的男人！我怎麼會蠢到竟然期望他再愛我呢？男人裡誰會那麼沒出息，再次跟同一個女人求婚而不吭聲呢？誰受得了這奇恥大辱呢？」

不過，達西自己把咖啡杯端回來，叫她起勁些；乘機說：

「令妹還在彭伯里嗎？」

「嗯，會待到聖誕節。」

「孤零零一個？她的朋友都不在嗎？」

「有安斯利太太陪她。其他人到斯卡伯勒去了，這三個禮拜。」

她想不出什麼好說；不過，如果達西想跟她聊天，也許成功的機會大些。誰知他站在旁邊，沉默了好一會；直到那位小姐又跟伊麗莎白咬耳朵，他終於走開了。

茶畢，收拾好，牌桌也備了，女士都起身，而伊麗莎白正希望他很快過來找她時，卻見母親如狼似虎地湊惠斯特的牌搭子，達西不能幸免，一會就跟牌局的人坐了下來，於是她所有期望都落空了。這一來，她預期的樂趣一一落空。今晚，兩人各自困在不同的牌桌，她惟一的希望，就是達西常常朝自己這邊看，看得像她一樣打不好牌173。

班耐特太太本來打算留兩位內瑟菲爾德的紳士吃消夜；可惜兩人比別人先備馬車，沒有機會款留他們。

「好啦姑娘，」她在客人都離開後說，「你們覺得今天怎麼樣？我說呢每件事都好得很，真的。晚餐是我見過做得頂好的一頓。鹿肉烤得剛剛好——大伙兒都說，沒看過那麼肥美的腰腿肉。那道湯勝過上個禮拜盧卡斯家的五十倍；就連達西先生也承認，鷓鴣做得挺可口；我猜想他最少有兩三個法國廚子呢。還有，我親愛的吉英，我多會兒也沒看見你那麼漂亮的了。朗太太也是這樣說，因為我問她你受不受看。你想她還有說什麼呢？『啊！班耐特太太，我們終於會把她嫁到內瑟菲爾德的。』她真個這樣說呢。朗太太敢情是世上頂好的人——她的侄女都是很乖的姑娘，一點也不受看：我喜歡她們喜歡得要命呢。」

總之，班耐特太太興高采烈；彬禮對吉英的一舉一動，她全看在眼裡，心裡篤定，吉英終究會佔有他；而她高興起來，期待家裡得益，期待得不合情理，第二天看不見彬禮再來求婚，就失望透頂。

「今天開心得很，」班耐特小姐對伊麗莎白說。「客人看來挑得很好，大伙兒都合得來。希望以後多聚聚。」

伊麗莎白笑了一笑。

「麗兒，你不准這樣笑。你不應該懷疑我。這樣很羞人。相信我吧，我這會兒已經學會享受跟他這個又討喜又懂事的小伙子聊天，沒有奢望什麼。他這會兒的舉止壓根兒不是存心要跟我談情說愛，我可是心滿意足。只不過他得天獨厚，談吐格外隨和，又比誰都更渴望討大伙兒的歡喜。」

「你太狠了，」她妹妹說；「不准人家笑，又不斷逗人家。」

「有時候真難叫人相信自己啊[174]！」

「而有時候哪裡可信呢！」

「可是你幹麼想要說服我，說我沒有把心裡話全說出來呢？」

「這個問題，我簡直不知道怎麼回答。我們都好為人師，儘管能教的淨是些不值得知道的。饒了我吧；要是你老是說什麼平平常常，談心事可不要找我了[175]。」

# 第十三章　幸福的基礎

晚宴後幾天，彬禮先生再度來訪，而且是一個人。他的朋友今天別了他，到倫敦去，十天後再回來。彬禮先生跟大家坐了一個多小時，興致很高。班耐特太太請他共進晚餐；可惜他坦言他處有約，十分抱歉云云。

「希望你下次來，」她說，「我們的運氣會好一點。」

他說不勝欣感、隨時奉陪云云；如果班耐特太太不嫌棄，當儘早走候。

「明天行不行？」

行，他明天根本沒有約會；一口答應班耐特太太的邀請。

他來了，而且來很甚早，小姐還都在梳妝。班耐特太太頭髮梳到一半，就穿着晨衣跑到女兒的屋子裡，喊說：

「我的好吉英，快點啦，快下去。他來了——彬禮先生來了。——真個來了。快、快、快。嘿，薩拉快過來，幫班耐特小姐穿裙子。別管麗兒小姐的頭髮。」

「我們會趁早兒下去，」吉英說；「可是我看吉蒂比我們快，因為她半個鐘頭前就上樓了。」

「啊！該死的吉蒂！干她什麼事？趕快下來，快！你腰帶在哪，親愛的？」

但是母親一走，吉英沒有一個妹妹作伴，說什麼也不肯下去。到了晚上，班耐特太太顯然一樣急着讓兩人獨處。茶畢，班耐特先生如常回到書房，瑪麗上樓練琴去。五個礙事的人去了兩個，班耐

特太太坐着朝伊麗莎白和凱瑟琳看，眨眼眨了大半天，卻引不起她們注意。伊麗莎白不想看她；而吉蒂終於看到了，傻傻地說，「什麼事媽媽？您幹麼老是跟我眨眼？我要幹麼？」

「沒事孩子，沒事。我沒有跟你眨眼。」然後靜靜坐了一陣子；還是無法錯過這樣的大好機會，突然站了起來，跟吉蒂說：

「過來，寶貝，我有話跟你說，」就帶吉蒂出了屋子。吉英登時看了伊麗莎白一眼，既對這樣的預謀顯得困窘，也懇求「她」不要任母親擺布。過了一會，班耐特太太半開了門喊說：

「麗兒，親愛的，我有話跟你說。」

伊麗莎白不得不去。

「我們還是讓他們兩個在一起，你知道；」伊麗莎白一到門廳，母親就說。「吉蒂和我要上樓去，到我梳妝室裡坐。」

伊麗莎白無意跟母親分辯，安靜待在門廳，等母親和吉蒂看不見了，又回到客廳來。

班耐特太太今天的計劃，沒有奏效。彬禮事事迷人，只差不是向女兒示愛的戀人。他隨和、快活，成了晚餐局十分討喜的一分子；他受得了母親失當的殷勤，聽得進種種的蠢話，忍耐得住、面不改容，叫她女兒格外欣慰。

他簡直不必邀請就留下來吃消夜；臨別，主要由他本人和班耐特太太商定，翌日白天過來，與班耐特先生一起打獵。

那天起，吉英就不再說什麼平平常常了。姊妹倆也絕口不提彬禮；而伊麗莎白就寢時倒很高興，相信除非達西先生提前回來，否則一切很快就水到渠成。不過，她當真有些相信，一切必定得到那位紳士的同意。

彬禮依約準時來到；白天就如約定，與班耐特先生一起打獵。他覺得班耐特先生比預期的要討喜得多。彬禮沒有半點放肆、愚昧，會惹來班耐特先生的嘲笑，或者叫他因厭惡而沉默；於是比平常在別人面前說話多了，左脾氣少了。彬禮當然與他一起回來吃晚

餐；而晚上，班耐特太太的招數依舊是使開別人，讓彬禮和女兒獨處。茶畢，伊麗莎白要寫一封信，隨即到早餐室去；原來其他人都正要坐下來打牌，用不着她來抵制母親的計策。

誰知寫完了信，一回到客廳去一看，大吃一驚，實在擔心母親的招數太厲害了。一開門，只見姊姊和彬禮一塊站在壁爐旁，彷彿在互道款曲；如果這還不叫人起疑，那麼看看兩人連忙別過臉去，各自退開一些，就明白不過了。「他們」的處境夠尷尬了，但是她覺得「自己」還要尷尬些。誰也不發一語[176]；而伊麗莎白正要走開，忽然已跟吉英坐下來的彬禮站了起來，跟吉英唧噥了幾句，就跑出屋子去。

吉英跟伊麗莎白無話不說，得到體己的喜悅[177]；登時抱住她，激動不已，承認自己是世上至樂之人了。

「太好了！」她又說，「敢情太好了。我不配的。噢！幹麼不是每個人都這麼幸福呢？」

伊麗莎白恭喜姊姊，那分真誠、溫暖、喜悅，卻是難以言喻。每一句祝福都給吉英新鮮的快樂。但是現在，她不肯留下來跟妹妹一起，或者說一半要說的話。

「我得立刻到母親那裡；」她喊說。「她疼愛我們而牽腸掛肚的事，我可怎麼樣也不能輕慢；除了我自己，也不可以由別人告訴她。他已經去找父親了。噢！麗兒，人伙兒聽到了，該有多高興呀！我真是樂壞了！」

於是連忙找母親去；原來班耐特太太故意散了牌局，跟吉蒂上樓去坐。

伊麗莎白現在一個人，想到這件曾經叫他們心焦煩惱好幾個月的事，結果一下子就迎刃而解，不由得好笑。

「到頭來，」她說，「他朋友擔着心、顧慮重重，他姐妹耍花招、裝模作樣，都完了！這是最幸福、最明智、最有道理的結局！」

彬禮跟她父親商議得又快又順利，不一會又過來找伊麗莎白。

「你姐呢？」他一打開門就迫不及待地說。

「在樓上我母親那裡。大概一下子就下來啦。」

他接着把門關了，走上前來，贏得小姨子親切的祝福。伊麗莎白既誠懇又熱心地恭喜他們幸福美滿，十分歡喜。兩人熱忱地握手；而姊姊下來前，伊麗莎白就一一聽彬禮說出非說不可的話，說自己的快慰，說吉英的十全十美；她真心相信，儘管彬禮身為情人，他對幸福的種種期待是有道理的，因為吉英有不凡的才識、絕好的性情，兩人又情投意合，是這門親事的基礎。

這一晚，大家高興非常；班耐特小姐心滿意足得容光煥發，一臉甜美，越發比平日漂亮。吉蒂又是傻笑，又是莞爾，希望不久就輪到自己。班耐特太太一味熱情地答應彬禮，讚不絕口半小時，還意猶未盡；而班耐特先生來一起吃消夜時，語氣、態度，在在可見真的高興不已。

不過，客人夜深告辭前，他絕口不提這件事；但是人一走，他就轉向女兒說：

「吉英，恭喜你。你準是個挺幸福的女人。」

吉英登時上前去，吻了他，謝謝他的好意。

「你是個好女孩；」他答說，「我想到你有那麼好的歸宿，就挺高興。你們在一起準美滿的，我一點也不懷疑。你們的性情絲毫沒有兩樣。你們兩個都那麼依順人，壓根兒什麼都定不下來；都那麼隨和，每一個下人準會騙你；都那麼慷慨，準會入不敷出。」

「希望不會。我呀，要是在金錢上輕率大意，就不可原諒了。」

「入不敷出！親愛的班耐特先生，」他太太喊說，「你說的什麼話呀？嗨，他一年有四五千鎊，八成不止呢。」然後對女兒說，「喔！我親愛的寶貝吉英，我好開心啊！今晚準合不上眼睡一下。我早就料到了。我老是說，有朝一日準是這樣沒錯。我早就斷定，你不會白白長得那麼漂亮的！我記得，去年他剛到赫特福德郡，我一看見他，就覺得你們八成會湊成一對了。喔！他是我見過最帥的

小伙子！」

魏克安、莉迪亞，通通都忘了。吉英才是她的寵兒，誰也比不上。此時此刻，她誰也不在乎。兩位小妹隨即來跟姊姊討人情，因為有些樂事，吉英日後也許可以作主。

瑪麗請求准她使用內瑟菲爾德的書房，吉蒂苦求每年冬天辦幾個舞會。

從此，彬禮當然天天到朗本來；除非有些再討厭不過的野蠻鄰居，邀他晚宴，他自覺不得不領情之外；往往早餐前到，總是吃完消夜才走。

伊麗莎白現在跟姊姊交談的機會不多；原來彬禮來了，吉英就分不出心來給另一個人；但是，有時候總有分別的時刻，而她發覺自己對兩人都大派用場。吉英不在，彬禮總是跟她在一起，談談吉英取樂；到彬禮不在，吉英也總是尋求一樣的慰藉。

「我好開心，」有一晚她說，「因為他告訴我，原來我春天到城裡去，他壓根兒不曉得呢！我之前怎麼樣也不相信。」

「我早就很疑心了，」伊麗莎白答說。「可是他怎麼解釋？」

「準是他姐妹搞鬼。她們敢情不喜歡他跟我來往，這也難怪，因為他本來可以找一個各方面都比我好的人。可是我相信，要是他們看見兄弟跟我一起，過得幸福，就會漸漸滿意，大伙兒就會再好起來；儘管永遠沒辦法像當初那樣看待彼此。」

「這是我聽過你說的，」伊麗莎白說，「最不饒人的話。好女孩啊！真的，以後看見你給彬禮小姐的虛情假意騙了，我就要煩惱了。」

「你信不信，麗兒，他去年十一月到城裡去的時候，真心愛着我，要不是聽信人家說，我呀對他平平常常，才不會不回來的！」

「是有點兒失察，一點兒沒錯；可是都多虧了他的謙遜。」

吉英聽見這話，自然讚美起他的謙虛、不自誇美德來。

伊麗莎白發覺，彬禮沒有洩露那個朋友從中作梗的事，很高

興；因為她知道，雖然吉英是世上心地最寬宏大量的人，也一定因而對那個朋友有偏見。

「我真個是世上最幸運的人兒！」吉英喊說。「唉！麗兒，我們一家人裡幹麼偏偏選了我，福分比別人都大呢！但願我看得見，你啊也一樣幸福就好了！但願真個有另一個那樣的人愛你就好了！」

「就算你給我四十個那樣的人，我也壓根兒不會像你那樣幸福。我沒有你的性情，你的美德，哪裡會有你的幸福？算啦，讓我自己來吧；興許我時來運轉的話，還來得及遇上另一個柯林斯先生。」

朗本家裡的私事不久就洩露了出來。有特權的班耐特太太跟菲利普斯太太咬耳朵說了，而她嘛，未經允許，也大膽地跟梅里頓的左鄰右舍咬耳朵說了。

班耐特家一下子成了世上最有福氣的家庭，儘管幾個星期前，莉迪亞剛私奔，大家才斷言他們注定倒霉。

# 第十四章　惡客

　　彬禮與吉英訂婚後一個星期，一天早上，他與女眷一塊坐在晚餐室[178]，忽然窗外傳來一陣馬車聲；只見一台駟馬轎車上了草坪道。大清早不該有人來訪，而且馬車、隨從的樣式也跟鄰居的不同。馬匹是租來的；馬車、還有前面僕人的制服也不認得。不過，有人來是一定的；彬禮登時說服班耐特小姐，走到灌木園去，免得被不速之客纏住。兩人走開了，剩下三人猜來猜去，卻猜不出一個譜來，直到門霍然打開，訪客進來才罷。原來是凱瑟琳・德・伯格夫人。

　　大家自然會詫異，卻也出乎意料地驚訝；尤其伊麗莎白，驚訝之情，還勝過根本不認識她的班耐特太太和吉蒂[179]。

　　她走進屋子來，比平日更大模大樣，伊麗莎白跟她敬禮，只微微點頭，並不理睬，坐下來一言不發。夫人一進來，伊麗莎白就跟母親說了她的名字，不過夫人沒有要求引見。

　　班耐特太太既萬分詫異，卻也為地位崇高的貴賓光臨而得意，畢恭畢敬地招呼。靜坐了一會，夫人十分冷澀地對伊麗莎白說：

　　「我希望你過得好，班耐特小姐。這位女士大概是令堂？」

　　伊麗莎白只答一聲是。

　　「而那位呢，想是令妹？」

　　「是呀，夫人，」班耐特太太說，很高興跟一位凱瑟琳夫人說話。「她是第二小的女兒。么女最近結婚了，大女兒在庭園哪裡散步，而陪她的那個小伙子，相信不久就是自家人了。」

「你這邊的花園小得很，」凱瑟琳夫人頓了一下又說。

「我看，跟羅辛斯是不能比的，夫人；可是不騙您，我們的比威廉‧盧卡斯爵士的大得多呢。」

「夏天晚上，這個起居室不好坐；窗子都朝正西。」

班耐特太太請夫人放心，說他們晚餐後從不坐在那裡；又說：

「恕我冒昧，請問夫人，您來的時候柯林斯先生和他太太好嗎？」

「好，很好。我前天晚上才見他們來着。」

伊麗莎白現在期待，夫人會拿出一封夏洛特給她的信，因為看來這是夫人來訪的惟一可能的原因。誰知沒有信，她實在摸不着頭腦。

班耐特太太恭恭敬敬，請夫人用些點心；但是凱瑟琳夫人斷然，而且不太客氣地回絕了；然後站起來，跟伊麗莎白說：

「班耐特小姐，草坪一邊好像有一片還算好看的荒地。要是你賞光作伴，我想去走一走。」

「去，親愛的，」母親喊說，「帶夫人轉轉不同的小徑。我想她準喜歡那隱士廬的[a]。」

伊麗莎白依了，跑回自己的屋子裡拿了陽傘，陪她的貴賓下樓去。穿過門廳時，凱瑟琳夫人打開了晚餐廳和客廳的門，打量了一下，說是算好看的廳堂，就繼續走。

馬車停在門前，伊麗莎白看見侍女在車上。她們默默地沿着石子路往小樹林走；伊麗莎白打定主意，不主動跟這個比平常更無禮、更可厭的女人攀談。

「她哪裡像她外甥呢？」她端詳夫人的臉想。

她們一走到小樹林，凱瑟琳夫人就這樣開了口：

「你該心知肚明，班耐特小姐，我這一趟的來意。你自己的內

---

a 庭園不但有夫人所謂「荒地」，裡面還有隱士廬，猶如《紅樓夢》的大觀園裡有稻香村的茅屋。

心、你自己的良心，該告訴你我為什麼要來。」

伊麗莎白一臉由衷的驚訝。

「真的，您弄錯了，夫人。我壓根兒想不出您大駕光臨的原因。」

「班耐特小姐，」夫人生氣地答說，「你得知道，我是要不得的。可是你啊，不管怎麼故意裝模作樣，我啊，是不會那樣的。我為人素來以真誠、坦率聞名，在這樣的緊要關頭，當然不會改變。兩天前，我聽到一個萬分可驚的消息。有人告訴我，不光你姐姐快要體體面面地嫁人，就是你啊，伊麗莎白‧班耐特小姐，也快要嫁給我外甥、我親外甥，達西先生。雖然我着實知道，這是不像話的謠言；雖然我不會委屈他，委屈到相信有這回事，我馬上決定出發到這裡來，好讓你知道我的心意。」

「既然您相信壓根兒是假的，」伊麗莎白說，又驚訝，又鄙夷，臉紅耳赤，「我搞不懂您幹麼要那麼麻煩大老遠跑來。夫人想要怎樣呢？」

「我非要你立刻跟所有人闢謠不可。」

「要是真個有那樣的謠言，」伊麗莎白淡淡地說，「您到朗本來看我，看我的家人，反而像真有那麼一回事。」

「要是！你到這會兒還裝傻？還不是你們賣了勁來散播謠言？你不曉得事情已經傳開了嗎？」

「多會兒也沒聽過有。」

「難道你也敢說，這真個是無中生有嗎？」

「我不敢自居跟夫人一樣坦率。您嘛，可以問，我嘛，不見得想回答。」

「豈有此理。班耐特小姐，我非要個交代不可。他，我外甥，有沒有跟你求婚？」

「夫人已經聲明是天方夜譚。」

「應該是這樣；一定是這樣，要是他腦筋還清楚的話。可是你

啊，使出來的伎倆、誘惑興許一時迷了他的心竅，忘了他對自己、對家裡上上下下的責任。你興許勾引了他。」

「我要是勾引他來着，才不會承認呢。」

「班耐特小姐，你這算跟誰說話？我可聽不慣別人跟我耍嘴皮子。我差不多是他在世上最親的人，有資格知道他所有切身大事。」

「可是沒資格知道我的呀；何況您這種行徑，哪裡會叫我說亮話呢。」

「我把話說清楚吧。你不自量想高攀的婚事，沒門兒。不行，萬萬不行。達西先生跟『我女兒』訂了婚。你還有什麼話說？」

「一句話：要是他訂了婚，您沒有理由料想他會跟我求婚。」

凱瑟琳夫人猶豫了一下，然後答說：

「他們的婚約有些特別。他們從小時候起，就被我們湊做一對。『男方的』母親，還有女方的，都抱着這個稱心的願望。他們還在襁褓，我們就給兩人定了親：而這會兒，我們姐妹就要如願，他倆就要成親的當兒，卻冒出一個出身寒微、沒頭沒臉、非親非眷的丫頭來從中作梗！你一點都不尊重他親人的願望嗎？不尊重他跟德·伯格小姐有默契的婚約嗎？連一點體統、分寸的顧忌都沒嗎？你沒聽我說什麼來着，他生下來就注定跟表妹是一對？」

「聽見，早聽見了。可是那關我什麼事？我就是知道他母親、姨媽都希望他娶德·伯格小姐，要是沒有別的理由不能嫁給您外甥，我才不會放棄呢。你們姐妹要為他們安排婚姻，儘管安排。成事不成事得看別人。要是達西先生論道義、論意願，都不是非娶表妹不可，幹麼不可以選擇別人呢？而要是選的是我，我幹麼不可以答應他呢？」

「因為廉恥、體統、人情世故都不容，不僅這些，還有利害關係。沒有錯，班耐特小姐，利害關係；因為要是你硬是不顧他所有親友的意願，你別指望得到他們的承認。你準被他每一個親戚朋友指責、冷落、瞧不起。你們的結合準丟臉；我們壓根兒連你的名字

也不會提。」

「這就倒大霉了，」伊麗莎白答說。「可是，當了達西先生的太太，以她的身分地位，自然應該有非同尋常的樂趣來源，所以總的來說，就沒什麼好抱怨的了。」

「嘴強的倔丫頭！你怎的死不要臉！你就是這樣報答我春天時對你的關照嗎？我就不該有什麼回報嗎？

「坐下來吧。你要明白，班耐特小姐，我到這裡來，是鐵了心要如我的意，誰也勸阻不了。我可不慣看人臉色。我可不慣忍受失望。」

「這樣嘛，夫人眼下的處境只會更可憐，而對我啊，卻沒有一點影響。」

「不准插嘴。給我老實聽着。我女兒跟我外甥是天生一對。他們母親那邊，都是一脈相傳的貴族血統；而父親那邊，雖然沒有名號，卻也是累代尊榮顯赫的世家。兩邊都是家財萬貫。雙方的家裡，人人異口同聲地彼此期待；而誰要拆散他們？一個沒有家世、沒有背景、沒有家產，卻妄想飛上枝頭的丫頭。這還要忍氣吞聲！我們可不該忍，也不會忍。要是你曉得為自己着想，就不會希望離開從小長大的圈子。」

「我覺得嫁給您外甥，自己沒有離開原來的圈子。他是個紳士，我是紳士的女兒，講到這裡為止，我們門當戶對。」

「沒錯。你敢情是紳士的女兒。可是你母親呢？你舅舅、舅媽呢？別以為我不曉得他們的底細。」

「不管我親戚是什麼人，」伊麗莎白說，「要是你外甥不介意，你啊也管不着。」

「說，直截了當說一句：你跟他訂婚了嗎？」

雖然伊麗莎白不願只為了順從凱瑟琳夫人而回答這個問題，斟酌了一下，不得不說：

「我沒有。」

凱瑟琳夫人似乎很高興。

「你可不可以答應我，永遠不跟他訂婚？」

「我決不會答應這種事。」

「班耐特小姐，你叫我震驚、叫我驚訝。我以為你會是個講道理的小姐。可是你別自欺欺人，以為我會打退堂鼓。你不答應我要求的，我就不走。」

「我才『永遠』不會答應呢。我不會給人嚇唬，就答應壓根兒豈有此理的事。夫人希望達西先生娶您女兒；可是就算我如您的願答應您，難道『他們的』婚事就更有望了嗎？假如他的心在我這裡，我啊，不答應他求婚，他就會希望跟表妹求婚嗎？恕我直言，凱瑟琳夫人，您這個莫名其妙的請求並不明智，您憑的理由也站不住腳。要是您以為，這樣勸說勸得動我，就壓根兒看錯了人。我不知道，您外甥有多贊成您干涉『他的』私事；可是您當然沒有資格干涉我的。所以，我得請求您，這件事就不要糾纏下去了。」

「對不起，慢着。我還沒有講完。除了剛才提出的種種反對的理由，我還有另外一個。你么妹私奔的醜事，我來龍去脈都知道。一五一十都知道；你父親、舅舅花了錢，叫那個小伙子娶她，才草草搪蓋過去。『這樣子的』丫頭要當我外甥的小姨子嗎？而『她的』丈夫，我外甥先父的帳房的兒子，要當他連襟嗎？天啊！——你覺得怎樣？彭伯里的一草一木要這樣玷汙嗎[180]？」

「這下子啊，您該說完了吧，」她憤懣地答說。「您已經說盡了侮辱我的話。我得請求回屋裡去。」

說着就起身。凱瑟琳夫人也起身，兩人走回頭。夫人火冒三丈。

「這麼說，你一點兒不在乎我外甥的體面和名聲！忍心、自私的丫頭！你不想想，他跟你結婚，得在所有人的眼裡丟盡了臉？」

「凱瑟琳夫人，我不想再說了。你知道我的心意。」

「那麼你決定要答應他？」

「我沒說這個話。我只是決定，照自己的想法追求自己的幸

福，用不着跟『您』、跟任何毫不相干的人交代。」

「好一句用不着。這麼說，你就是不肯賞臉。硬是不顧責任上、體面上、恩情上的要求。你鐵了心要敗壞他在親友面前的名聲，叫他給世人瞧不起。」

「眼前這件事，論責任、論體面、論恩情，都不能要求我些什麼。我嫁給達西先生，沒有違反哪一條原則。至於他家族的恨意，或者世人的公憤，就算他娶我會惹來家族的恨意，我也壓根兒不會放在心上——至於世人，一般說來不會糊塗到湊過來瞧不起人。」

「這才是你心裡面的話！這才是你最終的抉擇！好得很。這一來，我知道怎麼辦了。班耐特小姐，別以你的居心有朝一日會得逞。我是來試探你的。我希望你會講道理，可是我說得出準做得到，你看好啦。」

凱瑟琳夫人就這樣說着，直走到馬車門前，才急躁地轉過來再說：

「我不跟你告辭，班耐特小姐。我不問候你母親。你們不配我這樣關照。我可是氣壞了。」

伊麗莎白不理不睬；也不設法勸夫人回屋裡去，自己默默走了進去。上樓梯時，聽見馬車聲漸遠。母親迫不及待地到梳妝室的門口相迎，問她為什麼凱瑟琳夫人不進來休息。

「她不想進來，」女兒說；「她要走。」

「她是個很好看的女人！我想她來這裡，只不過要告訴我們柯林斯家很好，真是太客氣了。她大概要到哪裡去，經過梅里頓，覺得也可以來看你。我想她沒什麼特別的話跟你說吧，麗兒？」

伊麗莎白不得已，只好撒個小謊；因為她們交談的內容，哪裡說得出來呢？

# 第十五章 可笑不可哭

　　這位異乎尋常的訪客，叫伊麗莎白心緒不寧，一時難以平服；念念不忘，一連想了好幾個小時，還是揮之不去。看來凱瑟琳夫人竟然不惜舟車勞頓，從羅辛斯到這裡來，只為了破壞她跟達西先生的所謂婚約。實在是有道理的一着！但是兩人訂婚的消息從何而來，伊麗莎白就摸不着頭腦了；直到想起，這時候一門親事正叫大家期待另一門，而男的嘛，是彬禮的摯友，女的嘛，是吉英的妹妹，就足夠做文章了。她自己也沒有忘記，覺得姊姊的婚姻一定會叫兩人更常碰面。所以，盧卡斯山莊的鄰居（她推斷消息是經他們和柯林斯家通信而傳到凱瑟琳夫人耳裡的），反而把她自己期待有朝一日、也許有望的『傳聞』，當作指日可待、十拿九穩了。

　　不過，她琢磨凱瑟琳夫人說的話，想到夫人不罷休的插手會有的後果，不禁有些不自在。伊麗莎白覺得，夫人所謂決意阻止他們結婚，一定存心要告誡外甥；而他呢，會不會認為跟她結婚會有諸如此類的壞處，她不敢說。她不知道達西對姨母有多親愛、對姨母的論斷有多尊重，然而夫人的分量，在達西心裡比在「她」心裡重得多，想來理所當然；而達西要迎娶一個門不當戶不對的女子，他姨母細陳利害，一定會針對他的弱點。伊麗莎白覺得薄弱、荒謬的理由，以達西對家聲的看法，大概會覺得大有道理、無懈可擊。

　　如果他曾經猶豫，拿不定該做什麼，也往往看來像是如此，那麼至親的叮嚀和規諫也許就可以無疑不決，同時必定叫他得到家聲不墜所能賦予的快慰。這樣的話，他就不會回來了。凱瑟琳夫人會

到城裡會他；而他跟彬禮說好回來內瑟菲爾德，就勢必作罷。

「所以，萬一他這幾天通知朋友，推說什麼而失約，」她想，「我就心裡有數了。那麼我就不必期待，不必希望他矢志不渝。要是他可以得到我的心、我的手，卻甘於只能怨慕我，我回頭就壓根兒不怨慕他了。」

＊　＊　＊　＊　＊

其他家人聽見訪客的身分，都驚訝不已；不過，他們都樂於相信叫好奇的班耐特太太得意的同樣的假定，而伊麗莎白就免了在這上頭的諸多揶揄。

翌日白天，她正走下樓梯時，父親從書房出來，手裡拿着一封信，遇個正着。

「麗兒，」他說，「我剛要去找你，到書房來。」

她隨父親進了書房；好奇父親要跟自己說什麼，料想跟他手裡的信有些關係，越發心癢癢。忽然靈機一觸，也許是凱瑟琳夫人的信；她盤算種種因應的解釋，有些心慌。

她跟着父親到了火爐邊，兩人坐下來。父親就說：

「我白天收到一封信，叫我驚訝得很。因為主要講的是你，你該知道信上說些什麼。我之前還不曉得，我有『兩個』女兒快要結婚了。讓我恭喜你，贏了關鍵的一仗。」

現在，伊麗莎白一下子斷定信來自外甥、而不是姨母，漲紅了臉；正分不清是為他竟然表白而高興多些，還是為他寫信給父親而不是給自己而氣惱多些，父親又說了：

「你看樣子有底。小姐對這種事情都洞察入微；可是我想，我敢說就是憑『你的』睿知，也參不透仰慕者的大名。這封信是柯林斯先生寄來的。」

「柯林斯先生！『他』有什麼好說的？」

「當然是挺合宜的話。一開頭是恭喜我大女兒快要出嫁，看來

是盧卡斯家有些好心、多嘴的人告訴他的。我不會念他恭喜的話，來吊你胃口。提到你的，是這樣說的。「小侄與內子既為此美事而致上誠摯之祝賀後，茲容小侄為另一事補上片言忠告；其事亦為同一可靠人士向愚夫婦示警。據推測，令千金伊麗莎白不久將隨其姊棄姓之後，不再冠以班耐特之名，而她命中精選之配偶，可入情入理尊為此地數一數二赫赫有名之人物。」

「這樣說猜得出是誰嗎，麗兒？」「此一少年紳士得天獨厚，身兼世人心底夢寐以求之美事——富甲一方、世家大族、各地的聖職授予權[a]。諸位必樂於接納眼前之利益，率爾答允該紳士之求親；然而，縱然有諸般誘惑，容小侄規諫族妹伊麗莎白，以及族伯大人，此舉將招來何種禍患。」

「有頭緒嗎，麗兒，這個紳士是誰？下面就有答案了。」

「小侄告誡諸位，鄙意如下。愚夫婦有理由設想，其姨母凱瑟琳‧德‧伯格夫人，對此門親事虎視眈眈。」

「達西先生呢，你曉得，就是他！好啦，麗兒，我想我可嚇了你一跳來着。柯林斯先生也好，盧卡斯家也好，還挑得出我們朋友圈裡任何人，他的名字會叫他們的鬼話瞎扯得更聳動嗎[181]？達西先生一看到女人就挑剔瑕疵，這輩子大概連正眼也沒看『你』一眼！妙不可言呀！」

伊麗莎白聽着父親說笑話，設法湊趣，卻只能擠出一個十分勉強的笑容。她覺得父親的機智從沒有運用得這麼不討喜過。

「你不覺得好笑嗎？」

「喔！好笑。請念下去。」

「昨夜既向夫人閣下奉告此一預期之親事，夫人本其一貫之屈尊降貴，馬上賜教對此事之高見；顯而易見，夫人以族妹一方之家世為弊，對此一所謂有辱門楣之結合決不點頭。小侄自覺有責火速

---

a 希冀這些的與其說是世人，不如說是柯林斯夫婦。夏洛特早就覬覦達西的聖職授予權了。參B9.b。

知會族妹，使族妹與其高貴之情人可以自知所處，而不至於未蒙合禮之首肯即率爾成婚。」「柯林斯先生還補充說，」「小侄對族妹莉迪亞之醜事得以善加封口，着實欣慰；只是憂心二人婚前同居之事，竟然會家喻戶曉。然而小侄聞得，該對少年新人婚後即蒙族伯大人迎入府上，鄙人決不可有虧職守，駭然而閉口不言。此乃姑息養奸；倘若鄙人身為朗本之教區長，當竭力反對。身為基督徒，族伯大人當然應該饒恕他們，然而斷斷不可見其人，聞其名。」「『這種』想法是他所謂基督徒的饒恕啊！下面只說到他親愛的夏洛特的身子[182]，和他期待的小橄欖葉子[b]。哦，麗兒，你看樣子聽得不樂。我希望，你不要小姑娘似的嘛，聽到些無聊閑話就擺出一副受了冒犯的樣子。人生在世，要不給鄰居打趣，然後輪到我們取笑他們，怎麼過日子呢？」

「哦！」伊麗莎白喊說，「我樂得要命。可是太奇怪了！」

「是奇怪——有趣就有趣在這裡嘛。要是他們選別的男人就沒什麼了；可是他呢，壓根兒冷冷淡淡，你呢，討厭他討厭得要命，這才荒謬得那麼好笑啊！我就是再討厭寫信，怎麼樣也不會斷了跟柯林斯先生通信。不僅這樣，我讀他的信時，不禁偏愛他一些，勝過魏克安，儘管我也很看得起女婿的虛偽無恥。那請問，麗兒，凱瑟琳夫人對這件事怎麼說？她上門說不肯答應嗎？」

女兒聽見父親一問，只好笑一笑；因為問的人絲毫沒有起疑，就沒有追問而叫她困窘。伊麗莎白從沒有這樣沒了主意，裝模作樣、掩飾心裡的感受。她得笑，卻想哭。父親說着達西先生的冷淡，叫她窘迫不堪；她毫無辦法，只奇怪父親這麼沒有眼力，或者擔心，也許不是父親看出太『少』，而是自己遐想得太『多』。

---

b 《聖經》：「你妻子在你的內室，好像多結果子的葡萄樹；你兒女圍繞你的桌子，好像橄欖栽子。」（Thy wife shall be as a fruitful vine by the sides of thine house: thy children like olive plants round about thy table.）（詩128: 3）柯林斯大概自居olive branch（橄欖葉子），才改說young olive-branch。參A13.c。

# 第十六章 破鏡重圓

　　彬禮不但沒有如伊麗莎白半信半疑的期待，收到藉故失約的信，反而可以在凱瑟琳夫人來訪後才幾天，帶着達西一塊回朗本來。紳士來得早；女兒如坐針氈，時刻擔心母親提起達西先生的姨母曾經來訪，幸好班耐特太太來不及說，想跟吉英獨處的彬禮就已提議大家外出散步。大家說好。班耐特太太不愛散步，瑪麗根本沒空，剩下五人還是一起出發了。不過，彬禮和吉英很快就任由別人超前。兩人落後，讓伊麗莎白、吉蒂、達西招呼彼此。三人難得說話；吉蒂太怕達西，不敢開口；伊麗莎白暗自盤算，要孤注一擲；也許他也一樣。

　　他們往盧卡斯家走，因為吉蒂想找瑪麗亞；伊麗莎白覺得不必大家都去，等吉蒂走開，就大膽獨自跟達西繼續走。現在機不可失，她打定主意，趁鼓足勇氣，立刻說：

　　「達西先生，我是個自私鬼；為了發洩自己的感受，不在乎興許傷了你的感受。我再也不得不感謝你，對我可憐的妹妹的大恩大德。自從我知情以來，一直恨不得告訴你，我是多麼感恩。要是家裡人知道，要說的就不只我自己的謝意。」

　　「我很抱歉，非常抱歉，」達西答說，語氣既驚訝又激動，「您竟然知道了一些不盡不實、叫你不自在的事情。想不到嘉德納太太那麼信不過。」

　　「你不能怪我舅媽。當初是不懂事的莉迪亞說溜了嘴，我才曉得事情跟你有關；而當然啦，我不一五一十搞清楚是不會罷休的。

你寬宏大量，同情我們，為了尋找他們的下落，不辭勞苦，受盡委屈，讓我代表全家人，再三跟你道謝。」

「要是您願意謝我，」他答說，「就您一個人謝吧。除了別的動機，希望叫你快樂興許也是一股動力，這我決不會否認的。可是您的家人嘛，不欠我什麼。雖然我很尊重他們，我想，那時候心裡只有您啊。」

伊麗莎白羞得說不出一句話。頓了一下，她的同伴說，「您很厚道，不會戲弄我。要是您的心事還是跟四月的時候一樣，就直截了當告訴我吧。我呢，心沒有變，願也不改；可是您一句話，我今生今世就都不會再提了。」

這時候，伊麗莎白體會到他異乎尋常的困窘、憂慮，不得不開口說話[183]；雖然結結巴巴，連忙告訴他，自從他提起的那段日子起，自己的心意已經天翻地覆，叫她既感激又歡喜地接受他現在的表白。這個答案給他的快樂，大概前所未有；當下傾吐起來，一個愛得死心塌地的男人有多麼激動、熱情，就可以想見了[a][184]。如果伊麗莎白可以跟他目光相接，就會看見那情切的喜悅所散發的神采，叫他容光煥發，格外英俊；不過，雖然她看不見，卻聽得到他跟自己訴款曲，也聽得出自己在他心目中的地位，叫他這分感情格外寶貴。

他們腳不停步，卻不辨方向。因為有太多要想、要體會、要說，哪裡分得出心來呢？她不久就發覺，兩人現在的知心是多虧了他姨母的努力；原來凱瑟琳夫人回去時，果然到倫敦去會他，交代了自己到朗本去的動機、與伊麗莎白交涉的大要；而夫人聽來是格外任性、無恥的話，更是一句一句反覆強調，以為經過這一番覆

a　嘉德納太太說：「可是『愛得死心塌地』這種濫調兒，太含糊，太籠統了；我聽不出多少意思來。這種話常常用來形容半點鐘的交情，也用來形容死去活來的真情。」（C2）。奧斯登這裡回應她；達西是半點鐘還是死去活來，讀者心裡有數。

述，自己努力要得到的承諾，之前「女方」不肯給，現在外甥也會給。然而，夫人不幸，結果偏偏適得其反。

「這些話叫我又抱起希望來，」他說，「而之前哪裡還指望呢？我很清楚你的性格，要是你執意恨我，鐵了心恨到底，我斷定你會當着凱瑟琳夫人的面，老實不客氣地直說。」

伊麗莎白紅着臉笑着答說，「是的，你領教過我的老實不客氣呢，你相信我做得出『這種事』的。既然當面把你臭罵了一頓，就可以當着你所有親人的面肆無忌憚地罵。」

「你數落我的，哪一句不活該呢？說起來，雖然你指責的事沒有根據、理由不對，可我那時候對你的那副德行，真是罪該萬死。不可原諒呀。我一想起就覺得可惡。」

「那晚到底該怪誰多一些，我們不必爭論了，」伊麗莎白說。「認真審起來，誰的所作所為不惹人非議呢；可是從那時候起，我希望，大伙兒的禮貌都好了。」

「我沒辦法那麼輕易就諒解自己。我想起那晚，自己從頭到尾說的話、行徑、作風、神情，叫我好幾個月來，到現在，痛苦不堪。你罵得很好，我這輩子不會忘記：『要是你做人有紳士風度一點，』這是你的話。你不知道，你怎麼也想不到，這句話有多折磨我；——儘管過了一陣子，老實說，我才腦筋清楚些，承認你說得對。」

「我萬萬料不到那句話給你那麼大的刺激。壓根兒沒想過你竟然會有那樣的感受。」

「這不難想見。那時候，你覺得我麻木不仁，你真的這樣覺得。你說不管我怎麼樣求婚，都不可能打動你，叫你答應時，那臉上的神情，我永遠也忘不了[185]。」

「哎喲！不要再提我從前說的話了。那些回憶着實叫人受不了。真的，我老早就打從心底慚愧了。」

達西提起他那封信。「那封信，」他說，「『很快』就叫你對

我改觀嗎？你看的時候相信裡面的話嗎？」

她解釋那封信對她的影響，自己怎樣漸漸消除從前的偏見。

「我早知道，」他說，「寫那些話準叫你難過，可也不得不寫。希望你把信燒了。裡面特別有一部分，就是開頭那些，我怕你沒辦法看第二遍。我記得有些話，興許活該叫你恨我的。」

「要是你相信，得把那封信燒掉，才保得住我對你的心意，那準會燒的；可是，雖然我們都有理由認為，我的意見不全是鐵板一塊，就算是這樣，希望也不是說變就變。」

「寫信那當兒，」達西答說，「我以為自己極冷靜，極沉得住氣，可是到後來，就相信自己那時候心裡憤恨得要命。」

「那封信，興許開頭是憤恨，末了可不是。結尾是不折不扣的仁慈。可是別想那封信了。寫信的人、收信的人，心情已經跟從前截然不同，信裡牽扯到什麼不愉快的事，都應該一一忘掉。你得學一些我的人生觀。只追憶愉快的往事。」

「我不認為你有這種人生觀。你啊，反省起來毫無可責，準是因為你的欣慰不是出於人生觀，而是出於無辜。我啊，可不無辜。痛苦的回憶會不由自主地冒出來，不能拒絕，也不該拒絕。我這輩子都是個自私的人，做出來是這樣，儘管原則不是。大人從小就教我什麼叫『是非』，可是沒有教我改正自己的品性。我學到好的原則，卻任由我傲慢而自負地實踐。偏偏又是獨子，（多年來是惟一的『小孩』），父母雖然是好人，（尤其父親，是一味的仁愛、和藹可親，）卻是百般嬌寵，任由我、鼓勵我、差不多是教我，做個又自私、又專橫的人，除了自家人以外，誰也不在乎，也瞧不起世上別的人，瞧不起他們的頭腦和長處，最少『希望』不如自己。我就是這樣，從八歲到二十八歲；要不是你，最親愛、最可愛的伊麗莎白！我興許到現在還是那樣。我真個多虧了你呀！你叫我得到教訓，開頭難受是難受，可是獲益良多。因為你，讓我活該地慚愧。我當時向你求婚，胸有成竹。你叫我明白，憑我那種種自命不凡的

德行，遠遠不能討好一個值得討好的女人。」

「你那時候相信我會答應？」

「真的相信。你看我有多虛榮？我以為你希望我求婚、等着我求婚呢。」

「我的言談舉止敢情不妥，可不是故意的，真的。我壓根兒沒想過騙你，可是我的興致來了，往往會沒了規矩。過了『那天』晚上，你準恨透了我！」

「恨你！我一開始興許很生氣，可是沒多久，就開始氣該氣的人了。」

「我們在彭伯里碰面時，我簡直不敢問你怎麼看待我。你怪我到那裡嗎？」

「沒有，真的；我心裡只是驚訝。」

「我啊，得到你殷勤招待，比你驚訝多了。我捫心自問，不配多禮；老實說，也不期待得到『分外的』關照。」

「那時候嘛，」達西答說，「我竭力殷勤，目的是讓你知道，我沒有小氣到懷恨在心；也希望你看見，你責備的話，我聽進去了，因而得到你的諒解，稍為對我改觀。別的願望多快冒出來，很難說；可是我想，大概見面後半個鐘頭吧。」

接着，他說起喬治亞娜認識她很高興，突然分別又很失望；自然又談到分別的原因，她隨即明白，達西還沒有走出旅館，就決心隨她離開德比郡，去找尋她妹妹的下落，而當時神色凝重、埋頭沉思，並不是內心別有掙扎，而是為尋人必然要有的斟酌。

她再次致謝；不過這件事，兩人各自都痛苦得不想多說。

這樣款步了好幾哩，兩人卻無暇注意，等到一看表，才知道早該回去了。

「彬禮先生和吉英怎麼啦！」一聲驚嘆後，就討論起『他們的』事來。達西為他們的婚事高興，朋友第一個就告訴了他。

「我得問你，是不是很驚訝？」伊麗莎白說。

「才不是。我走的時候，就覺得快要成事了。」

「換言之，你准了他。跟我猜的一樣。」雖然達西抗議那個字眼，她發覺實情也差不多。

「我去倫敦前一晚，」他說。「跟他認錯，我想早就該認的。我把之前怎樣插手他的事，怎樣荒唐、莽撞，一五一十告訴了他。他驚訝得很。他壓根兒沒有懷疑過。而且我告訴他，之前料想你姐姐沒有動情，相信是看走眼了；而我也一眼看出，他對你姐姐的感情絲毫不減，毫無疑問，他們在一起會幸福。」

伊麗莎白見他三兩下就擺布了朋友，不由得好笑。

「你說姐姐愛他，是憑自己觀察呢，」她說，「還只是春天時聽我說的呢？」

「自己觀察的。最近兩次拜訪時，我在這裡細細打量過她；相信她動了情。」

「有你擔保，我想，他立刻信服了。」

「敢情是呀。彬禮是毫不做作地謙遜。他太謙虛謹慎，這件巴不得的事，自己作不了主；不過他信任我，一切就好辦了。我也不得不供認另一件事，惹惱了他一陣子，也活該的。我不該隱瞞的，你姐姐冬天時在城裡待了三個月，我是曉得的，卻故意不讓他知道。他很生氣。可是我相信，他一聽說你姐姐是有心的，釋了疑，氣就消了。這會兒是由衷地原諒我了。」

伊麗莎白很想說，彬禮先生這朋友太可愛了；那麼容易擺布，真是難能可貴；卻按捺住自己。她想起達西還沒有學會讓人開玩笑，現在學起卻太早了。達西預期彬禮的幸福，當然僅次於自己的，這樣談着，直到回到屋子去。兩人在門廳分手。

# 第十七章 除非你服了他

「我的好麗兒,你散步散到哪裡去了?」伊麗莎白一進屋子來,吉英就問;姊妹坐下來晚餐時,其他人也這樣問。她只好回答說,他們到處閑逛,逛到她認不得的地方去。說着紅了臉;幸好,不管臉紅還是別的地方,都沒有叫人起疑。

晚上平靜度過,沒有什麼特別的事。得到承認的情人談談笑笑,未得到承認的情人安安靜靜。達西的性格,高興也不會嬉皮笑臉;伊麗莎白則既激動又迷惘,與其說「感覺」自己快樂,不如說「知道」自己快樂;原來除了眼前的尷尬,還有煩惱等着她。她預見婚事一宣布家人會怎麼想;知道除了吉英,誰也不喜歡他;甚至擔心,其他人對他「深惡痛絕」,什麼財產地位都消除不了。

晚上,她把心事告訴了吉英。雖然班耐特小姐向來遠不是多疑的人,這一回卻抵死不信。

「開玩笑,麗兒。怎麼會!——跟達西先生訂婚!不,不,你不要騙我。我知道不可能的。」

「真個出師不利呀!你是我惟一的指望;要是連你也不相信,真的沒有人會相信我了。可是,千真萬確,我是正經的。我說的句句真話。他還愛着我,我們互訂終身了。」

吉英疑惑地看着她。「喔,麗兒!不會的。我知道你多麼討厭他。」

「你不知道實情。那些事啊,通通都要忘掉。興許我一向沒有像這會兒那麼愛他。可是這種事,好記性是不可原諒的。這是今生

今世我自己記起的最後一次了。」

　　班耐特小姐還是一臉詫異。伊麗莎白越發一本正經，再三保證說的是實話。

　　「天啊！難道真的是這樣！可是這會兒我該相信你了，」吉英喊說。「我親愛的寶貝麗兒，我會——我就恭喜你——可是你拿得穩嗎？恕我多嘴——你拿得穩跟他一起會幸福嗎？」

　　「毫無疑問。我們已經確定，我們是世上最幸福的一對。可是你高興嗎，吉英？你喜不喜歡有這樣一個妹夫？」

　　「非常、非常喜歡。沒有別的事更叫彬禮和我高興的了。可是我們掂量過，交談過，都覺得沒門兒。而你愛他真的愛得夠深嗎？哎，麗兒！沒有愛情，說什麼也不要結婚。你拿得準自己感受到應該感受的嗎？」

　　「哦，感受到！等你聽我說完，你只會覺得我感受到的，比應該感受的還多呢[186]。」

　　「怎麼講？」

　　「呃，我得老實說，我愛他勝過彬禮。我怕你會生氣呢。」

　　「我最親愛的妹妹，這會兒，我可要你說正經的。我要正正經經地說。把我要曉得的一五一十告訴我吧，立刻說。告訴我你愛他多久了？」

　　「慢慢愛上的，簡直不曉得多會兒開始。可是我想呢，應該從看見他彭伯里的漂亮庭園的第一眼開始。」

　　不過，吉英再請她正經的說，她就不再打趣；隨即鄭重地表明對達西的愛意，請吉英放心。吉英對此信服了，就別無所望了。

　　「我這會兒開心極了，」她說，「你會跟我一樣幸福。我一向欣賞他。就算不為別的，只為他愛你，我也得永遠敬重他；可是這會兒，他是彬禮的朋友、又是你的丈夫，除了彬禮和你，他就是我最愛的人了。可是，麗兒，你在我面前可是鬼靈精，嘴緊得很呀。你在彭伯里跟蘭頓的事，都沒跟我說幾句，我知道的差不多都是聽

人家說，而不是聽你說的。」

伊麗莎白告訴她為什麼守口如瓶。因為之前既不想提起彬禮，也因為沒有釐清自己的心事，就避免提到他朋友。但是現在，不會再隱瞞她達西為莉迪亞結婚出的力了。於是把原委一一交代，交談了半夜。

\* \* \* \* \*

「好家伙！」翌日白天，班耐特太太站在窗前喊說，「那個討人厭的達西先生幹麼又跟我們的好彬禮一塊來呢！老是跑來膩煩人，不曉得他什麼意思？我也沒主意，可是他要去打鳥，還是幹麼，不要纏着他朋友。要拿他怎麼辦呢？麗兒，你又得跟他去散步了，省得他礙着彬禮。」

伊麗莎白聽見那麼方便的提議，簡直忍不住好笑；然而母親一提起他，話總說得難聽，卻實在叫她煩惱。

客人一進來，彬禮就曖昧地看着她，熱情地握手，顯然已經知情；不久又大聲說，「班耐特太太，附近沒什麼小路叫麗兒今天又迷路了吧？」

「這樣好了，今天達西先生就同麗兒、吉蒂，」班耐特太太說，「走過去奧克姆山。路又長、風景又漂亮，達西先生多會兒也沒欣賞過。」

「別人是應付得來有餘，」彬禮答說；「可是吉蒂準走不到那麼遠。走得到嗎，吉蒂？」

吉蒂承認寧願待在家裡。達西表示很有興趣欣賞山上的風景，伊麗莎白默默依了。上樓準備時，班耐特太太隨着她，說：

「太不好意思了，麗兒，硬是要你一個人應付那討厭家伙。可是我希望你不要介意：這全是為了吉英好，你知道；用不着跟他多說話，偶爾一兩句就行了。就這樣，不要勉強自己。」

兩人散步時說好，晚上應該請班耐特先生許婚。母親就留給伊

麗莎白自己請准。她猜不到母親會作何反應；有時候也疑惑，到底達西的財產、地位會不會足以克服母親對達西的厭惡。不過，母親對這門親事，不管是反對得厲害，還是高興得厲害，一樣會失儀而顯得糊塗，卻是無疑的；達西先生一定聽見的，不是母親第一陣樂極忘形的歡呼，就是慷慨激昂的反對，一樣叫她受不了。

\* \* \* \* \*

當晚，班耐特先生回書房去不久，她看見達西先生站起來，跟着父親過去，心裡萬分焦灼。她不怕父親不答應，但是父親會不高興；而何況竟然為的是她呢，為了最疼的女兒的選擇而苦惱，為了許配她而擔憂、惋惜，想來叫她心中慘惻；她痛苦不堪地坐着，直到看見達西先生回來，對她一笑，才寬心一些。過了一會，達西走到她和吉蒂做女紅的桌子旁，裝作欣賞她的針線，悄悄說，「去找你父親，他在書房等你。」她一聽見就去了。

她父親在書房裡踱來踱去，神色凝重憂慮。「麗兒，」他說，「你幹什麼？你發什麼神經答應這家伙？你不是老是痛恨他嗎？」

她現在悔不當初，要是從前自己的意見理性一些、措辭溫和一些多好！那些尷尬難堪的解釋、聲明就不用開口了；然而此刻也得開口，雖然有些語無倫次，再三地跟父親說她愛達西先生。

「還是說，你打定主意嫁他。他很有錢，一點兒沒錯，你會比吉英有更多漂亮的衣服、豪華的馬車。可是有這些你就幸福了嗎？」

「除了以為我對他沒有動情，」伊麗莎白說，「您還有別的反對理由嗎？」

「壓根兒沒有。我們都知道他是個傲慢、不討喜的人；可是只要你真心喜歡他，那就無所謂了。」

「喜歡，敢情喜歡啊，」她含着淚答說，「我愛他。其實他沒有不得體的傲慢。他和藹可親極了。你不曉得他到底是怎麼樣的人，拜託您別拿那種話來說他、傷我心了。」

「麗兒，」父親說，「我答應他了。老實說，他那種人不嫌棄，來開口要什麼，我哪裡敢說不呢？要是你決意要嫁給他，我這會兒就答應『你』。可是讓我勸你好好想清楚。我了解你的性格，麗兒。我知道，除非你真心敬重你的丈夫，除非你服了他，你既得不到幸福，也不可敬。你攀上高枝兒去，活潑橫溢的才智就叫你危機四伏。簡直免不了壞了名聲，過得痛苦。孩子，別讓我傷心，看着『你』沒辦法敬重自己終身的伴兒。你不曉得前面是什麼啊。」

伊麗莎白越發激動，既認真又嚴肅地回答父親；自己對達西先生的看法怎樣漸漸改變，她怎樣放心斷定，達西先生的情意並非一朝一夕，而是經得起累月懸慮不安的考驗的，又把達西先生的優點起勁地一一細數，再三請父親放心，達西先生確實是她的心上人，終於消除了父親的疑慮，甘心同意這頭親事。

「好吧，親愛的，」他聽女兒說完說，「我沒話可說了。要是這樣的話，他配得上你。我不能把你，我的麗兒，嫁出去給不如他的人。」她乾脆把好話說到底，於是告訴父親達西先生自願為莉迪亞所做的事。父親聽了很驚訝。

「今晚可是驚奇不斷啊！這麼說，達西一手包辦了；撮合他們，給錢，還債，捐個軍職！那更妙。省了我一堆麻煩，也不用節衣縮食了。要是你舅舅做的，我該還他錢，本來也會還他錢；可是那些愛得死去活來的小伙子，幹什麼都隨心所欲。我明天跟他開口說還錢：他準沒完沒了地把對你的愛大吹大擂一番，事情就了啦。」

後來他也想起，前幾天讀柯林斯先生的信時，女兒那副尷尬模樣；打趣了她一番，終於讓她離去——她出書房時，又說，「要是哪個小伙子要娶瑪麗或吉蒂，請他們進來，我閑得很。」

伊麗莎白現在放下了心頭大石；回到自己的屋子裡，靜靜地沉思了好一會後，又可以過得去的鎮靜，跟大家會面。接二連三的樂事來得太快，不過這一晚在寧靜中度過；再沒有什麼要緊的事值得

擔心，她早晚自在、熟悉起來，心裡就安慰了。

晚上，母親上梳妝室去，她就跟着上去，把事情說了。結果十分出奇；原來班耐特太太一聽，呆若木雞般坐着，說不出一句話來。過了半天，才把話聽懂了；儘管要她相信家人的利益、像是追求女兒的人，一般是不會遲疑的。終於回過神來了，坐在椅子上搓手頓腳，站起來，又坐下去，驚嘆，謝天謝地。

「好家伙！老天保佑啊！想想看吧！噯呀！達西先生啊！誰料得到呢！這可是千真萬確？噢！甜死人的麗兒啊！你會多有錢、多有派頭呀！你有多少零用錢、多少珠寶、多少馬車呀！吉英算什麼──壓根兒不算什麼。我好高興──好開心呀。真是個迷人的先生！──那麼帥！那麼高！──噢，我親愛的麗兒！幫我跟他道個歉，我從前那麼討厭他。希望他不會介較。親愛的寶貝麗兒！城裡有房子呢！樣樣都迷人啊！三個女兒嫁人了！一年一萬鎊！哎，天啊！教我怎麼好呢？我要發瘋了。」

在在可見，母親的同意是不用懷疑的；而伊麗莎白也慶幸這一番滔滔不絕只有自己聽見，隨即離去。但是回到自己屋子裡不到一會，母親又尾隨而來。

「我最親愛的孩子，」她喊說，「我滿腦子都是這件事呢！一年一萬鎊，八成不止呢！跟勳爵一樣多呢！還有特許[a]。你們應該有特許結婚，準有特許結婚。可是親愛的寶貝，告訴我達西先生最喜歡哪道菜，我好明天預備。」

由此來推想母親當着紳士本人的言談舉止，並不是好兆頭；伊麗莎白覺得，雖然牢牢把握他的款款深情，又得到家人的贊成，事情並不盡如人意。但是第二天過得比她預期的好得多；原來幸好班耐特太太對準女婿敬畏萬分，除非可以獻殷勤或者尊崇他的高見，否則是不敢開口的。

---

a 由坎特伯雷大主教頒發的特許，可以隨時隨地行禮結婚。通常貴族、有錢人才拿得到，是身分地位的象徵。

　　伊麗莎白看見父親費心跟達西相處，心裡欣慰；而班耐特先生不久也請她放心，說越來越敬重達西了。

　　「三個女婿我都挺欣賞，」他說。「興許，魏克安是我的最愛；可是我想，我喜歡『你的』丈夫跟喜歡吉英的，會半斤八兩。」

# 第十八章　愛從哪裡起

　　伊麗莎白不久又振作精神，俏皮起來，要達西先生解釋，究竟為什麼會愛上她。「你怎麼愛起來的呢？」她說。「我可以了解，你一旦愛起來，之後就可以愛得很動人；可是你打從哪裡愛起的呢？」

　　「我說不準是那一刻、那一處、那個神情、那句話下的愛苗。太久了。我到了中途，才知道『已經』起步了。」

　　「我的臉蛋當初沒有叫你動心，而我待人接物──最少對『你』的言談舉止，老是在有禮無禮之間，跟你說話老是存心傷害你。這會兒說句實話，你是喜歡我撒野嗎？」

　　「喜歡你活潑的性格，真的。」

　　「你也大可說是撒野。沒差一點點。實情是你厭倦了人家的客套、卑躬屈膝、拍馬屁。那些女人一天到晚說的、看的、想的，一味等着『你的』青睞，叫你倒胃口。我打動你、吸引你，因為我跟『她們』截然不同。要不是你果真和藹可親，本來該討厭我這種德行的；可是你儘管費了勁去掩飾自己，內心卻總是高貴公正；你心裡壓根兒瞧不起那些拍馬屁的人。瞧──我代你解釋了；說實在的，通盤掂量一下，我漸漸覺得想得合情合理。一點兒沒錯，你那時候不曉得我有什麼確實的優點──可是誰一談戀愛就想到那個呢？」

　　「吉英在內瑟菲爾德養病時，你那麼溫柔體貼地照顧她，不是優點嗎？」

　　「最親愛的吉英！誰捨得不為她盡力呢？可是就儘管當優點

吧。有你包涵才有我那些優點，你還越誇越過獎；而得到的回報，卻是我淨找縫子揶揄你，跟你抬損；而我要先直接問你，幹麼到頭來那麼不願意當機立斷？你當初來訪，後來也留下來吃晚餐，幹麼見了我那麼拘束？尤其你上門的時候，幹麼一副不在乎我的樣子呢？」

「因為你板着臉不說話，也不鼓勵我一下。」

「可是我很尷尬。」

「我也是呀。」

「你來晚餐時可以多跟我說說話啊。」

「心事少一些，興許可以。」

「真倒霉啊！你竟然說得出合情合理的答案，我又竟然覺得你答得合情合理。可是我由得你的話，不曉得你『該會』拖多久！要不是我問你，不曉得你『該會』什麼時候才開口！我決意感謝你對莉迪亞的恩惠，着實大有影響。影響恐怕太大呢；要是我們的幸福起於背信，哪還有道德嗎？因為我本來不該提起那件事的。萬萬不行。」

「你犯不着自責。道德還好好的。因為凱瑟琳夫人蠻橫無理，設法拆散我們，才把我的疑慮一掃而空。我這會兒的幸福並不是因為你巴巴地渴望致謝。我那時候沒心情等你開口。我聽姨媽一說，心裡就有望，打定主意要馬上了解一切。」

「凱瑟琳夫人幫了大忙，該叫她高興，因為她樂於助人。可是我問你，你來內瑟菲爾德幹麼？只為了騎馬過來朗本、尷尷尬尬嗎？還是說你有什麼正經的打算？」

「骨子裡的目的是來看你啊，可以的話，還要掂量一下，到底自己可不可以讓你愛我。說出來的，或者說給自己的目的，是來看看你姐姐是否還愛着彬禮，愛的話，就跟彬禮認錯，後來也認了。」

「你到底有沒有膽子跟凱瑟琳夫人宣布她得到的下場？」

「我需要的大概不是膽子而是時間，伊麗莎白。可是應該告訴

她的，要是你給我一張紙，馬上就寫給她。」

「要不是我自己有信要寫，就可以坐在你旁邊，欣賞你工整的書法，像從前另一位小姐那樣。可是我也有舅媽，不該再怠慢她了。」

伊麗莎白不願承認舅父舅母高估了多少她跟達西的親密程度，至今未回覆嘉德納太太的長信，但是現在，有那件她知道一定大受歡迎的「喜事」要通知，才發覺舅父舅母已經少高興了三天，幾乎慚愧起來，立刻就寫信：

「您給我那封體貼、叫人滿意、鉅細靡遺的長信，親愛的舅母，我應該早就感謝您，也本來早就感謝您了；但是說實話，我懊惱得寫不了信。你們料過其實了。不過『現在』，你們儘管料想吧；就把那件事儘量發揮，無拘無束地想，天馬行空地想，而除非你們以為我真的結婚了，否則八九不離十。您一定馬上再寫一信，把他大誇特誇一番，勝過上一封信。我要為不去湖區謝謝您，再三道謝。我怎麼會愚蠢到想去呢！你馬駒子的主意很不錯。我們一定天天繞園一周。我是世上至樂之人。也許別人這麼說過，但是誰也沒有我的道理。我甚至比吉英快樂；她不過莞爾，我笑。達西先生把世上愛我剩下的愛，全部獻給你們一家。您們聖誕節一起來彭伯里吧。您的……」

達西先生給凱瑟琳夫人的信，風格不同；而班耐特先生回覆柯林斯先生最近那一封信，又跟兩人的不一樣。

「賢侄：

必須勞煩你再度來賀。伊麗莎白不日即為達西先生的妻子。盡力安慰凱瑟琳夫人。不過，要是我，會站在外甥那邊。他可以給的更多。

你的……」

彬禮小姐恭喜哥哥即將成家，句句熱乎乎，句句假惺惺。甚至特地寫信給吉英，表示高興，重演從前那套虛情假意。吉英沒有上

當，卻也感動；雖然不指望於她，不得不以自知不值得的體貼來回了一封信[187]。

達西先生跟妹妹報喜，是打從心底快樂，而達西小姐接到消息，也是打從心底快樂。她滿心歡喜，切切渴望嫂子的疼愛，寫了四頁信還訴說不盡。

朗本一家還沒收到柯林斯先生的回信，或者他太太給伊麗莎白的道賀，卻聽說柯林斯夫婦要親身來盧卡斯山莊。突然搬家，不久原因大白。原來凱瑟琳夫人看了外甥信上所說，大發雷霆，叫真心為婚事高興的夏洛特巴不得暫避風頭。這種時候，朋友到來叫伊麗莎白由衷地欣慰；儘管碰面的時候，看見達西先生任由夏洛特的丈夫百般浮誇的奉承，有時候不由得覺得那份欣慰的代價很高。達西先生倒是泰然處之。甚至聽着威廉・盧卡斯爵士恭維他帶走了地方上最耀眼的珠寶，希望大家常常在聖詹姆斯宮會面云云，也十分得體、若無其事。就算真的聳過肩，也是威廉爵士走開後的事。

菲利普斯太太的粗俗，給他的涵養另一個、也許更大的考驗；雖然菲利普斯太太和姊姊對他敬畏萬分，說起話來，不像對着好脾氣的彬禮那麼越發熱熟；然而不說則已，一說，必定粗俗。就是因為敬仰有加，在他面前格外沉靜，也絲毫不見得高雅一些。伊麗莎白千方百計，替他擋下兩人的一再糾纏，總渴望把他留在自己身邊，或者留在他可以交談而不難堪的家人身邊；雖然種種緣故叫她不快，奪去了大半卿卿我我的日子的樂趣，卻也讓未來份外叫人期待；她歡喜地期望有朝一日，離開叫兩人都不大愜意的親友，到彭伯里過那舒適高雅的家庭生活。

# 第十九章　各得其所

　　那一天，班耐特太太打發掉兩個最賢淑的女兒，做母親的心情自是高興。日後探望彬禮太太、談起達西太太，那份喜悅的傲慢也可以想見。而為她的家人着想，但願她那麼多女兒出門後，遂了念念不忘的心願，會起可喜的作用，叫她下半生變成一個懂事明理、和藹可親、見多識廣的女人；雖然為她丈夫着想，可能不愛享受不尋常的家庭幸福，太太依舊偶爾神經鬧病、愚蠢到底的話，也許是值得慶幸的[a] 188。

　　班耐特先生十分想念次女兒，沒有別的事比疼愛她更常叫他出門。他喜歡到彭伯里去，尤其在人家最意想不到的時候。

　　彬禮先生和吉英只在內瑟菲爾德住了一年。跟岳母和梅里頓的親人住得那麼近，連脾氣隨和的他、連心腸多情的吉英，都不覺得合意。於是，彬禮先生的姊妹夢寐以求的事如願了；他在德比郡的鄰郡買下一個莊園，而吉英和伊麗莎白不但別有種種樂趣，姊妹相距還不到三十哩。

　　吉蒂大部分時間跟兩位姊姊一起，獲益良多。因為來往的人比平常認識的出色得多，大有進步。她的性情不像莉迪亞那麼頑劣，而減少了莉迪亞的榜樣，經過合宜的照顧和管教，就少了急躁、少了無知、少了庸俗。她當然受到小心保護，免得再被莉迪亞帶壞；

---

a　這是奧斯登一貫的嘲諷口吻。班先生向來以他人的蠢事為樂，如果班太太真的變得懂事明理，雖然是家人之福，卻不是班先生平常所享受的那種樂趣了。換言之，尋常的家庭幸福在班先生而言，反而不尋常。

雖然魏克安太太三番五次邀她過去住，答應多開舞會、多介紹年輕男子，父親卻斷然不肯。

瑪麗是惟一留在家裡的女兒；因為班耐特太太根本無法一個人坐着，瑪麗必然要減少一些練習才藝的時間。她只得多見世面，卻依然從每朝訪鄰裡說教一番；而父親也疑心，她因為不再為不如姊姊漂亮而受辱，對改變倒肯就範，沒有多大的不情願。

至於魏克安和莉迪亞，他們的為人並未因兩位姊姊結婚而改過自新。他相信，自己舊日忘恩負義、招搖撞騙的事，伊麗莎白本來尚未知道的，現在也一定知道了，他也只好認了；而且無論如何，尚未死心，希望早晚說得動達西來幫他發財。伊麗莎白收到莉迪亞恭喜她結婚的信，看得出來，即使魏克安沒有，最少魏克安太太抱着這樣的希望。信裡寫樣說：

「親愛的麗兒：

　　我祝你開心。要是你愛達西先生，有我愛魏克安的一半，準快樂得很啊。你那麼有錢真叫人欣慰，而要是你閒着沒事，希望你想到我們。魏克安真的好想在宮廷軍裡謀個差事，我實在覺得沒有人幫忙的話，我們的錢壓根兒不夠過日子。一年有三四百鎊，什麼差事都行；不過，可是，不要跟達西先生提起，要是你不願意。

　　　　　　　　　　　　　　　　　　　　　　你的……」

伊麗莎白果然是千百個不願意，回信時就設法回絕一切類似的請求和期望。不過，她算得上節儉，負擔得起，經常省下些私房錢接濟他們。她向來心知肚明，兩人那種收入，給縱情揮霍、今朝有酒今朝醉的人使用，一定不足以維生；而每逢他們搬家，必定向吉英或她請求，幫忙幾個小錢來還帳。以他們的生活方式，即使戰事結束、退伍返家，也是雞犬不寧。總是為便宜的住處，由這裡搬到那裡，花起錢來又總是大手大腳。男的對太太的感情不久就冷了，變得漠不關心；女的對丈夫的感情就撐久一點；而她儘管年

輕、莽撞，倒很計較身為已婚婦人該有的種種名聲。

雖然達西決不會招呼那個男的到彭伯里來，可是為伊麗莎白着想，再幫他謀事。莉迪亞趁丈夫到倫敦或巴斯尋歡作樂，偶爾來訪；而兩人到了彬禮家裡，經常賴着不走，連好脾氣的彬禮也受不了，以至「說起」要暗示他們回去。

達西的婚姻是彬禮小姐的奇恥大辱；但是她認為保留到彭伯里的自由才明智，就放下一切恨意；對喬治亞娜越發喜愛，對達西幾乎依舊殷勤，對伊麗莎白則遇禮必回[189]。

彭伯里現在是喬治亞娜的家；姑嫂倆融洽得一如達西所盼望的。她們甚至可以相親相愛，一如當初各自所想的。喬治亞娜覺得伊麗莎白是世上最好的人；雖然一開始，常常聽見她活潑、調皮地跟哥哥說話，驚訝得幾乎要恐慌。達西從來叫她心生敬畏，幾乎勝過親熱，現在看見哥哥公然被人打趣。她領略到從沒遇過的體驗。伊麗莎白的教導叫她漸漸明白，一個女人可以跟丈夫狎昵一下，那是做哥哥的不一定允許小自己十歲的妹妹做的。

凱瑟琳夫人為外甥的婚事憤慨萬分；她那由衷地坦率的性格一發不收，回覆報喜的信時，惡言潑語，尤其把伊麗莎白罵個痛快，以致兩家有好一陣子斷絕來往。然而經伊麗莎白緩頰，達西終於聽勸，寬容姨母的冒犯，謀求和好；他姨母還執拗了一陣子後，要麼為了疼愛男的，要麼好奇想看看女的當妻子當得怎樣，恨意才消；即使彭伯里的一草一木不只被這樣的女主人玷汙，還被從城裡來訪的舅父舅母糟蹋，夫人仍屈尊到彭伯里來拜訪他們。

他們跟嘉德納夫婦十分親熱。達西跟伊麗莎白一樣，真心愛他們；夫妻永遠誠摯地感念兩人，把伊麗莎白帶來德比郡，才撮合了他們。

# 商　榷

1　**It is a truth universally acknowledged, that a single man in possession of a good fortune, must be in want of a wife.** (A1)

王譯：「凡是有財產的單身漢，必定需要娶位太太，這已經成了一條舉世公認的真理。」

孫譯：「有錢的單身漢總要娶位太太，這是一條舉世公認的真理。」

張譯：「饒有家資的單身男子必定想娶妻室，這是舉世公認的真情實理。」

這是奧斯登的名句，或許也是全書最難譯的一句。例如：in want of有人認為是雙關，兼指缺少、想要（參考Spacks（2010: 29）），中譯亦多作「想要」；我認為都值得商榷，奧斯登的原意應為「缺少」。一、OED只列缺少義："in want of" in need of; not having, or having in insufficient measure. 二、in possession of顯然和in want of對照。三、原書也有相同用例：more than one young lady was sitting down in want of a partner (B08)。四、下一句說：However little known the feelings or views of such a man may be on his first entering a neighbourhood, this truth is so well fixed in the minds of the surrounding families, that he is considered as the rightful property of some one or other of their daughters. 可見是大家想把女兒嫁給有錢的單身漢，而不管他想不想娶。五、這同下文的rightful property一樣，反映了由錢財定義的婚姻觀。錢財和妻子相提並論，先有錢財，後論妻子；妻子好像是錢財的延申、結果，變成附屬丈夫的另類「身外物」。

總之，奧斯登開宗明義，把女方的偏見當成真理，為全書定了嘲諷的調。

2　**that he is considered as the rightful property of some one or other of their daughters.** (A01)

王譯：「因此人們總是把他看作自己某一個女兒理所應得的一筆財產。」

孫譯：「却把他視為自己某一個女兒的合法財產。」

張譯：「他就被人當成了自己這個或那個女兒一筆應得的財產。」

rightful property呼應上文男人的good fortune，同時嘲諷婦女在法律上的難堪處境；應該直譯為「合法」財產。

3　"Oh! Single, my dear, to be sure! A single man of large fortune; four or five thousand a year. What a fine thing for our girls!" (A1)

to be sure 是班耐特太太的口頭禪，動不動就來一句，是要刻劃她的淺薄無知。譯文要統一，讀者才看得出來，才注意得到。以孫致禮本為例，不同地方的譯文是這樣的：

　　千真萬確！

　　當然，

　　說實話，

　　真夠…，

　　老實說，

　　說真的，

意思差不多，卻串不起來。

4　"Is that his design in settling here?" (A1)

王譯：「他住到這兒來，就是為了這個打算嗎？」

孫譯：「他搬到這裡就是為了這個打算？」

張譯：「他住到這兒來就是打的這個主意嗎？」

design除了「計畫」、「打算」的意思，還有別的用法：

1b. A plan or purpose of attact (up)on a person or thing. Now freq in pl., a plot or intention to gain possession of sth or to attract someone. L17.

1c. The action or fact of planning or plotting, esp hypocritical scheming. E18. (SOD)

從下文班太太的反應看來，班先生應該是故意誇大其詞；張譯「打主意」，已略含貶意，其實可乾脆譯作「陰謀」。

5　"In such cases, a woman has not often much beauty to think of." (A1)

王譯：「這樣看來，一個女人家並沒有多少時候好想到自己的美貌嘍。」

孫譯：「這麼說來，女人家對自己的美貌也轉不了多久的念頭啦。」

張譯：「如此說來，女人也並不總是為美貌要去多費心的嘍。」

三家誤解了。關鍵在often的用法、意思。

一、not often是插在句中的副詞組，has的賓語是beauty（"much," "to think of"是附屬的修飾成分）。換成相反的意思，就應該是"In such cases, a woman has much beauty to think of."句中副詞組的位置是個複雜的問題，這裡恕無法詳論。

二、not often是承such cases而來的，班先生的意思是：那些有五個長大女

兒的女人，十個有七八個早已青春不再，沒有美貌好想了。

總之，班太太的意思是自己有美貌，但不去想，一則心思都放在五個長大待嫁的女兒身上，一則礙於當時的社會觀感，已有子女的婦人，穿着、行為的標準都與未婚女子不同。而班先生的意思是，既然五個女兒都長大了，這樣的女人多半已年老色衰，沒有美貌好想了。

6 **I have heard you mention them with consideration these twenty years at least.** (A1)

王譯：「至少在最近二十年以來，我一直聽到你鄭重其事地提到它們。」

孫譯：「至少在最近二十年裡，我總是聽你鄭重其事地說起它們。」

張譯：「至少這二十年來我一直聽着你煞有介事地談論它們的。」

各本譯法都差不多。其實原文有歧義，關鍵在with consideration修飾句裡哪一個部分：

1."I (Mr. Bennet) have heard" with consideration.

　("consideration" SOD: 5. Regard for the circumstances, feelings, comfort, etc., of another; considerateness. LME.)

2."You (Mrs. Bennet) mention them" with consideration.

　("consideration"SOD: 7. Estimation; esteem; importance; consequence. arch. L16.)

根據（2），consideration 就是「鄭重（的提起）」。由下文 When she was discontented she fancied herself nervous. 看來，是鄭重過了頭。根據（1），consideration就表示「體恤（的聽）」。我選擇了（2）的意思來翻譯，但是（1）也是容易忽略的可能詮釋，所以記下來給讀者、譯者參考。

7 **The business of her life was to get her daughters married; its solace was visiting and news.** (A1)

王譯：「她生平的大事就是嫁女兒，她生平的安慰就是訪友拜客和打聽新聞。」

孫譯：「她人生的大事，是把女兒們嫁出去；她人生的快慰，是訪親拜友和打聽消息。」

張譯：「她一輩子的正經營生就是把女兒們都嫁出去；她一輩子的賞心樂事就是會親訪友，探聽消息。」

作者常常語帶嘲諷地把婚姻當成經濟活動，尤其寫到班太太。business照應前文的「經濟婚姻觀」，是生意，不只「大事」。只有張譯把這個意思譯出來。可是solace譯錯了。據SOD的解釋：

1.(a thing that gives) comfort or consolation in sorrow, distress, disappointment, or tedium. ME.

2.(a thing that gives) pleasure or enjoyment; entertainment, recreation. ME-M17.

可見奧斯登的時代，pleasure or enjoyment的意思早已不用了。

8　**"We are not in a way to know what Mr. Bingley likes," said her mother resentfully, "since we are not to visit." (A2)**

王譯：『她的母親氣憤憤地說：「我們既然不預備去看彬格萊先生，……當然就無從知道他喜歡什麼。」』

孫譯：『「既然我們不打算去拜訪賓利先生，」做母親的憤然說道，「怎麼會知道人家喜歡什麼。」』

張譯：『「既然不去拜會，我們可沒法知道賓利先生喜歡什麼。」她母親直抱怨。』

not in a way 相當於 not in a condition，全句有兩個可能的意思：一、王譯等的詮釋：不登門拜訪，失去認識彬禮喜好的機會。二、我認為還有一個詮釋：不登門拜訪代表兩家不締交，沒有立場、理由知道人家的私事。換言之，既然不來往，你管人家喜歡什麼？

9　**"When is your next ball to be, Lizzy?" (A2)**

王譯：「你們的跳舞會定在哪一天開，麗萃？」

孫譯：「你們下一次舞會定在哪一天，莉齊？」

張譯：「你們下一次舞會定在什麼時候，麗琪？」

譯者大多把 next ball 譯作「下一次舞會」，不算錯。然而，如果談話時沒有相對的 first，next 只不過表示「即將到的」；按中國人的習慣，是不必說「下……」的。班先生這句話，王科一把 next ball 譯為「你們的跳舞會」，很妥當。如果要加上「……次」，甚至可以改成：「你們這一次跳舞會」，情形同星期一說的 next Friday 要譯作「星期五」或「本星期五」類似。

10　**"Aye, so it is," cried her mother; "and Mrs. Long does not come back till the day before; so, it will be impossible for her to introduce him, for she will not know him herself." (A2)**

王譯：「唔，原來如此，……朗格太太可要挨到開跳舞會的前一天才能趕回來，那麼，她可來不及把他介紹給你們啦，她自己也還不認識他呢。」

孫譯：「啊，原來如此，……朗太太要等到舞會的前一天才會回來，那她就不可能向你們介紹賓利先生啦，因為她自己還不認識他呢。」

張譯：「啊，原來是這樣的呀，……朗太太到舞會的前一天才回得來，這樣她就不可能介紹賓利先生了，因為她自己也還沒認識他呢。」

伊麗莎白說了舞會的日子，班太太就嚷起來："Aye, so it is"。照上面的譯法，班太太好像不知道舞會的日期；值得商榷。因為班太太比誰都關心舞會，是可以想見的；她也會跟女兒一同參加。照道理班太太一定知道舞會日期。正因為這樣，初版時誤排的"When is your next ball to be, Lizzy?"才可以輕易的判斷是班先生的話。班太太嚷 so it is，相當於「正是」、「就是嘛」、「我就說嘛」，是用來肯定她自己固有的看法：

「嗜，就是嘛，……朗太太要舞會前一天才回來，怎麼幫我們介紹？她自己也還不認識彬禮先生呢。」（你還說朗太太會幫我們介紹！）

11　**If I had known as much this morning, I certainly would not have called on him.** (A2)

王譯：「要是今天上午聽到你這樣說，那我當然就不會去拜訪他啦。」

孫譯：「假設我今天早上了解這個情況，我肯定不會去拜訪他。」

張譯：「如果我今天早上就知道了，我肯定就不去拜訪他了。」

所有譯者都誤解了 morning。查普曼（R. W. Chapman）指出：

> The day may conveniently be considered as it is divided by meals.…
> .Between breakfast and dinner there was no regular meal. A consequence is
> that the whole of the day up to dinner-time may be called morning—…and
> a morning call was not what the words would now mean. (IV, 499)

而 dinner 的時間大約由下午四點到晚上八點。全書有許多線索，可以引證查普曼的話：

> a walk to Meryton was necessary to amuse their morning hours and furnish
> conversation for the evening; (A7)

卷二寫到伊麗莎白去洪斯福德看夏洛特，中途在倫敦過一晚：

> The improvement of spending a night in London was added in time, and the
> plan became perfect as plan could be.... and they began it so early as to be
> in Gracechurch-street by noon.... The day passed most pleasantly away; the
> morning in bustle and shopping, and the evening at one of the theatres. (B4)

中午前才抵達倫敦舅舅家，當天的 morning 去購物，顯然 morning 不是早上。當時的習慣，是把一天粗分成 morning 和 evening。所以 OED 這樣定義 morning：

> 1. a. Originally, the time of the approach or beginning of 'morn'; the period
> extending from a little before to a little after sunrise.…

一般上門拜訪，所謂 morning call，大多在中午或下午。所以卷三寫到凱瑟

琳夫人到伊兒家興師問罪，才不顧禮儀的早：

　　It was too early in the morning for visitors, (C14)

孫致禮先生在第十章有一條注：『「上午」係指早晨到下午四五點鐘這段時間』。孫先生這樣用「上午」，多少是削足適履。其實，與其遷就字面上morning與「上午」的對應，不如想想：「早晨到下午四五點鐘」中文裡怎麼說？中文的「白天」是從天亮到天黑以前都算，跟morning大致相當。下文的morning，除非有線索是在早上，否則譯作白天。參看A8.45。

12　**At our time of life, it is not so pleasant I can tell you, to be making new acquaintance every day; (A2)**

　　王譯：「老實跟你們說吧，我們老夫婦活到這麼一大把年紀了，哪兒有興致天天去交朋結友；」

　　孫譯：「我可以告訴你們，到了我們這個年紀，誰也沒有興致天天去結交朋友。」

　　張譯：「我可以告訴你們，到了我們這把年紀，天天去交新朋友可不是樁輕鬆的事；」

I can tell you不必照字面譯。這裡的tell用法不同，OED這樣解釋：

　　9. To assert positively to; to assure (a person). Often parenthetically in expressions of emphasis.

其實就是強調所言屬實。王譯最接近。

13　**The rest of the evening was spent in conjecturing how soon he would return Mr. Bennet's visit, and determining when they should ask him to dinner. (A02)**

　　王譯：「於是她們一方面猜測那位貴人什麼時候會來回拜班納特先生，一方面盤算着什麼時候請他來吃飯，就這樣把一個晚上的工夫在閒談中度過去了。」

　　孫譯：「當晚餘下的時間裡，太太小姐們猜測起賓利先生什麼時候會回拜貝內特先生，盤算着什麼時候該請他來吃飯。」

　　張譯：「當天晚上剩下的那段時間，她們都花在了猜測賓利先生回訪得會有多快和斷定應該什麼時候請他來吃飯上。」

各本都把dinner譯作「吃飯」，沒有錯。然而，奧斯登十分注重細節，包括日期、時間、禮數、生活作息等等。書中提到breakfast, luncheon, tea, dinner, supper，都有特指；通通譯成「吃飯」是不妥的。至於dinner, supper的譯法，宋淇（1967）有精闢的分析。

其次，the rest of the evening，王譯含混了些，孫譯、張譯較好。拙譯參考

SOD的解釋：
> 2. the close of day; esp. the time from about 6 p.m., or sunset if earlier, to bedtime. LME.

希望道地些。

參看A8.45。

14 **Lady Lucas** (A3)
王譯：「盧卡斯太太」
孫譯：「盧卡斯太太」
張譯：「盧卡斯夫人」

威廉‧盧卡斯是爵士，妻子就可以用Lady的稱號。這些反映社會地位的細節，奧斯登十分在意。應該譯為「盧卡斯夫人」。

15 **To be fond of dancing was a certain step towards falling in love** (A3)
王譯：「喜歡跳舞是談情說愛的一個步驟」
孫譯：「喜歡跳舞是談情說愛的可靠步驟」
張譯：「喜歡跳舞恰恰就是向墮入情網邁出的一步」

孫譯是正確的。其他譯者誤把certain當成「某」的意思，跟a certain person, to a certain extent裡的類似。其實這個certain是可靠的意思。
> 2. sure; inevitable; unfailing; wholly reliable. ME. (SOD)

16 **Mr. Bingley was good looking and gentlemanlike;** (A3)
"gentleman," "gentlemanlike"是值得注意的「字眼」，要小心翻譯，前後文才照應。

在奧斯登的時代，gentleman除了泛指「先生」，還有特別的含意：一、出身好、社會地位高（包括某些特別的職業）。二、教養好、品德操行好。這樣的gentleman，可以譯作「紳士」（中國傳統的紳士是「退任的官僚或官僚的親親戚戚」，跟這裡的用法不同。參看費孝通（1948））。身分與品德這兩個標準不一定可以兼顧；而這個微妙的分別，正是書中的重要概念。

例如：大部分男角出場時會用這個標準，先下判語：
> Mr. Bingley was … gentlemanlike (A3)
> Mr. Hurst, merely looked the gentleman; (A3)
> "The person of whom I speak, is a gentleman and…" (A13, Mr. Collins)
> But the attention of every lady was soon caught by a young man, whom they had never seen before, of most gentlemanlike appearance, (A15, Mr. Wickham)
> Mr. Gardiner was a sensible, gentlemanlike man, (B2)

Colonel Fitzwilliam, … was … in person and address most truly the gentleman. (B7)

這決非偶然。Mr. Hurst 的 "merely looked" the gentleman、Mr. Wickham 的 most gentlemanlike "appearance"，更是春秋筆法。

總之，Gentleman 可以沒有教養，而有教養的、gentlemanlike 的，不一定有社會地位。Mr. Darcy 與 Mr. Gardiner 恰好是一對。首先，B11 記 Darcy 求婚，Elizabeth 拒絕，還說：

"You are mistaken, Mr. Darcy, if you suppose that the mode of your declaration affected me in any other way, than as it spared me the concern which I might have felt in refusing you, had you behaved in a more gentlemanlike manner."

最後那句，Darcy 印象深刻，和好後又再次提起。換言之，在 Elizabeth 心目中，Darcy 只是個半吊子 gentleman，出身好、教養欠佳。其次，C14 描述 Lady Catherine 向 Elizabeth 興師問罪，Elizabeth 反駁說：

"In marrying your nephew I should not consider myself as quitting that sphere. He is a gentleman; I am a gentleman's daughter: so far we are equal."

"True. You are a gentleman's daughter. But who was your mother? Who are your uncles and aunts? Do not imagine me ignorant of their condition."

Lady Catherine 認為 Elizabeth 出身低，經商的舅舅 Mr. Gardiner 不是 gentleman。偏偏 Mr. Gardiner 教養好，gentlemanlike (B2)。總之，Lady Catherine, Darcy 都因社會地位的偏見而傲慢，然而 Darcy 因 Elizabeth 的教訓而省悟，終於成了個 gentlemanlike gentleman。

因為 gentleman 和 gentlemanlike 密切相關，翻譯時就要把關連譯出來。各譯本裡以張譯最好，例如：

**Mr. Gardiner was a sensible, gentlemanlike man,** (B2)

王譯：「嘉丁納先生是個通情達理、頗有紳士風度的人物，」

孫譯：「加德納先生是個知書達理、頗有紳士風度的人，」

張譯：「加德納先生是個通情達理，具有紳士風度的人，」

**"You are mistaken, Mr. Darcy, if you suppose that the mode of your declaration affected me in any other way, than as it spared me the concern which I might have felt in refusing you, had you behaved in a more gentlemanlike manner."** (B11)

王譯：『「……倘若你有禮貌一些……」』

孫譯：『「……假如你表現得有禮貌一些……」』

張譯：『「達西先生，如果你認為你剛才的行為要是表現得更有點紳士氣

派，……」』

**"In marrying your nephew I should not consider myself as quitting that sphere. He is a gentleman; I am a gentleman's daughter: so far we are equal." (C14)**

王譯：『「我決不會為了跟你姨侄結婚，就忘了我自己的出身。你姨侄是個紳士，我是紳士的女兒，我們正是旗鼓相當。」』

孫譯：『「我認為，我跟你外甥結婚，並不會背棄自己的出身。他是個紳士，我是紳士的女兒，我們正是門當戶對。」』

張譯：『「嫁給你外甥，我並不認為就是背棄自己的出身環境。他是一位紳士，我是一位紳士的女兒；我們剛好門當戶對。」』

**"True. You are a gentleman's daughter. But who was your mother? Who are your uncles and aunts? Do not imagine me ignorant of their condition." (C14)**

王譯：『「真說得對。你的確是個紳士的女兒。可是你媽是個什麼樣的人？你的姨父母和舅父母又是什麼樣的人？別以為我不知道他們的底細。」』

孫譯：『「不錯。你的確是紳士的女兒。可你媽媽是個什麼人？你舅父母和姨父母又是什麼人？別以為我不了解他們的底細。」』

張譯：『「不錯。你是一位紳士的女兒。可是你媽媽又是什麼人？你舅舅、舅媽、姨父、姨媽又都是些什麼人？別以為我一了解他們的老底兒。」』

王譯、孫譯都不算錯，但是張譯要理想些。因為前後對照，Mr. Gardiner「是什麼人」，卻有紳士風度；Mr. Darcy 是紳士，表現卻不像紳士。於是，地位與教養的矛盾、人物的襯托就看出來了。參看B16.a。

17 **His sisters were fine women, with an air of decided fashion. (A3)**

王譯：「他的姐妹也都是些優美的女性，態度落落大方。」

孫譯：「他的姐妹都是些窈窕女子，儀態雍容大方。」

張譯：「他的姐妹也都儀態萬千，言談舉止入時隨分。」

"decided"，W3這樣解釋：1: free from ambiguity: UNQUESTIONABLE, CLEAR-CUT。彬禮兩姊妹的"decided fashion"好比說鮮明的風格，其實就是上流社會的時尚。奧斯登的言下之意是：彬禮姊妹花惟恐人家不知道她們是有錢、有地位。張譯比較貼近原意，王、孫兩位就有點避重就輕。

18 **Mrs. Hurst (A3)**

王譯：「赫斯脫太太」

孫譯：「赫斯特夫人」

張譯：「赫斯特太太」

赫斯特先生（Mr. Hurst）的社會地位比彬禮家高，但是稱呼上仍然是 Mr.，

魯意莎嫁了他，稱呼是 Mrs.。而前文的威廉爵士，太太因丈夫受勳而稱為 Lady。中文的「夫人」本來可指太太，但是孫致禮把 Mrs. Hurst 譯為「赫斯特夫人」，後來的 Mrs. Collins 譯為「柯林斯夫人」（B5），反而把 Lady Lucas 反而譯為「盧卡斯太太」（A3.14），實在很奇怪。

書中這些反映社會地位的細節，秩序井然，譯文不能走樣。

19 **His character was decided. He was the proudest, most disagreeable man in the world, and everybody hoped that he would never come there again.** (A3)

王譯：「大家都斷定他是世界上最驕傲，最討人厭的人，希望他不要再來。」

孫譯：「他的個性太強了。他是世界上最驕傲、最討人嫌的人，人人都希望他以後別再來了。」

張譯：「他的脾氣果斷倔強。他是世界上最驕傲自大、最討人厭的人，誰都希望他切勿再次光顧。」

這個 decided 跟上文 with an air of "decided" fashion 不同；這裡是被動式，即 His character was decided (by everybody)，講的是大家對達西的壞印象。達西固然有不是，但是 the proudest, most disagreeable man in the world 卻是草率的「偏見」；而偏見的形成、變化、消除，正是奧斯登着意描寫的地方，全書例子甚多，值得注意。

孫譯、張譯有誤，王譯最好。

20 **I hate to see you standing about by yourself in this stupid manner.** (A3)

王譯：「我不願意看到你獨個兒這麼傻裡傻氣地站在這兒。」

孫譯：「我不願意看見你一個人傻乎乎地站來站去。」

張譯：「我見不得你愣頭愣腦獨自呆着那副樣子。」

stupid 有個特別的意思：

> 4. uninteresting, tiresome, boring. Also as a general term of disparagement. Now chiefly colloq. L18. (SOD)

也就是無聊、乏味。彬禮說的 stupid 大概是這個意思。上面的譯法，也說得通；不過，乾脆譯作「無聊」更好。

21 lively(-iness), playful(ness) 是關鍵字眼，用來形容伊兒的特點；譯文要統一。以 playful(ness) 為例，書中共出現了四次：

**for she had a lively, playful disposition, which delighted in anything ridiculous.** (A3)

王譯：「因為她的個性活潑調皮，遇到任何可笑的事情都會感到興趣。」

孫譯：「因為她生性活潑、愛開玩笑，遇到什麼可笑的事情都會感到有趣。」

張譯：「因為她生性活潑，愛開玩笑，遇到任何荒謬的事情都覺得開心。」

**he was caught by their easy playfulness. (A6)**

王譯：「可是她那落落大方的愛打趣的作風，又把他迷住了。」

孫譯：「可他又被她那大大落落的調皮勁兒所吸引。」

張譯：「他還是為她那諧謔風趣的態度而傾倒。」

**sometimes with real earnestness, and sometimes with playful gaiety, (A20)**

王譯：「一忽兒情意懇切，一忽兒又是嬉皮笑臉，」

孫譯：「時而情懇意切，時而嬉皮笑臉。」

張譯：「有時情詞懇切，有時頑皮逗趣，」

**Elizabeth's spirits soon rising to playfulness again, she wanted Mr. Darcy to account for his having ever fallen in love with her. (C18)**

王譯：「伊麗莎白馬上又高興得頑皮起來了，她要達西先生講一講愛上她的經過。」

孫譯：「伊麗莎白一來精神，馬上又變得調皮起來了，她要達西先生講一講他當初是怎樣愛上她的。」

張譯：「伊麗莎白心情一好轉，俏皮勁馬上又上來了，她要達西先生講講他是怎樣愛上她的。」

宋淇（1967[6, 18]）指出：「playfulness……可以說是本書的主要關鍵字眼（key word），用以強調女主角與眾不同的特徵，等於中國舊詩中的『眼』，其重要性不言可喻」。lively(-iness)是彬禮和伊兒的關鍵特色，用在伊兒身上，最少有八次。總之，奧斯登用同一個字反覆形容一個人，這個字一定是千挑萬選出來的。

所以譯文要統一，前後才能照應。各家譯的，一句句分開來看，都不錯；卻沒有一家是統一。這多少辜負了奧斯登經營的苦心。

22　**and on the present occasion he had a good deal of curiosity as to the event of an evening which had raised such splendid expectations. (A3)**

王譯：「卻是因為他極想知道大家朝思暮想的這一個盛會，經過情形究竟如何。」

孫譯：「可眼下他倒是出於好奇，很想知道母女們寄予厚望的這個晚上，究竟過得怎麼樣。」

張譯：「而眼前的情況卻是出於他對晚會的結果極為好奇，切望了解，因為它曾經引起大家那樣五光十色的想望。」

王、孫把event譯為「經過情形」、「過得怎麼樣」，也通。不過，SOD有

這樣的一條解釋：

> 2. The outcome of a course of proceedings; a consequence, a result⋯. L16.

張譯「結果」，再好不過。

**23 Jane was so admired, nothing could be like it. (A3)**

王譯：「吉英那麼吃香，簡直是無法形容。什麼人都說她長得好，彬格萊先生認為她很美，跟她跳了兩場舞！」

孫譯：「簡成了大紅人，真是紅得不得了。人人都說她長得漂亮，賓利先生認為她相當美，跟她跳了兩次舞！」

張譯：「大家那樣誇讚簡，沒什麼能比得上這個。人人都說她長得好看；而且賓利先生認為她美麗動人，同她跳了兩場舞。」

nothing could be like it 大概由 nothing like 變化出來，SOD 有解釋：

> in no way resembling, esp. in no way as good or effective as. ("like" (a))

nothing could be like it 的 it，指吉英受人仰慕、誇讚（admired）這件事。換言之，全句是說沒有比這件更好的事，張譯是對的。而照王、孫的譯法，這句變成形容 admired 的程度，並不妥當。

**24 and Mr. Bingley thought her quite beautiful, (A3)**

王譯：「彬格萊先生認為她很美，」

孫譯：「賓利先生認為她相當美，」

張譯：「而且賓利先生認為她美麗動人，」

這個 quite 和現在的用法不同，而是極言吉英之美：

> SOD: 1. completely, fully, entirely; to the utmost extent or degree; in the fullest sense. Also, exceptionally. ME.

王譯、張譯有點含混，孫譯是誤會。

**25 I was so vexed to see him stand up with her; (A3)**

王譯：「我看到他站到她身邊去，不禁有些氣惱！」

孫譯：「我見他跟盧卡斯小姐跳舞，心裡真不是滋味！」

張譯：「他先邀請了盧卡斯小姐。看見他同她站在一起，我真發愁。」

王、張誤譯。Stand up (with) 指跳舞：

> (b) arch. Take part in a dance; dance with a specified partner; (SOD, "stand up")

孫譯正確。

**26 but, however, he did not admire her at all: (A3)**

王譯：「不過，他對她根本沒意思，」

孫譯：「不過，賓利先生對她絲毫沒有意思。」

張譯：「可是他對她壓根兒就沒誇過。」

三家把but, however, 變簡潔了。其實這種廢話是作者刻意安排的，書裡只有班太太和她的寶貝莉迪亞會這樣說，反映她們腦筋不靈光。譯文不但要維持廢話，前後也要統一，讀者才有線索。

27 Elizabeth Bennet had been obliged, by the scarcity of gentlemen, to sit down for two dances; ...

The evening altogether passed off pleasantly to the whole family. Mrs. Bennet had seen her eldest daughter much admired by the Netherfield party. Mr. Bingley had danced with her twice, and she had been distinguished by his sisters.....

"Oh, my dear Mr. Bennet," as she entered the room, "... Jane was so admired, nothing could be like it. Everybody said how well she looked; and Mr. Bingley thought her quite beautiful, and danced with her twice. Only think of that my dear; he actually danced with her twice; and she was the only creature in the room that he asked a second time. First of all, he asked Miss Lucas .... and he seemed quite struck with Jane as she was going down the dance. So he inquired who she was, and got introduced, and asked her for the two next. Then, the two third he danced with Miss King, and the two fourth with Maria Lucas, and the two fifth with Jane again, and the two sixth with Lizzy, and the Boulanger—" (A3)

這一大段，翻譯時要搞清楚舞的跳法。下面先列出幾家譯文：

| | 王譯 | 孫譯 | 張譯 |
|---|---|---|---|
| two dances | 兩場舞 | 兩曲舞 | 兩場舞 |
| danced with her twice | 兩次舞 | 兩次舞 | 兩場舞 |
| danced with her twice | 兩場舞 | 兩次舞 | 兩場舞 |
| two next | 下一輪舞 | 下兩曲舞 | 下一場的雙曲 |
| two (third, …) | 第三輪 | 第三輪 | 第三場的雙曲 |

一、按當時的習慣，通常男女結伴一輪，會連跳兩曲。伊麗莎白有two dances沒伴，等於有一輪沒跳。彬禮邀吉英跳了兩輪，等於跳了四曲。所以，後來伊麗莎白重提這件事，說She danced four dances with him at Meryton (A6)。王、張都把伊兒的 two dances、吉英的 danced twice 一律譯為「兩場舞」，值得商榷。孫譯最清楚，如果把「次」改依下文的「輪」更好。

二、跳舞時男女各排成一列，面對着，結伴的男女會由列的一端依次起跳，移到另一端。閑着的男女就站着聊天，或者打量誰俏、誰漂亮。引文提到going down the dance云云，不是「下舞池」，而是吉英移到舞列的一端跳

舞，吸引了彬禮的目光。張譯：「走到下首準備起跳的時候」是對的。

28　**When Jane and Elizabeth were alone, the former, who had been cautious in her praise of Mr. Bingley before, expressed to her sister how very much she admired him.** (A4)

王譯：「吉英本來並不輕易讚揚彬格萊先生，……」

孫譯：「簡本來並不輕易讚揚賓利先生，……」

張譯：「簡一直謹口慎言，對賓利先生沒有輕易讚美，……」

Cautious是個麻煩的字，意思和用法都有點像中文的「小心」。三個譯本大體相同，都把cautious當成「小心跌倒」的「小心」，把後面的子句看成否定，恐怕誤會了。根據OED，定義如下：

> Distinguished or marked by caution; heedful, wary, careful, circumspect: said of persons, their conduct, and acts.

通常表示要避免什麼的。然而，這不表示帶cautious的都是否定句，相反，cautious in通常是肯定的。W3就有兩個類似的例子：

> （1）we were cautious in keeping to windward of them, their sense of smell and hearing being … extremely acute (Herman Melville)
>
> （2）cautious in all his movements, always acting as if surrounded by invisible spies (W.H.Hudson)

（1）是說we kept to windward of them carefully，避免野獸跟蹤上來。同樣，（2）不是說不動，而是動的時候小心翼翼，好像要避免被間諜看到什麼。這樣的cautious，好比中文的「小心走」，不是「不走」，而是「走的時候小心」。

回頭看奧斯登的原文，大家對彬禮讚不絕口，如果吉英還不輕易讚美，就不是矜持，反而顯得矯情了。所以原文的意思，不是說吉英不輕易讚美彬禮，而是說讚美時低調、含蓄。要避免的不是讚美人家，而是讚美時流露出對人家的愛意。

29　**"He is just what a young man ought to be," said she, "sensible, good humoured, lively; and I never saw such happy manners! — so much ease, with such perfect good breeding!"** (A4)

王譯：『「他真是一個典型的好青年，」她說，「有見識，有趣味，人又活潑；我從來沒見過他那種討人喜歡的舉止！——那麼大方，又有十全十美的教養！」』

孫譯：『「他是一個典型的好青年，」她說道，「有見識，脾氣好，人又

活潑，我從沒見過這麼討人喜歡的舉止！——那麼端莊，那麼富有教養！」』

張譯：『「年輕人應當什麼樣，他剛好就是什麼樣，」簡說，「通情達理，脾氣隨和，人又活潑；我從來沒見過這麼得體的風度！——那樣瀟洒自如，又有那樣完美的教養！」』

一、舉止固然是內心的反映，但 manners 用 happy 來形容，應該不單指外在的舉止。張譯或許看出這一點，不用「舉止」；然而把 happy 譯為「得體」，又太遠了。manner 在 SOD 有另一個解釋：

> 4. in pl. a. A person's habitual behaviour or conduct; morals; conduct in its moral aspect; morality. ME-L18.

這跟「為人」、「性格」就很接近了。奧斯登寫作時，這個用法尚未過時。

二、ease 是彬禮的「字眼」，作者最少七次用這個字來形容他。前後文的譯法要統一，各譯家都忽略了。孫致禮這裡譯「端莊」，有點莫名其妙。

三、good humoured 王譯誤，孫譯、張譯改正了。

30　**"He is also handsome," said Elizabeth; "which a young man ought likewise to be, if he possibly can. His character is thereby complete." (A4)**

王譯：「他也長得很漂亮，」伊麗莎白回答道，「一個年輕的男子也得弄得漂亮些，除非辦不到，那又當別論。他真夠得上一個完美無瑕的人。」

孫譯：「他還很漂亮，」伊麗莎白答道。「年輕人麼，只要可能，也應該漂亮些。因此，他是個十全十美的人。」

張譯：「他也很有氣度，」伊麗莎白回答，「只要可能，青年男子就該這樣。所以，他的人品很完美。」

從各家譯文看來，伊麗莎白順吉英的意，補充彬禮的優點，十全十美云云。我認為值得商榷。其實伊麗莎白是在取笑吉英。彬禮十分英俊，顯然很吸引女性，包括吉英。可是吉英稱讚彬禮，數來數去，卻數不到外表英俊這一點。於是伊麗莎白把這個漏洞一語說破。相貌本來不受個人主觀意願左右，她卻故意借用吉英的 ought to be 來形容彬禮的英俊外表；用 thereby complete 是挪揄吉英不夠大方，言辭閃爍。

三家譯文，讀者都難以體會到取笑的意思。伊麗莎白套用吉英的 ought to be 也走了樣，看不出來。張譯把 handsome 變成「氣度」，更是誤解。

這段話最棘手的是末句，關鍵則在 character 一字。斟酌上下文，我認為這個 character 字面上不是「性格、品行」那些意思。OED 裡有這兩條解釋：

> II.14.a A description, delineation, or detailed report of a person's qualities.

II.14.c esp. A formal testimony given by an employer as to the qualities
and habits of one that has been in his employ.

十七、十八世紀正是人物描寫（character sketch）流行的年代；如果採用14a
的解釋，最後一句可以譯成「這樣，他這號人物的描寫才完整。」也是取笑
吉英沒有把該說的說出來。同時，這句話也可能語帶雙關，暗指品格。這樣
的話，翻譯要兼顧字面、言下之意，實在太難了。本書只好割愛了。

31　**You are a great deal too apt you know, to like people in general.** (A4)

王譯：「唔！你知道，你總是太容易對人家發生好感。」

孫譯：「哦！你知道，你通常太容易對人產生好感了。」

張譯：「唉！你是知道的，你通常太容易喜歡上什麼人了。」

三個譯本都把in general當作usually來譯，意思多少跟apt重複了。我認為這
個in general另有用意：

(c) Generally; with reference to the whole class of persons or things spoken
of; with respect to a subject as a whole; opposed to in particular, in special.
(OED, general)

就是「大體上」的意思。伊麗莎白會把人分析，優點、缺點都不放過；吉英
卻只看優點，大而化之地喜歡別人。

32　**"Dear Lizzy!"**

**"Oh! You are a great deal too apt you know, to like people in general. You never
see a fault in anybody. All the world are good and agreeable in your eyes. I
never heard you speak ill of a human being in my life."**

**"I would wish not to be hasty in censuring any one; but I always speak what I
think."**

**"I know you do; and it is that which makes the wonder. With your good sense,
to be so honestly blind to the follies and nonsense of others! Affectation of
candour is common enough; — one meets it everywhere. But to be candid
without ostentation or design — to take the good of everybody's character and
make it still better, and say nothing of the bad — belongs to you alone."** (A4)

王譯：「你走遍天下，到處都可以遇到偽裝坦白的人。可是坦白得不加任何
　　　炫耀，不帶一點企圖，承認別人的優點，而且把人家的長處多誇獎幾
　　　分，卻絕口不提別人的短處——這可只有你做得到。」

孫譯：「假裝胸懷坦蕩是個普遍現象——真是比比皆是，但是，坦蕩得毫無
　　　炫耀之意，更無算計之心——承認別人的優點，並且加以誇耀，而對

其缺點則絕口一提——這只有你才做得到。」

張譯：「冒充坦白直率的事太平常了——到處都可以碰得上。但是坦率得毫無保留、不留心眼——只說別人的長處，還是加枝添葉，而又矢口不提別人的短處，這可只有你才這樣。」

伊麗莎白用 candour, candid 來形容吉英，三個譯本都誤解了。candour, candid 現在最常解作「坦率」，是後起的用法，OED 這樣解釋：

candour

5. Freedom from reserve in one's statements; openness, frankness, ingenuousness, outspokenness.

1769 Lett. Junius ii. 11 This writer, with all his boasted candour, has not told us the real cause of the evils.···

candid

5.a. Frank, open, ingenuous, straight-forward, sincere in what one says.

1675 Ogilby Brit. Advt., We shall gratefully accept Candid Informations.···

不過，這裡的意思不是「坦率」，有人甚至認為奧斯登筆下從未用過這個意思（Cambridge Edition, ch. 4, note 1）。姑且以這一段來說，如果吉英「坦率得毫無保留」，為什麼又「矢口不提別人的短處」呢？我們斟酌上下文，吉英雖然 "speak what I think," "honestly blind"，但是 candour, candid 形容的重點卻是 "never see a fault in anybody," "to take the good of everybody's character and make it still better, and say nothing of the bad"。OED 有一條解釋，剛好用得上：

candour

† 4. Freedom from malice, favourable disposition, kindliness; 'sweetness of temper, kindness' (J.). Obs.

candid

† 4. 'Free from malice; not desirous to find faults' (J.); 'gentle, courteous' (Cotgr.); favourably disposed, favourable, kindly. Obs.

這個用法到十九世紀已過時，但是在奧斯登寫作的時代還通行，用來解釋伊麗莎白形容吉英的話就再好不過了。此外，下文提到吉英替達西先生緩頰，candour 的用法正合 OED 的解釋：

Miss Bennet was the only creature who could suppose there might be any extenuating circumstances in the case, unknown to the society of Hertfordshire; her mild and steady candour always pleaded for allowances, and urged the possibility of mistakes — (B1)

中文的說法，就是善意、善良、仁慈、厚道。

33　**and with more quickness of observation and less pliancy of temper than her sister, and with a judgment too unassailed by any attention to herself, she was very little disposed to approve them.** (A4)

王譯：「她比她姐姐的觀察力來得敏銳，脾氣也沒有姐姐那麼好惹，因此提到彬家姐妹，……而且她很有主見，決不因為人家待她好就改變主張，她不會對她們發生多大好感的。」

孫譯：「伊麗莎白觀察力比姐姐來得敏銳，脾性也不像姐姐那麼柔順，凡事自有主見，不會因為人家待她好而隨意改變，因此她決不會對那兩人產生好感。」

張譯：「伊麗莎白比她姐姐觀察力銳敏，脾氣又沒有她姐姐那樣柔順，再加上她有自己的主見，決不會因為別人獻了點殷勤就放棄，所以她不肯隨便稱許她們。」

諸家譯法乍看合理，其實大可商榷。伊麗莎白的確比吉英有主見，但是 with a judgment…那句話另有文章：作者為伊麗莎白的弱點埋下伏筆。一、由前文可知，彬禮小姐殷勤（attention）的對象只有吉英；伊麗莎白不但得不到她們的垂青，還被達西嫌棄，根本談不上「不會因為人家待她好而隨意改變」。二、伊麗莎白後來誤信魏克安（Mr. Wickham），原因之一正是魏克安對她格外殷勤。而小說的發展，重點就在伊麗莎白覺悟前非的內心變化。所以 unassailed by…並非「不受別人獻殷勤的影響、動搖」，而是「沒有別人獻殷勤的影響、動搖」。with a judgment too 的 too 是承接上文的 with … observation and … temper，表示跟吉英比較（吉英 assailed by attention to herself）。

34　**"Upon my word! — Well, that was very decided indeed — that does seem as if — but however, it may all come to nothing you know."** (A5)

王譯：『「一定的！說起來，那的確成了定論啦——……』

孫譯：『「真沒想到！——態度的確很明朗——的確像是——……』

張譯：『「那是一定的！——是呀，那是確定無疑的——那看來好像——……』

奧斯登那個時候，upon my word 還沒有意外、驚訝的意思。

15. a. (b) as an asseveration, on or upon († of, † a) my word: Assuredly, certainly, truly, indeed….

b. (with ellipsis of prep.) my word! As an ejaculation of surprise. Colloq.
(† vulgar).
1841 Mrs. Gaskell Lett. (1966) 44 My word! authorship brings them in a
pretty penny….
(OED, word)
孫譯不對。

35 "But you forget, mama," said Elizabeth, "that we shall meet him at the
assemblies, and that Mrs. Long has promised to introduce him." (Elizabeth, A2)
"Are you quite sure, ma'am? — is not there a little mistake? " said Jane. "I
certainly saw Mr. Darcy speaking to her." (Jane, A5)
"I believe, ma'am, I may safely promise you never to dance with him." (Elizabeth,
A5)
當時家人的稱呼不像今日隨便。第二章裡，一家人在聊天，伊麗莎白稱呼
班太太mama。然而，吉英和下文的伊麗莎白，在客人面前，就稱呼班太太
ma'am；而莉迪亞卻不會這樣。這些細節上的差別是有意義的；是用來反映
吉英、伊麗莎白懂事、有規矩，而莉迪亞卻胡作非為。參看宋淇（1967）。
王、孫、張一律把mama, ma'am譯成「媽媽」，並不妥當。

36 "That is very true," replied Elizabeth, "and I could easily forgive his pride, if he
had not mortified mine." (A5)
王譯：「要是他沒有觸犯我的驕傲，我也很容易原諒他的驕傲。」
孫譯：「假使他沒有傷害我的自尊，我會很容易原諒他的驕傲。」
張譯：「而且要不是他傷害了我的這份傲氣，我還能很容易就原諒了他的那
　　　　份傲氣呢。」
書名裡的pride(proud)，是本書的關鍵觀念。達西的pride跟伊麗莎白的pride
不同，兩人又跟其他人物不同。奧斯登要討論的，正是每個觀念在大同裡的
小異。而譯者為難的地方，在於把內涵不盡相同的一個字用統一的字眼譯出
來；否則就壞了原文的脈絡。上面這一句是絕佳的例子。
因為許多讀者，甚至學者，誤以為pride指達西，prejudice指伊麗莎白。其
實伊麗莎白也有pride，上面這一句正是關鍵證據。為了保留原文的脈絡，
不管達西的pride、伊麗莎白的pride，還是誰的，都要用統一的字眼來翻
譯。以這一句來說，王譯、張譯都可以，孫譯卻弄巧反拙了。伊麗莎白這
裡的pride的確有「自尊」的意思，但是譯成「自尊」，對照達西的「驕
傲」；結果是因「小異」而失「大同」，模糊了原文裡觀念的界線，讀者就

看不出奧斯登是在談同一件事了。

37 **but Elizabeth ... could not like them; though their kindness to Jane, such as it was, had a value as arising in all probability from the influence of their brother's admiration.** (A6)

王譯：「不過，她們所以待吉英好，看來多半還是由於她們兄弟愛慕她的緣故。」

孫譯：「雖說她們對簡還比較客氣，但那多半是由於她們兄弟愛慕她。」

張譯：「而且她們對簡所表現出來的那份和氣，充其量也不過是由她們的兄弟愛慕簡而引起的。」

原文後半截有些曲折，拆開來，有幾重意思：

    1.their kindness to Jane had a value...

    2.their kindness to Jane, such as it was, ⋯

    3.their kindness to Jane (value) arising in all probability from the influence of their brother's admiration.

然而，三家都只譯了最後一重意思。尤其第一重意思，由主要動詞 had (a value) 來表達，正是句子最重要的部分，反而不見了。原文的意思是：伊麗莎白認為，儘管不過爾爾，好不到哪裡去（2），而且是受兄弟影響而來的（3）；人家對吉英友好是優點（1），只不過這個優點無法叫她喜歡人家。

38 **since Jane united with great strength of feeling, a composure of temper and a uniform cheerfulness of manner, which would guard her from the suspicions of the impertinent.** (A6)

王譯：「吉英雖說感情豐富，好在性格很鎮定，外表上仍然保持着正常的和顏悅色，那就不會引起那些魯莽人的懷疑，」

孫譯：「因為簡儘管感情熱烈，但是性情嫻靜，外表上始終喜盈盈的，不會引起魯莽之輩的猜疑。」

張譯：「因為簡一方面感情強烈，同時卻鎮定沉着，又一向情緒歡快，這樣就可以使她不易舉止失措，引起懷疑。」

guard her from "suspicions of the impertinent" 有歧義：

1.impertinent指行為：全句說：防範（旁人）懷疑（吉英）舉止失檢。

2.impertinent指人：全句說：防範不相干的人懷疑（吉英對彬禮有意）。

王譯、孫譯採用（2），張譯採用（1）。上文說伊麗莎白慶幸大家還看不出吉英的心意，下文伊麗莎白和夏洛特討論，也是這個話題。所以這一句採用（2）的意思好些。

a uniform cheerfulness of manner的 uniform 是說對任何人都一樣。因為吉英對彬禮、對旁人都一樣和顏悅色，大家才不會疑心她對彬禮有意思。

39 **To this discovery succeeded some others equally mortifying.** (A6)

王譯：「緊接着這個發現之後，他又在她身上發現了幾個同樣叫人慪氣的地方。」

孫譯：「繼這個發現之後，他又從她身上發現了幾個同樣令他氣餒的地方。」

張譯：「緊接着又發現了其它一些同樣令他感到慚愧的地方。」

達西發現伊麗莎白的眼睛迷人後，就算再發現其他好看的地方，照理不會「慚愧」；再發現瑕疵，也不會「氣餒」，因為由下文看來，雖然陸續找出瑕疵，達西仍然想多認識伊麗莎白。這裡的 mortifying，大概是 mortify Elizabeth，而不是 mortify Darcy；是對伊麗莎白尖酸刻薄，吹毛求疵，是達西的一貫作風（equally）。

40 **She had ... a brother settled in London ...** (A7)

王譯：「她還有個兄弟，住在倫敦，」

孫譯：「她還有個兄弟住在倫敦，」

張譯：「她還有個弟弟住在倫敦，」

繼承父親事業的是辦事員，不是兒子。由此推想，也許兒子當時太年輕了。他的太太也比班太太、菲利普斯太太年輕許多（B2）。我們姑且假定，這個 brother 是班耐特太太的弟弟。

41 **Mrs. Bennet was prevented replying by the entrance of the footman with a note for Miss Bennet; it came from Netherfield, and the servant waited for an answer.** (A7)

王譯：「班納特太太正要答話，不料一個男僕走了進來，拿來一封信給班納特小姐。這是尼日斐花園送來的一封信，男僕等着取回信。」

孫譯：「貝內特太太剛要回答，不料一個男僕走了進來，給貝內特小姐拿來一封信。信是內瑟菲爾德送來的，僕人等着取回信。」

張譯：「本內特太太剛要答話，男僕進來把她打斷了，他手裡拿着給本內特小姐的一封信，是內菲爾德來的。他等着回信。」

footman 不知道信的內容，為什麼會等吉英回信？照情理推想，應該是彬禮小姐打發僕人送信到班家，吩咐要等班家答覆，然後才回去覆命。Footman 是班家的僕人，servant 是彬禮家的僕人。吉英應邀，就出發了，根本無所謂「回信」，answer 只是告訴人家的 servant 要去不去，讓他回話。

孫譯有點含混，王譯、張譯把 footman、servant 當作一人，誤譯了。

42　**and Elizabeth continued her walk alone, crossing field after field at a quick pace, jumping over stiles and springing over puddles with impatient activity,** (A7)

　　王譯：「留下伊麗莎白獨個兒繼續往前走，急急忙忙地大踏步走過了一片片田野，跨過了一道道圍柵，跳過了一個個水窪，」

　　孫譯：「剩下伊麗莎白獨自往前趕。只見她急急忙忙，腳步匆匆，穿過一塊塊田地，跨過一道道欄柵，跳過一個個水窪，」

　　張譯：「伊麗莎白自己一個人繼續步行。她急匆匆地快步穿過一片片田野，翻過一道道圍欄，跳過一個個水坑，」

　　這裡 activity 的用法跟平常不同，OED 這樣解釋：

　　　　2. The state or quality of being abundantly active; brisk or vigorous action; energy, diligence, nimbleness, liveliness.

　　　　...1832 Scott Woodst. 183 The latter stepped back with activity.　1854 Alison Hist. Eur. IV. xxvii. 255 The sieges of these places‥were now pressed with activity.

　　三家都疏忽了。

43　**in such dirty weather** (A7)

　　王譯：「路上又這麼泥濘」

　　孫譯：「路上這麼泥濘」

　　張譯：「這麼泥濘的道兒」

　　dirty weather 指的是天氣，不是路況：

　　　　4. Of the weather: Foul, muddy; at sea, wet and squally, bad. (OED)

　　雖然路上泥濘是實情，也是壞天氣的結果。

44　**The apothecary came,** (A7)

　　王譯：「醫生來……」

　　孫譯：「醫生趕來了，」

　　張譯：「賣藥的郎中來了，」

　　apothecary 不是醫生，可以譯作「藥師」。通常在鄉下執業，最早的工作是發送醫生處方的藥，後來也可以自行開藥，有時候也自製藥品出售；但是受的訓練、社會地位都不及 surgeon, physician。所以，第八章裡吉英病情反覆時，彬禮要請藥師鍾斯先生來，他的姊妹卻說 country advice 不濟事，要請城裡的醫生（physician）來。

45　**and Elizabeth would not quit her at all, till late in the evening, when she had the comfort of seeing her asleep,** (A8)

王譯：「伊麗莎白寸步不離地守着她，一直到黃昏，看見她睡着了，才放下了心，」

孫譯：「伊麗莎白始終不肯離開她，直到傍晚，見她睡着了，她才放下心，」

張譯：「伊麗莎白寸步不離地陪着她，直到天色已晚。見到她睡着才放下心來，」

所有譯者都誤解了 evening。OED 的解釋如下：

> 2. a. As a synonym of even, which it has now superseded in ordinary use: The close of the day; usually, the time from about sunset till bedtime.

可見 evening 不只是黃昏。上文說彬禮家六點半吃晚餐，然後聊天，男女分開活動，彬禮姊妹去陪吉英，回客廳喝咖啡。等到 late in the evening，吉英睡着了，伊麗莎白下樓去，大家早已在打牌了。聊了一會兒，回頭發覺吉英病更重了，下樓告訴彬禮等。接着就提到彬禮姊妹吃完消夜彈琴唱歌云云。六點半晚餐，消夜不會太早，究竟幾點無法確定。Northanger Abbey 提到十一點的消夜（B13）。彬禮家習慣晚用餐（A7.d），消夜可能比十一點更晚。總之，由種種跡象推想，late in the evening 比黃昏晚得多。參見上文 morning 的譯文商榷（A2.11）。

46　she drew near the card-table, and stationed herself between Mr. Bingley and his eldest sister, to observe the game. (A8)

王譯：「走到牌桌跟前，坐在彬格萊先生和他的妹妹之間，看他們鬥牌。」

孫譯：「走到牌桌跟前，坐在賓利先生和他姐姐之間，看他們玩牌。」

張譯：「走近牌桌，坐在賓利先生和她姐姐中間，看他們玩牌。」

Station 是指在某個地方不動：

> 1.c. refl. To take up one's station, post oneself. Also in pass. with reflexive notion. Said occas. of a thing.

而人不動，可站可坐。回頭想想奧斯登描述的情形：伊麗莎白走過去看人家打牌，似乎站着比坐着方便。其次，彬禮小姐問到達西小姐的身高，達西先生如果是拿站着的伊麗莎白來比，不但應景，對意中人的注意也不會太着跡。

47　They all paint tables, cover skreens and net purses. (A8)

王譯：「她們都會裝飾台桌，點綴屏風，編織錢袋。」

孫譯：「她們都會裝飾台桌，點綴屏風，編織錢袋。」

張譯：「她們全都會彩繪台桌，張掛屏幔，編織錢包。」

screen是屏風，特別火屏（fire-screen）。屏風有很多質地，和桌面一樣，往往有自家的彩繪；通常也有套子，而套子上刺繡，就是當時非常流行的女工。彬禮說的cover (skreens)，就是指刺繡屏風套子。

王譯、孫譯含混些，也沒有錯；張譯誤解。

48　**"All this she must possess," added Darcy, "and to all this she must yet add something more substantial, in the improvement of her mind by extensive reading." (A8)**

王譯：『「達西接着說：「她除了具備這些條件以外，還應該多讀書，長見識，有點真才實學。」」』

孫譯：『「她必須具備這一切，」達西接着說道，「除了這一切之外，她還應該有點真才實學，多讀些書，增長聰明才智。」』

張譯：『「所有這一切，都必須具備，」達西還加上一句，「除了這一切，還必須博覽群書，增長見識，而且還得達到具有真才實學。」」』

各本都把substantial譯作「真才實學」，值得商榷。(all) this是彬禮小姐提出的條件，大都是門面工夫，着重外在的炫耀。而達西的新條件，強調內在修養，正好呼應了當時對女子教育華而不實的批評。Substantial是相對上文那些虛浮的條件而說的。

49　**They solaced their wretchedness, however, by duets after supper, (A8)**

王譯：「吃過晚飯以後，她們倆總算合奏了幾支歌來消除了一些煩悶，」

孫譯：「不過，吃過晚飯之後，這姐妹倆演奏了幾支二重奏，終於消除了煩悶，」

張譯：「然而，她們晚餐後居然表演了幾曲二重唱，來排解她們的痛苦；」

supper是消夜。這一章開頭就提到六點半吃晚餐（dinner），彬禮姊妹餐後聊天、陪吉英、喝咖啡、打牌，然後才吃supper，顯然不是晚餐。宋淇（1967）有精闢的分析。這裡補充兩條奧斯登的用例：

> ... where a comfortable meal, uniting dinner and supper, (III, C7, p. 376)

> that it was eleven o'clock, rather a late hour at the abbey, before they quitted the supper-room … (V, B13, p. 222)

50　**Mrs. Bennet, accompanied by her two youngest girls, reached Netherfield soon after the family breakfast. (A9)**

王譯：「班納特太太帶着兩個最小的女兒來到尼日斐花園的時候，他們家裡剛剛吃過早餐。」

孫譯：「剛吃過早飯不久，貝內特太太便帶着兩個小女兒趕到了內瑟菲

爾德。」

張譯：「賓利家剛剛吃過早飯，本內特太太就由兩個最小的女兒陪着到了內瑟菲德。」

班太太探望女兒，固然心急，但是除非在車上吃，否則「剛吃過早飯不久……趕到」，不太合理。其實，這裡的 family breakfast 是彬禮家的。班家「通常十點吃早餐」（C9），而時髦的有錢人，早餐、晚餐都比較晚；彬禮家是一例。A7說伊麗莎白早餐後走了三哩路，到了彬禮家，人家還在吃早餐。這裡班太太帶着兩個小女兒，應該是坐馬車去的。事前準備的功夫多些，上了路自然比伊麗莎白走路快；算下來，如果在彬禮等吃過早餐不久抵達，合情合理。張譯是對的。

參看下一條商榷A9.51。

51　**After sitting a little while with Jane, on Miss Bingley's appearance and invitation, the mother and three daughters all attended her into the breakfast-parlour. (A9)**

王譯：「母親陪着吉英坐了一會兒工夫，彬格萊小姐便來請她吃早飯，於是她就帶着三個女兒一塊兒上飯廳去。」

孫譯：「母親陪着簡坐了一會，賓利小姐便來請客人吃早飯，於是她就帶着三個女兒一起走進早餐廳。」

張譯：「母親陪着簡坐了不大會兒，賓利小姐就來請她，於是她和三個女兒一道進了餐廳，」

invitation 不是請吃早餐。班耐特、彬禮兩家人用餐時間不同，反映不同的社會風尚。王、孫兩家不明白這一點，因而誤譯（參看上一條商榷A9.50）。早餐廳既是用餐的地方，也是餐後的起居室。班太太等已吃過早餐，彬禮小姐來見面，是招呼客人到早餐室去坐。

52　**and Darcy, after looking at her for a moment, turned silently away. (A9)**

王譯：「達西朝她望了一會兒便靜悄悄地走開了。」

孫譯：「達西望了她一會，然後便悄悄走開了。」

張譯：「達西盯着她看了一會兒，一言未發，轉身就走了。」

turn away 的譯法，三家大抵相同。我認為這裡的 turn away 是指臉的方向，用法跟 Elizabeth turned away to hide a smile (A11) 一樣。

　　69. turn away

　　** intr. e. To turn so as to face away from some person or thing; to avert one's face; also fig.: ... (OED, turn)

從上文下理看，如果達西走開，似乎太着迹，有點失禮；如果看了班太太一會，把臉轉開，傲慢之餘，也可見不與她一般見識的涵養。其次，如果達西走開了，下文彬禮小姐的眼色、笑容（His sister was less delicate, and directed her eye towards Mr. Darcy with a very expressive smile.）就白做了。

53　**which if not estimable, you think at least highly interesting.** (A10)

王譯：「而且你認為你這些方面即使算不得什麼了不起，至少也非常有趣。」

孫譯：「你覺得這些表現即使不算可貴，也至少非常有趣。」

張譯：「這點即便不算難能可貴，至少也是有有意趣，」

三家的譯法都通。不過奧斯登的時候，interesting 有另一個用法，似乎更適合：

> †1. That concerns, touches, affects, or is of importance; important. Obs. (OED)

卷二、卷三都有用例，意思更清楚：

> There can be no love in all this. My watchfulness has been effectual; and though I should certainly be a more interesting object to all my acquaintance, were I distractedly in love with him, I cannot say that I regret my comparative insignificance. Importance may sometimes be purchased too dearly. (B3)

> It may be easily believed, that however little the novelty could be added to their fears, hopes, and conjectures, on this interesting subject, by its repeated discussion, no other could detain them from it long, during the whole of the journey. (C5)

卷三的interesting subject指莉迪亞私奔的事。

54　**You are charmingly group'd, and appear to uncommon advantage. The picturesque would be spoilt by admitting a fourth.** (A10)

王譯：「你們三個人在一起走非常好看，而且很出色。加上第四個人，畫面就給弄毀了。」

孫譯：「你們三個人走在一起很好看，優雅極了。加上第四個人，畫面就給破壞了。再見。」

張譯：「你們三個人一道搭配得真美，看起來真是不同尋常。要是再加上第四個人，畫面就破壞了。再見。」

伊麗莎白是在引用當時一個繪畫理論，group'd 不是一般的「在一起」。OED這樣解釋，請注意例句：

> 2. a. trans. To dispose (colours, figures, etc.) with due regard to their mutual relations and subordination so as to form a harmonious whole. Also

with about, together.

...1829 Scott Let. to Earl Elgin 20 Jan. in Lockhart, Six figures will form too many for a sculptor to group to advantage.

William Gilpin認為畫面上的物體以三個最理想，而Gilpin正是奧斯登欣賞的作者。

55 **He was as much awake to the novelty of attention in that quarter as Elizabeth herself could be, and unconsciously closed his book.** (A11)

王譯：「原來達西也和伊麗莎白一樣，看出了她在耍花招引人注目，便不知不覺地放下了書本。」

孫譯：「原來，達西也和伊麗莎白一樣，看出了賓利小姐無非是在耍弄花招，便不知不覺地合上了書。」

張譯：「他同伊麗莎白本人一樣，也領悟到她那是故意出花招引人注意，不知不覺把書合上了。」

三家的詮釋都一樣，我認為可以商榷。首先，彬禮小姐耍花招，無非借伊麗莎白來吸引達西注意，如果伊麗莎白看穿這一點，為什麼先詫異，後依從呢？這樣的反應，可見伊麗莎白還沒有識破彬禮小姐的伎倆。其次，如果達西先生看得穿彬禮小姐，為什麼還抬起頭來看呢？這不是上當了嗎？還有，達西不但把書合上，而且是「不知不覺」的。由這些反應可見，達西分明中計了。原文的as much awake … as應該是說：達西和伊麗莎白一樣，都沒有察覺彬禮小姐是在出奇制勝。

56 **"I cannot forget the follies and vices of others so soon as I ought, nor their offences against myself. My feelings are not puffed about with every attempt to move them. My temper would perhaps be called resentful."** (A11)

王譯：「說到我的一些情緒，也並不是一打算把它去除掉，它們就會烟消雲散，」

孫譯：「我的情緒也不是隨意就能激發起來。」

張譯：「我的感情也不是推一下就可以激動起來的，」

孫、張誤解了puff的意思，王譯大抵是對的。這個puff是排除、驅走的意思：

3. a. trans. To drive, impel, or agitate by puffing; to blow away, down, off, out, up, etc. with a quick short blast; to emit (smoke, steam, etc.) in puffs.

…1796 Jane Austen Pride & Prej. xi, My feelings are not puffed about with every attempt to move them.　1867 Trollope Chron. Barset xlvi, As he puffed the cigar-smoke out of his mouth.　1889 Doyle Micah Clarke

138 Bullets which puffed up the white dust all around him.
注意 OED 舉的例就有奧斯登這一句。My feelings are not puffed about with every attempt to move them. 承上接下，用不同的話來解釋"cannot forget"和"resentful"。如果照孫、張的譯法，就有點莫名其妙了。

57　**I hope... that you have ordered a good dinner to-day,** (A13)
　　王譯：「我希望你今天的午飯準備得好一些，」
　　孫譯：「我希望你吩咐管家把晚飯準備得好一些，」
　　張譯：「我希望你今天已經吩咐準備好一頓像樣的正餐了，」
　　譯者如果不搞清楚當時的生活習慣，譯起來就有不少「吃飯」問題。從下文得知，柯林斯先生四點才到，可見這裡的 dinner 是晚餐；其實書裡的 dinner 都一樣，可以一律譯成晚餐。參宋淇（1967）。

58　**It is from my cousin, Mr. Collins, ...** (A13)
　　王譯：「信是我的表侄柯林斯先生寄來的。」
　　孫譯：「信是我的表侄柯林斯先生寫來的。」
　　張譯：「信是我表外甥柯林斯先生來的。」
　　英文裡的 cousin，往往難以斷定身份；比起中國人的「一表三千里」，有過之而無不及。傅雷（1951）也談到 cousin 的譯法，可參看。
　　A7 提到，班先生的財產限定由男性繼承，落在一個 distant relation 身上。首先，最親近的繼承人，理論上不一定是晚輩。不過，下文提到班先生與柯先生的父親常吵架，似是同輩；柯先生又想打吉英等的主意，可見他大概是班先生的後輩。其次，照當時慣例，不只繼承人是男性，而且父系與班先生同源。奧斯登沒有特別說明，可見她預期讀者會這樣推想。換言之，柯先生不是班先生姊妹的兒子，不是「表侄」、「表外甥」；而可能是堂兄弟的兒子，即「堂侄」，遠一點（distant relation）就是族兄弟（同高祖而不同曾祖）的兒子，即「族侄」。因為堂兄妹不能成婚，所以我假定柯林斯是班先生的「族侄」、吉英等的「族兄」。

59　**My mind however is now made up on the subject, for having received ordination at Easter, I have been so fortunate as to be distinguished by the patronage of the Right Honourable Lady Catherine de Bourgh, widow of Sir Lewis de Bourgh, whose bounty and beneficence has preferred me to the valuable rectory of this parish,** (A13)
　　王譯：「不過目前我對此事已經拿定主張，因為我已在復活節那天受了聖
　　　　職。多蒙故劉威斯‧德‧包爾公爵的孀妻咖苔琳‧德‧包爾夫人寵禮

有加，恩惠並施，提拔我擔任該教區的教士，」

孫譯：「不過，我現在對此事已打定主意，因為算我三生有幸，承蒙已故劉易斯・德布爾爵士的遺孀凱瑟琳・德布爾夫人的恩賜，我已在復活節那天受了聖職。凱瑟琳夫人大慈大悲，恩重如山，提拔我擔任該教區的教士，」

張譯：「然目下我於此事決心已定，蓋我業已於復活節日愧受聖職。蒙劉易士・德伯格爵士遺孀凱瑟琳・德伯格夫人優寵有加，鼎力推薦，得以榮任本教區教區長一職。」

三家都誤解了ordination。其實原文十分清楚，柯林斯先received ordination at Easter，再得到rectory of this parish，是兩件事。Ordination是按立儀式，在這裡是按立牧師，即按牧禮。一個人行過按牧禮，只表示他有牧師資格，不一定就有聖職可任；好比得到教師資格是一回事，有沒有教職是另一回事。而奧斯登那時候，合資格的牧師多，聖職的空缺少，是名副其實的僧多粥少。很多人在按牧禮後多年仍然找不到牧師、牧區長之類聖職，往往只能充當柯林斯這種人的助手。而柯林斯這麼快就找到「肥缺」，才趾高氣揚的。

60 **and be ever ready to perform those rites and ceremonies which are instituted by the Church of England.** (A13)

王譯：「奉行英國教會所規定的一切儀節，」

孫譯：「隨時準備奉行英國教會所規定的一切禮儀。」

張譯：「奉行英國教會釐定之禮法儀式。」

Church of England不是泛指英國的教會，而是英國國教會，或稱英國聖公會。

61 **and the deficiency of nature had been but little assisted by education or society;** (A15)

王譯：「他雖然也受過教育，也踏進了社會，但是先天的缺陷卻簡直沒有得到什麼彌補。」

孫譯：「他雖然受過教育，踏進了社會，但是先天的缺陷卻沒得到多少彌補。」

張譯：「他先天的缺陷並沒有因為受過教育和社會影響而有所彌補。」

三家的譯法也通，不過把society解釋為人與人相處似乎更好，下文without forming at it any useful acquaintance可以作這一句的注腳。

62 **but it was now a good deal counteracted by the self-conceit of a weak head, living in retirement, and the consequential feelings of early and unexpected prosperity.** (A15)

王譯：「不過他本是個蠢材，現在生活又過得很悠閑，當然不免自高自大，何況年紀輕輕就發了意外之財，更其自視甚高，哪裡還談得上謙卑。」

孫譯：「但是這種習氣如今又給大大抵銷了，因為他本來就是個蠢材，一下子過上了優閑生活，難免會飄飄然起來，何況年紀輕輕就發了意外之財，自然會越發自命不凡。」

張譯：「可是他現在過上優閑的生活，年紀輕輕就出乎意料地發了迹，從而產生種種自鳴得意之感，以愚鈍之材而卻自視頗高，這就大大抵銷了他原有的那份謙卑恭順了。」

這裡有兩個問題：一、retirement 不是「悠閑」、「優閑」。OED 有一條解釋合用：

> 3.a. The state or condition of being withdrawn from society or publicity; seclusion, privacy.

二、unexpected prosperity 是指得到凱瑟琳夫人提拔。固然，聖職有不錯的收入，但是 prosperity 指的不是錢。張譯「發迹」是對的。

63　**and in seeking a reconciliation with the Longbourn family he had a wife in view,** (A15)

王譯：「他所以要和浪搏恩這家人家講和修好，原是想在他們府上找個太太。」

孫譯：「他所以來和朗伯恩這家人重新修好，就是想在他們府上找個太太。」

張譯：「他想同朗博恩這家人言歸於好，本來懷有找個妻子的意思；」

三家都以娶妻為目的，和解為手段，大可商權。照柯林斯的意思，應該是借娶女兒這個手段來達成「償還」、「贖罪」的目的，所以下文才自以為慷慨無私。

64　**Miss Bennet's lovely face confirmed his views, and established all his strictest notions of what was due to seniority;** (A15)

王譯：「……而且更加確定了他那些老式的想法，認為一切應當先儘最大的一位小姐。」

孫譯：「……也更加堅定了他那一切先儘老大的舊觀念。」

張譯：「……而且還使他確定了以長幼為序的極其嚴格的觀念。」

established 句有兩個可能的解釋：一、嫁女兒以長幼為序。二、居長該有居長的特質。

三家似乎偏向（一），但是譯文不大清楚。而且這是當時流行的想法，並不是「老式」「舊觀念」。

姑且採用（二）。

65　**Some of them were to dine with the Philipses the next day, and their aunt promised to make her husband call on Mr. Wickham, and give him an invitation also, if the family from Longbourn would come in the evening.** (A15)

王譯：「有幾個軍官明天要上腓力普家裡來吃飯。姨母說，倘若她們一家人明天晚上能從浪博恩趕來，……」

孫譯：「有幾個軍官明天要來菲力普斯家裡吃飯，姨媽說，倘若她們一家人明天晚上能從朗博恩趕來，……」

張譯：「有幾位軍官第二天要來菲力普斯家吃飯，姨母答應，她們一家人如果第二天晚上能從朗博恩來，……」

三家都把 evening 譯作晚上，沒有錯。但是從下一章的內容看來，姊妹到了姨母家，軍官已經吃了晚飯，後來打牌的打牌，聊天的聊天，然後吃消夜（參考A8.49）。所以姨母請她們 evening 來，其實指晚飯後。卷二提到，柯林斯先生本來只期望凱瑟琳夫人請大夥兒去 to drink tea and spend the evening，沒想到卻是邀他們 to dine（B6）；後來夫人家裡有達西等客，就不請柯林斯等吃飯，and then they were merely asked … to come there in the evening（B8）。總之，邀約時說的 evening 是不包括晚飯的。

66　**and examine their own indifferent imitations of china on the mantlepiece** (A16)

王譯：「只有照着壁爐架上那些瓷器的樣子，漫不經心地畫些小玩藝兒消遣消遣。」

孫譯：「只能照着壁爐架上的瓷擺設描摹些彆腳的畫子，端詳來端詳去。」

張譯：「只好端詳壁爐架上她們自己眼前那些拙劣的仿製瓷器，」

三家裡孫譯較好，但也不大理想。問題出在譯者不了解當時的社會風尚。原來中國、日本的瓷器輸入後，大受歡迎，漸漸有人模仿東方或後來歐洲的瓷器上的花樣，轉描到陶器、木器等上面。類似的手法，有一種後來發展成剪貼工藝（découpage）。富貴人家的壁爐架上常常以瓷器裝飾，而菲利普斯家擺的卻是外甥女仿瓷器花樣手繪的飾物；對照上文凱瑟琳夫人花了八百鎊的壁爐架，實在差太多了。

67　**though it was only on its being a wet night, and on the probability of a rainy season,** (A16)

王譯：「雖然談的只是些當天晚上下雨和雨季可能就要到來之類的話，」

孫譯：「雖然談的只是當晚下雨和雨季可能到來之類的話題，」

張譯：「雖然談的不過是今晚是個下雨天、雨季大概到來之類，」

wet 似乎有歧義。一個意思是下雨，也很合上下文。另一個意思是喝酒，也
有 wet night 的說法，OED 這樣解釋：

> 14. colloq. a. Primed with liquor; more or less intoxicated. (Cf. wet v. 7 b.)
> c. transf.
> ⋯. 1848 Thackeray Van. Fair xi, As he knew he should have a wet night,
> it was agreed that he might gallop back again in time for church on Sunday
> morning. 1905 H. A. Vachell The Hill iii. 49 Some of us had a wet night of
> it, last night. (wet, a)

用在奧斯登這裡，似乎也通；記下來給大家參考。

68 **"I cannot pretend to be sorry," said Wickham, after a short interruption, "that
he or that any man should not be estimated beyond their deserts;** (A16)

王譯：『歇了一會兒，韋翰說：「說句問心無愧的話，不管是他也好，是別
人也好，都不應該受到人家過分的抬舉。」』

孫譯：『「說句良心話，」停了一會，威克姆說，「無論他還是別人，都不
該受到過高的抬舉。」』

張譯：『「他，或者任何人，都不應該名不符實地受到過高的推崇，」魏肯
停了一會兒才說，「對這一點我不能假裝有什麼可抱憾之處。」』

三個譯本語氣都不夠貼切。魏克安對 that he or that any man should not be
estimated beyond their deserts 的反應是 I cannot pretend to be sorry，可見 that
he…云云，最少表面上是應該叫人遺憾的，或者出乎他意料的。陳述的是事
實（指伊麗莎白說達西討厭、赫特福德郡壓根兒沒人喜歡他），而不是魏克
安自己的觀點（應不應該怎樣）。

69 **no man who had any value for his character, ...** (A17)

王譯：「只要多少還尊重自己的人格，」

孫譯：「只要多少還珍惜自己的人格，」

張譯：「只要還尊重自己的人格，」

三家都譯作人格，不大貼切。這裡的 character 是名譽。

> 13. a. The estimate formed of a person's qualities; reputation: when used
> without qualifying epithet implying 'favourable estimate, good repute.' (OED)

70 **Do you talk by rule then, while you are dancing?** (A18)

王譯：「那麼說，你跳起舞來照例總得要談上幾句嗎？」

孫譯：「這麼說，你跳起舞來照例要說說話啦？」

張譯：「那麼，你跳舞的時候，總是按規矩講話嗎？」

大家都把by rule當成as a rule來譯，值得商榷。SOD這樣解釋by rule：

> in a regular manner; mechanically.

因為之前伊麗莎白表示她說了話，輪到達西說；她說了跳舞，達西就該說廳堂大小、舞搭子多少；好像有規則似的，達西才有此一問。其次，如果達西問是不是as a rule，伊麗莎白答sometimes (as a rule)也很奇怪。

71　**Such very superior dancing is not often seen. It is evident that you belong to the first circles.** (A18)

王譯：「跳得這樣一腳好舞，真是少見。你毫無疑問是屬於第一流的人才。」

孫譯：「舞跳得這麼棒，真是少見。你顯然屬於一流水平。」

張譯：「像這種十分高超的舞技，真是難得一見。顯然你是屬於第一流的水平。」

三家都誤解了first circles。盧卡斯爵士總把跳舞跟社會地位聯想在一塊。他之前誇讚過達西的舞藝，說：「的確看過，眼福還不淺呢。你常到聖詹姆斯宮跳舞吧？」（A6）這裡的first circles指上流社會，正是盧卡斯爵士的一貫思路。

72　**that he was the son of old Wickham, the late Mr. Darcy's steward.** (A18)

王譯：「…他自己是老達西先生的賬房老韋翰的兒子。」

孫譯：「…他是老達西先生的管家老威克姆的兒子。」

張譯：「…他是過世了的達西先生的管家老魏肯的兒子。」

steward譯成管家好像不錯，但是下文達西家同時有一位housekeeper，一位steward（C1）。steward跟housekeeper的身分一樣（steward是男管家，housekeeper是女管家），還是不一樣呢？

根據OED，steward是這樣解釋的：

> 1.a. An official who controls the domestic affairs of a household, supervising the service of his master's table, directing the domestics, and regulating household expenditure; a major-domo. Obs. Exc. Hist.

Obs. Exc. Hist.表示obsolete except History。實際引的例子也只到十七世紀。

如果老達西的steward不是管家，又是什麼呢？OED還有這樣的解釋：

> 5.a. One who manages the affairs of an estate on behalf of his employer. b. steward of the manor: one who transacts the financial and legal business of a manor on behalf of the lord; …

這就跟後來的land agent很像了。而且老魏克安是事務律師出身，不但稱職，也是大莊園喜歡請的人。

總之，老魏克安當的 steward，是管產業的。下文帶訪客參觀家裡的 housekeeper 才是管家事的。

73　**her ladyship was quite well yesterday se'nnight** (A18)

王譯：「上星期我還見到她老人家，」

孫譯：「她老人家六天前身體還很好。」

張譯：「在八天前，我見到夫人，她十分安康。」

se'nnight 是一個星期；yesterday se'nnight，算到昨天一個星期，算到現在就是八天。柯林斯在十一月十八日星期一到朗本（A13），彬禮家的舞會是星期二（A17）；的確是八天。王譯不對，孫譯不知為何誤為六天；張譯正確。

74　**and lastly, it was so pleasant at her time of life to be able to consign her single daughters to the care of their sister, that she might not be obliged to go into company more than she liked. It was necessary to make this circumstance a matter of pleasure, because on such occasions it is the etiquette; but no one was less likely than Mrs. Bennet to find comfort in staying at home at any period of her life.** (A18)

王譯：「最後再說到她那幾個沒有出嫁的女兒，關於她們的終身大事，從此也可以委託給大女兒，不必要她自己再為她們去應酬交際了，於情於理，這都是值得高興的事，怎奈班納特太太生平就不慣於守在家裡。」

孫譯：「最後，到了她這個年紀，能把幾個沒出嫁的女兒托付給她們的姐姐，她自己也不用過多地陪着去應酬，這也是一件值得高興的事。我們有必要把這個情況視為一件值得高興的事，因為碰到這種時候，這是普遍的規矩。但是，貝內特太太生平任何時候，你要讓她待在家裡的話，她會比任何人都覺得不好受。」

張譯：「像她這麼大的年紀，能夠把她那幾個還沒出嫁的女兒托付給她們的姐姐去操心，這樣，她自己不喜歡的交際應酬，就不一定非去參加不可了，這也是令她高興的事。人必須使交際應酬成為賞心樂事，因為在這樣的事情上，這已經成了一定之規，可是人人都會像本內特太太那樣，一生中無論什麼階段，總感到還是待在家裡自在逍遙。」

這段話棘手，先切為三節：

（1）it was so pleasant at her time of life to be able to consign her single daughters to the care of their sister, that she might not be obliged to go into company more than she liked.

（2）It was necessary to make this circumstance a matter of pleasure, because on such occasions it is the etiquette;

（3）but no one was less likely than Mrs. Bennet to find comfort in staying at home at any period of her life.

（2）最費解，關鍵在this circumstance指什麼？such occasions又指什麼？我們不妨倒過來看起。（3）的意思很清楚，班耐特太太比誰都更不愛待在家裡，張譯因為（3）與（1）矛盾，硬把（3）的意思譯反了。其實（1）是班太太對盧卡斯夫人說的，（2）（3）顯然是作者的評論。

如果（2）的this circumstance是指不必應酬（而留在家裡），such occasions指舞會；這一大段話就很順了。惟一的困惑是：舞會正是應酬的場合；在應酬場合的禮節（etiquette），反而要把不必應酬說成樂事，這不是很怪嗎？是有點怪。這好比從前做官的聚頭，一個個抱怨俗務纏身，都說嚮往山林，想掛冠遠引云云；也差不多怪。

我想（1）是班太太對人說的門面話，作者稱之為社交禮節其實是嘲諷。

75　**Her mother would talk of her views in the same intelligible tone.** (A18)

王譯：「她的母親偏偏要大聲發表高見。」

孫譯：「母親偏要大聲發表議論。」

張譯：「她母親還是照樣用那麼大的嗓門談她的意見。」

班耐特太太的確失禮，但三家的譯法又過頭了。上文說伊兒勸母親說話in a less audible whisper，可見本來不算大聲，只是聽得見、聽得清楚。Intelligible相當於audible，並非大聲。這個問題，宋淇（1967）早就提過了。

76　**and though the man and the match were quite good enough for her, the worth of each was eclipsed by Mr. Bingley and Netherfield.** (A18)

王譯：「儘管姑爺的人品和門第，配她已經綽綽有餘，可是比起彬格萊先生和尼日斐花園來，就顯得黯然失色了。」

孫譯：「雖說對_她_來說，能找到這樣一個男人，攀上這樣一門親事，已經非常不錯了，但比起賓利先生和內瑟菲爾德來，可就黯然失色了。」

張譯：「雖說對她來說，能有這樣一位先生，結成這樣一門親事，已算是滿不錯了，不過同賓利先生和內瑟菲爾德一比，就顯得黯然失色了。」

for her的her到底指誰呢？依三家的譯法，指的是伊麗莎白。另一個可能是，her指班太太。

77　**and that one thousand pounds in the 4 per cents. which will not be yours till after your mother's decease, is all that you may ever be entitled to.** (A19)

王譯：「你名下應得的財產，一共不過是一筆年息四釐的一千鎊存款，還得等你媽死後才歸你所得。」

孫譯：「你名下應得的財產，只不過是一筆年息四釐的一千鎊存款，還得等令堂去世以後才能歸你所有。」

張譯：「你將來應當得到的款項有一千鎊，利息四釐，但是這筆錢要令堂過世之後才能落在你的名下。」（注：「此處指投資於政府的證券，年息四釐。」）

這是指政府公債，不是存款，張譯是對的。當時類似的投資，報酬率通常是5%。所謂一千鎊，是債券的面額，購買時往往打了折。假如800鎊購得，年報酬率就是5%了。無論如何，伊兒年收入40鎊，比起父親二千鎊、柯林斯幾百鎊，的確差太多了。

78　**and the possibility of her deserving her mother's reproach prevented his feeling any regret.** (A20)

王譯：「他又以為她的母親一定會責罵她，因此心裡便也不覺得有什麼難受了，因為她挨她母親的罵是活該，不必為她過意不去。」

孫譯：「她可能真像她母親說的那樣又任性又傻，因此他絲毫也不感到遺憾了。」

張譯：「她可能會受到她母親的責備，那是活該；想到這裡，他在感情上也就無憾了。」

孫譯把deserving her mother's reproach解為前文headstrong, foolish云云，可謂別出心裁；我也說不準是不是奧斯登的意思，姑且還是把reproach解為事後挨的罵。

79　**Perhaps not the less so from feeling a doubt of my positive happiness had my fair cousin honoured me with her hand; for I have often observed that resignation is never so perfect as when the blessing denied begins to lose somewhat of its value in our estimation.** (A20)

王譯：「即使蒙我那位美麗的表妹不棄，答應了我的求婚，或許我仍然免不了要懷疑，是否就此會獲得真正的幸福，因此我一向認為，幸福一經拒絕，就不值得我們再加重視。遇到這種場合，聽天由命是再好不過的辦法。」

孫譯：「即使我那位漂亮的表妹賞臉接受我的求婚，我或許還要懷疑我是否一定會得到幸福，因為我時常發現，幸福一經拒絕，在我們眼裡也就不再顯得那麼珍貴，這時，最好的辦法便是聽天由命。」

張譯：「如果我漂亮的表妹賞臉答應了我的求婚，也許我同樣會對我是否一定得福有所疑慮，因為我常常看得出來，幸福遭到拒斥之後，在我們的評價中就開始或多或少地喪失了原有的價值，在此情況下退避忍讓就可以完滿無缺了。」

柯林斯說的是歪理，不好懂，三家譯的不盡理想。本來承受禍患、失去寶貴的東西，才有所謂 resignation。如果得不到的東西沒有價值，當初想得到的人應該不覺可惜，就談不上 resignation 了。柯林斯卻認為得不到的東西沒有價值，反而讓自己的 resignation 更完美。

80　but we will hope at some future period, to enjoy many returns of the delightful intercourse we have known, and in the mean while may lessen the pain of separation by a very frequent and most unreserved correspondence. (Miss Bingley)

But may we not hope that the period of future happiness to which Miss Bingley looks forward, may arrive earlier than she is aware, and that the delightful intercourse you have known as friends, will be renewed with yet greater satisfaction as sisters? — (Elizabeth) (A21)

王譯：「我們希望將來有一天，還是可以像過去那樣愉快地來往，並希望目前能經常通信，無話不談，以抒離恨。臨筆不勝企盼。」（彬禮小姐）

「可是，彬格萊小姐既然認為將來還有重聚的歡樂，難道我們不能希望這一天比她意料中來得更早一些嗎？將來做了姑嫂，不是比今天做朋友更滿意嗎？」（伊麗莎白）

孫譯：「不過，我們期望有朝一日還可以像過去那樣愉快地交往，並且希望目前能經常通信，無話不說，以消離愁。不勝企盼。」

「不過，既然賓利小姐期待着有朝一日還有重聚的歡樂，難道我們不能期望這一天比她意料中來得更早一些嗎？將來做了姑嫂，豈不比今天做朋友來得更快樂嗎？」（伊麗莎白）

張譯：「但我們希望，將來某個時期仍可一如既往享受交游之樂，而在目前，則希望常有音信，盡訴心曲，不勝企盼之至。」

「不過，難道我們不能這樣設想，像賓利小姐所盼望的那種未來的幸福時期，會比她料想的來得更早嗎？你們過去那種朋友之間的愉快交往，一旦成為姑嫂之間的，豈不好上加好，更為圓滿嗎？」（伊麗莎白）

作者常常藉伊麗莎白說的話，來表現她的機智。例如這一句，伊兒一面安慰吉英，一面挖苦彬禮小姐花巧的唱高調。故意借用彬禮小姐信裡的字眼 delightful intercourse，譯出來要前後一致。

81　**"and that your beaux will be so numerous as to prevent your feeling the loss of the three, of whom we shall deprive you." (A21)**

王譯：「希望你有很多漂亮的男朋友，免得我們一走，你便會因為少了三個朋友而感到難受。」

孫譯：「希望你有許多男友，省得我們一走，你會因為失去三位朋友而感到失意。」

張譯：「並希望你能得到許多愛友，以免我們離去使你失去三位朋友而感到失望。」

the three 和 whom 是同指，是在 beaux 裡失去的。上面的譯法，讀者無法分辨「三位朋友」指誰，也看不出跟 beaux 的關係。

beau 可以指情人，也可以指獻殷勤的男子。OED 這樣解釋：

> 1. A man who gives particular, or excessive, attention to dress, mien, and social etiquette; an exquisite, a fop, a dandy.
>
> 2. The attendant or suitor of a lady; a lover, sweetheart.

可見 the three 是彬禮先生、達西先生、已婚的赫斯特先生，譯「男（朋）友」就不妥當。張譯前面用「愛友」，也不理想，而且跟後面的「三位朋友」接不上。

82　**and the conclusion of all was the comfortable declaration that, though he had been invited only to a family dinner, she would take care to have two full courses. (A21)**

王譯：「最後她心安理得地說，雖然只不過邀他來便飯，她一定要費些心思，請他吃兩道大菜。」

孫譯：「最後她心安理得地說，雖然只請他來吃頓便飯，她要費心準備兩道大菜。」

張譯：「想來想去最後還是感到寬慰，於是告訴大家，雖然請賓利先生來只是吃一頓便飯，她還是要細心準備兩道主菜。」

course 不是一道菜。Chapman 在標準本的附錄裡解釋過：

> Dinner was not à la Russe, and the meaning of course was not what it now bears. (IV, 500)

換言之，做好的各式菜餚會同時擺在桌上，賓客自行取用。Two full course 的話，第一輪上的菜吃到差不多，就全部撤下，重新上一桌各式菜餚。

班太太這個主意，卷三再提起：

> she did not think any thing less than two courses, could be good enough for a man, on whom she had such anxious designs, or satisfy the appetite and pride of one who had ten thousand a-year. (C11)

也是這個意思。

其次，comfortable除了常用的安慰的意思，還有別的用法：

> † 1. a Strengthening or supporting (morally or spiritually); encouraging, inspiriting, reassuring, cheering. Obs. Or arch. (OED)

就是鼓勵、打氣、振奮等意思。

83 **there was a solidity in his reflections which often struck her,** (A22)

王譯：「他思想方面的堅定很叫她傾心；」

孫譯：「她常常發覺，他思想比較穩重，」

張譯：「他思考問題踏實穩重，常常給她留下深刻印象，」

奧斯登善於冷嘲，語帶雙關是一種手法，書裡例子不少，這裡是特別精巧的一例。Solidity (in his reflections)表面上是指想法、判斷等「穩當、可靠」，而暗指「死板、笨拙」。同時，(solidity in his) reflections，表面指「思想、看法」，其實也暗指「翻版」。因為瑪麗跟柯林斯是一個模子的「翻版」，一樣的「死板、笨拙」，才覺得他「思想」「穩當」。這種一語四關，譯者束手無策，顧此失彼，請讀者見諒。

84 **Her disappointment in Charlotte made her turn with fonder regard to her sister, of whose rectitude and delicacy she was sure her opinion could never be shaken,** (A23)

王譯：「夏綠蒂既然叫她失望，她便越發親切地關注到自己的姐姐身上來。她深信姐姐為人正直，作風優雅，她這種看法決不會動搖。」

孫譯：「因為對夏洛特大失所望，她便轉而越發關心自己的姐姐了。姐姐為人正直，性情溫柔，她相信她對姐姐的這種看法決不會動搖。」

張譯：「她對夏洛特灰心失望了，於是回過頭來對姐姐更加親切關心。她姐姐正派不俗，她相信自己這種看法永遠不會動搖，」

伊麗莎白先對夏洛特失望，然後想到姊姊不會讓她失望，提出rectitude and delicacy應該是有感而發的。換言之，吉英這兩個特質是夏洛特沒有的。Rectitude譯成正直、正派都可以，delicacy就有些棘手，譯成優雅、溫柔、不俗，都不理想。OED有這樣的解釋：

> 10. A refined sense of what is becoming, modest or proper; sensitiveness to

the feelings of modesty, shame, etc.; delicate regard for the feelings of others.

在伊麗莎白心目中，夏洛特嫁柯林斯正好相反。

85 **The promised letter of thanks from Mr. Collins arrived on Tuesday, addressed to their father, and written with all the solemnity of gratitude which a twelvemonth's abode in the family might have prompted. After discharging his conscience on that head, (A23)**

王譯：「……他在這方面表示了歉意以後，」

孫譯：「……他在這方面表示了歉意之後，」

張譯：「……他在這方面表白了歉疚之後，」

如果 on that head 是指上文的 gratitude，dischargeing his conscience 不一定是致歉，也可以是致謝。

86 **Such were the gentle murmurs of Mrs. Bennet, and they gave way only to the greater distress of Mr. Bingley's continued absence. (A23)**

王譯：「班納特太太成天嘀咕着這些事，除非想到彬格萊一直不回來而使她感到更大的痛苦時，她方才住口。」

孫譯：「這樣嘀咕來嘀咕去，只有想到賓利先生至今不歸，因此勾起她更大的痛苦時，她才閉口不語。」

張譯：「本內特太太小聲嘮叨的就是這些東西，只有想起賓利先生遲遲不歸這種更大的煩惱，這一套嘮叨才會讓路。」

照王、孫二家的譯法，班太太想起彬禮不歸就不說話，恐怕誤解了。下文說：

But as no such delicacy restrained her mother, an hour seldom passed in which she did not talk of Bingley, express her impatience for his arrival, or even require Jane to confess that if he did not come back, she should think herself very ill used. (A23)

可見班太太是不住口的抱怨彬禮。其實這句話的關係是這樣的：

[Such]i were [the gentle murmurs of Mrs. Bennet], and [they]i gave way only to [the greater distress of Mr. Bingley's continued absence]k.

[such], [they] 是指上文柯林斯偏偏要來朗本住云云。而 give way 是這個意思：

49.c To make room for; be superseded by. Const. to. (OED)

換言之，[the gentle murmurs of Mrs. Bennet] 的內容，由 [such] 變成 [the greater distress of Mr. Bingley's continued absence]；即由嘀咕柯林斯，變成嘀咕彬禮，而不是閉嘴。

87 **Even Elizabeth began to fear — not that Bingley was indifferent — but that his sisters would be successful in keeping him away. Unwilling as she was to admit an idea so destructive of Jane's happiness, and so dishonourable to the stability of her lover, she could not prevent its frequently recurring. The united efforts of his two unfeeling sisters and of his overpowering friend, assisted by the attractions of Miss Darcy and the amusements of London, might be too much, she feared, for the strength of his attachment. (A23)**

王譯：「連伊麗莎白也開始恐懼起來了，她並不是怕彬格萊薄情，而是怕他的姐妹們真的絆住了他。儘管她不願意有這種想法，因為這種想法對於吉英的幸福既有不利，對於吉英心上人的忠貞，也未免是一種侮辱，可是她還是往往禁不住要這樣想。……縱使他果真對她念念不忘，恐怕也掙脫不了那個圈套。」

孫譯：「連伊麗莎白也開始擔憂了，她並不擔心賓利對姐姐薄情，而擔心他姐妹真把他絆住了。她本不願意生出這種念頭，覺得這既有損簡的幸福，又有辱她的心上人的忠貞，但是卻又情不自禁地常往這上頭想。……縱使他對簡情意再深，恐怕也難免不變心。」

張譯：「甚至伊麗莎白也開始擔心了——擔心的不是賓利負心，而是那兩姐妹真會把他留住。她本來不願往這種既有損簡的幸福，又有辱她愛侶的堅貞的方面去想，可是又禁不住常常讓這種想法襲上心頭。……儘管他對簡傾心愛慕，也難以招架。」

這一大段裡的 stability 和 too much for the strength of his attachment，意思不好把握。首先，伊兒的態度其實很清楚。她擔心的不是彬禮對吉英的感情（not that Bingley was indifferent），而是旁人等等把他絆住（but that his sisters would be successful in keeping him away）。照三家的譯法，前面不怕彬禮「薄情」、「負心」，後面「有辱忠貞」、「有辱堅貞」、「難免不變心」云云就兜不攏了。可見 stability 指的不是感情，而是其他地方的弱點。我們知道彬禮十分隨和，很容易受人擺布（A10），用來解釋 stability 正好。下一章提到伊兒對卡羅琳來信的反應，也與這個解釋相符：

To Caroline's assertion of her brother's being partial to Miss Darcy she paid no credit. That he was really fond of Jane, she doubted no more than she had ever done; and much as she had always been disposed to like him, she could not think without anger, hardly without contempt, on that easiness of temper, that want of proper resolution which now made him the slave of his designing friends, and led him to sacrifice his own happiness to the caprice of their inclinations. (B1)

換言之，因為性格有弱點，旁人就容易插手，所以才有所謂 Too much for the strength of his attachment。

88 "Nay," said Elizabeth, "this is not fair. You wish to think all the world respectable, and are hurt if I speak ill of anybody. I only want to think you perfect, and you set yourself against it. Do not be afraid of my running into any excess, of my encroaching on your privilege of universal good will. You need not. There are few people whom I really love, and still fewer of whom I think well." (B1)

王譯：「……請你放心，我決不會說得過分，你有權利把四海之內的人一視同仁，我也不會干涉你。……」

孫譯：「……你別擔心我會走極端，別擔心我會侵犯你的權利，不讓你把世人都看成好人。……」

張譯：「……別害怕我會走極端，也別害怕我會侵犯你的權利，不讓你相信人人都是善口慈心。……」

伊麗莎白抗議的是吉英不讓她誇讚，privilege 是嘲笑吉英獨具的無人不愛的善意。因為 There are few people whom I really love, and still fewer of whom I think well. 所以吉英不必擔心她無人不愛，running into excess, encroaching on your privilege。

89 your sister is crossed in love I find. I congratulate her. Next to being married, a girl likes to be crossed in love a little now and then. (B1)

王譯：「我發覺你的姐姐失戀了。我倒要祝賀她。一個姑娘除了結婚以外，總喜歡不時地嘗點失戀的滋味。」

孫譯：「我發覺你姐姐失戀了。我倒要祝賀她。姑娘除了結婚之外，總喜歡不時地嘗一點失戀的滋味。」

張譯：「我看，你姐姐是在戀愛上受到挫折了。我祝賀她。女孩子喜歡的，除了結婚之外，其次就是時不時地在情場上嘗嘗小小挫折的滋味。」

三家的譯法都算妥當。不過最喜歡嫁人，其次喜歡失戀，現在失戀了，值得恭喜嗎？

next 除了表示「次於」，也有很接近的意思。如果差不多要嫁人時，會喜歡失戀一下；現在失戀了，就表示快嫁人了。這樣解釋的話，班耐特先生取笑女兒就取笑得「合理」一些。姑且這樣譯吧。

90 The Netherfield ladies would have had difficulty in believing that a man who

lived by trade, and within view of his own warehouses, could have been so well bred and agreeable. (B2)

王譯:「他原是出身商界,見聞不出貨房堆棧之外,竟會這般有教養,這般討人喜愛,⋯⋯」

孫譯:「他靠做買賣營生,成天守着自己的貨棧,居然會這麼富有教養,這麼和顏悅色,⋯⋯」

張譯:「他這樣一個以經商為生,眼界限於自己店鋪的人,居然能這樣富有教養、和藹可親,⋯⋯」

三家都誤解了。a man who lived by trade, and within view of his own warehouses 等於說:

1.a man who lived [by trade]

2.a man who lived [within view of his own warehouses]

不但經商,而且就住在店鋪附近。這樣寫是要顯示嘉德納先生的社會地位。

91 But in spite of the certainty in which Elizabeth affected to place this point, as well as the still more interesting one of Bingley's being withheld from seeing Jane, (B2)

王譯:「伊麗莎白雖然嘴上說得這麼果斷,認為彬格萊先生一定被他的姐妹朋友挾制住了,不會讓他見到吉英,這事情實在可笑,」

孫譯:「伊麗莎白儘管假裝對這一點深信不疑,並且對關係更大的另一點也深信不疑,認為賓利給人挾制了,不讓他與簡相見,」

張譯:「但是,儘管伊麗莎白裝作對這一點堅信不疑,而且對有人制止賓利看望簡這個更有興趣的問題也堅信不疑,」

這句話的 affect 是陷阱。句中的 certainty 一貫而下,拆開來是這樣的:

1.Elizabeth affected to place [this point] in certainty.

2.Elizabeth affected to place [the still more interesting one (point) of Bingley's being withheld from seeing Jane] in certainty.

this point 是指彬禮小姐會疏遠吉英,王譯卻漏掉了。孫譯、張譯因為誤解了 affect,又明知道伊麗莎白堅信彬禮給親友絆住;於是不顧一貫的句意,硬把(1)譯成「假裝」、「裝作」,(2)譯成「深信」、「堅信」。其實彬禮小姐對吉英是虛情假意,彬禮先生被親友絆住,這兩點都是伊麗莎白的一貫見解。

affect 不一定是假裝,OED 還有別的解釋:

2. To be drawn to, have affection or liking for; to take to, be fond of, show preference for; to fancy, like, or love.

d. to do a thing. ? Obs.

1660 T. Stanley Hist. Philos. (1701) 28/2, I affect above all things to live under a Democracy.　1699 Evelyn Acetaria (1729) 180 Some affect to have it fry'd a little broun and crisp.　1751 Jortin Serm. (1771) V. viii. 172 The greatest monarchs have affected to be called Father of their country.

5. To show ostentatiously a liking for; to make an ostentatious use or display of; to take upon oneself artificially or for effect, to assume.

c. with inf.: To 'profess,' take upon one.

1720 Waterland Serm. 56 Some of late have affected very much to say that all things were created through the Son.　1724 De Foe, etc. Tour thr. Gt. Brit. (1769) IV. 273 The Lochs‥which some affect to call the River Aber. 1853 Maurice Proph. & Kings viii. 123 He affected to restore the idolatry which Aaron had sanctioned in the wilderness.　1856 Kane Arctic Expl. I. xxviii. 363 Every one who affects to register the story of an active life.

如果采用（2d），就是喜愛、偏好的意思。

另外，interesting不是「可笑」、「有興趣」，參見A10.53。

92　**Mrs. Gardiner's caution to Elizabeth was punctually and kindly given on the first favourable opportunity of speaking to her alone;** (B3)

王譯：「嘉丁納太太一碰到有適當的機會和伊麗莎白單獨談話，就是善意地
　　　　對外甥女兒進行忠告，」

孫譯：「加德納太太一遇到可以和伊麗莎白單獨交談的良機，便及時對她提
　　　　出了善意的忠告。」

張譯：「加德納太太一得到單獨和伊麗莎白交談的時機就立即抓住，滿懷善
　　　　意地向她提出了忠告。」

現在的punctually多指「準時」，孫譯「及時」、張譯「立即」，似乎可以商権。奧斯登的年代，punctually另有更常用的意思：

5. With careful attention to, or insistence upon, points or details of conduct; with strict observance of rule or obligation; strictly, scrupulously, carefully, punctiliously. Now rare exc. as in 6. (OED)

用來解釋這一句，也很合適。

93　**It was a journey of only twenty-four miles, and they began it so early as to be in Gracechurch-street by noon.** (B4)

王譯：「這段旅程不過二十四英里路，他們啟程很早，為的是要在正午前趕

到天恩寺街。」

孫譯：「這段旅程只不過二十四英里路，他們一大早就動身，想在午前趕到格雷斯丘奇街。」

張譯：「這段旅程只有二十四英里，他們一大清早就動身了，想在中午之前趕到承恩寺大街。」

三家都誤解了 so … as to。OED 這樣解釋：

28.a. so··, or so··as, so as, followed by an infinitive denoting result or consequence.

跟表示意圖的 so as to 不一樣，而是表示結果。

其次，英國人不會說「英」里。

94 and she spoke very little, except in a low voice, to Mrs. Jenkinson, in whose appearance there was nothing remarkable, and who was entirely engaged in listening to what she said, and placing a screen in the proper direction before her eyes. (B6)

王譯：「並且擋在她面前，不讓人家把她看得太清楚。」

孫譯：「而且擋在她面前，不讓別人看清她。」

張譯：「彷彿自己眼前隔着一道屏幕。」

三家都誤譯了。Screen 就是屏風，用來遮擋壁爐火光或熱力的。普通像 Oxford World's Classics 的版本都會注明。

95 and, as he had likewise foretold, he took his seat at the bottom of the table, by her ladyship's desire, and looked as if he felt that life could furnish nothing greater. (B6)

王譯：「而且正如他事先所料到的那樣，夫人要他和她對席而坐，看他那副神氣，好像人生沒有比這更得意的事了。」

孫譯：「而且正如他預言的那樣，秉承夫人的意旨，他坐在了末座，看他那副神氣，彷彿人生不會有比這更得意的事了。」

張譯：「而且正如他預先說過的那樣，他按照夫人的願望，坐在餐桌的末席，看上去彷彿他覺得這就是人生可能享受的最大樂事了。」

東西方都有座次的講究，但是哪個位子尊、哪個位子卑，不盡相同。這裡的 the bottom of the table，是地位僅次於主人的位子，凱瑟琳夫人等於待柯林斯先生為上賓。孫、張二家都譯為「末席」，張譯附注：「西方餐桌通常為長方形，兩側為客席，男女主人居兩端，女主人為首席，男主人為末席，無男主人者，由主人家看重之男客占其座位。」

我認為二家的譯法值得商榷。「末席」相當於「末座」，照《現代漢語詞典》的定義：「座位分尊卑時，最卑的座位叫末座。」可見孫、張二家以尊卑上的末席來譯空間上的the bottom of the table，意思適得其反。張氏雖然加注說明，也有削足適履之嫌。

《水滸傳》第二十三回：「武大教婦人坐了主位，武松對席，武大打橫。」王譯「對席而坐」，兼顧了空間上、尊卑上的意思，十分可取。

96　**I think it would not be very likely to promote sisterly affection or delicacy of mind.** (B6)

王譯：「我以為那樣做就不可能促進姐妹之間的情感，也不可能養成溫柔的性格。」

孫譯：「我想，那樣做就不可能促進姐妹之間的情誼，也不可能養成溫柔的心性。」

張譯：「我想，那麼辦不大可能增進姐妹之間的感情，培養美好的心境。」

伊麗莎白從反面立論，提出 sisterly affection 和 delicacy of mind 兩點。Delicacy 固然是溫柔、美好，但這裡別有所指。OED 有這樣的解釋：

> 10. A refined sense of what is becoming, modest or proper; sensitiveness to the feelings of modesty, shame, etc.; delicate regard for the feelings of others.

妹妹因為姐姐未嫁而不出幼，手足顯然成了競爭對手，不但破壞感情，又容易勾心鬥角。Delicacy of mind 應該指姐妹的互相體貼、體諒。

97　**but his visit was long enough to convince him of his daughter's being most comfortably settled, and of her possessing such a husband and such a neighbour as were not often met with.** (B7)

王譯：「可是經過了這一次短短的拜訪，他大可以放心了：女兒實在是嫁得極其稱心如意，而且有了這樣不可多得的丈夫和難能可貴的鄰居。」

孫譯：「不過這次走訪倒足以使他認識到：女兒找到了稱心如意的歸宿，有一個不可多得的丈夫，一個難能可貴的鄰居。」

張譯：「但是這也足夠讓他相信，他女兒已經得到了安樂舒適的歸宿，她那個丈夫和鄰居也是不可多得的。」

settled 可以指婚姻，但是跟下文的丈夫重複了，加上是 comfortably settled，應該指居所。真正麻煩的地方在後面，因為下半句似乎語帶雙關。王、孫二家的譯法，等如威廉爵士的心聲，本來是妥貼的譯文。然而，"such" a husband and "such" a neighbour 也可以是作者、讀者眼中的，not often met with 到底是少見的可取，還是少見的可笑呢？張譯不同王、孫二家，也不理想。

奧斯登這種淡淡的冷嘲，叫人會心微笑；可也為難了譯者。

98   for the chief of the time between breakfast and dinner was now passed by him either at work in the garden, or in reading and writing, and looking out of window in his own book room, which fronted the road. The room in which the ladies sat was backwards. Elizabeth at first had rather wondered that Charlotte should not prefer the dining parlour for common use; it was a better sized room, and had a pleasanter aspect; but she soon saw that her friend had an excellent reason for what she did, for Mr. Collins would undoubtedly have been much less in his own apartment, had they sat in one equally lively; (B7)

王譯：「……假如女客也在一間同樣舒適的起坐間裡，那麼柯林斯先生待在自己房間裡的時間就要比較少了；」

孫譯：「……假如女士們待在一間同樣舒適的起居室裡，柯林斯先生待在自己房裡的時間勢必要少得多。」

張譯：「……因為如果她們坐在一間同樣令人愉快的屋子裡，柯林斯先生毫無疑問待在自己屋子裡的時間就要少得多，」

後一句十分費解，不好譯。王、孫二家把 lively 譯作舒適，有些牽強；張譯好一點，但情理上似乎不大通。

我想關鍵在 sat in one 的意思。這一大段提到三個地方：臨路的書房、晚餐室、屋子後方的起居室。從上下文來推想，晚餐室 had a pleasanter aspect，大概在屋子前方，可能也臨路。換言之，鄰近柯林斯的書房。根據 OED，in one 有一條解釋是這樣的：

    32.d. (a) In or into one place, company, or mass; together.

就是在一個地方、在一起的意思。奧斯登的所謂 sat in one，大概是針對屋子的前後方而言。女士在屋後方的房間可以說說笑笑，不怕打擾柯林斯；如果搬到前面的晚餐室，一樣有說有笑（equally lively），柯林斯在自己房間就坐不住了。

99   There were two nephews of Lady Catherine to require them, for Mr. Darcy had brought with him a Colonel Fitzwilliam, the younger son of his uncle, Lord — (B7)

王譯：「他一共要拜會咖苔琳夫人的兩位姨侄，因為達西先生還帶來了一位費茨威廉上校，是達西的舅父（某某爵士）的小兒子。」

孫譯：「他要拜會凱瑟琳夫人的兩位外甥，因為達西先生帶來了一位菲茨威廉上校，他是達西的姨父某某爵士的小兒子。」

張譯：「凱瑟琳夫人有兩個外甥等候他去拜見，因為達西先生還帶來了一位

費茨威廉上校——他舅父某某勳爵的小兒子。」

三家都沒有搞清楚親戚關係。nephew 跟 cousin 一樣是麻煩的字。達西叫 Fitzwilliam Darcy，Fitzwilliam 是從母親安妮夫人（Lady Anne Fitzwilliam）父家那裡來的。安妮夫人跟凱瑟琳夫人（Lady Catherine de Bourgh）是姊妹，所以凱瑟琳夫人是達西的姨母，達西是她的外甥。

至於菲茨威廉上校，與達西的關係，是 the younger son of his uncle (B7)、my (Darcy's) mother's nephew (B12)。上校有兩個可能身分：一、安妮夫人和凱瑟琳夫人的兄弟的兒子。二、兩位夫人的姊妹的兒子。而從名字 Colonel Fitzwilliam 看來，用的是兩位夫人父家的姓，應該是兩位夫人的兄弟的兒子。所以兩位夫人是他姑母，他是侄兒。在達西而言，uncle 是舅父；達西二十八歲（Such I was, from eight to eight and twenty (C16)），菲茨威廉上校三十上下，是表兄。至於 Lord ——，據後文可知是伯爵（the younger son of an earl (B10)）。

英文的 nephew 包括侄兒、外甥，這裡無法擇一而譯，得變通一下。

100 **Your cousin will give you a very pretty notion of me, and teach you not to believe a word I say. (B8)**

王譯：「你表兄竟在你面前把我說成一個多糟糕的人，教你對我的話一句也不要相信的。」

孫譯：「你表弟在你面前這樣美化我，教你一句話也別相信我。」

張譯：「你表弟要在你面前把我描繪成這樣一副非美妙的形象，並且要教導你，我說的話你一個字也別信。」

這個 pretty 跟平常不大一樣，OED 這樣解釋：

> 3. b. Of things: Fine, pleasing, nice; proper. Freq. in negative contexts. Also in phr. to say pretty things, to speak consolingly or in a condescending manner. 1811 Jane Austen Sense & Sens. II. v. 80 It was not very pretty of him, not to give you the meeting.   1815 — Emma v, Such a pretty height and size.
> c. Used ironically: …

其實就是反話。王譯誤把表弟當成表兄，但直接把意思說出來，也是可取的。孫譯、張譯不大理想。尤其張譯，不知是因為誤解原文，還是想兼顧反話卻不達意。

101 **I am particularly unlucky in meeting with a person so well able to expose my real character, in a part of the world, where I had hoped to pass myself off with**

**some degree of credit. (B8)**

王譯：「我真晦氣，我本來想在這裡騙騙人，叫人相信我多少有些長處，偏偏碰上了一個看得穿我真正性格的人。」

孫譯：「我真不走運，本想在這裡混充一下，讓人覺得我的話多少還是可信的，卻偏偏遇上了一個能戳穿我真實性格的人。

張譯：「我本來希望在這個地方冒充一個多少還講點信用的人，可是我真是特別倒霉，居然在這裡碰上了一個完全能夠揭穿我的真正面目的人。

credit，王譯「長處」，有點奇怪。孫譯、張譯都很妥當。不過，似乎還有別的解釋：

　　　　5.b. Usually in pregnant sense: Favourable estimation, good name, honour, reputation, repute. (OED)

102 **"Perhaps," said Darcy, "I should have judged better, had I sought an introduction, but I am ill qualified to recommend myself to strangers."**

**"Shall we ask your cousin the reason of this?" said Elizabeth, still addressing Colonel Fitzwilliam. "Shall we ask him why a man of sense and education, and who has lived in the world, is ill qualified to recommend himself to strangers?" (B8)**

王譯：達西說：「也許我當時最好請人介紹一下，可是我又不配去向陌生人自我推薦。」

　　……伊麗莎白仍然對着費茨威廉上校說話。「……為什麼不配把自己介紹給陌生人？」

孫譯：「也許，」達西說，「我當時最好請人介紹一下，但我又不善於向陌生人自我推薦。」

　　……伊麗莎白仍然對着菲茨威廉上校說道。「……為什麼不善於把自己介紹給陌生人？」

張譯：「也許，」達西說，「如果我當時找個人介紹一下，那我就會更好地判斷了，不過我這個人不擅長在陌生人面前自我推薦。」

　　……伊麗莎白還是對着費茨威廉上校說，「……居然不擅長在陌生人面前自我推薦？」

recommend 不是通姓名那種介紹，而是告訴人什麼人、什麼東西好，值得……。OED這樣解釋：

　　　　6. To make (a person or thing) acceptable. Also const. to. (Chiefly of qualities, circumstances, or things.)

...

refl. 1605 Shakes. Macb. i. vi. 2 The ayre nimbly and sweetly recommends it selfe Vnto our gentle sences. 1651 Hobbes Leviath. ii. xxx. 185 To recommend themselves to his favour. 1758 S. Hayward Serm. xvii. 535 A person of eminent rank greatly recommends himself to the esteem of his fellow-creatures when he appears affable and friendly. 1859 Mill Liberty i. 12 This view of things, recommending itself equally to the intelligence of thinkers [etc.].

Recommend myself 有時候的確是自薦，但用來解釋奧斯登這裡，不夠貼切。而王、孫二家前面把 recommend myself 譯成「自我推薦」，後面譯成「介紹」，也不妥當。

103 **"You take an eager interest in that gentleman's concerns," said Darcy in a less tranquil tone, and with a heightened colour. (B11)**

王譯：「達西先生聽到這裡，臉色變得更厲害了，說話的聲音也不像剛才那麼鎮定，……」

孫譯：「……達西說道，話音不像剛才那麼鎮定，臉色變得更紅了。」

張譯：「……達西說話的聲音不像剛才那樣鎮靜，臉也脹得更好了。」

人生氣，臉可以紅、可以白；不過，根據OED，heighten 用來指顏色，通常指變淺了：

3. spec. To render (a colour) more luminous: the opposite of to deepen. Also sometimes, to render more intense; to deepen.

作者在書裡好幾次用heighten來形容臉色變化，不外形容生氣或驚慌（例如：下文寫魏克安驚慌不安（B18.115）），統一譯成「發白」、「蒼白」妥當些。

104 **and at last she was referred for the truth of every particular to Colonel Fitzwilliam himself — from whom she had previously received the information of his near concern in all his cousin's affairs, (B13)**

王譯：「……他對他表兄達西的一切事情都極其熟悉，」

孫譯：「……他對他表弟的一切事情都很關心，」

張譯：「……他對他表弟的一切事情都非常關心，」

這個cousin應該是表妹達西小姐，菲茨威廉上校是她的監護人。

105 **"and as Dawson does not object to the Barouche box, there will be very good room for one of you — and indeed, if the weather should happen to be cool, I should not object to taking you both, as you are neither of you large. (B14)**

王譯：「濤生既不反對駕四輪馬車，……」

孫譯：「道森既然不反對駕四輪馬車，……」

張譯：「道森不反對駕雙馬四輪大馬車去，……」

三家都誤譯了。Barouche 是四輪四座大馬車，廂座裡有兩排相對的座位，共坐四人，有活動篷頂。Barouche box 在廂座前，是車夫坐的。道森不是車夫，而是隨行的僕人，本來坐在車廂內。凱瑟琳夫人的意思是：道森挪到前面跟車夫坐，她自己、女兒、照顧女兒的詹金森太太，加上伊兒或瑪麗亞其中一個在廂座。如果天氣不熱，擠一下也無妨——她自己跟女兒坐，詹金森太太、伊兒、瑪麗亞三個擠一下。

這就是凱瑟琳夫人的「好意」。

106 **You see on what a footing we are. You see how continually we are engaged there.** (B15)

王譯：「你也可以看出我們是處於何等樣的地位。你看我們簡直無時無刻不在他們那邊作客。」

孫譯：「你看得出來我們的關係有多密切。」

張譯：「你看得出來，我們是處於何等地位。你看得出，我們是怎樣接二連三地受到邀請到那兒去。」

footing 譯作「地位」，不大妥貼。OED 有一條解釋，有一句例句正出自這裡：

> 8.b. The 'terms' on which a person stands in intercourse with another; degree of intimacy or favour; relative status (as an equal, superior, or inferior) …
>
> 1796 Jane Austen Pride & Prej. V. 188 You see on what a footing we are.

孫譯正確，可惜漏譯了下一句。

107 **Jane will be quite an old maid soon, I declare.** (B16)

王譯：「我說，吉英馬上就要變成一個老處女了。」

孫譯：「我敢說，簡馬上就要變成老姑娘了。」

張譯：「聽我說，簡馬上就會變成老姑娘了，」

declare 有個特別的用法，OED 這樣說：

> 6.b. Used as a mere asseveration.
>
> 1849 Longfellow …Well, I declare! If it is not Mr. Kavanagh!

莉迪亞的話只是表示驚訝，不必照字面譯。

108 **In the afternoon Lydia was urgent with the rest of the girls to walk to Meryton…** (B16)

王譯：「到了下午，……」

孫譯：「到了下午，……」

張譯：「下午，……」

上文才說大家吃晚餐，吃完反而變成「下午」，不大妥當。

dinner本指一天裡主要的一餐，當初多在中午（midday）吃，而afternoon就是指主餐後、入夜前那段時間。後來主餐的時間漸漸延後，奧斯登時代，大概由下午四點到六點；尤其一般人家會趁有日光時吃，省下燈火錢，只有有錢人、趕時髦的彬禮家例外。於是dinner這頓主餐，從時間上說成了晚餐；這連帶拖累了afternoon，一度變成表示晚餐後、入夜前那段時間。奧斯登這裡就是一例。

與其拘束於字面譯成「下午」，不如乾脆照意思譯成「傍晚」。

109 **"But you blame me for having spoken so warmly of Wickham." (B17)**

王譯：「可是我幫韋翰說話幫得那麼厲害，你會怪我嗎？」

孫譯：「不過，你會責怪我把威克姆說得那麼好。」

張譯：「不過你會責怪我曾經那麼熱情地說到魏肯吧。」

單看這一句，三家的譯法都通；但是對照達西求婚那天的情形，好像不大吻合。其實warmly是個麻煩的字，OED這樣解釋：

> 2. With warmth of feeling. a. Fervently, earnestly.
>
> …
>
> b. With warm affection, gratitude, kindness, admiration, etc.
>
> …
>
> c. With controversial ardour, eagerly.
>
> …
>
> d. With warmth of temper.
>
> 1776 Trial of J. Fowke iv. 28/1 The Governor··reproached me warmly for taking up a business in which he was so immediately concerned. 1799 Ht. Lee Canterb. T., Frenchm. T. (ed. 2) I. 200 'Let us not talk of him,' interrupted Dorsain, warmly. 1838 Lytton Leila i. ii, The young king spoke warmly and bitterly. 1873 W. Black Pr. Thule xvi. 254 'And if he has, whose fault is it?' the girl said, warmly.

warmly好比說情感「熱了起來」；可以是溫暖、熱情，也可以是憤怒、生氣。

用with warmth of temper來解釋奧斯登這一句，不但符合求婚當日的情形，

也跟下文呼應：

"How unfortunate that you should have used such very strong expressions in speaking of Wickham to Mr. Darcy, for now they do appear wholly undeserved." (Jane)

"Certainly. But the misfortune of speaking with bitterness, is a most natural consequence of the prejudices I had been encouraging.⋯" (Eliza)

110 **What a stroke was this for poor Jane! who would willingly have gone through the world without believing that so much wickedness existed in the whole race of mankind, as was here collected in one individual. (B17)**

王譯：「⋯⋯她即使走遍天下，也不會相信人間竟會有這許多罪惡，而現在這許多罪惡竟集中在這樣一個人身上。」

孫譯：「⋯⋯她即使走遍天下，也不肯相信人間竟會有這麼多邪惡，而如今這許多邪惡竟然集中在一個人身上。」

張譯：「⋯⋯她哪怕走遍全世界也不能相信整個人類當中會存在這麼多罪惡，而在此地竟然是這些罪惡全都集中在一個人身上。」

三家的譯法基本相同，也通。不過go through有許多意思，例如：

63.b To examine and discuss seriatim; to scrutinize thoroughly. (OED)

用在這裡也說得過去。

111 **"And yet I meant to be uncommonly clever in taking so decided a dislike to him, without any reason. It is such a spur to one's genius, such an opening for wit to have a dislike of that kind. One may be continually abusive without saying any thing just; but one cannot be always laughing at a man without now and then stumbling on something witty." (B17)**

王譯：「可是我倒以為你這樣對他深惡痛絕，固然說不上什麼理由，卻是非常聰明。這樣的厭惡，足以激勵人的天才，啟發人的智慧。例如，你不斷地罵人，當然說不出一句好話；你要是常常取笑人，倒很可能偶然想到一句妙語。」

孫譯：「我原以為對他這樣深惡痛絕，雖說毫無理由，卻是異常聰明。這樣的厭惡，足以激勵人的天才，啟發人的智慧。一個人可以不停地罵人，卻講不出一句公道話。但你是要常常取笑人，倒會偶爾想到一句妙語。」

張譯：「而且我原來還以為，我毫無理由地就認定對他那樣深惡痛絕，是因為自己不同尋常的聰明呢。這樣一種深惡痛絕，可以激發人的天才，

開拓人的智力。一個人可以整天罵街卻說不出一點道理，但是一個人
不可能老是取笑別人而永遠冒不出一兩句珠機妙語。」

三家都誤解了，顛倒了原文的意思。伊兒有時候會說些機智的妙語、反話，
然而這裡卻是深刻的反省。而反省的正是賣弄機智的惡果。三家也許誤會
了 a spur to one's genius 和 an opening for wit，才把整段譯反了。其實 spur 指
的不是好的激勵，而是壞的誘惑；opening 也不是開端，而是缺口、弱點。
不是激勵出未有的 genius 和 wit，而是一味賣弄既有的 genius 和 wit，總有一
天犯錯，要自食其果。Shapard 引奧斯登信裡的一段話，跟上文互為表裡：

> Wisdom is certainly better than Wit, & in the long run will certainly have
> the laugh on her side; (Nov. 18, 1814)

112 **I told my sister Philips so the other day.** (B17)

王譯：「我那天就跟我妹妹說過，」

孫譯：「我那天跟我妹妹就是這麼說過。」

張譯：「前些天我就同我妹妹這樣說過。」

中國人在這種情形，通常會叫長一輩。換言之，班耐特太太在女兒面前提起
自己的妹妹，會用女兒的立場來稱呼妹妹。

113 **Had she known that her sister sought to tear her from such prospects and such
realities as these, what would have been her sensations?** (B18)

王譯：「……那叫她怎麼受得了？」

孫譯：「……她又會怎麼想呢？」

張譯：「……她會有什麼感覺呢？」

孫譯、張譯比王譯好，但不夠貼切。這個 sensations 不只是感想、感覺。
OED 這樣解釋：

> 3. An excited or violent feeling.
>
> a. An exciting experience; a strong emotion (e.g. of terror, hope, curiosity,
> etc.) aroused by some particular occurrence or situation….

114 **She lost all concern for him in finding herself thus selected as the object of such
idle and frivolous gallantry;** (B18)

王譯：「她發覺要跟她談情說愛的這個人，竟是一個游手好閑的輕薄公
子，……」

孫譯：「她發覺向她獻殷勤的竟是一個游手好閑的輕薄公子時，……」

張譯：「她發覺自己竟然成了這樣一個游手好閑的花花公子賣弄風情的對
象，……」

根據OED，gallantry指的是行為，不是人：

> 5. Courtliness or devotion to the female sex, polite or courteous bearing or attention to ladies.

但是三家都把gallantry當作獻殷勤的魏克安，連帶把idle and frivolous誤譯了。

115 **Wickham's alarm now appeared in a heightened complexion and agitated look;** (B18)

王譯：「韋翰一聽此話，不禁心慌起來，頓時便紅了臉，神情也十分不安。」

孫譯：「威克姆驚慌之中，不由得漲紅了臉，神情也十分不安。」

張譯：「魏肯原來已經有些驚慌，現在滿臉漲得通紅，露出激動不安的神情，」

驚慌、不安時漲紅了臉，不大合理。heighten用來講顏色，OED這樣解釋：

> 3. spec. To render (a colour) more luminous: the opposite of to deepen. Also sometimes, to render more intense; to deepen.

原文與其解釋為「漲紅」，不如解釋為「蒼白」。

116 **had married a woman whose weak understanding and illiberal mind,** (B19)

王譯：「因此娶了這樣一個智力貧乏而又小心眼兒的女人，」

孫譯：「因而娶了一個智力貧乏而又心胸狹窄的女人，」

張譯：「娶了一每心智愚鈍、見識短淺的女人，」

illiberal mind指的是見識，不是心胸。其實相當於上文的little information，下文的ignorance：

> She was a woman of mean understanding, little information, (A1)
> To his wife he was very little otherwise indebted, than as her ignorance and folly had contributed to his amusement. (B19)

張譯正確。

117 **Mr. Gardiner would be prevented by business from setting out till a fortnight later in July,** (B19)

王譯：「……行期必須延遲兩個星期，到七月裡才能動身，」

孫譯：「……行期必須推遲兩個星期，到七月間才能動身，」

張譯：「……要把行期推遲兩星期，到七月份才能動身，」

伊兒收到舅母的信，最少是六月中了。那麼，本來差兩周就要出發，原計劃應該是七月初起程。三家的譯法沒有錯，但是容易叫人誤會，好像本來是六月出發的。

118 **The town where she had formerly passed some years of her life,** (B19)

王譯：「她以前曾在那兒住過幾年，」
孫譯：「她以前曾在德比鎮住過幾年，」
張譯：「她以前住過幾年的那個小鎮，」
嘉德納太太住過的鎮，名字下文才揭曉（蘭頓（Lambton））。孫先生不知
何故，憑空譯出「德比鎮」來。

119 Oxford, Blenheim, Warwick, Kenelworth, Birmingham, &c. are sufficiently
known. (B19)
王譯：「……沃里克……」
孫譯：「……瓦威克……」
張譯：「……沃里克……」
Warwick中間的w不發音，孫譯誤。

120 She felt that she had no business at Pemberley, (B19)
王譯：「她覺得不必到彭伯里去，」
孫譯：「她覺得到彭伯利無事可幹，」
張譯：「她覺得，她沒有去彭貝利的必要，」
孫譯誤。Business不是事情，OED這樣解釋：
　　16.c colloq. A matter with which one has the right to meddle. Also,
　　justifying motive or right of action or interference, 'anything to do' (with).
　　Almost always with negative expressed or implied….

121 They have some of the finest woods in the country. (B19)
王譯：「那兒的樹林是全國最美麗的樹林。」
孫譯：「那裡有幾處全國最優美的樹林。」
張譯：「那裡還有全國最優美的樹林子。」
三家都誤解了country，OED說：
　　2.a. A tract or district having more or less definite limits in relation to human
　　occupation. ... Formerly often applied to a county, barony, or other part; …
奧斯登書裡的country大都相當於county，恕不一一說明。

122 The housekeeper came; a respectable-looking, elderly woman, much less fine,
and more civil, than she had any notion of finding her. (C1)
王譯：「管家奶奶來了，是個態度端莊的老婦人，遠不如她想像中那麼有風
　　姿，可是禮貌的周到倒出乎她的想像。」
孫譯：「女管家來了。她是個儀態端莊的老婦人，遠不如她想像的那麼優
　　雅，但卻比她想像的來得客氣。」

張譯：「管家來了；這是一個體面大方的老婦人，和她想像的相比，遠不是那樣高雅，可是卻更有禮貌。」

三家都誤解了。斟酌上下文，much less fine 應該是褒，不是貶。OED 裡，fine 有一條解釋合用：

> 16.A. Of dress: Highly ornate, showy, smart. Hence of persons: Smartly dressed. Chiefly in disparaging use.⋯
>
> ⋯ 1798 Jane Austen Northang. Abb. (1833) I. ii. 7 She had a harmless delight in being fine.

伊兒以為有錢人的管家一定穿着華貴，甚至花哨得俗氣。達西的管家打扮得相對樸素，伊兒是欣賞的。同時，這跟之前描寫庭園的一大段一脈相承；作者借彭伯里的人事物來襯托達西的真性情，讓伊兒漸漸修正對達西的印象。

123 **and while the former was conjecturing as to the date of the building, the owner of it himself suddenly came forward from the road, which led behind it to the stables. They were within twenty yards of each other, and so abrupt was his appearance, that it was impossible to avoid his sight. Their eyes instantly met, and the cheeks of each were overspread with the deepest blush.(C1)**

王譯：「哪知道她舅舅正想估量一下這房子的建築年代，⋯⋯」

孫譯：「就在舅父想要估量一下房子建築年代的當兒，⋯⋯」

張譯：「正在她舅父猜測大廈建造日期的時候，⋯⋯」

former跟中文的「前者」一樣是個惹煩惱的詞。這裡到底是指 her uncle and aunt 裡的 her uncle，還是指 Elizabeth, her uncle and aunt 裡的 Elizabeth 呢？兩個解釋似乎都通。然而，緊接着的 They, Their eyes, the cheeks of each 顯然是達西和伊兒，而不是達西和舅父。姑且把 former 看成伊兒罷。

124 **Had they been only ten minutes sooner, they should have been beyond the reach of his discrimination, (C1)**

王譯：「他們只要早走十分鐘，就會走得遠遠的叫他看不見了；」

孫譯：「他們哪怕早走十分鐘，也就不會讓他瞧不起了。」

張譯：「如果他們哪怕只是早走十分鐘，他們就走遠了，讓他認不出來了，」

孫譯不對。discrimination 可以解作辨認，也可以解作歧視；但是根據 OED，歧視的意思是十九世紀後期才開始有的。

125 **It settled the matter; and they pursued the accustomed circuit; (C1)**

王譯：「這件事只得作罷，他們便沿着平常的途徑東兜西轉。」

孫譯：「這件事只得作罷，他們還是照常規路線遊逛。」

張譯：「於是這件事只得作罷，他們仍舊按照通常的路線前進。」

三家都誤解了。Settled 是決定走一圈，不是決定不走。所謂 accustomed circuit 就是設計好給參觀的人繞園一周的路線。走一圈十哩，相當十六公里多一點；一般人花三四個鐘頭是走得完的。正因為決定要繞園一周，後來腳不健的嘉德納太太才受不了。

126 **Elizabeth was not comfortable; that was impossible; but she was flattered and pleased.** (C1)

王譯：「伊麗莎白感到不安；這一切好像不大可能；可是她覺得又得意，又高興。」

孫譯：「伊麗莎白感到不安。她也不能感到心安，不過她又為之得意和高興。」

張譯：「伊麗莎白並不感到安心，那是不可能的，不過她受到奉承，還是感到高興。」

that 大概指達西對她的態度、表現等等，孫譯似誤。

127 **They soon outstripped the others,** (C1)

王譯：「他們立刻就走到嘉丁納夫婦前頭去了，」

孫譯：「他們倆很快就走到加德納夫婦前頭去了，」

張譯：「他們很快就超過另外那兩位，」

上文說本來女士在前，先生在後；然後嘉德納太太與達西換位。那麼新的次序是伊兒和達西在前，嘉德納夫婦在後。這裡說的 outstrip 應該不是超過前面的人，而是把後面的人拋得遠遠的。

128 **he is not so handsome as Wickham; or, rather he has not Wickham's countenance, for his features are perfectly good.** (C1)

王譯：「他當然比不上韋翰那麼漂亮，或者可以說，他不像韋翰那樣談笑風生，因為他的容貌十分端莊。」

孫譯：「他是沒有威克姆長得漂亮，或者說得確切些，他的臉蛋不像威克姆那樣，因為威克姆那張臉還真是十分漂亮。」

張譯：「他當然不像魏肯那麼漂亮；或者不如說，他沒有魏肯的那種神氣，可是他眉清目秀，鼻直口闊，十分端正。」

孫譯誤。For his feature 云云，指的是達西，而不是 Wickham's countenance 的補充說明。嘉德納太太的意思是，或者因為少了魏克安那副討喜的神情，達西的五官雖然挑不出毛病，樣子看起來卻沒有魏克安好看。這樣解釋，兩個人物的形象更一貫。

129 **The occurrences of the day were too full of interest to leave Elizabeth much attention for any of these new friends; (C1)**

王譯：「至於伊麗莎白，白天裡所發生的種種事情對她實在太有趣了，她實在沒有心思去結交任何新朋友；」

孫譯：「對於伊麗莎白來說，白天的事情太有趣了，她也就沒有心思去結交這些新朋友。」

張譯：「對於伊麗莎白來說，這一天發生的種種事情真是太有趣了，她簡直顧不上去關心這些新朋友。」

伊兒跟達西相遇，先是懊惱、後悔；後來得意、歡喜，卻也帶着驚奇、疑惑。她從來不覺得有趣。這裡的interest是指切身的關注。

130 **Elizabeth immediately recognising the livery, (C2)**

王譯：「伊麗莎白立刻就認出了馬車夫的號衣，」

孫譯：「伊麗莎白立刻認出了馬車夫的號衣，」

張譯：「伊麗莎白當即認出了車夫穿的那件號衣，」

OED這樣解釋livery：

> 2. a. …the distinctive uniform style of dress worn by a person's servants, etc. (now only men-servants).
>
> c. An emblem, device, or distinctive colour on a vehicle, product, etc., indicating its owner or manufacturer.

那麼這裡的livery是哪一種情形呢？

上文提到馬車是curricle，OWC注說：

> an open carriage with two wheels, with a seat for the driver and one passenger: Mr Darcy is driving the vehicle himself.

那麼伊兒認的不是僕人制服，而是馬車的式樣。

131 **Elizabeth, who had expected to find in her as acute and unembarrassed an observer as ever Mr. Darcy had been, (C2)**

王譯：「伊麗莎白本以為她看起人來會像達西一樣尖酸刻薄，不留情面，……」

孫譯：「伊麗莎白原以為她看起人來會像達西先生一樣，既尖刻又無情，……」

張譯：「伊麗莎白原來以為她會像達西先生平素那樣敏銳精明、對人對好好作冷眼旁觀，……」

王譯、孫譯不貼切。OED這樣解釋unembarrassed：

2. Not confused or constrained; free, at ease.

態度鎮定，正是達西的特質。張譯大體正確。

132 **The suspicions which had just arisen of Mr. Darcy and their niece, directed their observation towards each with an earnest, though guarded enquiry; and they soon drew from those enquiries the full conviction that … (C2)**

王譯：「他們因為懷疑達西先生跟他們外甥女的關係，便禁不住偷偷地仔細觀察雙方的情形，觀察的結果，他們立刻確定……」

孫譯：「他們剛才懷疑到達西先生跟他們外甥女的關係，便偷偷地朝兩人仔細觀察起來，而且從觀察中立即斷定，……」

張譯：「他們剛才對達西先生同他們外甥女的關係起了疑心，現在就以既謹慎又熱切的目光對這兩個人探查，而且他們經過探查很快就完全相信，……」

三家都把 enquiry 等同 observation，似乎也通。不過，把 enquiry 當作一般的用法，即表示口頭的詢問，似乎更好。一邊「探口風」，一邊察言觀色；不是合情合理嗎？

133 **and once or twice pleased herself with the notion that as he looked at her, he was trying to trace a resemblance. (C2)**

王譯：「不過有一兩次，當他看着她的時候，她又覺得他竭力想在她身上看出一點和她姐姐相似的地方。」

孫譯：「有一兩次她還喜幸地覺得，他眼望着她的時候，想在她身上找到一點和她姐姐相似的地方。」

張譯：「有一兩次她很高興地感到，他注視她的時候，是在努力追尋某種相像的地方。」

pleased herself with…王譯漏掉了，孫譯、張譯卻可議。Please oneself有特別的意思，OED解釋說：

2.c refl. To gratify or satisfy oneself. Also colloq. To do as one likes, take one's own way.

這裡就是一相情願。

134 **There was now an interest, however, in believing the housekeeper; (C2)**

王譯：「大家現在都願意去相信那個管家奶奶的話，」

孫譯：「現在，大家都願意相信女管家的話，」

張譯：「然而，現在大家都樂於相信那個管家的介紹；」

三家譯法都對。不過，interest另有一個解釋，用在這裡似乎也通。

1.c. Right or title to a share in something; share, part. (OED)

135 **The respect created by the conviction of his valuable qualities, though at first unwillingly admitted, had for some time ceased to be repugnant to her feelings;** (C2)

王譯：「她既然認為他具有許多高尚的品質，自然就尊敬起他來，儘管她開頭還不大願意承認，事實上早就因為尊敬他而不覺得他有絲毫討厭的地方了。」

孫譯：「他具有那麼多高貴品質，自然引起了她的尊敬，儘管她起初還不願意承認，但是心裡卻因此而早就不討厭他了。」

張譯：「她相信他品格高貴，雖然開頭她是勉強承認的，可是因而產生了尊敬，已經有一段時期在內心不再存在反感了。」

奧斯登分析人物的心理，十分細膩；這一句可見一斑。可惜三家都譯得不理想，尤其王譯。

主句的骨幹是：The respect … had for some time ceased to be repugnant to her feelings。

中間though at first unwillingly admitted是修飾his valuable qualities的。

換言之，repugnant to her feelings的已經不是達西，而是對達西的敬意。伊兒認為達西可敬，但是心裡還不情願去敬重他。

全句交代了四個心理過程：1.不願承認達西的美德。2.信服達西的美德。3.不情不願地敬重達西。4.心悅誠服地敬重達西。

136 **and without any indelicate display of regard, or any peculiarity of manner, where their two selves only were concerned,** (C2)

王譯：「提到他們兩人本身方面的事情，他雖然舊情難忘，可是語氣神態之間，卻沒有粗鄙怪癖的表現，」

孫譯：「就涉及他倆的事來說，他既沒有流露出任何粗俗的情感，也沒有做出任何怪誕的舉動，」

張譯：「在僅僅涉及他們倆的情況下，既沒有任何粗俗的感情流露，也沒有任何詭怪的舉止行動，」

peculiarity 譯為「怪誕」「詭怪」，沒有錯；不過 peculiarity 還有表示「獨特」

    2. The quality of being peculiar to or characteristic of a single person or thing; also, an instance of this, that which is peculiar to a single person or thing; a distinguishing or special characteristic.

這裡的意思應該是：獨獨對伊兒好，而忽略旁人。

137 **and she only wanted to know how far she wished that welfare to depend upon herself, and how far it would be for the happiness of both that she should employ the power, which her fancy told her she still possessed, of bringing on the renewal of his addresses.** (C2)

王譯：「她問她自己究竟是否願意放心大膽地來操縱他的幸福；她相信自己依舊有本領叫他再來求婚，問題只在於她是否應該放心大膽地施展出這副本領，以便達到雙方的幸福。」

孫譯：「她只想知道，他願意在多大程度上由她來駕馭他的幸福；她相信自己仍然有本領叫他再來求婚，問題在於她施展出這副本領之後，究竟會給雙方帶來多大幸福。」

張譯：「她只是想知道，她希望那種幸福可以在多大程度上仰仗於她；她自認她仍然有那種能力，可以讓他重新提出求婚，可是她還想知道，她運用這種能力，究竟可以在多大程度上有利於他們雙方的幸福。」

王譯毛病最多，孫譯、張譯也可以商榷。我認為兩個how far修飾的應該是主要動詞，即wished和would be。

138 **Its windows opening to the ground,** (C3)

王譯：「窗戶外邊是一片空地，」

孫譯：「窗戶外面是一片空地，」

張譯：「窗子都朝着場地，」

三家都誤會了，window opening to the ground是落地窗，大概像French window之類。

139 **The next variation which their visit afforded was produced by the entrance of servants with cold meat, cake, and a variety of all the finest fruits in season;** (C3)

王譯：「她們來了不久，佣人們便送來了冷肉、點心以及各種應時鮮果。」

孫譯：「接着，用人送來了冷肉、點心以及各種上等應時鮮果，這是客人來訪後所領受的一份情意。」

張譯：「她們這次回拜中間發生的下一個變化是用人進來引起的，他們送來了冷肉、點心和各式各樣上好的應時水果。」

The next variation which their visit afforded，王譯漏掉；孫譯「這是客人來訪後所領受的一份情意」卻莫名其妙。安斯利太太打破沉默是第一次variation，僕人上點心就是next variation。張譯正確。

140 **In no countenance was attentive curiosity so strongly marked as in Miss Bingley's, in spite of the smiles which overspread her face whenever she spoke to one of its objects; for jealousy had not yet made her desperate, and her attentions to Mr. Darcy were by no means over.** (C3)

王譯：「雖然人人都有好奇心，可是誰也不像彬格萊小姐那麼露骨，好在她對他們兩人中間隨便哪一個談起話來，還是滿面笑容，這是因為她還沒有嫉妒到不擇手段的地步，也沒有對達西先生完全死心。」

孫譯：「臉上顯得最好奇的當然還是賓利小姐，儘管她跟人說起話來總是笑容滿面。原來，她還沒有嫉妒到不擇手段的地步，對達西先生還遠遠沒有死心。」

張譯：「誰的臉上也沒有像賓利小姐那樣，顯出那麼強烈的好奇，儘管她對她的那兩個目標說話的時候，總是滿面笑容；因為她雖然嫉妒，但還沒有到不顧一切的地步，而且她也根本沒有停止對達西先生獻殷勤。」

這句話有幾個問題：一、即使滿面笑容，也掩蓋不了好奇的表情。孫譯、張譯都對，王譯不對。二、objects 是指彬禮小姐好奇的對象，即達西和伊兒。彬禮小姐只對其中一人笑，即達西。王譯、張譯變成笑對情人和情敵，孫譯把笑容變成博愛式，都不對。三、desperate 是說悲觀失望，不是不擇手段那個意思。

141 **Had Miss Bingley known what pain she was then giving her beloved friend, she undoubtedly would have refrained from the hint;** (C3)

王譯：「彬格萊小姐如果早知道這種不三不四的話會使得她自己的意中人這樣苦痛，她自然就決不會說出口了。」

孫譯：「假如賓利小姐早知道她會給心上人帶來這般痛苦，她當然不會如此含沙射影。」

張譯：「如果賓利小姐原先就知道，她這一下給了她的意中人多大的痛苦，毫無疑問，她就決不會這樣含沙射影了；」

三家都認為 beloved friend 是達西，可以商榷。我認為 beloved friend 是嘲諷地借用彬禮小姐的口吻來指達西小姐。一、彬禮小姐知道達西先生討厭魏克安，卻不知道魏克安誘拐達西小姐的事。二、由情理和實際反應看來，達西小姐比達西先生更難受。

142 **My poor mother is really ill and keeps her room. Could she exert herself it would be better, but this is not to be expected;** (C4)

王譯：「可憐的母親真病倒了，整天不出房門。要是她能勉強克制一下，事

情也許要好些，可惜她無法辦到。」

孫譯：「可憐的母親真病倒了，整天關在房裡。假使她能克制克制，事情興許會好些，可惜她又做不到。」

張譯：「可憐的母親真病倒了，整天待在屋子裡不出來。如果她能努力撐住，情況就會好些，可是這是指望不了的。」

OED這樣解釋 exert oneself：

> 3. to exert oneself: to put forth one's latent powers; to use efforts or endeavours; to strive.

王譯、孫譯不妥。張譯正確。

143 **Poor Kitty has anger for having concealed their attachment; but as it was a matter of confidence one cannot wonder.** (C4)

王譯：「可憐的吉蒂也很氣憤，她怪她自己沒有把他們倆的親密關係預先告訴家裡人；但是們們倆既然信任她能夠保守秘密，我也不便怪她沒有早講。」

孫譯：「可憐的基蒂也很氣，怨恨自己隱瞞了他們的私情，不過這是人家推心置腹的事，也很難怪。」

張譯：「可憐的基蒂很生氣，抱怨自己隱瞞了他們的戀情，不過這件事牽涉到彼此信任，也沒有什麼可奇怪的。」

has anger 不是自己生氣，而是惹人生氣。這是當時的口語用法，Chapman 在標準本的注裡解釋過。所以下文說：

> and no change was visible in either, except that the loss of her favourite sister, or the anger which she had herself incurred in the business, had given something more of fretfulness than usual, to the accents of Kitty. (C5)

三家誤譯，把不懂事的吉蒂變懂事了。

144 **My youngest sister has left all her friends — has eloped; — has thrown herself into the power of — of Mr. Wickham.** (C4)

王譯：「我那最小的妹妹丟了她所有的親友——私奔了——落入了韋翰先生的圈套。」

孫譯：「我小妹妹丟下了所有的親友——私奔了——讓威克姆先生拐走了。」

張譯：「我最小的妹妹拋下了她所有的朋友——私奔了，落到——魏肯先生的掌握之中了。」

照三家的譯法，莉迪亞是很被動的；可以商榷。OED 有 throw oneself into，但舉出來的例句最早是 1847 年：

34.a. to throw oneself into: to engage in with zeal or earnestness. 1847…
(OED, throw)

另外有 throw oneself into the arms of 的說法，解釋如下：

to become the wife or mistress of. (OED, throw)

blatantly start a sexual affair with. (SOD, throw)

斟酌文意，莉迪亞近乎投懷送抱，也可以說自投羅網。

145 **They left Brighton together on Sunday night,** (C4)

王譯：「他們是星期日晚上從白利屯出奔的，」

孫譯：「他們是星期天夜裡從布賴頓出奔的，」

張譯：「他們星期天晚上離開布賴頓，」

吉英的信上說：They were off Saturday night about twelve，所以伊兒這裡說 Sunday night。這在說英語的人也許沒問題，直譯成中文卻可以商榷。其實，禮拜六晚上，就算過了十二點，理論上已經是禮拜天，在中國人的心理卻還是禮拜六，而照中文的習慣，我們會說「禮拜六半夜」、「禮拜六夜裡」。照三家的譯法，我們反而想到禮拜一之前那個夜裡。思果（1972: 222）就談過這個問題，認為 on the 5th at 1 a.m. 應該譯成「四號夜裡一點鐘」。

146 **"Yes; and I told him we should not be able to keep our engagement. That is all settled."**

"That is all settled;" repeated the other, as she ran into her room to prepare. "And are they upon such terms as for her to disclose the real truth! Oh, that I knew how it was!" (C4)

王譯：「這件事算是交待清楚了，」舅母一面重說了一遍，一面跑回房間去準備。「難道他們兩人的交情已經好到這步田地，她可以把事實真相都說給他聽了嗎？哎唷，我真想弄明白這究竟是怎麼回事！」

孫譯：「什麼說妥了？」舅媽跑回房去做準備的時候，重複了一聲。「難道他們好到這個地步，伊麗莎白可以向他透露實情！哦，我真想弄清這究竟是怎麼回事！」

張譯：「那件事就都解決了，」舅母跑回自己的屋子去作準備的時候，把這句話重複了一遍。「難道他們倆已經到了她可以向他透露這種真象的地步？哦！我要知道情況如何就好了！」

孫譯這裡依據的是原著的第三版。嘉德納太太的第一句話，原著第一、二版是"That is all settled;"，第三版變成"What is all settled?"。Chapman 采用第

一、二版，很合理。既然是 repeated，就應該跟伊兒說的一樣。其次，舅母的口吻比較肯定，「誤會」了達西與伊兒的關係，也方便日後達西這個外人來幫忙。現在新出的版本，幾乎都同標準本。

147 **Could he expect that her friends would not step forward?** (C5)

王譯：「難道他以為她的親友們不會挺身而出嗎？」

孫譯：「難道他以為她的親友們不會挺身而出？」

張譯：「難道他能以為，她的親友都不會挺身而出？」

三家的譯法也算通，不過 step forward 有別的意思。OED 這樣解釋：

> † 24.b. To present oneself as the champion of a woman's reputation (with reference to duelling).
>
> 1796-7 Jane Austen Pride & Prej. xlvii, Could he expect that her friends would not step forward? Ibid., Lydia has no brothers to step forward.

注意兩個例子都出自《傲慢與偏見》，有一句就是我們要討論的。

148 **except that the loss of her favourite sister, or the anger which she had herself incurred in the business, had given something more of fretfulness than usual, to the accents of Kitty.** (C5)

王譯：「只是吉蒂講話的聲調比平常顯得暴躁一些，這或許因為她丟了一個心愛的妹妹而感到傷心，或者是因為這件事也使她覺得氣憤。」

孫譯：「只是基蒂講話的語調比平常顯得煩躁一些，這或許因為她少了個心愛的妹妹，或許因為這件事也激起了她的氣憤。」

張譯：「只是基蒂因為丟了一個心愛的妹妹，或者是因為這件事激起了她的怒火，所以說話的聲調比平常急躁了一點。」

原文很清楚，是吉蒂招來（別人的）怒氣。三家或許誤解了前一章裡的 Poor Kitty has anger for … 的 "has anger"，才會重蹈覆轍。參看（C4.143）。

149 **that her reputation is no less brittle than it is beautiful,** (C5)

王譯：「美貌固然難於永葆，名譽亦何嘗容易保全；」

孫譯：「美貌固然不會永駐，名譽又何嘗容易保全；」

張譯：「紅顏難以長駐，名節也易保全；」

三家誤譯。原文結構清楚：her reputation is (no less) brittle (than) it is beautiful，意思是 reputation 既 beautiful，又 brittle。OWC 在注裡說明，這是由 Frances Burney 的 Evelina 裡一段話變出來的：

> Remember, my dear Evelina, nothing is so delicate as the reputation of a woman: it is at once, the most beautiful and most brittle of all human

things (vol. II, letter 8)

150 **Jane then took it from her pocket-book, (C5)**

王譯：「於是吉英從口袋裡掏出那封信，」

孫譯：「簡說着從小包裡取出那封信，」

張譯：「簡於是從記事本裡把便條取來來，」

OED這樣解釋pocket-book：

2. A book for notes, memoranda, etc., intended to be carried in the pocket; a note-book. Also, a book-like case of leather or the like, having compartments for papers, bank-notes, bills, etc.;

吉英把信收在裡面，更像是 a book-like case of leather…。王譯差太多了。張譯也通，不過但莉迪亞寫了不少，不算便條。

151 **But at least it shews, that she was serious in the object of her journey. (C5)**

王譯：「但是至少可以說明，她倒是把這一次旅行看成一件正經事。」

孫譯：「不過這至少表明，她倒是認真對待這次出走的。」

張譯：「不過這封信至少表明，她對這次旅行出走的目的，倒是嚴肅認真的。」

王譯、孫譯漏掉了object。之前嘉德納太太就跟伊兒討論過莉迪亞私奔的目的：有沒有打算結婚是個關鍵的差別。所以伊兒讀了信，才會這樣說。

152 **If he could any how discover at what house the coachman had before set down his fare, he determined to make enquiries there, and hoped it might not be impossible to find out the stand and number of the coach. (C5)**

王譯：「他只要查出那個馬車夫在哪家門口卸下先前那位客人，他便決定上那兒去查問一下，也許能夠查問得出那輛馬車的號碼和停車的地方。」

孫譯：「他只要查明馬車夫讓乘客在哪家門口下的車，便決定在那裡查問一下，也許能夠查出馬車的車號和停車的地點。」

張譯：「如果他能查到，車夫讓乘客在哪幢房子前面下的車，他就決心到那裡去查問，希望能找出馬車停車的地點和車號。」

stand不是一般的停車，OED這樣解釋：

17. A station for a row of vehicles plying for hire; also, the row of vehicles occupying a station.

即租車站。馬車都有登記，有號碼（number），而且有所屬的租車站（stand）。

house的意思不大清楚，OED有這樣的解釋：

2.c. A building for the entertainment of travellers or of the public generally; an inn, tavern….

姑且采用。

153 **All Meryton seemed striving to blacken the man, who, but three months before, had been almost an angel of light.** (C6)

王譯：「三個月以前，差不多整個麥里屯的人們都把這個男人捧到了天；」

孫譯：「三個月之前，威克姆幾乎被人們捧上了天；」

張譯：「而在三個月以前，他幾乎給捧成了光明天使。」

王譯、孫譯很活，很道地，可是這裡的an angel of light另有文章。奧斯登暗引《聖經》，開魏克安的玩笑。

> For such are false apostles, deceitful workers, transforming themselves into the apostles of Christ. And no marvel; for Satan himself is transformed into an angel of light. Therefore it is no great thing if his ministers also be transformed as the ministers of righteousness; whose end shall be according to their works. (2Cor11: 13-15, KJV))
>
> 那等人是假使徒，行事詭詐，裝作基督使徒的模樣。這也不足為怪，因為連撒但也裝作光明的天使。所以他的差役，若裝作仁義的差役，也不算希奇。他們的結局必然照着他們的行為。（林後11: 13-15）

154 **I will sit in my library, in my night cap and powdering gown, and give as much trouble as I can,** (C6)

王譯：「坐在書房裡，頭戴睡帽，身穿寢衣，盡量找人麻煩；」

孫譯：「坐在書房裡，頭戴睡帽，身穿晨衣，盡量找人麻煩。」

張譯：「我要坐在我的書房裡，戴上睡帽，穿上長袍，盡量給大家找些麻煩；」

當時男人流行的打扮，先抹上頭油，然後撒上粉。powdering gown就是上粉時穿的，免得弄髒衣服；也當成居家便服穿。我們沒有這東西，三家各有對策，似乎都不太理想。

155 **I would not trust you so near it as East Bourne, for fifty pounds!** (C6)

王譯：「你即使要到東搏恩那麼近的地方去，叫我跟人家打五十磅的賭，我也不敢！」

孫譯：「即使給我五十磅，就連伊斯特本那麼近的地方，我也不敢放你去！」

張譯：「給我五十磅，我也信不過你，連伊斯特本恩那麼近的地方也不讓你

去！」
我不知道 for fifty pounds 是不是照字面解釋，所以不知道三家譯得對不對。
前文有 for a kingdom (A3)，現代英語有 for a million dollars，都是用來強調，
好比說「無論如何」。姑且這樣解釋 for fifty pounds。

156　**I will immediately give directions to Haggerston for preparing a proper
settlement.** (C7)
王譯：「我立刻就吩咐哈斯東去辦理財產過戶的手續。」
孫譯：「那我就立即吩咐哈格斯頓去辦理財產授予手續。」
張譯：「我就立即吩咐哈格斯頓去辦理財產授予手續。」
結婚雙方，尤其有錢人，會簽下婚約；明定女方有多少嫁妝，婚後男方給她
多少零用，萬一身故有多少遺產，子女又得到什麼等等。settlement 譯財產
授予手續，不大貼切。哈格斯頓應該是事務律師。

157　**"I mean, that no man in his senses, would marry Lydia on so slight a temptation
as one hundred a-year during my life, and fifty after I am gone."** (C7)
王譯：「我生前每年給她一百磅，死後一共也只有五千磅。」
孫譯：「我在世時每年給她一百磅，死後總共也只有五千磅。」
張譯：「我活着的時候每年只有一百磅，我去世以後一總共也只有五千磅。」
三家誤譯了。一、原文很清楚，生前每年一百磅，死後每年五十磅；假如
是五千，英語通常說 five thousand，很少說 fifty hundred，更不會承前省略
了 hundred。二、前文說到五千磅，是子女均分的，怎麼變成莉迪亞的呢？
三、真的有五千磅，可不算少。後來達西插手，幫魏克安還債一千多磅、
捐軍職大概幾百磅、給莉迪亞一千磅，總共花的也不過三千磅左右。其實
五十磅是這樣來的：五千磅購買政府公債之類，通常年息5%，由五個女兒
均分。換言之，前面說五千磅是本金，五十磅是每年分攤的所得。
之前柯林斯先生就算過伊兒日後的年收入，算法也差不多，參考（A19.77）。

158　**and though, in looking forward, neither rational happiness nor worldly
prosperity, could be justly expected for her sister;** (C7)
王譯：「雖說一想到今後的情形，就覺得妹妹既難得到應有的幸福，又難享
　　　　受到世俗的富貴榮華，」
孫譯：「最後一想到今後，就覺得妹妹既難得到應有的幸福，又難享受到世
　　　　俗的榮華富貴，」
張譯：「雖然瞻望前途，她妹妹既盼望不到理所應得的幸福，也盼望不到塵
　　　　世間的榮華，」

三家譯 rational 都不大妥當。這一章前面還有兩次提到 rational：先是班耐特先生說學了教訓，警告吉蒂：

> And you are never to stir out of doors, till you can prove, that you have spent ten minutes of every day in a rational manner.

然後是吉英一相情願，而期望莉迪亞和魏克安的：

> Their mutual affection will steady them; and I flatter myself they will settle so quietly, and live in so rational a manner, as may in time make their past imprudence forgotten.

首先，這幾個 rational 顯然一脈相承。莉迪亞和魏克安都不 rational，共同的缺點是 imprudence。其次，rational 對照 worldly，應該是針對某個方面的幸福。總之，三個 rational 可以譯為「理智」。

159　**This son was to join in cutting off the entail, as soon as he should be of age,** (C8)

王譯：「等到兒子成了年，外人繼承產權的這樁事就可以取消，」
孫譯：「等到兒子一成年，也就隨之消除了限定繼承權的問題，」
張譯：「兒子一到了法定的年齡，就可以終止限定繼承權，」

王譯顯然誤解了原文；而孫、張漏譯了 join，似乎也沒有讀懂。原來班耐特先生不能自行更改限定繼承的條件；但是，如果繼任人願意，兩人合起來卻可以修改或重訂繼承條件。

160　**How Wickham and Lydia were to be supported in tolerable independence, she could not imagine.** (C8)

王譯：「她無從想像韋翰和麗迪雅究竟怎麼樣獨立維持生活。」
孫譯：「她無法想像，威克姆和莉迪亞怎樣維持閑居生活。」
張譯：「她無法想像，魏肯和莉迪亞依靠什麼來維持他們那種無所事事的生活。」

這個 independence 跟前文說班先生的一樣，指的是經濟上的自足：

> her husband's love of independence had alone prevented their exceeding their income.

OED 這樣解釋：

> 3.d. A competency; a fortune which renders it unnecessary for the possessor to earn his living: = prec. 2. (independency)

王譯是對的。

161　**and Jane and Elizabeth felt for her probably more than she felt for herself.** (C9)

王譯：「吉英和伊麗莎白都為她擔心，恐怕比妹妹自己擔心得還要厲害。」

孫譯：「簡和伊麗莎白都為她擔心，興許比她自己擔心得還厲害。」

張譯：「簡和伊麗莎白對她的憐憫或許甚過她對自己的憐憫。」

原文的felt到底是什麼感受？下文提到：

> The easy assurance of the young couple, indeed, was enough to provoke him.
>
> Elizabeth had not before believed him quite equal to such assurance; but she sat down, resolving within herself, to draw no limits in future to the impudence of an impudent man.
>
> She blushed, and Jane blushed; but the cheeks of the two who caused their confusion, suffered no variation of colour.

可見兩人應該「羞愧」，偏偏卻意外的「無恥」。

三家譯得不貼切。

162 **and Jane more especially, who gave Lydia the feelings which would have attended herself, had she been the culprit,** (C9)

王譯：「尤其是吉英怕得厲害。她設身處地地想：要是麗迪雅這次的醜行發生在她自己身上，她一定會感觸萬千，」

孫譯：「尤其是簡更為害怕。她設身處地地在想，假若這次出醜的不是莉迪亞，而是她自己，她心裡會是什麼滋味。」

張譯：「簡更是特別恐懼，她設身處地為莉迪亞想，如果她成了罪人，心裡會有什麼感觸，」

原文下半有兩重意思：一、吉英設想犯錯的感受，二、吉英以為莉迪亞會有自己的感受。三家都忽略了後一重意思。其實，自己善良，就以為人家也善良；自己會羞愧，就以為人家也會羞愧，這樣「推己及人」，正是吉英的一貫特色。

163 **The easy assurance of the young couple, indeed, was enough to provoke him.** (C9)

王譯：「這一對年輕夫婦那種安然自得的樣子，實在叫他生氣。」

孫譯：「這對年輕夫婦擺出一副安然自信的樣子，實在叫他惱火。」

張譯：「這對年輕夫婦那種心安理得的神氣就足夠惹他生氣的了。」

三家都誤譯了。這個assurance另有意思，OED這樣解釋：

> 10. In a bad sense: Hardihood, audacity, presumption, impudence.

所以下文說：

> Elizabeth had not before believed him quite equal to such assurance; but she sat down, resolving within herself, to draw no limits in future to the

impudence of an impudent man.

164 **Ah! Jane, I take your place now, and you must go lower, because I am a married woman!** (C9)

王譯：「喂，吉英，這次我要坐你的位子了，你得坐到下手去，因為我已經是出了嫁的姑娘。」

孫譯：「啊！簡，現在我取代你的位置了，你得坐到下手去，因為我已經是個出了嫁的女人。」

張譯：「嗳！簡，我現在占了你的位置了，你得坐到下首去，因為我是結了婚的。」

晚餐時，除了男女主人的位置，其他人可以隨意就坐。但是進晚餐室時要按長幼順序，莉迪亞的話就是針對這一點說的。

165 **These parties were acceptable to all; to avoid a family circle was even more desirable to such as did think, than such as did not.** (C9)

王譯：「這些宴會大家都歡迎：沒有心思的人固然願意赴宴，有心思的人更願意借這個機會出去解解悶。」

孫譯：「這種宴客倒是人人歡迎：沒有心思的人固然喜歡湊熱鬧，有心思的人更願意出來解解悶。」

張譯：「大家都歡迎這種宴會；那些確實想過的比起那些並未想過的人，要更加樂意逃避家庭的小圈子。」

王譯、孫譯誤。such as did not (think) 指莉迪亞、魏克安、班太太三人，such as did think 的人不想看着無恥的兩人、愚蠢的母親，寧願跟外人作伴，回避那三個親人。

166 **that my uncle and aunt were horrid unpleasant all the time I was with them.** (C9)

王譯：「我待在舅父母那兒的一段時期，他們一直很不高興。」

孫譯：「我待在舅父母家的時候，他們倆可真不像話。」

張譯：「我待在舅舅家裡的時候，舅舅、舅媽簡直討厭得要命。」

horrid unpleasant，王譯、孫譯不對；張譯意思對，但不理想。全書只用了三次 horrid，莉迪亞這段話就用了兩次，另一次是班太太罵達西用的：

**and so just as the carriage came to the door, my uncle was called away upon business to that horrid man Mr. Stone.** (C9)

王譯：「那天馬車來了，舅父卻讓那個名叫史桐先生的討厭家伙叫去有事。」

孫譯：「等馬車一駛到門口，舅舅就讓那個討厭的斯通先生叫去了，說是有事。」

張譯：「剛好在馬車來到門口的時候，舅舅就給叫走了，到那個討厭的斯通
　　　先生那裡去辦事。」

**for he is a most disagreeable, horrid man, not at all worth pleasing.** (A3)

王譯：「因為他是每最討厭、最可惡的人，不值得去奉承他。」

孫譯：「他是個最討厭、最可惡的人，壓根兒不值得去巴結。」

張譯：「因為他是個最討人厭、招人恨的人，根本犯不上去叫他順心。」

OED 這樣解釋：

> A. 3. colloq. in weakened sense. Offensive, disagreeable, detested; very
> bad or objectionable.
>
> Noted in N.E.D. as especially frequent as a feminine term of strong aversion.
>
> B. as adv. 'Horridly', 'abominably', very objectionably. colloq. or vulgar.

不但是粗俗的說法，而且是女性好用的。奧斯登把這個字放在班太太和莉迪
亞口中，分明是要刻劃她們淺薄、沒有教養。所以譯文要統一，而且不要跟
一般字眼相混；如果是口語詞，更好。

另外，Mr. Stone 是 Mr. Haggerston 的莉迪亞錯誤版，譯文最好留點線索提示
讀者。

167 **But if you are really innocent and ignorant, I must be more explicit.** (C10)

王譯：「如果你當真一點也不知道，那也只好讓我來跟你說說明白了。」

孫譯：「如果你當真一無所知，那我就得說個明白。」

張譯：「如果你真是一無所知，蒙在鼓裡，我就非要說個明白不可了。」

三家都把 innocent 和 ignorant 看作一個意思，值得商榷。

其實，嘉德納先生肯讓達西插手莉迪亞的事，是因為相信達西與伊兒的關係
非比尋常，達西好像是「準親人」：

> Your uncle is as much surprised as I am — and nothing but the belief of
> your being a party concerned, would have allowed him to act as he has
> done.⋯ But in spite of all this fine talking, my dear Lizzy, you may rest
> perfectly assured, that your uncle would never have yielded, if we had not
> given him credit for another interest in the affair.

所以嘉德納太太在信裡三番五次的明示、暗示：

> Don't think me angry, however, for I only mean to let you know, that I had
> not imagined such enquiries to be necessary on your side. （達西沒有告訴
> 你嗎？）

> If he had another motive, I am sure it would never disgrace him.

if he marry prudently, his wife may teach him. I thought him very sly; —
he hardly ever mentioned your name.

Pray forgive me, if I have been very presuming, or at least do not punish
me so far, as to exclude me from P.

innocent 指的就這層關係，即 how steadfastly both she and her uncle had been
persuaded that affection and confidence subsisted between Mr. Darcy and herself.

168 **though I doubt whether his reserve, or anybody's reserve, can be answerable for the event.** (C10)

王譯：「不過我卻覺得，這種事既不應當怪他矜持過分，也不應當怪別人矜持過分。」

孫譯：「不過依我看，這件事很難怪他不聲不響，也很難怪別人不聲不響。」

張譯：「不過我還是懷疑，他的諱莫如深，或者別人的諱莫如深，是否能夠為這件事負責。」

如果單就達西而言，三家的譯法都算可以；但是三家都忽略了嘉德納太太的言外之意。這句話有兩個值得注意的地方：一、his 和 anybody 不但對照，而且原文用斜體強調。二、reserve 是名詞。

OED 這樣解釋：

9.a. Self-restraint; self-control; imposition of some limit to one's action. b. Abstention from giving a full explanation or expressing one's mind freely; reticence; ⋯ c. A voidance of too great familiarity; want of cordiality or open friendliness.

原來嘉德納太太拿達西和莉迪亞對照，與其說歸咎達西的（strong）reserve，不如歸咎莉迪亞的（weak）reserve。所以 reserve 的譯法就要兼顧莉迪亞。

另外，event 是「結果」。

169 **and Wickham had constant admission to the house.** (C10)

王譯：「韋翰也經常來。」

孫譯：「威克姆也經常登門。」

張譯：「我們也允許魏肯經常來登門拜訪。」

張譯正確。constant admission 表示嘉德納的態度，魏克安不見得經常上門。

170 **if I had not perceived, by Jane's letter last Wednesday,** (C10)

王譯：「不過星期三接到吉英的來信，⋯⋯」

孫譯：「不過星期三接到簡的來信，⋯⋯」

張譯：「但是收到簡星期三的來信，⋯⋯」

張譯正確。莉迪亞是八月三十一日結婚、回家，那是星期一。嘉德納太太的信是九月六日寫的。

171 **Bingley looked a little silly at this reflection, (C11)**

王譯：「提起這件事來，彬格萊不禁呆了半天，」

孫譯：「提起這件事，賓利有點犯傻，」

張譯：「賓利見她提起過去這件往事，顯得有點木然，」

三家的譯法基本上一樣，也通。不過，reflection 還有別的用法，OED 這樣解釋：

> 6. a. Animadversion, blame, censure, reproof. b. A remark or statement reflecting, or casting some imputation, on a person.

姑且采用。

172 **She knew how little such a situation would give pleasure to either, or make either appear to advantage. (C12)**

王譯：「她覺得這無論是對於達西，對於母親，都是興味索然，兩不方便。」

孫譯：「伊麗莎白知道，這種局面對達西和她母親是多麼乏味，使他們覺得多麼彆扭。」

張譯：「她知道，這樣一種局面該把他們倆弄得多沒有意思，使他們雙方都顯得不便。」

三家都誤解了。OED 這樣解釋 to advantage：

> 6.b. to advantage: So as to increase or augment the effect of anything; advantageously, favourably.

原文是說，達西跟班耐特太太坐在一起，越發顯露雙方的缺點而不是優點。

173 **and she had nothing to hope, but that his eyes were so often turned towards her side of the room, as to make him play as unsuccessfully as herself. (C12)**

王譯：「今晚她已毫無指望。……達西的眼睛頻頻向她這邊看，結果兩人都打輸了牌。」

孫譯：「她覺得毫無指望，只是達西兩眼頻頻朝她這邊張望，結果兩人都打輸了牌。」

張譯：「她沒有任何指望了，不過他的眼睛老是朝她這一邊張望，弄得他和她自己一樣，牌都打輸了。」

三家的譯法基本上一樣，都不妥貼。nothing…but 一貫而下，but…就是只希望……。也許達西打牌時會常看伊兒，但是原文寫的是伊兒的主觀期望、傻瓜念頭，用來反映她漸漸墮入愛河。三家的譯法就走了樣，看不出來了。

174 **"How hard it is in some cases to be believed!"** (C12)

王譯：「有些事是多麼不容易叫人相信！」

孫譯：「有些事真讓人難以相信！」

張譯：「有些事情要想讓人相信該是多麼難啊！」

吉英希望伊兒相信她對彬禮是平常心，偏偏伊兒不信，才說這句話。張譯較好。

175 **Forgive me; and if you persist in indifference, do not make me your confidante.** (C12)

王譯：「算我對你不起，如果你再三要說你對他沒有什麼意思，可休想讓我相信。」

孫譯：「恕我直言，你要是執意要說你對他沒有什麼意思，可休想讓我相信。」

張譯：「恕我直言，如果你堅持說什麼關係冷淡，那就不必把我看作你說心裡話的知己啦。」

confidante 就是 confidant，OED 這樣解釋：

A. 'A person trusted with private affairs, commonly with affairs of love' (J.). Now used somewhat more widely, so as to take the place of confident n. 2.

張譯是對的。

176 **Not a syllable was uttered by either;** (C13)

王譯：「他們坐了下來，一言不發；」

孫譯：「他們兩人一聲不響地坐了下來，」

張譯：「他們倆誰也沒講一個字，就坐下來；」

either 有歧義：一、彬禮和吉英。二、一方是彬禮、吉英、另一方是伊兒。三家都采用（一）。如果譯成「誰也……」，就可以保留原文的彈性。

177 **Jane could have no reserves from Elizabeth, where confidence would give pleasure;** (C13)

王譯：「吉英心裡有了快活的事情，向來不瞞伊麗莎白，」

孫譯：「簡心裡有了高興的事，是從不向伊麗莎白隱瞞的。」

張譯：「簡總是從信賴伊麗莎白中得到欣慰，因此對她毫無保留；」

吉英什麼事都不瞞伊兒。王、孫誤解原文。張譯對。

178 **One morning, about a week after Bingley's engagement with Jane had been formed, as he and the females of the family were sitting together in the dining-room, their attention was suddenly drawn to the window, by the sound of a**

**carriage;** (C14)

王譯：「……彬格萊正和女眷們坐在飯廳裡，……」

孫譯：「……賓利正和太太小姐們坐在起居室裡，……」

張譯：「……他和這家的女眷們一起坐在餐廳裡，……」

有人認為原文 dining-room 不對，因為下文提到夫人和伊兒下樓後，又經過 dining-parlour。到底彬禮跟女眷坐在什麼地方呢？Chapman 注說：

> Professor R. A. Humphreys points out (1968) that drawing room is also impossible: in the first place, Mrs. Bennet tells Lady Catherine that they never sat there after dinner; secondly, on going down stairs (for the room was up stairs) Lady Catherine opened the doors 'into the dining-palour and drawing-room' (p. 352). He suggests that the room must have been Mrs. Bennet's dressing-room….

班太太說晚餐後不會在那裡，反過來，可見那裡的確是吃晚餐的地方。

Shapard 提出另一個看法：

> The room where they are now may be an informal dining room that is also a sitting room; it could even be the breakfast room mentioned elsewhere, which seems to serve such dual functions.

換言之，dining-room 跟 dining-palour 不一樣。dining-palour 在樓下，與客廳相鄰，比較像正式晚宴的地方。此說可通，且不必改動原文，可采。dining-room 譯「晚餐室」，dining-palour 譯「晚餐廳」。

179 **They were of course all intending to be surprised; but their astonishment was beyond their expectation; and on the part of Mrs. Bennet and Kitty, though she was perfectly unknown to them, even inferior to what Elizabeth felt.** (C14)

王譯：「……班納特太太和吉蒂跟她素昧平生，可是反而比伊麗莎白更其感到寵幸。」

孫譯：「……貝內特太太和基蒂雖說與來客素昧平生，卻比伊麗莎白還要驚愕。」

張譯：「……特別是本內特太太和基蒂，雖然她們和她素不相識，卻比伊麗莎白更感驚詫。」

伊兒不會感到「寵幸」。三家都誤譯了，inferior to what Elizabeth felt 是說感受（surprised, astonishment）沒有伊兒強烈，文意清楚。不認識的人來訪，自然叫人驚訝；但是伊兒認識夫人，知道她傲慢無禮到什麼地步，才覺得她上門事有蹊蹺而比家人驚訝。

180 **Are the shades of Pemberley to be thus polluted?** (C14)

王譯：「彭伯里的門第能夠這樣給人糟蹋嗎？」

孫譯：「彭伯利的祖蔭能給人這樣糟蹋嗎？」

張譯：「彭貝利祖祖輩輩的英名就要這樣讓人糟蹋了嗎？」

Shapard 認為 shades 是指 grounds，說法可采。對照下文，意思更清楚：

and she condescended to wait on them at Pemberley, in spite of that pollution which its woods had received, not merely from the presence of such a mistress, but the visits of her uncle and aunt from the city. (C19)

以庭園的樹蔭、林子借代整個彭伯里。夫人覺得，不清白的人踏上彭伯里，會玷汙了土地。

181 **Could he, or the Lucases, have pitched on any man, within the circle of our acquaintance, whose name would have given the lie more effectually to what they related?** (C15)

王譯：「無論是柯林斯也好，是盧卡斯一家人也好，他們偏偏在我們的熟人當中挑出這麼一個人來撒謊，這不是太容易給人家揭穿了嗎？」

孫譯：「他柯林斯也好，盧卡斯一家人也好，怎麼偏偏在我們的熟人當中挑出這個人來撒謊，這豈不是太容易給人家戳穿了嗎？」」

張譯：「他，或者盧卡斯一家，本來可以在我們的熟人中間挑出另外任何一個人來，用這個人的名分編造出什麼謊言，豈不比他們現在講的這個效果更好嗎？」

原文是反問，班先生的標準是越荒謬越有趣；他的意思是，柯林斯等再也挑不出第二個人，是更不合理（也就更荒謬有趣）的人選。

182 **The rest of his letter is only about his dear Charlotte's situation, and his expectation of a young olive-branch.** (C15)

王譯：「下面寫的都是關於他親愛的夏綠蒂的一些情形，」

孫譯：「下面寫的都是他心愛的夏洛特的情況，」

張譯：「他信上的其餘部分談的是他親愛的夏洛蒂的身體狀況，」

三家譯的也通，不過 situation 有特別的用法，OED 這樣解釋：

7.b.Physical condition; state of health. In later use only spec. of women(see quots.).

1749 Smollett Gil Blas (1797) I. 117 Examine the situation of my son, and prescribe what you shall judge proper for his cure.　1780 Mirror No. 80, The change of situation from pimples and scales to a blooming complexion.　1792 M.

Riddell Voy. Madeira 95 People in a weak debilitated situation.　1829 Scott Hrt. Midl. xv. note, That the woman should have concealed her situation during the whole period of pregnancy. 1848 Thackeray Van. Fair xxvii, Mrs. Bunny's in an interesting situation‥and has given the Lieutenant seven already.

183 **Elizabeth feeling all the more than common awkwardness and anxiety of his situation, now forced herself to speak; (C16)**

王譯：「伊麗莎白聽他這樣表明心迹，越發為他感到不安和焦急，便不得不開口說話。」

孫譯：「伊麗莎白一聽這話，越發感到窘伯，也越發感到焦急，便不得不開口說話。」

張譯：「伊麗莎白聽了他這番話，更加感到異常尷尬，對他的境遇也更加感到異常不安，於是不得已而開口說話了；」

awkardness and anxiety 是指達西。伊兒不得不說話表態，因為她體會得到達西的心裡窘迫憂慮。

184 **and he expressed himself on the occasion as sensibly and as warmly as a man violently in love can be supposed to do. (C16)**

王譯：「他正像一個狂戀熱愛的人一樣，立刻抓住這個機會，無限乖巧、無限熱烈地向她傾訴衷曲。」

孫譯：「他當即抓住時機，向她傾訴衷曲，那個慧點熱烈勁兒，恰似一個陷入熱戀的人。」

張譯：「於是他抓緊時機向她傾訴衷曲，那份多情，那份熾烈，只有熱戀中的人才這樣。」

三家譯 sensibly 都不理想。OED 這樣解釋：

　　† 2.b. Of feeling: Acutely, intensely. Obs.

這個用法在奧斯登創作時還通行。

185 **The turn of your countenance I shall never forget, as you said that I could not have addressed you in any possible way, that would induce you to accept me. (C16)**

王譯：「我永遠也忘不了：當時你竟翻了臉，你說，不管我怎麼向你求婚，都不能打動你的心，叫你答應我。」

孫譯：「我永遠忘不了你翻臉的情景，你說不管我怎麼向你求婚，你也不會答應我。」

張譯：「你說無論我用什麼辦法向你求婚，也決不會讓你答應我的，你當時神色大變，我一輩子也忘不了。」

對照前文，伊兒說這番話時沒有「翻臉」，也沒有「神色大變」，反而竭力保持鎮靜。這裡的 turn of countenance，很多注本會加注；Cambridge 的校注本就注說：the expression on your face。可采。

186 ".... And do you really love him quite well enough? Oh, Lizzy! do any thing rather than marry without affection. Are you quite sure that you feel what you ought to do?"

"Oh, yes! You will only think I feel more than I ought to do, when I tell you all."

"What do you mean?"

"Why, I must confess, that I love him better than I do Bingley. I am afraid you will be angry." (C17)

王譯：「……你當真非常愛他嗎？噢，麗萃，什麼事都可以隨便，沒有愛情可千萬不能結婚。你確實感覺到你應該這樣做嗎？」
「的確如此！等我把詳情細節都告訴了你，你只會覺得我還做得不夠呢。」
「你這話是什麼意思？」
「噯，我得承認，我愛他要比愛彬格萊深切。我怕你要生氣吧。」

孫譯：「……你當真非常愛他嗎？哦，莉齊！人怎麼都可以，沒有愛情可不能結婚。你確實覺得你應該這樣做嗎？」
「哦，是的！等我統統告訴了你以後，你只會認為，比起我的感覺來，我做得還不夠呢。」
「你這是什麼意思？」
「唔，我應該承認，我愛他比愛賓利來得深切一些。恐怕你要生氣了吧。」

張譯：「……你真是那樣非常愛他嗎？哦，麗琪！幹什麼都行，沒有愛情去結婚可不行。你真的很有把握，你感覺到了你應該做什麼嗎？」
「哦，是的！等我把一切都告訴你，你就只會認為，我體會到的比我做的還要多呢。」
「你這是什麼意思？」
「嗯，我必須承認，我愛他比愛賓利還深。恐怕你會生氣吧。」

三家都誤解了。關鍵在 Are you quite sure that you feel what you ought to do? 這一句。單獨抽出來看，三家的譯文看似通，但是兩番對答看下來卻不大順當，有點兒牛頭不搭馬嘴。我想三家都把 ought to do 的 do 看死了，其實把 do 換成 feel，意思就連貫起來了。換言之，吉英問的其實是 Are you quite sure that you feel what you ought to feel? 類似的結構，下文還有一例：

> I would have thanked you before, ⋯ as I ought to have done, for your long, kind, satisfactory, detail of particulars; (C17)

吉英認為，深愛的人才可以結婚，即她所謂 ought。伊兒順着這個意思，跟姐姐開玩笑。正因為她深愛達西，深愛得勝過任何人，包括彬禮，所以怕姐姐生氣云云。吉英怕伊兒愛不及，伊兒打趣說怕愛過頭。奧斯登在這裡，一面刻畫出伊兒的機智，一面承接婚姻與愛情的關係。

187 **could not help writing her a much kinder answer than she knew was deserved.** (C18)

王譯：「可還是回了她一封信，措辭極其親切，實在使她受之有愧。」

孫譯：「可還是回了她一封信，措辭十分親切，實在讓她受之有愧。」

張譯：「但還是給她寫了回信，其情詞之懇切，她也會知道受之有愧。」

原文是說，吉英知道不值得對彬禮小姐那麼親切；三家譯成說彬禮小姐受之有愧，彬禮小姐的性格就不一樣了。

188 **I wish I could say, for the sake of her family, that the accomplishment of her earnest desire in the establishment of so many of her children, produced so happy an effect as to make her a sensible, amiable, well-informed woman for the rest of her life; though perhaps it was lucky for her husband, who might not have relished domestic felicity in so unusual a form, that she still was occasionally nervous and invariably silly.** (C19)

王譯：「看她家庭面上，我想在這裡作一個說明：她所有的女兒後來都得到了歸宿，她生平最殷切的願望終於如願以償；說來可喜，她後半輩子竟因此變成了一個頭腦清楚、和藹可親、頗有見識的女人；不過她有時候還是神經衰弱，經常都是大驚小怪，這也許倒是她丈夫的幸運，否則他就無從享受這種稀奇古怪的家庭幸福了。」

孫譯：「看在她一家人的分上，我倒希望順便說一句：她稱心如意地為這麼多女兒找到歸宿之後，說來可喜，她後半輩子居然變成一個通情達理、和藹可親、見多識廣的女人。不過她時而還有些神經質，而且始終笨頭笨腦，這也許倒是她丈夫的幸運，不然他就無法享受那異乎尋常的家庭樂趣了。」

張譯：「看在她這家子的份上，我希望我可以這樣說，她急切地盼望為她那麼多孩子找到人家，現在如願以償，產生了非常可喜的結果，竟讓她後半輩子變成了一個通情達理、和藹可親、見多識廣的女人；不過她

　　　　偶爾還是有一點犯神經，而且還老是那樣犯傻氣，這也許是她那位可
　　　　能從未享受過這種非同尋常的家庭幸福的丈夫，交上了好運吧。」

原文 I wish I could say…是虛擬口吻，不是實情。張譯「我希望我可以這樣
說……」比較接近，但三家都不理想。下半句嘲諷班先生以太太的蠢事為樂
（他尋常的家庭幸福）；三家譯文也不太清楚。

189 **and paid off every arrear of civility to Elizabeth. (C19)**

王譯：「又把以前對伊麗莎白失禮的地方加以彌補。」

孫譯：「並把以前對伊麗莎白的失禮之處盡加補償。」

張譯：「對伊麗莎白原先失禮之處，也一一加以彌補。」

三家美化了彬禮小姐的性格。彬禮小姐寫信恭喜吉英，依舊是虛情假意
(C18)，又把達西娶伊兒當成奇恥大辱；可見死性不改。這裡的 arrear of
civility 不是從前對伊兒失禮，現在彌補，而且現在達西太太待她以禮，她就
仔細地一一回禮；這是刻劃她的機心，因為這樣才可以保留到彭伯里來
的自由。

# 參考文獻

## 版本、注本、譯本

Novels of Jane Austen (illustrated; 6 vols.). ed. R. W. Chapman. 3rd ed. Oxford, 1923-54; rev. Mary Lascelles, 1965-7.（簡稱標準本）

Pride and Prejudice. ed. Donald Gray. 3rd ed. Norton, 2001.

Pride and Prejudice (Oxford World's Classics). ed. James Kinsley. Oxford, 2004.

Pride and Prejudice (The Cambridge Edition of the Works of Jane Austen). ed. Pat Rogers. Cambridge, 2006.

Annotated Pride and Prejudice. ed. David M. Shapard. Anchor Books, 2007.

Pride and Prejudice: an Annotated Edition. ed. Patricia Meyer Spacks. Belknap Press of Harvard University Press, 2010.

傲慢與偏見. 王科一譯. 上海文藝聯合，1955。上海譯文，2006。

傲慢與偏見. 孫致禮譯. 譯林，1991，2009。

傲慢與偏見. 張玲、張揚譯. 人民文學，1993。

## 工具書

Oxford English Dictionary (OED)

Shorter Oxford English Dictionary (SOD)

Webster's Third New International Dictionary, Unabridged (W3)

Jane Austen Companion: With A Dictionary of Jane Austen's Life and Works. ed. Grey, J. David, et al. Macmillan, 1986.

現代漢語詞典. 中國社會科學院語言研究所詞典編輯室編. 北京：商務，1998。

## 古籍等

Holy Bible (KJV)

聖經（和合本）

今古奇觀. 抱甕老人輯，顧學頡校注. 北京：人民文學，1957。

水東日記. 葉盛. 台北市：學生書局，1965。

水滸傳. 施耐庵、羅貫中. 北京：人民文學，1997。

王陽明傳習錄詳註集評. 陳榮捷. 台北市：學生，1983。

世說新語箋疏（修訂本）. 劉義慶著，劉孝標注；余嘉錫箋疏，周祖謨等整理.
　　上海：上海古籍，1993。

史記會注考證. 司馬遷著，瀧川龜太郎注. 台北：文史哲，1993。

紅樓夢. 曹雪芹、高鶚. 北京：人民文學，1982。

無聲戲. 李漁. 中和市：雙笛國際出版，紅螞蟻經銷，1995。

開元天寶遺事. 王仁裕、姚汝能. 北京：中華書局，2006。

儒林外史. 吳敬梓. 北京：人民文學，1958。

舊五代史. 薛居正等. 北京：中華書局，1997。

禮記. 重刊宋本十三經注疏

## 其他

Bernhardt, Kathryn. 1999. Women and property in China: 960-1949. Stanford, Calif.: Stanford University Press, c1999. 中國的婦女與財產：960-1949年／白凱著。上海：上海書店，2003。

Chaplin, Charles. 1964. My Autobiography. NY: Simon & Schuster, 1964.

Duncan, Isadora. 1927. My Life. Liveright, revised and updated edition, 2013.

Fordyce, James. 1766. Sermons to Young Women. M. Carey, Rhiladelphia: And I. Riley, New York. 1809.

Huizinga, Johan. 1921. Autumn of the Middle Ages / Payton, Rodney J.; Mammitzsch, Ulrich (tr). University of Chicago Press, 1996.

吳經熊. 1940. Science of Love -- A Study in the Teachings of Thérèse of Lisieux. 台北：光啟，1974。香港：公教真理學會，1940。（光啟版校對甚差，不如網路版：http://www.ourgardenofcarmel.org/wu.html）

吳晗、費孝通等. 1948. 皇權與紳權. 上海：觀察社，1948。

呂芳上. 1995.〈另一種「偽組織」：抗戰時期婚姻與家庭問題初探〉. 收入邢義田、林麗月主編（2005）. 原載《近代中國婦女史研究》第3期，1995年8月。

宋淇. 1967.〈評傲慢與偏見的中譯本〉. 林以亮. 明報月刊24，25；1967。收入宋淇（1974: 43-90）、經校訂修潤後收入宋淇（1984: 45-82）。

宋淇. 1971. 介紹「戰地春夢」的新譯. 林以亮. 幼獅文藝，216，1971/12，p.30-42 經校訂修潤後收入宋淇（1984）。

宋淇. 1974. 林以亮論翻譯. 台北：志文，1974。

宋淇. 1976.〈小文祭大師〉. 宋淇（1981: 160-165）宋淇. 1974. 林以亮論翻譯. 台北：志文，1974。

宋淇. 1981. 昨日今日. 林以亮. 台北市：皇冠，1981。

宋淇. 1984. 文學與翻譯. 林以亮. 皇冠，1984。

李亦園. 1996. 文化與修養. 廣西師大，2004. 幼獅，1996. Airiti Press，2010.

李貞德. 2009. 漢唐之間女性財產權試探. 收入李貞德主編（2009: 191-237）。

李貞德主編. 2009. 中國史新論──性別史分冊. 台北：聯經，2009。

邢義田、林麗月主編. 2005. 社會變遷（繁體版）. 中國大百科全書出版社，2005。

周作人. 1945. 關於寬容. 見楊牧（1983: 484-8）。原收入《立春以前》。

林語堂（Lin, Yu-tang）. 1935. My Country And My People. NY: Halcyon House, 1935.

思果. 1972. 翻譯研究. 台北：大地，1972。十三版，1997。

思果. 1982. 翻譯新究. 台北：大地　1982。

洪蘭. 2011. 請相信你的直覺.《全球中央》2011年7月號。收入洪蘭（2012）。

洪蘭. 2012. 請問洪蘭老師. 天下，2012。

高世瑜. 1998. 中國古代婦女生活. 台北：台灣商務，1998。

高克毅. 1974.（林以亮論翻譯）序／喬志高. 宋淇（1974: 1-6）；宋淇（1984: 11-16）.

張愛玲. 1968. 流言. 皇冠文化，1991。

陳弱水. 2007. 唐代的婦女文化與家庭生活. 台北：允晨文化，2007。

陳衡哲. 1935. Autobiography of a Young Chinese Girl. 馮進譯（2006）陳衡哲早年自傳。安徽教育，2006。

傅敏編. 2010. 傅雷談藝錄. 三聯書店，2010。

傅雷. 1951.〈巴爾扎克《貝姨》譯者弁言〉. 見《貝姨》，上海：平明出版社 1951。又收傅敏編（2010: 119-120）。

傅雷. 2001. 傅雷書簡. 北京：三聯，2001。

彭美玲. 1999. 臺俗「做十六歲」之淵源及成因試探. 台大中文學報，第十一期，1999年5月，363-394頁。收入葉國良、李隆獻、彭美玲（2004）。

費孝通. 1938. Peasant life in China: a field study of country life in the Yangtze valley. London: Routledge & Kegan Paul, 1939. 原倫敦大學博士論文，1938。戴可景譯（1985）江村經濟——中國農民的生活. 北京：商務，2001。

費孝通. 1943. 祿村農田. 商務印書館，1943。收入費孝通、張之毅（2006）

費孝通. 1947a. 鄉土中國. 上海：觀察社，1947。又收入費孝通（2006）。

費孝通. 1947b. 生育制度. 商務印書館，1947。又經作者校訂，收入費孝通（2006: 239-420）。

費孝通. 1948. 論紳士. 吳晗、費孝通等（1948）。又收入費孝通（2006: 81-6）。

費孝通. 2006. 鄉土中國. 上海人民，2006。

費孝通、張之毅. 2006. 雲南三村. 社會科學文獻，2006。

楊牧編. 1983. 周作人文選. 台北：洪範，1983。

葉國良、李隆獻、彭美玲. 2004. 漢族成年禮及其相關問題研究. 臺北市：大安出版社，2004年。

蓋叫天. 1956. 粉墨春秋／蓋叫天口述，何慢、龔義江紀錄整理. 上海：上海文藝，2011。原1956年陸續發表於《戲劇報》，1958年由中國戲劇出版社出版。

趙樸初. 1983. 佛教常識答問. 北京：北京出版社，2003。北京：中國佛教協會，1983。

劉欣寧. 2006. 由張家山漢簡《二年律令》論漢初的繼承制度. 台北：國立臺灣大學，2007。碩士論文--國立臺灣大學歷史學研究所，2006。

蔣夢麟. 1947. 西潮. 台北市：文國書局，2006。原Tides from the West: a Chinese autobiography (New Haven: Yale Univ. Press, 1947)。

魯迅. 1926. 彷徨. 北京：人民文學，1979。

蕭公權. 1979. 調爭解紛——帝制時代中國社會的和解／陳國棟譯. 見蕭公權（1983: 91-152）。原Compromise in Imperial China (Seattle: Washington University Press, 1979)。

蕭公權. 1983. 迹園文錄（蕭公權全集之九）. 台北：聯經，1983。

薩孟武. 1967. 學生時代. 台北：三民，1967。二版，2005。

嚴耕望. 1985. 治史答問. 台北：台灣商務，1985。

# 談奧斯登、翻譯、
# 《傲慢與偏見》的譯本

　　本文有三個部分：第一部分先談奧斯登和她的書，算是聊勝於無。有些譯者譯完書，會為作者、原書再寫一篇紮實全面的研究。我沒這個本事，只好將就，看有什麼菜，隨手炒一盤而已。

　　第二部分談劣譯、第三部分談《傲慢與偏見》現行譯本的問題。劣譯問題多，影響大，重視的人卻少。長期以來，大家想當然耳的認為，好書譯出來就是好書，經典譯出來就是經典；不知道譯虎不成反類犬。只憑畫走樣的老虎，實在難以想像百獸之王的威風。不該為老虎叫屈，為讀者不值，為譯界、出版界嘆一口氣嗎？

## 1. 奧斯登和《傲慢與偏見》

　　經典很多，像奧斯登的作品那麼通俗的很少。

　　奧斯登寫的不外家常小說。裡面大多是平常人，而且吃飯、聊天就占了大半篇幅；這跟「取諸懷抱，晤言一室之內」的室內樂，正是異曲同工。這樣的書要拍成電影，小津安二郎是最理想的導演。奧斯登終身未嫁，專寫家庭生活；小津安二郎終身未娶，多拍家庭生活。他們的戲不在曲折離奇、扣人心弦的情節，而在普通的生活起居、尋常的往來相處。欣賞起來，好處是容易設身處地，節省腦力，心思可以集中放在該放的地方；壞處是容易疏忽，只看見柴米油鹽，只聽見東家長、西家短。

　　奧斯登寫的也是婚姻小說。愛情也寫，但是離不開婚姻。作者從婚姻看愛情；空談愛情不成其美滿姻緣，所以不鄙視麵包；只為

麵包結合往往不幸，所以不看輕愛情。麵包固然是愛情的養分，愛情也不只是浪漫的嚮往，而是理智的要求。夏洛特下嫁柯林斯，是為了個發霉麵包而犧牲愛情。莉迪亞與魏克安私奔，是為了風月幽期而失去理智。一個現實地不理智，一個浪漫地糟蹋愛情，成了兩個極端；而吉英與彬禮、伊兒與達西，就在這兩個極端間修成正果。愛情與麵包，從來不是非黑即白的問題，我們不知不覺跟着作者的理智斟酌起來了。去年，英國宣布將會把奧斯登的頭像放在鈔票上，此舉耐人尋味，不知道作者在天之靈到底是皺眉頭，還是頷首微笑？

　　奧斯登寫的多是喜劇。讀者看她的書，很少哈哈大笑，卻很容易跟着作者的冷眼一起旁觀，然後一句冷嘲，一抹會心的微笑。「其實一個懂得幽默的人，必有其嚴肅的一面。」[a]嚴肅不一定是板起臉來說教，而是對人生體會深刻的結果。中國人說：「世事洞明皆學問，人情練達即文章。」恰好點出了奧斯登作品的好處。她寫書時，也許只為了自娛娛人，卻也把所領悟的人生寫了下來。不想說教，寫成的故事卻有了生命，像是活的人生，叫讀者飽經世事，體味人情。如果讀者只拿來消愁解悶，即使沒有對不起作者，至少對不起作品了。

　　藝術家都善於割愛，從另一方面看是以簡馭繁。奧斯登在信裡提及，看展覽時發現畫中人酷似吉英，身材、臉形、五官、性格無一不合，而且白衣綠飾，「證明」吉英喜歡綠色[b]。可見小說裡虛構的人物，在作者心中都是有血有肉、完整豐滿；不過下筆時，冰山在胸，只寫一角。這跟後來羅丹為巴爾札克塑像一樣。羅丹做了大量準備工夫，包括塑了一堆裸像來觀察幾個月；最後的成品卻是披着晨衣的。先塑裸像不是多此一舉嗎？其實藝術家對人物的掌握越完整豐滿，創作時越容易把握關鍵；掌握了全體，有個性的細節就會自然流露。羅丹對巴爾札克瞭如指掌，才塑出遺貌取神的傑作。

a　宋淇（1976）。本指林語堂。
b　To Cassandra Austen, May 24, 1813。至於伊麗莎白，作者說她喜歡黃色。

奧斯登摸透了角色，反映性格的言談舉止就自然流露；東一鱗、西一爪的零星線索就會互相呼應，活靈活現。

《傲慢與偏見》的故事很簡單，誤解卻很多。例如：許多人，包括專家學者，都以為達西代表傲慢，伊麗莎白代表偏見（參看A5.36）。其實書裡面的人物，猶如真實的人生，每一個都有傲慢的地方，都有偏見。

達西有偏見，尤其當初對赫特福德郡地位比自己低的人，所以才傲慢。而伊麗莎白因自信才智，傲慢不下於達西。大體上說，達西因地位的偏見而傲慢，伊兒因才智的傲慢而生偏見。不只男女主角，連彬禮先生的謙遜，也藏了拐彎的傲慢。吉英總以淑女之心度人，有時恰恰是偏見。同是帶着勢利的傲慢，柯林斯淺狹、彬禮小姐虛榮；一樣自視甚高，伊兒合群，而父親孤傲。男女主角知錯，克服了各自的傲慢與偏見，終成眷屬。柯林斯先生、凱瑟琳夫人卻是始終不改。

奧斯登討論了傲慢與虛榮、偏見與印象、任性與隨和、機智與智慧、勢利與明智、真誠與虛偽、以至真誠的應酬與虛偽的禮貌等等。總之，書裡有大量人物、性格、德行的對照，不妨說是《希臘羅馬列傳》（Lives）的家常版。蒲魯塔克（Plutarch）好以禍福所倚來彰顯嘉言懿行，而奧斯登一面讚許美德，一面也寫出仁愛善良有時反而受累。列傳是半虛的歷史，純屬虛構的小說卻更加寫實。小說沒有列傳跌宕起伏、蕩氣迴腸的情節；妙的是，人生的面貌一樣複雜，一樣耐人尋味；正如作者借伊麗莎白的口說的：「人本身變化多端，永遠有新鮮事等你發現的。」（A9）

此外，有人認為奧斯登用了太多巧合、偶然，不夠寫實；卻沒有人質疑彬禮和吉英、達西和伊兒有情人終成眷屬。嚴耕望（1985：1）：「社會文化的演進大端可能有相當規律可尋；但歷史上的個別事件，偶然觸發的可能性很大。」有情人的「終」的規律不過是人心裡變相的願望，並不寫實。人喜歡規律，而規律也許只是偶然的

累積，甚至存續偏差的假象。真實的人生裡充滿巧合、偶然；幸與不幸，往往在於運氣。天底下有情人不成眷屬的儘多，而魏克安、莉迪亞之流像蘇格拉底的豬一樣過得快快樂樂的也不少。小說裡，要不是舅母改變行程，要不是達西又剛好提前返家，達西和伊兒大概就沒機會了。小說到底寫實不寫實，不在於避免巧合、偶然，而在於巧合、偶然時，人物的反應是否與性格相符，情節的發展是否合情合理。如果刻意安排的巧合偶然，促成了既合乎人情事理、又滿足讀者期望的結局，作者就成功了。

## 2. 翻譯

翻譯是苦差事；外語譯成中文，猶如把蛋糕還原為麵粉等等，重新做成饅頭，吃起來要有蛋糕的滋味，根本是刁難人的事。換言之，翻譯不是影印般的簡單翻版，而是化整為零、再化零為整的另類創作。

何況文學的翻譯還會見仁見智，好可以更好。『翻譯是一項「層出不窮」的玩意兒，好比走江湖的說：「戲法人人會變，各有巧妙不同。」』[c]

### 2.1 劣譯與出版生態

據說當年日本的河上肇看見著作被郭沫若譯壞了，此後出書，「版權所有」下都加上「禁止漢譯」四字[d]。一個經濟學家為防劣譯，寧缺毋濫；也夠叫人深思的了。到了今天，漢譯界固然大有進步；幾十年來，佳譯固然有；真正中規中矩的，沒有大家想像的多；而拙劣的，怕是大多數。坊間的譯本，許多連「對不對」這一

---

c 高克毅（1974）。
d 薩孟武（1967:141-2）。

關也過不了，是不能拿見仁見智來搪塞的；好比小學生的作文，夾纏不通，不能說是風格。老實說，本人十幾年來，除了屈指可數的幾家文學翻譯、洪蘭女士的科普讀物以外，其餘中文譯作，也是寧缺毋濫，一概不看。

劣譯充斥，與出版社的態度有關；而出版社的態度，是讀者放任的結果。

### 2.1.1 漠視專業

我不信教，因緣際會替某大基督教出版社譯過書；那時候的譯筆，想起來會臉紅，態度倒很認真。可惜社方並不合作，尤其把譯名亂搞一通；不得已寫了幾封信過去好說歹說，人家乾脆不理你，一個字都沒回。

又如許多名著劣譯，一賣幾十年。誠如宋淇四十多年前對海明威譯本的抱怨：「過了三十年，我們對海明威的瞭解更深，對他著作的風格和內容應有更具體的把握，沒有理由把三十年前的舊譯改頭換面，三番四次地出版，好像這是最新的、最完美的翻譯經典似的。」[e]其實到今天還是這樣，受害的也不只海明威而已。

出版社是做文化事業的商業機構，牟利無可厚非；問題在社會的獎懲機制會導向哪裡。如果好譯本不見得能賣，壞譯本可以暢銷；就不必指望出版社以文化為己任了。

### 2.1.2. 靠良心補貼稿費？

另一個關鍵是酬勞。台灣收版稅的譯者不多，收入高的更少；至於按字數收稿費，行情就更差了。同樣是梁實秋文學獎，翻譯組的獎金遠不如散文組。到底是鼓勵翻譯，還是不鼓勵翻譯呢？總之，只有惡性循環，沒有鼓勵好譯者譯好稿的機制。

---

e　宋淇（1971）。

　　夠格的人往往譯不下去，譯的人往往不夠格。有志者只能拿自己的良心來補貼稿費。所以出版社出賤價換來的，不是劣譯者的劣稿，就是好譯者的良心；不能避免拿到劣稿，只能避免為劣稿付辣價錢。

　　總有人說「行情就是行情」。可是實況不都合理；大家不守交通規則，不能說橫衝直撞是對的。既然有公平貿易的咖啡，為什麼沒有公平貿易的譯本呢？

## 2.2 有好讀者才有好譯本

　　從傅雷以來，已經有不少大人物批評過劣譯、以至劣譯體創作；本來就是鸚鵡救火也輪不到我。但是從市況看來，名家、學者的大聲疾呼都消失在讀者投票的黑洞裡，遠遠不能振聾發聵。讀者要麼無知無覺，要麼逆來順受；這才是最可悲的地方。我說了一堆大話，並非自負譯藝過人；「不忍見耳！」

　　赫伊津赫（Johan Huizinga）的經典，英譯本差強人意，卻拖了大半個世紀才有比較符合原文的新譯本。佩頓（Rodney J. Payton）在序裡說：後輩不應該挑剔前輩譯家，卻應該跟讀者交代為什麼甲譯勝過乙譯[f]。他有話要說是自然的。我不但要向讀者交代，更期望讀者擦亮眼睛。

　　批評是容易的，因為別人的刺總比自己的梁木礙眼。有些人，尤其某些教授、語言學家，批評起來頭頭是道，實踐起來是另一回事。鄙人眼高手低，如果有人看出來，毋寧是好事；不吝指正，更好。因為台灣的大病，不只在劣譯多，而在幾乎無人過問。

　　歸根究底，大家不重視翻譯水準，也分不出譯文好壞；出版社才有恃無恐，譯者才變成賤役。讀者成了冤大頭；說活該，也活該。

　　一般來說，國外的讀者對譯文好壞比我們敏感，學術界也重

---

f　Huizinga（1921）。

視；連兒童讀物也不放過。安徒生的故事，英譯本來很糟，被人評為謀殺天才，於是才有凱格溫（R. P. Keigwin）等等新譯本造福讀者。然而在國內，光是經典的中譯就不知道殺了多少人，死得不明不白；別說童話故事了。

　　國外像樣的百科全書介紹外國名著，包括童話、科學著作，常會列出好的譯本，有時還附上簡單卻嚴謹的評語。而國內的X本好書、XX優良讀物之類書目也常見譯作；只要國外有點名氣的書譯了出來，就會上書單；大家顯然把譯作等同原著來推薦。譯文不分好歹；好比介紹西洋猛獸，牽出來一頭掉毛的獅子，又居然無人置疑。

　　在西方，提起喬伊特（B. Jowett），想到柏拉圖；提起拉鐵摩爾（R. Lattimore），想到荷馬；提起辛克萊（J. D. Sinclair），想到但丁；提起考夫曼（W. Kaufmann），想到歌德、尼采；提起加尼特夫人（Constance (Black) Garnett），想到陀思妥也夫斯基、托爾斯泰：像這樣備受推崇的譯家可以列出一大串。而中譯佳作，大都是副業的產品。提起譯者的名字，我們最先想到他是名教授、大作家。嚴復、林紓以後，我們以譯藝名世的，少之又少。

　　論譯者的文筆，像諾克斯（Ronald Knox）的 Imitation of Christ、希德（F. J. Sheed）的 Confessions，那份簡潔優美，簡直叫不信教的人也感動——這不正是耿稗思（Thomas à Kempis）、奧古斯丁創作的目的、也是譯者該盡的責任嗎？如果外國人把司馬遷、曹雪芹等等的文章譯成嚕囌彆扭、夾纏不通的英文，我們作何感想？就算不能奢求譯者筆健一如大文學家，至少譯文應該清通。可是，讀者對佶屈聱牙的中譯不但見怪不怪，還好像覺得譯文彆扭是可以寬容，甚至是應該的。

　　思果（1982: 6）把翻譯跟八年抗戰相提並論，『如果一開始就投降，什麼麻煩就都沒有了。……怎麼方便就怎麼譯，不必問，「我們中國人表達這個意思，原來是怎麼說的？」也不必問，「這句譯文像中文嗎？」』其實不像中文只是劣譯表面的害處。像這年

頭「有機」泛濫，始作俑者恐怕就是翻譯的人。語言固然隨時而變，舊詞彙會有新用法；但是代價不應該是觀念混淆、思想紊亂。

　　總之，社會節省了成本，卻也付出了高昂的代價：一方面妨礙了文化交流，因為越精深的著作對翻譯的要求越高，卻越容易譯虎成貓；一方面，中文的生態大壞，「久劣不歸」。到頭來，尊重專業的人也做不出專業的事。我就遇過這等怪事：認真負責的編輯，拿英文句句有主語的標準來規範中文，好用「我洗我的手」式的句子，把嚕囌不通看成風格、而且是現代的風格。

## 3. 何必多譯一本？

　　經典的翻譯永無止境；譯本再好，總有人別出心裁，新譯本也總應時而出。譯文壞，重譯就更迫切了。當務之急是盤點一下：到底洋經典的譯本有幾部是像樣的？我們與其不斷翻譯新書，不如重譯真正重要而譯壞了的經典。

### 3.1 易懂而難譯的《傲慢與偏見》

　　據說大鋼琴家舒納貝爾（Artur Schnabel）曾說：「莫札特的奏鳴曲與別不同；對小孩子太容易，對藝術家又太難了。」奧斯登的書易懂，易譯嗎？

　　論故事、情節，可謂十分簡單；論語言，與現代英語接近，明白曉暢，並不晦澀。然而，正因為看來平易，因詞義轉化、時代變遷而產生的文字陷阱就不容易發覺。譯喬叟、莎士比亞，大家知道要查字典、看參考書；譯奧斯登的書，就不妨偷懶了。

　　其次，奧斯登的手法簡潔細膩。同樣的故事鋪陳出來，比誰都省儉。書裡固然有大量細節，可是省略的更多。反過來說，留下來的雞毛蒜皮都經過千錘百煉，都有用意。以吃為例，連用餐的時間都經過仔細斟酌。生活作息的差異，是用來反映彬禮小姐趕上流社

會時髦的心態。譯者如不了解作者的用意，很容易抹平了拐彎抹角的地方，不起眼卻關鍵的細節就走了樣，甚至不見了。其實，比起《紅樓夢》有名的千里伏線，奧斯登埋的針算好找的。只是筆下經濟，剪裁得法，自然得讓人以為平淡無奇；譯者反而不留神罷了。

容易譯丟的還有宋淇先生說的「字眼」，留待下文再說。

總之，奧斯登的書易懂，卻不見得易譯，有時候更難。獅子搏兔尚且要使出全力，何況是兔子模樣的猛獸？

## 3.2 慘不忍睹的劣譯本

上節談的其實是「高級」的毛病，坊間譯本出的錯，往往低級很多。以卷一第一章為例，隨便瀏覽一下，問題已不少，而且往往錯在不該錯的地方。例如：班耐特太太說單身的濶少爺搬來做鄰居，是女兒的福分；丈夫卻裝作不明白，還明知故問。班太太很厭煩，說了一句：

how can you be so tiresome!

有人譯成這樣：

「你這人真是沒勁！」[g]

簡直望文生義。tiresome的定義如下：

ADJECTIVE

making you feel annoyed

(Oxford Advanced Learner's Dictionary)

其實翻譯英國文學，起碼要用 Shorter Oxford English Dictionary（SOD）；這裡故意引用一部學生字典，是要說明這不是什麼艱澀棘手的問題。

班太太評論女兒伊麗莎白說：

---

g　《傲慢與偏見》，樂軒譯，台灣商務，2011。譯者據說是「青年作家，翻譯家，寧波大學副教授。」

I am sure she is not half so handsome as Jane, nor half so good-humoured as Lydia.

有人把下半句譯成這樣：

「也不及莉蒂亞一半的幽默，」[h]

其實英文裡的humour常指脾氣、性情，這就是一例。

另外，奧斯登描述班太太這個人說：

Her mind was less difficult to develop.

這個develop不是「發展」，而是「發現、了解」。好一點的版本，像Oxford World's Classics, Penguin Classics，都會注明。可是有人譯成這樣：

「他太太的腦子很不管用，」[i]

看來這位譯者不但不會查字典，手上連像樣的原文版本都沒有。

奧斯登曾把自己的寫作比喻成兩英吋象牙上的精雕細琢[j]。現在給粗心的譯者拿大鐵錘、粗鑿子一打，雖然還看得出是象牙，藝術已經粉碎。人情世故的精雕細琢變成低俗庸濫的愛情鬧劇；雅俗共賞的妙文，譯成俗賞雅不賞的走樣版。可悲的是，這樣啼笑皆非的譯本也有銷路。

## 3.3 美中不足的好譯本

難道沒有好一點的譯本？有的，像王科一，孫致禮，張玲、張揚[k]三個大陸譯本。拙譯受惠孫譯的尤其多。台灣最近把文化創意叫得震天價響，像奧斯登的世界名著卻端不出一個像樣的譯本，實在是一大諷刺[l]。

---

h　《傲慢與偏見》，劉珮芳、鄧盛銘譯，好讀，2009。
i　《傲慢與偏見》，倩玲譯，遊目族，2006。
j　To James Edward Austen, 16 Dec 1816.
k　詳見參考文獻。王譯最早，可議的地方也最多，幾十年來卻不斷再版。
l　且不說抄襲大陸譯本的。

然而，撇開審美、風格等多少有彈性的差別，這三個譯本還有不少美中不足的地方。許多地方，查普曼的標準本早有說明，有些經宋淇（1967）指出，幾十年後仍然一錯再錯。

### 3.3.1 名物制度

這一類誤譯最多；有些看似簡單的地方，一不小心就上當。例如：

morning 不是早上，evening 也不是黃昏（A2.11）。Chapman 在標準本裡已解釋過，誰知道大家到今天還是誤譯了。afternoon 也不一定是下午。書裡提到 breakfast, dinner, supper 等都有特指。一天的時間亂了，連帶吃飯也成了問題。

有一處說吃完晚餐，反而變成「下午」（B16.108）。另一處說六點半吃晚餐，後來聊天、打牌等等，再吃一頓（其實是消夜）後，卻變成「黃昏」「傍晚」（A8.45）。

柯林斯下午四點才到朗本，班先生對太太說的話卻譯成這樣：「我希望你今天的午飯準備得好一些」（A13.57）。其實當時的人很少吃正式的午餐，就算吃，也不會在下午四點後。晚餐變成午餐後，如果當天還有一頓，譯者為了「圓錯」，只得順退，把消夜譯成晚餐。有時候明明吃完晚飯，主人家卻「打算留兩位先生吃晚飯」（C12）云云。有時候乾脆一晚吃兩頓晚餐（A8.49）。

何況有些飲食的細節是有意義的。比方彬禮家用餐時間比班耐特家晚，是時髦的有錢人的習慣（A9.50）。又如凱瑟琳夫人家裡沒客，就請柯林斯等 to dine；後來外甥達西、侄兒菲茨威廉上校來了，就只請柯林斯等 come in the evening（A15.65）。這些不起眼的細節是作者描寫人物的手段，譯者不得混淆。

三家又因為不明白當時遺產的處理，誤解了班先生的話，把莉迪亞每年收入五十磅，變成總收入五千磅（C7.157）。其實達西收拾私奔的殘局，所謂慷慨解囊，總共也不過花三千磅左右；對照起

來，那個五千磅就叫人莫名其妙了。

一表三千里，實在叫譯者頭痛。柯林斯是伊兒等的 cousin，不同姓卻可以繼承朗本，關係難定，三家的譯法尚可斟酌（A13.58）。達西和費茨威廉是凱瑟琳夫人的 nephew，三家就顯然搞混了（B7.99）。

當時家人的稱呼不像今日隨便；有沒有外人在場，吉英、伊兒稱呼父母是不一樣的，可是莉迪亞就沒有這種分寸了（A5.35）。交談時對稱用不用「先生」、「小姐」、暱稱，都有規矩（A8.c）。作者用這些細微末節來反映人物的教養。可惜譯者都忽略了。稱呼還牽涉社會地位，有人把 Mrs. 譯成「夫人」，丈夫受勳的 Lady 反而譯成「太太」（A3.14，A3.18）。

奧斯登往往借好像不相干的細節來反映人物的心理、性格。凱瑟琳夫人說可以帶伊兒、瑪麗亞去倫敦時，提到馬車的安排，三家都誤譯了。其實那些細節是用來反映夫人究竟有多「好心」的（B14.105）。

liberty of a manor 是「莊園上的狩獵權」，Chapman 也解釋過，過了六七十年，大部分譯者還是亂譯一通（A4.b）。

還有舞的跳法（A3.27）、醫生與藥師的分別（A7.44）、管家與帳房的不同（A18.72）、牧師的按立（A13.59）、反映家境的擺設（A16.66）、繼承條件的修訂（C8.a, C8.159）等。

### 3.3.2 詞義

因誤解詞義而誤譯，例子很多，影響可大可小。

例如：驚慌時的臉色蒼白變成臉紅（B18.115），無恥變成安然自信（C9.163）等等。有些重複出現的字詞，像 country 往往不是國家（B19.121），character 也不一定是性格（A17.69），很多譯者都誤會了。

關係大的，會影響人物性格的刻畫，例如：

　　吉英與彬禮相識不久，吉英 cautious in her praise of Mr. Bingley。三家都把 cautious 當成否定的意思，好比「小心跌倒」的「小心」；其實是肯定的意思，好比「小心走路」的「小心」（A4.28）。另一回，吉英與伊麗莎白談心事，伊麗莎白用 candour, candid 來形容吉英。三個譯本都當作「坦率」解，顯然不妥。如果吉英「坦率得毫無保留」，為什麼又「矢口不提別人的短處」呢？可見譯文自相矛盾。其實這裡用的不是後起的「坦率」的意思，有人甚至認為奧斯登筆下從未用過這個意思（A4.32）。這兩處誤譯，吉英的性格就走樣了。

　　達西講到記恨的脾氣，自認耿耿於懷，卻有譯者譯成情緒不容易激動云云（A11.56）。又如彭伯里的管家，一出場讓伊兒覺得 much less fine。其實是說人家比伊兒料想的樸素，藉此襯托達西的為人。可是三家把褒譯成貶，作者的用意都不見了（C1.122）。還有疏忽 has anger 的口語用法，把不懂事的吉蒂變懂事（C4.143）等等。

### 3.3.3 「字眼」

　　有些毛病會影響全書大局。一般來說，重複出現的字用不同譯法，是不妨的，甚至是好的。然而串連上下文的關鍵字眼，譯文卻要統一，前後才能呼應。但是作者寫作時不會考慮到那些字眼怎樣翻譯，譯文是否方便統一。譯者的為難就可見一斑了。

　　Playful(ness) 在書中共出現了四次，都是形容女主角伊麗莎白。宋淇（1967）指出：playfulness「可以說是本書的主要關鍵字眼（key word），用以強調女主角與眾不同的特徵，等於中國舊詩中的『眼』，其重要性不言可喻」。當時他比較了幾個譯本，包括王科一本，都不理想。遺憾的是，幾十年後，新舊譯本的問題依舊。各家所譯，一句句分開來看，都不錯；卻沒有一家是統一的。這多少辜負了奧斯登經營的苦心（A3.21）。

　　類似的「眼」還有 gentleman, gentlemanlike。涉及的人物更

多，因為大部分男角出場時會用這個標準，先下判語。作者的苦心，在顯出兩者的微妙分別：gentleman 不一定 gentlemanlike，gentlemanlike 不一定是 gentleman。於是，地位與教養的矛盾、人物的襯托就看出來了。所以，翻譯時要把 gentleman, gentlemanlike 當成一組，要留下線索給讀者尋味。可惜所有譯本都忽略了（A3.16）。

個人用語也值得注意。只有班太太和莉迪亞用的 horrid，是女性好用的粗俗說法；作者要反映兩人沒有教養（C9.166）。But, however, 是母女專用的廢話（A3.26）。譯文要統一，讀者才看得出來，才注意得到。還有口頭禪，像 to be sure，很多人物都說，卻只有班太太動不動就來一句，這是要刻劃她的淺薄無知。可惜三家都忽略了（A1.3）。

### 3.3.4 對話、嘲諷等

奧斯登善於嘲諷，例如威廉爵士看女兒的丈夫（柯林斯）和鄰居（凱瑟琳夫人），提到 such a husband and such a neighbour as were not often met with.（B7.97）。到底是爵士在讚美，還是作者在取笑呢？可惜三家似乎都忽略了。

對話更是奧斯登刻畫人物的精華。吉英與伊麗莎白聊到彬禮先生，讚不絕口，偏偏不提外表；被機智的伊麗莎白一語戳破，嘲笑一番。可惜各家譯走了樣，不但取笑不見了，還變成伊兒附和吉英；白白浪費了一個精采的地方（A3.30）。另一回姊妹聊天，伊兒套用彬禮小姐唱高調的花言巧語來挖苦她，三家都譯丟了（A21.80）。有一處，伊兒反省自己聰明反被聰明誤，反映女主角漸漸成熟，是人物發展的里程碑。三家卻誤譯，變成伊兒要了幾句莫名其妙的嘴皮子（B17.111）。

書裡借故事情節和人物對話來討論種種觀念，有無數伏線。有一回，吉英怕伊兒愛達西不夠深，伊兒打趣說怕已愛得太深，三家都譯丟了。這番刻畫伊兒機智的對話，其實是延續前文散布的伏

線，用來討論婚姻與愛情的關係（C17.186）。

　　奧斯登不但善用細節，而且下筆時舉重若輕，譯者隨時要瞪大睛睛。有一回提到彬禮小姐的笑，說是針對 one of its objects。Objects 是彬禮小姐好奇的對象，用複數，因為包括達西和伊兒；笑只對一個，即達西，所以用one。這個細微的差別正是作者的巧思，既刻畫人物，又讓讀者會心微笑。可惜三家都譯走了樣，根本看不出原意了（C3.140）。

　　總之，劣譯固然千瘡百孔，名譯到頭來還有那麼多不如意的地方，才真叫人泄氣。讀者要放任下去嗎？

# 譯者的話

　　玄奘的不朽功業在翻譯。四十多歲回到中土，從此專務翻譯，每日自立程課，十九年如一日；比起西行求法，雖說性命無虞，其艱難恐怕過之。法師一生，大智大勇，堅苦弘毅，固然非常人所能企及。然而到了今天，「譯者十分之九點九是十棄行，學書不成，學劍不成，無路可走才走上了翻譯的路。」[a]真叫人不勝唏噓。

　　當年讀書不成，有點茫然，只知道不想再考。又想到念完大概就是教書，更是厭惡。後來，有一天讀米爾（John Stuart Mill）的自傳，不由得心有感慼焉，自己也買一本華茲華斯的詩集。於是，一方面不知不覺，一方面明明直照吾家路，半途出家，做起十棄行來。

## 從初戀說起

　　《傲慢與偏見》是我第一本精讀的英國文學經典，終於譯了出來，感覺好像「修成正果」。固然，成敗得失由不得我來定奪；卻也好比跟初戀的人訂終身，而懷胎十月，而痛苦臨盆，就是生下個醜八怪，也是自珍的寶貝。現在的心情，一則過程艱辛而不痛苦，所以無所謂放下心頭大石；一則生性駑鈍，作別偉大的心靈，既不悵然若失，也沒有太依依不捨。

　　由動筆算起，斷斷續續，錙銖積累，花了一年九個月。慢工不一定出細活；但譯得太快，決不會好。只是靠它吃飯，早餓死了；

---

a　傅雷致宋奇，1954/10/10；見傅雷（2001）。

太慢了。可是傅雷一天也不過譯千把字。我算什麼東西？太快了。譯得也不大滿意；限於才學，眼高手低，目前無可奈何。過十年八年，再來大修一遍吧。

托斯卡尼尼（Arturo Toscanini）不止一次說，不懂貝多芬第九交響曲的第一樂章。指揮大師的功夫到家，才體會得到究竟有多少不懂。身為譯者，譯然後知不足。可是說不懂奧斯登，實在對不起掏錢買書的讀者；說懂，又未免無知得天真。只好說，我知道懂的有多少，卻不知道不懂的有多少。這個譯本，是按懂的譯出來的。如果有人不吝指正，譯者會由衷感激。

## 誌謝

我是個懶人，平常難得聯絡，別說關照了。一旦找朋友，不外要人、要物、要錢。書出來了，恕我自欺欺人，就當作跟大家打個招呼吧。

特別要感謝的人很多：首先是當年雅殊機房永遠光着上身、腆着大肚子的蘇師傅。還有梁錫華博士，二十多年前，太極課前在花圃旁的諄諄教誨，至今歷歷在目；久未問候，竟至失聯，十分慚愧。謝謝鄭秀瑕老師，大一英文為我撒下英國文學的種子。她大概料不到，當年那個不怎麼樣的外系生會譯起奧斯登來。翻譯是看思果先生的書學的，不好意思說私淑弟子。可惜拙譯不能請他批一批。謝謝孫宜芬女士、范國先生兩位恩人，幫過大忙的老朋友李慧心、蘇三財、廖日和。還有老是當跑腿的劉綺華、幫忙影印資料的郭維茹、在地上「代勞」的宋介維。也要謝謝另一半的支持。幫過忙的人太多，掛一漏萬，請見諒。

記得小時候，母親偶爾買一本電視周刊回來，坐在走廊地上，就着午後曬進來的陽光，戴一副菜市場牌老花眼鏡，把電視劇的劇

情簡介當故事看。現在書出來了，如果母親還在，會不會當電視周刊看呢？

二零一四年五月

釀小說69　PG1317

 傲慢與偏見（最新譯注版）

| | |
|---|---|
| 作　　者 | 珍‧奧斯登（Jane Austen） |
| 譯　　者 | 慈　恩 |
| 責任編輯 | 陳佳怡 |
| 圖文排版 | 莊皓云 |
| 封面設計 | 楊廣榕 |

| | |
|---|---|
| 出版策劃 | 釀出版 |
| 製作發行 | 秀威資訊科技股份有限公司 |
| | 114 台北市內湖區瑞光路76巷65號1樓 |
| | 電話：+886-2-2796-3638　傳真：+886-2-2796-1377 |
| | 服務信箱：service@showwe.com.tw |
| | http://www.showwe.com.tw |
| 郵政劃撥 | 19563868　戶名：秀威資訊科技股份有限公司 |
| 展售門市 | 國家書店【松江門市】 |
| | 104 台北市中山區松江路209號1樓 |
| | 電話：+886-2-2518-0207　傳真：+886-2-2518-0778 |
| 網路訂購 | 秀威網路書店：http://www.bodbooks.com.tw |
| | 國家網路書店：http://www.govbooks.com.tw |
| 法律顧問 | 毛國樑　律師 |
| 總 經 銷 | 聯合發行股份有限公司 |
| | 231新北市新店區寶橋路235巷6弄6號4F |
| | 電話：+886-2-2917-8022　傳真：+886-2-2915-6275 |

| | |
|---|---|
| 出版日期 | 2015年12月　BOD一版 |
| 定　　價 | 530元 |

國家圖書館出版品預行編目

傲慢與偏見 / 奧斯登原著；慈恩譯注. -- 一版. --
臺北市：釀出版, 2015.12
　面；　公分. -- (釀小說；69)
BOD版
ISBN 978-986-445-055-8(平裝)


873.57　　　　　　　　　　　104018177

# 讀者回函卡

感謝您購買本書，為提升服務品質，請填妥以下資料，將讀者回函卡直接寄回或傳真本公司，收到您的寶貴意見後，我們會收藏記錄及檢討，謝謝！
如您需要了解本公司最新出版書目、購書優惠或企劃活動，歡迎您上網查詢或下載相關資料：http:// www.showwe.com.tw

您購買的書名：_____

出生日期：_____年_____月_____日

學歷：□高中 (含) 以下　　□大專　　□研究所 (含) 以上

職業：□製造業　□金融業　□資訊業　□軍警　□傳播業　□自由業
　　　□服務業　□公務員　□教職　　□學生　□家管　　□其它_____

購書地點：□網路書店　□實體書店　□書展　□郵購　□贈閱　□其他

您從何得知本書的消息？

　□網路書店　□實體書店　□網路搜尋　□電子報　□書訊　□雜誌

　□傳播媒體　□親友推薦　□網站推薦　□部落格　□其他_____

您對本書的評價：(請填代號　1.非常滿意　2.滿意　3.尚可　4.再改進)

　封面設計____　版面編排____　內容____　文／譯筆____　價格____

讀完書後您覺得：

　□很有收穫　□有收穫　□收穫不多　□沒收穫

對我們的建議：_____

_____

_____

_____

11466
台北市內湖區瑞光路 76 巷 65 號 1 樓

**秀威資訊科技股份有限公司** 收

BOD 數位出版事業部

..............................................................................................

（請沿線對折寄回，謝謝！）

姓　　名：＿＿＿＿＿＿＿＿＿＿　年齡：＿＿＿＿＿　性別：□女　□男

郵遞區號：□□□□□

地　　址：＿＿＿＿＿＿＿＿＿＿＿＿＿＿＿＿＿＿＿＿＿＿＿＿

聯絡電話：(日) ＿＿＿＿＿＿＿＿＿＿＿　(夜) ＿＿＿＿＿＿＿＿＿＿

E-mail：＿＿＿＿＿＿＿＿＿＿＿＿＿＿＿＿＿＿＿＿＿＿＿＿